Los gozos y las sombras
3. La Pascua triste

Literatura

Gonzalo Torrente Ballester

Los gozos y las sombras

3. La Pascua triste

El libro de bolsillo
Literatura española
Alianza Editorial

Primera edición en «El libro de bolsillo»: 1972
Decimotercera reimpresión: 1995
Primera edición en «Área de conocimiento/Literatura»: 1999

Diseño de cubierta: Alianza Editorial
Ilustración: Francisco de Goya, *La boda* (detalle). Museo del Prado,
   Madrid

Reservados todos los derechos. El contenido de esta obra está protegido por la Ley, que establece penas de prisión y/o multas, además de las correspondientes indemnizaciones por daños y perjuicios, para quienes reprodujeren, plagiaren, distribuyeren o comunicaren públicamente, en todo o en parte, una obra literaria, artística o científica, o su transformación, interpretación o ejecución artística fijada en cualquier tipo de soporte o comunicada a través de cualquier medio, sin la preceptiva autorización.

© Gonzalo Torrente Ballester, 1962, 1999
© Alianza Editorial, S. A., Madrid, 1972, 1980, 1981, 1982, 1983, 1984,
   1989, 1990, 1991, 1993, 1995, 1999
   Calle Juan Ignacio Luca de Tena, 15;
   28027 Madrid; teléfono 91 393 88 88
   ISBN: 84-206-3622-3 (O. C.)
   ISBN: 84-206-3833-1 (Tomo 3)
   Depósito legal: M. 5.766/1999
   Impreso en Fernández Ciudad, S. L.
   Printed in Spain

A María Fernanda

Durante la primavera llovió poco; en el verano, ni una gota. Los maíces están desmedrados, y las viñas, canijas. Cuando sopla el Norte, el polvo invade a Pueblanueva, la envuelve en una nube, la oscurece. Parece, además, como si todas las moscas del mundo se hubieran juntado aquí. Moscas en la calle y en casa, moscas rabiosas, furiosas, que pican como avispas, que zumban todo el día, que ni siquiera en la noche se sosiegan. En el casino, los tresillistas acordaron elevar a la Junta directiva una petición en regla para que comprase papeles engomados y los colgase aquí y allá, a ver si las moscas se iban. La Junta lo tomó en consideración y se compraron papeles matamoscas al por mayor. Todas las mañanas, el chico del bar procede a descolgar las largas tiras amarillas donde las moscas muertas se apretujan; las lleva a quemar al patio y luego pone otras nuevas, que en seguida dejan de brillar, salpicadas de moscas que van cayendo, cientos y cientos. Sin embargo, en el aire, en las paredes, nuevas moscas ocupan el lugar de las muertas, como ejército inacabable al que las bajas no preocupan. Hay quien se pasa las horas siguiéndolas con la mirada y cuando quedan pegadas lanza un grito de triunfo y apunta: «¡Trescientas sesenta y ocho!» Las tiras engomadas dan al sa-

lón aspecto de verbena; pero como no bastan, se han traído unos recipientes de alambre, en forma de cono truncado con la parte estrecha para arriba. Se abren, se mete en el interior un terrón de azúcar y se dejan en los rincones; las moscas entran por un agujerito a comer lo dulce y ya no saben salir: se quedan allí dentro, se amontonan cada vez más bulliciosas y hacen un ruido sordo. Cuando el recipiente está lleno, el chico del bar lo recoge, le ata una cuerdecita y se lo lleva a la mar, donde ahoga a las moscas; después lo limpia, le repone el azúcar y a seguir almacenando insectos. Se dice que Cayetano ha traído de Inglaterra un líquido que las mata sólo con el olor y que en las oficinas del astillero gracias a eso no hay moscas y se puede trabajar tranquilamente.

Como todo no habían de ser males, la temporada de pesca fue superior. La sardina sobre todo se da que es una gloria: no hay más que echar el copo, y lleno. Vienen de fuera camiones a cargar la pesca; la meten en cajas con hielo y se la llevan, dicen que a Madrid. Pero como hay tanta, va barata, y el precio no cubre gastos. Lo mismo pasa en Vigo y en otros puertos pesqueros. Un día llegaron unos sujetos, se reunieron con el comité del Sindicato y acordaron pescar menos para que la mercancía suba de precio. Cayetano dice que si en Pueblanueva hubiera una fábrica de conservas daría lo mismo que el pescado fuese tirado, porque al menos tendrían trabajo las mujeres. Pero a nadie se le ocurrió fundar en Pueblanueva una fábrica de conservas. Por esa razón, el Sindicato no va boyante y Carlos Deza ha tenido que hacer uno o dos préstamos en metálico para pagar las facturas de la raba.

Porque don Carlos Deza no se marchó. Primero dijo que lo retrasaría un par de meses; luego ya no se habló más de eso. Se supone que espera la llegada de la francesa, que algún día vendrá, pero no sabemos cuándo. A veces se habla de ella en el casino, ya sin interés. La verdad es que en el casino se habla poco. Ni siquiera jugando: las partidas son sordas, enconadas. Muchas veces un jugador, de pronto, suelta un taco, da un pu-

ñetazo en la mesa y grita que con este calor no se puede y que entre el calor y las moscas no hay nervios que aguanten. Pero como no hay mejor cosa que hacer a esas horas de la siesta o al caer de la tarde, se sigue jugando.

    A mediados de julio, don Carlos Deza apareció por el casino y dijo que ya se habían terminado las obras de la iglesia y que si queríamos ir a verlas porque tenían mucho mérito. Pegaba tan fuerte el sol que nadie tenía ganas de moverse; pero don Lino, por aquello de la cultura, de que habla siempre, se levantó y se fue con don Carlos. Recorrieron la iglesia, ya libre de andamios por dentro y por fuera, y regresaron. Don Lino venía entusiasmado: durante más de una semana habló del estilo románico, de cómo se construía hace siete siglos y de que entonces los albañiles tenían sindicatos como ahora y que de aquellos sindicatos vienen los masones actuales. Explicó el cómo, pero nadie lo entendió bien; hay quien asegura que todas las tardes, antes de ir al casino, leía en un libro lo que había de decir después y que de eso le venía su ilustración. La verdad es que el arte románico y los masones no le importan a nadie y que lo mismo da la iglesia de una manera que de otra. Es cosa que interesa a los curas; si acaso a don Julián, el de Santa María de la Plata: se le oyó protestar muchas veces de que las obras tardasen tanto, y cuando una vez terminadas el padre Quiroga se metió allí con otros dos frailes y empezó a pintar las paredes, el cura fue a verle y a decirle que con una mano de cal bastaba y que en la iglesia nunca había habido pinturas. Pero como la Vieja mandó en su testamento que se pinten las paredes, el cura tuvo que callarse. Desde entonces el padre Eugenio con sus frailes trabaja todos los días y nadie sabe lo que hace porque no dejan entrar. Mandó poner en la puerta un cartelito: «Prohibido el paso». Allí sólo entra don Carlos de los de fuera.

    Clara Aldán casi no sale de su tienda. Abre las puertas antes que nadie, cuando todavía no han montado los tenderetes de la plaza, y ya está de pie detrás del mostrador. Su clientela *se compone de aldeanas sobre todo: se entiende bien con ellas. Saca las mercancías a la puerta como todo el mundo, pero las arregla de modo que resulten más llamativas, y siempre hay un par de aldeanas remirando. Dicen que vende mucho. Alguien que la vio de cerca asegura que está un poco más delgada y más guapa. Ahora viste bien. Para el verano se hizo dos vestidos, uno blanco y otro colorado, cortos y con escote. Pero no da que hablar. Suele salir de noche y pasear por el malecón; sola siempre. Ni se ha visto a don Carlos en la tienda ni con ella. Deben de andar mal las amistades.*

De don Carlos Deza se dice que estudia mucho y que también escribe. Sigue viviendo en casa de la Vieja; pero cuando apretó el calor dejó a las Ruchas y se fue al pazo, que como está en alto es más fresco. Pasó allí todo el mes de agosto sin bajar a la villa ni siquiera para ver cómo pintaba el fraile. Durante parte del verano tuvo allí a los padres de la Galana y a sus hermanos, que allá se aposentaron cuando la hija los echó de casa, y don Carlos les dejó un alpendre para cobijarse y unas habitaciones en el bajo más tarde. Hasta que dispuso alquilarles unas tierras y una casa de la Vieja, bastante lejos del pueblo, y allá se instalaron los Galanes con uno de sus hijos, que el otro acordó emigrar y marchó a La Habana. El pasaje se lo pagó don Carlos. Al cabo del verano el más pequeño volvió al astillero, con seis pesetas diarias de jornal. Martínez Couto contó que don Carlos le había hablado por él a Cayetano y que por eso lo admitió.

A la Galana se la ve muy pocas veces y para eso temprano. Se le quemó un poco el cutis con el sol, pero sigue tan guapa y repolluda. Se lleva bien con el marido, que trabaja todo el día en la finca y aún necesita de un par de jornaleros para ayudarle. Rosario cose, como antes, ropa blanca, pero en su casa, salvo cuando hubo que arreglar las sábanas de Carlos, que entonces pasó los días en el pazo. A Paquito el Relojero le preguntan si esos días la Galana se acuesta con don Carlos; pero él responde con un gruñido que cada cual interpreta como quiere, sí o no. Es de suponer que sí, que se acuesten. Y que don Carlos inventó lo de pasar agosto en el pazo con el calor como pretexto para que la cosa fuese más fácil. De todas maneras la historia ya dejó de interesar, y el marido de la Galana pasa por la calle, cuando pasa, sin que lo miren.

Cayetano estuvo en Inglaterra cosa de quince días y, al regreso, en otras plazas con astilleros. Trajo máquinas nuevas, además del líquido matamoscas; mucho tabaco de pipa, que regaló en parte a los aficionados, y corbatas. A su madre, galletas y mermeladas. Contó en el casino lo que había visto, y cuando le preguntaron que qué tal estaba Inglaterra de mujeres, respondió que no había pensado en esas bobadas. Con lo cual todo el mundo abrió la boca y se miró, y Cubeiro soltó en voz alta: «¡Este no es mi Juan, que me lo han cambiado!» Cayetano, o no supo qué responder, o hizo como que no le oía. Sin embargo, la noche del baile del 15 de agosto apareció por el casino y bailó media docena de piezas con Julita Mariño. La gente no salía de su asombro y se cuchicheaba que, aunque tarde, venía a cobrarse del apoyo prestado al señor Mariño hace unos meses, cuando tuvo dificultades.

Todo el mundo parecía más tranquilo, como si se pensase que Cayetano volvía a ser el mismo y que así nos entenderíamos mejor. Pero al día siguiente, por mucho que Julita salió de su casa, recorrió las calles arriba y abajo y se hizo la visible, Cayetano no salió del astillero, y por la noche, que había verbena en la plaza, tampoco apareció, y la chica de Mariño no se apartó de su madre y durante toda la noche estuvo desabrida y con la frente arrugada. Al día siguiente la mandaron a Santiago, a casa de unos parientes, y estuvo allí hasta bien entrado octubre. Cuando regresó, nadie recordaba el incidente. En cuanto a Julita, hablaba de política. En Santiago se había afiliado a la Juventud de Acción Popular y traía la encomienda de fundarla en Pueblanueva. Con las antiguas clientes del padre Ossorio y algunas chicas más ha llegado a reunir una veintena. Ella es la presidenta.

En fin: la gran novedad es el café. Marcelino el Pirigallo *tenía un café grande y destartalado al que no iba nadie. Murió su padre, heredó unos duros y lo reformó. Pero la gente seguía sin ir. Entonces tuvo una idea genial: mandó hacer un escenario, se compró un piano viejo y alquiló de pianista a uno que había salido del Seminario y que no tenía dónde caerse muerto. Las cupletistas que van de La Coruña a Vigo y las que van de Vigo a La Coruña se desvían en Santiago y pasan una semana en Pueblanueva. Las hay de todas clases, desde las que salen en cueros a las recatadas y sentimentales. Una de éstas fue la que vino a la inauguración; el* Pirigallo *invitó a todo el mundo; la artista fue muy aplaudida, y al día siguiente, después de comer, el café estaba de bote en bote. Da tres sesiones; la de la tarde, para familias, y en ésta las artistas se portan comedidamente. Pero de noche sobre todo y cuando hay rumbas se descuelga en el café el mocerío de la localidad. Los curas predican en el púlpito contra el café cantante. La Juventud Femenina de Acción Popular repartió octavillas dos domingos seguidos. Inútil. Ya nos hemos acostumbrado, nadie protesta y muchas veces sucede que se suspende la partida de tresillo del casino y los jugadores se trasladan al café del* Pirigallo *a ver las piernas de las bailarinas. El café vale una setenta y cinco.*

Capítulo 1

Las primeras rachas fuertes vinieron al acabarse octubre. Siguió una lluvia gorda, incansable. Ennegrecían las piedras y se ensuciaba la cal de las paredes. Poco a poco enfrió el aire. Sobre la mancha oscura de los pinares amarilleaban castaños solitarios. Por San Martín había llegado el invierno.

El padre Eugenio dejó de hacer el viaje a pie, desde el monasterio, cada mañana. Cabalgaba la mula y le cobijaba el paraguas. La mula quedaba amarrada a una argolla en el corral de un tabernero que la cuidaba y le daba el pienso por cuenta de Carlos Deza.

El padre Eugenio subía apresurado la calle, bregando contra el viento. Se envolvía en la capa parda y daba grandes zancadas. Las tenderas le veían pasar y se santiguaban. Decía alguna:

—Tiene el demonio dentro. Dicen que le sale a los ojos.

El padre Eugenio entraba en la iglesia por la puerta lateral, se quitaba la capa y se remangaba los brazos. Carlos solía dejarle tabaco. Encendía un cigarrillo y preparaba la masa y los colores. Hacía tiempo que trabajaba solo. Fumaba el primer pitillo, daba un paseo, contemplaba las pinturas inacabadas. De pronto, arrebatado, trepaba por el andamio y empezaba a pintar furiosamente: paletadas nerviosas, pinceladas rápidas y largas. Le duraba la furia unos minutos, un cuarto de hora. Descendía después, paseaba, fumaba otra vez. Encendía o apagaba las luces, se retiraba al fondo de la iglesia, o a un ángulo, o subía al coro. Tomaba apuntes, rectificaba perfiles o los imaginaba.

A veces deshacía lo hecho: con calma, con cuidado, a conciencia, y pisoteaba los fragmentos coloreados hasta devolverlos a su condición de tierra. Entonces, desalentado, se sentaba en un banco, esperaba la llegada de Carlos, hacia las once, que le traía un piscolabis y un poco de aguardiente para entrar en calor; el padre Fulgencio le había autorizado a comer entre horas y a beber, si el frío de la iglesia lo hacía necesario. Necesitaba escuchar a Carlos, mientras comía, para recobrar la fe en sí mismo.

Carlos daba su opinión, siempre elogiosa; a veces entusiasmada.

–Usted me engaña, don Carlos. Eso no está todavía bien. Lo alaba por no desanimarme.

Sin decir nada, volvía a trepar al andamio, pintaba, se olvidaba de que Carlos quedaba solo, allá abajo, aterido de frío. Para no helarse, Carlos recorría las naves a pasos rápidos, que resonaban, zas, zas, en el aire húmedo. Hasta que se cansaba.

–¡Bueno, padre, volveré a la hora de comer!

Carlos daba una vuelta por el casino, leía los periódicos, miraba jugar y regresaba en busca del fraile. Lo llevaba a casa de doña Mariana. La *Rucha* servía la comida. Tomaban café y el padre Eugenio se retiraba a hacer sus rezos. Hacia las tres volvía a la iglesia, se encerraba en ella, trabajaba hasta tarde. Después recogía la mula y marchaba al monasterio, ya de noche, en medio del viento y de la lluvia.

Si algunas mujeres lo encontraban en el camino se apartaban.

–Dicen que lleva el demonio dentro.

El padre Eugenio seguía adelante, peleaba con el viento y el paraguas.

El padre prior, a veces, le esperaba.

—¿Qué? ¿Progresa?

—Progresa.

—¿Estará para las Navidades?

—Eso espero. Un poco antes.

—Ya empieza a hablarse en el pueblo de esas pinturas.

—¿Y qué dicen?

—Cosas raras.

—No las ha visto nadie más que el doctor Deza, y al doctor Deza le gustan.

—Siempre se hacen conjeturas. O habrá mirado alguno por las rendijas.

El cura empujó la puertecilla y la halló abierta. Se coló sin hacer ruido y cerró tras sí. La iglesia estaba iluminada y silenciosa. El cura avanzó unos pasos, escuchó, alargó la cabeza para mirar: sobre el andamio no parecía haber nadie, ni en la iglesia bicho viviente. Se escondió tras una columna, espió la parte donde la luz no llegaba. Con precauciones echó a andar por la nave lateral, hacia el ábside.

—¿Quién anda ahí?

El vozarrón llegó del coro.

—Soy yo, padre Eugenio. Don Julián.

—¿Y quién le ha dado permiso para entrar?

El cura salió a la nave mayor. El padre Eugenio, con medio cuerpo fuera del balaustre y un brazo extendido hacia la puerta, le conminaba.

—Baje de ahí, padre —gritó don Julián.

—Digo que quién le ha dado permiso para entrar.

Se oyeron los pasos rápidos del fraile por la escalera de caracol. Su figura apresurada, desacompasada, avanzó pronto por el centro. Parecía furioso.

El cura le salió al paso, sonriendo. No se había quitado la teja, y por el embozo, algo caído, sacaba una mano explícita.

–No habrá nada malo en que venga a ver mi iglesia.

–¿Su iglesia? Usted sabe que esta iglesia no es suya.

–Así es, por desgracia, pero nunca creí que usted se pusiera al lado de esas leyes.

–He prohibido la entrada. La prohibición vale para todo el mundo, incluido usted. Hasta que la iglesia sea bendita, no tiene nada que hacer aquí. Y la bendición, ya lo sabe, la hará el prior. Consta la autorización escrita.

El cura seguía sonriendo.

–Curiosidad por ver esas pinturas. Se habla tanto de ellas...

El padre Eugenio pasó, rápido, por su lado. Subió al presbiterio y se metió tras una columna. Se oyó un chasquido y la iglesia quedó en penumbra.

–Algo ya pude ver... –dijo el cura con sorna–. Y no me gusta.

El padre Eugenio reapareció.

–¿Y qué?

–Voy a escribir al señor arzobispo. Esas figuras no son cristianas.

–El señor arzobispo ha visto a su debido tiempo los cartones y les dio su aprobación.

–A pesar de eso, voy a escribirle.

–Allá usted.

Empezó a subir al andamio. La voz del cura le detuvo.

–Espere, padre.

El cura avanzó hacia él.

–Aquí, la gente viene a rezarle a Santa Rita, a la Virgen de los Dolores y al Corazón de Jesús. No los veo por ninguna parte.

–Ahí estará la Virgen: ya casi está. Y esa figura grande será la del Señor. ¿No lo adivina?

–¿El Señor? Lo que veo es un mamarracho gigantesco.

Y la gente no vendrá a rezar a eso. De modo que, si no me pone los santos que le pido, presentaré la dimisión.

—Haga lo que quiera.

—Pero antes escribiré al señor arzobispo. Ya se lo dije.

El padre Eugenio ascendió a la plataforma y empezó a amasar la cal.

—Nunca me expliqué por qué se gastan tantos cuartos en estas bobadas. ¡Más de veinte mil duros, se dice por ahí, que cobra el monasterio por esto! Y las elecciones encima. Ya veremos si para las elecciones dan otro tanto.

El padre Eugenio se acercó al cuenco del ábside. Encendió una luz pequeña y quedó alumbrado un trozo desnudo de pared. La cubrió de argamasa, la alisó y empezó a pintar. El cura, sin hacer ruido, trepó al andamio. El padre Eugenio pintaba los contornos de un libro, el perfil de unos dedos que lo sujetaban, las letras de un texto:

Qui sequitur me non ambulat in...

—Ganas de complicar las cosas. La gente no lo entenderá.

—¿No está usted aquí para explicarlo?

—Aun así...

El padre Eugenio abandonó los pinceles.

—Váyase, se lo ruego. No puedo atenderle ni discutir con usted. Si se me seca la argamasa, tendré que deshacer lo hecho.

El cura retrocedió con cuidado.

—¡Para lo que iba a perderse...!

El padre Eugenio le miró con ira. El cura sonreía; descendió lentamente, trabajosamente, sin desembozarse. Dijo: «Buenos días», y desapareció. Sonaron sus pisadas; después, el ruido de la puerta.

El padre Eugenio retrocedió y alumbró la figura. Dejó la luz en el suelo, se sentó en una banqueta y ocultó la cabeza entre las manos.

Terminaron el almuerzo. El padre Eugenio había estado silencioso y hosco. Dijo que se retiraba a hacer sus rezos.

—Espere, padre. No le dije que hubo noticias de París.

El fraile se sobresaltó.

—¿Viene Germaine?

—Por fin, se digna venir.

Carlos buscó la carta en el bolsillo y se la ofreció al padre Eugenio.

—Léala.

—¿Para qué? Basta que usted me lo diga.

—Vendrá con su padre; no puede dejarlo solo.

—Es natural.

—Y pide dinero para el viaje. También es natural.

—Pero ¿viene para quedarse?

Carlos plegó la carta y la guardó.

—De eso no dice nada. Que viene, solamente; que estará aquí para las Navidades y que asistirá a la bendición de la iglesia.

El padre Eugenio jugueteaba con el cuchillo.

—Gonzalo Sarmiento tiene que estar hecho un viejo. Era mayor que doña Mariana.

—Más que viejo, fofo, blando. Me hizo mala impresión cuando le vi, hace ahora un año.

—¿Tendrá, por lo menos, buena memoria?

—Y a usted, ¿le preocupa?

El fraile apartó el cuchillo.

—No. ¿Por qué ha de preocuparme?

—Hay recuerdos molestos.

—Sí. ¿Quién lo duda? Lo son, sobre todo, cuando se quisieran olvidar y no se puede. Pero cuando se les tiene voluntariamente presentes, cuando son la vida actual, la forma de vida que se ha elegido, entonces nadie puede quejarse de ellos.

El fraile se levantó y cogió el breviario.

Capítulo 1

–Aunque no lo hubiera deseado, aunque hiciese lo imposible por evitarlos, al pintar otra vez tenían que volver los recuerdos. Han pasado veintitrés años. Mil novecientos trece, mil novecientos catorce... Eugenio Quiroga no sospechaba que pudiera meterse a fraile. Eugenio Quiroga era, en realidad, otro hombre, el hombre viejo que quise enterrar, según el consejo de San Pablo. Enterrado quedó, pero no muerto. Porque recordarlo es hacerlo vivir de nuevo.

Carlos se levantó también. Se acercó al padre Eugenio y le palmoteó la espalda.

–No olvide que la base de mi ciencia consiste en hacer recordar al paciente y procurar que cuente lo que recuerda.

–Como en el confesonario. Allí entregué mis recuerdos, hace ahora veinte años.

Carlos rió.

–No quedaron bien encerrados.

–Quien los escuchó está muerto.

–Pues por lo que veo, olvidó llevarse las llaves.

El padre Eugenio se encogió de hombros.

–Voy a rezar.

Se volvió desde la puerta.

–¿Tiene que hacer esta tarde? ¿Quiere subir conmigo a la iglesia?

–¿No le estorbaré?

–No. Venga conmigo.

Salió. Carlos metió las manos en los bolsillos y se acercó a la ventana. Una cortina de lluvia enturbiaba el aire, y en la mar, una dorna bregaba contra las olas. Estaba el cielo oscuro, cruzado de gaviotas. Pasó corriendo un marinero, inclinado contra la lluvia. Alguien gritaba en el muelle.

Entró la *Rucha* y empezó a retirar el servicio.

–Haz más café.

–Sí, señor.

–Y deja fuera el coñac.

–Sí, señor.

Carlos se sentó ante el escritorio, lo abrió y empezó a escribir.

«Srta. Germaine Sarmiento.
»París.
»Mi querida amiga: He recibido su carta, y me alegro de que, por fin, se decida a venir. Empezaba a resultarme inexplicable su desinterés por unos asuntos que deben afectarle y de cuya guarda estoy encargado por una voluntad para mí más respetable que cualquier otra.
»Celebro también la elección de la fecha.
»Mañana mismo gestionaré el envío del dinero. Procuraré que la cantidad sea suficiente para que usted y su padre puedan hacer cómodamente el viaje.
»No ignora que estos envíos están limitados, y que es difícil burlar las disposiciones que los estorban. Me aproximaré todo lo posible a la cantidad que solicita.
»Hagan ustedes el viaje directamente hasta Madrid. Allí les esperaré y pondré a su disposición lo necesario para que pueda hacer las compras indispensables. Como usted puede suponer, las limitaciones legales no rigen para el interior del país.
»Podría también situarle una cantidad en un Banco de Irún. Telegrafíeme a este respecto. Y avíseme con tiempo la fecha exacta de su llegada a Madrid.
»Les saluda muy cordialmente,

Carlos Deza.»

Cerró el sobre, lo dirigió y lo lacró. Llamó a la *Rucha*.

–Vete a Correos y certifica esta carta.
–Sí, señor. ¿No quiere el café?
–Sí. Que lo traiga tu madre.

Examinó la carta, comprobó la firmeza del lacre. Hizo un gesto.

–De todas maneras, la abrirán...

El padre Eugenio encendió todas las luces. Quedó la iglesia resplandeciente, sin sombras, sin contrastes, como si la luz naciera dentro de las piedras o las abrazase.

—Quiero que vea primero los ábsides laterales. Sobre todo, el del Evangelio. En conjunto, es el que más me satisface.

Le tomó del brazo. Atravesaron las naves. El padre Eugenio se detuvo ante un altar cubierto de arpilleras. Alzó el brazo y apuntó a las pinturas con su dedo largo.

—Ya le expliqué en un principio que las dimensiones de la iglesia no permitían seguir la pauta bizantina. Por eso he pintado aquí a la Virgen. Sin embargo, hay precedentes. Véala. La Virgen y San Juan Bautista. Al otro lado van, como usted sabe, los cuatro Evangelistas. No pude evitar el recuerdo de Durero, al menos en el color; pero son otra cosa.

Señaló la figura de la Virgen: alargada, con manto azul, los brazos levantados y una estrella en la frente.

—¿Le gusta?

—Sabe que sí. Se lo he dicho veinte veces.

—Comprenderá que hoy necesito oírlo una vez más. Después de la visita del cura...

Señaló el cuenco del ábside.

—No quiero hablar ahora de su valor artístico. Pero, litúrgicamente, es una imagen irreprochable.

—Es, además, una figura bella. Tiene gracia y encanto.

El padre Eugenio dejó caer el brazo.

—Pero le falta misterio.

—Lo tendrá, quizá, para quien crea en él, como usted. No olvide que yo todavía estoy fuera.

El fraile no respondió. Empujó a Carlos hacia el ábside central.

—Suba al andamio.

—¿Me lo permite? —le preguntó Carlos, riendo—. ¿Levanta usted los vetos y las condenaciones?

—Hoy, sí.
—Pero ¿de veras me dejará verle pintar?
—No estoy seguro de hacerlo esta tarde. Pero ahí arriba estaremos mejor.

Treparon a la plataforma. El fraile dejó la capa en una banqueta.

—Aléjese todo lo que pueda. Hace falta una mínima perspectiva.
—Lo comprendo.
—Cuidado. No vaya a caerse.

Carlos, al borde mismo del andamio, miró la figura del Señor. El fraile, un poco apartado, oscurecidos los ojos bajo la capilla, le contemplaba.

—¿Qué?

Carlos tardó en responder.

—No puedo decir nada. Sin el rostro, esa figura da la impresión de vacío. Si me apura, de un vacío espantoso. Como si la hubieran decapitado.

—Comprendo. Es lo que esperaba. Ahora, puede sentarse.

Señaló la figura.

—Cuando termine ese brazo y el libro que sostiene, me instalaré en la iglesia, dormiré aquí, no saldré para nada hasta concluir la cabeza y el rostro. Entonces, le agradeceré que no venga.

Carlos rió.

—Tendrá usted que comer, al menos.

—Me haré yo mismo la comida. Como hace veintitrés años. También entonces...

Se detuvo. Carlos alzó la mirada lentamente. La cara del fraile se había ensombrecido. Le brillaban los ojos, apretaba los labios, los puños cerrados se pegaban contra los muslos.

—Como usted habrá sospechado muchas veces, entonces fracasé. Llegué al convencimiento de que era un artista mediocre y mi orgullo no podía soportarlo.

—Conozco una pintura suya de aquella época. No es un cuadro mediocre.

El fraile se sentó. Extendió las manos sobre las rodillas, sacudió la cabeza, respiró hondo. Después miró a Carlos.

—Un cuadro ocioso, un cuadro como muchos miles de cuadros. Bien pintado, sí. Antes de los treinta años yo había alcanzado la maestría. Dominaba el oficio, pero eso no basta.

Volvió a suspirar, inclinó la cabeza, habló con voz queda, como consigo mismo.

—No basta saber el oficio, saberlo admirablemente. El arte moderno no tolera más que al artista genial, no necesita más que del genio. Puede pasarse sin el buen pintor, como sin el buen escritor. El arte moderno es voraz de hombres hasta la crueldad, hasta el satanismo. Cada recién llegado tiene que tomar el arte donde lo dejaron sus predecesores y adelantar por el mismo camino, si el camino no está andado, o lanzarse al vacío. El arte moderno es una historia trágica. Hace veinticinco años los pintores lo sabíamos ya. Unos, por su propia experiencia o su intuición personal; otros, porque lo oían decir. Yo fui de estos últimos. Mis maestros me habían comunicado los secretos de la técnica, y también los trucos, pero no me habían dicho que eso fuera sólo un punto de partida, sino que era un punto de llegada y que sólo había que ponerse a pintar tranquilamente, a ganar medallas y dinero. Pero yo no fui a Roma, sino a París, y descubrí otro mundo sin tranquilidad, brutalmente sincero: frenético, desorientado, pero vivo, quizá diabólicamente vivo. Estoy hablándole de hace veinticinco años.

Buscó los cigarrillos, ofreció uno a Carlos. Encendieron.

—Usted no puede, quizá, imaginar lo que significa en la vida de un hombre ya formado descubrir que tiene que empezar de nuevo y que todo lo hecho no sirve de nada. Fue mi caso y el de otros muchos. La primera impresión, la mía al menos, era de que todo el mundo se había vuelto loco. No entendía en absoluto lo que veía. Llegué a reírme y a pensar que aquellas gentes no sabían pintar y hacían mamarrachadas. Hasta que comprendí que sí, que sabían pintar, y que aquello, lo que yo no entendía, lo pintaban deliberadamente y que tenía su razón de ser, una razón de ser necesaria y profunda, la razón de la vida. Ellos eran la pintura viva y yo estaba muerto, con todo mi saber, con mis técnicas para las que no había problemas.

Se levantó, fue hasta el fondo del ábside, cogió un pincel y retocó una línea. Se rió.

–¿Ve usted? Esto que acabo de hacer no es legítimo tratándose de un fresco, pero Goya también lo hizo. Es un truco.

Dejó el pincel.

–Usted, y tantos otros, conocen el proceso desde fuera: un capítulo extraño en la historia de la pintura. Sienten interés por algunos cuadros, por algunos pintores, leen libros, asisten a exposiciones. Después, juzgan. Pero en cada momento del proceso está la vida del hombre que logró dar un paso adelante, del que logró inventar y descubrir; está un corazón que sufre y espera, que se entusiasma y se desalienta, y los de muchos otros que se detuvieron. El camino del arte moderno es un camino de cadáveres, en el que sólo unos cuantos se mantienen erguidos y en movimiento. Al artista antiguo no se le exigía la genialidad, sino la maestría. Aprendía a pintar, seguía pintando, mejoraba o no, añadía algo al arte o vivía de réditos.

–Pero también el arte antiguo es un proceso –le interrumpió Carlos–. Y sus etapas están también marcadas por los genios y por los cadáveres.

–¿Quién lo duda? Pero yo no me refiero al artista genial, sino al que sólo sabe su oficio. Entonces, tenía algo que hacer, cumplía una misión noble; ahora, no. Estos son los cadáveres a que me refiero.

Sonrió.

–Se halla usted ante uno de ellos.

—En todo caso, usted será un cadáver que intenta resucitar.
—O que intenta engañarse con la verdad. ¿Qué sé yo? Quizá por segunda vez.

Regresó lentamente, volvió a sentarse, acercó el asiento al de Carlos y le palmeó la espalda.

—¿No siente frío?
—Le confieso que sí.
—Espere. Encenderé la estufa.

Lo hizo. Carlos acercó las manos al calor.

—Hay un momento —continuó el padre Eugenio— en que el hombre tiene que elegir entre la verdad y la mentira. Lo cómodo, lo tranquilo, es siempre la mentira, porque la verdad es sólo una y las mentiras son muchas y puede escogerse la que más acomode. Alguna vez le dije que Gonzalo Sarmiento era, entonces, una mentira viviente. Quizá fuese su ejemplo el que me decidiese: elegí la verdad porque Sarmiento me daba asco y pena y me humillaba. Me propuse estudiar seriamente el arte moderno, descubrir su razón y su camino. Pude hacerlo sin grandes dificultades materiales: recibía unas pocas pesetas, las rentas de lo que había heredado, y con eso me defendía. Puedo asegurarle que vivía mejor que muchos. La miseria no tuvo la culpa de mi fracaso. ¡Oh, si no hubiera sido así! Podría ahora hacer míos todos los tópicos del artista incomprendido, de la sociedad cruel, de la dura necesidad que obliga a la traición más alta. Pero no me sucedió nada de eso. Tampoco me condujo al fracaso mi vida viciosa. Yo era sano y saludable. Jamás me emborraché y las mujeres no me perturbaron más allá de lo normal —miró furtivamente a Carlos—. Vivía modestamente, trabajaba. Trabajaba mucho, con método, con rigor. Me atrevo a decir que con inteligencia y tesón.

—Se encerraba usted en su estudio, sin querer ver a nadie, y se hacía su comida —dijo Carlos, riendo.

—Eso fue después. Eso fue cuando empecé a sospechar que me faltaba talento.

Se levantó violentamente.

—¿Ha experimentado eso alguna vez, don Carlos? ¿Conoce usted la situación del hombre que llega a comprobar la estrechez de sus límites, cuando los hubiera deseado inmensos? ¿Sabe usted lo que es ir comprendiendo día a día, juzgando día a día atinadamente, y creerse que aquello puede hacerlo uno y superarlo, y comprobar de pronto la más absoluta impotencia?

—Sí. *Nosotros no tenemos talento creador.* Llegué a ser un buen técnico del psicoanálisis, pero me limitaba a aplicar métodos ajenos. Comprendía sus defectos, pero me sentía incapaz de corregirlos o mejorarlos. *Nosotros* tenemos inteligencia crítica.

—¿Y se ha resignado usted? ¿No aspiraba usted a otra cosa?

—Ya me ve.

—Yo no pude resignarme. Mi maestría me había hecho forjarme una idea exagerada de mí mismo. Era ambicioso y orgulloso.

—Yo también.

—Se me ocurrió que la culpa de mis limitaciones la tenía mi modo normal, más bien vulgar, de vivir; una vida regular, metódica, esforzada, que me había permitido asimilar en un año de estudio el esfuerzo de treinta maestros durante treinta años. Evidentemente, el talento de Van Gogh estaba estrechamente unido a su anormalidad personal. Sabíamos que muchas de las grandes conquistas del arte moderno se debían al vino, a las drogas, a cualquier procedimiento artificial que permitiese, que facilitase el salto a la locura. La sensibilidad, en su estado normal, había dejado de ser útil. Había que forzarla, que tensarla, que romperla incluso. Yo elegí el vino.

—Dijo usted hace poco que jamás se había emborrachado.

—Es cierto, salvo en ese período de experiencias a que usted se refería antes. Me encerré en mi estudio, me emborraché. La primera vez excesivamente. No me sirvió de nada.

Me desperté en el suelo, con dolor de cabeza y el estómago revuelto.

Le dio una gran risa, una risa oscura, cavernosa.

–¿Lo imagina usted, don Carlos? ¡Me harté de vino para descubrir el secreto de los amarillos, y amanecí a cuatro patas...! En el lienzo había unas cuantas manchas anodinas: no había pasado de ahí. Y en vez de reírme de mí mismo, decidí repetir la experiencia, pero con método, racionalizar la borrachera: beber lo suficiente para que mi espíritu rompiese sus propias fronteras, pero sin que la conciencia me abandonase –volvió a reír, pero con risa más queda y un poco entristecida–. El vino excitaba, efectivamente, mi imaginación. Se me ocurrían cosas nuevas y las pintaba. Pero ¿sabe usted?, no era la imaginación pictórica, sino la literaria la excitada. Inventaba asuntos. ¿No le da risa? Inventaba asuntos cuando ya la pintura se había liberado del asunto.

–Picasso no se ha liberado del asunto –le interrumpió Carlos.

–Dejemos a Picasso aparte. No sé lo que pinta ahora, ni cómo pinta. ¡Son veinte años apartado, don Carlos! La pintura habrá llegado a conclusiones que yo no pude sospechar. No sé si se ha destruido ya o si ha renacido de sí misma. En cualquier caso, es una historia en la que yo no he podido intervenir. A pesar de mis pinceles diestros y de mi conocimiento de los trucos. A pesar de aquel mes de borrachera sistematizada en que el vino había de servirme para la conquista de nuevos amarillos. A pesar de todo lo que pasó entonces.

Se detuvo bruscamente y estuvo un momento callado, con los ojos perdidos en el fondo de la iglesia. Se levantó luego, llegó a la pared del ábside y la golpeó por una parte seca.

–Pocas personas habrá capaces de pintar un fresco con la solidez con que está pintado éste. Puedo garantizarle que antes caerá la iglesia... Y tardará siglos en cuartearse. Los fieles de Pueblanueva tienen pinturas para varias generaciones.

De eso, al menos, estoy seguro. Y si consigo acertar con la cabeza...

Se interrumpió.

—Pero esto ya no es un problema de pintura, sino de teología. Voy a pintarles el Cristo que les vengo predicando inútilmente hace años. Voy a meterles su Figura por los ojos, ya que no logré meterla en sus corazones. Para eso no hace falta ser un genio de la pintura. Con lo que sé, me sobra. Si acierto a traducir en formas y colores esta imagen que llevo dentro...

—Que no es una imagen.

—Eso es lo malo. Es una idea. Pero las ideas pueden traducirse. Los grandes Cristos de la pintura son ideas traducidas a imágenes.

Carlos se levantó y se acercó al padre Eugenio.

—No acabó usted de contarme cómo terminó su experiencia. Dejó la historia en el mejor momento.

El padre Eugenio apartó la cabeza, la levantó hacia el libro pintado a medias.

—¿No me ve usted aquí? La experiencia acabó metiéndome fraile.

—Un fraile que no renunció jamás a la pintura.

—Cierto. Pero ya de otra manera. El padre Hugo me ayudó a resolver mi problema personal y me ofreció perspectivas nuevas. «Ya verá usted, padre. Fundaremos en el monasterio una gran escuela de pintura religiosa. Y para eso lo que necesita es saber teología.» Pero el padre Hugo se murió y al padre Fulgencio la gran escuela de pintura religiosa no le ha interesado nunca. Usted sabe de sobra que si estoy pintando eso es porque supone una ganancia para el convento. Al padre Fulgencio no le importa si acierto o no. Le basta con cobrar.

Se alejó unos pasos y contempló el espacio vacío donde había de estar la cabeza de Cristo.

—El Señor es Justicia y Amor; es Belleza y Razón; es Fuerza y Mansedumbre. ¿Cómo expresar todo eso con unos ojos, unos labios, unos cabellos y una frente? El Señor es, sobre todo, Misterio. Sólo entrando en el Misterio puede uno acercarse un poco a la Realidad del Señor. Pero el misterio es impenetrable.

Se volvió bruscamente.

—Y luego hay que convencer a la gente de que el Señor es eso. Hay que convencer al cura, que prefiere un Corazón de Jesús bonito. ¿Se da cuenta? A veces me desanimo y me dan ganas de tirarlo todo y dar unas manos de cal encima y que pongan lo que quieran.

—¿Es lo que hizo usted la otra vez? ¿Mandarlo todo a paseo?

—Ya le dije lo que hice: me metí a fraile.

Carlos anduvo unos pasos lentos, hasta quedar junto a él, muy cerca de él, casi pegado.

—Supongo que la necesidad de decir la verdad no se satisface con una parte de la verdad.

—¿Por qué lo dice?

Carlos se encogió de hombros.

—Alguna razón habrá tenido para contarme esa historia. Y la tendrá también para no contármela entera. Como amigo de usted, tengo que respetar su silencio.

El padre Eugenio apagó bruscamente las luces.

—Vámonos ya. Se hizo tarde. Otro día hablaremos.

Encendió la linterna y alumbró el camino.

—Con cuidado. La escalera está ahí. No vaya usted a caer.

La noticia de que Germaine vendría para las Navidades la llevó Cubeiro al casino. Lo había oído en la peluquería mientras se afeitaba, y en la peluquería los clientes se habían interesado y habían hecho conjeturas.

De todos los presentes, sólo don Baldomero conocía su retrato.

—¡Vamos, hombre, díganos cómo es!

—Por una fotografía poco puede saberse.

—Con menos de una fotografía me las arreglaba yo cuando muchacho —a Cubeiro se le agrandaron los ojos—. Ya lo creo.

—Es una chica guapa, desde luego. Y muy bien puesta de pitones.

Se rieron. Cubeiro metió las manos bajo el jersey y remedó unos pechos.

—¿Redondos?

—Apuntados.

—¡Vaya! Eso es algo. ¿Y de ancas?

—La fotografía está de frente y sentada.

—¿Y de la cara? ¿No se saca nada por la cara?

—¿Nada de qué?

Cubeiro guiñó un ojo.

—Nada de sus costumbres.

—No querrá que la chica se retrate con un letrero al cuello diciendo lo que hace.

—Pues debía llevarlo. Aunque, como francesa...

Volvió a guiñar el ojo y a reír.

—Supongo que en Francia también habrá mujeres honradas —dijo, molesto, don Baldomero.

—Sí, pero no las exportan.

—No irá usted a decirme que aquí no tenemos putas.

—No es lo mismo.

—Ya me explicará la diferencia.

—Pues la hay, créamelo.

Don Baldomero golpeó la mesa.

—Mire, Cubeiro, aunque nos pese, esa fruta se da en todas partes, aquí como en La Habana, y sabe igual aquí que allá.

Cubeiro le miró con desdén.

—¡Cómo se nota que no estuvo nunca en La Habana! Porque hay cada mulata...

Entró en una explicación detallada de las virtudes, propiedades y buenos hábitos de las mulatas. De joven había estado en Cuba y conocía el paño. ¡Aquellos tiempos! Se habían ido a paseo con el desastre de Santiago de Cuba. Y era una pena, sobre todo para la juventud, que en Cuba tenía más libertad y más ocasiones. No con las blancas, naturalmente, pero sí con las mujeres de color, mulatas, zambas o cuarteronas.

—Porque disfrutar, lo que se dice disfrutar, nunca como con aquella criada de mi pensión, que después acabó bailando rumbas en el teatro. ¡Qué cuerpo, mi madre, y qué manera de moverse! Las de aquí, incluidas las francesas, son puras aficionadas.

—¿Es que también se acostó con francesas?

—¡Hombre! De todo hay que probar en esta vida.

—Usted no estuvo en Francia.

—¡Ah! Pero Francia está en todas partes. En Vigo, sin ir más lejos: calle de la Cruz Verde, siete. ¿No oyó usted hablar de Renée? Es una hembra de bandera y de lo mejor enseñado que hay por ahí. Por veinte duros...

Entró Cayetano con la pipa en los labios. Colgó en el perchero el impermeable y preguntó si no había partida.

—Estábamos de conversación. Don Baldomero trajo una buena noticia.

Don Baldomero protestó:

—No. La noticia la trajo usted.

—Es igual.

Cubeiro miró a Cayetano con los ojos achicados por la risa.

—¿No sabe que para Navidades tendremos aquí a la francesa?

—Ya lo sé. ¿Y qué?

—Pues nos habíamos echado a pensar cómo sería. Y hablando, hablando, llegamos a Renée, una puta de Vigo que también usted conocerá.

Cayetano se sentó y pidió barajas.

—¿Es que no tiene ganas de hablar?

—De bobadas, no.

Cubeiro seguía riendo.

—¡Bobadas, sí, sí! Que le diga aquí, don Baldomero, las tetas que tiene la francesa. Ya verá usted si son bobadas.

Se acercó al oído de Cayetano.

—Don Baldomero vio el retrato. Es una mujer estupenda. Y ahora que está usted vacante...

Cayetano le miró con desprecio. «Siéntese a jugar, si quiere —le dijo—, y no sea degenerado.» Cubeiro se apartó como si le hubieran escupido.

—¡Degenerado! ¿No te jode el amo?

Don Lino, el director del Grupo Escolar, avanzaba por el salón con solemnidad. Se quitó el sombrero, lo arrojó sobre un diván y alzó una mano como para imponer silencio.

—Traigo dos noticias importantes, caballeros. Dos noticias de muy buena tinta, completamente garantizadas. La primera, que va a haber elecciones.

Cayetano barajaba las cartas parsimoniosamente. Levantó la mirada.

—¿Y la otra?

—Que para las Navidades vendrá la francesa. Y son dos cosas que ya tenía ganas de que pasasen, qué caray. Porque ya está uno harto de las derechas y porque en este pueblo, desde que murió la Vieja, no hay nada de que hablar. Antes, al menos, cuando usted tenía queridas, había un cuento cada dos meses. Pero desde que usted se nos hizo casto...

Se sentó y puso las manos sobre la mesa.

—Aparte de eso, juego, si hay partida.

Cayetano soltó la baraja y se dirigió al maestro:

—Dígame, don Lino: ¿Qué preferiría usted: salir diputado a Cortes o acostarse con la francesa?

Don Lino se desabrochó el chaleco y dejó suelto el vientre abultado. Vestía una camisa a rayas azules, sin corbata. Las rayas de la camisa se combaban siguiendo la curva del vientre. Al final, bajo la cintura, bailaba una leontina.

—Habría que pensarlo.

—Suponga usted que ambas cosas están en mi mano y que le doy a elegir.

—En tal caso, y viniendo de usted...

Se echó atrás en la silla, miró a los circunstantes, uno a uno.

—Aunque estos señores me tengan por imbécil, preferiría salir diputado. Porque, pensándolo bien, ¿qué saca uno de acostarse con una mujer, más que un poco de gusto? En cambio, ser diputado...

Aclaró bruscamente:

—De izquierdas, claro.

—Se supone.

—Ser diputado...

Se irguió, hinchó el pecho, cerró los ojos, adelantó los brazos y las manos abiertas.

—... es lo que uno ha soñado siempre sin atreverse a pensarlo.

Cayetano le dio un golpe en la barriga. Don Lino se encogió súbitamente.

—Cualquier ciudadano tiene derecho a serlo.

—Incluso usted. ¿Y quién sabe? No es muy probable que pueda ofrecerle a la francesa para pasar la noche; pero, a lo mejor, le regalo a usted un acta.

Don Lino miró a Cayetano con estupor. Sonrió. Volvió a erguirse, a hinchar el pecho. Adelantó la mano derecha y quedó con ella en alto.

—Pues yo —dijo Cubeiro— preferiría acostarme con la francesa. Porque eso de diputado no trae más que disgustos.

—Usted es un degenerado —dijo Cayetano sin mirarle.

Después de cenar, don Lino se había quedado silencioso y distraído. Aurorita se acercó a darle un beso y las buenas noches. El chico estudiaba en un rincón y dijo que tardaría en acostarse.

—Buenas noches, hija mía.

Aurorita miró a su madre, que retiraba el servicio de la mesa. La madre le sonrió. Salieron juntas. Aurorita le dijo, en voz baja.

—¿Le hablarás hoy?

—Sí. Esta noche.

Don Lino fumaba un cigarrillo. El chico le preguntó qué quería decir «Sucre (a) Charcas, capital constitucional de Bolivia»; tardó unos minutos en darle la explicación. La madre seguía entrando y saliendo.

—¿Vas al casino o nos acostamos?

—No. Hoy no voy al casino. Hoy...

María había salido. Cuando regresó se fijó en ella. Seguía siendo bonita, pero las arrugas le estropeaban los ojos. Llevaba el gesto resignado y triste.

—Cuando quieras nos acostamos.

Sacó del chaleco un duro y lo echó sobre la mesa.

—Toma. Es lo que he ganado hoy. Bueno, la verdad es que gané seis veinticinco; pero la una veinticinco que falta la necesito.

María recogió el duro.

—Gracias. Me viene muy bien.

—El dinero siempre viene bien.

—¡Que lo digas!

—Pero no siempre para bien. De la mitad, al menos, de los males del mundo tiene la culpa el dinero. Es el veneno de las conciencias, la tentación de los justos, la defensa de los ruines, el castigo del rico y la desesperación del pobre. El dinero...

El chico levantó la cabeza del libro, miró un momento a su padre, sonrió y siguió estudiando. María limpiaba las migas de pan caídas en el mantel de hule.

—Puedes irte acostando. Yo terminaré en seguida.

—Ya.

Don Lino se levantó, dio un beso al chico y marchó por el pasillo. Antes de entrar en la alcoba adelantó una mano y encendió la luz. La cama estaba preparada. Se quitó la chaqueta y la dejó en una silla. En la alcoba vecina Aurorita tarareaba por lo bajo. Al sentir a su padre se calló.

Cuando llegó María, don Lino se metía en la cama. Por el escote de la camiseta le asomaba una pelambrera gris, áspera, rizada.

–Tenía que hablarte de Aurorita –dijo María; y don Lino la miró con inquietud.

–¿Sucede algo a nuestra hija?

–Parece que tiene novio.

–¿Novio?

–Bueno. Un pretendiente. Tú lo conoces: estuvo contigo en la escuela. Ramiro, el hijo de Benito, el de los coches de alquiler.

–No es mal muchacho.

–La hija quiere que tú lo sepas.

–Eso es buena señal...

María, en camisa, se quitaba las medias. Conservaba la figura, aunque algo más gorda y blanda. Todavía atractiva.

–También yo tengo algo que decirte.

María levantó la cabeza, y sus manos –la media apenas baja– se detuvieron.

–¿Alguna mala noticia?

–Una noticia buena. Más que una noticia, una buena esperanza, una buena promesa y, quizá, una buena ilusión. Y no tengo a quién contarlo más que a ti...

María escondió el rostro y acabó de quitarse la media.

–... a ti, que me has desilusionado, pero que sigues siendo mi compañera. Aunque no lo creas, cuando siento necesidad de contar a alguien mis alegrías todavía pienso en ti como en años más felices, como en años en que la confianza no se había destruido entre nosotros. Lo cual, rectamente interpretado, significa que sigo considerándote lo que has sido siempre y como si nada hubiera sucedido.

Oyó un sollozo de María y se incorporó.

–No era mi intención despertarte los malos recuerdos y te pido perdón. Sólo quería explicarte...

Ella sacudió la cabeza, sin mirarle. Él retrocedió unos pasos, hasta quedar apoyado en la cama.

–Siempre hacen falta palabras previas, entrar en situación. El exordio. Porque yo quería contarte... ¿Me escuchas? Quería contarte que después de muchos años sin ilusiones unas palabras quizá vanas han hecho renacer las mías. ¿Sabes que...? –se acercó a María, la acarició–. ¿Sabes que me han propuesto presentarme a diputado?

María levantó la cabeza y le miró entre lágrimas.

–Diputado. ¿Te das cuenta? ¡Diputado a Cortes!

Ella se limpió los ojos con el dorso de la mano.

–Y eso, ¿nos sacará de pobres?

Don Lino meneó la cabeza.

–Soy un hombre honrado y condenado a la modestia para toda la vida. Ser diputado no nos sacará de pobres, pero me dará dignidad. Y eso también vale.

María había vuelto a sollozar, aunque suavemente. Don Lino siguió hablando.

Clara iba a cerrar la puerta cuando apareció Carlos. Llovía fuerte y las losas bajo los soportales estaban húmedas, pisoteadas. Clara había baldeado un poco delante de la puerta y lo había barrido después, y brillaba. Le echaba un vistazo desde el mostrador, y la sombra de Carlos cegó los brillos. Clara reconoció la sombra y la vio vacilar. Ella misma vaciló. Carlos apareció en seguida, con una sonrisa tímida bajo el ala del sombrero. Quedó en medio de la puerta, indeciso.

–Vengo de ahí, de la iglesia, y como vi esto abierto...

–Entra.

Clara se acodó al mostrador y esperó a que Carlos subiese el escalón, a que buscase con la mirada donde sentarse: torpe de movimientos, más que de costumbre, y sin dejar de sonreír. Por fin, halló la banqueta y la arrastró, pero sin sentarse en ella.

—Seis meses, día por día, sin verte —dijo Clara—. Si no fuera por los cuentos que me traen de ti, te hubiera dado por muerto.

—¿Cuentos?

—¡Claro, hombre! Eres de las personas del pueblo de quienes se cuentan cosas.

—¿Y qué te contaron?

—Lo he olvidado.

Señaló la banqueta.

—Si no traes prisa, siéntate. Me alegro de verte. Y no te culpo de que no hayas venido; yo te lo pedí...

Carlos se quitó el sombrero y lo dejó encima del mostrador. Luego se sentó.

—¿Qué tal te va el negocio?

—¿No se me nota en la cara?

—Estás guapa, pero eso no es ninguna novedad.

—Gracias.

—¿Quieres decir que te van bien?

—Al menos, no me va mal. Trabajo todo el día y gano para vivir.

Carlos dejó de sonreír. Algo iba mal del cordón de su zapato. Se agachó y sus dedos tantearon el suelo.

—Me hace gracia oírte hablar así.

—Soy tendera y hablo como los tenderos. Todo se pega.

—Me alegro de tu éxito. ¿Y de Juan?

—Escribe a veces. Siempre cuenta que va a hacer cosas, pero nunca las hace.

—Tienes que darme su dirección.

—¿Vas a escribirle?

—Probablemente iré a verle. Un día de éstos marcho a Madrid.

Clara veía la cabeza de Carlos, los cabellos rojos, recios, en punta, como los de un chiquillo despeinado. Alargó la mano hacia ellos, por encima del mostrador, la detuvo en el borde, la retiró.

–¿Para siempre?

–Ida por vuelta.

Carlos hizo, por fin, el nudo del zapato. Sin levantar la cabeza, añadió:

–Es que... Viene la sobrina de doña Mariana. Tengo que ir a esperarla.

–¡Por fin...!

Carlos se irguió lentamente y repitió:

–Por fin.

–¿Y después?

–Quizá pueda marcharme. Si ella se hace cargo de esto, claro.

–No será tan imbécil que vaya a tirar una fortuna.

–Eso espero.

–Aunque no me extrañaría nada que volviese a marchar. Y que se llevase el dinero de la Vieja...

–El testamento...

–¿Qué importa el testamento? El testamento eres tú, y a ti te sacará lo que quiera, si se lo propone. Ahí tienes a la *Galana*.

Las manos de Carlos esbozaron en el aire un movimiento de protesta.

–No es lo mismo. A la *Galana* le di lo mío. Y tuve mis razones.

–Pues si a la francesa le das lo que no es tuyo, que se lo darás, no te faltarán razones para justificarte. Si no, al tiempo.

–También vendrá su padre.

Clara se echó a reír.

–¿Por qué me dices eso? ¿Para que esté tranquila?

–Porque forma parte de la noticia. Un viejo bastante chocho. Lo conozco.

–No creo que el viejo le estorbe para engatusarte. Al contrario. ¿Qué más puede querer para su hija, por muy bonita que sea? Incluso la aconsejará...

—¿Para qué va a hacerlo? Lo que deseo es verme libre cuanto antes de este asunto. Le daré facilidades.

Clara volvió a reír. Miró a Carlos de través y Carlos esquivó su mirada.

—Pero ¿sin que ella ponga nada de su parte?

—¿Qué quieres decir?

—¡Hombre! Tienes la sartén por el mango en ese asunto. Hay que darse a valer. Si desde el principio le pones las cosas fáciles...

—Se las pondré sobre ruedas.

Clara se sentó en el mostrador.

—Dime, Carlos: ¿no tienes un poco de miedo a esa chica?

—¿Por qué he de tenérselo?

—Me da la impresión de que te pone miedo cualquier mujer que no sea pan comido.

—Estás equivocada. No me da pizca de miedo. ¿Te haces una idea de los recursos que se pueden usar con una chica como ésa? Por sus cartas, me parece bastante ingenua.

Se levantó, se acercó al mostrador, habló en voz baja.

—Es una chica de ciudad que ha vivido modestamente. Encuentro natural que le atraiga el dinero, pero yo debo intentar que se sienta también atraída por lo demás. Intentarlo, al menos, por lealtad a la Vieja. Ella quería que su sobrina heredase, con los bienes, el espíritu; quería que llegase a amar sus cosas como ella las amó y vivir entre ellas como ella vivió. No va a serme fácil, pero es una tarea interesante. No me voy a aburrir.

—Se enamorará de ti.

—Eso ya no es tan seguro. Y no lo deseo.

Clara quedó pensativa. La luz recortaba su perfil sobre un fondo ordenado de cajas y paquetes. Carlos advirtió entonces que traía más corto el pelo, y que el jersey rojo que vestía era nuevo, y que le ceñía los pechos. Clara había cruzado las piernas hacia el interior de la tienda y sus manos reposaban en el regazo. Las tenía más blancas y más finas; en la muñeca izquierda, bajo la manga del jersey, asomaba una pulsera de fantasía. Carlos le cogió la mano y curioseó la pulsera. Clara le dejó hacer, sin volverse; luego dijo:

—¿Piensas presentármela?

—¿Por qué no? Espero incluso que seáis amigas.

Clara dio un repeluzno y Carlos la soltó. Ella se volvió bruscamente.

—Eso, no.

—¿Por qué? Es lo natural.

—No puedo quererla, ¿no lo comprendes? Y si no la quiero, no podré fingirle amistad. Le tendré envidia, ya se la tengo. Y me revienta que le den hecho lo que a mí me cuesta tanto trabajo tener.

Cogió a Carlos de un brazo y le miró a los ojos.

—Y si llegas a enamorarte de ella, la odiaré a muerte.

—Razón suficiente para que no me enamore.

Clara apartó el brazo, quedó en silencio y, silenciosamente, descendió del mostrador. Estuvo un momento de espaldas a Carlos. Después se llegó al anaquel del fondo, recogió unas cajas, las metió en su sitio, arregló algo que se había caído, siempre de espaldas y sin volver la cabeza. Carlos buscaba con la pierna la banqueta; la encontró y se arrodilló en ella. En la plaza la lluvia caía más fuerte.

—Como comprenderás —dijo Clara, de repente—, yo ya no me hago ilusiones. El último día que estuviste aquí puse de mi parte todo lo que una mujer puede poner y no me sirvió de nada. Pero me gustaría que tú, al menos, resolvieses tu vida. Esa chica te conviene. Sólo te pido que, si es posible, te la lleves de aquí. De lo contrario, marcharé yo.

Carlos puso cara de estupor.

—¿Serías capaz... ahora?

—¿Por qué no? Lo he pensado mucho este verano y lo sigo pensando.

Carlos movía la cabeza y sonreía.

—¿Por qué dices que no?

—Porque tú, como yo, estamos metidos en esto, y de aquí, si no nos saca el Destino, no hay quien nos saque.

—¿Y quién te dice que el Destino no es la francesa?

—Eso pretendió doña Mariana: hacer de su sobrina un Destino gobernable desde la tumba a través de las cláusulas de su testamento. Pero no contó con ella ni conmigo, y ella tendrá su voluntad, y la mía, te lo juro, no se moverá para cambiar las cosas. Si la niña quiere quedarse, que se quede, que no se lo he de estorbar; pero si quiere marcharse, le pondré puente de plata. Que se lo lleve todo y que haga lo que quiera. Una situación parecida hizo a mi padre desgraciado, pero aquello no puede repetirse, porque ni yo soy mi padre ni Germaine será doña Mariana.

Se interrumpió, esperó respuesta de Clara.

—Antes —continuó— bromeaba cuando te dije que haría esto y lo otro. No pienso hacer nada.

Volvió a callar y a esperar respuesta. Entonces se dio cuenta de que Clara había escondido la cara.

Se oyeron unos golpes en la puerta de la celda. El padre Eugenio abrió.

Un hermano lego esperaba.

—De parte del padre prior, que vaya a verle antes de marchar.

—Iré en seguida.

Se retiró el lego. El padre Eugenio dejó la puerta abierta. Se puso la capa, se santiguó y salió.

Barrían el claustro ráfagas frías. Se asomó y miró al cielo: nubes oscuras volaban del Sudoeste, retorcidas, furiosas.

—Volverá a llover.

Entró en la celda y cogió el paraguas. Con él colgado al brazo llegó a la celda del prior. Estaba abierta.

—Entre, padre, y espere unos instantes.

El prior daba instrucciones a un monje joven acerca de unas misas. Cuando terminó, le acompañó a la puerta y la cerró.

—Ya tenemos el lío armado, padre Eugenio.

Se sentó ante su mesa y mandó sentar al fraile.

—Ayer vino aquí el capellán de Santa María. ¡No sabe usted cómo estaba! Que si va a escribir al arzobispo, que si esas pinturas son intolerables...

—Ya lo sé. También estuvo a verme.

—Y usted, ¿qué piensa?

El padre Eugenio abrió las manos desanimadamente.

—¿Qué quiere que piense? Seguir adelante y Dios dirá. Pero a usted le consta que fueron aprobadas por el arzobispo. No he introducido variación alguna, y en cuanto al conjunto de la iglesia, toda modificación está de acuerdo con la Memoria que acompañaba a los cartones. Usted la leyó.

El prior respondió distraídamente.

—Sí.

Miraba al cielo por la ventana abierta.

—Hace mal día, ¿verdad?

—Mucho viento. Lloverá.

—Sin embargo, tengo que ir a Pueblanueva a ver esas pinturas. Esta misma mañana. Es necesario, ¿sabe? El cura está hecho una furia y detrás del cura tiene que haber alguien atizando el fuego.

El padre Eugenio se puso en pie.

—Puedo cederle la mula.

—No, padre; no. La mula la necesita usted. Pero puede decir a su amigo el doctor Deza que me mande el coche. Porque tiene un cochecillo, ¿verdad? Alguna vez me llevó en él. O si no...

Se levantó, sonriente, y se acercó a la ventana. El viento le alborotó el cabello.

—¿Qué le parece si le pidiéramos el automóvil a doña Angustias? Sería de gran efecto.

El padre Eugenio inclinó la cabeza.

—Como mejor le parezca a Su Paternidad.

Capítulo 1

–Decidido. Le gustará que se lo pida. En cuanto llegue a la iglesia, le telefonea y le suplica, de mi parte, que me envíe el automóvil a eso de las once. No tiene por qué decir que es usted, sino un fraile cualquiera.

–Comprendo.

Puso la mano en el hombro de fray Eugenio.

–Así, si es ella la que mueve el laberinto, sabrá que la visita del cura no fue inútil y que me preocupo del asunto. En cuanto a usted, siga pintando.

El padre Eugenio le miró entristecido, saludó y fue hacia la puerta.

–No ponga esa cara, padre Eugenio. Sea usted un poco más vulgar. Le conviene. ¿Sabe que dicen en el pueblo que usted está endemoniado?

El padre Eugenio se volvió bruscamente.

–¿Eso dicen?

–Sí, y usted tiene la culpa. Un fraile no debe andar por el mundo con esa cara dramática que usted usa, sobre todo desde que empezó a pintar. Una cara así despierta la desconfianza del que la lleva y de lo que representa.

Se acercó lentamente al fraile, le apuntó con un dedo.

–Y usted representa a la Iglesia y la esperanza de salvación.

Carlos llegó corriendo, a las once menos cuarto. El padre Eugenio no había subido al andamio. Paseaba la nave de arriba abajo, con la cabeza agachada y las manos a la espalda.

La iglesia estaba apenas iluminada por la luz gris de la mañana. Carlos empujó la puerta. Sonaban al fondo secos, rápidos, los pasos del fraile.

–¡Padre Eugenio!

Fue hacia el fondo de la iglesia. El padre Eugenio ya venía a su encuentro.

–¿Sucede algo? –preguntó Carlos.

—Quizá. Quiero que esté usted aquí cuando venga el prior. Voy a necesitar su apoyo.

Contó en dos palabras la conversación de aquella mañana.

—¿Y usted cree que el prior se pondrá de parte del cura?

—¿Qué sé yo? Si no le gustan las pinturas, y lo más probable es que no le gusten...

—Pero usted está respaldado por el arzobispo.

—Sí. ¿Y qué? Si alguien protesta, en el arzobispado lo tendrán en cuenta.

—En todo caso, ésta es una iglesia privada, y yo represento los derechos del propietario. Puedo hacer que mi opinión prevalezca.

—¿Quién lo duda? Pero la iglesia permanecerá vacía. Y yo no he pintado para que usted y yo vengamos de tarde en tarde a recrearnos en las pinturas y a lamentar que la gente no las entienda. Ayer le dije que quiero meter por los ojos de los fieles una cierta idea de Cristo que no conseguí inculcarles con la palabra...

Levantó los puños crispados.

—¡Se lo aseguro, don Carlos! ¡Estas pinturas no son una obra de arte, no quieren serlo, sino una oración de penitencia, un desagravio y al mismo tiempo una lección de teología...!

Se sentó desalentado en la esquina de un banco de enfrente. El fraile tenía hundida la cabeza y todo él parecía decaído, desmantelado.

—Lo que usted quiere que sean quizá no se me alcance, pero como obras de arte las entiendo y me gustan.

—Si el pueblo cristiano las rechaza pensaré que el Señor rechaza mi oración.

Carlos rió.

—Pero ¿por qué meten ustedes a Dios en todo? En este lío no alcanzo a verlo por ninguna parte, créamelo, y se lo digo sin la menor intención blasfematoria. El cura obra movido por alguien, es evidente; pero ¿por qué pensar que este alguien obra movido por Dios? ¿O es que Dios suele valerse de las beatas para expresar su opinión?

Se levantó.

—Ande. Déjese de elucubraciones, y vamos a poner esto bonito para que haga buen efecto al prior.

Agarró al fraile de un brazo y le empujó a levantarse.

—Sin embargo..., empecé estas pinturas con el mismo ánimo con que en la Antigua Ley se ofrecía el Sacrificio y pedí al Señor una señal de si lo aceptaba o no.

—¿Y a quién se le ocurre poner a Dios en ese trance?

—Es que yo necesito saber que estoy perdonado.

Carlos volvió a reír.

—Perdonado ¿de qué? ¿De ese mes que pasó usted borracho allá en su juventud, buscando un nuevo amarillo?

El fraile le miró rápidamente, escondió la cabeza y corrió por la nave adelante. Se oyó un chasquido, y la iglesia quedó alumbrada.

—Retire usted esas arpilleras de los altares y limpie un poco. Yo arreglaré aquí arriba.

El fraile subió al andamio y se perdió en el fondo del ábside. Carlos desembarazó el altar de la Epístola y el del Evangelio y limpió las mesas.

—Pues por muy bruto que sea el prior, esto tiene que gustarle —gritó.

Oyó lejana la respuesta del padre Eugenio:

—El prior no es un bruto.

La llegada del prior fue precedida de un ruido de automóvil que se detuvo ante la fachada de la iglesia. Carlos arrojó una escoba con la que barría.

—¡Ya está ahí!

Corrió a la puerta lateral, la abrió y esperó. Había empezado a llover, y un gran chorro de agua salpicaba el umbral. El prior apareció en la esquina de la iglesia, corriendo, y le hizo un gesto de saludo. Carlos se adelantó a recibirlo. El prior traía abierto el paraguas y le cobijó.

—Tenía que haber supuesto que el padre Eugenio le metería en este laberinto. Es incorregible.

Tendió la mano a Carlos.

—Usted estará de acuerdo con él y contra el cura, me lo supongo.

—Es que, además, soy el primer interesado. Pienso que el padre Eugenio hizo bien en avisarme. Las pinturas fueron desde un principio negocio mío.

—Quizá, quizá...

Entraron. Carlos cerró la puerta y pasó el cerrojo. El paraguas del prior quedó chorreando, en un rincón.

El prior había adelantado unos pasos y miraba a todos lados.

—Pues ya se habrán gastado ustedes dinero en la iluminación.

—No íbamos a dejar las pinturas en tinieblas.

—Es natural. Pero con tanta luz, ¿no cree que la iglesia pierde misterio? Yo iluminaría solamente los ábsides y dejaría el resto en penumbra.

No esperó respuesta. Descendió al fondo de la iglesia, apoyó la espalda a la puerta y miró. El padre Eugenio, al borde del andamio, esperaba, con los pinceles en la mano. El prior le gritó:

—¡Siga pintando, padre, no vaya a escapársele la inspiración! Ya subiré ahí.

Se volvió a Carlos.

—Esto está bien, ¿sabe? Me gusta.

Se le afilaba el rostro como un cuchillo, se le empequeñecían los ojos maliciosos. Tenía las manos cruzadas sobre el pecho y la capilla ligeramente echada sobre la frente ancha. Al mirar alzaba el rostro inmóvil, pálido, un poco oscurecido por la barba.

—Ya lo creo que está bien —dijo Carlos.

—Sí, pero no lo repita muchas veces. No hay que dar alas al padre Eugenio. En estos asuntos siempre hay que ceder para ganar, y él si se sabe apoyado no cederá.

Se acercó al ábside del Evangelio, contempló la pintura, pasó la mano por la piedra del altar. Atravesó luego la iglesia y se detuvo ante la losa de doña Mariana.

—¿Conque es aquí donde quiso enterrarse la señora? ¡Con lo bien que estaría en un nicho del cementerio!

Cogió a Carlos del brazo.

—Usted estará de acuerdo con ella probablemente, pero yo pienso que no hay por qué meter tanto barullo. ¿Por qué se le habrá antojado enterrarse aquí para que todos la pisen?

Ante el ábside de la Epístola soltó el brazo de Carlos y se alejó unos pasos.

—El cura es un paleto —dijo a media voz. Y añadió—: Vamos a ver qué hace el fraile. ¿Usted lo ha visto pintar?

—No le gusta.

—Pudor de artista, ¿verdad?

Hablaba con una sonrisita leve, con un tono de remota burla.

—A mí me parece que se puede pintar lo mismo sin echarle tanto teatro.

Fray Eugenio, subido a una banqueta, perfilaba el hombro de Cristo. Volvió a medias la cabeza.

—Le pido perdón, padre, pero no puedo dejar de pintar... Si se seca la masa...

El prior dio un codazo a Carlos y dijo en voz baja:

—¿Lo ve?

Estaba encendida la estufa. Se sentaron. El prior miraba al padre Eugenio, y Carlos miraba al prior.

—¿Usted fuma, padre?

—No, gracias. Es una costumbre que no puedo pagarme.

El padre Eugenio dejó caer el pincel. Descendió de la banqueta. Quería disimular la ansiedad. La luz le iluminaba de lleno.

El prior se levantó.

—¿Se puede mirar ya, padre?

El padre Eugenio afirmó con la cabeza.

—Pero esto está sin terminar. Le falta lo principal.
—Sí. Lo más difícil.
—¿Y qué piensa hacer?
—No puedo explicarlo.
—Comprendo. Pretende pintar lo inexplicable. Está bien.

Carlos pensó que sin aquel tono cazurro el prior podría ser simpático.

—Por primera vez estoy de acuerdo con usted, padre Eugenio. Me gusta esto. Y voy a defenderle, no se preocupe.

La cabeza, los hombros del padre Eugenio se irguieron, y el rostro resplandeció.

—¿De veras?
—¿Qué había pensado? ¿Que iba a dejarle en la estacada? Soy tan responsable como usted. Pero, además, esto me gusta. Y tiene que gustar a todo el mundo.

Carlos había quedado atrás. El prior le indicó que se acercara.

—¿Piensa usted hacer alguna fiesta cuando se bendiga la iglesia? Porque esto conviene que lo vean. Canónigos de Santiago, gente así. Hay muchas iglesias que pintar, y el padre Eugenio podría hacerlo, ya lo creo. Aunque...

Los cartones estaban a la vista, en unos atriles. El prior los examinó.

—Al padre Eugenio le costará un gran sacrificio hacer concesiones; pero yo, en su caso, las haría. La Virgen un poco más bonita, el Cristo muy bien peinado. Eso atrae a la gente. Y usted podría darse el gusto de llenar de figuras como éstas los ábsides gallegos. ¡Ya lo creo! Le vendría muy bien al convento. Y usted sería feliz.

Empezó a reír.

—Esta mañana le dije al padre Eugenio que su cara es demasiado dramática. Quite al menos el drama de la cara de Cristo.

Cogió del brazo a Carlos y al padre Eugenio y los empujó hacia la escalerilla. Sonreía agradablemente.

—Mañana mismo iré a Santiago, al arzobispado. Hay que evitar que don Julián arme el barullo. Convendría que viniese alguien a ver esto, alguien de campanillas. ¿Estaría dispuesto, don Carlos, a sufragar los gastos?

Carlos se despertó temprano. Habían llamado a la puerta y habían gritado: «¡Son las siete, señor!» Y él había respondido: «¡Bien, en seguida!» Pero había vuelto a dormirse. A partir de las ocho la casa se llenó de ruidos: unas mujeres, contratadas por la *Rucha* madre —«de toda confianza»—, se encargaban de limpiar, de darle vuelta a todo, de dejarlo reluciente, sin que quedase objeto sin repaso ni alfombra sin sacudida. Cera nueva para los pisos, bujías nuevas en lámparas y palmatorias, repuesto de petróleo en los quinqués. A esto la *Rucha* hija había hecho objeciones.

—Pero, señor, ahora que viene la señorita, ¿por qué no aprovecha para instalar luz eléctrica? Nadie anda ya por el mundo con velas, y a ella le va a dar tristeza.

—¿Tú crees?

—Claro, señor. A los jóvenes no nos gusta andar ensombrecidos.

—En todo caso, ya lo dirá cuando venga.

—Claro. Cuando la casa sea suya hará lo que quiera en ella.

Llamó y mandó que le trajeran el desayuno. Fumaba un pitillo cuando la chica le trajo su ropa limpia y planchada y un montón de camisas.

—Tampoco estaría mal que se hiciese un traje como los que usa todo el mundo, porque con esta chaqueta no parece un señor.

Se levantó. Después de asearse recorrió la casa. Lo habían puesto todo patas arriba. En el salón, dos mujeres procedían a enrollar la alfombra. Otra sacaba brillo a los bronces y latones. Una muchachita muy espigada y desenvuelta lavaba los marcos de las puertas.

Mandó que bajasen su maletín al portal y que lo metieran en el coche en cuanto llegase.

—Pero ¿no lleva más que esto? ¿Y para eso pasé yo tantas horas planchándole camisas?

Decididamente no hacía nada al gusto de la *Rucha* hija. La invitó con un gesto a resignarse.

—Dile a tu madre que venga.

La *Rucha* vieja salió de la cocina secándose las manos en el mandil. Carlos le dio unos billetes.

—Arreglaréis dos habitaciones. La que fue de la señora, para la señorita, y la que yo ocupo ahora, para el señor.

—Luego, ¿usted ya no dormirá aquí?

—Probablemente, no.

La chispa de luz que saltó en los ojos de la *Rucha* vieja bien pudiera interpretarse como alegría.

—Lo vamos a sentir mucho, señorito. Ya nos habíamos acostumbrado a usted. ¡Dos personas nuevas...! ¡Y extranjeras! Cada uno con sus gustos.

—Pondré un telegrama con el día y la hora de llegada. Para que tengáis preparada la comida.

—¡Ya verá el señorito! Se chuparán los dedos...

El coche había llegado. Carlos dio una nueva vuelta por la casa, hizo alguna advertencia. Se había detenido ante el retrato de doña Mariana.

—Y ese cuadro, ¿lo mandaremos al pazo? Porque tengo entendido que es del señor.

—Todavía no. Hasta que busquemos otro para su sitio.

—Claro. Quedaría deslucida la chimenea sin ese cuadro.

Hacía frío. Mandó cerrar las ventanillas del coche. Ofreció tabaco al chófer. A la salida de Pueblanueva empezó a llover.

—¿Cree usted que llegaremos al exprés de Madrid?

—Con un poco de suerte, señor, ya lo creo que llegaremos.

Capítulo 2

Cosían en el cuarto grande, donde también se comía y se recibía a los amigos. Las sillas de las oficialas –cuatro, cinco a veces– rodeaban la ventana en semicírculo. Las mañanas de sol echaban las sillas un poco atrás para calentarse las piernas y los regazos sin molestia para los ojos.

Pili y Nati cantaban toda la mañana. Pili aprendía las canciones de moda –tenía radio– y se las enseñaba mientras cosían a Nati, que no tenía radio. Lola y Reme permanecían silenciosas: Lola pensaba en su novio, que estaba en África, y Reme también pensaba en su novio, que aún no estaba.

–A ver si sacas chico un día de éstos, hija, para que te animes.

En el cuarto de al lado, que también tenía ventana al patio, se probaba. El diván, de noche, se convertía en cama, y en él dormía la maestra.

Antes de marcharse, por la tarde, las oficialas lo recogían todo y lo guardaban en dos armarios. Las sillas pasaban al cuarto de los trastos, y entonces el hermano de la maestra podía traer a sus amigos.

–Ahí donde lo tienes no te vendría mal. Te lleva quince años, pero está de buen ver.

—¡Calla, hija, con esas narices y esas pecas! Además, no quiero nada con anarquistas.
—Ya sé que a ti te tiran las derechas.
—Y a mucha honra.
—Pues ya verás la corrida en pelo que llevan para las elecciones.

Hablaban en voz baja. La maestra había salido a la compra, pero una no podía confiarse nunca por aquella su manera silenciosa de andar.

—Cuando menos lo piensas tienes encima esos ojos que parecen dos carbones.
—Pues no dirás que es mala.
—Pero rara, sí que lo es.
—Oí decir que venida a menos.

Sonó el timbre de la puerta. Ninguna de las cuatro levantó la cabeza.

—Abre tú, Reme, y deja en el pasillo los suspiros que puedas, que aquí ya tenemos bastantes con los de Lola.

Reme dejó a un lado la labor y se clavó la aguja en la solapa de la blusa.

—La tenéis a una de chica para todo...

Salió y abrió la puerta. La oyeron hablar con alguien. Regresó.

—Es uno que pregunta por la maestra o por su hermano. Debe de ser pariente.

—¿Y lo has dejado en la puerta? ¡Pareces de pueblo!

Pili se levantó diligente. Al pasar frente al espejo se arregló el pelo. La Reme dijo:

—Puede ser tu padre.
—Nunca está de más.

Avanzó por el pasillo contoneando las caderas. El tipo que esperaba en la puerta era un hombre alto, como el hermano de la maestra; pero así, al contraluz, no se veía bien. Hasta que estuvo junto a él.

—La maestra vendrá en seguida. Si quiere usted pasar...

–Bueno.

Carlos entró y esperó a que Pili cerrase.

–Venga. No le molestará estar con nosotras. ¿Es usted primo de la maestra?

–Algo así.

–Se es o no se es. Pero como se parece tanto al hermano...

Le indicó una silla cerca del corro de las oficialas.

–Siéntese y espere. No le molestará que cantemos, ¿verdad? Lo hacemos siempre.

Carlos le sonrió. Pili recabó la labor. Nati miraba de reojo y reía.

–¡Qué tío feo!

–Sin despreciar a nadie...

Pili se puso a cantar, pero Reme se pinchó un dedo. Estuvo en un tris de manchar la tela.

–¡Si pusieras los cinco sentidos en lo que haces...!

–¡Como si tú no te hubieras pinchado nunca...!

Carlos intentaba distraerse con una revista de modas. Inclinó un poco el torso para que no le vieran reír.

Alguien gritó por el patio:

–¡Señorita Inés!...

–Ahí está ésa otra vez –dijo Nati–. Querrá la blusa.

Pili se levantó y abrió la ventana. Dijo que la maestra vendría pronto y que la blusa estaba a falta de pegarle los botones.

–A primera hora de la tarde yo misma se la llevaré.

Se oyó abrir y cerrarse la puerta. Pero Inés no entró en el obrador.

–Habrá que decirle que está aquí el caballero...

–Hazlo tú, Reme.

Reme salió y volvió corriendo.

–Que nos vayamos todas y que vengamos puntuales. Y usted, señor, que espere.

Recogieron en un santiamén. Saludaron una a una.

–Buenos días, señor.

—Buenos días.
—Usted lo pase bien.

Reían en el pasillo con risa contenida. La señora del patio llamó de nuevo a Inés y un momento más tarde a un niño que se llamaba Felipe.

—¡Felipe, Felipín!

Carlos seguía hojeando la revista. No advirtió la llegada de Inés hasta que oyó su voz.

—¡Carlos!

Derribó la silla al levantarse. Quedó corrido y un poco embarullado. Inés se agachó para recogerla. Luego le tendió la mano. Se miraron con las manos cogidas, sin decir nada. Carlos sonrió.

—Bueno. Aquí estoy...
—Me alegro mucho de verte... Me alegro de verdad. Estás más gordo.
—Y tú pareces otra —Inés le miró satisfecha—. Y tan bien vestida...

Se sentaron en sillas bajas, con las piernas al sol. Volvió a llamar la vecina. Inés no hizo caso.

—Háblame de Clara y de su tienda. ¿Es cierto que le va bien? ¿Y mi madre?

Carlos habló largamente, respondió a sus preguntas. Inés sentía curiosidad por todo. Escuchaba con entusiasmo de desterrada.

—¿Es cierto que han derribado nuestra casa? ¿Y que estás arreglando la iglesia de Santa María? ¡Cuéntame cómo murió la Vieja...!

Clara en sus cartas contaba todo, pero sin detalles.

—Nos gusta saber lo que sucede allá, aunque no volveremos nunca. Porque no volveremos, ya lo sabes. Ni Juan, ni yo. Yo...

Levantó a medias una mano y se echó a reír.

—Yo voy a casarme. No se lo dije a Clara todavía.

Juan no solía comer en casa. Carlos propuso que salieran y buscaran una taberna. Inés prefirió quedarse: las oficialas regresarían pronto.

–Si no eres muy exigente preparo comida para los dos. Y hablamos. Es la primera vez que estamos solos y que hablamos tanto, ¿verdad? Sin embargo, me parece como si hubieras sido mi amigo toda la vida.

Mientras Inés guisaba, Carlos bajó a la calle y compró fruta y vino. Hacía una mañana resplandeciente y fría. Con el paquete en la mano, Carlos descendió hasta Rosales. ¡Qué distinto estaba todo desde sus años de estudiante!

Inés preparó la mesa. Durante la comida, Carlos explicó la razón de su viaje. Inés no pareció interesarse por Germaine.

–Y Juan, ¿qué hace?

Inés dejó de sonreír.

–¿Puede saberse alguna vez lo que hace Juan? Ni siquiera puede saberse lo que quiere.

–¿Trabaja?

–Todo el día, pero no gana un céntimo. Abogado, como siempre, de causas perdidas.

Hablaba con tono amargo. La mirada se le había entristecido.

–Tú le quieres mucho, ¿verdad? –dijo Carlos.

–Sí, pero... ya no soy la misma.

Estaba pelando una manzana. La cortó en trocitos.

–¿Cómo te lo diría? Hoy me encuentro más cerca de Clara que de mí misma. Estuve equivocada. Clara tenía razón muchas veces. Y yo, ahora que veo las cosas como son, la comprendo.

–Alguna vez he defendido a tu hermano de las acusaciones de Clara.

–No más que yo. Quizá en el fondo supiera que ella, y no yo, estaba en la verdad; pero entonces... Adoraba a Juan y no quería a Clara. Tú sabes por qué, naturalmente –Carlos asintió–. Ahora llevamos unos meses separados, yo no soy la misma –recalcó–. Por otra parte, allá, Juan y yo formábamos en un bando, contra Clara y contra todos; pero ahora no tenemos enemigos enfrente, nadie se ocupa de nosotros ni hay de quién defenderse. No estamos desunidos, y le quiero como siempre; pero ya no estoy ciega. Me doy cuenta de que Juan lleva varios años haciendo lo posible por disimular su incapacidad y hasta por convencerse de que no es un incapaz.

Pinchó con el tenedor un trocito de manzana y lo remiró.

–Hemos tomado esta casa, la hemos amueblado y hemos repartido el dinero restante. La casa la sostengo yo con mi trabajo y aún me sobra. Juan gasta de su dinero y lo tira innecesariamente, como si le estorbase. A veces me asombro al recordar la austeridad de su vida en Pueblanueva. ¿Cómo pueden unos miles de pesetas cambiar así a un hombre?

Masticó pausadamente la manzana. Sus dientes eran finos, menudos, su boca, grande y carnosa, como la de Clara. Ahora llevaba el pelo corto y bien peinado y se pintaba un poco. También se arreglaba las uñas. Ceñía discretamente los pechos, hasta cuyo arranque llegaba el escote agudo de la blusa.

–Me da miedo Juan. Ahora para poco en casa, anda con amigos, viste bien. Cuando se le acabe el dinero, ¿qué hará? ¿Encerrarse aquí, atormentarse y atormentarme sólo de verle, aunque no se queja? No sé si has experimentado alguna vez el dolor de querer apasionadamente a una persona a la que ya no respetas.

Dejó caer las manos sobre el mantel y bajó la cabeza. La levantó de pronto, con brusquedad, y clavó en Carlos una mirada fogosa. Unas guedejas negras le cayeron sobre la frente.

–Yo ya no tengo resignación, ¿comprendes? Ya te dije que he cambiado mucho; es como si antes fuese una niña y ahora una mujer de verdad. En la vida hay muchas cosas que valen la pena, y no veo la razón de renunciar a ellas por Juan. Aún puedo tener hijos.

Rió, y Carlos se sorprendió.

—Te resulta raro, ¿verdad? Sin embargo, a mí me parece natural. Tenía un velo en los ojos, y un día se me cayó.

Empezó a amontonar los platos del postre.

—Esperemos que Juan no te acapare para lucirte por ahí y que tengas un momento para conocer a mi novio. El ya sabe quién eres. ¿Cómo no va a saberlo? Juan no le habla más que de ti. Para Juan eres el genio de los Churruchaos.

Tenía la tarde vacante. Su equipaje –un maletín– lo había dejado en un café antes de echarse a buscar la casa de Juan. Ahora debía cuidarse del alojamiento. Intentó en vano recordar nombres de hoteles decentes: sólo alguno de mucho lujo se le venía a las mientes.

Se metió en un café de la Puerta del Sol, pidió una copa de coñac. El café empezaba a vaciarse, y el camarero se mostró locuaz. Le remitió a un hotel de la calle de Echegaray.

Quedaba cerca. La tarde empezaba a entoldarse y venía un viento frío, afilado. Se subió el cuello de la gabardina.

—Tendré que comprar un abrigo.

Pidió en el hotel tres habitaciones: una para ocupar inmediatamente y dos reservadas para dos viajeros que llegarían de París al día siguiente, en el tren de la mañana. Un padre y una hija.

—¿Con baño?

—Sí.

El sujeto del hotel dijo: «Costarán tanto», y Carlos respondió que bueno. Pero se sintió mirado con desconfianza.

—Volveré luego a traer mi equipaje. Poca cosa, sólo un maletín. Pero llevo encima algún dinero y me gustaría dejarlo en la caja del hotel.

El empleado le sonrió más amable.

Entregó dos mil pesetas en billetes y un cheque por quince mil. Cubrió un papel para la Policía, le firmaron un recibo.

—Cuando usted vuelva, doctor, tendrá la habitación arreglada y podrá ver las otras dos por si no son de su gusto.

Empezó a vagar por las calles. Sintió frío, entró en un almacén y compró un abrigo gris y una bufanda. Dijo que le mandaran al hotel la gabardina y dio su nombre y la dirección. Después siguió callejeando. Pensaba en Inés y le daba miedo encontrarse con Juan.

Hacia las seis recogió el maletín y regresó al hotel. Le habían dado una habitación grande, con balcones a la calle. Una cama enorme, muebles de caoba, espejos y alfombras gruesas. La de Germaine era más pequeña y lujosa.

Se lavó y afeitó, se cambió la camisa y volvió a salir. Eran cerca de las siete. Tomó un taxi y dio la dirección de Juan: Altamirano, 33. Al atravesar la Gran Vía el taxi estuvo detenido unos minutos: unos estudiantes peleaban con los guardias de Asalto. Había gritos y carreras.

En un taxi vecino un señor grueso discutía con el taxista y aseguraba vociferando que a los estudiantes había que meterlos en cintura, y que él sabía cómo hacerlo, y que lo haría si le dejasen gobernar.

—Y a los que están detrás de los estudiantes, a los que los azuzan, a ésos, a Guinea con ellos, sin piedad, sean fascistas o comunistas.

El taxista pensaba de otra manera. Cuando quedó franco el camino, la pelea parecía haberse reproducido dentro del taxi.

Le abrió la puerta Inés. Estaba arreglada ya y lista para salir. No pasó de la puerta.

—Vamos a un café aquí, en el barrio. Juan estuvo unos momentos en casa, le dije que habías llegado y acudirá allí. Se alegró mucho.

El café estaba cerca. Era un local grande, desangelado, con muchos espejos. Inés entró delante y le guió hasta una mesa del fondo.

–Es aquí donde solemos reunirnos. El café no es bonito, pero tiene buena calefacción.

Pidió un chocolate con picatostes y se lo recomendó a Carlos. Aún no los habían servido cuando llegó Gay, sonrió desde lejos y mientras daba la mano a Inés dijo:

–Usted tiene que ser el doctor Deza. No puede ser otro.

Se sentó al lado de Inés y la cogió del brazo.

–Estoy muy contento de conocerle. Me han hablado mucho de usted.

Soltó el brazo de Inés y sin levantarse empezó a quitarse el abrigo.

–Juan dice que conoció usted a Freud.

–Sí.

–¿Es posible? ¿Estudió usted con él?

–Directamente no. Le escuché muchas lecciones y conferencias y trabajé con discípulos suyos. Una vez me lo presentaron y me dio la mano.

Paco Gay miró respetuoso la mano diestra de Carlos.

–Yo voy a ir pronto a Alemania.

–¿Médico?

–No. ¿No le ha dicho Inés? Estudio Filología románica. En cuanto nos casemos...

Repentinamente el rostro alegre de Paco Gay se ensombreció y volvió a coger el brazo de Inés.

–¿Sabes? Hoy tuve carta de mi madre. Dice que vendrá a la boda.

–Es lo natural.

–Pero... si mi madre viene... tendremos que casarnos por la Iglesia. Se llevaría un gran disgusto si supiera...

Parecía apurado. Explicó a Carlos:

–Es que pertenezco al partido socialista, y si nos casamos por la Iglesia tendré un conflicto. A Juan tampoco le gustará.

—Mi hermano no cuenta.
—Aunque transija...
—Pues con explicar a tus amigos lo que sucede...
—¿Y si les da por ponerme en un brete?
Volvió a mirar a Carlos.
—Mi madre tiene sesenta años y es muy religiosa. Se llevaría un disgusto de muerte.
—Su madre es una persona concreta, y el partido, una entidad abstracta.
Paco Gay abrió los ojos.
—Pues ¡mire! No se me había ocurrido. Quizá sea una razón.
—Depende de lo exigentes que sean las entidades abstractas.
Inés propuso:
—Siempre habrá manera de hacerlo discretamente. No tienen por qué enterarse ni Prieto ni Largo Caballero. Tampoco creo que se preocupen de nosotros ni que hayan oído jamás nuestro nombre.
Gay volvió a reír.
—¡Claro! Ellos son los capitostes y no están en estas minucias. Pero lo malo son mis compañeros. ¿Sabe usted? Éramos cinco aspirantes a la beca y me la dieron a mí. Los otros cuatro están rabiosos, y dos de ellos son también socialistas.
—Tenía usted que haber pensado esto antes de ingresar en el partido.
—No crea que no lo he pensado. La beca me la dieron por ser socialista, y quizá me la dieran también si fuese de derechas. O con unos, o con otros, pero siempre con alguien si se quiere hacer carrera.
Gay había cogido la mano de Inés y se la acariciaba. Inés no parecía enterarse o al menos no le daba importancia.
Juan llegó un poco más tarde. Venía vestido de gris, un traje de buen paño y buen corte, pero sin corbata. Dio a Carlos un abrazo muy fuerte. Pidió cerveza, se sentó al lado de Carlos y se encaró a Gay.

—Aquí tienes al doctor Deza, el hombre que está enterrando en Pueblanueva del Conde su sabiduría. Un tipo que, además de gran médico, sabe de arte, entiende de literatura y está al tanto de lo que pasa por el mundo. Como otros muchos que yo conozco, Gay, y que tú conoces también, pintores y poetas, que no hacen más que vociferar su amargura por nuestras aldeas. Nuestra tierra se come a los hombres, los disuelve en el orballo, les quita la voluntad. Al que se queda allí se le cierran todos los caminos menos el adocenamiento y la borrachera. Tienes que venirte a Madrid, Carlos. Esto es otra cosa. El aire frío espabila. Y hay que luchar día a día para mantenerse cada cual en su puesto, porque siempre andan diez detrás de ti dispuestos a quitártelo. Este es el país de la envidia y del olvido: si te descuidas te aplastan; si no produces, mañana nadie te recuerda. Es como vivir en guerra.

—Vendré en cuanto resuelva los asuntos de doña Mariana.

—¿Para qué te preocupas de eso? Los asuntos de doña Mariana se resolverán por sí solos; es decir, no necesitarán ser resueltos. Esto está a punto de cambiar. Se anuncian elecciones para pronto, y entonces el problema consistirá en si damos a España una estructura socialista o anarcosindicalista. Pero lo de la propiedad privada se resolverá de un modo u otro. No pierdas el tiempo en testamentarías.

Golpeó nuevamente la espalda de Carlos.

—Necesitamos hombres como tú, gente libre de prejuicios que pueda colaborar en la edificación de una sociedad nueva. Tu puesto está aquí. En España está todo por hacer; pero nada se hará como no sea desde aquí, desde la cabeza. En eso estoy de acuerdo con los comunistas. El defecto del anarcosindicalismo es su sentido cantonal. Quizá haga falta una previa dictadura centralista antes de llegar a la verdadera organización libertaria. ¡Si mis camaradas no fuesen unos doctrinarios lo habrían comprendido! Pero el anarcosindicalismo no ha evolucionado. En eso se parecen a los carlistas. Viven en pleno siglo diecinueve.

Hablaba con calma, marcaba las pausas y movía la mano derecha con suavidad, frotando el índice contra el pulgar. Carlos lo recordó dirigiéndose a los pescadores en la taberna del *Cubano*. Como orador, había progresado.

—Eres un soñador, Juan —dijo Gay—. Tenemos sociedad burguesa para unos cuantos años. ¿Crees que va a ser muy fácil desmontar las fuerzas tradicionales, el clero, el ejército, los terratenientes? Una evolución lenta y trabajosa, dirigida por el partido socialista...

—¡No, no! Una revolución. España es un cuerpo enfermo al que hay que intervenir sin demora. Aunque sea cruelmente. En cuanto a los socialistas...

Rió retóricamente.

—... el mayor capitalista de mi pueblo, el verdadero opresor del proletariado, pertenece al partido socialista. ¿Cómo voy a tener confianza en un equipo que admite a semejantes tipos? Carlos puede decirte de quién se trata, aunque creo que alguna vez te lo expliqué. Por cierto, Carlos: ¿cómo van mis pescadores? Ya sé que gracias a ti los pesqueros de doña Mariana son prácticamente suyos.

—Tienen dificultades financieras. Ha habido que hipotecar un par de barcos, y aun así las dificultades siguen.

—Y Cayetano Salgado, que andará por el medio o detrás de la cortina para estorbarlo todo.

—Cayetano no se ha metido en nada. Hemos hecho un pacto.

—¿Es posible? ¡No te fíes de Cayetano! Si no se ha metido en nada será porque le conviene y mientras le convenga. Yo andaría con ojo.

Juntó las manos palma con palma y bajó la cabeza.

—A veces siento remordimiento de haberlos abandonado. Yo no hubiera pactado; hubiera seguido la lucha hasta el final...

—Y hubieras perdido —intervino Inés.

—Quizá. Es posible que lo político haya sido pactar. Es lo

que me justifica ante mí mismo. Soy demasiado intransigente, y mi intransigencia habría perjudicado a un puñado de trabajadores indefensos. Los hombres como yo...

Miró furtivamente a Carlos: le tembló la mirada.

–... podemos ver claras las líneas generales de una política, pero nos estrellamos contra la realidad concreta. Mis divergencias con los anarcosindicalistas vienen de ahí. Ellos saben conducir una huelga o gobernar un sindicato, pero no comprenden que en eso no se agota la acción revolucionaria ni tampoco en la fidelidad a unas ideas anticuadas. El anarcosindicalismo tiene que evolucionar, tiene que considerar la realidad innegable del marxismo y de su revolución, que ahí está, aunque nos disguste.

Señaló a Gay.

–La verdad se reparte a medias entre vosotros y nosotros. Si nos ponemos de acuerdo y lo mantenemos, haremos frente a la revolución. De lo contrario...

Dejó caer la mano desalentada en el mármol de la mesa.

–... el porvenir de la revolución será una incógnita.

Inés y Gay se marcharon a cenar y al cine. Tomaron un taxi a la puerta del café. Carlos y Juan bajaron, sin prisa, por la calle de la Princesa. Carlos explicó la causa de su viaje.

–¿Conoces a esa chica? –preguntó Juan.

–Sólo a su padre. Creo haberte hablado de él alguna vez.

–Me gustaría acompañarte mañana al tren. Pura curiosidad. Mi respeto por doña Mariana ha sido, tú lo sabes, una de mis debilidades. ¿Será capaz esta muchacha de aguantar el tipo en Pueblanueva como lo aguantó la Vieja?

–Si, como dices, las cosas se resolverán por sí solas, ¿qué más da que lo sea o no? El día que se resuelvan tendrá que regresar a Francia. Si le dejáis con qué pagarse el viaje.

–No será tan fácil ni tan rápido. Hablo así delante de Gay, que es socialista y que no entiende una palabra de política;

pero en confianza te diré que no lo veo claro. En las próximas elecciones triunfarán las izquierdas; esto, descontado. Pero las izquierdas no son un grupo homogéneo. Van desde los burgueses de Azaña a los comunistas de *la Pasionaria*. Nosotros, los anarcosindicalistas, quedamos fuera, como los fascistas. Probablemente las derechas se agruparán alrededor de Gil Robles, pero no creo que Azaña logre lo mismo con las izquierdas. Están los comunistas y está Largo Caballero. De modo que hay propiedad privada para rato.

–En cualquier caso tendré que ayudar a Germaine, y esto me retendrá algunos meses en Pueblanueva.

–Eso, y que es hermoso vivir allí. Lo reconozco: es hermoso y enervante. A ti no puedo mentirte: muchas veces siento nostalgia. Daría todo lo presente por unas tazas de vino en la taberna del *Cubano* o por un paseo hasta el monasterio.

–Y lo presente, ¿qué es? ¿Escribes?

–No. No escribo.

Carlos tuvo la sensación de haber hecho una pregunta indiscreta. Caminaron unos pasos en silencio. De pronto Juan dijo:

–No es moral dedicarse a la poesía mientras hay hombres oprimidos. Ni aun a la poesía política. El otro día en el Ateneo alguien defendía a Alberti, que se hizo comunista y escribe poemas sociales. Es un truco. ¿Qué más da cantar a la revolución que a las rosas? La hora no es de cantar, sino de hacer. Yo he elegido la acción.

Volvió a callar y miró a Carlos; pero Carlos seguía caminando a buen paso, con la vista al frente y la bufanda muy subida.

–Trabajo entre los intelectuales. Trabajo, además, por mi cuenta. Soy un anarquista entre los anarquistas. Me separan de ellos puntos de vista divergentes sobre táctica política; pero en el fondo coincidimos, en lo esencial. No te niego que quizá ellos desconfíen de mí: me tienen por un señorito.

Pero esa misma desconfianza me da una libertad de acción que de otra manera no tendría. También entre los anarquistas hay una ortodoxia y unos dogmas. El francotirador como yo puede permitirse el lujo de la herejía, que, por otra parte, es necesaria en los medios en que me muevo. En el Ateneo, sobre todo al discutir con los estudiantes, hay que poseer una flexibilidad mental, una dialéctica amplia, incompatibles con cualquier dogmática.

Habían llegado al final de la calle de la Princesa. Carlos se detuvo.

—¿Adónde vamos?

—A una tasca, aquí cerca.

Le empujó.

—Por aquí.

Descendieron a la plaza de España, entraron en la Gran Vía.

—Es aquí, junto al mercado de los Mostenses. Recuerdas esto, ¿no?

Carlos lo recordaba vagamente. Olía a pescado, a hortalizas podridas. La calle estaba ocupada por camiones que cargaban o descargaban.

En la taberna Juan encargó la comida.

—Los comunistas me han enviado ya un par de recados, ¿sabes? Están necesitados de gente como yo. Pero rechacé la invitación. Primero, por no perder mi libertad; pero, además, por incompatibilidad moral. Los comunistas admiten a todo el mundo. ¡Hasta el fraile aquel de Pueblanueva trabaja para ellos!

—¿El padre Ossorio?

—Sí. Creo que se llamaba así.

Juan se sirvió un vaso de vino y lo bebió.

—Por ahí anda. Le veo a veces, y ya le hubiera partido el alma si no tuviera detrás a los comunistas. Se arrimó a ellos para protegerse. De eso estoy seguro.

—Me da la impresión de que Inés lo ha olvidado.

—Supongo que en el fondo hasta le estará agradecida. Gracias a aquel episodio no volvió a pensar en Dios ni en sus santos. Y ahora ahí la tienes: una muchacha fuerte que sabe hacer frente a la vida. De espíritu amplio y robusto. ¡Va a casarse con un socialista! ¿Quién reconocería en ella a la Inés de hace un año?

El chico de la taberna les sirvió unos calamares.

—Yo la he aconsejado, la he guiado. Incluso la he sacado al mundo. No es nada torpe, ¿sabes? Ahora lee libros y es capaz de discutir y de llevar una conversación. En cuanto a su matrimonio..., también es obra mía. No puedo esperar ni desear que viva perpetuamente a mi lado. Llegará incluso a estorbarme. Porque el día en que la política exija de mí la acción directa, el peligro, ¿cómo voy a comprometerme si ella está en casa esperándome y angustiada por mí? La quiero demasiado, tú lo sabes. Y Gay es un buen muchacho que la adora, lo bastante listo para hacer carrera y lo bastante tonto para ser un buen marido. La dejo en las mejores manos.

Limpió con la servilleta los labios entintados.

—Bueno. Ahora dime algo de ti.

Carlos se encogió de hombros y miró al vacío.

—Yo sigo viendo vivir a los demás.

Terminaba de afeitarse cuando le avisaron de que le esperaba el señor Aldán. Levantó el visillo y miró al cielo: el sol no había salido, y una luz gris envolvía la calle.

Juan traía puesto un buen abrigo oscuro y un sombrero negro. Esperaba en el vestíbulo.

—Si te parece desayunamos antes. Hay tiempo.

Pasaron al comedor. Juan se quitó el abrigo. Llevaba corbata.

—¿Has visto la prensa?
—Todavía no.
—Esto se liquida.

Empezó a explicar la situación política, el fracaso de las derechas. Carlos miraba las volutas labradas en caoba de un aparador cercano. Un poco alejado, el camarero escuchaba a Juan con ganas de intervenir.

—Queda la incógnita de los militares.

Tomaron un taxi, que Juan se empeñó en pagar. El tren de Irún venía retrasado. Pasearon por el andén vacío, contra el aire helado y húmedo del Manzanares. De repente Juan dijo:

—Tú debías casarte con esa chica. Está justificado que un intelectual haga un matrimonio de interés. Estoy seguro, además, que ése sería el gusto de doña Mariana.

—Sí, pero doña Mariana no contó con la voluntad de la interesada ni con la mía.

—Los hombres como tú cometen un error quedando solteros.

—Ésa es, más o menos, la opinión de tu hermana Clara.

Apareció la locomotora. Se detuvieron.

—Y ahora, ¿cómo la reconocerás?

—Se parece a la Vieja y viene en coche-cama. En cualquier caso, conozco a su padre.

—¡Ah, su padre! Lo había olvidado. Un viejo fracasado, ¿no?

Les alcanzó el vapor de los frenos: un aire pegajoso y caliente. Pasaron dos o tres furgones, varias unidades. Carlos preguntó a un maletero dónde caía el coche-cama.

—Atrás, casi al final.

Anduvieron un rato. El tren se detuvo. Carlos examinaba los rostros asomados. Juan, un poco atrás, parecía no mirar.

Germaine no se había asomado, pero Carlos la descubrió pegada a la ventanilla. Vestía de luto y bajo el sombrerillo negro le asomaban unos mechones rojizos. Carlos le hizo una señal, y ella sonrió y le saludó con la mano. Entró en el departamento y salió a poco, acompañada de su padre. Indicó a Carlos, y don Gonzalo le saludó con una mano enguantada.

—Encárguese del equipaje de esos señores.

El mozo subió al vagón. Carlos esperó al pie de la portezuela. Juan no se había movido.

—Acércate. ¿La has visto ya? Es ésa...
—Sí. Ya la veo. Guapa, ¿eh?
Germaine descendió casi de un salto, pero a su padre hubo que ayudarle. Arrastraba las piernas y tosía.
—Ha sido una locura traerte, papá —le dijo Germaine en francés.
Y añadió en español:
—Bueno, ya estamos aquí.
Tendió la mano a Carlos mientras miraba a Juan. Carlos lo presentó.
—¿Otro Churruchao? —Germaine rió al ofrecerle la mano—. No hay confusión posible.
Vestía un abrigo grueso y llevaba en la mano una especie de bufanda de piel.
El padre le dijo:
—Abrígate la garganta, hija mía. El clima de Madrid es duro.
—Sí, papá.
Ella se envolvió el cuello, sacó del bolso un inhalador, lo acercó a la boca abierta y apretó varias veces la pera de goma: ¡Flash, flash, flash...! El viejo explicó:
—Un enfriamiento privó a su madre de su tesoro más preciado, y es natural que me cuide de la garganta de su hija.
—También nosotros nos cuidamos, no crea. El aire de Madrid es un cuchillo.
—Pero ustedes quizá no tengan una garganta que cuidar como ella. Una garganta maravillosa. ¡Un verdadero tesoro!
Puso los ojos en blanco. Germaine le tomó de un brazo.
—Vamos, papá. A quien hay que cuidar es a ti. ¿Quiere cogerle del otro brazo?
Se dirigía a Juan, y Juan se apresuró a obedecerla. El mozo había cargado en un carrillo dos maletas grandes, nuevas. Carlos lo emparejó hasta la salida. De vez en cuando volvía la cabeza. Los otros tres quedaban cada vez más lejos. Juan movía mucho el brazo libre, y Germaine parecía reír.

Metieron a don Gonzalo en el ascensor, y Germaine entró con él.

—Es una mujer extraordinaria —dijo Juan.

Se había quedado mirando a la puerta de caoba con espejo que cerraba el ascensor. Carlos le agarró de la trabilla del abrigo y tiró.

—De acuerdo, pero ya se ha retirado. Vamos a sentarnos.

—Tengo que irme.

Pero siguió a Carlos y se sentó a su lado.

—Te envidio. Me gustaría ocupar junto a ella el lugar que vas a ocupar tú.

—¿El de coco?

Juan le miró con gravedad.

—Serás su amigo.

—Me gustaría serlo. Pero tengo la obligación de hacer que se respete la voluntad de doña Mariana. Y me va a costar trabajo.

—Pero ¿vas a pretender que esta mujer se entierre en Pueblanueva durante cinco años? ¡Sería arruinar su carrera!

—Doña Mariana no tuvo en cuenta que su sobrina posee una hermosa voz de soprano probablemente porque lo ignoraba. Ni ella ni su padre dijeron jamás que estudiase en el Conservatorio ni que aspirase a cantar ópera. A mí su padre me engañó, porque me dijo que estaba interna en un colegio de Normandía.

—Bien, pero ahora ya lo sabes.

—No puedo cambiar los términos del testamento.

—Puedes hacer lo que te dé la gana. Nadie va a protestar ni a meterte en pleito. Y tu obligación es ayudar a Germaine, está bien claro. Tiene un brillante porvenir. Puede, fíjate bien, puede presentarse en la Ópera de París cantando *Carmen*. Ya la has oído.

—No. Yo no la he oído.

—Claro. ¿Cómo ibas a oírlo? Andabas liado con las maletas cuando lo dijo. ¡En la Ópera de París, Carlos! ¡Sólo necesita dinero!

—Yo creía que para eso sólo se necesitaba voz.

Juan le ofreció un cigarrillo.

—No tomes en serio ese testamento, Carlos. ¿Qué más te da a ti si no ganas ni pierdes? En cambio, ella... ¡Si vieras el miedo que trae la pobre! El testamento le parece absurdo, y más absurdo todavía que la Vieja lo haya puesto todo en tus manos. Claro está que yo le he dicho que eres el hombre más bueno del mundo.

Carlos jugaba con el cigarrillo sin encender. Lo llevó a la boca, lo retiró.

—Eso la habrá tranquilizado, ¿no?

Encendió, por fin. Juan se había puesto en pie y se calzaba los guantes.

—No puedo esperar más, pero volveré a buscarla. A las doce. Iremos al Museo del Prado. No te parecerá mal que la haya invitado, ¿verdad? Iremos los tres.

Se encasquetó el sombrero y envolvió la bufanda al cuello.

—Piensa en lo que te he dicho. Cantar *Carmen* en la Ópera de París debe de ser para ella como para ti heredar la cátedra de Freud.

—No me ha interesado nunca, puedes creerlo.

Subió a su habitación, se tumbó en la cama y se tapó con una manta. El cigarrillo quedó abandonado en el borde de la mesilla de noche: lanzaba al aire una columnita de humo azul, una columnita muy recta que al final se deshacía en volutas. Luego se apagó.

Carlos cerró los ojos. Tenía sueño y se quedó dormido. Le sobresaltaron unos golpes en la puerta: el *botones* venía a avisarle de que la señorita le esperaba. Miró el reloj: había pasado casi una hora. Se peinó un poco y bajó corriendo. Tuvo que volverse desde la mitad de la escalera, porque había olvidado algo.

Germaine traía puesto un abrigo de piel que todavía olía a tienda y llevaba en la mano el sombrero. Era alta como doña Mariana, casi tanto como él. Quizá de niña hubiera tenido pecas. El pelo rojo le llegaba hasta la espalda, y la nariz se curvaba ligeramente.

Mientras descendía los últimos escalones la contempló. Ella le esperaba arrimada al mostrador del *comptoir*, de charla con el empleado. Al verle le sonrió.

—Perdóneme. Me había quedado dormido.

—¿Le parece que nos hablemos de tú? Creo que en España es costumbre.

—Gracias.

Carlos recogió el cheque. El empleado atendía especialmente a Germaine. Le explicaba cosas de Madrid. Al marcharse ellos, la despidió muy amable. A Carlos ni mirarle.

—El Banco está muy cerca. No necesitamos taxi.

Tardaron más de un cuarto de hora en cobrar. Cuando tuvo el dinero en las manos se lo entregó a Germaine.

—Quince mil pesetas.

—¡Mucho dinero!

Lo guardó en un bolso chiquito que llevaba.

—Me bastará para comprar ropa. ¡Ya lo creo! Y me sobrará mucho.

—¿Ropa? ¿Para qué?

—No traigo más que lo indispensable.

—No sé qué entenderás por indispensable, pero te advierto que Pueblanueva no es una ciudad ni siquiera un pueblo grande, donde necesites cambiar de traje. Allí lo indispensable es muy poca cosa.

—Creí que mi posición exigiría un equipo completo.

Salieron del Banco.

—¿Quieres que entremos en un café?

Atravesaron la calle. Carlos dudó entre dos cafés vecinos. Eligió al azar. Entraron. Desde un rincón les saludó la voz de Aldán. Estaba con cuatro o cinco, y vociferaban.

Al fondo, en el patio, hallaron un rincón tranquilo.

—¿Qué idea te has formado de Pueblanueva?

—No sé. Papá me habló de ella muchas veces, pero tampoco la recuerda. Estuvo de niño.

—¿Y de tu posición allí?

—Una idea equivocada por lo que veo.

—Tu tía también la tenía equivocada de ti. ¿Por qué le habéis ocultado que estudiabas canto?

Germaine enrojeció.

—Se le ocurrió a papá. Yo no soy responsable.

—Tu padre sabía que ella no lo hubiera permitido.

—Sin embargo, no tenía derecho a estorbarlo.

—Quizá. Pero tengo entendido...

Se sintió repentinamente embarazado. Germaine sonrió.

—No sigas. Hace muchos años que mi padre y yo vivimos a su cuenta. Muy modestamente, ¿sabes? Nunca fue generosa.

—Sospecho que por eso siempre se sintió un poco dueña de ti y que jamás perdonó a tu padre el que te hubiera tenido alejada. Pensaba en ti como su heredera, y en cierto modo es natural que desease hacerte a su imagen y semejanza.

—Nosotros no pensábamos lo mismo. Por eso hubo que engañarla.

—No estoy seguro de que lo hayáis conseguido.

Germaine le miró con inquietud.

—¿Por qué lo dices?

—Las condiciones de su testamento son en realidad precauciones.

—El testamento es un disparate.

—Sí. Es la opinión más generalizada, y yo mismo la comparto. Sin embargo, desde el punto de vista de doña Mariana es razonable. No pensaba como nosotros. No creía que la riqueza estuviese a nuestro servicio, que sirviese para hacer o deshacer nuestro destino. Ni creía tampoco que el destino fuese algo que se podría elegir, aceptar o rechazar, sino algo que nos venía dado, como un deber que tenemos que cumplir. Desde su punto de vista, yo soy un traidor a mi destino, y tú lo eres también. Y no digamos tu padre. Por tu padre no sentía la menor estimación. Le ayudó pensando en ti.

Germaine inclinó la cabeza. Revolvía con la cucharilla un resto de café.

—Creo que debo hablarte sin rodeos —añadió Carlos.

—Mi padre es lo que más quiero en el mundo.

—¿Sabes que tu tía tenía un hijo?

Germaine soltó la cucharilla, levantó la cabeza bruscamente. Miró a Carlos.

—Un hijo natural. Es una historia vieja que ya te contaré, y si no te la cuento te la contarán en Pueblanueva. Ese hijo vive. Está en América, tiene carrera y no creo que ande necesitado de dinero. Hace algunos años, tu tía le dio a elegir entre reconocerlo como hijo de soltera y ser hijo suyo con todas las consecuencias o conservar el nombre postizo que llevaba, la legalidad ficticia. Él prefirió seguir ocultando su condición y por ocultarla mejor marcharse a América. Tu tía no le negó su ayuda, pero desde entonces lo despreció, y no creo que sintiese por él ningún afecto. Es ése a quien deja en su testamento cierta cantidad de dinero.

—Mi tía era un monstruo —dijo Germaine.

—No. Era simplemente de otra manera. Quizá no fuese fácil quererla, pero era inevitable admirarla.

—Prefiero a mi padre. Fue un hombre débil, un fracasado si quieres, pero quiso a mi madre, me quiere a mí, fue para mí padre y madre. No supo hacer nada importante en este mundo, salvo querer, y por la persona a quien quería, primero por mi madre, luego por mí, fue capaz de todos los sacrificios y de todas las humillaciones. Yo sé que cuando nací, cuando murió mi madre, todavía mi padre no recibía un céntimo de doña Mariana. Nunca he logrado averiguar lo que entonces hizo para criarme: si alguna vez se lo pregunté me respondió que lo había olvidado, pero sospecho que fueron años terribles, en los que ejerció los oficios más bajos, quizá incluso degradantes. Y después...

—Sí. Cuando yo estuve en tu casa hace un año le sorprendí guisando...

—Ahora ya no puede hacerlo. Está enfermo, y hemos tenido que coger una sirvienta. En Francia es un lujo. Por eso necesitábamos más dinero.

Desvió la vista. Su mano ahora jugueteaba con los guantes.

—Hemos vivido siempre pobremente. Cuando estábamos apurados recordábamos a la tía Mariana. Entonces papá me contaba que vivía en un palacio y que era una especie de señora feudal. «¿Quieres que lo dejemos todo y nos vayamos allí?» A veces me sentía tan desanimada, tan sin esperanza, que estaba a punto de decirle: «Vámonos». Y mi padre lo comprendía y para animarme a resistir me recordaba que a tía Mariana no le gustaría que yo cantase ópera. Yo apretaba los dientes y aguantaba, porque la ilusión de mi padre era que yo cantase.

—Entonces tampoco has elegido tu destino, sino el que tu padre te señaló.

—No es lo mismo. A mí me gusta cantar. Sería muy desgraciada si no lo consiguiese, y nada del mundo me bastaría para compensarme.

—Es lo que tu padre te enseñó a amar desde niña. Como a mí. Sólo que yo...

—¿Tú qué eres, Carlos?

—Una especie de médico de aldea.

Al llegar al hotel, Germaine subió a ver a su padre. Juan no había llegado todavía: quedaba en el café y dejó dicho que en seguida iría a buscarles. Carlos se sentó en el vestíbulo. Había un gato negro en un sofá: lo estuvo mirando un rato y de pronto se echó a reír. El gato volvió la cabeza solemnemente, saltó del sofá y marchó calmoso.

—Este no es doña Mariana.

Juan vino acompañado de un sujeto desaliñado con una cartera y un paraguas. Discutieron en la puerta durante unos minutos: Carlos contemplaba el manoteo convincente, elocuente, de Juan. Por fin, el otro se marchó.

Juan se sentó a su lado. No se quitó el abrigo. Asomaban en el bolsillo unos guantes amarillos. Los sacó y jugueteó con ellos.

—Está una mañana de perros. Va a caer una nevada.

Preguntó por Germaine.

—Vendrá ahora, supongo.

—¿Habéis arreglado algo?

—Hemos hablado simplemente.

—Tienes que considerar que aquí, en España, no tardará mucho en armarse una gorda. Las noticias no son buenas. Ese tipo con el que estaba hablando está muy al tanto de la situación. Lo más probable es que el ejército no acepte un eventual triunfo de las izquierdas. Sería imperdonable que por tu culpa esa chica se viese envuelta en una revolución.

—No seré yo quien la retenga.

—No puede volver a París con las manos vacías.

—Tú sabes, Juan, que está prohibida la exportación de dinero. Estoy seguro de que alguna vez has despotricado contra los burgueses que envían clandestinamente sus capitales a Suiza.

—No es lo mismo. En este caso el contrabando es justo. Germaine no es dueña de fábricas, no trafica con la sangre del proletariado. Es una artista. La estúpida organización de la sociedad le exige dinero si quiere triunfar.

—Pero ¿por qué ha de triunfar? Doña Mariana no la ha nombrado heredera para que pueda cantar en la Ópera de París. Eso está bien claro. Es una herencia condicionada: te dejo esto si haces esto otro; si no quieres hacerlo, no hay herencia. Y después de todo las condiciones de doña Mariana son humanas. No le impone la lucha con Cayetano ni nada parecido, sino sólo el respeto a un espíritu representado por ciertas cosas.

Juan clavó la mirada en los ojos de Carlos.

—¿Quieres que sea una fracasada como nosotros?

—No me importa. Es dueña, además, de aceptar o de mandar la herencia a paseo. Pero si la acepta, ¿no es justo que siga la suerte de lo que hereda?

A Juan le dio la risa.

—Sé que no eres cruel ni malo, Carlos. Sé que no tienes mentalidad de propietario. Por eso, lo que dices resulta cómico. Da la impresión de que es otro el que habla.

—Sí. Quizá doña Mariana, o su alma, que haya desalojado a la mía.

Rió también.

—La verdad es que no reconozco esas ideas como mías. Pero eso no quiere decir que las rechace. Y, sin embargo, alguna vez he dicho que eran injustas.

Germaine bajaba la escalera con el abrigo al brazo y el sombrero en la mano. Carlos se levantó. Juan corrió a esperarla.

—Papá no se encuentra bien. Le he mandado quedarse en la cama todo el día.

Les cogió del brazo, les condujo hasta el sofá y se sentó en medio.

—Lo siento. Tendremos que dejar lo del museo para mañana.

Fue tal la cara de pena que puso Juan, que Carlos se prestó a acompañar a don Gonzalo.

—Después de todo, estoy bastante acostumbrado a hacer la tertulia a Churruchaos enfermos. Lo pasaré bien, y él quizá no se aburra conmigo.

Germaine le cogió la mano.

—Eres muy amable, Carlos, pero no puedo permitirlo. La compañía de mi padre es bastante pesada para quien no sea su hija. Os lo agradezco mucho. Aprovecharé para descansar un poco y –volvió la cabeza hacia Carlos y le sonrió– para pensar.

Se despidió hasta la tarde, o quizá hasta la noche.

–Mañana, mi padre estará mejor, y pasaré unas horas con vosotros. Os lo prometo.

La acompañaron hasta el ascensor.

–¿Y ahora? –preguntó Juan.

–Yo, a mi cuarto, y tú, a tus revoluciones.

–¿Por qué no vienes a comer conmigo?

–Porque pasarías el tiempo intentando convencerme de que venda a Cayetano Salgado los bienes de la Vieja y entregue el dinero a Germaine.

–Te juro que no hablaré de eso.

–Entonces, me voy contigo; pero en cuanto menciones a Germaine, te dejo plantado.

–No. ¿Cómo no voy a hablar de Germaine? En realidad, lo que quiero es hablar de ella contigo; pero no es imprescindible mentar la herencia.

–¿Te gusta?

Juan no contestó.

Se fueron a comer a una taberna cerca de la glorieta de Bilbao. Había quince o veinte personas, de distintas cataduras. Juan explicó:

–Aquí no vienen más que albañiles e intelectuales. Los albañiles toman su cocido por cinco reales. A los intelectuales nos cuesta un poco más caro, porque no solemos tomar cocido, pero nunca pasa de tres pesetas.

–¿Y confraternizan?

–¿Quiénes?

–Los albañiles con los intelectuales.

–No.

Se acercó el mozo. Juan encargó dos platos de sopa y dos chuletas de cerdo con patatas.

–Y vino. Trae media botella de la casa.

El mozo cantó el pedido.

—La sociedad española desconfía radicalmente de los intelectuales. Ni siquiera nuestra República de catedráticos y magistrados ha logrado borrar esa desconfianza, sino que más bien la ha aumentado. Y los albañiles, aunque no lo parezca, forman parte de la sociedad española.

Se desabrochó el chaleco. El mozo sirvió el vino. En la mesa vecina, dos obreros discutían de jornales.

—¿Qué clase de mentira tiene que contar un hombre para que los demás confíen en él?

—Quizá si cuenta la verdad...

—En España, no. Tú no nos conoces bien. Los intelectuales somos impopulares porque, cada cual a su modo, decimos o intentamos decir la verdad. Ya a Quevedo lo metieron en la cárcel por eso, como más tarde a Jovellanos. Carecemos del valor moral necesario para hacer cara a la verdad y morir por ella si hace falta.

—¿Incluyes a los anarquistas?

—Esos mueren por la gran mentira de la Nada.

Los dos obreros habían levantado el tono de la voz. Alguien gritó: «Más bajo». Uno de los obreros respondió con un taco. El otro le pidió que callase.

—Nunca te he oído hablar de esa manera —dijo Carlos.

—Es que hoy me siento sincero, tengo necesidad de serlo, y contigo puedo serlo sin riesgo.

El mozo sirvió la sopa. Juan tomó tres o cuatro cucharadas seguidas. Después abandonó la cuchara en el plato y empezó a comer pan.

—Se pasa uno año tras año arreglándose con mentiras diversas, propias o ajenas, da igual, que permiten ir tirando. Pero, de pronto, todo eso se viene abajo, y no porque las analices y las rechaces, sino porque un hecho casual y baladí las deja sin sentido, las deja inservibles.

No movía los brazos, ni hacía pausas estratégicas. Sus dedos, nerviosos, jugaban con lo más próximo: el cubierto, un trozo de pan.

Capítulo 2

–¿El hecho casual y baladí es la llegada de Germaine?

Antes de responder, Juan miró a Carlos largamente. Carlos bajó los ojos y tomó una cucharada de sopa.

–Sí.

–¿Te has enamorado de ella?

–No. Pero sé que me enamoraría si la viese media docena de veces más. Es una suerte que me haya marchado de Pueblanueva.

Bebió medio vaso de vino y apartó el plato. La pareja de obreros volvía a gritar.

–He estado pensando. Supongamos que me enamoro. Un hombre se enamora de una mujer para vivir con ella, casados o como sea, pero juntos. Y enamorarse, creo yo, es algo más que el deseo de dormir con una mujer; es, supongo, el haber hallado una persona junto a la cual uno puede ser verdadero. Porque buscar una mujer para espectadora de la mentira que has ido inventando es arriesgado: no hay mentira que soporte la convivencia. Pues bien, ¿qué clase de verdad podría yo ofrecer a una mujer como Germaine? He llegado a una conclusión desoladora.

–No más, quizá, que la de cualquier otro. Y los otros se casan, o al menos se enamoran, y cultivan su mentira con arte y perseverancia. A veces, toda una vida. Y se dan casos en que la mujer no la descubre, aunque la mayor parte de las veces la descubra y se resigne.

–Las mentiras de los otros no me sirven de consuelo si ese hecho elemental y humano de querer a una mujer y convivir con ella me está vedado. Soy todo mentira, y lo poco que en mí hay de verdad es tan pobre, tan miserable, que es más desconsolador todavía que seguir mintiendo. Me dan ganas de destruirlo.

El mozo se acercó con las chuletas de cerdo. Dejó los platos en la mesa y señaló la sopa de Juan, apenas tocada.

–¿Retiro esto, don Juan? Casi no la ha probado.

–Sí.

–¿Es que no le gusta?
–Está muy buena, Pepe, no te preocupes. Soy yo quien no tiene ganas.

Carlos cogió con la mano una patata frita y la mordió. El mozo se alejó con los platos de la sopa.

–Comprendo a los suicidas –continuó Juan–. Tienen que experimentar hasta la angustia ese deseo de destruirse, y tienen que experimentarlo como placer y como justicia. Anoche...

Se echó atrás en el asiento, apoyó la espalda en la pared. Los obreros vecinos echaban con el mozo la cuenta del gasto.

–... anoche tardé mucho en irme a casa. Estuve paseando hasta la madrugada solo, a pesar del frío. Al principio, me engañaba a mí mismo, pero no fue más que al principio. Poco a poco se impuso la verdad, y conforme veía claro, sentía nacer dentro de mí otro hombre que me acusaba, que me avergonzaba y me ordenaba matarme. Llegué a tener miedo.

–¿Tú también? –preguntó Carlos; y Juan quedó sorprendido y miró a Carlos con los ojos muy abiertos.

–Conozco ese sentimiento, Juan. Y por el hecho de haberlo analizado muchas veces y de entender su mecanismo, no me he librado de él. Forma parte de mí, espera agazapado en el olvido la ocasión de salir a la luz, de fascinar y aterrar. A veces pienso que toda mi vida presente está dominada, guiada por él. Porque, ¿qué hago, sino destruirme día a día? Tú, sales de ti mismo, encuentras mentiras que te satisfacen, te entregas a ellas y te destruyes ignorando que lo haces; porque, si no lo ignorases, no te vendrían las ganas de destruirte al hallarte ante su propia verdad. Es la diferencia entre nosotros. Tú, en un momento de sinceridad, sientes deseos de suicidarte. Yo veo claro hace mucho tiempo. Quizá también gracias a una mujer que no nos tolera las mentiras.

Juan dejó el cuchillo en la mesa.

—¿Que no *nos* tolera...? ¿A nosotros?

—Clara, tu hermana. Es la criatura más desgarradamente verdadera que he hallado en mi vida, es como un ácido que corroe la mentira. Con ella no valen subterfugios. Vive tan a lo vivo su dolorosa verdad, que, a su lado, la mentira ajena no subsiste.

Juan requirió el cuchillo, partió un trozo de chuleta y empezó a mascarlo. Miró a Carlos un par de veces y sonrió.

—Creí que ibas a referirte a la Vieja.

—A la Vieja era posible engañarla, porque también en ella había algo de mentira. Pero a Clara, no. Has pasado a su lado veinticinco años sin sospechar que era la única persona a quien no engañabas.

Juan inclinó la cabeza. Cortaba trocitos menudos de chuleta y los comía en silencio. Carlos prefería las patatas. Las había acabado, y la chuleta permanecía entera, solitaria, a un lado del plato.

Juan mandó traer más vino.

—¿Estás enamorado de Clara?

—Yo estoy más cansado que tú, Juan, y pienso que el amor es paz. Con Clara no la hallaría nunca. Porque, para mí, la paz no consiste en la verdad, sino en una mentira convincente y confortable. No me siento capaz del menor heroísmo, ni siquiera del heroísmo intelectual de saber cómo soy. El problema consiste en hallar el modo de retardar la destrucción, incluso de olvidarte que te destruyes, y poner toda tu fe en algo estúpido y satisfactorio, la ciencia o el éxito profesional. Pero eso, con Clara, sería imposible.

El mozo trajo otra media botella de vino. Juan llenó los vasos.

—De acuerdo en lo de la mentira confortable. A veces pienso que los hombres no estamos hechos para soportar la verdad, porque la verdad debe resultar insoportable a todo el mundo, como a mí la mía. Lo que sucede es que hay quien encuentra su mentira y sigue con ella toda la vida, y quien tiene menos suerte, como yo, y sabe que sus mentiras son poco duraderas. Por ejemplo, ahora tengo dinero. He despojado a Clara de su casa, porque legalmente era suya, y ni Inés ni yo teníamos derecho alguno sobre ella. Por primera vez en mi vida dispongo de unos miles de pesetas. Quizá no seas capaz de imaginar las humillaciones, los sufrimientos, el dolor que me ha causado la pobreza. En Pueblanueva, ¿lo recuerdas?, lo disfrazaba de austeridad. He pegado a Clara porque vendía el maíz para comprarse medias, cuando ella era la verdadera propietaria del maíz. He levantado una bandera contra Cayetano... ¿Sé acaso verdaderamente por qué? ¿No habrá sido porque él era rico y yo no? ¿No habré disfrazado de afán justiciero lo que era sólo envidia? Porque hoy, que tengo dinero, no recuerdo a Cayetano. El dinero es una realidad, sirve para comprar cosas; pero sirve también para que, de pronto, puedas hacerte el rico y desquitarte de las humillaciones y de la pobreza. Deja de ser una realidad, se transforma en mis manos en mentira, porque lo que compro con él no es real: es una ilusión de la que estaba necesitado, que no engaña a nadie más a que a mí mismo. Una ilusión a plazo fijo. Gasto mil pesetas cada mes, ya ves con qué poco me siento rico; me quedan ahora seis mil. El día treinta de junio de mil novecientos treinta y seis sacudiré mis bolsillos vacíos y diré adiós...

Se interrumpió y cerró fuertemente los puños...

–¿A qué diré adiós, Carlos? Quizá...

Extendió las palmas, las alzó a medias y sonrió.

–No sé. Quizá entonces haya algún general rebelde que matar y yo me preste voluntario.

–¿Deseas verdaderamente matar a un general rebelde, Juan?

–No.

–Entonces, también esa hazaña será mentira.

–Sí. Lo será. Pero después me matarán a mí, y tengo la esperanza de que mi muerte no sea una mentira.

Carlos empezó a liar un cigarrillo. Calmosamente. Buscó las cerillas, encendió una. Con ella en la mano, con el cigarrillo en la boca, dijo:

—¿Quién sabe? Yo me siento capaz de falsificar mi propia muerte.

Don Gonzalo Sarmiento dormitaba en un sillón, envuelto en una manta hasta la cintura, con una gorra de visera puesta y unos guantes de crochet. Cabeceaba y respiraba fuerte. El aire, al entrar en los pulmones, hacía un ruido agudo, como un silbido, y, al salir, sacaba a la garganta ronquidos suaves. Tosía a veces, se despertaba con la tos, veía a Germaine sentada cerca de él, junto al hueco de la ventana, y volvía a dormir. Germaine leía unos papeles. De vez en cuando, levantaba la vista, contemplaba a su padre y volvía a leer. O acudía a arreglar la manta, que resbalaba y dejaba descubiertas las rodillas del viejo.

Terminó la lectura, dobló los papeles y los guardó en su bolso. Había oscurecido y, lejos de la ventana, la habitación estaba en penumbra. Se acercó a los cristales y miró hacia la calle. Llovía aguanieve; pasaba la gente apresurada, con paraguas, o con el cuello del abrigo levantado y la cabeza inclinada contra la ventisca. Empujada por rachas intermitentes, la lluvia golpeaba los cristales y se escurría en hilillos delgados, temblorosos.

Fue hasta la mesilla de noche, descolgó el teléfono y pidió una merienda de té. Después, encendió la luz. La claridad despertó a don Gonzalo.

—¿Qué hora es? ¿Es muy tarde?
—Las seis. He pedido la merienda.
—Sí, claro. Las seis. ¿Has pedido el té?
—Sí.
—¿Te habrán entendido bien?
—Supongo que sí.

Don Gonzalo intentó incorporarse. Germaine acudió en su ayuda.

–Te lo digo porque aquí, en España, no hay costumbre de tomar té. A la tarde se toma chocolate, ¿sabes? Alguna vez te lo habré dicho. Y les sorprenderá que alguien pida té.

Se había puesto en pie y buscaba algo con la mirada.

–No, papá. Estamos en un hotel, y sabrán que los extranjeros no toman chocolate. ¿Buscas algo?

–Sí. Buscaba... No sé. Lo he olvidado. Yo hubiera insistido, sin embargo: un té como los ingleses. Ya sé lo que buscaba...

Se dirigió, renqueando, a la puerta del cuarto de baño. Germaine corrió a abrírsela y la cerró tras él. Después, arrimó al sillón una mesilla y trajo una silla ligera, en que se sentó. Tuvo que levantarse en seguida porque llamaron a la puerta. Una doncella traía la bandeja de la merienda.

–Póngala ahí, en la mesa.

–¿Está todo bien?

Germaine inspeccionó la bandeja. Había pan tostado, galletas, mermelada y mantequilla.

–Sí, gracias.

Se fue la doncella. Germaine sirvió el té y preparó unas tostadas. Don Gonzalo reapareció. No hizo comentario alguno. Comió y bebió lo que Germaine le ofrecía.

–Estuve releyendo el testamento.

–¡Ah! ¿Sí? ¿Y qué?

–Sería oportuno que lo viese un abogado. Tiene que haber una solución o una fórmula.

Don Gonzalo, con la taza del té en la mano, levantó hacia ellas los ojillos azules, velados.

–Un abogado, claro. Sí. ¿Y después?

Germaine mordía una galleta. Miró a su padre con ternura.

–Un abogado nos dirá si se puede hacer algo. Tiene que ser un abogado de aquí, de Madrid, y habría que consultarlo sin que Carlos lo supiera.

—¿Por qué?
—¡Oh, papá, está bien claro! Carlos es nuestro enemigo.

Don Gonzalo alargó el brazo hasta la mesa y dejó la taza en ella.

—Carlos parece un buen muchacho. Es un Churruchao de cuerpo entero, ¿eh? Como el otro.

Se interrumpió.

—¿El otro? ¿Cómo se llama el otro?
—Aldán. Juan Aldán.
—Sí, Aldán. Su padre era conde. También tiene muy buena facha, facha de Churruchao. ¿Te das cuenta? Tú no me creías cuando te contaba que somos una raza, una verdadera raza. Desde hace cinco siglos, todos los Churruchaos son como nosotros. Tu tía también era así.

Germaine se levantó.

—Papá, no pierdas de vista que hemos venido a cobrar una herencia. Vamos a ser ricos. Yo podré cantar en la Ópera cuando quiera. Tendremos todo lo que hemos soñado. Pero, para eso, hay que anular el testamento.

Don Gonzalo alzó una mano y la dejó en el aire.

—Sí, sí. Tenemos que vivir como nos corresponde. Te lo he dicho siempre. Tú también eres Churruchao, no hay más que verte. Desde los doce años se vio... Antes eras menuda; pero, a los doce años, empezaste a estirar. La *concierge* me lo decía siempre: «*Monsieur*, la niña va a ser alta, como usted». Todavía éramos pobres, pero ahora se acabó la pobreza. La casa de mi prima es un verdadero palacio, también te lo dije. Su padre era muy rico. Vamos a vivir muy bien allí.

Germaine se acercó, se sentó en el brazo del sillón y acarició a don Gonzalo.

—No, papá. No vamos a vivir allí. Es lo que hay que evitar, ¿no comprendes? Tendremos una casa en un lugar cálido y de mucho sol, con una terraza para ti. Pero no será un palacio, ¿no te acuerdas ya? Nosotros soñábamos con una casa pequeña, muy bonita, la casa de una cantante, adonde yo me retire a descansar después de las *tournées,* y donde tú esperarás.

Cogió las manos de su padre y le miró a los ojos.

—Escúchame, papá. Aldán me parece una buena persona. Me mira con simpatía. Voy a pedirle que me lleve, en secreto, junto a un buen abogado que estudie el testamento. En secreto. Que Carlos no lo sepa. Estoy segura de que Juan lo hará. Tengo dinero para pagar, me lo dio Carlos.

Don Gonzalo se había acostado y empezaba a dormirse. Juan, al pie de la cama, consultaba la guía de teléfonos.

—Es un gran abogado. Mi padre fue su amigo y espero que no lo habrá olvidado. Aunque, al final, mi padre dejó de ser monárquico...

Descolgó el teléfono y pidió comunicación. Germaine se había acercado a él. Juan preguntó por un señor, y dio su nombre. Añadió en seguida: «Soy el hijo del conde de Bañobre. El señor recordará...» Esperó. Germaine le sonreía, y él deseó por un momento que el teléfono no respondiese y que ella siguiera sonriendo. Se oyó un ruido al otro lado del teléfono, y una voz dijo: «¿El señor Aldán?» Germaine dejó de sonreír.

—Sí, sí, soy yo, Juan Aldán, hijo de don Remigio. ¿Lo recuerda? ¿Cómo está usted? Quería verle para una consulta jurídica, un testamento.

Germaine oía una voz remota, metálica, a la que Juan respondía con movimientos de cabeza y con «sí, sí, sí» espaciados; alguna vez, un «sí, señor» respetuoso y un «gracias» casi conmovido. Miraba a Germaine con cierta petulancia, como si sólo él pudiera haber logrado la entrevista.

—Sí. Estaremos en punto —colgó el teléfono—. Mañana, a las cuatro, en su despacho. No será difícil despistar a Carlos.

Germaine adelantó la mano y la dejó caer sobre la mano de Juan.

-Eres un ángel. Ahora debiera pedirte que me llevases a alguna parte, al teatro o a cualquier otro sitio, pero estoy muy cansada. Perdóname.

Retiró la mano dulcemente. Juan dijo que no importaba y que también él tenía sueño.

El famoso abogado del Ilustre Colegio de Madrid leía la copia del testamento bajo la luz de una lámpara que imitaba un velón antiguo. Mientras leía, su mano acariciaba el marco de plata de una fotografía, con dedicatoria, del rey destronado. Leía a media voz y sin marcar las palabras, como un rezo habitual. La mesa, enorme, de roble o de castaño, estaba cubierta de papeles, de códigos, de objetos para escritorio en bronce y plata: una escribanía, una estatuilla de Don Quijote, plegaderas, lapiceros, plumas estilográficas. El famoso abogado tenía una barba blanca y bien recortada, una barba de diputado a Cortes del Antiguo Régimen, y vestía de oscuro. Germaine, anhelante, seguía con la mirada sus gestos, el moverse de los ojos tras los cristales de las gafas, los síes y los noes de su cabeza. Aldán, sentado, en segundo término, examinaba las patas torneadas de la mesa, torneadas y figuradas, con cabezas de guerreros y de hipogrifos, que se repetían en las cornisas de los sillones, en el bargueño, en los armarios de libros... Un damasco rojo tapizaba las paredes. Los pies se hundían en una alfombra también roja, gruesa, suntuosa. Todo era macizo, costoso, abundante.

El famoso abogado levantó la cabeza.

-¿Y era muy rica esta señora?

Germaine dijo: «Sí», y trasladó la pregunta a Juan con una mirada. Juan explicó:

-Un capital antiguo, pero muy sano. No puedo decirle lo que valdrán las acciones de Astilleros Salgado; pero los barcos de pesca pueden calcularse en medio millón de pesetas, por lo bajo. Luego, algunas fincas urbanas, muchas tierras y casas de labor, y el palacio. El palacio tiene que valer mucho, quizá otro medio millón sin contar lo que tiene dentro, que es muy bueno, en muebles antiguos, plata, cuadros... ¿Me entiende? Y dinero en metálico que habrá en el Banco.

El famoso abogado dobló la copia y se la alargó a Germaine. Después, se quitó las gafas y las dejó sobre la mesa.

—No he visto en mi vida disparate mayor ni más sólidamente fundamentado. Es un prodigio de redacción jurídica. No hay abogado en el mundo que pueda conseguir su anulación.

Recogió las gafas y empezó a limpiarlas con el pañuelo.

—Pero esta doña Mariana estaba loca, a no ser que...

Miró fijamente a Germaine, con ojos como puntas encendidas.

—¿Usted está soltera?

—Sí.

—Pues juraría que lo que esa señora pretendió con este testamento fue poner las cosas de tal manera que usted y ese señor Deza acaben por casarse.

—Pero ¡eso es absurdo! —gritó Germaine.

El abogado le sonrió.

—Lo es el testamento, a primera vista; pero, si admitimos esa hipótesis, deja de serlo. Es lo que se me ocurre.

Germaine había inclinado la cabeza y miraba atentamente a los guantes y al bolso. El abogado se levantó y se colocó ante la mesa: la chaqueta, desabrochada, dejaba paso a un vientre grande, ornado de blanco chaleco.

—¿Y no hay remedio? —preguntó Germaine.

—Si lo que usted pretende es que le sea entregada la totalidad de la herencia sin limitación ni condición alguna, tendrá que conseguirlo del señor Deza. Él puede hacer y deshacer sin la menor responsabilidad. No hay un tercero que pueda reclamar.

—¿Y el codicilo?

El abogado se rascó la cabeza.

—Dada la mentalidad caprichosa de la testadora, ¿qué sabe uno lo que habrá ahí? Lo mismo puede declararla a usted heredera universal, que sería lo lógico, ya que no hay otro pariente próximo, que legar sus bienes a un convento.

—Eso, no —interrumpió Juan—. Doña Mariana no era partidaria de los curas.

—Aun así... Mi consejo es que convenza usted al señor Deza, y sólo en último extremo exija la apertura del codicilo. Pero sólo en último extremo... Y, desde luego, nada de pleitos. Los tiene usted perdidos de antemano.

El famoso abogado del Ilustre Colegio de Madrid deseó mucha suerte a Germaine y le cobró doscientas cincuenta pesetas por la consulta, en atención a su amistad con el fallecido conde de Bañobre, «aquel mala cabeza».

—Porque usted, querido Aldán, no será republicano, ¿verdad? No habrá cometido el error de su padre.

—No. No soy republicano.

Les acompañó hasta la puerta, pidió para ellos el ascensor. Al darles la mano, guardó en el bolsillo del chaleco las pesetas.

—Ya lo sabe, señorita. Todo depende de que sepa usted pedir y convencer. Salvo si ese señor Deza es un guapo mozo y prefiere usted casarse...

No dijeron palabra hasta llegar al portal. Aldán, entonces, propuso meterse en un café, porque llovía y era todavía temprano. Pero el despacho del abogado estaba en la calle de Serrano, y Juan desconocía aquellos barrios. Se metieron en un taxi y regresaron al centro. Germaine seguía silenciosa, llevaba las manos cruzadas sobre el pecho, la cabeza baja y la mirada absorta. En la penumbra del taxi, Juan la contemplaba con embeleso, pero Germaine parecía ajena a la admiración de Juan.

—Será mejor que sigamos hasta la Gran Vía. En los cafés de Alcalá podemos encontrar a Carlos.

La llevó a un bar silencioso, en una calle lateral. Las mesas eran bajas, y los sillones, cómodos. Había poca gente, se hablaba susurrando y, en alguna parte, sonaba una música tenue. Hacía calor. Germaine se quitó el abrigo, hizo unas inhalaciones y pidió café. Juan le preguntó si se inhalaba por miedo a los catarros; Germaine le respondió que un catarro había dejado sin voz a su madre.

–Estoy muy preocupada. Temo que Carlos no se avenga a un arreglo. ¡Y si es cierto que quiere casarse conmigo...!

Juan la miraba a hurtadillas, estudiaba los gestos de su cara, los movimientos de sus manos.

–No lo creo de Carlos. Además...

Se inclinó hacia ella y bajó mucho la voz:

–Cuento con tu discreción, ¿eh? Carlos tiene un compromiso serio. Desde que llegó a Pueblanueva entró en relaciones íntimas con una mujer del pueblo. Un asunto penoso, pero de los que atan. Cuento con tu discreción...

Germaine volvió la cabeza bruscamente.

–¿Es rico Carlos?

–No. Tiene una casa buena, pero muy descuidada, y algunas tierras. No le dan para vivir.

–Y mi tía, ¿sabía lo de esa mujer?

Juan vaciló.

–No sé. No lo creo. Tu tía era muy mirada con esas cosas. De saberlo, no hubiera confiado en Carlos.

Germaine le cogió una mano y se la apretó fuertemente.

–Estoy perpleja, Juan. No sé qué hacer. ¿Piensas que Carlos me exigirá que viva cinco años en Pueblanueva? ¿Será posible que no comprenda el daño que eso me haría, o, si lo comprende, que me lo haga a sabiendas?

Llevó hasta el pecho la mano de Juan, y Juan tembloroso, tardó en responder unos segundos.

–Creo que debes exigir y no ceder. Claro que si se conocieran los verdaderos propósitos de Carlos... Sin embargo...

Titubeó. Germaine apartó, sin soltarla, la mano de su pecho.

–... sin embargo, siempre queda, en último término, una transacción. Que te entregue el dinero. Tiene que ser mucho.

–Lo quiero todo, no sólo el dinero. La casa, los muebles, las tierras. Llevarme lo que pueda, y lo que no, venderlo.

Lo dijo con pasión, con decisión, y, al decirlo, soltó la mano de Juan. Él la dejó un momento reposar en el regazo de Germaine; después, la retiró poco a poco.

–Lo necesito todo. Y no quiero, entiéndelo bien, dejar nada detrás de mí. No quiero volver a España, ni saber que en España hay algo mío, abandonado...

–Claro. Te sentirás francesa.

–Tampoco. No lo he sido nunca, y Francia no me hizo feliz, ni tampoco a papá. Quiero irme a Italia con él, comprar una casa en una tierra de sol en que papá pueda esperar tranquilamente la muerte –apretó los labios y miró a Juan con firmeza–. Ha hecho tanto por mí, que es lo menos que puedo hacer por él. Esto me importa casi más que mi triunfo; pero, para conseguirlo, hace falta mucho dinero –abría los ojos, grandes y claros, y Juan se sentía envuelto en la mirada, acariciado por ella.

–Sí. Es penoso reconocerlo, pero vivimos en un orden injusto, en que el talento, sin dinero, no puede abrirse camino.

–¡Oh, yo me abriría camino de todas maneras! Lo mismo que he luchado hasta ahora, podría seguir luchando, y estoy segura de triunfar al final. Pero es por papá. Papá merece la felicidad y el descanso. Bueno, reconozco que, además, el dinero facilitará mi triunfo.

Sonrió y se le alegraron los ojos. Juan deploró la alegría, porque los ojos de Germaine dejaron de mirarle.

–Lo de Italia es el sueño de mi padre. Desde siempre. Si mi madre no hubiera muerto...

Se entristeció y su tristeza súbita se reflejó en el rostro de Juan, también súbitamente triste.

–Papá es muy viejo, no puede durar. Tengo miedo que muera sin haber sido feliz, ¿comprendes? Por eso tengo prisa, prisa de días. Personalmente, el dinero no me importa. Muerto papá, volvería a ser pobre sin pena, porque estoy segura de que algún día dejaré de serlo.

Juan hizo un esfuerzo para preguntarle:

–Y cuando tu padre muera, ¿qué piensas hacer? Porque una cantante no puede andar por el mundo sin un hombre. No quiero decir precisamente un marido, sino un secretario, alguien de confianza. Una persona noble y devota...

Los ojos de Germaine volvieron a abrirse mucho y los de Juan parpadearon y medio se cerraron.

–¿Quieres decir alguien como tú?

–No me señalaba a mí especialmente. ¿Cómo iba atreverme?

Germaine volvió a cogerle la mano.

–¿Y por qué no, Juan? Tú eres bueno. Pero no puedes renunciar a tu carrera por seguir la mía. Sería injusto.

Él rió con una risita amarga.

–¿Mi carrera? ¿Sabes lo que es en España la carrera de un intelectual? Dolor, fracaso, amargura y pobreza. Todo lo más, la gloria póstuma. España no es Francia.

–Pero no debes desanimarte. No puedes renunciar. ¿Piensas que tus dificultades son mayores que las mías? ¡Si yo te contara...!

Apretó con fuerza la mano de Juan y la soltó.

–Eres muy bueno. Te deseo la mejor suerte, pero, por si no la tienes, me acordaré de ti cuando necesite alguien a mi lado. Lo haría con alegría y confianza, porque eres el primer hombre que se ha portado conmigo noblemente.

–Esperemos que Carlos tampoco se porte mal... Por cierto...

Juan miró el reloj.

–Nos estará esperando.

–Y no podemos llegar juntos.

A Germaine le dio la risa. «Lo estamos engañando», dijo. Juan se levantó y sacó dinero del bolsillo.

—Te estoy defendiendo de él, y en la defensa todos los engaños son legítimos —ayudó a Germaine a ponerse el abrigo—. Cogeré un taxi para llegar antes; tú entretente un poco, compra algo si te apetece, retrásate un cuarto de hora. ¿Llevas dinero?

—¡Oh, claro! Carlos me ha dado...

Salieron. Seguía lloviendo y la gente pasaba muy de prisa. Germaine abrió el paraguas. Juan la cogió del brazo y fueron hasta la Gran Vía.

—Escúchame. Probablemente, no tendremos ocasión de hablar solos otra vez. Quiero explicarte algo... Tengo dos hermanas: una vive aquí conmigo; la otra está en Pueblanueva. La conocerás y te extrañará seguramente que sea mi hermana. No es mala chica, pero por razones largas de contar recibió una educación distinta a la nuestra. Perdónale su brusquedad. En cuanto a la otra, a Inés, no he podido presentártela ahora, pero la conocerás cuando regreses. Te gustará. Es una mujer de carácter, de mucho carácter y muy bonita. Hasta verte a ti me parecía la mujer más perfecta que había conocido. Va a casarse pronto con un profesor de Literatura y se marcharán al extranjero. Quiero que seáis amigas.

Un hombre con un paraguas tropezó con ellos, se disculpó.

—Tendrás, seguramente, dificultades para llevar a Francia tu dinero. Creo, sin embargo, que podré arreglártelo. Guarda esta tarjeta con mi dirección y escríbeme cuando vayas a regresar, o si las cosas te van mal. No tengas embarazo en hacerlo, porque, si hace falta, iré a Pueblanueva y convenceré a Carlos.

Ella mantenía el brazo cogido y le daba las gracias con la mirada.

—En el fondo, Carlos es un hombre sin voluntad, incapaz de hacer frente a una persona cargada de razón. Y en relación conmigo..., ¿qué quieres que te diga?

—¿Tú crees que si le dijeras...?
—Sí, pero no debo hacerlo sino en última instancia. Somos amigos y quizá eso me obligue, si se pone terco, a romper la amistad.

Se soltó de Germaine.

—Cojo este taxi. Ya sabes. Dentro de un cuarto de hora.

El taxi se detuvo en el bordillo. Germaine le tendía la mano y Juan la estrechó fuertemente. Al arrancar, Germaine alzó el brazo y le envió una sonrisa agradecida y cómplice. El taxi arrancó y Juan cerró los ojos y permaneció con ellos cerrados mientras el taxi daba tumbos. Hasta que se detuvo. Mientras pagaba pareció contemplar algo lejano o ausente.

—La vuelta, señor.
—Quédesela.

Halló a Carlos sentado en el vestíbulo, con un montón de libros que iba abriendo y hojeando. Carlos explicó que había pasado la mañana de librerías y que los había comprado.

—Me estoy quedando un poco atrás en mi ciencia. No hace más que un año y ya ves: todo nuevo y desconocido. ¡Y muchos otros que no he podido comprar!

Los empaquetó y mandó al botones que los dejara en su cuarto.

—Germaine ha salido esta mañana y no ha vuelto aún.
—No se habrá perdido.
—Sería ridículo pensarlo. Más bien andará de compras. Como nos vamos esta tarde...

Juan se sentó a su lado y empezó a fumar.

—Siento que os vayáis. Me había acostumbrado otra vez a tu compañía.

—¿No será más bien Germaine la que...?

Juan hizo un movimiento que Carlos le desconocía, que supuso parte de sus nuevas adquisiciones mímicas: se encogió un poco de hombros, levantó un poco los brazos, abrió un poco las manos y, para rematarlo, castañeó los dedos.

–También. ¿Por qué no? Es una de esas personas de las que a uno le gustaría ser amigo, pero cuya marcha se desea por elemental precaución. Ya te dije...
–Sí.
–Sin embargo, ¿qué quieres?; me tiene un poco conmovido, sobre todo por la devoción que siente por su padre. No quiere nada para ella. Su padre es la última referencia de todas sus ambiciones. Me da la impresión de que le sacrifica su juventud, y eso, aunque en el fondo sea monstruoso, resulta siempre conmovedor.

Carlos le miró sorprendido.
–Sí. Y no es raro.
–¿No es raro?
–Al menos, entre nosotros. Yo hubiera acompañado a la Vieja años y años, y tu hermana Clara, ahí la tienes: atada a Pueblanueva a causa de tu madre. Germaine al menos, sabe que su padre lo agradece. Pero Clara...

Golpeó la rodilla de Aldán.
–Perdona si me he referido a algo que te duele, pero pienso que también Clara tiene su mérito y que lo que a ella le pasa es igualmente injusto y conmovedor.

Por la cristalera vieron a Germaine, de espaldas a ellos, hablando con el empleado del *comptoir*. Juan corrió hacia ella. Carlos se levantó con calma y esperó.

Capítulo 3

Llegaron pasado el mediodía, en un coche alquilado en La Coruña. Las *Ruchas* habían sido avisadas por telegrama y dieron la noticia en la tienda, en la carnicería y en la pescadería. Por su parte, también el repartidor de Telégrafos lo había contado en alguna taberna. La *Rucha* madre explicó, además, la comida que pensaba poner. La *Rucha* hija llevó el retrato de Germaine oculto bajo el mandil y lo enseñó a cuantos lo quisieron examinar. A don Baldomero se lo dijo el mozo de la botica, y don Baldomero se pasó media hora deliberando si debía ir o no a recibir a Carlos. A Clara se lo contó una cliente: «Hoy llega esa prima suya francesa», y Clara quedó un momento silenciosa y quieta, y después dijo: «Bienvenida. Pero no es prima mía, ni siquiera lejana».

Al astillero la noticia llegó telefónicamente: la recibió Martínez Couto. Creyó oportuno dar la novedad a Cayetano. Lo buscó en su despacho, pero había salido. Lo buscó entre los trabajadores, lo encontró –por fin– en las gradas. Llovía, y Cayetano se había puesto un impermeable. Martínez Couto, a cuerpo, se acercó corriendo.

–¿Sucede algo? –le preguntó Cayetano.

Martínez Couto se cobijó bajo la panza del buque en construcción.

–Sí, señor. Acaban de decirme que hoy llega la sobrina de la Vieja, y pensé que usted...

–¿Y a mí qué me importa, imbécil? ¿Por una estupidez así abandona usted el trabajo?

Martínez Couto le miró perplejo. Murmuró un: «Perdone. Yo creí...», y salió corriendo. En la oficina comentó que el amo estaba de mal humor y que lo encontraba muy cambiado.

A las doce y cinco, los habitantes del casino se habían congregado alrededor de la mesa de tresillo. Nadie jugaba. Don Baldomero llegó un poco retrasado. Hasta entonces nadie hablaba de Germaine.

El dueño del cine le preguntó:

–Y usted, don Baldomero, que es tan amigo de don Carlos, ¿qué sabe de la francesa?

Don Baldomero se sentó en silencio.

–No sé nada, ni tengo por qué saberlo.

–Como usted y don Carlos son tan amigos...

Cubeiro había pedido un vaso de vino y unas almejas: mojaba en la salsa un trozo de pan. Levantó la cabeza e hizo un guiño a don Baldomero.

–Es natural. Querrá guardarla de los peligros. Porque usted, don Baldomero, es un peligro para las mujeres.

–¡Váyase a la mierda!

–No se ponga así, hombre, que no digo nada malo. ¡Qué más quisiéramos todos que ser peligrosos para las hembras!

–El peligro será –dijo don Lino– que por causa de esa señorita se altere esta paz de que gozamos desde que murió la Vieja.

–Pero ¿no era usted el que el otro día esperaba que con la llegada de la francesa se acabase la calma chicha?

–Nadie está libre de errores.

—Pues yo puedo decirles lo que va a pasar —Cubeiro apartó el plato de las almejas, vacío, e hizo señal al chico de que trajera más vino—: Que don Carlos pondrá los puntos a la muchacha y, si puede, se casará con ella.

—Les aseguro a ustedes que don Carlos marchará —dijo don Baldomero—. Me lo dijo mil veces.

—Pero, ¡hombre!, no sea tonto. Si es guapa, como dicen, ¿cómo va don Carlos a dejar que se pierda una ocasión como ésta? Y aunque fuera fea. Son muchos cuartos los que le quedaron y pocos los que tiene don Carlos.

—A mí no me preocupa lo que haga don Carlos. Don Carlos solo no basta para armar aquí la tormenta. Pero ¿qué hará Cayetano?

—Y usted, don Lino, ¿por qué supone que Cayetano va a hacer algo?

—Lo supondría también usted si tuviese dos dedos de frente. Para Cayetano hacer algo en este caso es casi una cuestión de honor.

—¿Hacer qué? —don Baldomero empezaba a irritarse.

—Me pongo en su situación, y bien saben ustedes lo difícil que me resulta. Porque yo antepongo mi condición de ciudadano a la de sujeto particular. Para Cayetano es una cuestión de honor acostarse con ella.

—Cayetano lleva un tiempo apaciguado —intervino Cubeiro—. Prácticamente, desde que murió la Vieja está desconocido. A lo mejor...

Don Lino golpeó la mesa.

—Seamos sinceros, Cubeiro. ¿Qué pensaría usted de Cayetano si dejase madurar esa breva sin meterle el diente?

—Prohibido decir en voz alta lo que se piensa del amo. Hay chivatos.

—A mí no me lo prohíbe nadie. Yo no cobro del amo, sino de la República. Por eso puedo expresar mis pensamientos libremente. Pues lo que yo pensaría en el caso de que Cayetano no se atreviera...

–... O no lo consiguiera...

–Pensaría que toda su fachenda la gasta en aldeanas que puede comprar con regalos, o con desgraciadas a las que engaña con promesas. Eso es lo que pensaría.

El juez había permanecido silencioso, al lado de don Baldomero. Extendió la mano sobre la mesa y la golpeó.

–Un momento. Olvidan un precedente. Don Jaime no era un conquistador como Cayetano y, sin embargo, le hizo un hijo a la Vieja. Para Cayetano es cuestión de honor, como decía antes don Lino, hacer otro tanto con la francesa. Confieso que, si se rajase, le perdería el respeto y el pueblo quedaría defraudado. Porque, señores, si ustedes, en vez de charlar alrededor de esta mesa, se preocupasen de la opinión pública, sabrían que todo el mundo espera, que todo el mundo desea, que todo el mundo está seguro de que esa prenda es para Cayetano. Y yo estoy de acuerdo con la gente.

–Supongamos –dijo don Baldomero– que se casa con ella. ¿Por qué no admitir que alguna vez Cayetano se portará decentemente? Un matrimonio según las leyes de Dios y de la República: con cura y con juez.

–¡Bueno! Eso es lo mejor que podría pasar. Se habrían acabado los bandos. Después de todo, las cuestiones de rivalidad se han resuelto siempre por la cama. Hasta las políticas. Si Isabel Segunda se hubiera casado con el conde de Montemolín, usted hoy no sería carlista.

Cubeiro dio al juez un golpecito en el hombro.

–Señor juez, es usted un ingenuo. Yo no veo las cosas tan claras. Está don Carlos. Y no sabemos lo que puede dar de sí. Pero no creo que se deje birlar la francesa sin oponer resistencia.

–Don Carlos –dijo don Lino– es un soñador. A mí me ha defraudado hace ya tiempo. Como otros muchos de este pueblo, no hace más que hablar, aunque con más cultura que los otros. Un español más de café y palabrería.

–Un soñador, sí, que le quitó la querida al amo y el amo se lo tuvo que tragar.

—A usted no le consta.

—¡Hombre! Así tuviera segura la lotería de mañana.

—A propósito de lotería —dijo don Baldomero—. Me han asegurado que el Gobierno de la República va a hacer trampa.

—¡El Gobierno de derechas, no lo olvide! Un Gobierno que usurpa la República y que hace lo posible por deshonrarla. Estoy de acuerdo con usted: mañana habrá trampa. Y, pasado, los españoles nos sublevaremos contra esa pandilla de sinvergüenzas.

Cubeiro golpeó el tapete verde con el vaso.

—Procedamos por orden. A mí me importa un bledo que hagan trampa en la lotería, porque no juego. Pero aquí no se trataba de eso. La lotería no va a hacernos ricos, pero lo que puede pasar entre el amo y la francesa es una cuestión importante. Porque imaginemos que las cosas van bien y se casan. ¡Qué tranquilidad, caballeros, para los padres de familia, para los maridos, para los novios! Porque es de suponer que el amo, una vez casado...

Se abrió la puerta del casino y entró, despavorido, el médico. Se detuvo junto a la mesa de juego. Echaba los bofes.

—¿Y ustedes aquí, tan tranquilos?

—¿Qué sucede? ¿Murió alguien?

El médico se limpió el sudor de la frente.

—La francesa. Llegó la francesa. ¡Qué mujer, Dios! Lo que cada cual tiene en su casa es pura caca, y perdonen la manera de señalar.

Se sentó en la silla que le ofrecían.

—Una mujer como Dios manda, delgada, pero llenita; distinguida, y no estas vacas que usamos por aquí.

—También la Vieja era delgada.

—Pues ésta es como la Vieja, pero en guapo. Así de alta, pero se contonea, y se le mueven las ancas al andar. Es una mujer como esas de los figurines. ¡Y cómo viste! Claro, viene de París.

—Aquí hemos llegado al acuerdo de que no nos interesa.

—Como las uvas verdes.
—Y todo lo que el pueblo pueda tener con ella, lo delegamos en Cayetano.
—Les advierto que no viene sola. Tiene que ser su padre el que la acompaña, porque tiene cara de Churruchao. De modo que...
—¿Ha sido alguna vez un padre obstáculo para don Juan? La existencia de un padre pondrá la cosa más apetecible. Si no, al tiempo...
—¿Y qué hizo cuando llegó? ¿Saludó al pueblo?
—Bajó del coche. Aquello estaba lleno de gente. Pues como si nada: ayudó a su padre y, con él del brazo, se metió en casa. Don Carlos, al ver tanta gente, reía.
—Don Carlos ríe siempre.
—Tendrá derecho, ¿no?
—Tendrá derecho, pero a mí ya me empieza a fastidiar, porque don Carlos ríe desde arriba, ¿me entiende?, y aquí, el único que está verdaderamente arriba, no ríe nunca —don Lino remató el párrafo con un movimiento enérgico de la mano.
—Hombre, no exagere. A veces también ríe.
—Y entonces es peor. No. El que ríe desde arriba se ríe de alguien, y de mí no se ríe nadie.
Cayetano llegó, efectivamente, serio. No se quitó la boina.
—¿No hay partida?
—Estábamos charlando.
—De la francesa, como si lo viera.
—Es el tema del día.
Cayetano se sentó, se quitó la boina y la dejó sobre la mesa.
—Merecían ustedes ser eternamente esclavos. Como los esclavos, no piensan más que en comer y en divertirse. Del resto, que se preocupe el amo. Pero el amo está a punto de cansarse.
Cubeiro echó un pitillo sobre el tapete verde, hacia el lado de Cayetano.

–No creo que sea para ponerse así. Hacemos lo de siempre. Y usted, ¿qué más quiere? Depositamos en usted la confianza: para eso manda. Alguna ventaja había de traernos la esclavitud.

Cayetano rechazó el pitillo y sacó la pipa.

–¿Saben ustedes que hay una amenaza de hambre sobre el pueblo?

–No será por la pesca.

–El pueblo no vive de la pesca, sino del astillero. Todos ustedes comen gracias al astillero.

–Menos yo –interrumpió don Lino–. Yo soy un funcionario de la República.

–¡Buena está la República! ¡Y mucho les importa a los que gobiernan que todo un pueblo se quede en la miseria!

Empezó a encender la pipa. El mechero no funcionaba. Tres cajas de cerillas cayeron en la mesa. El juez ofreció el fuego de su encendedor.

–Gracias.

Echó dos o tres bocanadas seguidas. Tenía el rostro serio y el ceño fruncido. Cubeiro hizo una seña a don Lino, que, a su vez, recogía una mirada inquieta del juez. A don Baldomero se le había hinchado la vena de la frente, y sus ojos saltaban de las fichas del juego a los ojos de Cayetano.

–Los Bancos regionales acaban de negarme el crédito. ¡A mí, al industrial más honrado y próspero de la provincia! ¡A una firma que en toda su historia no registra una letra impagada ni un compromiso sin cumplir! Pues acaban de decirme: si tiene usted dinero, trabaje con él; si no lo tiene, cierre el negocio. Nosotros no le damos ni un céntimo.

–Pero usted es rico –dijo, trémulo, don Baldomero.

–Sólo relativamente. Un industrial moderno no gana para guardar, sino para ampliar su industria. Tengo dinero, claro, pero no para hacer frente a seis meses de trabajo. Para eso están los Bancos. Pero a los Bancos, al parecer, les interesa mi ruina. Quieren desacreditarme ante los Sindicatos. En el fondo, se trata de una maniobra preelectoral. Como se dice que va a haber elecciones...

–Pueden cambiar las cosas –añadió don Lino, en tono casi consternado–. El actual régimen bancario es algo que no debe durar, usted lo sabe: hay proyectos muy bien pensados de nacionalización. Y, mientras tanto, una intervención del Estado dará la solución al caso. Hay diputados que lo denunciarán con gusto en el Parlamento, y no faltan banqueros inteligentes, afectos a la República.

–Quizá no falten, quizá, y pueden cambiar las cosas...

El tono de Cayetano carecía de altivez; se volvió a don Lino, le miró y le habló –por primera vez– como a un igual; y don Lino se sintió tan satisfecho, que le echó mano al hombro y le dio unas palmadas amistosas.

–¿Quién lo duda? Pero no espero nada del Parlamento. Si no barremos a esa pandilla que nos gobierna, mal lo vamos a pasar. Tendré que vender el astillero.

Cinco rostros consternados se inclinaron sobre la mesa; cinco rostros interrogantes.

–¿Vender? ¿Dijo usted vender?

–Como suena. Se me ha declarado la guerra a muerte. ¿Y saben ustedes por qué? Porque he rechazado la intervención ajena. La Patronal de Vigo intentó controlarme. ¡Soy un mal ejemplo porque pago a mis obreros mejor que ellos! Don Carlos Deza lo sabe. Él podrá contarles.

–¡Mucho le importará ahora a don Carlos Deza! Con la francesa en casa...

–La francesa, señores, podía habernos divertido mucho en otra ocasión. Incluso a mí, ¿quién lo duda? Pero en ésta...

Quedó en silencio. Todos se habían puesto serios. Circuló una cajetilla.

–Lo que nosotros podamos hacer... –dijo, casi susurró, Cubeiro.

–¿Ustedes? ¡Arreglado estaba el porvenir del pueblo, si estuviera en manos como las de usted!

Apartó la silla y se levantó.
—He querido que lo supieran, y deseo que se entere todo el mundo.
—Pero... ¿va a haber despidos?
—No, al menos de momento. Mientras me sea posible, aguantaré sin perjudicar a nadie. Pero quizá llegue un día en que necesite la cooperación de todos.

Se volvió a don Lino. El maestro dio un pequeño repeluzno.

—A usted también, don Lino, de manera especial. Dicen que va a haber elecciones. Si las ganamos nosotros, saldrá usted diputado. Y si las perdemos...

Se puso la boina.

—... Pueblanueva del Conde se dedicará a la pesca. ¡Ya verán qué bien lo pasan! Y yo dejaré de mandar, para que mande la francesa.

Acostaron a don Gonzalo nada más llegar: le había cogido el frío en el camino, tosía y tenía calambres. La *Rucha* encendió la chimenea y calentó la cama con botellas de agua; añadió mantas y trajo un chal negro de doña Mariana para que don Gonzalo se envolviese mientras comía. Le sirvió Germaine, y le ayudó: partió la carne en pedazos, mondó la fruta y probó el café, a ver si estaba bien azucarado. Hablaban en francés. Carlos, desde un rincón, escuchaba en silencio y esperaba.

—Ahora dormirá —dijo Germaine—, y podremos comer nosotros.

La *Rucha* hija se había emperifollado. Traía el pelo más rizo, los pechos más agudos y el encañonado de la cofia hecho un primor. Sirvió la comida sin errores. Carlos la felicitó. Germaine había salido a ver si su padre dormía. La *Rucha* preguntó:

—¿Y usted cree que la señorita me llevará consigo?

—¿Consigo? ¿Adónde?

—A París, cuando se vaya.

Don Gonzalo ya dormía. La *Rucha* trajo el café. Germaine rechazó el coñac que Carlos le había servido.

—No puedo beber. No conviene para la voz.

Estaba sentada junto a la chimenea, cerca del fuego. Los leños ardían con llamas largas. Carlos, inmóvil, con la taza en las manos, miraba las de Germaine. Ella hablaba de París, de su carrera. Había terminado los estudios en el Conservatorio, pero necesitaba perfeccionarse con cierto maestro famoso: porque su voz lo necesitaba —primores técnicos ante cuya mención Carlos ponía cara de absoluta ininteligencia— y porque el tal profesor tenía las llaves de la Ópera.

—Cobra muy caro, una cantidad para mí inaccesible, y no le gustan las alumnas modestas, las alumnas que visten ropas reformadas. Para él, un buen abrigo es tan importante como una buena voz, y un pato a la naranja en «La Tour d'Argent» es el mejor modo de recomendarse. Tampoco le disgustan los nombres distinguidos. Espero que «Germana de Sarmiento» será de su agrado.

—¿Germana?

—Sí. En Francia es menos vulgar. Yo, allí, soy Germana, en español.

—¿Y por qué *de* Sarmiento?

—En Francia es necesario, al menos en el mundo en que voy a vivir.

—El gran mundo, claro. Debe de ser muy atractivo.

—En cualquier caso tiene que ser el mío. La gente pobre no va a la ópera.

Las manos de Germaine, largas, bien cuidadas, manejaban la taza de café con diestra sencillez, con elegancia un poco anticuada. Carlos imaginó a Gonzalo Sarmiento iniciando a su hija, desde muy niña, en el secreto de las buenas maneras. Aquel modo de moverse le hubiera gustado a doña Mariana: pertenecía a su tiempo. Como la ópera.

Carlos dijo entonces:

—¿Quieres que te enseñe ahora la casa o prefieres explorarla sola?

Germaine rió.

—¿Hay fantasmas?

—No. Ha sido un descuido, lo comprendo. Pero tu tía no creía en ellos.

—En ese caso, enséñamela tú.

La llevó al salón. Estaban abiertas las maderas. Germaine, riendo, señaló los cuadros.

—¿Y decías que no hay fantasmas?

—Al menos, no son de los corrientes.

La cogió del brazo y la llevó frente al retrato de doña Mariana.

—Así era tu tía a los treinta años.

—Pero este cuadro, ahora, es tuyo, ¿verdad?

—Sí. Es mío.

Germaine lo miró unos instantes.

—Era guapa.

—¿Es todo lo que te sugiere?

—Bueno. Lleva un bonito traje, y un collar...

—El traje y el collar existen todavía.

Germaine se estremeció. La brillaron los ojos, cerró las manos bruscamente.

—¿Existe el collar? ¿Es mío?

Carlos no le respondió. Se acercó a un rincón, apartó un cuadro y abrió la caja fuerte. Germaine le siguió. Miraba, anhelante, las manos de Carlos manipulando en la cerradura de clave. Cuando quedó al descubierto el hueco oscuro de la caja, suspiró fuerte. Carlos la echó la mano libre por el hombro y la atrajo.

—Ven.

Metió la mano derecha, sacó el estuche y se lo ofreció, abierto.

—Toma. Póntelo.

Germaine extendió una mano temblorosa y cogió con fuerza el collar. El estuche, vacío, quedó en la mano de Carlos.

—¿Me lo das... para mí?
—Póntelo.

Germaine corrió al espejo, con el collar apretado en la mano.

—¿Quieres encender la luz? No veo bien.
—Tu tía detestaba la luz eléctrica.

Germaine aguantaba el collar abierto sobre el pecho. Carlos se lo abrochó.

—¡Para cantar *La Traviata...*!

Se volvió hacia Carlos.

—¿Es bueno?
—Esmeraldas. Montura antigua.
—Eso no importa. Para cantar *La Traviata* irá bien... ¡Es maravilloso! ¡Y cómo impresionará a mi maestro! Voy a enseñárselo a papá. Perdona.

Salió corriendo. Carlos vio en el espejo su propia cara, gris, desencantada.

—¡Germaine...! —murmuró, y le salió una sonrisa torcida en la esquina del labio.

Sacó de la caja fuerte varios estuches, una bolsita de terciopelo, un envoltorio de seda. Lo dejó todo sobre la mesa: los estuches, abiertos; la bolsita, vacía; el envoltorio, deshecho. Cuando Germaine regresó, le dijo:

—Aunque hice un inventario de todo lo que hay en la casa, esto no figura en ninguna parte. Cualquiera que sea tu determinación respecto a la herencia, puedes llevarte estas cosas. Algunas de ellas te servirán, quizá, para cantar en el teatro. Están ahí todas las alhajas de tu tía, las arras con que se casaron las mujeres de tu familia, y algunas cosas más.

Empezó a cerrar los estuches.

—En cuanto a lo demás..., los fantasmas ya veo que no te interesan. Quizá te guste saber que la sillería es francesa y que lleva en este sitio ciento cincuenta años, como la alfombra.

—¡Ah! ¿Sí?

—Valen mucho dinero. Y ese piano...

—¡Ah! Pero ¿hay un piano? No me había fijado.

—No puedo decirte el tiempo que hace que no lo tocan. Si quieres...

Levantó la tapa.

—Está abierto.

Germaine tocó una escala.

—¡Y afinado!

—Tu tía esperaba que vinieras cualquier día. Y como le dije que en tu casa había piano...

Germaine se sentó y empezó a tocar.

—Suena bien. Es un buen piano —hizo una pausa—. ¿Te molesta que toque?

—Por ahí hay un musiquero con partituras.

—No es necesario. Algunas piezas las sé de memoria. Toco hace quince años.

Improvisó unos compases. Carlos se arrimó a la pared, escondió el rostro en un lugar oscuro.

—Voy a tocar algo para ti. ¡Has sido tan bueno! ¿O prefieres que cante?

—Como quieras.

—Primero, un vals de Chopin. Chopin fue un músico polaco del siglo pasado. Quizá hayas oído hablar de él.

—No. De eso, no entiendo.

Germaine empezó a tocar.

—Es un vals, ¿sabes?

Carlos no respondió. Se fijaba en los dedos, estudiaba la ejecución. Cuando Germaine terminó, dijo:

—Es bonito. Canta ahora.

—Voy a cantar...

Germaine cerró los ojos y echó la cabeza atrás. Su mano derecha buscó algo en el bolsillo. Empezó a inhalarse. ¡Floc, floc!

—Voy a cantar la habanera de *Carmen*. Eso lo conocerás, seguramente. Lo tocan mucho por radio.

—No tengo radio, pero quizá lo haya oído alguna vez. A tu tía le gustaban las coplas antiguas. Seguramente está entre sus discos.

Cantaba bien. Tenía una voz áspera, dramática.

—¿Te gustó?

—Sí, pero... no la había oído nunca. Al menos, no lo recuerdo. Tengo mala memoria, y como no estoy acostumbrado...

Germaine cerró el piano.

—Es muy conocido y muy difícil. Sólo una gran soprano puede cantarlo bien —miró hacia el rincón donde permanecía Carlos: apenas se adivinaba el bulto, y de la cara veía una mancha borrosa; a ella, en cambio, la alumbraba la luz de la ventana, le pegaba de lleno, y Carlos pudo ver cómo se iba creciendo mientras cantaba—. Con esto es con lo que quiero presentarme en la Ópera de París.

—¿Sólo... con una canción?

Ella rió.

—No, tonto. La ópera entera. Una ópera es una obra de teatro.

—¡Ah!

—¿Nunca has visto una ópera?

—No. Quizá no. Claro que he visto alguna comedia donde la gente cantaba.

Salió de la penumbra y se acercó. Germaine le miró a los ojos y se sintió admirada.

—Pero tú estuviste fuera de España...

—Sí, pero muy poco tiempo. Como no me entendía, tuve que volverme. Fue una lástima; hubiera aprendido mucho.

Germaine giró en el asiento.

—Juan me dijo que eres muy inteligente.

—¡Bah! Siempre se exagera... No soy mal médico, y Juan es buen amigo mío. ¿Te habló también de sus hermanas?

—Vagamente.

Carlos se apoyó en la tapa del piano. Dijo, con calor:

—Una de ellas vive aquí. Tendrás que conocerla. Y un fraile... ¿Conservas cierto retrato de tu madre?

Germaine apretó las manos contra el pecho.

—Naturalmente. Es mi tesoro. ¿Lo conoces?

—Se lo pintó Eugenio Quiroga. Ahora es fraile, ¿sabes? Es él quien ha pintado la iglesia. Fue amigo de tu padre. Y hace un año, cuando estuve en tu casa, me confundió con él.

Se echó a reír.

—Tuvo gracia aquello. Pero es que los Churruchaos nos parecemos todos.

Señaló, con un movimiento circular de la mano, los retratos.

—Puedes comprobarlo si te fijas bien en esos fantasmas. Sólo uno de ellos, sin embargo, se parece a ti.

Se levantó. El retrato de Mariana Quiroga quedaba en penumbra.

—Este. Se llamó en vida Mariana Quiroga, y debe ser tatarabuela tuya. Pero tú eres mucho más bonita. A tu tía le gustaba recordarla. Ya te contaré su historia, si alguno de estos días estás de humor para oírla.

Se oían dentro de la iglesia fuertes golpes. Carlos empujó la puerta y entró. Olía a madera. Unos obreros desmontaban el andamio. Los suelos de las naves laterales estaban ya fregados y libres de escombros, y los altares, revestidos. No se veía bien, como si la niebla se hubiera metido en la iglesia y, allí dentro, hubiera espesado más.

Preguntó por el fraile. Uno de los carpinteros le dijo:

—Por ahí andaba. Mire en la sacristía.

Lo encontró sentado en un camastro, apenas visible en la oscuridad, con una silla delante. En la silla había restos de comida y un vaso de vino. Al ver a Carlos, el padre Eugenio empujó la silla y corrió a la puerta.

—¿Ya han venido?

—La princesa queda instalada en su palacio, después de pasar con éxito todas las pruebas, menos la del garbanzo, porque aún no hubo ocasión. En cuanto al infante, su padre, hubo que acostarlo: no anda muy bien de salud. ¿Tiene usted algo que beber? Hace un frío que pela.

—Puedo hacerle café, si quiere.

—Ya veo que se ha instalado con todas las comodidades. ¡Hasta una cafetera!

—¿Ha visto las pinturas?

—No. La iglesia está en tinieblas.

El fraile encendió un infiernillo de alcohol y preparó la cafetera.

—No las vea todavía. Hay que esperar a que retiren los maderos y a que esté el altar revestido. Mañana. Ahora, cuénteme.

Señaló el camastro.

—Siéntese ahí. Estará más cómodo.

Carlos se quitó el abrigo, se lo echó por los hombros y se sentó.

—Fui a rescatar a una princesa perdida y me encontré con Adelina Patti. ¿Me comprende? ¡Una chica preciosa, elegante, en cuya garganta esperan agazapados maravillosos gorgoritos que serán, si Dios no lo remedia, deleite de filisteos! ¡Adelina Patti o algo por el estilo, muy importante, casi sublime! Hay que hablar de ella con cuidado, como un hombre de ciencia o como un crítico. En todo caso, haciendo varios distingos. Cuando oí, en la estación, sus primeras palabras, me asusté: tiene una voz grave, bien timbrada, patética hasta cuando ríe, una voz más atractiva que cualquier otra de sus buenas condiciones, pero que a mí me asustó, porque me pareció la voz de los tuberculosos a la laringe. Y ella llegó cargada de precauciones, embufandada, y sacó un aparatito y se inhaló con él. Me estremecí, palabra; le aseguro que jamás sentí mayor ternura por persona alguna. Se me ocurrió que durante todos estos años hubiera necesitado, para cuidarse, el dinero que ahora tendrá, y temí que ya fuera tarde. Todo esto lo pensaba y me dolía en el corazón, mientras ella, con la cabeza levantada y el inhalador frente a la boca, apretaba la bola de goma con la destreza que da una larga práctica.

Hizo una pausa que sólo tardó una fracción de segundo en convertirse en teatral: señaló violentamente, con el índice extendido, un lugar en el techo oscuro, y él mismo miró hacia allí, como si fueran a salir los fantasmas conjurados. El padre Eugenio seguía sus movimientos, sus actitudes, con mirada extrañada.

−Germaine es un personaje que vive para meterse en la boca un inhalador y rociarse con algo la preciosa glotis. Es la ocupación más importante de su vida. Necesita cuidar, proteger su voz: vive para su voz, alrededor de su voz, arrodillada ante su voz.

Empezó a cantar.

−¡Lanlarán, laralarán, laránlanlara, larán, larán! No hace todavía media hora me obsequió, completamente gratis, con la habanera de *Carmen*. Muy bien cantada, sí, señor. Preciosa voz, voz caliente, un poco amarga. Una voz para expresar amor y dolor, el amor de Margarita Gautier y el dolor de Aida. Pero no amor y dolor verdaderos, sino teatrales, con música de Verdi, que es la más socorrida.

El fraile puso sobre la silla el servicio del café.

−Era natural. También su madre cantaba.

−Me tiene usted que contar algo de su madre. Lo necesito para entender la situación sin que nada se me escape.

−Su madre hubiera sido una gran cantante, pero perdió la voz. ¿No se lo conté nunca?

−No recuerdo.

−Sí, se lo conté. Perdió la voz y se casó con Gonzalo Sarmiento.

−Y murió de parto. ¡Qué lástima! El mundo hubiera agradecido más a los dioses la conservación de aquella garganta, porque, entonces, su propietaria no se hubiera casado con Gonzalo Sarmiento y no existiría Germaine. Aunque, bien pensado, quizá los dioses hayan creado a Germaine, por intermedio de Gonzalo Sarmiento, para compensar al mundo de la pérdida de aquella otra garganta. Sí, sí, estoy seguro: Germaine es un presente de los dioses para deshacer un entuerto, o, si usted lo prefiere, para rectificar un error. Y perdone si meto a los dioses en esto, pero usted me ha acostumbrado.

—¿Por qué se burla?

Carlos alzó las manos.

—¿Yo? ¿Burlarme yo? ¡Dios me libre! Es el destino, es decir, los dioses, quienes se burlan. Y no de mí. Se burlan de la Vieja, que lo preparó todo tan escrupulosamente para que, muerta ella, los vivos hiciéramos su voluntad. Pero la Vieja no contaba con que los vivos mienten. Ella fue leal y verdadera. Su sobrina es una personilla mentirosa, que ocultó su vocación durante años para que la vieja loca no le retirase su apoyo. Quince años estudiando música y canto con los mejores maestros, mientras su tía la creía interna en un colegio aristocrático preparándose para sustituirla en el mundo.

El fraile acercó la cafetera humeante.

—Supongo que la chica tendrá derecho a escoger su vida.

—¿Quién lo duda? Y a mentir. Hay que cantar ópera sea como sea. Hay que recordar que los dioses le jugaron a mamá una mala pasada, y hay que engañar a los dioses, si hace falta. La cuestión es llegar a cantar ópera, que es una profesión honesta; más aún, brillante. Se sale en los periódicos, los críticos de todos los países se quedan sin adjetivos para elogiar la hermosa voz de Germaine Sarmiento, y, al final de la función, la triunfadora recibe ramos de flores; grandes, inmensos ramos de flores. ¡La triunfadora! Para triunfar hay dos caminos: uno, áspero, trabajoso, humillante, si no se tiene dinero; otro, fácil, si en un rincón perdido del mundo se le ocurre morirse a una tía rica. La señorita

Sarmiento ha tenido suerte. Se le murió la tía rica. Y ahora viene a recoger el botín.

Echó azúcar al café y lo revolvió lentamente.

—Y uno, ¿qué puede hacer? La princesa es amable, encantadora; habla con una voz impresionante, una voz con la que uno desearía oírle hablar de amor; tiene esa gracia de las mujeres francesas que usted no habrá olvidado, y un encanto personal que envuelve, que aniquila, que impide decir lo que se piensa, que impide incluso pensar. No puedo decirle si es una coqueta redomada o si todavía ignora su poder de fascinación, pero puedo asegurarle que ya se considera miembro de una casta superior, la casta de los divos, y nos mira a todos desde arriba, pero disimulándolo con una cortesía irreprochable.

—Es usted injusto.

—No. Quisiera poder describir todas sus gracias... ¡Su propia tía se habría rendido a ellas! Personalmente le aseguro que me enamoré.

El fraile rió y encendió un pitillo.

—Es lo mejor que podría pasar.

—¡Dios no lo quiera, padre Eugenio! Es lo que me faltaba. ¡Enamorarme de una diva! ¿Me imagina usted siguiéndola de lejos en sus *tournées,* mendigando para comer, robando flores en los parques públicos para enviárselas la noche del *beneficio?*

El fraile acercó la estufilla eléctrica.

—Vamos a encender esto. No hay quien aguante el frío, y usted..., usted parece que no habla en serio.

—A mí tampoco hay quien me aguante, dígalo sin rodeos. Yo mismo no puedo aguantarme.

—¿Por qué no se pone en el lugar de Germaine?

—Me resulta más fácil ponerme en el de doña Mariana. Y a doña Mariana, lo de los gorgoritos le hubiera hecho poca gracia. Comprendo que es injusto, porque a ella le gustaba la ópera, pero no cantada por su sobrina. La Vieja tenía muchos prejuicios, prejuicios anticuados e indefendibles. Como a los reyes antiguos, le divertían los bufones, pero no hubiera tolerado que nadie de su sangre fuese bufón. Y, ya ve, con toda mi habilidad dialéctica, no hubiera sido capaz de convencerla de que una cantante de ópera no pertenece al sindicato de los bufones.

–Pero usted no creerá semejante estupidez.

–Yo vengo observando, padre Eugenio, algunas variantes en mi modo de pensar. A veces temo que el alma de doña Mariana se me haya metido en el cuerpo, quizá en el lugar que ocupaba antes el diablo. No habrá habido grandes dificultades para la sustitución, porque, desde el punto de vista de Dios, ¿qué más da el diablo que doña Mariana? Es el caso que, ahora, con quien discuto, a quien intento convencer, de quien me defiendo, no es del diablo, sino de la Vieja. Pero la Vieja es más fuerte que el diablo, o, al menos, se ha aposentado en mi alma con más energía. De modo que aprenda usted a distinguir cuando hablo yo y cuando habla ella. Écheme café. ¡Si tuviera usted, además, un poco de aguardiente!

El fraile buscó, encima de una cómoda, una botella.

–Algo queda.

–Démelo. Mitad y mitad. Lo necesito.

Bebió seguido, y carraspeó. Quedó apoyado en la cómoda, con la taza en la mano y la vista perdida en cualquier lugar del espacio. El padre Eugenio bajaba y levantaba repetidamente la cabeza, miraba a Carlos o escondía la mirada.

–Está bueno. A la Vieja le gustaban estas mixturas. Y la Vieja, si no hubiese muerto, andaría ahora dando vueltas a la cabeza y volviéndome loco para que averiguase todo lo concerniente a esa difunta diva cuya voz, cierto día ya lejano, arrebataron los dioses. La hija tiene que haber heredado de ella algo más que la voz. Y, a lo que colijo, biológicamente esa señora fue más fuerte que su marido. Gonzalo Sarmiento es un fin de raza en medida bastante mayor que nosotros. Pasa de los setenta y engendró a su hija cerca de los cincuenta. Germaine tiene de él la figura, casi la apariencia; pero los ojos, la boca, las manos, lo sustancial, pertenecen a la otra sangre. El mentón es el de su padre, y ese mentón delicado me hacía esperar a una muchacha débil. Quizá lo sea, pero posee una terquedad que sustituye eficazmente a la energía. ¿Por qué no me cuenta usted algo de su madre? Usted la conoció, usted le pintó un retrato, usted tuvo tiempo de observarla. El retrato que le pintó es un retrato a la antigua, un espejo del alma, si no recuerdo mal. Y no recuerdo mal, porque acabo de verlo: su hija lo ha traído consigo. Se llamaba...

–... Suzanne.

–Suzanne. Un nombre muy corriente en Francia, pero ella no era corriente, salvo si usted la idealizó. Más guapa que su hija, aunque menos extraña, pero... En fin, no sé decirlo. ¿Por qué no me lo dice usted?

–Todo lo que yo pudiera decir, está en el cuadro.

–Pintado. Lo quiero oír en palabras.

–Yo soy pintor.

Carlos paseó un rato en silencio. De vez en cuando sacaba las manos de los bolsillos y se soplaba las puntas de los dedos.

–Y predicador. Pero entre uno y otro no hay.... ¿cómo podría decirlo?, muy buenas relaciones. Si lo que usted pintó pudiera decirse con palabras, sería inútil pintar. Y, viceversa, cosas que se pueden decir, no podrían pintarse. Por ejemplo, si a usted se le ocurriera hacer un retrato a la hija, nadie podría averiguar por el retrato que esta señorita de buena familia necesita sentirse miembro de una casta excepcional y privilegiada para compensar las humillaciones, las miserias que ha experimentado en su pobre y aperreada vida. Es curioso: reducido a esquema clínico, el caso de Germaine Sarmiento coincidiría, be por be, con el de Juan Aldán. Pero Aldán y Germaine son personas distintas, inconfundibles. Por eso me fío poco de mi ciencia. ¿Qué quiere decir complejo de inferioridad compensado? Antes, creía saberlo. Ahora, empiezo a verlo confuso. Y, lo que es más grave, conforme dejo de creer en los complejos, voy creyendo en los pecados. Todo esto, definido a la antigua, sería mucho más claro. Soberbia, envidia, resentimiento...

Se detuvo en medio de la sacristía, y acomodó el abrigo, que le había resbalado.

–Pero también estoy de acuerdo con los que dicen que no hay que definir, sino describir. La realidad no cabe en las definiciones. Pero sucede que carezco de elementos para describir a Germaine. ¿Cómo era su madre?

El fraile se encogió de hombros.

–¡Hace ya tanto tiempo...!

–El retrato que usted pintó es el de una mujer triste. Y, sin embargo, lo pintó como regalo de boda, cuando ella iba a casarse.

–Cuando una operación quirúrgica acababa de dejarla sin voz. No olvide usted esto: una enfermedad de la laringe le arrebató todas sus esperanzas.

–Es decir, que el matrimonio no la compensaba de lo perdido. ¿Por qué se casó?

–Supongo que... por miedo a la vida. Era pobre. No tenía familia.

–Y se casó con el millonario Sarmiento, un fracasado, incapaz de ganar un real.

–Ya le he contado cómo fue.

–A mí, no; a doña Mariana. Ella me lo repitió, naturalmente, y pidió mi opinión, pero no se la di. Le hubiera servido para confirmar lo que ya sospechaba, y nos hubiéramos equivocado, quizá.

El fraile se había arrimado a la cómoda, de espaldas a un crucifijo y a un espejo. Carlos daba vueltas a su alrededor; unas veces le miraba, otras no. Unas veces le hablaba en la cara; otras, parecía dirigirse a las sombras.

–¿Y qué es... lo que sospechaba doña Mariana?

Carlos le echó desde lejos un pitillo, que el fraile recogió al vuelo.

-Gonzalo Sarmiento era una buena persona, pero tonto. Le atraía la sociedad de los artistas, pero él no lo era. Sin embargo, ¿qué importa no ser cuando puede simularse? En aquella sociedad abundaban los artistas sin obra, los que pasan cuarenta años anunciando el libro excepcional que no se escribe nunca porque la perra vida no lo permite. Quizá Gonzalo haya sido uno de éstos. Hasta que le conoció a usted. Usted era un artista de verdad y, además, un Churruchao, como él. Gonzalo dejó de simular para apropiarse un poco de la personalidad de usted. Sin darse cuenta, inocentemente, como un contagio. La prueba de su inocencia es que no escondió el original. Y el original entonces atravesaba un período de crisis, una crisis grave, profunda. Usted me la describió el otro día.

-¿Y qué?

Carlos se plantó ante el fraile.

-Eso digo yo. ¿Y qué?

Alzó los brazos y agarró al fraile por los hombros. Lo sacudió blandamente.

-No lo diga, padre, no hace falta.

Se miraron fijamente. El fraile bajó los ojos. Carlos soltó los hombros, dejó que sus manos resbalasen hasta encontrar las del padre Eugenio.

-Beba algo. Está frío. Y no vuelva a preocuparse del perdón.

-Usted, ¡qué sabe!

Carlos cogió la botella del aguardiente, sirvió un poco en un vaso y se lo ofreció.

-Beba. ¿Quién puede no perdonarle? ¿Dios? Usted cree en Él, y en el poder de un sacerdote para absolver. Y usted ha solicitado la absolución. ¿O es lo nuestro lo que le preocupa? ¿Un tribunal de Churruchaos juzgándole por adulterio? La Vieja murió y le hubiera perdonado; yo, ¿cómo me atrevería a juzgarle? En cuanto a Gonzalo, no creo indispensable que se arroje usted a sus plantas, le confiese la verdad, etc. Sería una falta de caridad, en el caso de que él lo ignore, o en el caso de que sólo su hija lo desconozca.

—No soy el padre de Germaine —dijo el fraile, con voz oscura—. Y no entiende usted nada de lo que me sucede. No podrá entenderlo nunca. Porque usted sólo ve lo humano...

Carlos le interrumpió:

—Ya. Y usted lo transporta todo al cielo, adonde a mí me resulta imposible seguirle.

—No tengo más remedio que hacerlo, porque lo siento así.

Tenía el vaso del aguardiente en la mano, a la altura del pecho. Lo apartó, y Carlos volvió a servirle. El fraile bebió y dejó el vaso en la cómoda.

—Usted lo reduce todo a folletín, y yo, a teología. Pero ¿dónde estará la verdad?

—Bueno, según como se mire. A veces, el folletín es más entretenido.

—Pero la teología es más seria. En último término, no soy yo quien ha puesto mi pecado delante de Dios. No se me hubiera ocurrido. Aquello surgió, como usted ha adivinado, en un momento de crisis, y me ayudó a superarla. No transformando en pasión mi angustia de fracasado: eso hubiera tenido una relativa justificación humana. La cosa sucedió fríamente: ella, desencantada de la copia, vino en busca del original, y yo pensé que la embriaguez de una aventura con una mujer bonita me sacaría de la desesperación. Y así fue. Y nunca consideré que hubiera hecho mal, porque me había sido útil, porque me había servido de remedio. Esto sucedió en la primavera de 1914; Suzanne pasaba los primeros tiempos de su embarazo. Sobrevino la guerra y marché de Francia.

—Esto, padre, todavía no es teología. Siento decepcionarle, pero no pasa de folletín. Y usted hizo el peor papel, el de traidor.

—Después vine a Pueblanueva. Hice amistad con el padre Hugo. El padre Hugo me enseñó a ver la vida de otra manera. Ya ve usted: si me hubiera tropezado al padre Fulgencio, ahora no tendría problemas. El padre Fulgencio es un moralista, por no decir un jurista. Es de los que admiten la prostitución como mal menor y condenan el adulterio porque destruye la familia. El padre Hugo era un hombre religioso. Veía a Cristo en las criaturas, sus manos tocaban el misterio, sus palabras lo mostraban. Pero no intentaba penetrarlo, ni reducirlo a términos racionales. Se arrodillaba, se anulaba ante él. Y nos enseñaba a reconocerlo y a arrodillarnos también. Para el padre Hugo, el más hondo de los misterios tangibles eran los hombres, todos y cada uno de ellos. «Piensen ustedes en los que conocen, piensen en ustedes mismos. ¿No es absurdo que Cristo haya muerto para redimirnos? Aparentemente, ninguno de nosotros, ni de los vivos, ni de los muertos, ni de los que nacerán, merece el sacrificio de Dios, y, sin embargo, el sacrificio se hizo. Luego, hay algo en cada hombre que nosotros no entendemos racionalmente, algo que sólo adivinan los que aman a sus semejantes. Por ese algo, Dios nos amó y nos impuso el deber de amarnos los unos a los otros. Fíjense bien: la moral predicada por Cristo consta sólo de dos mandamientos de amor; luego lo inmoral es no amar. El gran pecado es no amar a los semejantes, y el mayor de todos los pecados, el desprecio. El lujurioso peca porque usa de la mujer como de un instrumento; el que explota a los trabajadores peca porque hace al trabajador instrumento de su codicia. En ambos casos, el ser humano pierde para el otro la condición de hombre. Pero la Revelación de Cristo, en lo que al hombre atañe, nos dice que todos somos iguales por estar hechos a la imagen y semejanza de Dios y porque todos somos en Cristo, porque Cristo es el sostén de nuestro ser, y ningún hombre, cualquiera que sea su conducta, puede destruir esa cualidad, sin la que no sería hombre. Por tanto, no existen hombres despreciables, y el que los desprecia, lujurioso o explotador, pretende arrebatarles su condición divina.»

Había oscurecido la tarde, y el padre Eugenio, arrimado a la cómoda y con las manos extendidas, era poco más que una sombra. Carlos, cerca de la pared, le escuchaba. Adelantó unos pasos y tendió la mano.

—Perdóneme, padre Eugenio. Si en vez de estar yo presente estuviera Cayetano Salgado, me explicaría ese recuerdo de las hermosas palabras del padre Hugo. ¡Ya lo creo! Podrían servir a Cayetano para dar a su socialismo cierto tinte cristiano, si le apetecía o si lo necesitaba. Pero yo no soy reformador social, ni moral, ni siquiera un hombre de honesta conducta. ¿Qué tiene eso que ver con nuestro caso?

—¿Es que no ha comprendido todavía que yo usé a Suzanne como de un instrumento y que desprecié a Gonzalo?

—Bien. Pero usted se arrepintió y fue perdonado.

—¿Está seguro? No de que haya sido perdonado, que eso sólo lo sabe Dios, sino de que me haya arrepentido.

—Hombre, usted me lo dio a entender. Entró en un convento, se metió a fraile... No iba a llevar consigo sus pecados.

—Yo me metí a fraile, pero el *pintor* quedó fuera. Yo me arrepentí de mis pecados, pero el *pintor* todavía considera que aquella aventura sucia que le sirvió para salir de un atolladero y salvar lo que podía ser salvable, estuvo bien.

Se pasó las manos por los ojos, las mantuvo así unos instantes.

—Una parte de mí se ha resistido siempre a Dios, y yo sé por qué. Lo que en mí hay de artista, lo que más amo de mí, lo que me hace estimarme cuando todo en mi ser se siente despreciado, sobrevive y subsiste gracias a aquel pecado: sin él se hubiera destruido. Yo, después, no he querido destruirlo, o, al menos, olvidarlo. He esperado siempre rescatarlo, redimirlo, transformando el arte en oración. Ahora se explicará usted lo que le dije el otro día.

En la iglesia habían cesado los martillazos. Abrieron la puerta, y un carpintero asomó.

—Eso ya queda listo, padre. Los maderos los dejamos en el pórtico.

Llevó la mano a la gorra y se retiró.

—¿Por qué no vemos ahora esas pinturas?

—Si usted lo prefiere...

Salieron de la sacristía. Los carpinteros habían abierto la puerta grande y sacaban por ella los últimos maderos. El padre Eugenio corrió a comprobar que la puerta quedaba bien cerrada.

—Lucirán mejor mañana, no le quepa duda. Ahora...

Encendió los altares laterales. Repitió algunas consideraciones, oídas y sabidas de Carlos.

—Bueno. Veamos ahora esto. Póngase ahí, en el medio.

Carlos se situó encima de la lápida de doña Mariana. El fraile encendió la luz. La pintura del ábside aparecía terminada. El fraile hizo visera con la mano: miraba a Carlos.

—¿Qué?

—Bien. Muy bien.

—¿Sólo eso? ¿El rostro? ¿No le sugiere nada?

Carlos se sentó en la esquina de un banco.

—Me sugiere que usted tiene miedo a Cristo.

—¿Por qué lo dice?

—Porque ha pintado al Juez.

El fraile descendió las escaleras del presbiterio. Se acercó, casi jadeante.

—Luego, ¿cree que no he acertado?

—No se trata de acertar o no. Ha hecho usted una pintura impresionante, la pintura de un Ser que es justo y misericordioso; pero parece haber olvidado la misericordia.

El fraile dormía aquella noche en la iglesia: faltaban todavía retoques y detalles, y tenía que estar allí a primera hora de la mañana para dirigir la ornamentación y, después, para tomar parte en la bendición, que se haría sin fieles, por el prior y los frailes.

Cuando Carlos salió a la plaza, había anochecido. Brillaban las losas, caía un agua fina, azulada. Bajo los soportales, unos chiquillos alborotaban. Subió el cuello del abrigo, metió las manos en los bolsillos, atravesó la plaza, chapoteando. La tienda de Clara estaba todavía abierta. Se acercó a la puerta. La tienda parecía vacía.

—¡Clara!

Clara, sentada en una silla baja, leía. Alzó la cabeza, vio a Carlos y rió.

—¡Hombre! ¿Ya estás de vuelta?

—Vengo de la iglesia.

—¿Te vas a hacer beato? No te va.

Carlos se quitó el abrigo. Lo sacudió.

—¿Dónde puedo colgar esto?

—Ahí, detrás de la puerta, hay un clavo.

Sacó una silla por encima del mostrador.

—Toma y siéntate. Es decir, si no tienes prisa. ¿Has visto a mis hermanos?

Carlos apartó la silla y se acercó al mostrador. Las planchas de madera brillaban pulidas.

—Sí. He visto a Juan, a Inés y al novio de Inés.

—¿El novio de quién?

Le dio la risa a Clara, una risa ancha, alegre, pero repentinamente quedó seria.

—Cuéntamelo todo y no me engañes.

—¿Suelo hacerlo?

—No, pero interpretas las cosas a tu modo y una no sabe a qué atenerse.

—¿Lo quieres con detalles?

—Quiero saber lo que pasa.

—Pues mira: llegué a un piso donde había cuatro muchachas cosiendo...

Clara no le interrumpió: escuchó media hora seguida, miraba a los ojos de Carlos, o a sus manos, o a la plaza, en que el orballo azul seguía cayendo. A veces, con más fijeza; y entonces Carlos apartaba la vista de ella y la dejaba resbalar por las cajas ordenadas en los anaqueles, o jugueteaba con un cordel anudado, o con un botón.

–... por fin, Juan nos acompañó a la estación. Le preguntó a Germaine si podría escribirle alguna vez, y ella respondió que tendría mucho gusto en recibir carta suya y en contestarle. Se despidieron muy cariñosos. Después, me acompañó a mi departamento, que estaba algo apartado del de Germaine, ellos venían en coche-cama, y yo, en segunda. Me dio un abrazo y me dijo: «No olvides que el porvenir artístico y la felicidad de esta muchacha están en tus manos». Y yo le pregunté: «Y tú, a qué te crees más ligado, ¿a su porvenir artístico o a su felicidad?» Se echó a reír. «A este respecto, ya sabes a qué atenerte.» Subí al vagón, me hizo un saludo y fue corriendo a despedirse otra vez de Germaine. Entonces pitó el tren...

Clara dijo:

–Es hora de cerrar. ¿Por qué no me esperas un minuto y le echo un vistazo a mamá? Luego, puedes llevarme a cualquier sitio y me invitas a una copa.

Volvió pronto. Se había puesto un abrigo y traía el paraguas.

–Sal ya.

Apagó la luz y echó la llave a la puerta.

–¿Puedo cogerte del brazo? Es que, así, te taparé mejor.

Salieron de los soportales. Ante la puerta del café cantante, Carlos se detuvo.

–¿Por qué no vamos a casa de la Vieja? Conocerás a Germaine.

–Todavía no he decidido si quiero conocerla o no.

–Es encantadora, y habla muy bien el español.

–No, no. Otro día.

Entraron. Marcelino el *Pirigallo* hacía cuentas inclinado sobre el libro mayor. Les vio entrar y acudió rápidamente. En el fondo, junto al escenario apagado, el pianista y la cupletera ensayaban, por lo bajo, una canción. Clara pidió mariscos y vino.

–Así, me ahorro la cena.

Empezó a comer con ganas.

–Ahora, te dejo que me hables de mis hermanos a tu manera.

–Creo que Inés hace bien en casarse, y que Juan no sabe qué hacer.

–¿Eso es todo lo que se te ocurre?

–Me equivoqué tantas veces, que he decidido andarme con cuidado. Las personas dan sorpresas.

–¿Y Germaine?

–Ya te lo dije: encantadora. A cualquier muchacha le gustaría ser como ella.

Clara arrancó con fuerza la uña de un percebe.

–A mí, no.

–¿Qué sabes, si no la conoces?

–Nunca me gustaría ser como la mujer de quien puede enamorarse mi hermano. Y quizá de quien puedas enamorarte tú.

–Si sucediera, sería contra mi voluntad.

–Te equivocas. Es la mujer de quien querrías enamorarte. Lo mismo que Juan. Una mujer fuera de vuestro alcance, que no ha contado con vosotros y no plantea problemas sentimentales, ni pone en compromisos. ¡La mujer ideal, desengáñate! Se puede uno enamorar y hasta morir de amor, pero no hay que casarse con ella, ni mantenerla..., ¡ni hacerle un hijo, qué caray!

Carlos retiró bruscamente las manos.

–Eso es casi despreciarnos, a Juan y a mí.

–No, hijo. ¿Cómo voy a despreciarte? –le tembló la voz un instante–. Es atenerme a vuestra manera de ser. La Vieja dejó las cosas arregladas para que Germaine y tú acabarais casándoos, y algo de eso llegó a decirme, o a darme a entender. Bueno. ¿Qué vas a hacer? ¿Se lo has dicho ya? ¿Has empezado a cortejarla?

–No me gusta.

–No mientas. Te gusta lo mismo que a Juan. Antes, cuando me contabas lo de Madrid, se te notaba. Y te fastidia que haya preferido a mi hermano.

–Eso era casi inevitable. ¡Si vieras a Juan, elegante, hecho un señorito revolucionario! Está casi guapo. ¡Y habla tan bien! Tiene un aire romántico y fiero que debe de resultar muy atractivo para las mujeres. A su lado, soy casi un palurdo. Pero eso no quiere decir que me tenga por inferior a Juan, sino sólo que él, ahora, tiene cualidades muy brillantes. Hay mujeres a quienes gustan esas cosas. Pero esa clase de mujeres no me atrae.

–No me imagino a Juan hecho un brazo de mar y dando conversación a una chica.

–Es que... el dinero da mucha soltura. Permite elegir el disfraz en que uno se siente más a gusto, o perfeccionarlo, si ya estaba elegido.

Clara levantó la vista de los percebes.

–Y tú, ¿no te disfrazas?

–Yo no tengo dinero. Estoy tan pobre, tan pobre, que no me quedará otro remedio que trabajar. Y ese día...

–A propósito... ¿No has oído que Cayetano va a cerrar el astillero?

Carlos movió la cabeza.

–No lo creo.

–Está corrido por la villa, y todo el mundo anda muerto de miedo. Porque, si es cierto, vamos a morir de hambre todos. ¡Y yo, que estaba tan contenta con mi tienda!

Sacó un pañuelito y se limpió los labios.

–Gracias por los percebes. Un día de estos te invitaré a comer. Quiero que veas mi casa. Estoy comprando ajuar y, si las cosas no se ponen mal, llegaré a tener un hogar decente.

Suspiró.

–Algo es algo, ¿no crees? Este mes, pagado todo y descontado el tanto por ciento para amortizar, voy a quedarme con más de sesenta duros: el doble de lo que necesito para vivir. Y como estoy vestida para el invierno, puedo ahorrar. Casi estoy contenta.

Lo dijo con franqueza en la voz, con un fondo de tristeza. Carlos acudió al quite.

–¿Por qué casi?

Clara apartó la banqueta, se echó un poco atrás, apoyó las manos en el borde de la mesa.

–Hice pacto con el diablo. Estuvo a verme una noche, cuando aún vivía en el pazo. Llegó en figura de murciélago y empezó a revolotear por encima de mí, y yo, aquella noche, estaba desesperada y me sentía mala. Había esperado a alguien inútilmente. El murciélago me convenció con facilidad de que todo daba lo mismo: pecar que no pecar.

Cruzó las manos y bajó la cabeza.

–La mitad de lo que pretendía lo he conseguido, pero a costa de la otra mitad. La gente ya me respeta; voy por la calle sin que nadie se meta conmigo, y puedo hablar alto porque pago lo que compro y no debo nada a nadie. Pero cuando se acaba el día y me quedo sola empiezo a temblar, porque en el fondo de mi alcoba me espera el diablo.

Carlos llegó a la casa de doña Mariana cuando daban las nueve en el reloj de Santa María. Se sintió con pocas ganas de hacer la tertulia a Germaine antes de cenar, y volvió sobre sus pasos. Recorrió el malecón y el muelle del puerto de pescadores, hasta la taberna del *Cubano*. No había nadie en los soportales, y la taberna estaba medio vacía. Preguntó por el *Cubano*.

—Estará ahí dentro.

El *Cubano* había destinado a oficina el antiguo reservado de la taberna. Una bandera libertaria cobijaba el cromo de la República, y una mesa de pino soportaba papeles, libros de cuentas y avíos de escribir.

—Pase, don Carlos.

El *Cubano,* el presidente del Sindicato y un patrón discutían de cifras. Se pusieron de pie al entrar Carlos.

—Ya ve. Aquí andamos liados con esto, no se levanta cabeza.

El *Cubano* pasó a Carlos un pliego de cuentas.

—No podemos quejarnos de cómo va la pesca. Ahora mismo, las dos «Sarmientos» han vendido en Vigo la carga al mejor precio. Sin embargo, seguimos alcanzados, y cuando venza el trimestre no tendremos para pagar los intereses de la hipoteca. Y no podemos decir que se tiren los cuartos, porque aquí no cobra más que el que trabaja. ¿Va a tomar algo?

Carlos pidió un tinto.

—¿Cuál es el déficit ahora?

—Vamos por las veintidós mil.

—Puedo hacerles un préstamo. Aunque quizá sea el último. Porque, como ya sabrán, hoy ha llegado la heredera.

El patrón se rascó la cabeza y miró al presidente.

—Se le agradece.

—Pero no podemos seguir así, don Carlos —dijo el *Cubano*—. Antes de poco habremos empeñado la flota entera. ¿Y después?

Carlos sorbió el vino.

—¿Y la gente?

—La gente, ¿qué quiere usted? De momento, bien. Pero ¿y si hay que amarrar? ¿O si hay que rebajar salarios?

El presidente jugaba con la boina.

—Si pudiéramos traer un patrón de pesca bueno, un hombre joven. Uno de esos que dicen: aquí, y se saca el copo cargado. Que los hay. Nada más que en Bouzas encontraríamos siete.

Suspiró.

—Pero, de momento, no podemos comprometernos a pagar el sueldo que piden, y ellos no están por entrar en el asunto como nosotros, a un tanto fijo y reparto de ganancias.

—¡Sí, sí, ganancias! Todo el jaleo que usted oyó al entrar, don Carlos, es porque queríamos dar a la gente un aguinaldo de diez duros por barba, que mañana es Nochebuena, y no podemos pasar de los cinco. ¿Y a quién que se pasa el año por esos mares se le pueden dar cinco duros para que coma en Navidad?

—El caso es que, sin un buen patrón de pesca, no vamos a ninguna parte.

—Lo que nos sacaba de apuros era la ayuda del Gobierno. Aldán decía siempre que el Gobierno no dejaría desamparada una empresa así, y que al Gobierno le convenía como ejemplo. Pero, ya ve, con este de ahora, ni contar. No piensa más que en elecciones.

—Y si encima cierran el astillero...

—¿Qué es lo del astillero? —preguntó Carlos.

El *Cubano* amontonaba los papeles dispersos y los colocaba a un lado.

—Algo que no entiendo. Que si lo van a cerrar porque don Cayetano no tiene dinero.

Miró a Carlos con expresión asombrada.

—¿Usted lo cree? Porque si Cayetano no tiene dinero, ¿quién lo va a tener?

Se echó hacia atrás la gorra y levantó la cabeza. La lámpara colgada hacía brillar la frente ancha del *Cubano*.

—Pero si es cierto, buena hambre se va a pasar en Pueblanueva. Porque la verdad es que aquí, el que no come de Cayetano...

—Eso hay que reconocerlo: son más de ochocientos sueldos entre obreros y empleados.

—Y a usted algo le tocará también, don Carlos, porque la difunta tenía sus cuartos metidos en el astillero.

Carlos se levantó.

—No les parecerá mal que les deje. Voy a enterarme.

—Pero no falte mañana, cuando repartamos el aguinaldo. Por poco que sea...

Llegó en dos zancadas al astillero. Estaba cerrado el portón y el postigo abierto. Preguntó al guarda jurado por Cayetano.

—No lo vi salir.

—Pase recado si puedo hablarle.

El guarda se metió en una garita gris. Se oyó un timbre y la voz que preguntaba.

—Que sí, que le espera. Venga conmigo.

Atravesaron las oficinas desiertas y frías, apenas alumbradas por la luz del exterior. Cayetano estaba en su despacho. Abrió la puerta.

—No estoy para nadie —dijo al guarda.

Dio a Carlos una palmada.

—¿Qué te sucede, que traes esa cara?

Señaló el sofá. Carlos se sentó.

—Me han dicho que cierras el astillero. ¿Es cierto?

Cayetano sonreía. Cogió una botella y una copa.

—¿Quieres beber?

—Bueno.

—No es cierto. No voy a cerrar.

Carlos cogió la copa que Cayetano le tendía.

—¿Entonces?

—Ya sé que en Pueblanueva anda el pánico suelto. ¡Tenía que dejarles así unos cuantos días y hacerles pasar unas Navidades amargas, para que se dieran cuenta de lo que me deben! Pero no lo haré. Mañana, a las doce, hablaré a mis hombres y les explicaré lo que sucede, por si lo entienden.

Se sentó al lado de Carlos.

Capítulo 3

—Nuestros amigos Masquelet han empezado a atacarme. No ellos solos, sino la Asociación Patronal en masa y como un solo hombre. Se habla de elecciones, ¿comprendes?, y debilitarme a mí es debilitar al socialismo, y hundirme es decepcionar a los trabajadores. Está bien calculado el momento. Ayer recibí aviso de los Bancos de que me cerraban los créditos y de que sólo si les hipotecaba el astillero me darían dinero. Y hoy, no hace más que una hora, me ha llegado una oferta de compra que es un verdadero ultimátum en muy buenas condiciones, según ellos, y con quince días de plazo para responder. Todo esto después de haber investigado a conciencia mi situación económica y financiera, que estoy informado de que lo hicieron. ¿Te das cuenta?

Pegó un salto y quedó sobre la alfombra, un poco inclinado hacia Carlos, con el brazo derecho extendido y el puño cerrado.

—¡Esto empieza a gustarme! Luchar contra doña Mariana me resultaba aburrido y no tenía más alcance que el puramente local. Pero estos hijos de la gran puta representan el capital de la región, son enemigos dignos de mí. Me voy a dar el gustazo de patearles la cabeza.

Metió las manos en los bolsillos y se apoyó en la mesa.

—La nómina mensual del astillero no llega a las cuatrocientas mil pesetas y las letras de pago inmediato rozan el millón. Claro está que debo hacer compras inaplazables de material por muchísimo dinero, pero me queda un margen de noventa días para pagarlas. Otro, en mi caso, se achicaría, despediría a la mitad de la gente, aplazaría la entrega de los barcos o vendería el astillero. Pero yo voy a jugarme el tipo. Los dos barcos en quilla se botarán en las mareas vivas de abril y los entregaré en la fecha estipulada. Estoy seguro de que, en tres meses, cambiarán mucho las cosas. Y si cambian, como espero, esos tipos sabrán quién es Cayetano Salgado.

Carlos dejó la copa vacía sobre la mesilla.

—Y todo por la venta de las acciones.

—La venta de las acciones no fue más que el pretexto. Hace tiempo que tenían ganas de meterme mano y reducirme a la obediencia. Ya les oíste una vez: soy un mal ejemplo.

Cayetano arrastró una silla y se sentó frente Carlos.

—Tú, si no fueras un romántico, tendrías ahora la gran ocasión de hacerte rico. Pero tu delicadeza no te ha dejado en condiciones de asociarte conmigo; ya sé que cuatrocientas veinticinco mil pesetas de las que yo te di están en una cuenta corriente a nombre del hijo de doña Mariana y las otras cuatrocientas veinticinco mil las pondrás un día de estos a nombre de la francesa. Casi un millón de pesetas congelado, para que mis amigos los banqueros se beneficien. Con ese dinero mi jugada tendría menos riesgo y a ti te permitiría unirte a mí en pie de igualdad, ganar conmigo y hacerte fuerte.

—Jamás dispondría de un dinero que no me pertenece.

—Ya lo sé. Pero no te negarías a hacerlo ante una amenaza de hambre. ¿No quieres tanto a Pueblanueva? ¿No sueñas con la libertad de la gente? ¡Pues ya verás qué libres son si me arruinan! Cualquiera que venga en mi lugar les dará sueldos de hambre.

Golpeó la rodilla de Carlos con el cuenco de la pipa.

—Te apuraste demasiado y, ahora, ya no tiene remedio. Puedes creerme que lo siento. Porque el día que entregues a la francesa el capital de doña Mariana vas a quedarte por puertas.

Se sirvió coñac, lo bebió y encendió un cigarrillo. Carlos se levantó.

—Gracias por tu franqueza. No dudo que acabarás ganando.

—Tenlo por seguro.

Ya en la puerta, Cayetano añadió:

—Ya sé que mañana se inaugura la iglesia y que ese chiflado del padre Quiroga ha pintado unos santos que meten miedo a la gente. Iría de buena gana, pero mañana, precisamente, tengo que decir unas palabras amables a dos presidentes de Consejos de Administración. Lo que se dice dos genios de la Banca. Me iré a La Coruña antes de almorzar y dormiré allí. Si quieres algo...

Tendió la mano a Carlos y Carlos se la estrechó.

—¿Te das cuenta de que es la segunda vez que nos damos la mano? La primera vez fue hace un año, cuando llegaste.

De pronto se echó a reír.

—¿Sabes que el otro día he visto a la *Galana?* No quiso saludarme. Pero la llamé y le dije que en el astillero hay siempre un sitio para su marido. Entonces me respondió, muy seria, que no necesitaba favores de nadie, que para vivir ella y su marido les bastaba con su trabajo. ¡Claro! ¡Con una finca que vale cinco o seis mil duros! Así cualquiera es orgulloso.

Seguía lloviendo. Junto a las gradas del astillero un hombre se calentaba al fuego de una pequeña hoguera.

Capítulo 4

Los trabajadores del astillero se congregaron en la sala de gálibos a las doce y cinco. Cayetano les habló durante diez minutos: seco, tranquilo, sincero: «Puedo ganar o perder, y perderemos o ganaremos todos. Lo que aquí os prometo es que vosotros y yo correremos la misma suerte». Dieron vivas, aplaudieron. Después salieron. A la puerta esperaban muchas mujeres, muchas hijas, que venían a recoger, a disfrutar allí mismo el aguinaldo cobrado aquella mañana –no fuera a quedarse, en buena parte, en las tabernas o en el café cantante–. Y querían también enterarse de lo que Cayetano había dicho.

–No habrá despido.

La noticia y el aguinaldo rescatado de todo peligro las alegraba. Llovía: los grupos se alejaron cantando. Gritaban a los que se encontraban:

–No habrá despido.

Lo repitieron en la lonja del pescado, en las tiendas de ultramarinos, en la barraca donde un alcoyano vendía turrón y mazapanes. «No habrá despido», «No habrá despido», se dijo en todas las casas de Pueblanueva; aquella mañana, «No habrá despido» fue el saludo de Pascua, como si se dijeran unos a otros: «El Cristo va a nacer».

–No habrá despido –dijo también Cubeiro al entrar en el casino; y el juez le respondió:

–Ya lo sabíamos.

–¿Y partida?

–Si quiere usted...

–Cayetano no vendrá. Acabo de darle veinte litros de gasolina. Se va de viaje.

–Vendrá el boticario.

Antes de don Baldomero llegaron dos o tres habituales. Ya sabían que Cayetano había hablado a sus obreros y lo que les había dicho.

–De todas maneras no hay que confiarse. Cualquier día nos encontramos con el astillero cerrado.

–¡No sea gafe, hombre!

Don Baldomero no pareció interesarse demasiado por la noticia. Se sentó y pidió un tinto.

–¿No van esta noche a la iglesia?

–¿A la iglesia? ¿A qué?

–Pues, como si dijéramos, a la inauguración.

Cubeiro rió a carcajadas.

–Va para veinte años que no la piso, desde que me casé. Ya no me acuerdo ni de cómo se santigua uno.

–Pues el que quiera ver a la francesa, allí tendrá que ir. Me consta que asistirá.

–Lo dice usted como si fuéramos a verla en traje de baño.

A Cubeiro le entró otra vez la risa. Apretó los ojos y dio unos chilliditos agudos.

–¡En traje de baño y con las nalgas bien marcadas! Pero ¿no ve que estamos en diciembre? ¡Aún si fuera por San Juan...!

Don Baldomero repartía cartas.

–Ríanse. La francesa es lo que se dice toda una dama. El que quiera verla, o tendrá que ir a la iglesia, o fijarse bien cuando pase en coche por alguna calle. Si es que va despacio.

—Tengo entendido que en el extranjero las mujeres salen más que aquí. En esos países hay más libertad de costumbres.

—En el extranjero, sí. Pero en Pueblanueva, ¿a qué va a salir a la calle una mujer como ésta?

—Por mí, que se encierre. Juego.

El juez venía de suerte. Ganó.

—Además, ya saben que el padre Quiroga pintó la iglesia. Son pinturas de mucho mérito y valdrá la pena verlas.

—Siempre serán pinturas de un chiflado.

—Todos los artistas están un poco locos, eso ya lo habrá oído usted.

—Sí, pero no lo creí nunca.

—Pues yo —dijo el juez— oí el otro día al cura que esas pinturas son una mamarrachada y que vendrá un obispo para mandar que las borren.

—Razón de más para verlas. Aunque no creo que se atrevan. El obispo no manda en esa iglesia.

—Mire, don Baldomero: le confieso que esta noche no me importa ir a la iglesia. Pero ¿qué pensará mi mujer? Nunca creerá que voy por las pinturas, sino por la francesa.

—¡Como si a usted le hubiera importado nunca la opinión de su mujer!

—También es cierto, caray. Pero no sé si me atreveré a entrar. Uno tiene su reputación, y aquí luego le cuelgan a uno que se hizo de la Juventud Antoniana.

—¡Qué más quisiera usted que pertenecer a cualquier juventud!

—Podíamos ir juntos.

—¡No se me había ocurrido!

—Sí, juntos, con don Baldomero al frente. Don Baldomero podía llevar ese estandarte que saca el día del Corpus. ¿No le parece, don Baldomero?

—Ríanse. Pero les digo que esta noche irá mucha gente a la iglesia, y ustedes también. Unos, por ver a la francesa; otros, por las pinturas, y muchos, por ver a los que van.

Capítulo 4

Entraba don Lino: enfático en el andar y en el mover las manos. Se quitó el impermeable con parsimonia. Cubeiro le preguntó si pensaba ir a la iglesia aquella noche.

–Sí, señores, pienso ir allá, pero por razones estrictamente artísticas, sépanlo bien. Muchas veces me han oído decir que la iglesia de Santa María, esa joya del románico tardío, debería restaurarse. Es lo que han hecho, y a su debido tiempo les dije que estaba de acuerdo con la parte arquitectónica, y por qué considero una obligación de ciudadano ver por mis propios ojos si ahora la han pintado bien o si la han estropeado. En este último caso, escribiré un artículo denunciando el destrozo. No olviden que no desespero de que un día la iglesia sea secularizada y convertida en lo que debe ser: propiedad del pueblo y lugar de solaz intelectual y físico, ateneo y casa de deportes. Pero eso no sucederá hasta que hayamos barrido las tabernas, hasta que se destine a la cultura popular lo que ahora se gasta en curas y militares. En una palabra, hasta que hayamos cambiado a España de raíz.

Don Baldomero interrumpió una jugada.

–Pues ya me dirá usted si España seguirá siendo España sin curas y militares.

–Y sin toreros, y sin flamencos, y sin señoritos. No será esa cochambre tradicional que usted defiende, sino una verdadera República de trabajadores.

–De todas clases –corrigió Cubeiro–. No olvide eso, don Lino: de todas clases. Porque si no son de todas clases, ¿qué pito vamos a tocar nosotros en la República? Digo yo, porque supongo que a ustedes les gustará seguir viviendo.

–Desde mi punto de vista –dijo don Baldomero, sin alzar la cabeza–, sobran algunos miles de españoles, y no movería un dedo por salvarles la pelleja, sobre todo a los maestros.

–Y desde el mío, bastantes miles más, sobre todo...

Se miraron con ira. Don Baldomero se levantó, como si fuera a medir con la de don Lino su barriga eminente.

El juez extendió una mano pacificadora.

—En una palabra: que gane uno o gane otro, a los demás nos cortarán el gañote. Pues miren, si va a ser así, prefiero que siga gobernando Portela Valladares. Ese, al menos, nos deja vivir a todos.

—A todos los que se acomodan. Ya vio usted el año pasado la represión de Asturias.

Don Baldomero volvió a sentarse.

—Total —resumió Cubeiro—: que esta noche, en la iglesia, don Baldomero pensará en matar a don Lino; don Lino, en cargarse a don Baldomero, y el juez, en ver cómo escapa de uno y otro. ¿Saben qué les digo? Que perderán el tiempo, porque yo, si por fin me decido a ir, procuraré colocarme cerca de la francesa, a ver si es esa mujer pistonuda que aseguran o si es como otra cualquiera. Y no olviden lo que decía el otro: en España no habrá paz mientras la gente no fornique lo suficiente. La única política razonable aquí tendrá un lema: pan y prostitución. Porque si usted, don Lino, y usted, don Baldomero, pudieran acostarse con quien les diera la gana, incluida la francesa, no pensarían en matar ni en reformar a España. España está bien como está, ¡qué caray!, pero con amor libre o, al menos, con más putas.

—Es decir, suprimiendo la Iglesia, porque quien se opone a que la gente fornique a su albedrío son los curas.

—De acuerdo.

—Pues ya ve usted como volvemos al punto de partida. Santa María de la Plata, nuestra joya románica tardía, será secularizada después de arrojar a los curas, y entonces, en vez de servir de antro a ceremonias ridículas y de escondrijo a un Dios vengativo y alcahuete, será el centro de recreo de unas juventudes educadas en el culto a la verdad, con salud de cuerpo y de espíritu; unas juventudes a las que se habrá inculcado el desprecio a los prejuicios ancestrales y el culto a la fraternidad. Y cuando llegue ese momento, señores, ¿qué habrá quedado del problema sexual que tiene a los españoles acoquinados de miedo ante la venganza de un Dios enemigo de la vida? Entonces, como todos los pueblos civilizados desean y están a punto de alcanzar, las relaciones entre hombre y mujer se habrán convertido en algo natural y hermoso, sin drama y sin pecado. Créanmelo, señores: Santa María de la Plata habrá alcanzado su más noble destino cuando sirva de cobijo al amor espontáneo y fecundo de las generaciones futuras.

–Ya entiendo –dijo Cubeiro, muy serio–. Lo que usted pretende es convertir la iglesia en una casa de putas. Estoy de acuerdo.

Carlos fue a buscar al fraile a eso de las siete. Le encontró atareado, dando órdenes a dos frailes jóvenes que habían venido a ayudarle.

La iglesia estaba limpia, los altares revestidos, los bancos en su sitio. Resonaban carreras rápidas en las losas desnudas, y las voces de fray Eugenio, agudas, urgentes, rebotaban en las bóvedas y se multiplicaban en el ámbito vacío.

–Me alegro de que haya venido. Hay un problema de iluminación. ¿Quiere venir a acompañarme?

Le arrastró hasta debajo del coro.

–Fíjese bien, porque se hará lo que usted diga.

Gritó:

–¡Atención, fray Pedro! ¡Todas las luces!

La iglesia quedó enteramente iluminada. Las bombillas, escondidas en las aristas de los capiteles, en los ángulos de las pilastras, alumbraban las bóvedas encaladas. Las cimbras de los arcos quedaban en penumbra; se creaban rincones de sombra y rincones de luz, zonas brillantes y zonas opacas, y las estructuras de piedra parecían surgir de la oscuridad esponjosa.

–¿Qué le parece, don Carlos?
–Bien. Está bien logrado. Parece algo fantástico.
–¡Deje sólo las luces de los ábsides, fray Pedro!

Se oscurecieron las naves.

−¿Y ahora?

Las pinturas de los ábsides recibían la luz de focos instalados detrás de los altares. Figuras y colores resaltaban, violentos, al fondo de un bosque de sombras.

−Mejor. Doy la razón al prior, al menos por una vez. Así tiene más misterio.

−Pues así quedará, aunque sea del gusto del prior. ¡Fray Pedro!

Fray Pedro se acercaba por el pasillo central. Era un fraile joven, casi adolescente.

−Usted quedará al cuidado de las luces. Ya lo sabe: se encenderán sólo los ábsides.

−Pero la gente tropezará, si esto queda tan oscuro.

−Ponga velas en los laterales. Y encienda también las luces del pórtico, las de fuera. A las nueve en punto.

−¿Los ábsides también a esa hora?

−¡No, fray Pedro, por todos los santos! ¡Los ábsides inmediatamente antes de empezar la misa, cuando yo le haga la señal! Y ahora váyase con su compañero al convento y recuerden que deben estar aquí a las doce menos cuarto.

Se volvió a Carlos:

−Me he tomado la libertad de alquilar un autobús para que puedan ir y venir. No le había dicho que la misa la cantarán los frailes. Pensé que sería más solemne... y mejor cantada.

−Lo sabía ya. Me lo dijo el prior.

−¿Le ha visto usted?

−Le he invitado a cenar con nosotros. Por eso vengo a buscarle. Quiero que usted esté ya en casa cuando él llegue.

−A cenar, ¿con quién?

−No se asuste, padre. A cenar con nosotros, y con Germaine, y con su padre. Es lo natural, y el prior lo estimó así. No tenga escrúpulos: la cena será de vigilia.

−Mis escrúpulos no van por ese lado. No puedo ir, compréndalo.

—Pero, padre Eugenio, ¿qué dirá su antiguo amigo don Gonzalo, que está deseando verle? Le recuerda con admiración y afecto: «¡Un gran artista Eugenio Quiroga, sí!» Y Germaine... quiere darle las gracias por el retrato de su madre. Póngase la capa y vámonos. Está ahí el coche.

Al fraile le tembló la voz.

—Don Carlos, ¿por qué me ha armado esa trampa?

—Padre Eugenio, porque dos personas llevan todo el día preguntándome por usted; dos personas que desean abrazarle y quizá valerse de usted contra mí. Ande: le esperan con impaciencia.

—Tengo derecho a pasar la Nochebuena en paz.

—¿Quién se lo discute? Y a cenar bien, una cena mejor que la conventual. Y a escuchar quizá la bellísima voz de nuestra Adelina Patti. Lo que se dice una Nochebuena en familia.

Buscó la capa del fraile y se la echó por los hombros. El fraile se dejó llevar hasta el coche. Al subir dijo:

—Podré estar poco tiempo. No confío en que esos muchachos recuerden mis instrucciones. Y cuando vengan los curas...

El portal de doña Mariana estaba iluminado y la puerta abierta. El padre Eugenio se detuvo al pie de la escalera.

—Don Carlos, se lo ruego...

—No sea niño. ¿Quién se acuerda de lo pasado hace veinte años?

—Yo lo recuerdo y basta.

—Olvídese.

Subieron. Se oía, apagado, el piano.

—¿Ve usted? Le reciben con música. Nuestra querida Germaine toca a Debussy, acaso para sentirse esta noche más francesa. ¿Quiere que la sorprendamos tocando? Podrá usted aplaudirla antes de saludarla, y eso ayuda mucho a romper el hielo.

—No se burle, por Dios.

El padre Eugenio quedó en el cuarto de estar, frente a la chimenea. Trajeron luces.

—Espere un momento, padre, y caliéntese. Aquí, al menos, no pasará frío.

Carlos salió. Cesó repentinamente la música del piano y se oyó por el pasillo un taconeo rápido.

—¡Padre Eugenio! ¡Qué alegría!

Germaine se detuvo a la mitad de la habitación. El fraile se había vuelto bruscamente y la miraba.

—¿Puedo darle un abrazo o sólo la mano?

Silencioso, petrificado, el padre Eugenio le tendió los brazos.

—Que Dios te bendiga.

Germaine, sin embarazo, sólo retuvo las manos del padre Eugenio. Se inclinó y le besó la derecha. Él la retiró inmediatamente.

—*Ô, que je suis heureuse de vous voir! Asseyez-vous près de moi, parlez-moi, je vous en prie!*

Arrastró al fraile hasta el sillón y se sentó muy cerca de él. La actitud del padre Eugenio se había dulcificado. Empezaba a sonreír.

—*Dites-moi: est-ce-que je ressemble à maman?*

El padre Eugenio silabeó:

—*Non. Mais tu es aussi belle.*

Carlos había quedado junto a la puerta, había mirado, había sonreído y, de pronto, se sintió excluido del coloquio. Vaciló y marchó a la cocina.

—Vendrá por aquí Paquito, el *Relojero*. Denle ustedes de cenar.

Germaine sentó al prior a su derecha y al padre Eugenio a la izquierda; mientras duró la cena habló con él preferentemente. Don Gonzalo Sarmiento se sentó al lado del prior, tosió mucho e interrumpió varias veces la conversación para recordar hechos de veinte años atrás y personas que nadie conocía. Carlos, entre don Gonzalo y el padre Eugenio, apenas dijo nada. Escuchaba: unas veces mirando al plato y otras a la puerta por donde entraba y salía la *Rucha*. Observó que Germaine comía con gran delicadeza; que las manos de don Gonzalo, hinchadas de la arterioesclerosis, se movían torpemente; que el padre Eugenio procuraba esconder las suyas, y que las del prior eran largas y duras, largas y escuetas, y que las movía con energía y seguridad. La charla de Germaine era voluble; la del padre Eugenio, precavida. Don Gonzalo se equivocaba y nunca terminaba las frases, y el prior sólo intervenía con palabras suavemente burlonas. Germaine vestía de negro, un traje escotado, y se había puesto las esmeraldas de doña Mariana. Estaba muy bonita y había elogiado la elegancia de la mesa, la calidad del servicio y hasta se había dignado reconocer la nacionalidad francesa del cristal y la vajilla. La *Rucha* comenzaba a servir dirigida por Carlos, pero insensiblemente la dirección había recaído en Germaine. Al preguntar dónde servía el café, la *Rucha* consultó a Germaine.

—¡Oh, no sé! Donde sea costumbre.

Pero añadió en seguida:

—Junto a la chimenea, supongo. Allí no hará frío.

Don Gonzalo se retiró sin tomar café. Tosía cada vez más y hubo que llevarlo a la cama. Germaine comentó:

—Se va a morir pronto. ¡Cómo me gustaría que durase unos años más! Si, al menos, presenciase mi *début*, sé que moriría más contento.

Carlos se había retirado al hueco de la ventana y revolvía el azúcar de su café.

—Esperemos que el Señor premie en vida sus largas esperanzas.

—Lo dice usted, don Carlos, como si no confiase gran cosa en el Señor.

—¡Por el contrario, padre prior! No confío en nadie más que en Él.

—Usted no es muy creyente, ¿verdad?

—Según. Comparado con otros médicos, soy de una credulidad asombrosa.

—¿Y usted, señorita? No se lo pregunto por curiosidad, sino porque vamos a asistir dentro de media hora a la misa de Navidad, y, si es usted creyente, le pediría un favor.

—Pídalo.

—¿Por qué no canta en la misa?

—¿Cantar?

—Sí, cualquier cosa, un *Ave María*. Después de la elevación, por ejemplo.

Germaine consultó al padre Eugenio con una mirada. El padre Eugenio se apresuró a intervenir:

—Sí, debes cantar. Sería muy hermoso.

—Pero no sé si mi voz llenará la iglesia.

Carlos adelantó una mano.

—Es bastante más pequeña que la Ópera de París, y sus condiciones de sonoridad son excelentes. Nunca se te oirá mejor que en Santa María.

Y corrigió en seguida:

—Es decir, supongo yo.

El prior bebió un sorbo de coñac. Parecía animado y alegre.

—Es una verdadera suerte que sepa usted cantar. Dará solemnidad a la misa, que, sin usted, y con los coros del convento, defraudaría a mucha gente. Mis frailes cantan gregoriano, pero la gente prefiere los cuplés. ¡Y yo que esperaba que esta noche fuese excepcional! Pero el señor arzobispo, siempre con su asma, no se atrevió a venir, a pesar de habérselo prometido a doña Mariana, y no pude encontrar ni un solo canónigo dispuesto a sacrificarse. Un *Ave María* cantado por usted será una verdadera sorpresa.

—Pero yo no estoy acostumbrada a cantar sin piano.

—Será lo mismo el órgano, ¿verdad? El padre organista estará prevenido. No es un maestro, pero tampoco lo hace mal. Y él conoce alguna *Ave María*. Déjeme que recuerde...

Empezó a tararear por lo bajo. Luego alzó la voz y continuó el tarareo.

–¿La conoce usted?

–Sí –dijo Germaine–. Es la de Gounod.

–Pues quedamos en eso. Advertiré al organista. Y cuando él empiece...

El padre Eugenio se levantó.

–Tengo que marchar.

–Voy con usted, padre Eugenio. Quiero estar presente cuando lleguen los señores curas –se dirigió a Germaine–. Porque a los curas no les gustan las pinturas del padre Eugenio, ya lo sabrá. Y yo tengo que estar allí y repetirles que la curia arzobispal no puso inconvenientes, y que a mí me gustan. ¡Siempre templando gaitas!

Se levantó también.

–¿Va usted a sentarse en el presbiterio? –preguntó, de pronto, a Germaine.

–¿En el presbiterio? No entiendo.

Carlos se acercó.

–Es un privilegio que tienen las mujeres de nuestra familia. Tu tía se sentaba siempre allí.

–Si usted renunciase hoy a ese derecho, se ganaría la simpatía de los curas; pero si va a marcharse pronto, ¿qué le importa? Haga lo que quiera, porque el problema no pasa de local, y del privilegio, sólo usted está en condiciones de aprovecharse.

–Ella no puede renunciar –dijo Carlos, mientras ayudaba al prior a ponerse la capa.

–¿Que no puede? ¿Por qué?

–Porque no es *dueña* del privilegio. Puede no aprovecharlo, pero el privilegio pertenece a todas las mujeres de la familia, y la renuncia de una de ellas carece de valor. Ni siquiera podrían renunciar todas las mujeres vivas, porque, lo mismo que lo usaron las muertas, tienen derecho a usarlo las que no han nacido.

Se volvió hacia Germaine.

—No obstante, si sientes escrúpulos, siéntate en un banco cualquiera. Debo, sin embargo, recordarte que tu tía tenía especial interés en ocupar su sitio precisamente hoy.

Germaine sonrió e hizo un movimiento rápido de manos.

—No contaba con eso. ¿Usted qué me aconseja, padre Eugenio?

El padre Eugenio no respondió inmediatamente. Miró al prior; luego, a Carlos. El prior habló por él:

—El padre Eugenio está de acuerdo con el privilegio: su madre también se sentaba en el banco del presbiterio.

—Entonces, ¿me sentaré yo?

—Personalmente puedo asegurarle que no es pecado, ni ofensa a Dios, ni falta de respeto.

—En ese caso...

Salieron los frailes. Germaine les acompañó hasta la escalera. Carlos quedó en el cuarto de estar, apoyado en la repisa de la chimenea. El calor de las brasas le calentaba las piernas.

—Qué raro es todo esto, ¿verdad? —dijo Germaine.

—Sí. Tardarás en comprenderlo.

Hizo una pausa breve. Sonrió vagamente.

—Es curioso...

—¿Qué?

—Hace cuarenta años, tu tía vino a Pueblanueva a hacerse cargo de la herencia de su padre. Pensaba vender sus bienes y volverse a Madrid, donde se divertía bastante. Aquí se encontró a mi padre, y mi padre le explicó muchas cosas que ella ignoraba, semejantes a ésa del privilegio.

Sacudió la ceniza del cigarrillo sobre las brasas de la chimenea, y mantuvo el rostro inclinado, un poco oculto.

—Por ejemplo, que ella no era realmente propietaria de sus bienes, sino sólo depositaria, porque los propietarios son los Sarmiento, los vivos como los muertos y los por nacer. Que venderlos, reducirlos a dinero, era un pecado contra ellos. Que su deber consistía en recibirlos, conservarlos y transmitirlos. Mi padre no se refería, claro está, al dinero: pensaba que el dinero no tiene sangre ni espíritu. Se refería a lo que está humanizado por el contacto con las vidas de los muertos, a lo que ellos espiritualizaron e hicieron parte de ellos mismos. Esta casa, estos objetos, muebles, alhajas, y ciertos privilegios disparatados, como ese de sentarse las hembras en el presbiterio.

—Y ella, ¿qué hizo?

—Tu tía era entonces una muchacha bastante frívola; lo era porque nadie le había enseñado a no serlo. Al principio, se rió de mi padre; luego, comprendió sus razones. Se quedó en Pueblanueva, en medio de estos objetos que también su enorme espíritu vivificó. Se hizo cargo no sólo de su herencia material, sino también, y ante todo, de la espiritual. Conservó para transmitir, ¿entiendes?

Germaine negó.

—¿Y esperaba de ti que hicieras conmigo lo que tu padre hizo con ella?

—Quizá.

—Pero tu padre...

—Mi padre era un hombre más elocuente que yo, y, sobre todo, creía firmemente en lo que decía. Y lo que él consiguió, lo más probable es que yo no lo consiga.

Germaine se acercó lentamente a Carlos y le tomó de un brazo.

—Hay otra diferencia, Carlos. Yo no soy una muchacha frívola. Yo no me he divertido jamás. Sé lo que es trabajar, angustiarse, desesperarse y pelear para que la esperanza no se muera del todo. Tengo una vocación a la que amo, y ese amor me ha costado..., nos ha costado, a mi padre y a mí, veinte años de sacrificios.

Carlos bajó la vista.

—Comprendo.

Quedaron en silencio. Se oía en la cocina rumor de voces. Pasaron por la calle unos pescadores cantando.
–¿Nos vamos a la iglesia?
–Cuando quieras.
En el pasillo se pusieron los abrigos. Carlos bajó a la cuadra y sacó el coche. Esperó a la puerta. Vio a Germaine descender las escaleras. Parecía, contra la luz, doña Mariana.

Clara apagó la bombilla y se acercó a la puerta entreabierta. Acababan de dar las once y media. Un autobús entró en la plaza, dio la vuelta y se detuvo ante la iglesia: Clara vio bajar a varios frailes, hasta quince. Después, el coche aparcó en una esquina de la plaza.
Los frailes entraron, y las puertas de la iglesia quedaron abiertas. Se veía, en su interior, un resplandor suave. Iban y venían sombras. Alguien, con una vela en la mano, iba encendiendo otras. También encendieron el pórtico, y entonces el resplandor dejó de percibirse.
Llegaban las beatas, solas, en grupos o en parejas. Y algunos hombres. Clara reconoció a los viejos verdes del casino y le dio risa.
–¿También éstos?
De momento, no entraron. Encendieron pitillos y pasearon bajo el pórtico. Hablaban alto, pero no se entendía lo que hablaban. Al entrar en la plaza el coche de Carlos, se agruparon junto a la verja. Clara, entonces, cerró la tienda y atravesó corriendo la plaza. Llegó a tiempo de ver cómo Carlos daba la mano a Germaine y la ayudaba a bajar, pero no pudo verles las caras. Los del casino se quitaron las gorras; Carlos y Germaine entraron.
Entró Clara también, y quedó al fondo, junto a una columna. La iglesia se iba llenando. Los altares principales permanecían oscuros, y apenas se adivinaban algunos bultos que se movían. En el coro, alguien ensayaba en el órgano.

Vio pasar a Carlos, solo, y entrar por la puerta que conducía al coro. Estuvo arriba unos minutos, salió, se detuvo un momento, como mirando, y echó por la nave lateral. Clara se apretó contra la columna. En la plaza había jolgorio de conchas y panderetas, y unas niñas cantaban villancicos. Vino un fraile corriendo, cerró las puertas y dejó abiertos los postigos. Los que cantaban y tocaban entraron, pero el fraile les advirtió de que tenían que estar callados.

La iglesia se había llenado. Mucha gente, de pie, se agolpaba alrededor del presbiterio. Se oyó el motor de un automóvil y, a poco, entró doña Angustias, acompañada de una sirvienta. Clara oyó decir a doña Angustias:

—¡Qué oscuro está esto!

Y a la criada:

—Cójase a mí, señora, no vaya a tropezar.

Se fueron por el pasillo central. Cuando doña Angustias se sentaba, el reloj empezó a dar las doce. Cesó el órgano. Entró un tropel de muchachas: las detuvo el silencio y, en puntillas, se perdieron por las naves. Al dar la última campanada, súbitamente, se encendieron los altares. Clara cerró los ojos y los abrió en seguida. El órgano empezó a tocar. La gente miraba a los ábsides; Clara, al presbiterio. Germaine estaba arrodillada en el sitio de doña Mariana. Entonces, Clara avanzó por el pasillo central, tranquilamente, la cabeza un poco inclinada. Oyó comentarios en voz baja, voces de beatas escandalizadas: «¡Ese no es Jesucristo, es el demonio!» Carlos no estaba. La luz refleja del ábside iluminaba a Clara, la ofuscaba. Entornó los ojos, miró al suelo, y leyó el nombre de doña Mariana en la gran losa: se detuvo, y la rodeó para no pisarla. Había llegado al final de los bancos. A su izquierda, doña Angustias cuchicheaba con la vecina. Clara atravesó el espacio vacío, subió las escaleras del presbiterio, hizo una genuflexión y se arrodilló al lado de Germaine. Germaine se volvió a mirarla. Clara inclinó la cabeza y escondió la cara bajo el velo. Salían los curas revestidos. De las

filas de bancos llegaba un murmullo. Clara entendió claramente una voz que decía:
—¡Qué escándalo! ¡Atreverse...!
Entonces, el coro de frailes inició el canto.

Don Baldomero se había arrimado a la primera columna, del lado de la Epístola. Desde allí vería bien a Germaine. Detrás de él, emboscado en las sombras, don Lino hablaba con el juez, que estaba un poco detrás. Cubeiro, a fuerza de empellones, había logrado sentarse.

Don Baldomero reconoció la sombra de Carlos que llegaba al presbiterio. La sombra que le seguía era, sin duda, la de Germaine. Don Baldomero rectificó su postura. Oyó decir a don Lino:

—Si esto sigue a oscuras, será una misa negra.

Se abría y se cerraba la puerta de la sacristía: un rayo de luz atravesaba el presbiterio, pero no alcanzaba el banco. La sombra de Carlos había desaparecido, y la de Germaine quizá fuese aquel bulto sentado, o arrodillado, que no se esclarecía.

—Pues si de pronto encienden las luces, esto será como el teatro.

La sombra de un fraile se acercó al altar mayor y empezó a encender las velas. Don Baldomero identificó a Germaine, arrodillada. De las pinturas no se veía nada.

—Ya verán como a las doce en punto...

Don Baldomero sacó el reloj: las manecillas luminosas estaban a punto de juntarse. Se juntaron. Poco después, el reloj de la iglesia empezó a dar las doce. Tan, tan...

—Pues si vamos a estar así una hora...

Se encendieron los altares. Don Baldomero no atendió a las exclamaciones a media voz, a los susurros, a los comentarios. Clavó los ojos en Germaine, pero no pudo verle la cara. La tenía inclinada y oscurecida por la mantilla.

—¡También es un fastidio!
—¡No querrá usted que se luzca como en un baile!
—Pues hemos venido aquí para eso.

Entonces, don Baldomero levantó un poco la vista y quedó envarado, apretado contra la columna, con los dedos arañando la piedra. Le cayó el sombrero.

—¿Le pasa algo, don Baldomero?

No contestó ni se movió. Una cosa le agarrotaba el corazón, le subía a la garganta, le paralizaba la respiración. Hizo un esfuerzo, el cuerpo se le aflojó y empezó a temblar.

—¿Le pasa algo?

Se inclinó a recoger el sombrero. Después dijo: «Perdonen», y se escurrió por la nave lateral. Empujó a éste y a aquél. Llegó, rebotado, a la sombra de un confesonario, y quedó allí, con los ojos cerrados y el sombrero cogido contra el pecho... Un tiempo indefinido, sin oír el canto, sin enterarse de lo que sucedía alrededor.

—¡Ni que hubiera visto al demonio! —dijo don Lino.

Carlos dejó a Germaine instalada ante el banco del privilegio y subió al coro. El organista daba instrucciones a los frailes sobre el canto.

Se acodó al barandal. Subía un murmullo de rezos, de conversaciones a media voz, de rosarios movidos, de pisadas cuidadosas. Una puerta remota, cada vez que se abría, sacaba a los goznes chirridos que parecían quejas. Ascendía también un olor cálido de multitud, y de cirios quemados, y de humedad.

—No. Empezaremos cuando salgan los oficiantes. Como siempre.

—Pues creo que el padre Eugenio dijo...

El padre Eugenio llegó corriendo por la escalera de caracol. Atravesó el coro y se dirigió a Carlos.

—Van a dar las doce.

Se arrodilló. Un fraile cuchicheó con el organista y señaló al padre Eugenio, y el organista dijo que no. Entonces se oyó el ruido de un mecanismo y el reloj dio los cuartos.

—Tin, tan. Tin, tan...

—Con la última campanada.

—Como en los cuentos, ¿verdad?

Con la última campanada, el organista empezó a tocar y se encendieron las luces. Los frailes no se movieron, atentos a sus papeles de música. El murmullo creció. Carlos miraba al presbiterio, espiaba a Germaine: su cabeza seguía inclinada. El padre Eugenio le tiró del abrigo.

—¿Qué le parece?

—Extraordinario.

—¿Y usted cree que ese murmullo...?

—No sé, padre.

Una mujer caminaba por el pasillo. Cuando casi rebasaba la primera fila de bancos, Carlos reconoció a Clara.

—¿Qué irá a hacer ésa?

Hizo una seña al padre Eugenio.

—Es Clara Aldán.

Clara se arrodilló al lado de Germaine. Carlos sonrió.

—¿Cómo no se me había ocurrido...? Y, sin embargo, tenía que ser.

—¿Qué dice?

—Me estaba llamando asno.

Salían los oficiantes. El prior, de sobrepelliz, salió también y se inclinó ante el altar. Los frailes cantaban ya. Carlos se arrodilló y acercó su boca al oído del padre Eugenio.

—Me gustaría saber qué piensa ahora doña Angustias.

—¿De las pinturas?

—No. De que Clara Aldán se haya atrevido. Doña Angustias y las demás.

—¿Usted cree que les importará más eso que las pinturas?

—Quizá hayan hecho de ambas cosas una sola.

—¿Quiere usted decir un mismo asombro?

—Sí. Eso...

En el presbiterio empezaba la ceremonia.

—No sé qué pensará la gente, padre Eugenio, pero yo lo encuentro impresionante. Fíjese en el conjunto.

—Le ruego que no lo juzgue estéticamente. Una vez más le digo que esa pintura quiere ser la oración de todos, la revelación a todos de algo que Cristo es.

El padre Eugenio le miró, interrogante, y Carlos esquivó la respuesta. Apartó la mirada, la dirigió al altar, donde el diácono cantaba el Evangelio. Germaine escuchaba con la cabeza erguida, y Clara, un poco atrás, con la cabeza agachada. Germaine había cerrado el misal y lo sostenía con las manos, apoyadas en el pecho; Clara había cruzado los brazos, y el prior, de cuando en cuando, miraba a una y a otra.

—Apostaré a que está riendo.

El padre Eugenio no le oyó, o no quiso oírle. De repente, se levantó y se incorporó a los cantores. Carlos, acodado en la barandilla, paseó la mirada por la multitud de los fieles. Pocos escuchaban el recitado del Evangelio. Hablaban entre sí, se atrevían a señalar algo en el presbiterio. ¿Clara? ¿Las pinturas? Hasta que el prior se arrodilló, recibió la bendición del oficiante, fue incensado y subió al púlpito. Entonces, todos se sentaron.

—Venerables hermanos en el Señor...

Carlos se sentó también. El prior recitaba unos latines y empezaba a explicarlos. «*Qui sequitur me non ambulat in tenebras, sed habebit lumen vitae.*» Era, evidentemente, una cortesía con el padre Eugenio. Hubiera sido más natural referirse al Nacimiento de Jesús. Iba a levantarse para comentarlo con el fraile, cuando se sintió sacudido por un hombro. Se volvió. Don Baldomero se inclinaba hacia él.

—Venga.

—¿Qué le sucede?

—Venga, se lo suplico.

Carlos se levantó de un salto.

—Aquí, no. Venga afuera, don Carlos. Es sólo un minuto.
Le agarró del brazo. Bajaron rápidamente las escaleras.
—¿Adónde me lleva?
—Tengo que hablarle.
Carlos se metió en la capilla de los Churruchaos, vacía y sin más luz que una lámpara de aceite delante del Crucificado.
—Aquí. Podremos incluso sentarnos.
Señaló uno de los sepulcros.
—Siéntese ahí. Si la sepultura de la Vieja puede ser pisada, don Payo Suárez de Deza no se ofenderá por soportar sus posaderas.
—¡No estoy para bromas, don Carlos! ¿Usted se ha fijado en el Cristo del ábside?
—Es muy hermoso. Una pintura realmente notable. Representa, como usted sabe, al Juez Eterno.
—¡Me mira, don Carlos! ¡Me mira y me acusa! ¡Me ha llamado asesino!
—¿Quiere echarme el aliento, don Baldomero? —se acercó a él, riendo—. Usted ha bebido esta noche.
El boticario dejó caer los brazos.
—No estoy borracho.
—No intentará darme a entender que el Cristo le ha hablado. Es una pintura, y las pinturas no hablan, ni siquiera en los milagros.
—No. No se trata de un milagro. ¡Ojalá lo fuera! Porque cuando Cristo habla con su Voz a un pecador es para perdonarle.
—Bien. No escuchó usted ninguna voz. Se siente usted acusado, pero no por Cristo, sino por usted mismo. Vio usted la pintura y se sintió asesino. ¿Y qué? Pudo también sentirse ladrón.
—No, porque no soy ladrón. No he robado jamás. Pero a mi pobre Lucía, ¿quién la mató?
—Su señora no ha muerto todavía.

—Morirá. Morirá pronto. Y soy yo quien le envió a la muerte, quien vio llegar la muerte y no la detuvo, quien le abrió la puerta y le dio facilidades. Es cierto que no le clavé el puñal ni le eché arsénico en la comida; pero hay muchas maneras de matar. Recuerde que una vez le confesé que deseaba su muerte.

—¿Por qué no busca un cura y se confiesa? Ahora mismo el padre Eugenio está vacante. Yo podría, si usted se prestara a ello con buena voluntad, quitarle de la cabeza esos pensamientos; pero no estoy autorizado para perdonarle.

—Es que a mí... nadie me va a perdonar. Eso es lo que he leído en los ojos del Cristo.

Carlos se apartó lentamente y fue a sentarse lejos. Llegaban los ecos del sermón del prior, un rumor que parecía remoto.

—Veo que leyó demasiadas cosas. Casi no tuvo usted tiempo.

—Basta con una mirada para destapar la tapa de los pecados, basta eso para descubrir los horrores que uno lleva dentro.

—Yo sé de alguien que se alegraría si le escuchase. Alguien que tiene sus dudas acerca de la eficacia de ese Cristo.

Don Baldomero bajó la cabeza y cruzó las manos: parecía abrumado.

—Es un Cristo implacable. Nadie podrá mirarlo en paz. ¡Y luego, esas palabras escritas...! ¡Esas terribles palabras a las que el prior estará quitando importancia! ¿No las ha leído?

—Mi latín yace en el olvido, don Baldomero.

El boticario le miró de soslayo y volvió a hundir la cabeza.

—*Yo soy la Luz, la Verdad y la Vida. Quien me sigue, no caminará en tinieblas, sino que tendrá Luz de Vida.*

—Muy hermoso. Del Evangelio, ¿no?

—Sí, del Evangelio.

—¿Entonces? No son palabras nuevas, ni aun para mí. Y supongo que el prior, contra lo que usted piensa, intentará darles la importancia que tienen.

—En el Evangelio están escritas muchas cosas que olvidamos o que necesitamos olvidar. Se dicen en latín, y uno no les presta atención. ¿Cómo se podría vivir si se tuvieran en cuenta ésas y otras? *Quien me sigue no caminará en tinieblas...* Pero ¿quién podrá seguirle? Esa es la cuestión, y ni el padre prior ni nadie es capaz de resolverla. Ninguno de los que están en la iglesia siguen a Cristo. Ni los que están fuera. Todos andamos en tinieblas sin querer reconocerlo. Decimos que esto es la luz, y vamos tirando. Hay siempre una esperanza, ¿comprende?, o un engaño; uno se agarra a lo que hay. Lucía estaba tuberculosa y muere de su enfermedad. Pero, de pronto, a un *joío* fraile se le ocurre pintar ese Cristo que le sigue a uno con la mirada, que le acusa, y ¿quién va a atreverse a ser hipócrita delante de Sus Ojos? Ni esperanza, ni engaño, sino la verdad. Y no hay derecho. El padre Eugenio no tiene compasión. Uno viene a la iglesia para estar tranquilo. Se necesita la verdad que consuela, no la que inquieta, menos aún la que le llama a uno por su nombre.

Se levantó y metió las manos en los bolsillos.

—Mire usted, don Carlos: he venido a esta iglesia durante cuarenta años. Si no recuerdo mal, soy pecador desde que tengo uso de razón: pecador contumaz, empedernido, usted lo sabe. Pues miedo, lo que se dice miedo, terror pánico, no lo he sentido hasta hoy. Y es horrible. Cuando salga de aquí tendré que emborracharme. Y creo que no volveré a entrar aquí mientras esté ese Cristo.

El prior había terminado seguramente su sermón, porque la iglesia estaba en silencio. Don Baldomero se arrimó a la pared, callado, encogido, hundida la cabeza. Carlos no se movió. Se oyeron unos campanillazos distantes, y otra vez el silencio, hasta que el coro rompió a cantar.

—¿Sabe usted qué es eso?
—Sí. El *Benedictus*.
—¿Antes o después de alzar?

—Después.
—Entonces, perdóneme. Tengo que volver al coro. Si quiere, venga conmigo. Y si piensa que la mirada de ese Cristo no le dejará entrar en la iglesia, podemos empezar un tratamiento.
—No.
Salieron. Don Baldomero corrió hacia el postigo entreabierto, sin mirar al presbiterio, sin santiguarse, y se hundió en las sombras del pórtico. Carlos subió al coro. Terminaban el *Benedictus*. El padre Eugenio continuaba arrodillado. Carlos se sentó en un banco pegado a la pared del fondo. La cabeza del Cristo rebasaba la línea ondulante de los frailes cantores: enorme, fascinante. La miró.

—Pues puede que tenga razón el boticario.

El padre Eugenio se levantó, dijo algo al organista y volvió a su sitio. El organista tocó los primeros compases del *Ave María*. Carlos se puso en pie y, sin hacer ruido, se aproximó al barandal. Vio cómo Germaine se levantaba y apoyaba las manos en el respaldo del reclinatorio. Empezó a cantar, y todas las cabezas se volvieron hacia ella. Se suspendieron los rezos, surgió un murmullo seguido de silencio. Los curas oficiantes la miraron. El prior estaba en una esquina del presbiterio, inmóvil.

La gente de los bancos traseros se levantó. Los que, de pie, llenaban las naves laterales, se agolparon, se empinaron. Los que ocupaban las primeras filas invadieron las gradas del presbiterio, se arrodillaron en ellas, vueltos hacia Germaine.

Clara se echó un poco atrás, hasta dejar a Germaine sola. Los monaguillos se apartaron también, se pegaron a la pared.

Germaine cantaba con voz grave, profunda, áspera, una voz poderosa que llenaba la iglesia, una voz tremolada, matizada, que hacía de la oración una queja. El padre Eugenio, arrancado de su asiento, escuchaba.

—Tiene una voz extraordinaria —dijo uno de los frailes, y empezó a tararear por lo bajo el *Ave María*. El padre Eugenio lo mandó callar.

El murmullo cesó con el *Agnus,* surgió otra vez —más tenue— al extinguirse el canto, se estabilizó durante la comunión y se apagó definitivamente con el *Ite...* Ya no unánime, sino por sectores: este grupo de hombres, aquellas beatas aisladas, unas mocitas de los últimos bancos. Germaine había vuelto a arrodillarse, y el prior, en una de sus evoluciones por el presbiterio, le dijera, al pasar:

—Bien, muy bien. Que descanse.

Y corrigió inmediatamente:

—La felicito.

Se abrieron las puertas al retirarse el clero. La gente que estaba de pie empezó a salir, sin meter ruido; pero se quedaban en el pórtico y esperaban. Clara vio avanzar a Carlos por el pasillo central; entonces, hizo a Germaine un ligero saludo y se escurrió por la nave del Evangelio. Las que ocupaban los bancos se habían puesto de pie, pero no salían.

—Vámonos —dijo Carlos.

Surgían voces más altas en el pórtico. Germaine descendió las gradas, con tranquilidad, con majestad. Miraba discretamente a un lado y a otro.

Carlos iba detrás, con la cabeza baja y una sonrisa en la boca. Doña Angustias, primera del primer banco de la derecha, contemplaba abiertamente a Germaine, sonreía con bondad y contento. La señora de Mariño, que estaba a su lado, dijo:

—¡Qué guapa es!

Y doña Angustias respondió:

—Parece mentira que de aquella bruja...

Las que no la veían bien se subían a los bancos. Las más próximas cerraban el paso, rozaban con las manos tendidas el abrigo de Germaine. En el pórtico, hombres y muchachos habían abierto calle. Al pasar Germaine, un mozalbete empezó a aplaudir y aplaudieron casi todos. Germaine se detuvo. Le resplandecía la satisfacción en las pupilas.

–¿Qué hago? –preguntó a Carlos.

–Sigue. Y, desde el coche, saluda.

Iban todos detrás, en grupo cerrado. Carlos abrió la portezuela y ayudó a Germaine a subir.

–Ahora.

Entonces, Germaine se volvió y sonrió. La gente se pegaba al coche, en silencio, con las cabezas levantadas.

–Gracias. Buenas noches. Felices Pascuas.

–¡Arre, *Bonito!*

El coche arrancó. Caía una lluvia fina, dulce, sin viento. Bajo la lluvia, desparramándose por la villa con los paraguas abiertos, con ruido de zuecos, la gente hablaba de Germaine.

–Te los has metido en el bolsillo –dijo Carlos–. Evidentemente, el prior es un buen político. Te aconsejó lo que a mí nunca se me hubiera ocurrido, y te aconsejó lo mejor.

–¿Por qué lo dices?

–Porque a partir de este momento sucede todo lo contrario de lo que yo esperaba, de lo que esperó también doña Mariana, y quizá de lo que todo el mundo deseaba. No heredas el odio que le tuvieron, sino admiración, y quizá amor. ¡Y todo por tu hermosa voz!

–Entonces, a mi tía, ¿no la querían?

–A tu tía la odiaban, aunque sin razón. La odiaban como se odia al que no se entiende.

–¡Pobre tía!

–No la compadezcas. A ella no le importó jamás, no le importó jamás que la odiasen. Comprendía que era la medida de su poder.

El coche caminaba por la cuesta mojada, daba tumbos en los baches. Pasaban grupos de muchachos y muchachas cantando canciones de Navidad. Al final de la calle, un corro escuchaba la voz alegre de una gaita.

El coche se detuvo. Carlos saltó y ayudó a Germaine. La *Rucha* hija esperaba en el portal. Se acercó corriendo, con el paraguas abierto.

–¡Qué lindo, señorita! ¡Qué voz más preciosa! ¡Y cómo está la gente!

Abría los ojos con admiración y extendía la mano libre, como si fuera a acariciar.

–¡Cómo le hubiera gustado oírla a la difunta señora, que en gloria esté!

En el portal cerró el paraguas y pidió permiso para subir.

–Bueno –dijo Carlos–, yo también te felicito. Desde hoy puedes hacer lo que quieras en Pueblanueva del Conde. Tu voz te da derecho a todo.

–Gracias.

–Aunque quizá te traiga también algunos inconvenientes: invitaciones y cosas así. A estas horas, varias señoras importantes pensarán la manera de llevarte a sus casas y agasajarte. Para oírte otra vez, claro.

–¿Tendré que ser amable? –preguntó Germaine con ingenuidad.

–Desconozco el modo correcto de comportarse una diva ante un público de ignorantes, pero te aconsejaría que aceptases. Hay que aprovechar la ocasión: es la primera vez que admiran a un Churruchao. Lo corriente fue que se nos temiese o se nos despreciase. ¿Serás tú la encargada de reconciliarnos con nuestro pueblo?

Germaine le tendió la mano. Estaba satisfecha.

–Hasta mañana, Carlos.

–Felices Pascuas.

Germaine subió dos escalones y se detuvo.

–Dime, Carlos, ¿quién es aquella chica que se sentó a mi lado?

—Clara, la hermana de Aldán.
—Es muy bonita. Me hubiera gustado hablar con ella, pero marchó en seguida, como si huyera.
—No te preocupes. Ya le hablarás un día de estos —el tono de Carlos fue seco.

Germaine le miró a los ojos.
—¿No la quieres?
—Después de tu tía, es la persona a quien más admiro y respeto en este mundo.

El monaguillo ayudaba a don Julián. Los otros curas se desvestían solos. El prior, con la sobrepelliz doblada y colgada al brazo, buscaba la capa.
—No se vaya, padre —dijo el cura—. Tenemos que hablar.
—Están ahí fuera todos mis frailes esperándome.
—Que esperen. Para eso es usted el prior.
—Hace una noche fría.
—Para todos. También para usted y para mí. Sólo que ustedes llevan una capa más gruesa que mi manteo.

Quedó en sotana.
—¿No echa una copita? Es Nochebuena.
—Se agradece.

Don Julián mandó al monaguillo que sacase copas para todos.
—Tenemos que ver esas pinturas, padre prior. Ya le dije el otro día...
—Estuve en Santiago, y en el Arzobispado las encuentran correctas.
—¿Qué les importa a los de Santiago? Ellos no tienen que lidiar con los feligreses y escucharlos, como yo. Mañana mi casa será un jubileo. Las estoy oyendo, a la presidenta de las Hijas de María, y a la de la Juventud Católica, y al presidente de la Adoración Nocturna...

El prior sorbió el vino y carraspeó.

—Usted estará acostumbrado a torearlos. Si uno fuese a hacer caso de lo que piensan los feligreses...

—Pues no hay más remedio, créame. No están los tiempos para bromas. ¡Y con las elecciones encima! Tendría gracia que, por causa de la pintura, perdiésemos los votos de nuestros feligreses.

Se acercaron el diácono y el subdiácono.

—Aquí, estos señores estarán de acuerdo conmigo. ¿Se fijaron en las pinturas de la iglesia?

El subdiácono era bajo, rechoncho, con una alegre cara colorada.

—Pues yo, la verdad... Algo vi, pero no me fijé mucho.

—Yo sí me fijé —dijo el diácono.

—¿Y qué le parecen?

—No entiendo de eso. Muy bonitas, no son.

—Beban el vino y vamos a la iglesia. Las cosas hay que arreglarlas en caliente.

Les precedió el monaguillo. Don Julián le mandó que iluminase toda la iglesia. El prior, con un gesto amplio, lento, mostró las naves deslumbrantes.

—Hace setecientos años, cuando la construyeron, Santa María de la Plata debía de ser una cosa así, ¡Está hermosa!

—De espaldas al altar, sí, padre prior. Está más blanca y más limpia, y seguramente ya no tiene goteras. Pero mire las caricaturas que nos puso ahí su fraile.

Apuntaba con el dedo la cara del Cristo. El prior miró de medio lado, con los ojos entornados y un gesto serio.

—Yo diría que es grandioso.

Abrió los brazos y afirmó con la cabeza, dos, tres veces. «Grandioso», repitió.

Don Julián hizo una mueca de irritación y manoteó con violencia.

—Pero, hombre, ¡calle! ¿Cómo puede usted encontrar bien eso? ¿Usted cree que Cristo fue así?

—No sabemos cómo fue Cristo. Todas nuestras imágenes son hipótesis, más o menos convincentes.

—Pero no podía tener cara de forajido. ¿Y la Virgen? Hagan el favor de acompañarme al altar del Evangelio.

Fue delante, airado, con paso rápido. Se detuvo.

—Esta no es la Virgen. Seca, parece de palo. ¿Y esos brazos levantados? ¿Y ese santo vestido de pellejos? Supongo que será San Juan Bautista, y yo me pregunto qué pito toca San Juan Bautista junto a la Virgen. ¡Aún si fuera el Evangelista o San José!

Al prior le nació en los labios una sonrisa burlona.

—No sé si sabe, padre, que la Virgen representa a la Iglesia orante, y que San Juan Bautista es el Precursor, y representa también...

—¡Déjese de representaciones! Yo necesito una Virgen que le guste a la gente y un Cristo que dé ganas de rezar, no de escapar.

—Pues habrá de contentarse con lo que tiene, porque las pinturas ya están hechas, y la Curia arzobispal las aprobó.

El subdiácono permanecía vuelto hacia la Virgen.

—A mí no me disgusta. Claro que puede ser la Virgen u otra santa cualquiera.

—Yo no entiendo —dijo el diácono, mientras se limpiaba las gafas con el revés del manteo—. Pero Vírgenes así no recuerdo haberlas visto.

Don Julián agarró al prior por los hombros.

—Déjese de gaitas y escúcheme. Lo pintado, pintado está, pero se puede remendar. Dígale al padre Eugenio que hable conmigo. A la Virgen, le ponemos la túnica blanca, en vez de roja, y queda hecha una Purísima Concepción. En cuanto al Cristo, habrá que retocarle la cara, quitarle los Evangelios y poner en su lugar la bola del mundo. Con eso, y con un Corazón pintado, bien rojo, que destaque, ya me encargaré de convencer a los feligreses.

—Se lo diré al padre Eugenio.

—No tiene que decírselo, sino mandárselo. Para algo es usted el prior.

—Pero ¿y don Carlos Deza? ¿No cuenta usted con su opinión? De momento, es el que manda en la iglesia.

—Don Carlos Deza es un chiflado, pero el patronato de la iglesia recae ahora en esa muchacha. Y usted comprenderá que a una persona que canta tan bien y con tanto sentimiento no pueden agradarle estos mamarrachos. Ya me encargaré yo de hablarle.

El prior le golpeó la espalda con la mano abierta.

—No irá a decirle que es pecado mortal...

—Yo sé lo que he de decirle.

El prior aludió a los frailes que esperaban y marchó. Los curas quedaban discutiendo en el presbiterio. En un rincón, el monaguillo cabeceaba.

El prior ascendió al autobús y dio orden de arrancar. Los frailes dormitaban, con las cabezas reclinadas en el hombro del vecino o echadas hacia atrás. El padre Eugenio, en el asiento delantero, miraba al fondo oscuro de la calle. El prior se sentó a su lado.

—Hace un frío que pela.

El coche atravesó el pueblo y se metió en la carretera negra, bajo las ramas desnudas de los castaños. El prior había cerrado los ojos. El padre Eugenio le golpeó suavemente el brazo.

—¿Diga, padre?

—Estos días, ahí solo, me acostumbré a fumar más de la cuenta.

—Puede hacerlo, padre.

Volvió a cerrar los ojos. El padre Eugenio lió un cigarrillo, lo encendió, arrojó al suelo la cerilla.

En la oscuridad del coche brillaba la brasa. Alumbraba el rostro endurecido del padre Eugenio; luego, todo volvía a la negrura. En los últimos bancos, un fraile roncaba. El prior volvió la cabeza, contempló los cuerpos inclinados, sacudidos por los tumbos del autobús, los ojos cerrados por el sueño y la fatiga. Sólo el padre Eugenio se mantenía despierto, pero más encorvado que de costumbre, más vencida su cabeza ornitorrinca.

En el atrio del monasterio lucía una sola ventana. El prior saltó el primero y esperó a que todos los frailes descendiesen.

–Pueden retirarse. Hoy quedan dispensados de maitines.

Los frailes saludaron, se desparramaron por los claustros. El hermano portero cerró la puerta con ruido de cerrojos.

El padre Eugenio había llegado a su celda, cuando oyó pasos. La voz del prior dijo en las sombras:

–Espere, padre.

El padre Eugenio se detuvo, dejó la puerta entreabierta y se arrimó al quicio.

–Padre Eugenio, quiero decirle, y lo siento, que sus pinturas no han tenido mucho éxito.

–Me he dado cuenta.

–Don Julián está intratable. Dice que hay que repintar esto y aquello...

–Antes prefiero destruirlas.

–No se apure. Deje pasar unos días, vaya a ver a don Julián, escúchele, dígale que lo estudiará, y no se dé prisa en estudiarlo. Cuando se hayan acostumbrado a verlas, no les disgustarán. Todo es cuestión de hábito.

El padre Eugenio adelantó un paso.

–La opinión de don Julián no me preocupa: no es nueva, y contaba con ella. Pero a la gente tampoco le han gustado.

–¿Se lo han dicho?

–Hay cosas que no hace falta oírlas.

–¿Y eso le importa más?

–Eso es lo único que me importa, porque yo pinté para el pueblo.

El prior le agarró un brazo.

–Entonces, padre, se ha equivocado. Es una lástima...

—Para mí, mucho más. Para mí...

Se interrumpió y se tragó un sollozo. El prior le golpeó la espalda.

—No se ponga así, padre. No es usted niño.

Quedaron en silencio. La lluvia rumoreaba sobre los patatales del jardín. Por el fondo del claustro pasó la sombra de un fraile. Se oyó el golpe de una puerta, batida por el viento.

—Retírese y tranquilícese. Y no olvide que es Navidad.

El cuerpo del padre Eugenio se sacudía. Se había llevado las manos al rostro y lo ocultaba.

—Nunca le tuve por un buen fraile, padre Eugenio, y quizá no lo sea; pero muchas veces he sido injusto con usted y le pido perdón. Que Dios le acompañe.

El prior le golpeó la espalda suavemente; luego, se alejó, deprisa.

Capítulo 5

Don Julián mandó recado a doña Angustias de que le esperase al terminar la misa de nueve. La gente salió, pero quedaron, entretenidas en oraciones complementarias, tres o cuatro señoras. Doña Angustias despachó a su criada por delante, y entonces se le acercó la de Mariño, a cuchichear; doña Angustias le dijo que estaba rezando por sus muertos y que ya hablarían. La señora de Mariño se retiró unos bancos atrás y pudo ver cómo don Julián se llevaba a doña Angustias a la sacristía. Entonces se acercó a la de Cubeiro, que también se había rezagado, y empezó a hablarle al oído. La de Cubeiro le respondió del mismo modo. Pasaron un rato así. De vez en cuando, señalaban las pinturas. Después, se levantaron y fueron a la sacristía. La iglesia había quedado desierta; el monaguillo apagaba los cirios, y por las ventanas entraba una luz gris, escasa.

El cura le había contado a doña Angustias su conversación con el prior acerca de las pinturas. Doña Angustias hizo aspavientos y se confesó aterrorizada de aquel Cristo, que no le parecía sino el mismo Satanás en persona. El cura le respondió que, para remediarlo, convenía visitar a Germaine con cualquier pretexto y hablarle del asunto como de pasada, e insistir otro día hasta que ella misma tomase cartas en el asunto y lo decidiera; porque don Julián quería agotar todos los remedios a mano y resolverlo por las buenas antes de acudir a la Curia y armar el escándalo. A doña Angustias le pareció bien, y el cura se encargó de gestionar la visita. Fue entonces cuando entraron la de Mariño y la de Cubeiro, amilagradas, protestando de aquella falta de respeto a la casa del Señor, cometida –¿quién lo creyera?– por un fraile. Y se sumaron a la conversación y entraron en el convenio de la visita.

–¡Ay, sí! Hay que ir a saludarla y a felicitarla por lo bien que canta.

–También podríamos pedirle que diese un concierto a beneficio del Roperillo.

–¿No sería abusar?

–¿Abusar? Se pasa el día al piano, cantando sola. La *Rucha* se lo dice a quien quiere oírla. De modo que lo mismo le dará cantar en casa que delante del público. Y ayudaría a una obra de caridad.

–Mujer, ¿y si le da reparo?

–Con preguntárselo, no perdemos nada.

–Pero la primera vez...

–Podemos hacerlo la segunda.

–¿No será tarde? A mí me han dicho que se marcha.

–¿Marcharse? ¿Cómo se va a marchar, si lo pierde todo?

–A lo mejor no le importa.

–Una fortuna como la de la Vieja no es para tirarla.

–Y si ella se marcha, ¿a quién irá a parar? La Vieja no tenía más herederos.

–¿Quién sabe? Oí decir que hay otro testamento. Pudo arrepentirse doña Mariana y dejarlo todo a los pobres.

–No era mujer de arrepentimientos. Ni buena cristiana. También oí decir...

Don Julián las interrumpió: iba a cerrar la iglesia, y ya las avisaría. Doña Angustias intentó quedarse, pero las otras no marchaban. Por fin, se fueron juntas. La de Cubeiro insistía en que Germaine se quedaría en el pueblo; la de Mariño pensaba que no.

Don Julián marchó a su casa, se puso la sotana nueva, se acicaló. Antes de salir, bebió una jícara de chocolate. Luego encendió un pitillo, y, mientras fumaba, paseó por la galería. Después cogió el paraguas y salió. En la calle, se embozó en el manteo y abrió el paraguas.

Fue recibido por la *Rucha,* madre. Le dijo que quería ver a la señorita. La *Rucha* le mandó pasar, le llevó a la salita y le pidió que esperase. Germaine estaba en el salón. Le extrañó la llegada del cura. Don Julián, al verla, se levantó y la saludó con ceremonia. Ella le rogó que se sentara.

—En realidad, no vengo a visitarla, sino que traigo el encargo de unas señoras de solicitar una entrevista.

—¿Conmigo? ¿Quieren verme a mí?

—No son unas señoras cualesquiera, sino las más respetables de la villa. La señora de Salgado..., ya sabrá usted.

Germaine movió la cabeza.

—No. No la conozco.

Don Julián abrió los ojos y alzó las manos.

—¿Es posible? Doña Angustias es la madre de los pobres, la que sostiene el culto católico, una verdadera santa. Muy rica, inmensamente rica, pero un alma de Dios, humilde y sacrificada. Su marido es el propietario de los astilleros, y su hijo, el que los dirige. ¿Tampoco ha oído hablar de don Cayetano?

—Tampoco.

—Pues me extraña, porque es lo único de que se puede hablar aquí. Don Cayetano es joven, dicen que con mala cabeza y peores ideas, pero ya cambiará. Son ventoleras de juventud. Estoy seguro de que algún día no lejano lo veremos con un escapulario al pecho... Su madre reza mucho por él, y el Señor no puede desoír los ruegos de una persona tan buena y que hace tanto bien.

Recogió la teja del regazo y la dejó sobre la mesa.

—No se llevaba con su señora tía, que en paz descanse; pero esas cosas las borra la muerte. Ya ve usted: lo ha olvidado y quiere venir a saludarla. Con dos señoras más, también muy finas y religiosas. Yo las acompañaría.

Germaine tardó en responder. Don Julián atajó:

—Yo, en su lugar, no les haría el desaire de no recibirlas. Están encantadas con usted, por lo bien que canta. Además...

Carraspeó y miró al aire.

—... aquí es costumbre, cuando viene una persona forastera...

—Se lo agradezco mucho. Y estaré encantada de recibirlas. Y a usted con ellas.

Don Julián asintió.

—Muchas gracias, muchas gracias; no esperaba otra cosa de usted —sonreía, complacido, y recogía las manos sobre el pecho—. ¿Y cuándo, cuándo?

—Cuando quieran, cuando quiera usted.

—¿Esta tarde? Tendría que ser hacia las cinco, porque a las siete he de estar ya en la iglesia.

—Me parece muy bien, a las cinco.

Don Julián se levantó y echó mano a la teja.

—Se lo agradeceremos de veras. Y yo, particularmente... Tenemos mucho que hablar usted y yo. Porque la supongo enterada de que es la propietaria de la iglesia de Santa María.

Germaine rió.

—Eso sí lo sé, aunque no lo entiendo. En Francia, todas las iglesias son del Estado.

Don Julián puso cara de asombro y abrió los brazos.

—¿Es posible?

—Al menos, eso tengo entendido.

—Pues aquí vamos por el mismo camino. Aunque espero que la Santísima Virgen no lo consentirá. Gracias a Dios, llevamos dos años de gobierno moderado, y ahora las derechas ganaremos las elecciones. En un país como en España, sería un sacrilegio que las iglesias fuesen a parar a manos de los incrédulos. Y hay muchos en este país, créamelo. Hay tantos, que el Señor nos castigó y nos mandó estas calamidades de repúblicas y comunismos. Pero no hay que asustarse. Nos las manda para probarnos.

Don Julián permanecía de pie y Germaine le escuchaba con la cabeza levantada. Se le había soltado el manteo al cura y embarazaba el movimiento de sus brazos. Lo echó hacia atrás, lo recogió y sujetó.

–Pero la prueba ya se acaba. Como dice la canción: «... *Ruge el infierno, – brama Satán. – La fe de España – no morirá*». Pues la fe nos hará triunfar en los próximos comicios y entregará la política a las manos en que debe estar. También de esto hablaré con usted, aunque no esta tarde. Porque las elecciones se ganan con dinero.

Le hizo una reverencia; el brazo izquierdo aguantaba el manteo; la mano izquierda, la teja; movió la derecha al inclinarse, en apertura circular, a partir del pecho, como en un paso de baile.

–A las cinco en punto estaremos aquí. Verá qué señoras tan finas y agradables.

Clara se había comprado un armario de luna y lo tenía en su cuarto. También tenía espejo en el lavabo. El cuarto era grande y claro, y daba al patio, con ventana y puerta cristalera. El lavabo, en un rincón, y el armario, en el lienzo mayor de la pared, junto a la cama. Las cristaleras tenían visillos blancos, y la cama, una colcha azul. Había metido también allí dos o tres cuadros antiguos, hallados en el pazo antes de desalojarlo: bien limpios, colgaban ahora de las paredes. Eran litografías, con marcos negros y dorados, de «La Vicaria», de «El Testamento de Isabel la Católica». Un tercer cuadro, al óleo, en que habían pintado a una señorita de la época romántica, con bucles rubios, un traje rosa y un collar precioso en el escote, lo había colocado entre la puerta y la ventana, en un lienzo estrecho de pared donde no cabía otra cosa mayor. Aquella señorita, tan inocente, se parecía un poco a Inés, salvo el peinado, y el peinado, el suyo, preocupaba a Clara. Había pasado más de una hora copiando el de una actriz fotografiada en una revista. No le salía. Y, cuando le salió, halló que no le iba bien a la cara. Arrojó con rabia el modelo y se peinó como siempre. Después, se puso el traje negro, las medias finas, los zapatos nuevos. Abrió las maderas de la ventana y se miró al espejo del armario. Caminó hacia adelante y hacia atrás; se volvió a la izquierda y a la derecha. Se echó el abrigo por los hombros, se lo puso, se lo quitó. Taconeó con furia, arrojó los zapatos y se sentó en la cama.

Pensaba que Germaine era más bonita que ella y que se movía con más gracia. Sin embargo, bien mirada, ni por la figura, ni por la cara, ella valía menos, sino por algo del conjunto que se sentía incapaz de imitar. Se levantó, calzó los zapatos y volvió a mirarse: cerró en seguida los ojos e intentó retener su imagen, recordar a Germaine, y compararlas. Sólo podía evocar a Germaine en el momento en que había empezado a cantar: de pie, con las manos apoyadas en el reclinatorio, un poco inclinada y, sin embargo, majestuosa, triunfante. Le había sorprendido una mirada al público, una mirada de través, satisfecha del silencio, de la expectación, del triunfo. La había visto sonreír, contenta, antes de arrodillarse, al terminar, cuando la gente se agolpaba delante del presbiterio y la miraban como papanatas.

–Yo hubiera enrojecido, hubiera tenido que esconderme.

Abrió los ojos. Se vio quieta, con el rostro triste, los hombros caídos. Irguió el pecho, intentó dar a la cara expresión más alegre. Pero le quedaba en las pupilas una luz temerosa, vacilante y una arruguita en la esquina de la boca. Revolvió en el cajón de la mesa de noche sacó unos tubos y se dio en los párpados unos toques oscuros y un poco de color en los labios. Al mirarse, sonrió.

—No son los míos, pero pasan.

Echó el abrigo al brazo y entró en la habitación de su madre. La vieja se había quedado dormida, en un sillón frente a la ventana. Entornó las maderas y salió. En la puerta de la calle se puso el abrigo y abrió el paraguas. Atravesó la plaza. Al pasar frente al Ayuntamiento, un hombre la saludó.

Bajó a la playa por unas callejas. Había jolgorio en las tabernas, cantos a coro, ruido de disputas. Por el medio de la calzada, unos críos se perseguían chillando bajo la lluvia. En el pretil, de espaldas, un espectador miraba la mar. Había rolado el viento y por el norte el cielo se despejaba.

Clara cerró el paraguas y entró en el portal de doña Mariana. Dijo a la *Rucha* que quería ver a la señorita Germaine. La *Rucha,* sin responderle, le hizo un gesto de que pasara y la dejó frente al espejo del paragüero. Clara se volvió de espaldas al espejo.

—Está ahí la de Aldán.

—¿La de Aldán?

Germaine había rebuscado en los armarios de doña Mariana, y tenía en las manos un traje de seda verde, muy antiguo de corte.

—Sí. ¿No sabe quién es?

—Claro que lo sé. Pásala. Iré en seguida.

—Sí, señorita.

La *Rucha* no se movió. Germaine pasaba la palma de la mano por la superficie de la seda: suave, pero recia de cuerpo, y el color no se había alterado.

—No sé cómo la recibe, señorita. Esos de Aldán no son buena gente. Y esta Clara...

Germaine levantó una mirada interrogante y apretó el traje contra el pecho. La *Rucha* se sintió autorizada a continuar:

—... esta Clara no es trigo limpio, ¿sabe? Antes andaba muerta de hambre. Ahora, puso una tienda y come todos los días. Pero se habló mucho de ella. Cosas de hombres. Y su señora tía, que en gloria esté, no la quiso en casa. Porque ella vino a verla, cuando la enfermedad, y le ofreció quedarse. Pero doña Mariana la conocía bien...

Germaine dobló el vestido y lo dejó en una silla.

—Aun así, tengo que recibirla.

La *Rucha* marchó hacia la puerta.

—La señorita es demasiado buena con quien no lo merece. Ya vio la otra noche, qué atrevida. ¡Sentarse junto a la señorita! La gente lo veía y no lo creía. ¡Se dijeron unas cosas...! Porque hace falta ser desvergonzada.

Germaine quedó de pie en medio de la habitación. De los armarios abiertos salía olor a membrillos. En el suelo se amontonaban trajes, abrigos, prendas interiores. Volvió la *Rucha*.

—¿La has pasado al salón?

—A la salita.

—Tráela aquí.

Germaine recogió el traje de seda verde, lo agarró por los hombros y lo levantó en alto, frente a la luz del balcón. Clara llegó a la puerta y quedó en ella.

—Buenos días.

No veía a Germaine, sino su sombra, detrás del traje.

—Buenos días —repitió.

La cara de Germaine asomó tras la seda.

—¡Oh! ¿Es usted? Pase, por favor. Perdone que la reciba aquí —dejó caer el traje y adelantó unos pasos con la mano tendida—. Usted es la hermana de Juan, ¿verdad? No lo sabía. Juan y yo nos hemos hecho amigos en Madrid. Es muy inteligente, encantador. Pero no entendí bien el nombre que me dijo la criada...

Clara le dio la mano.

—No importa. No soy persona a quien haya que recibir con protocolo.

—Pero usted..., somos de la familia, ¿no? Carlos me dijo...

—No sé si somos parientes o no, pero llevamos el mismo mote. Y para la gente todos los Churruchaos somos unos.

Germaine acercó una silla y esperó a que Clara se sentase. Después se sentó ella misma, junto al montón de ropas viejas.

—Estaba revolviendo los armarios de mi tía. ¿No le importa que continúe? Hay cosas preciosas.

Clara señaló el traje verde.

—Con ese traje está pintada en el salón.

Se agachó y lo recogió del suelo. Acarició la seda. Germaine la contemplaba. Las manos de Clara se recrearon en la caricia.

—¿Es que piensa venderlos? —preguntó.

—No. Se los daré a las criadas.

Clara le tendió el traje.

—¿Por qué no se lo prueba? Estoy segura de que le sentará muy bien. Y con lo que se parece a doña Mariana, estaría como en el cuadro. Póngase también las esmeraldas.

Ella la miró, sorprendida.

—¿Usted las conoce?

—Sí.

Germaine colgó el traje en el respaldo de una silla y empezó a desabrocharse.

—Se las habrá enseñado mi tía...

—No. Fue Carlos. Carlos y yo... somos bastante amigos.

—Carlos era como el dueño de todo, ¿verdad?

La resbaló la falda hasta el suelo. Clara examinaba el pecho y sus caderas con mirada comparativa.

—Podía serlo, si hubiera querido. ¿No sabe que doña Mariana le adoraba? Y las esmeraldas, otro en su caso se las hubiera quedado. El testamento lo autoriza.

—¿También conoce usted el testamento de mi tía?

Clara se echó a reír. Se levantó y ayudó a Germaine a ponerse el traje verde.

—Todo el mundo en el pueblo lo conoce. Aquí no hay secretos para nadie. Y sé de quien lo leyó incluso antes que Carlos. ¡A ver! Todo el mundo tenía curiosidad de saber a quién dejaba sus cosas doña Mariana.

—Pero Carlos no se lo habrá contado a todo el mundo.
—A mí, desde luego, no. Ni creo que a nadie. Pero en este pueblo no hay secretos.

Germaine empezó a abrocharse los automáticos de la espalda. El vestido le venía justo.

—¿Y cómo sabe usted que tengo las esmeraldas?
—Conozco a Carlos.

El traje tenía un poco de cola, se abombaba detrás de las caderas y se apretaba, más abajo de las rodillas, en remolinos complicados. Germaine dio un traspiés y Clara la sujetó. «Cuidado, no vaya a caerse.» Germaine le dio las gracias.

—Voy a buscar el collar. ¿Quiere usted esperarme? No sé cómo las mujeres de antes podían caminar dos pasos.

Clara se acercó a la ventana. Los magnolios del jardín goteaban sobre la arena, pero había cesado de llover y el cielo estaba más claro. Sintió el taconeo de Germaine y se volvió. Germaine traía en la mano el estuche.

—Está usted muy guapa.
—¿Quiere decir que me parezco a mi tía?
—Usted es más guapa que ella.

Resplandecieron las esmeraldas en la mano de Germaine. Clara se acercó y rozó el collar con los dedos.

—Es precioso.
—¿Quiere probárselo?
—No, no —se llevó las manos a la garganta y la rodeó con ellas—. Póngaselo usted. Para una chica pobre una alhaja así es una tentación o un tormento.
—Yo también era pobre.
—Entonces, se lo explicará.

El escote del traje bajaba hasta el arranque de los pechos. Quedó el collar sobre la piel, centelleante, tembloroso. Germaine irguió la barbilla.

—Ahora, un espejo.
—En el del salón se verá usted mejor.

Salieron al pasillo. La *Rucha,* hija, bruñía la cera. Las vio pasar amilagrada.

—¡Qué cosa más bonita! ¡Y qué guapísima está! Se parece a la difunta señora...

Abrió los ojos y dejó caer el mango del cepillo. Se adelantó corriendo.

—¿Quiere que le abra las maderas? Espere. Yo iré delante.

Abrió la puerta del salón, entró la primera, franqueó las maderas de las ventanas. Germaine estaba ya frente al espejo, y Clara, un poco detrás, miraba por encima del hombro de Germaine la imagen reflejada.

La *Rucha,* hija, había juntado las manos y se le había parado el rostro en un gesto mudo, estupefacto. Germaine retrocedió unos pasos y empezó a tararear un aire de *La Traviata.* Clara se apartó y se apoyó en el piano. Germaine, sin dejar de mirarse, evolucionaba, movía los brazos a compás del aria. Las cornucopias, los cristales de los cuadros, las superficies pulidas de los bronces, reproducían su figura, y la luz se quebraba en los cristales de la lámpara, encima de su cabeza, y enviaba a su frente reflejos de arco iris.

—Un día cantaré así en el teatro, con este collar y este traje. Será un gran día, y miles de personas me aplaudirán.

Dejó caer los brazos y miró con alegría, con satisfacción, a Clara, a la *Rucha.*

—Así no me parezco a mi tía, ¿verdad?

—No —dijo Clara—. Ella era de otra manera.

Cayetano había estado silencioso durante la comida. Doña Angustias le preguntó si tomaría café con ella.

—Sí; pero sólo un momento.

Hablaba con una mezcla de acritud y distracción, sin mirarla.

—¿Te pasa algo, hijo mío? ¿Tienes algún disgusto?

—No, mamá. Cosas del negocio.

A don Jaime le sirvieron el café en la mesa. Cayetano llevó a su madre del brazo hasta el cuarto de estar y la ayudó a sentarse. Él permaneció de pie. La criada dejó encima de la camilla la bandeja con el servicio. Doña Angustias llenó las tazas.

–¿Tomarás también una copa?
–Sí, mamá; pero de prisa.
–Ven. Siéntate a mi lado.

Alargó la mano, agarró el brazo de Cayetano y tiró suavemente.

–Quiero pedirte el coche para esta tarde. A las cinco.
–Bien. Ya lo tienes.
–Pero siéntate, quédate un poco conmigo. Y deja de pensar en los negocios.

Cayetano se dejó arrastrar. Sentado ya, cogió la mano de su madre.

–¿Así?

Ella sonrió.

–Así. Como siempre. Desde hace algún tiempo me pareces menos mi hijo.

Él la soltó la mano.

–Es que algunas cosas no van bien, mamá. Tengo muchas preocupaciones.
–Se diría que ya no me quieres.
–¡No digas tonterías!
–No son tonterías, hijo. Una madre es una madre, pero un hombre necesita algo más. Si dejaras de pensar en mí para pensar en otra mujer, en una mujer buena con la que quieras casarte...

Hablaba suavemente y espiaba el rostro, los ojos distraídos de Cayetano.

–¡Pues bueno estoy yo ahora para casarme!
–Algún día tendrás que hacerlo; y a mí me gustaría que fuese pronto. Todas las madres desean conocer a sus nietos.

Capítulo 5

Cayetano se volvió hacia ella y la tomó de las manos.

—¿Qué pensarías si alguien te dijera que nuestro negocio está en peligro?

Doña Angustias rió y tomó la taza del café.

—Pues no lo creería. Pensaría que me estaban tomando el pelo.

—No es así, mamá. Podrían decírtelo y sería cierto. Por eso ando preocupado —miró a su madre y vio en sus ojos un temor, una incomprensión—. No es que suceda nada grave. Tengo enemigos y he de defenderme, ¿comprendes?

—Pero así ha sido siempre, hijo mío.

—Ahora es distinto. No son los de aquí, sino gente de fuera, poderosa. Pero no te preocupes. He ganado otras veces y volveré a ganar.

Cogió la taza que su madre le ofrecía y bebió un poco.

—Cuestión de días, quizá de un mes. No tienes ni que pensar en esto.

Dejó la taza y se levantó.

—¿Ya te vas? Yo quería contarte...

Le miró implorante. Cayetano respiró fuerte y dejó caer los brazos.

—Está bien, mamá. Cuéntame.

Se sentó otra vez, se reclinó en el sofá y miró al techo.

—Te escucho.

—¿Sabes para qué quiero el automóvil esta tarde? Vamos a hacer una visita don Julián y unas señoras de la parroquia. Vamos a casa de...

Se interrumpió, porque Cayetano se había crispado, se había vuelto hacia ella y la miraba con sorpresa.

—¡No irás a decirme que vais a ver a esa señorita!

—Sí. A su casa vamos. Es una señorita encantadora. ¡Y cómo canta! Si hubieras ido a la Misa del Gallo, la habrías oído. ¡Qué voz! ¡Una verdadera maravilla! Y tan guapa, tan modesta. Quien haya visto a su tía y quien la vea a ella no comprenderá cómo de la misma sangre pueden salir mujeres tan distintas. ¡Con qué devoción oyó la misa! Pero hay que oírla cantar. Voz como la de ella no la escuché nunca. Una voz así es un verdadero milagro del Señor, y la mujer que canta como ella no puede ser mala.

Cayetano bajó la cabeza. Doña Angustias espiaba su rostro, el movimiento de su frente y de sus labios.

–¿Y eso te hace olvidar que su tía te ofendió durante treinta años? ¿Basta eso para que vayas a la casa de la mujer que te hizo desgraciado? –en la voz de Cayetano había un fondo de amargura.

–¿Qué culpa tiene su sobrina, la pobrecita? ¡Tan guapa, con esa voz! Nada más verla, se olvida una de las ofensas y se piensa que todo se puede perdonar.

Reclinó la cabeza en el hombro de Cayetano y le acarició la barbilla.

–¡Qué feliz me harías si te casaras con una mujer como ella!

–¡Cállate!

Cayetano se apartó bruscamente y se levantó.

–Perdóname, mamá. Aunque esperaba esto, porque lo esperaba, nunca pensé que llegase tan pronto y tan fácilmente. Perdóname.

Iba a marchar. Doña Angustias tendió la mano.

–¿No me das un beso?

Él se inclinó y la besó. «Pienso invitarla a comer, ¿sabes?» Cayetano no respondió. Salió de la habitación sin mirar a su madre. Doña Angustias sonreía.

Llevaron a don Gonzalo hasta el sofá de doña Mariana: se encontraba mejor desde que no llovía y no quiso acostarse. Pero quedó dormido sin terminar el café.

Germaine estaba muy atareada en deshacer unas sayas bajeras cuya preciosa seda violeta podía servirle. Carlos, en silencio, contemplaba las llamas de la chimenea.

–¿Sabes que han empezado las visitas? –dijo, de pronto, Germaine, sin mirar a Carlos–. Primero estuvo un cura a decirme si podría recibirlo esta tarde con unas señoras. Le dije que sí. ¿Hice bien?

Carlos levantó la cabeza lentamente y fijó la vista en el retrato de Germaine.

–¿Quiénes son?

–No lo sé. Las más importantes del pueblo, según el cura. Una, sobre todo.

–Doña Angustias, la madre de Cayetano Salgado.

–Esa.

Carlos se volvió hacia ella.

–¿Sabes quién es? La mujer de un hombre que se pasó la vida amando a doña Mariana, madre de otro que la odió siempre. La vida de Pueblanueva, en los últimos treinta años, giró alrededor de ese amor y de ese odio. Pero ni el amor ni el odio son eternos. El demonio que Cayetano lleva dentro se apaciguó al morir tu tía, y llegó a confesarme su temor de que su madre, a la que adora, quiera zanjar el asunto como en las novelas, por medio de un matrimonio.

Germaine soltó las tijeras y se echó a reír.

–¿Conmigo?

–Doña Mariana no lo deseaba, pero lo temía. Hay algunas razones, al menos desde el punto de vista local, para pensar que si te quedas en Pueblanueva acabarás casándote con Cayetano Salgado.

–Pero yo no me quedaré en Pueblanueva.

–Ni Cayetano quiere casarse contigo. Claro está, que todavía no te conoce –añadió Carlos, sonriendo–. Acaso el día en que te vea y te hable cambie de opinión. Eres una muchacha codiciable y posees un sinfín de cosas tan codiciables como tú misma, al menos para Cayetano.

Se interrumpió y acercó un poco su butaca a la de Germaine.

–Siento que mis principios me impidan asistir a la entrevista de esta tarde, pero me interesaría observar a doña Angustias, seguir su mirada por encima de los muebles, de los espejos, de los candelabros; espiar su asombro cuando le enseñes el salón, cuando pise la alfombra, cuando vea temblar los cristales de la araña –por cierto, puedes decirle que es de cristal de La Granja y que vale una fortuna–; cuando se encuentre ante el retrato de su enemiga y descubra las esmeraldas alrededor de su garganta. Te recomiendo que se las enseñes. Que se las dejes tocar incluso. Las imaginará en seguida sobre el escote de una nieta suya, que es el único modo posible, en cierto modo, de que llegue a poseerlas.

–¿No fantaseas un poco? –Germaine había abandonado la labor; cruzada de brazos escuchaba a Carlos.

–No. Tu tía lo sabía, y un día me dijo que sus huesos temblarían en la tumba si sus bienes fueran a parar a los Salgado. Y si tú...

–¿Y si yo, qué?

Carlos cerró los ojos, metió las manos en los bolsillos de la chaqueta, se echó atrás en el asiento.

–La gente de Pueblanueva piensa que don Jaime Salgado fue amante de tu tía, lo que no es cierto. Cayetano sabe la verdad; la sabe hace poco tiempo y no le hizo gracia saberla. Pensar que su padre había poseído a la mujer más poderosa del pueblo le compensaba de los sufrimientos de su madre. Su orgullo, en cierto modo, quedaba satisfecho. Pero desde que conoce la verdad, entre Salgados y Churruchaos queda una cuenta pendiente. Y a Cayetano le gustaría saldarla contigo, aunque sin casarse.

–¿Por qué conmigo?

–En la operación... –Carlos movió las manos suavemente y las volvió a los bolsillos– tú no serías tú, sino sólo un símbolo, una representación de la sangre enemiga. Y acaso él tampoco fuese él, sino instrumento de una oscura venganza agazapada desde hace siglos en las almas de los siervos, de cuyos hijos se sirvieron sin el menor escrúpulo los hombres de tu familia y los de la mía. Cayetano tiene malísima reputación, porque ha seducido y abandonado infinitas mujeres del pueblo, solteras y casadas. Es una reputación injusta. Cayetano es cualquier cosa menos un Tenorio. Sería largo explicarte sus motivos, pero es el caso que, desde que murió tu tía, no se le conoció ni una sola aventura.

Germaine se había quedado seria, le había salido en la frente un pliegue largo, sutil. Su mano derecha se agarró con energía al brazo de la butaca.

–¿Por qué me has obligado a venir aquí, Carlos? No tengo nada que ver con tales historias, ni deseo verme mezclada en ellas. Deberías haberlo comprendido.

Lo dijo con dureza, con sequedad. Carlos sonrió levemente.

–¿Y el Destino? ¿No cuentas con el Destino? Hace poco más de un año tampoco yo deseaba verme metido en nada, sino marcharme, y aquí estoy. El Destino, para mí, fue un recuerdo; para ti, un testamento. Aparentemente estás aquí por mi voluntad, o por la de tu tía; pero tu tía y yo somos instrumentos del Destino.

–Eso es una bobada –Germaine se levantó con furia–. Ni mi tía ni tú teníais derecho a meterme en esta situación estúpida.

–Es el precio que pagas por un dinero que tampoco tiene nada que ver contigo. Y el dinero es algo más que lo que sirve para pagarse el mejor profesor de canto de París. El dinero es sangre, odio, historia. El que tú quieres llevarte trae consigo todo esto, inevitablemente.

Germaine se acercó a la ventana, de espaldas a Carlos, silenciosa. Don Gonzalo roncaba apaciblemente y en el hogar las llamas se habían apagado. Carlos hurgó en las brasas y añadió un leño.

–No me explico por qué sois tan crueles. Tiene que ser la vida que lleváis en este agujero del mundo, tu vida y la de mi tía, ociosos, sin ninguna obligación que os ate, sin una ambición ni una esperanza.

Carlos se levantó y se acercó también a la ventana. Germaine continuaba de espaldas. El viento del Norte rizaba las aguas de la mar y el cielo, al reflejarse en ellas, se hacía verdoso.

—Estás equivocada. Tu tía no deseó verte metida en esta historia, pero no podía ignorar que entrarías en ella contra tu voluntad y la suya.

—¿Y para evitarlo fue para lo que pretendió sujetarme cinco años a Pueblanueva y a ti?

—Esperaba que en ese tiempo aprendieses a amar lo que ella amaba. En cuanto a mí, te dije lo que te dije sólo para prevenirte. Doña Angustias te hará esta tarde toda clase de zalemas. Verá en ti la nuera soñada. ¡La dueña de la fortuna de doña Mariana! ¡Y con tu hermosa voz! ¿Imaginas con qué placer te escucharía cantar la nana a sus nietecitos? Es una infeliz esta doña Angustias, una auténtica buena persona. Muy cristiana, muy religiosa y muy apenada por la mala vida de su hijo. No le permitiría que te hiciese objeto de una ofensa.

—¿Y yo? ¿Piensas que lo permitiría yo?

—Estoy seguro de que no. No te creo mujer capaz de dejarse seducir por Cayetano, ni siquiera de enamorarte de él. Por ese lado, estoy absolutamente tranquilo. Existe..., ¿cómo te diría?, una imposibilidad metafísica. No pertenecéis a la misma especie. Sería como si una mujer se entregase a un orangután.

Germaine se volvió hacia Carlos y le miró de frente, con fría dureza. Le brillaba la ira en los ojos, los labios se adelgazaban contraídos.

—Has dicho algo verdadero, Carlos. No pertenezco a vuestra especie. Vuestro mundo me es tan ajeno como el de la Luna. Estoy aquí como en un planeta desconocido. No os entiendo ni entiendo lo que pasa a mi alrededor. Hablo con vosotros con las palabras de todos, no con las mías, porque las mías no las entenderíais jamás. Esta mañana...

Se detuvo, dejó de mirar de frente.

—... Esta mañana tuve otra visita. Esa muchacha que se sentó a mi lado en la iglesia. Me has dicho de ella el otro día no sé qué cosas, y la había imaginado como una heroína de novela. No es más que una desgraciada que lleva el sexo y la envidia escritos en la cara. No es una mujer decente. Tenías que habérmelo advertido, y yo no hubiera cometido el error de recibirla.

Carlos, bruscamente, la cogió de las muñecas y le miró las palmas de las manos.

—¿Te ha manchado?

Germaine retiró las manos de un tirón y las escondió en la espalda.

—A esto no tienes derecho, Carlos.

—Y tú tampoco a juzgar a una persona a la que desconoces.

—Me basta con lo que he visto y con su reputación.

—¿No quieres meterte en la vida de Pueblanueva, pero haces caso a sus chismes?

—Es suficiente con lo que veo. Clara Aldán se hartó de envidiarme esta mañana. Veía en sus ojos el deseo de aniquilarme para quedarse con mi collar.

—¿Se lo enseñaste?

—Sí, pero ya lo conocía.

—¿Y no te dijo también que un día se lo ofrecí y que lo rechazó?

—¿Te has atrevido?

Carlos abandonó la ventana y caminó hasta el fondo de la habitación. Germaine no dejaba de mirarle, furiosa, con los puños cerrados y apretados contra los muslos. Carlos se volvió repentinamente.

—¿Por qué no? Podía hacerlo. Pude haberle ofrecido del mismo modo cualquier cosa de esta casa, porque tengo el derecho de elegir para mí una de ellas, la que se me antoje, la más valiosa, la que más te guste. El collar, o la lámpara, o esas tijeras con que tu tía se cortaba las uñas. Cualquiera. Un día le enseñé el collar a Clara y se lo puse al cuello, y le pregunté si lo quería, aunque a sabiendas de que iba a rechazarlo.

–¿Querías pagarle algo?

–No. Quería hacer feliz, aunque sólo fuese por un momento, a una persona que desconoce la felicidad y que la merece.

Germaine adelantó unos pasos.

–*Tu la rendrais bien heureuse si tu couchais avec elle!* –dijo, y se llevó la mano a los labios.

Carlos abrió la boca para responder, pero la cerró bruscamente y sonrió.

–Si eso es lo que llamas hablar con tus palabras, es cierto que no te entiendo –dijo.

La miró, miró a don Gonzalo y salió de la habitación. Germaine dio unos pasos. Sonó el ruido de una puerta cerrada de golpe. Don Gonzalo abrió los ojos.

–¿Ha sucedido algo?

–Nada. Carlos, que se marchó.

En el casino se jugaba una partida sombría, dramática, atravesada de errores, de súbitos denuestos, de hoscos silencios. No había mirones y las voces estallaban en el salón vacío. Carlos se acercó a los jugadores. Dijo: «Buenas tardes», y le respondieron con gruñidos. Se apartó, buscó un rincón, se sentó en una mecedora. En la gramola, abierta, yacía un disco abandonado. El chico del bar dormitaba. Carlos le despertó con unas palmadas y pidió coñac.

En una pausa del juego se levantó Cubeiro y se acercó a Carlos.

–¿Sabe usted que hoy ha marchado don Baldomero? Tuvo malas noticias de su mujer. Parece que está en las últimas.

Se sentó cerca, en una silla.

—Los hay con suerte. Se desentiende de ella cuando la cosa se pone grave y acude al final a certificar la defunción. Dentro de un año tendremos boda.

Le llamaron de la mesa de juego. «Ya voy.» Se levantó y golpeó el hombro de Carlos.

—Don Baldomero me pidió que le avisara a usted. No le dio tiempo a despedirse.

Encendió un cigarrillo y marchó hacia la mesa. Le habían vuelto a llamar.

Carlos bebió el coñac y encendió la cachimba. Estaba encogido y tristón. En vez de fumar, golpeaba la mesita con la taza de la pipa: rítmicamente, marcando el compás de una canción que no cantaba.

Entró Cayetano un rato después. Se acercó a los jugadores. Le ofrecieron un puesto y lo rechazó. Asistió a una jugada, se rió del juez, que la había hecho mal, y fue hacia Carlos.

—¿Quieres dar una vuelta conmigo?

—Bueno.

—Vamos a pie hasta cualquier sitio.

Salieron. En la calle, Cayetano le cogió del brazo.

—Si no te importa, vamos hacia el muelle. Hoy no habrá nadie allí.

El muelle estaba barrido del viento Norte, que azotaba las redes puestas a secar. Se acogieron al cobijo del faro.

—Es una lástima que no acabemos de ser del todo amigos, Carlos. Hay ocasiones, como ésta, en que necesito hablar con un amigo de verdad.

Carlos sonrió y se subió el cuello del abrigo.

—Puedo, al menos, escucharte.

—Ya lo sé, pero no me basta. Los hombres como yo tenemos que ser solitarios. Llevo dos horas hablando conmigo mismo y no hago más que dar vueltas y vueltas a los mismos pensamientos.

Un sol frío espejaba en la mar. Cayetano sacó del bolsillo unas gafas oscuras y se las puso.

—He cometido un error. Empecé la pelea a lo bravo, cuando tenía que haber sido diplomático. Hay dos magnates de las finanzas a quienes anteayer arrojé un guante a la cara y ellos lo han recogido tranquilamente. Se sienten seguros y saben que yo no lo estoy. Esta mañana he tenido las pruebas: me han telefoneado de Bilbao para decirme que sólo pueden enviarme ciertos materiales si los pago al contado, porque los Bancos rechazarán el papel girado contra mí. He respondido que bueno, que pagaré al contado y que no me importa la actitud de los Bancos; pero en estas condiciones el margen de tiempo de que dispongo disminuye a la mitad. Tendré que acudir a un empréstito: puedo obtener dinero hipotecando mis propiedades, desde luego, pero esto hará que mi crédito disminuya. Y no es fácil encontrar particulares que dispongan de una cantidad elevada y que estén dispuestos a jugárselo en mi aventura. Medio millón de pesetas, por lo menos. Y quizá más.

Miró bruscamente a Carlos.

—No pretendo insinuarte con esto que seas tú el que me las prestes. Ya sé que tus principios no te permiten hacerlo. Pero me gustaría que reconocieses conmigo que hemos llegado a esta situación gracias a una doble estupidez: mi prisa por comprar las acciones de la Vieja y la tuya por disponer del dinero. Sin la ocasión que dio esa venta, a nadie se le hubiera ocurrido meterme el diente, porque no había por dónde metérmelo. Pero aquí todos sabemos lo que tiene cada cual y ellos no podían ignorar que al desprenderme de tanto dinero me quedaba un flanco al descubierto. Debíamos haber tenido calma.

—La heredera de doña Mariana también tiene prisa. Ha esperado muchos años y ha esperado pobremente.

—Pero ¿vas a permitir que se lleve los cuartos?

—No lo sé.

—Serás tonto. Tienes la sartén por el mango y la ocasión de ganar algún dinero. La Vieja dejó las cosas así con esa intención, está bien claro.

—Las intenciones de la Vieja se estrellan ante la terquedad de su sobrina y la abulia de un servidor. Claro está que ella a eso no lo llama terquedad, sino vocación, ideal... Siempre aparece una palabra hermosa.

—¿Por qué no te casas con ella?

—¿Me crees capaz de crearla una ilusión que la compense de los aplausos, de las flores, de los públicos entusiasmados?

Cayetano rió. «¡Ya sé que es una gran cantante!» Y, de pronto, se entristeció.

—¿Sabes que a estas horas mi madre está con ella?

—Sí. Tu madre y don Julián y unas señoras más. Les dará la merienda y, después, las llevará al salón y cantará para ellas un aria de *Carmen*. O quizá dos arias. Y cuando las señoras la aplaudan y la llenen de elogios, ella bajará los ojos medio cerrados de felicidad y les dará las gracias cortésmente. También en esto se equivocó la Vieja. Germaine no sirve ni para que me case con ella ni para que tú la hagas tu querida.

Palmoteó en la espalda de Cayetano.

—No habrá folletín, ni historia de amor. Por esta vez, las comadres de Pueblanueva y nuestros amigos del casino quedarán defraudados. Germaine no es una infeliz que pudiera ser tu víctima, ni siquiera tu legítima y pacífica esposa, sino una mujer con los pies en la tierra y los sueños en la Ópera de París. Necesita dinero para hacer su carrera y viene a buscarlo. Lo demás le trae sin cuidado.

Cayetano sacó la petaca, ofreció un cigarrillo a Carlos y eligió otro para sí. Estuvieron en silencio mientras los liaban.

—Un dinero que aquí ayudaba a mantener próspera una industria de la que vive el pueblo.

—Y a sostener una enemistad, no lo olvides.

—A veces pienso que las cosas estaban mejor como estaban. Tener a la Vieja ahí, odiarla. Yo había nacido en eso, como quien dice, y eso había sido mi vida. Ahora, han cambiado las cosas y he cambiado yo. Nunca creí que la muerte de la Vieja pudiera trastornarlo todo de esta manera.

Le tembló la voz.

—Hasta los sentimientos hacia mi madre han cambiado. Hoy me he irritado con ella porque fue a visitar a la francesa. Me parece una humillación y me siento humillado.

—¿No estarás dando demasiada importancia a lo que no la tiene?

—Quizá. Pero, antes, mi madre me parecía perfecta y ahora comprendo que no lo es.

Arrimado al parapeto del muelle se acercaba un hombre con una caña de pescar. Se detuvo, saludó y arrojó el anzuelo a la mar verdosa: lo arrojó volteándolo primero sobre su cabeza. Al soltarlo, el arte atravesó el aire y fue a caer allá lejos.

La señora de Cubeiro pidió a Germaine que cantara también la *La donna é mobile* y Germaine hubo de explicarle que *La donna é mobile* estaba escrita para tenor. Entonces la señora de Mariño le pidió que cantara *Princesita,* y Germaine confesó que tal canción la desconocía. Para terminar, cantó algo de *Madame Butterfly*.

Mientras cantaba, la señora de Mariño intentaba contar los prismas de la lámpara; pero al llegar a treinta y siete se perdía. La señora de Cubeiro daba vueltas al bolso y miraba sucesivamente a don Julián, a doña Angustias y al cuello de Germaine: una mirada almibarada, admirativa, que abarcaba desde la voz hasta la gracia de su moño. Doña Angustias, erguida, quieta, sin mover más que los ojos, calculaba las dimensiones de la alfombra: ocho metros, lo menos, de larga y unos seis de ancha. Tenía que ser muy antigua y en alguna parte estaba algo gastada, pero lucía, y, sobre todo, el que cubriera todo el salón, de pared a pared, la hacía más extraordinaria. Alfombras así sólo debían existir en los palacios, y a ella nunca se le ocurriera pensar que lo fuera la casa de doña Mariana. Vista desde la calle no parecía tan grande.

Don Julián peleaba bravamente contra el sueño. Fijaba los ojos en el piano, gozaba del placer de que los párpados se fueran cerrando y cuando iniciaba el cabeceo los abría y sonreía a la señora de Cubeiro. La señora de Cubeiro hacía entonces un gesto, como diciendo: «¡Qué bonito!», y don Julián asentía.

Aplaudieron. Doña Angustias se levantó, se acercó a Germaine y le dio un beso.

–¡Nunca esperé, hija mía, que pudiera besar a una persona de su familia, y ya ve...! Porque supongo que usted sabrá...

Germaine movió la cabeza.

–Yo no sé nada.

–Más vale así. Porque podremos ser buenas amigas. Un día vendrá a comer a mi casa, ¿verdad? No es un palacio como éste, pero es una buena casa. Y el despacho de mi hijo lo trajeron de un castillo de Inglaterra. La alfombra también.

La señora de Mariño susurró a la de Cubeiro que era la ocasión de invitar a Germaine a que diese un concierto a beneficio del Roperillo, y la señora de Cubeiro lo consultó en voz baja a don Julián; pero el cura dijo que no, que se había hecho tarde y que ya hablarían de eso otro día.

Se levantaron y se acercó a Germaine.

–Canta usted muy bien, hija mía. Está usted destinada a grandes triunfos. Pero no olvide que la carrera de las tablas está sembrada de peligros. Aunque no dudo que usted sabrá sortearlos todos.

Germaine recibía afablemente felicitaciones y consejos: sonriente, modosa, casi modesta.

–Eso espero, padre.

–Yo también. Nunca le faltará la protección de la Santísima Virgen. Y a propósito...

Paseó la mirada alrededor, la fijó en la lámpara.

—... Un día de estos vendré a verla yo solo para tratar de otro asunto. Las pinturas de la iglesia, ¿me comprende? No estamos satisfechos con ellas, ni el clero, ni estas señoras, que representan a los fieles. Y como usted es la dueña del edificio...

—¿Se refiere a las que pintó el padre Eugenio?

—Sí; a ésas precisamente. No dudo que tendrán mérito, pero son impropias de la casa del Señor.

La señora de Cubeiro se llevó las manos a la cabeza.

—¡No me explico cómo pudo ocurrírsele a un fraile semejante cosa! Aunque, claro, a tal fraile tenía que ser. Porque usted sabrá...

Germaine volvió la cara, sorprendida, hacia la señora de Cubeiro.

—No sé nada. Tampoco de eso sé nada.

—Dicen que el padre Eugenio está loco.

El cura le dio un codazo.

—No es eso, no lo crea usted. Lo que sucede es que el padre Eugenio tiene ideas especiales. Pero ya hablaremos del caso. Ahora...

Se dirigió a doña Angustias.

—Tendrá usted abajo el automóvil, ¿verdad? Porque ya debía estar en la iglesia. Hoy se retrasará el Rosario.

Apresuraron la despedida. Doña Angustias repitió la invitación a comer y convinieron que sería al día siguiente, a la una. Germaine las acompañó hasta el portal y esperó a que el coche arrancase.

—¡Retírese, no se vaya a enfriar...!

—¡Retírese...!

Germaine sintió frío y buscó el calor de la chimenea. Hizo unas inhalaciones. Llamó a la *Rucha* y le pidió algo de beber.

—¿Tú conoces a estas señoras?

—Ya lo creo. Y podría contarle...

Germaine le dejó contar: lo que en el pueblo se hablaba de cada una de ellas, y de las hijas, y de los maridos. De doña

Angustias, sólo que era muy rica y muy buena. Lo dijo con retintín, y Germaine le fue tirando de la lengua hasta que le sacó la historia de los amores de don Jaime y del hijo que doña Mariana había tenido de él.

—Eso dice la gente, que es muy mala, pero yo nunca lo creía de la señora, que en gloria esté. Una mujer como ella, de tan buen corazón, no podía haber abandonado a un hijo y no verlo después nunca más y desheredarlo... Ese cuento lo inventaron los envidiosos.

Le preguntó también si sabía dónde guardaba doña Mariana sus papeles, y la *Rucha* le respondió que en el escritorio y en unos armarios que don Carlos tenía siempre cerrados. Las llaves no estaban entre las que Carlos había dado a la señorita: unas llaves de oro, muy antiguas.

Germaine pidió que le trajera las prendas que estaba deshaciendo. Se entretuvo un rato. Volvió a llamar a la *Rucha*.

—La tienda de la señorita Clara, ¿está muy lejos?
—En la plaza, frente a la iglesia.
—¿Y tendrá unos encajes que necesito?
—Si quiere, puedo ir a ver.
—Tengo que escogerlos yo. Dame el abrigo.

Mientras le ayudaba a ponerlo, la *Rucha* completó los informes:

—Sigue por esta calle hasta que encuentre un arco, donde hay una Virgen con una lamparilla. Suba la cuesta y vaya por la izquierda, que en la derecha están los mirones del casino. Llegará a la plaza. Frente a la iglesia hay unos soportales. Allí. No hay más tienda que ésa.

Hacía buena noche. El viento había calmado y el golpe de la resaca era suave. Olía a marea baja. Germaine caminó de prisa. Unos transeúntes se volvieron a mirarla. Bajo el arco, unos chiquillos alborotaban en torno a la castañera. Subió la cuesta, atravesó la calzada y se metió bajo los soportales.

No había nadie en la tienda. Golpeó.

—¡Va! ¡Va en seguida!

Se oyeron unos pasos y el ruido de una puerta. Entró Clara. Al ver a Germaine quedó quieta, sorprendida. Germaine le sonrió.

—Necesito unos encajes y pensé que usted los tendría.

—Pero ¿vino sola?

—Hace muy buena noche, y esto es tan chico...

Clara cogió una silla y la pasó por encima del mostrador.

—Siéntese.

—Gracias. He seguido curioseando en los armarios de mi tía y he encontrado cosas preciosas. Unas sedas antiguas como no se fabrican ya ni en Francia. Para ropa interior...

Clara se acercó al anaquel y cogió un montón de cajas.

—Esto es todo lo que tengo.

Las fue destapando. Germaine rechazó lo blanco y lo de color, pero entre lo negro halló algo que le servía.

—¿No vino Carlos por aquí?

—No suele hacerlo. Cuando no está en el casino, está en su casa, con sus libros, o en el barrio de los pescadores.

—Hoy hemos tenido unas palabras...

Germaine dejó de hurgar en los encajes; alzó la cabeza y sonrió a Clara.

—A usted puedo decírselo porque es su amiga. Discutimos. Yo estuve impertinente. Temo haberlo ofendido.

—Es muy difícil ofender a Carlos.

—¿Está segura?

—Casi estoy por decirle que es imposible. Carlos lo comprende todo, hasta el insulto. Llega a ser desesperante.

—Conmigo no tuvo tanta paciencia. Se marchó. Pero yo tenía razón.

Clara cruzó los brazos y la miró fijamente.

—Usted vino aquí para hablarme de eso, ¿verdad?

—Sí.

—¿Y por qué?

—No lo sé.

—Probablemente es cierto que tiene usted razón, pero no por eso voy a ponerme de su parte. No soy justa.

—Usted le quiere, ¿verdad?

—¿Se lo dijo él?

—Se ve en seguida.

Clara levantó una parte del mostrador y salió fuera.

—Entre aquí. Hace menos frío. Cerraré para que no nos estorben.

Echó cerrojos y tranquillas a la puerta de la calle. Germaine pasó el mostrador, dejó la silla en un rincón, pero no se sentó. Clara entró en las habitaciones interiores y salió a poco con una toquilla negra en la mano.

—Quítese el abrigo y póngase esto. Si no, la cogerá el frío cuando salga.

Se sentó, de un salto, en el mostrador; recogió las piernas y se las tapó con el borde de la falda.

—La mejor manera de entenderse es poner las cosas claras. Y usted me parece que no está al tanto de todo. Usted...

Se detuvo. Germaine había vuelto a sentarse y se arrebujaba en la toquilla.

—¿No le hace raro que nos hablemos de usted? A mí me resulta forzado. No suelo hablar de usted más que a los ancianos, a los desconocidos y a los que me merecen muchísimo respeto.

—¿Es que no me encuentras respetable?

—Sí. Pero no superior. No quiero ofenderte, pero estoy acostumbrada a considerarme igual a todo el mundo.

—Puesto que para entendernos las cosas han de quedar claras, debo decirte que esta mañana, cuando viniste a mi casa, mi criada me dijo que no te recibiera.

—Tu criada es una esclava para quien sólo los ricos son respetables.

—También me dijo que no tenías buena reputación.

—Eso es cierto: mi reputación y la de doña Mariana son igualmente malas e igualmente injustificadas. En Pueblanueva, cuando no hablaban de ella, hablaban de mí. Por eso nos entendíamos tan bien.

–Según mi criada, mi tía te echó de su casa.

–Eso es mentira.

–Pero si fuese verdad no lo reconocerías.

–No acostumbro a mentir, y los mentirosos me dan asco.

–¿No te has visto nunca obligada a hacerlo?

–Como cualquiera, pero no lo hice.

Germaine se levantó y se acercó a ella lentamente.

–Yo sí he mentido algunas veces, y no me arrepiento de haberlo hecho. Pero no acepto que nadie me juzgue por eso... más que aquellos que tengan derecho a juzgarme.

–A Carlos no lo consideras con ese derecho, ¿verdad?

Germaine negó con la cabeza. Y añadió:

–No.

Clara cruzó las manos por delante de las rodillas y se inclinó. Le cayó una guedeja sobre la frente y la sacudió con un movimiento brusco.

–Sin embargo, el demonio lo puso en situación de juzgarte. Estás en sus manos.

–Intento defenderme. Pero me gustaría saber si por haber insistido en una mentira que ya encontré hecha todo el mundo va a ponerme dificultades.

–A eso no puedo contestarte. Yo, por lo pronto, no lo hago. Estoy dándote facilidades.

Germaine regresó a su asiento, bajó la cabeza y estuvo un rato callada. Luego dijo:

–¿Has necesitado alguna vez dinero?

–Siempre.

–¿Lo has necesitado de tal manera que de tenerlo o no dependiese tu porvenir?

–Sí. Durante casi toda mi vida y hasta no hace mucho tiempo. Vendí después mi casa y puse esta tienda. Mi casa era lo único que me quedaba. Podía encerrarme en ella y ocultar el hambre. Lo hice alguna vez. Al venderla tuve suerte por primera vez en mi vida.

—Te explicarás que yo pelee por ese dinero.

—Naturalmente. En tu caso, haría lo mismo.

—Entonces, ¿por qué Carlos me lo niega? ¿Por qué se empeña en que me quede aquí toda mi vida, por qué intenta obligarme a renunciar a lo que más deseo? Te digo esto porque te supongo enterada...

—Nunca es fácil saber los porqués de Carlos. De otro hombre pensaría que obra así porque quiere casarse contigo.

—¿Casarse conmigo?

Empezó a reír con risa convulsa, nerviosa, que sonaba a falso. Clara saltó del mostrador, se aproximó a ella con la mano extendida, pero no la tocó. Quedó mirándola, con una media sonrisa entre sorprendida e irritada, y retrocedió hasta el mostrador.

Germaine se sosegó. Levantó la cabeza. Clara seguía mirándola.

—Es una ocurrencia estúpida.

—¿Por qué? —preguntó Clara.

—La explicación es larga.

Clara retrocedió hasta apoyarse en el mostrador.

—Me gustaría escucharla. Para mí, casarse con Carlos no es ninguna estupidez. Y creo que para doña Mariana tampoco. Dejó las cosas como las dejó sólo para que Carlos se case contigo.

Hizo un gesto desolado.

—En fin, creo que esto no debía haberlo dicho. No estoy segura de que doña Mariana haya pensado tal cosa, aunque yo lo creo.

Vaciló. Germaine se acercaba a ella; sus dedos jugueteaban con los flecos del mantoncillo. Parecía más tranquila.

—Sigue.

—Le gustaba mandar, ¿sabes? Estaba acostumbrada a hacerlo y a que le obedecieran, y Carlos siempre fue difícil de manejar: es un tipo que se escurre como una sardina. Entonces ella pensó que sus bienes serían un buen cebo para ti y tú un buen cebo para Carlos. A cualquiera se le hubiera ocurrido otro tanto. A cualquiera, claro está, que no sea como tú y como yo.

Germaine hizo una mueca de desagrado.

—¿Piensas que nos parecemos en algo?

—Tenemos..., ¿cómo te lo diría?, cualidades comunes, además de la facha y del color del pelo; pero somos muy distintas. Se nota en que no te gusta el hombre que me gusta a mí. Para mí, Carlos es el mejor hombre del mundo, a pesar de sus defectos.

Germaine encogió los hombros.

—¡Un pueblerino! ¿Cómo pudo pensar mi tía, cómo puede ocurrírsele a nadie que me case con él?

—Aquí se le ha ocurrido a todo el mundo, Carlos incluido. Quizá porque estiman tanto a Carlos que no encuentran en Pueblanueva ninguna mujer que lo merezca. Tenías que venir tú de París...

—Ahora que me conocen, no pensarán lo mismo.

—¿Tan por encima de nosotros te sientes sólo por cantar bien?

—Es que ni tú ni los demás, incluido Carlos, comprenderéis nunca que el hecho de cantar bien me coloque tan por encima de vosotros. Lo estaría aunque yo misma no lo quisiera. Pero será inútil que te lo explique.

Clavó en los ojos de Clara una mirada dura, fría. Clara no parpadeó. Germaine dijo:

—Es curioso. Tu hermano me previno de que había una diferencia, pero nunca esperé que fuese tanta.

Clara saltó, enfurecida:

—¿Qué te dijo de mí ese imbécil?

—¡Oh, nada malo! Simplemente, que no erais iguales. Y es cierto. Tu hermano me entendió desde el primer momento. Si esta conversación la tuviera con él podría explicar ciertas cosas... Él, por ejemplo, entendería las razones por las que no podría casarme nunca con un hombre como Carlos, y también eso de que me considere por encima de mucha gente. Tu hermano está también por encima de vosotros, es un hombre de otra clase. Comprende y aprueba que yo viva para mi arte y comprendería también, y aprobaría, que mi marido fuese algo menos que un marido y algo más que un secretario, tan devoto y sacrificado a mi arte como yo misma. En fin: esa persona que tiene a su cargo los asuntos de una cantante, los que ella no puede personalmente resolver. Es muy complicado cantar hoy en Milán y la semana que viene en Nueva York... ¡Y la propaganda y las relaciones sociales! ¿Entiendes? Eso es lo que tiene que ser mi marido.

Clara la había escuchado primero seria y un poco irritada. Conforme Germaine hablaba se le iba borrando la irritación. Al final rió.

–No creo que doña Mariana pensara en Carlos para que te sirviera de correveidile. Tenía una gran idea de Carlos.

–Y yo la tengo igualmente grande de ese correveidile. Tiene que ser un hombre de mundo, de presencia agradable, culto, que hable idiomas, que sepa llevar un frac, ¿me comprendes? Carlos es un patán.

Clara soltó una risa breve, aguda, y se encogió sobre sí misma.

–¿Un patán Carlos? ¿Un patán? Pero ¿dónde tienes los ojos?

Dejó de reír, se irguió.

–Pero no es un maniquí, eso puedes tenerlo por seguro. Ni aunque estuviera enamorado de ti se prestaría a ser tu marido de esa manera.

Miró a Germaine con ojos grandes, claros.

–Él también es orgulloso. Y no lo imagino de segundón de nadie. Carlos nació para morirse de asco en su torre o para llegar a las nubes. Para eso, para que llegase a las nubes, doña Mariana quería casarlo contigo. Porque no tiene dinero y jamás hubiera admitido que tu tía le dejase el suyo. Yo no le sirvo más que si se queda en su torre.

Germaine hizo un gesto de cansancio.

—En fin, el porvenir matrimonial de Carlos no llega a interesarme. Allá él, ¿no crees?, y, en todo caso, allá tú y él. Yo venía a pedirte una ayuda... Esperaba que influyeses a mi favor, que pudieras convencerle de que es injusto obligarme a quedar aquí, y que me iré de todas maneras...

—Carlos no me ha hecho caso nunca.

Germaine se levantó, dejó la toquilla encima de una banqueta y se puso el abrigo.

—Lo siento.

—¿Y los encajes? ¿No los llevas?

—Mandaré a la criada a buscarlos.

Clara saltó del mostrador y abrió la puerta. Esperó a que Germaine llegase.

—No creas que te guardo rencor ni que te deseo mal.

—Mejor así.

—En cuanto al consejo... puedo darte uno: háblale al padre Eugenio. Es el compinche de Carlos, y si él no consigue nada, no lo conseguirá nadie. Y no me lo agradezcas. Me habías hecho perder toda esperanza, pero si te vas...

Germaine se detuvo en el umbral.

—Tengo entendido que hay otra mujer, una mujer indigna, de la que Carlos no podrá separarse nunca. ¿O es que a ti no te importa tener a Carlos repartido?

Clara cerró la puerta de golpe. Oyó el taconeo de Germaine sobre las losas, alejarse. Era un taconeo seguro, de mujer que camina con la cabeza levantada.

Carlos no vino a cenar. Mientras don Gonzalo se acostaba, Germaine preguntó a la *Rucha* si estaba muy lejos el monasterio y si era posible alquilar un automóvil para ir allá. La *Rucha* dijo que sí.

Capítulo 5

—Encárgate de que esté aquí a las diez. Vendrás conmigo.

Germaine entró en su habitación, se puso una bata y unas zapatillas y salió al pasillo. Su padre ya se había acostado. Golpeó la puerta con los nudillos y entró. Don Gonzalo se alumbraba con quinqué de petróleo, y yacía, abrumado de mantas y edredones, en una cama de dosel. Había dejado sus ropas en una butaca y las zapatillas sobre la alfombra. Germaine las apartó con el pie.

—¿Cómo te encuentras?

Se sentó en el borde de la cama y acarició la mano de don Gonzalo.

—Bueno, no muy mal. Creo que mejor. Estoy muy caliente.

—Debes cenar en cama todas las noches. Hace demasiado frío. ¡Y esta humedad...!

—Como en París, ¿verdad?

—Más que en París, papá. Mucho más.

Don Gonzalo le apretó la mano.

—Cuida la garganta. Es más importante que mi reumatismo. Recuerda que tu madre...

—¡Por favor, papá! —trajo una segunda almohada y acomodó a su padre—. Así estarás mejor.

—Tenía tu misma edad, más o menos, y las mismas esperanzas. Una noche no se abrigó bien, ¿sabes? Sólo eso: un pequeño descuido. Y se quedó sin voz. Fue muy triste aquello.

—Yo estoy fuerte, papá, y mi garganta está bien.

—Eso decía ella cuando empezó a toser, y ya ves... Luego, la operación.

Germaine bajó la cabeza. Soltó la mano de su padre y, sin mirarle, le arregló el embozo.

—El catarro no hizo más que descubrir la enfermedad que mamá tenía. Me lo has dicho muchas veces. Se hubiera presentado igual, más tarde...

Se levantó.

—¿Es fatal que yo la herede? Dímelo, papá: ¿estoy condenada a perder la voz, más tarde o más temprano?

Don Gonzalo rebulló bajo las mantas. Quisó sacar un brazo, pero Germaine lo sujetó.

—No. Nadie dijo que hayas de heredar... aquello, forzosamente. Es un miedo que tengo. Pero cuando te vea el médico lo sabremos.

Germaine se arrodilló lentamente junto a su padre. Oscilaba la luz del quinqué, las sombras se movían, chicas y grandes, alternativamente. Germaine cruzó los brazos, apoyó en ellos la barbilla y levantó la cabeza hacia su padre.

—No me verá.

Él le echó la mano y le acarició el cabello.

—Ahora, cuando seamos ricos... En seguida. Tendremos dinero para que te vea el mejor especialista del mundo. Aquel de Ginebra, ¿no recuerdas? Alguien nos dijo que el mejor especialista estaba en Ginebra. ¿O es en Londres? Yo no lo recuerdo bien.

—No quiero que me vea nadie, papá. ¿No lo comprendes? No quiero saber nada. Sólo quiero cantar. Si un día...

Escondió la cabeza entre las manos y permaneció en silencio. A don Gonzalo le dio la tos.

—En fin: después de haber cantado alguna vez, ya no será lo mismo. Pero si el médico me dijera que sí, o que se corre el peligro, o que hay una probabilidad, no me atrevería a cantar en público. Temería perder la voz de pronto y quedar en ridículo, y eso sería espantoso para mí.

Esperó la respuesta unos instantes. Don Gonzalo parecía repentinamente abstraído.

—Pues yo iría a que me viese un buen especialista. Con dinero...

—Todavía no sabemos si lo tendremos.

Don Gonzalo se incorporó difícilmente. Le dio de nuevo la tos. Germaine le obligó a taparse.

—¿Te dijo algo Carlos?

—No. Nada nuevo. Pero tengo mis ideas...

—El dinero sólo puede ser para ti —se destapó de nuevo—. ¿A qué viene, si no, ese testamento? Mi prima no estaba loca.

—No lo sabemos, papá.

—Pero el abogado dijo...

—El abogado dijo que procurásemos llegar a un acuerdo con Carlos. Eso es lo que dijo, y eso es lo que, seguramente, haremos. Mañana mismo, porque tenemos que marchar en seguida.

—Yo me encuentro bien aquí. ¡Es tan buena esta cama! Como la mía cuando era niño. Desde entonces no tuve una cama así.

—Te compraré la mejor cama del mundo. ¿O es que ya te has olvidado de Italia? La mejor cama del mundo bajo el sol más hermoso.

Arregló de nuevo el embozo y subió el edredón, que se había escurrido.

—No vuelvas a destaparte. Mañana iré a ver al padre Eugenio.

—¿Al padre Eugenio? Me parece muy bien. El padre Eugenio es un buen amigo y nos quiere. ¡Oh, si lo hubieras visto hace veinticinco años! Lo que se dice un gran artista. Admiraba mucho a tu madre.

—Tiene influencia sobre Carlos.

—Es natural. El padre Eugenio tiene una gran personalidad. ¡Ya lo creo! Era lo que se dice un hombre importante. Recuerdo...

—Bueno, papá. Déjate ahora de recuerdos. Lo iré a ver mañana. Y ahora, vas a dormir. ¿Has tomado ya la medicina?

—No. Y no me hace falta hoy. He tosido menos.

—La tomarás, papá, aunque no hayas tosido.

Cogió de la mesa de noche un frasco y una cuchara. Vertió el jarabe y se acercó.

—A ver. Incorpórate un poco. Y no seas niño. Tienes que tomar la medicina.

Don Gonzalo levantó la cabeza y miró con terror la cuchara que se acercaba. Cerró los ojos, abrió la boca. Germaine vertió dentro el jarabe. Don Gonzalo puso cara de niño gruñón.

Capítulo 6

La iglesia del monasterio estaba vacía y oscura. Germaine entró y sintió un escalofrío. Se arrimó a una pilastra y trazó una cruz vaga, desde la frente al pecho. Miró alrededor, en las sombras, y hacia arriba, hacia las bóvedas de piedra ennegrecida. Un ave oscura volaba en el espacio húmedo, buscaba una salida. Germaine no pasó adelante, ni se arrodilló: corrió a la puerta. Al salir, la sacudió el viento.

–¿Ya rezó? –le preguntó la *Rucha* desde el coche.

–Sí.

–Si quiere que la acompañe...

La *Rucha* sacaba la cabeza por la ventanilla y gritaba contra el remolino. El conductor había encendido un cigarrillo y leía el periódico.

Germaine vio un llamador en la puerta, y golpeó; vio la cadena de una campanilla, y tiró. Arreciaba el viento y se cobijó como pudo. El lego tardó unos minutos: le precedió un ruido de llaves. Asomó por un resquicio la jeta, coronada de pelos encrespados.

–¿Qué quería? Ave María Purísima.

Germaine tartamudeó:

–Ver al padre Eugenio Quiroga.

El lego abrió un poquito más la puerta.

—No sé si va a poder ser. Ahora trabaja.

—Diga que soy... —vaciló— su sobrina.

—¿Su sobrina? —el lego levantó las cejas—. Se lo diré. Su sobrina.

Iba a cerrar el postigo. Germaine adelantó el brazo y apoyó la mano en el picaporte.

—¿No podía esperar ahí dentro? Aquí hace frío.

—Sí, pero no pase del zaguán. Es clausura.

Franqueó la puerta, dejó pasar a Germaine y cerró con golpe seco. El picaporte no encajó: quedó una rendija abierta.

—Ahora que, frío, también lo tendrá aquí.

Era un fraile tosco, colorado, regordete. Andaba pesadamente, como reumático. Sonrió a Germaine con sonrisa casi animal y marchó por la puerta del fondo. Con él se alejó el ruido de las llaves, como de campanas menudas.

Germaine miró las paredes sucias, el techo de vigas oscuras, el suelo de baldosas. No había más que mirar. Tembló otra vez, cerró los ojos. La *Rucha* había entrado en conversación con el chófer: movía las manos y la cabeza, y reía. El postigo, empujado por el viento, se abrió hasta batir en la pared; Germaine volvió a cerrarlo y se apoyó contra él. Así cerrado, el zaguán quedó en penumbra. Se oía el viento silbar en los claustros y ruidos remotos de cosas golpeadas, todo envuelto en el rumor poderoso de la mar: Germaine se sentía metida en algo enorme y sonoro, como si el mundo, de pronto, se hubiera desmesurado y en su hueco entrasen sonidos salvajes.

Crujió la puerta del fondo y entró el padre Eugenio.

—¿Germaine?

—Estoy aquí, padre.

La vio, acurrucada, encogida, dando diente con diente, y corrió hacia ella.

—¿Cómo has venido a este ventisquero? ¡Debiste mandarme recado, criatura! Hubiera ido a tu casa.

Volvió la cabeza a un lado y a otro.

—No sé dónde meterte. Ahí hay una sala, pero estará más fría que esto.

—No importa. Aquí mismo...

—¿Cómo voy a recibirte en el portal?

—Son sólo unos minutos.

El padre Eugenio dejó caer los brazos.

—Aquí o en otro sitio moriremos de frío. Pero ahí dentro, al menos, nos sentaremos.

Abrió la puerta del recibidor y empujó a Germaine suavemente. Un olor fuerte de humedad invadía aquel espacio penumbroso, tristón, y el viento de las rendijas sacudía una cortina de encaje sucio que cubría el hueco de la ventana. El padre Eugenio retiró la cortina y aseguró la falleba.

—Siéntate. No sé lo que es peor.

Se sentó también, muy cerca de ella, y sonrió cariñosamente.

—Bueno. Dime qué te sucede.

Ella vaciló.

—Ayer estuvo a visitarme el cura con unas señoras y me dijeron algo de las pinturas de la iglesia. Quiero que usted me aconseje lo que debo responderles.

—¿Qué es lo que te dijeron?

Germaine contó. El padre Eugenio la escuchaba sin dejar de sonreír. Al terminar el cuento, Germaine dijo:

—Me advirtió que volvería a hablarme de lo mismo, él solo.

—Cuando vuelva, le respondes que no entiendes de eso, y que hable conmigo. O con Carlos. ¿Se lo has contado ya?

—No.

—Debiste hacerlo.

—No lo veo desde ayer. No cenó en casa.

Levantó los ojos, parpadeó, y los bajó en seguida.

—Ayer hemos reñido, no nos entendemos.

Llevó las manos al rostro y sollozó.

—¡No he debido venir a Pueblanueva! ¡Yo ya sabía...!

Las manos del padre Eugenio titubeaban. Se acercaron a los brazos, a las manos de Germaine, pero sin detenerse, sin agarrar. Germaine gimoteó, y el padre Eugenio la escuchaba en silencio, embarazado, compungido. Por segunda vez sus manos intentaron hablar y quedaron a medio camino. Germaine sacó del bolso un pañuelito y se limpió los ojos y las mejillas.

—Está empeñado en que me quede y me odia porque no quiero quedarme.

—¡No pienses eso! Carlos es incapaz de odiar. Quería mucho a tu tía, eso es todo, y se cree en la obligación de que se cumpla su voluntad.

—Pero usted me comprende, ¿verdad? No puedo ni debo hacerlo. ¿Cómo voy a renunciar a mi carrera por la voluntad de una muerta? ¡Es injusto, padre!

La mano diestra del padre Eugenio se detuvo, por fin, en el brazo de Germaine: apenas rozarlo, la retiró.

—Claro. Claro. ¿Cómo vas a quedarte? Encontraremos un arreglo en que las dos partes estéis conformes. Porque los dos tenéis razón, pero no podéis entenderos porque os desconocéis; porque, desde el primer momento, habéis sido hostiles. Cuando pase algún tiempo, y cada uno vaya comprendiendo las virtudes y las razones del otro, ¿quién duda de que los sentimientos de ahora pueden cambiar, pueden cambiar en absoluto?

Germaine se levantó: rápida, brusca. E inmediatamente refrenó el impulso y volvió a sentarse. El padre Eugenio se había asustado: la miraba con ojos muy abiertos, con la mano en el aire.

—¿Sucede algo?

Ella respiró fuerte.

—No, nada. Pero... ¿quiere también insinuar con eso que Carlos y yo podremos casarnos? ¿Es a ese arreglo al que usted se refiere?

El padre Eugenio no le respondió. Bajó la vista. Abrió los brazos, con las palmas extendidas, y los cruzó luego sobre el regazo.

—Comprendo que esa solución no te gusta.

—¿Cómo va a gustarme? —Germaine se levantó y quedó de pie sobre la raída alfombra: los brazos rígidos, enérgicos—. Usted que conoce el mundo, ¿ha podido pensar alguna vez que Carlos llegue a ser mi marido? Porque usted no es como la gente de este pueblo, ni como Clara Aldán, ni siquiera como mi tía. Usted sabe que yo no puedo ir por el mundo con un hombre como Carlos —rió—. Necesito un marido mínimamente presentable.

—¿Encuentras que Carlos no lo es?

Había cambiado el tono de voz de fray Eugenio: parecía sorprendido e incluso molesto. Germaine recogió los brazos y habló en tono más dulce:

—Bueno. Usted es su amigo y lo aprecia, y quizá en tantos años haya olvidado también la clase de hombre que necesita una cantante como marido.

Volvió a sentarse y se acercó al padre Eugenio.

—Es curioso. Ayer he hablado de eso mismo con Clara. He tenido que decirle que su hermano me serviría mejor que Carlos. Juan, al menos, sabe vestirse y es un hombre culto y educado.

El fraile se echó a reír —«Y Carlos, ¿no?»—. La risa era franca, incluso alegre.

—¿Por qué se ríe, padre?

—Porque si todas las dificultades nacen de ese equívoco, el asunto está resuelto —se levantó y dio unos pasos largos, mientras soplaba los dedos entumecidos—. ¿Cómo podré decirte que estás en un error?

—No lo estoy, padre. Lo menos a que tengo derecho es a que se me comprenda como artista. Me comprendió Aldán y se puso de mi parte desde el primer momento; hasta el pueblo que llenaba la iglesia el otro día, y las señoras que estuvieron ayer en mi casa, y no digamos el padre prior y usted, me comprendieron. Sólo Carlos se muestra insensible. Canté para él el día de mi llegada, para él solo. Lo hice adrede, a la primera insinuación, sin hacerme rogar, porque sé que el canto convence más que las razones. Pero fue inútil. El canto resbaló sobre la piel de Carlos como sobre la piel de un elefante.

El fraile seguía sonriendo. Restregó las manos y las escondió en las bocamangas.

–Aquella tarde de tu llegada estuvo a verme en la iglesia. Yo había terminado mis pinturas. Me habló de ti y de tu canto. ¡Cómo me gustaría recordar ahora sus palabras exactas! Te halagaría conocerlas.

–Serán, más o menos, las que me dijo a mí, o parecidas: palabras elementales de cortesía: «¡Qué bonito! ¡Qué bien canta usted!» Lo que puede decir un ignorante.

–Carlos no lo es.

–Admito que pueda ser un sabio en su profesión, pero no sabe una palabra de música. Carece, además, de sensibilidad. Toqué para él, al piano, un vals de Chopin. A Chopin le entiende todo el mundo, Chopin llega a todos los corazones. Menos al de Carlos. Ponía cara de bobo al escucharlo. Como si hubiera tocado un pasodoble. No hacía más que mirar mis manos.

Aquí, el rostro del padre Eugenio se ensombreció. Dijo en voz baja, como si hablara para sí: «¿Eso hizo?» Y empezó a pasear rápidamente, con grandes zancadas, las manos a la espalda y el cuerpo inclinado hacia adelante. Germaine le miraba ir y venir, una, dos, tres veces... Se echó atrás en el asiento, temerosa. Los pasos del padre Eugenio sonaban fuertes sobre las losas, se apagaban al cruzar la alfombra y volvían a resonar. Hasta que se detuvo: también inclinado y con gesto entre furioso y enojado. Le tembló la voz.

–Eso no lo tolero, ya lo creo que no lo tolero. ¡Pues no faltaba más!

Germaine se aplastó contra el respaldo del sillón.

—No le entiendo, padre. No sé qué quiere decir.

El fraile alzó los brazos al techo y gritó:

—Que Carlos te ha engañado. ¿Lo comprendes ahora? Carlos sabe de música más que de cualquier otra cosa; hubiera sido incluso un gran pianista si no le hubieran obligado a ser médico. Pero es todavía un pianista bueno, un hombre que toca todos los días durante dos o tres horas, y no ignora a Chopin, y puede mejor que nadie juzgar la calidad de tu voz. ¿Lo entiendes ahora? Miraba tus manos para estudiar tu técnica. Te ha engañado, y eso no lo tolero.

Se dejó caer en el sofá. Germaine había perdido el temor y, poco a poco, se aproximaba a él. Tendía las manos, interrogantes.

—Pero ¿por qué?

—Eso me pregunto yo. ¿Por qué? ¿Y para qué? Porque de una cosa sí estoy seguro, y es de que Carlos no se propone perjudicarte.

Germaine se pasó la mano por la frente.

—Cada vez lo entiendo menos, padre. Es decir, no entiendo absolutamente nada. Tengo la impresión cada vez más fuerte de haber caído en un mundo en que los locos andan sueltos por la calle, y en que los más locos son los que tienen que ver conmigo.

La voz del padre Eugenio se tiñó de melancolía.

—No estamos locos —dijo—. ¡Ojalá!

Escondió la cara entre las manos. Después miró a la ventana sucia, al poco cielo que se veía por ella.

—Ni Carlos ni yo lo estamos. Pero jamás lograré entender por qué Carlos se condujo de esa manera. Es bueno y cortés —se volvió a Germaine y añadió con pasión—: Le quiero de veras, y su compañía me ha hecho mucho bien. Sólo una persona me ha merecido más confianza que él en este mundo, y esa persona casi no pertenecía al mundo.

Empezó a buscar en los bolsillos y preguntó a Germaine si le permitía fumar. Ella dijo que sí.

—Jamás Carlos hizo ni dijo nada que anunciase esta conducta, sino todo lo contrario. ¿Cuántas veces habremos hablado de ti? Durante el verano, cuando yo descansaba del trabajo en la iglesia..., un día y otro hablaba de ti con entusiasmo, casi con amor. Por debajo de sus bromas, se veía que se consideraba un poco como tu padre, y que empezabas a ser para él algo así como una esperanza. Él, que jamás se preocupó del dinero, llegó a pensar en algún negocio para que tu herencia aumentase. Estaba dispuesto a sacrificar su vida por ti. Cuando alguna vez le dije que tenía que hacer en el mundo algo más que cuidarte, me respondió que, gracias a ti, iba a tener algo verdaderamente serio en que ocuparse.

Germaine hizo un gesto vago con la mano.

—Nada de eso concuerda con su conducta de ahora.

La mirada del padre Eugenio se apartó de la ventana y buscó una esquina sombría en que enredarse.

—No esperaba, no podía sospechar que te dedicases al canto. Esto le causó una desilusión —hizo una pausa—. Sí, eso tiene que ser...

—Bien. Pero estará usted de acuerdo conmigo en que no voy a renunciar a lo único que me importa en la vida por complacer a un hombre al que conozco hace una semana y que sólo por la ocurrencia de mi tía tiene que ver en mi vida. Suponga que mi tía hubiera hecho un testamento normal. ¿Qué sería Carlos para mí más que un pariente lejano al que se recibe de visita?

Se levantó.

—Quiero que usted me ayude a resolver mi situación, padre. Háblele a Carlos. No puedo permanecer aquí mucho tiempo más. Necesito volver a París, pero no puedo irme sin mi dinero. Tiene que haber unas razones que le convenzan, o quizá la autoridad de una persona... Juan Aldán me dijo que él podría...

—¿Aldán?

El fraile rió y negó con la cabeza.

—Él me lo dijo. Que tenía influencia sobre Carlos. Pero yo he pensado que usted, quizá, por su condición de fraile, y por su amistad, y por lo mucho que le quiere...

—Iré a verle esta misma tarde.

Lo dijo sin convicción, desmayadamente, mientras se levantaba; y añadió, ya de pie:

—Y tú también deberías hacerlo, ahora mismo. Habéis regañado, y vas a firmar las paces. Carlos es muy sensible: ya verás como se olvida de todo.

La cogió del brazo y la sacó al zaguán. Alguien había dejado abierta la puerta del claustro y entraba una luz violenta.

—La casa de Carlos queda de camino. El chófer sabrá llevarte. Te gustará: tiene una vista muy bonita.

Abrió el postigo, y el viento los sacudió. Volaba la capa del fraile y tiraba de él. Las manos, los brazos del padre Eugenio peleaban contra el viento y la capa. Germaine sonrió. Por fin, el fraile pudo sujetar la capa, recogerla sobre el cuerpo y agarrarla con los brazos.

—No digas a Carlos que has estado conmigo, ¿eh?, ni te des por enterada de su engaño. Y que no te note que has llorado.

El chófer, sin apearse, había abierto la portezuela y esperaba la entrada de Germaine. El viento barría la quintana, chocaba contra las esquinas, silbaba en remolinos.

—Iré, pero vaya usted a verme esta tarde, después de hablar con él.

El fraile esperó a que el coche arrancase. Levantó un brazo para decir adiós, y la capa, suelta otra vez, se hinchó, voló, le envolvió la cara. Tanteando, halló el postigo y entró en el zaguán. El chófer dijo algo sobre la pelea del fraile con la capa. Salieron a la carretera: grandes olas verdes rompían a un lado y a otro, trepaban por el talud, llegaban mansamente a la calzada.

Germaine miró la mar oscura, salpicada de salseros blancos. Allá al fondo, sobre el cielo limpio, se recortaba el perfil de unas montañas. Sacó del bolso una polverita y comenzó a borrar las señales del llanto.

La *Rucha,* en el asiento delantero, seguía charlando con el chófer. El motor apagaba sus palabras. Germaine corrió el vidrio de separación.

—¿Está muy lejos?

—No, señorita. Aquí a la vuelta.

Pasado un gran recodo, desde lo alto del cerro, se vio Pueblanueva, allá en el fondo: prisionera de los montes y las olas, apretada, y las torres, como si quisieran escapar.

—Al final de esta cuesta, señorita. Detrás de aquellos árboles.

Dejó de verse la villa. Los árboles quedaban a la izquierda, allá arriba, grandes, negros: asomaba entre ellos una esquina de piedra. Y la carretera empinada, llena de curvas, trepaba por el repecho del cerro, entre setos de zarzas quemadas por el frío. El coche refrenó la marcha, entró en una vereda estrecha, llena de baches, y el chófer se apeó y franqueó el portal de hierro. Árboles más pequeños hacían bóveda por encima del camino, descuidado, con ramas y hojas podridas en las cunetas.

Aquello daba tristeza.

El coche se detuvo y el chófer acudió a abrir la portezuela. Germaine descendió.

—¿Espero también?

—Sí, haga el favor.

Una plazoleta rodeada de magnolios y, al fondo, la fachada gris: gran portal, balcón de piedra, blasones. Y también hiedra, hendiduras, verbenas, y helechos en las junturas de los sillares. Germaine avanzó por encima del barro y de los charcos hasta el portón cerrado, que se abrió antes de llegar ella. Paquito, el *Relojero,* se quitaba la pajilla, hacía una reverencia.

—¿Viene a verle?

Ella retrocedió un paso y miró, temerosa, al chófer y a la *Rucha.*

—A don Carlos, sí.
—Espere que le aviso. Entre.
Los ojos bizcos del *Relojero* se movían furiosamente, del coche a Germaine, de Germaine al coche; pero sonreía.
—Entre.
—¿Y usted? ¿Quién es?
Paquito rió y se encasquetó la pajilla.
—¡Ji, ji! ¿No se lo dijo? Entre. Él estará arriba. Le avisaré.
Se coló antes que Germaine, subió rápidamente la escalera, sus pasos retumbaron lejanos. Germaine entró. En el chiscón del loco había una luz de carburo. Curioseó a través de los vidrios: la mesa, la yacija, el instrumental menudo. Todo limpio y en orden. No se dio cuenta de que el loco había regresado.
—Le está esperando. Venga. ¿Le gustan mis cachivaches? Soy el mejor relojero de Galicia, y también sé afinar pianos y entablillar un brazo roto. Suba. Yo le enseñaré el camino.
Fue delante. Se volvía cada tantos pasos y decía:
—Por aquí. Está en la torre.
Pero antes de terminar el pasillo la silueta de Carlos apareció contra la luz de una ventana remota. Entonces el *Relojero* dejó sola a Germaine y marchó corriendo.
Quedaba recorrer la mitad del pasillo. Germaine se detuvo y esperó. Carlos avanzaba hacia ella calmosamente, con las manos en los bolsillos y un poco inclinado, como siempre. No le vio la cara hasta que estuvo cerca. Parecía serio, quizá un poco ceñudo, pero le tendía la mano.
—Buenos días, Germaine. Bienvenida a mi cubil.
Inclinó la cabeza. Ella empezó a quitarse el guante, sin acertar.
—Deja el guante. No importa. ¿Qué prefieres? ¿El salón o mi leonera? El salón es éste. La leonera está al fondo. Hace frío en todas partes, pero puedo mandar que enciendan la chimenea.
—Es igual.

La puerta del salón estaba franca. Carlos pasó el primero y abrió las maderas de las ventanas. Entró una luz sucia, tristona.

—No tengas miedo. Los suelos bailan, pero aguantan.

Al caminar Germaine, tintinearon los cacharros de la consola. Miró a un lado y a otro. Grandes trozos de cal se habían desprendido de las paredes sobre la alfombra rota. Delante de una ventana, un girón de telaraña negreaba a la luz, cargado de polvo.

—Espera aquí. Voy a mandar que enciendan el fuego en otra parte. Estará en seguida. No te sientes, porque te helarás.

Salió y marchó hacia el fondo, dando voces. Se le oyó hablar. Germaine se acercó al balcón, limpió el polvo de un cristal, contempló el jardín descuidado, los grandes árboles violentamente sacudidos. Un ruido de la madera le hizo volverse. Entonces vio el piano, con la tapa abierta y un cuaderno de música en el atril. Se quitó los guantes y los guardó en el bolso. Carlos seguía hablando en un lugar inmensamente lejano, y el viento traía retazos de sus palabras; acaso aquella sensación de hallarse en una inmensidad fuese sólo efecto del viento. En todo caso, el piano respondía a un tamaño aceptado, a un tamaño usual. Adelantó una mano, pulsó una tecla. Después, tocó unas escalas, sin sentarse. Sonaba bien. Hojeó el cuaderno y leyó el título: *Pavane pour une infante...* Se retiró rápidamente, y la sensación de lo inmenso desapareció; su lugar lo ocupó el recuerdo del engaño, cuyas pruebas inmediatas se hallaban allí, en el atril. Rabiosa otra vez, se sentó y empezó a tocar fuerte, para que el viento, al llevar las notas de la *Pavane...* al final de la inmensidad, advirtiese a Carlos de que el engaño estaba descubierto. Después, se levantó. Encima del piano había el retrato de una mujer con moño alto y mangas de jamón, y, en una mesilla, el de un hombre que se parecía a Carlos: un hombre joven, muy elegante, con el hongo en una mano, el bastón y los guantes en la otra. Un gesto duro, apretado, afeaba el rostro de la mujer.

—Ven —dijo Carlos desde la puerta—. Ya está encendido.

—¿Y este piano?

—¡Ah, el piano de mi madre! Un trasto envejecido. Suena a todos los demonios. Aquí, todo está viejo, todo está podrido. Ven. Un día se hundirá la casa conmigo dentro.

La empujó hacia la habitación de la torre. El *Relojero* hurgaba en los leños, atizaba una llama débil.

—Ya conoces a Paquito, ¿verdad? Es mi gran amigo.

El *Relojero* se irguió y saludó. Los ojos bizcos, quietos, convergían en su propia nariz. Ella parpadeó y el *Relojero* hizo una mueca.

—La señorita me tiene miedo. ¿Sabe, don Carlos? Me lo tuvo en cuanto me vio.

Sonrió y se fue. Germaine no sosegó hasta que le vio desaparecer, hasta que Carlos cerró la puerta. Parecía más divertido y había desaparecido la hosquedad de su frente y su mirada. Al dirigirse a ella, su voz sonaba amablemente.

—Siéntate.

—¿Me permites curiosear?

—Si no hay más remedio...

Carlos se dejó caer en un sillón, cruzó las piernas y empezó a liar un cigarrillo. Germaine miró alrededor, se acercó a la mesa, tomó los libros: uno a uno, sin abrirlos, y leía sólo el título impreso en el lomo. Un volumen grande resbaló y cayó: Carlos alzó la cabeza.

—No importa.

Ella le contemplaba con ojos sorprendidos: Carlos estaba elegante en aquella actitud, con su cigarrillo, como si en la habitación no hubiera nadie más que él. Se parecía a su padre y no parecía él mismo. Y, sin embargo, nada había cambiado en él, ni siquiera la corbata, ni siquiera las arrugas del pantalón. Tenía los dedos largos, los dedos torcidos de los pianistas, y, fijándose bien, se movían con delicadeza, y el hecho de liar un cigarrillo llegaba a parecer una ocupación casi espiritual. No la miraba, y ella le veía de reojo, dejando que la mirada resbalase del lomo de un libro y se detuviese en el dibujo del labio, en la frente. «¿Cómo he podido pensar que es un patán?» Se sintió llena de temor y respeto, y, casi al mismo tiempo, se indignó de respetarle y temerle. Hizo un esfuerzo, arrojó el libro que tenía en las manos.

—¿Es pueril o diabólico, Carlos? —se apartó de la mesa, se echó hacia atrás, hasta alcanzar el apoyo del anaquel.

—¿El qué?

Acercaba el cigarrillo a los labios, humedecía el borde con la punta de la lengua, y la miraba como si no entendiera la pregunta.

—¿El qué? —repitió.

—Tus libros están en francés, en inglés y en alemán, y en tu piano hay una pieza de Ravel.

—Eso sólo quiere decir que a veces toco a Ravel y que entiendo esos idiomas.

Encendió, por fin, el cigarrillo y señaló a Germaine el sofá. Lo hizo con gesto amable, casi cortesano.

—Siéntate, te lo ruego.

Ella dejó el bolso y los guantes sobre una silla, pero permaneció de pie. No respondió a la cortesía de Carlos. Casi no la advirtió. Su voz tenía resonancias de ira contenida.

—Cuando toqué a Chopin dijiste que lo desconocías, y cuando hablé en francés, no diste señales de entenderlo. ¿Por qué?

—Si no te sientas, tendré que levantarme yo; pero de estas cosas se habla mejor sentado.

—No me siento.

Carlos se levantó perezosamente.

—Como quieras.

Metió las manos en los bolsillos, se encogió de hombros, dio un paseo corto. Germaine lo seguía con la mirada, muy abiertos los ojos. Carlos se volvió hacia ella, sacudió la cabeza:

—Hacer una cosa es fácil: basta seguir el impulso, responder a una situación con una ocurrencia espontánea, dejar libres las palabras y los movimientos. Como los niños y como los animales. Es muy hermoso. La conciencia lo estropea todo, hasta la manera de andar, y es natural que una persona demasiado consciente, una persona que piensa mucho lo que hace, se dé alguna vez el gusto de hacer algo sin pensarlo. Lo malo es explicarse luego. Aunque se quiera entenderlo y decir la verdad, siempre hay algo que, desde el fondo de uno mismo, gobierna los conceptos, y el gesto, y el tono. Uno quiere ser veraz, y lo es sólo a medias. Uno cree hablar de acuerdo con la conciencia, pero los poderes oscuros obligan a disfrazar las palabras.

Se había detenido junto a la mesa, un poco apoyado en ella. Antes de cada chupada, contemplaba con fijeza la punta del cigarrillo y hacía pausas.

—Hace ocho meses que te esperábamos, los demás del pueblo y yo. ¿Cómo podría explicarte las causas de esta expectación? Tendría que contarte antes la historia del pueblo y la de tu familia; tendría que describirte sucesos y personas, y aun así no quedaría claro. Admite el hecho de que esperábamos, de que te esperábamos a ti, aunque, a la postre, no fueses tú la esperada. Porque nadie sabía de ti, nadie sabía verdaderamente qué esperaba con el nombre de Germaine. ¿Cuántas veces se habrán preguntado los socios del casino cómo sería la francesa? Yo mismo me lo pregunté muchas veces. Tenía un retrato tuyo y unas cartas, unas cartas convencionales, casi impersonales, que yo creía de una chica ingenua, no de una mujer precavida. ¡Qué difícil era acertar! Cada cual te imaginaba a la medida de sus deseos y hasta de sus propósitos; pero estoy seguro de que para todos fuiste, durante ocho meses, un personaje romántico, una doña Mariana joven, un poco deformada por la lejanía y por vivir en París. Sí. El hecho de haber nacido, de haberte criado en París, influyó mucho en la imagen que nos hacíamos de ti. Incluyo la mía, naturalmente, que también era romántica. Sin embargo, nos preparábamos para tu llegada. Y yo me preguntaba: ¿cómo podré retener, encantar a esa niña cuando venga? Porque había que encantarte, había que transfigurar la realidad para hacerla digna de ti; si quieres, para hacértela habitable; una realidad casi poética, quizá dramática, en cuyo centro pudieras instalarte. Tenía que aprovechar las tardes de invierno. Las tardes de invierno son largas. Muchas veces tocaba el piano para tu tía, hasta que le entraba el sueño. Pensé que también podría tocarlo para ti, no para dormirte, naturalmente. Y me puse a estudiar con el mayor entusiasmo piezas francesas, porque esperaba que en esa casa tan francesa, la de tu tía, te sentirías mejor con música francesa, y que la música francesa me ayudaría a la transfiguración. Ravel, claro, y Debussy. Una chica francesa educada en un buen colegio no ignora a Ravel ni a Debussy.

Alzó la mano y detuvo una interrupción de Germaine.

–Espera. Ya hablarás, te lo ruego. Confieso que mi imaginación concibió una muchacha indefensa, asustada, acaso temerosa. La cara de las personas revela un poco su carácter, y me preocupaba la debilidad de tu mandíbula, esa mandíbula tuya tan poco enérgica, tan delicada. Me sentía dispuesto no sólo a encantarte, sino también a protegerte. En realidad, sólo estaba aquí para eso, sólo eso me detuvo durante ocho meses, porque al mismo tiempo, yo quería marchar, o, si lo prefieres, huir. El testamento de tu tía no me hizo feliz: echaba sobre mis espaldas una carga de deberes demasiado pesada. Lo natural hubiera sido rechazarla. Pero tu barbilla delicada, el temor a tu debilidad, me obsesionaban. ¿Qué harías tú sola en este pueblo de lobos, qué harían los lobos contigo? Tu tía no había dejado muchos amigos; los que la odiaban, te odiarían a ti, y te harían daño quienes no se atrevieron a hacérselo a ella. Evidentemente se producía, mientras se te esperaba, una conjuración de monstruos dispuesta a convertirte en víctima. Y aunque no me sintiese muy fuerte, sólo yo podría estar a tu lado. Me fui quedando, y, ya que no otra cosa, preparaba mis armas de encantamiento, que son muy pocas: el piano y la imaginación; pero que además no son armas que valgan para todo el mundo. Servían, eso sí, para la chica que yo había imaginado, porque quizá no me atreviese a imaginarte de otra manera; como eres, por ejemplo: una chica para la que no valen la imaginación ni el piano.

—¿Una estúpida?

—¡Oh, no, de ninguna manera! No lo he pensado jamás de ti. No imaginé un carácter, sino una situación, o, en todo caso, el carácter que convenía a esa situación. Hasta que te vi descender del tren y hablé contigo. Comprendí inmediatamente que me había equivocado. No eras débil, a pesar de tu barbilla, no había que protegerte, y sería difícil encantarte. Estabas hecha, quizá prematuramente, y tu mundo de ilusiones estaba repleto: no cabía ninguna nueva. Apeteces aplausos, triunfos, gloria, justamente lo que ni tu tía, ni yo, ni nadie de nosotros puede darte. No nos pertenecías ni por un deseo, ni por una esperanza. Tu padre, que no tenía nada propio, porque lo que le pertenecía, lo nuestro, lo había destruido, lo había convertido en máscara, te preparó para que apeteciese lo que tu madre había buscado y deseado. Hizo bien a su modo, y no tengo derecho a reprochárselo. Pero al hacerlo, te apartó de nosotros. Es curioso: en el momento en que yo lo adivinaba, cometiste un error. Te engañó, seguramente, mi chaqueta de pana, a pesar de ser nueva, a pesar de habérmela hecho sólo para ti. Mi chaqueta de pana es una vieja costumbre de estudiante. No me imagino ya con otra ropa. Pero a ti te engañó. Las corbatas de Juanito Aldán te parecieron más civilizadas. Deploraste en tu corazón tener que entendértelas conmigo y no con él. Cuando hablabas de tus estudios, de tus óperas y de tus futuros conciertos, te dirigías a él, y no a mí. Aldán no entiende una palabra de música, y yo casi no entiendo de otra cosa. Mi madre, ¿sabes?, quiso que tocase el piano porque lo consideraba un estupendo instrumento de éxito social, que a mí sólo me sirvió para mí mismo, para mi soledad, y algunas veces para personas amigas. Las hay que escuchan sin pensar que se debe aplaudir al final y que se preocupan sólo de que la música establezca una comunidad de espíritu, de emoción y de vida entre el que toca y el que escucha. Para ésas he tocado alguna vez, pero también, las más, para mí, y, en esta casa, para sus fantasmas. ¡Era tan gracioso ver cómo explicabas a Aldán lo perfecto de tu impostación, y cómo él fingía entenderte! Te hubiera decepcionado saber que sólo yo te entendía, y que cuando cantaste por primera vez... –hace unos días, el de tu llegada–, yo podía decirte si tu escuela y tu estilo eran buenos o no. Podía juzgarte.

Hizo una pausa. Germaine había bajado la cabeza y se agarraba las manos sin sosiego. Carlos empezó a pasear. Iba y venía, abría los brazos o los echaba a la espalda, movía las manos o las guardaba en los bolsillos.

–Además, te sentías superior, o quizá sólo lo necesitabas. Seguramente en París hay unas cuantas personas que admiran tu voz, que ven en ti a la futura diva triunfante. Y tu padre también te admira, como admiró a tu madre, que cantaba tan bien como tú. Pero París es muy grande, y cuando atraviesas la plaza del Tertre nadie se vuelve a admirarte, sino, todo lo más, a mirarte, porque eras muy bonita y caminas con majestad. La invitación a cantar en la iglesia te hizo feliz, y el estupor evidente de los que te escucharon, los aplausos, te hicieron sentirte ya como en la Ópera la noche de tu triunfo. Tuviste, desde aquel momento, garantizada la admiración de Pueblanueva. La conjuración de monstruos se desvaneció ante el encanto de tu voz. Era muy difícil que entonces te dijese: Has cantado muy bien, pero...

Germaine levantó la cabeza con furia.

–¿Es que no canté bien?

—¡Oh, sí! Maravillosamente. Por eso no podía decirte que no me gusta la ópera, que la encuentro aburrida y falsa, que es un género artístico inferior y que la voz humana, tu hermosa voz de mujer real, la considero digna de un destino mejor que divertir a los que pagan y aplauden. Todo esto te hubiera sorprendido, te hubiera asustado, te hubiera hecho perder la seguridad encantadora con que, hasta hoy, hasta ahora, te has movido entre nosotros. ¿Valía la pena decepcionarte también? ¿Qué más da que me tengas por un artista o por un patán?

Abrió los brazos y los dejó caer.

—Esta es la verdadera razón de mi engaño. Si es que puede llamarse engaño a lo que no fue más que una ocultación o, como diría un militar, un repliegue. Te pido perdón.

Germaine, ahora, le miraba y movía la cabeza. No, no, no. Carlos se sentó en el brazo de la butaca, dio al cigarrillo apagado una chupada inútil y lo arrojó a las brasas.

—Todo eso me parece innecesario, retorcido. Yo he mentido alguna vez por necesidad, ya lo sabes, porque nuestra vida fue muy dura y había que salir adelante, pero tu mentira es una burla. No puedo perdonarte. Eres malo.

A Carlos le temblaron los párpados, y sus dedos se encogieron rápidamente. Esquivó la mirada de Germaine.

—Quizá.

Ella se acercó, un poco inclinada hacia adelante, levantada la voz y conmovida.

—Y no es cierto que lo hayas hecho por cortesía, sino por rabia de que no fuese una pobre muchacha a la que enamorar tocando la *Pavana a una infanta difunta*. Es lo que te hubiera gustado.

—¿Enamorarte?

—Exactamente. No ignoro que mi tía, que no pudo apoderarse de mí en vida, proyectaba hacerlo después de muerta valiéndose de ti. Su testamento no es más que una trampa para que me case contigo.

Carlos castañeteó los dedos.

—Esta Clara, a veces, se va de la lengua. ¡Con un poquito de hipocresía sería perfecta! Hubiera preferido que lo ignorases. Aunque, sabiéndolo, el testamento resulta ya explicable. Tu tía, que despreciaba las leyes, sabía aprovechar la fuerza de las situaciones legales, y quiso hacer de mí tu guardián legítimo. De esa manera, tú y sus bienes estabais a cubierto.

Germaine hizo una mueca de incomprensión.

—Estamos, casi, en 1936 —dijo—. Las personas, al menos en Europa, se casan con quien quieren.

—Tu tía jamás pensó en obligarnos, ni siquiera en sugerirlo. Esperaba que, a estas alturas, se repitiese una situación remota: la de mi padre, enamorado de ella. Lo esperaba, lo deseaba y estaba casi segura de que sucedería. Quizá con eso pretendiera el pago de una deuda que nadie le reclamó, pero a la que se consideraba obligada.

Germaine se encogió de hombros.

—Es un curioso modo de meterse en las vidas ajenas.

Carlos asintió.

—Sí. Porque aunque no nos hayamos enamorado ni estemos dispuestos a casarnos, el caso es que la voluntad de doña Mariana ha influido en las nuestras e incluso ha llegado a transformarlas. La tuya, poniendo condiciones a una herencia; la mía, obligándome a quedarme en Pueblanueva, de donde ya me hubiera ido si no me sintiese en el deber de estar aquí y de hacer cumplir esas condiciones.

Aclaró:

—No me refiero, naturalmente, al matrimonio, que no es una condición, sino una finalidad tácita. No tenemos por qué volver a recordarla.

Germaine quedó un momento pensativa.

—Me he irritado un par de veces, y siento haberlo hecho. No es el mejor camino de llegar a un acuerdo. Porque deseo que lleguemos a un acuerdo.

Arrastró un sillón hasta la chimenea y se sentó. Hizo señal a Carlos de que se acercase.

–Si, como dices, la idea de nuestro matrimonio hace explicable el testamento; si ha sido pensado y redactado así para que nos casemos, al estar de acuerdo, como estamos, en que mi tía se equivocó acerca de lo que había de suceder, ¿no crees que el testamento se convierte en letra muerta?

Carlos la miró con inquietud.

–¿Adónde vas a parar?

–Una de dos: o usas de las facultades que el testamento te concede y lo pones todo en mis manos, por medio de la fórmula legal que sea preciso, o...

Se interrumpió. Carlos seguía observándola. Su pie derecho golpeaba los morrillos de la chimenea.

–... o rechazamos los términos del testamento y nos atenemos al codicilo.

–¡No!

La respuesta de Carlos fue casi un grito.

–¿Te da miedo? –le preguntó Germaine.

–Sí. Lo confieso.

–A mí no. Lógicamente contendrá unas disposiciones parecidas, aunque no condicionadas. Soy la única heredera de mi tía. Espero que en el codicilo sea más generosa contigo, y hasta lo encuentro natural. Si tanto te quería, y admito que te quiso mucho, allí constará claramente lo que consideró justo que pase a tu poder, pero, con la misma claridad, dirá lo que es enteramente mío.

Levantó la cabeza pausadamente. Volvía a sonreír con dureza, como si hubiese triunfado. Cruzó las piernas, bajó la falda y abrió los brazos.

–¿Quién sabe, Carlos? A lo mejor te conviene más poseer un poco que gobernarlo todo. Si de veras eres un artista, el cargo de administrador no es muy conforme con tus verdaderas facultades.

Carlos se sentó también. Sacó la pipa y empezó a jugar con ella. Mantuvo la cabeza inclinada, la mirada en las brasas del hogar.

—Tienes veintiún años, Germaine. Nada hay más torpe que un adolescente que se cree cargado de experiencia.

Se irguió rápido y apuntó a Germaine con la pipa, a guisa de pistola.

—Te hago una oferta: todo el dinero que pagaron por las acciones, más el que pueda quedar en la cuenta corriente, deducidos los gastos previsibles. El resto de la hacienda queda ahí, a mi cargo, hasta que pasen cinco años. Entonces, volvemos a hablar.

—No.

—Es mucho dinero, Germaine, más del que te autorizarán a sacar del país, y más del que necesitarás durante esos cinco años, por mucho que gastes, por grandes que sean tus necesidades. Pasa bastante, según mis cálculos, de medio millón. Si quieres, puedo también enviarte anualmente las rentas de lo que aquí queda.

—No.

—¿Por qué?

—Porque lo quiero todo. Y porque no deseo más relaciones contigo, ni que te sacrifiques administrando lo mío, ni que lo mío esté en tus manos. Me apetece la independencia.

Carlos guardó la pipa y hurgó en las brasas del hogar.

—Está bien. A tus intenciones pasadas unes la antipatía que he sabido ganarme a pulso en los pocos días que duró nuestro trato. No tengo nada que objetar —se levantó—. Diré al padre Eugenio que te acompañe a visitar al notario. Yo no tengo nada que hacer allí, porque yo no rechazo los términos del testamento. Lo haces libremente, conscientemente, porque eres una mujer de experiencia y sabes que tu tía te ha constituido en heredera universal, salvo el pequeño legado que me destine, porque me quería mucho. Son tus palabras.

Se volvió de espaldas, caminó hasta la ventana y estuvo allí unos instantes. Luego regresó.

—Personalmente te deseo la mejor suerte. Cuando tenga noticias de tu triunfo, cuando hayas paseado tu nombre cargado de gloria por los grandes escenarios internacionales, me dolerá el corazón por haber sido, durante unos días, un estorbo en tu camino. Ahora me duele sólo por mi torpeza, por haberme portado de tal modo que te lleves de mí un mal recuerdo. Sin embargo, no olvides que me debes tu primera noche gloriosa y que los primeros aplausos los escuchaste en mi compañía. Esto quizá te haga recordarme alguna vez.

Movió la cabeza, frunció la boca. Su mirada parecía vuelta al interior y hablaba como consigo mismo.

–Estoy adquiriendo ya mentalidad de fracasado. Me las compongo siempre para estropear la vida de los otros sin provecho alguno para mí. Y no lo hago voluntariamente, créeme, sino que es ya una especie de manera inconsciente de conducirme. ¡El daño que le habré hecho a Clara no queriéndolo hacer! Sin embargo...

Se encogió de pronto, como si se hubiera doblado sobre sí mismo, y quedaron sus ojos a la altura de los de Germaine, que le miraba con estupor.

–... Sin embargo, esto ha sido irremediable. Lo comprendí al verte en la estación, el día de tu llegada, cuando sacaste del bolsillo el inhalador y empezaste a usarlo. ¡Floc, floc! ¡Ya ves, un acto inocente, un acto vulgar! En aquel momento adiviné que las cosas entre nosotros no marcharían bien. ¿Por qué no habrás sacado el inhalador media hora más tarde, cuando ya te hubieras metido en mi corazón y todos tus actos me parecieran buenos? Fue un caso imprevisible de mala suerte o, si lo prefieres, de destino adverso. No tuyo, ¿eh?, sino mío. Mi vida está sembrada de actos como ese, pequeñeces que se agigantan en mi fantasía, que cobran significados anormales, que tuercen mi voluntad porque me crean presentimientos o temores irracionales a los que obedezco. Si fuéramos amigos, te contaría que estoy aquí a consecuencia de un sueño. ¡Cómo se reía doña Mariana cuando se lo explicaba! Soñé algo relacionado con esta habitación, con esa puerta, con mi padre, y aquel sueño me sacó de Berlín, de la compañía de una mujer que me facilitaba la vida y me hubiera facilitado también la muerte, y me metió en una danza todavía inacabada, una danza en la que entraste para ser protagonista y de la que vas a salir sin más que un papel secundario. Yo continúo bailando.

Había seguido encogiéndose mientras hablaba, y al terminar quedaba de rodillas. Se levantó de un salto y dijo:

–En fin, para terminar, ¿quieres que toque para ti la *Pavane*...? Es una pieza solemne y muy apropiada al caso.

Germaine se levantó también.

–No, gracias. Es tarde y hay una casa donde me esperan. Lo siento.

Carlos se adelantó a abrir la puerta.

–¡Oh, no lo sientas! No creas que soy un mago y que mi ejecución iba a embrujarte y quizá a retenerte aquí contra tu voluntad. Soy un pianista bastante vulgar, sin el menor poder de encantamiento. Los Churruchaos no somos seductores, salvo tú, con tu voz. Y tu voz no nos pertenece. Por cierto que...

La miró y una ráfaga de temor atravesó sus ojos.

–¿Qué?

–Nada, nada –se hizo a un lado y dejó salir a Germaine–. En esta tierra vemos brujas fácilmente y yo acabo de vislumbrar una, pero está muy lejos todavía.

Durante el almuerzo, don Jaime había pronunciado sólo las palabras indispensables, pero no había dejado de mirar a Germaine: una mirada cargada de asombro y de fatiga, una mirada sin brillo, casi sin vida, como lejana, como obsesionada. Doña Angustias, locuaz, servicial, no lo había advertido. Cayetano, sí, y también había buscado en el rostro de Germaine lo que su padre hallaba o recordaba. Para don Jaime, Germaine era el pasado: Mariana había sido así, la había visto así la primera vez que se habían hablado. Cayetano no le encontraba parecido con la Vieja, salvo en el aire y en la figura.

Tampoco hablaba apenas Cayetano. Doña Angustias había sacado a relucir la vajilla inglesa, los cubiertos de plata, el cristal de Bohemia, los manteles de hilo, y a todo se había referido y todo lo había puesto de relieve por si Germaine, distraída, no advertía su calidad y valor. Hacía la historia de cada cosa y recordaba la ocasión en que Cayetano se la había regalado, si tal santo o tal cumpleaños: porque todo era regalo de Cayetano, y también el comedor de caoba, y el juego de café, que ya lo vería, venido de Dinamarca, y tantas, tantas cosas más, que no podía enumerar, pero que ya tendría ocasión de ver algunas de ellas, al menos.

–No es porque esté delante, pero no hay en el mundo hijo más bueno que el mío. Aunque a usted le hayan dicho que es malo...

–¡Señora, por favor! Nadie me ha dicho nada y ya veo que son ustedes encantadores.

Cayetano aguantaba impávido. A veces sonreía a su madre o a Germaine, a cuya derecha le habían sentado. Le había servido vino un par de veces, instado por su madre... «Sírvele vino, hijo.» Y también le había servido una porción del enorme flan traído por la criada en recipiente de plata. «Una fuente preciosa, ya lo ve usted. Me la trajo de América cuando cumplí sesenta años. Es india, ¿verdad, hijo?»

–No, mamá. Peruana.

–¡Ah, bueno, para mí es lo mismo! Negros los de Cuba, indios todos los demás.

Les sirvieron el café en la salita de estar. Don Jaime quedó rezagado en el comedor y no volvió a comparecer. Doña Angustias se las compuso para sentar a Germaine entre ella y Cayetano. Y cuando la criada dejó sobre la camilla la bandeja con el servicio, repitió las alabanzas a la porcelana de Dinamarca.

–Usted también tiene muchas cosas como éstas, ¿verdad?, y mejores. Por lo que pude ver el otro día... Y la difunta de su tía tenía fama de que su casa estaba llena, como un huevo, de loza antigua y de plata –se inclinó un poco para mirar a Cayetano–: ¡Si vieras, hijo! El salón es una preciosidad. ¡Aquella lámpara y aquella alfombra!

–Ya los he visto, mamá, varias veces. El salón, y la lámpara, y la alfombra, y muchas cosas más.

–¿Se lo va a llevar todo? Porque es mucho lo que hay en esa casa.

–No, señora. ¿Cómo lo voy a llevar? No tendría dónde meterlo.

–Pues será una lástima que lo deje aquí. En las casas cerradas los muebles se estropean.

Germaine aclaró:

–Tampoco voy a dejarlo. Pienso venderlo todo.

Doña Angustias no manifestó más que una discreta sorpresa, expresada con un abrir de ojos y una inclinación de la cabeza.

–¿Venderlo? ¿Y la casa también?

–Todo. La casa, y las tierras, y cuanto no pueda llevarme. ¡Y es tan poco lo que necesitamos mi padre y yo! Para amueblar una casa pequeña no valen la pena muebles tan grandes y tan pesados. Pienso quedarme con las ropas, y la plata, y algunas chucherías bonitas que he visto por allí. Lo demás...

Doña Angustias volvió a inclinarse, volvió a buscar la mirada de su hijo.

–¿Tú oyes, Cayetano?

–Sí, mamá, y no me extraña. Si esta señorita no se queda en Pueblanueva, ¿para qué quiere tanto cachivache? Doña Mariana vivía de una manera que ya no se usa por el mundo. La gente, ahora, es más sencilla y no necesita palacios ni montañas de muebles.

–¡Ay, hijo, pero una buena casa es siempre una buena casa!

Doña Angustias se aproximó a Germaine y la cogió del brazo. En aquel momento Germaine se llevaba a los labios la taza del café. Vaciló y derramó un poquito sobre la falda.

Doña Angustias acudió en seguida a una servilleta. «No se preocupe.» Llamó a la criada, pidió un sifón y, con la servilleta mojada en agua de seltz, limpió repetidas veces la mancha. Cayetano la contemplaba sin pestañear, sin mover los labios ni la cara.

–Y dígame, ¿ya tiene usted comprador?

–No he hablado de esto con nadie más que con ustedes.

–Pues por ahí ya se dice que usted se marcha y que lo vende todo –intervino Cayetano.

–A mí también me lo dijeron en la iglesia. Y en seguida pensé que si se pone usted en manos de cualquiera perderá mucho dinero. Porque querrán aprovechar la prisa.

–Pero, mamá, ¿a quién conoces que tenga dinero suficiente...? Porque los bienes de esta señorita no valen cuatro cuartos.

–Sí, claro. Como tener, sólo nosotros...

Cayetano se echó atrás en el sofá y entornó la mirada.

–Tampoco nosotros lo tenemos, mamá.

–¿Cómo? ¿Qué dices?

Se le había cuajado el asombro en la cara y lo manifestaba, no a su hijo, sino a Germaine, como preguntándole: «¿Ha visto usted qué cosas se le ocurren a mi hijo?»

–Digo lo que has oído, mamá. Somos ricos, pero en esta ocasión no tenemos dinero. Nuestro dinero ha pasado, en buena parte, a esta señorita.

Se apartó un poco; luego se levantó, acercó una silla a la mesa y se sentó de modo que viera directamente a su madre y a Germaine y que ellas le vieran también. Empezó a liar un cigarrillo.

–Doña Mariana Sarmiento poseía ciertas acciones de nuestro negocio. Doña Mariana Sarmiento dejó dispuesto que se vendieran y que el producto de la venta se repartiera entre su sobrina y un señor que está en América. Carlos cumplió lo dispuesto en el testamento y yo compré. Me costaron mucho dinero, todo el dinero de que podía disponer.

Sonrió a Germaine y a su madre.

—Lo siento, pero no podremos comprar sus bienes.

—Pero... —doña Angustias temblaba— ¿no has dicho que somos ricos? ¡Somos dueños del astillero! ¡Y de muchas cosas más, Cayetano: casas y tierras! Has comprado lo de todo el mundo. No hace muchos meses compraste el pazo de Aldán, que es una ruina y no sirve para nada.

—Entonces todavía teníamos dinero.

Doña Angustias cruzó los brazos enérgicamente.

—No puedo creerte, hijo. Es como si me dijeras...

Cayetano dejó caer el brazo sobre la mesa. Tenía el cigarrillo en la mano y la ceniza se desprendió.

—Supongamos que los bienes que esta señorita quiere vender valen un millón de pesetas. ¿Quién duda que si las pido habrá quien me las preste? Pero el crédito de mi negocio me prohíbe pedir, ¿comprendes? Y mucho más ahora, que estamos en un aprieto.

Su mirada se detuvo en los ojos de Germaine.

—Porque nuestro negocio está en un aprieto. Sería largo de explicar, pero tiene que ver con la venta de esas acciones. Carlos lo sabe.

—¡Dios mío, Cayetano!

—En otra ocasión hubiéramos comprado de muy buena gana el palacio de doña Mariana con todo lo que tiene dentro. Y lo hubiera pagado en lo que vale, porque soy honrado en mis negocios.

Doña Angustias juntó las manos.

—Pero ¿ni el salón podremos comprar? ¿Aquella alfombra, y aquellos sillones, y la lámpara, y los retratos...? Esas cosas tan buenas no pueden ir a parar a cualquiera. ¡Con tirar un tabique, lo acomodaríamos en nuestra sala...!

Cayetano la miró con mezcla de ternura y dolor. Bajó la cabeza.

—Depende del precio. Quizá Carlos lo ponga todo muy caro.

Germaine preguntó bruscamente:

—¿Por qué Carlos?

—Sólo él puede hacer y deshacer..., tengo entendido.

—Espero que en este asunto no intervenga para nada.

Cayetano golpeaba la mesa con los dedos y aplastaba sobre el mantel las briznas de ceniza.

—Usted no es muy amiga de él, ¿verdad?

Germaine parpadeó y movió las manos nerviosamente. Bajó los ojos sin contestar.

—Lo comprendo. No es fácil hacerse amigo de Carlos. Tiene un extraño carácter. Sin embargo...

Calló también. Su madre había enlazado las manos, recogidas contra el pecho, y no dejaba de mirarle, incomprensiva.

—... Tiene eso que se llama un fondo noble. Me consta que con el dinero de usted pudo haber hecho un buen negocio, un negocio limpio y seguro...

Germaine interrumpió:

—¿Con mi dinero?

—¿Por qué no? Legalmente pudiera haber hecho eso o cualquier otra cosa. Estaba autorizado por el testamento. Y se negó a tocarlo...

Cayetano apartó la silla y se levantó.

—Yo no lo apruebo. Ese dinero, él lo sabe, hubiera evitado un peligro, hubiera permitido hacer frente a una posible situación de paro en el pueblo. Quizá usted no pueda comprender que el cierre de los astilleros sería una catástrofe. Pueblanueva del Conde vive de los jornales que pago todos los sábados. Sin usted, estoy seguro de que Carlos Deza hubiera obrado más razonablemente.

Se apoyó en el respaldo de la silla, un poco inclinado hacia Germaine.

—No entenderá usted mi manera de pensar. Y si le digo que soy socialista, quizá tampoco lo entienda. Usted es una cantante, vive en otro mundo, en un mundo en que todo es lujo, en que se vive del dinero que sobra a los ricos. Para usted el dinero será algo de uso estrictamente personal. Reconozco que doña Mariana pensaba lo mismo y no me extraña en absoluto que usted lo piense. Pero Carlos sabe que el dinero tiene obligaciones, y las hubiera cumplido si no se creyera más obligado a usted. Es un caballero, es decir, un hombre que razona sólo hasta cierto punto, pasado el cual, obedece a ciegas a unos principios de conducta cuya bondad o maldad no se paró a pensar. Pero yo soy un hombre de negocios...

Se irguió y miró el reloj.

—Tengo que marcharme. Mis astilleros no funcionan sin mí, ¿comprende? Sepa, sin embargo, que ese dinero que usted va a llevarse, y el otro que se llevará un señor que vive en la Argentina, servían para crear riqueza. Usted, seguramente...

Hablaba en tono seco, cada vez más seco. Su mirada tropezó con la de doña Angustias, suplicante. Se interrumpió.

—Bueno. ¿A qué viene todo esto? Usted no entiende de negocios.

Le tendió la mano.

—He tenido mucho gusto en conocerla. Espero que la veré antes de marcharse.

—¡Oh, claro que la verás! Esta misma tarde. Germaine se va a quedar aquí, a merendar conmigo y con otras amigas, y seguramente querrá cantar algo... ¿Verdad que cantará para nosotros?

—Si a ustedes les agrada...

—¡Naturalmente! Y Cayetano la escuchará. A la hora de la merienda, ya lo sabes.

Esperó a que Cayetano saliera. Inmediatamente se volvió a Germaine y la agarró del brazo.

—No haga caso a mi hijo. Es bueno como el pan, pero los negocios lo traen muy preocupado. Y en cuanto a comprar, ya hablaré yo con él. Sería la primera vez que negase lo que su madre le pide.

Cuando Paquito vino a traer recado de que el padre Eugenio acababa de llegar, entró en la habitación de la torre con un ataque de risa y tardó unos minutos en decir a qué venía. Por fin, lo dijo, y explicó que el fraile le daba risa sin poderlo remediar; le daba risa por lo serio y por lo fúnebre y también porque todos los eclesiásticos le daban risa, unos más que otros, y éste más que ninguno.

–Es cuestión de las sotanas, don Carlos, y no por nada malo. ¿Por qué coño les gustará vestir de faldas? Si, además, llevan pantalones por debajo. Hoy se le ven al fraile; se conoce que anda con la sotana subida.

Salió pitando. La casa retumbó de sus zancadas y el temblor se perdió en el fondo del pasillo. Carlos estaba sentado junto al fuego, metido en sí. Se levantó rápidamente y se situó en el hueco de la ventana, contra la claridad que venía del sol vespertino, una claridad que doraba el aire de la habitación y el banco de las paredes. Esperó allí a que el fraile llegase. Cuando le vio aparecer al cabo del pasillo, le espetó:

–¿Con qué pelea San Jorge esta tarde? ¿Con lanza o con espada?

El fraile entró y cerró la puerta. Echó la capa en el sofá y quedó de pie, mirando la silueta oscura de Carlos y un poco deslumbrados sus ojos.

–No vengo a pelear, sino a razonar.

–La leyenda no dice que el dragón fuera un ente razonable, sino terrible. Un personaje instintivo y fogoso, sin la menor idea de la justicia.

–Pero usted la tiene.

–Eso he creído siempre. Cuando niño también me creía guapo, porque mi madre me lo llamaba a todas horas. Sin embargo, a la vista está que no lo soy.

Abandonó el hueco de la ventana riendo y empujó al fraile hacia un asiento junto a la chimenea.

—Ande. Siéntese y tome algo. Hace mucho frío y nosotros vamos a tener, probablemente, una acalorada disputa. Un poco de aguardiente nos dará el calor.

El fraile se sentó.

—¿Por qué bromea?

—Para desarmarlo, padre. Le tengo muchísimo respeto y, además, conozco la debilidad de mis defensas —trajo el aguardiente y copas—. Créame: ninguna diosa bajó al infierno a robarlas para mí. En cambio, las de San Jorge son siempre armas celestes.

Sirvió el aguardiente y dejó sobre la mesa un paquete de cigarrillos. El fraile cogió uno y se inclinó para encenderlo en una brasa. Carlos echó un trago.

—Si quiere café, puedo pedirle al loco que nos lo haga. Ya conoce el intríngulis de la cafetera.

—No, gracias.

—Entonces, empiece. ¿Qué le ha contado la niña? ¿Qué quejas tiene de mí? ¿Le parece poco lo que le ofrezco y lo quiere todo? Acerca de eso ya le di la respuesta. ¿O es que está arrepentida?

El fraile puso cara de extrañeza.

—No lo entiendo.

—¿No viene usted mandado por Germaine?

—¿Quién se lo dijo?

—A cualquiera se le ocurre, después de la escena que tuvimos aquí mismo esta mañana.

—¿Es que se han peleado?

—Pelear, exactamente, no. Pusimos las cartas boca arriba y, al final, quedamos de acuerdo, pero no amigos. Si usted hubiera llegado con otra cara, pensaría que venía a concretar ciertos detalles. Pero la cara que usted traía parecía más bien de reprimenda. Llegó usted revestido de armas resplandecientes y me dio miedo.

—¿Por qué la ha engañado?

Carlos empezó a reír. Riendo, encendió su cigarrillo y no respondió hasta haberlo chupado un par de veces.

—¡Ah! ¿Es sólo por eso?

—Me parece un acto..., ¿cómo le diría?

—Inmoral. ¿O prefiere usted vil? Quizá. Pero sólo desde su punto de vista.

—No desde mi punto de vista, sino desde el de Jesucristo. «El que llama *raca* a su hermano, reo es del infierno.» Llamar *raca* es despreciar, y todo el que desprecia...

Carlos alzó las manos.

—Ya sé. Me lo contó usted el otro día: la doctrina angélica del padre Hugo y todo lo demás. Pero yo no he despreciado a Germaine, puede creérmelo, ni he intentado burlarme de ella. Sólo pretendí ponerme a tono, y no por nada, sino por razones de equilibrio. Lo que siento de veras es no haber podido invitar al pueblo entero, usted incluido, para que conmigo ofreciesen a Germaine una representación gigantesca. Algunas de las personas con que trató, singularmente, debieran haberse enmascarado. Pienso, por ejemplo, en Clara Aldán. Clara Aldán lleva su drama a flor de piel. Sé que han hablado una o dos veces, y me alegro de no haber estado presente. El contraste habrá sido demasiado violento. Y esta tarde, en casa de Cayetano... ¿Cómo se habrá portado el ogro? ¿Se habrá dado cuenta de que no debía mostrar las uñas, porque sus uñas son demasiado dramáticas? Aunque es posible que me equivoque. Germaine es tan enérgicamente vulgar, que su vulgaridad arrolla, contagia, lo domina todo, todo lo vulgariza. Quizá Cayetano se haya olvidado de que es el ogro y se haya portado con ella como un correcto dependiente de comercio. ¿Quién sabe? La fuerza de la vulgaridad es mucha y Germaine la lleva en la punta de los dedos como una carga eléctrica.

Se enderezó en el asiento y alargó contra el fraile un índice extendido.

—Juzgue por usted mismo, padre. Su situación ante Germaine debería haber sido, al menos para usted, tremendamente dramática. Ella es la hija de quien es, etcétera. Pero dígame la verdad: ¿lo recordó usted una sola vez desde que la conoció, desde aquel momento emocionante en que se encontraron y se hablaron en francés? ¿No resultó, más bien, que se sintió atraído al terreno de ella y, sobre todo, al problema de ella?

Dejó caer el brazo.

—Germaine es vulgar y yo me he puesto a tono: eso fue todo. Confieso, sin embargo, que un par de veces he intentado sacarla de su terreno y traerla al nuestro. Por obligación moral, ¿me entiende?, a sabiendas de que no conseguiría nada. Y nada conseguí. Su fuerza es enorme. Si se quedase en Pueblanueva transformaría al pueblo, lo haría apacible sólo con cantar los domingos en la plaza pública el aria de *La Traviata*. ¿Qué estará pasando ahora mismo en casa de Cayetano? ¡No quiero pensarlo, padre Eugenio! Pero si Germaine canta delante de él, habrá que replantear la situación en Pueblanueva y considerar ese importante factor. Cayetano domado, mejor dicho, vulgarizado por la música de Verdi. ¿Será posible? Y sobre todo, ¿bastará con una sesión, o hará falta que Germaine prolongue unos días su estancia y repita la visita al astillero?

Se levantó. El padre Eugenio le había escuchado sin mirarle. Carlos se acercó a la mesa cargada de libros, se apoyó en ella y movió las manos, como enlace mudo de sus palabras.

—Y no crea usted que desprecio la vulgaridad. ¡Dios me libre! La vulgaridad es muy aconsejable y son muchos los que la proponen como remedio de los males humanos. Pongamos el caso de usted y el de Germaine: usted no es feliz, usted sufre, y ella también sufre y tampoco es feliz. Pero si se lleva consigo un millón de pesetas dejará de sufrir y de ser desdichada. A usted, en cambio, nada de este mundo podría remediarle. Porque usted no es vulgar y ella sí. Imagine ahora que todos los dolores de la humanidad fuesen dolores vulgares, dolores curables con dinero o con algo que puede hallarse y tenerse. ¿Quién duda que habría más felicidad y que podríamos esperar ser todos felices algún día? Usted, y yo, y Clara, y hasta Cayetano. Los apóstoles del futuro predicarán la vulgaridad obligatoria y los políticos la impondrán por la fuerza de una pedagogía debidamente orientada. Y en ese mundo, que ya empieza a existir, que ya existe en parte desde siempre, Germaine será estrella, una estrella a escala internacional, pasajera de los grandes transatlánticos, huésped de los grandes hoteles, cliente de los grandes modistos y, si hace falta para mantenerse en la primera fila de la actualidad, protagonista de los grandes escándalos.

Quedó con los brazos alzados por encima de la cabeza, tensos, y las manos crispadas. El fraile no se había movido, ni le movió el grito final. Poco a poco la tensión de los brazos se fue aflojando, y la del rostro, y los bajó hasta dejarlos caer. El fraile, entonces, se levantó y se acercó a Carlos.

—Muy bien. Y del dinero, ¿en qué han quedado?

Carlos se abrochó la chaqueta y ocultó las manos en los bolsillos.

—Tendrá que ir usted con ella al notario. Quiere que se abra el codicilo.

—Y usted, ¿no va?

—No. Yo ahora estoy conforme con el testamento y le hice una oferta que rechazó. Claro que también puede ir ella sola, o con su padre, pero no me parece conveniente. Es mejor que la acompañe usted por varias razones, entre otras, porque usted es su único paladín.

El padre Eugenio le echó la mano a un hombro y lo atrajo afectuosamente.

—Está usted dolido, Carlos, pero injustamente. Cada cual es como es, y no tenemos derecho a preguntar al cielo por qué no hace a las gentes a la medida de nuestro gusto. Sobre todo, cuando, como en el caso de usted, es el gusto de un esteta incorregible. Porque usted es un esteta y a mí me gustaría que fuese un ser normal capaz de respetar a los demás como son, ya que no puedo hacer de usted un hombre religioso que vea a los demás como criaturas de Dios, como seres en los que Dios palpita y arde. Ahora bien: lo que no debo permitir es que su disgusto influya en el arreglo de la situación de Germaine. Olvide su vulgaridad y ofrézcale una solución justa.

–Esta mañana le propuse entregarle todo el dinero. Casi medio millón de pesetas, o quizá más. Y ha dicho que no.

Encogió el torso y bajó la cabeza.

–No lo ha dicho, o al menos a mí, pero supongo que su inmensa vulgaridad le hace creer que me muevo por interés, y usted sabe que no es así.

Volvió a erguirse e hizo frente al fraile.

–Me opongo a que se venda la casa de doña Mariana, a que se vendan sus objetos. Me opongo porque, en conciencia, creo que el dinero ofrecido a Germaine es suficiente para sus necesidades y que no le frustraré la carrera si impido esa venta. Me opongo mientras pueda hacerlo. Ahora bien, si los términos del codicilo la autorizan...

Se encogió de hombros y sonrió.

–Vaya usted con ella, vean al notario. Mañana mejor que pasado. Yo me desentiendo de todo. Y no pierda el tiempo en explicarle que mis motivos son honrados y que, aunque no lo crea, soy un caballero. Su opinión me importa un bledo.

–¿Por qué la desprecia, Carlos?

–¿Yo? ¿Despreciarla yo?

Dio rápidamente la vuelta, corrió a la ventana y se quedó allí. El fraile permaneció quieto unos instantes; luego, sin hacer ruido, abrió la puerta y salió.

Por encima de las colinas, más allá de la ría, caía el sol, y el dorado de su luz se hacía púrpura. La mar se había oscurecido y parecía tranquila. Los árboles del jardín estaban quietos; pero, allá hacia el Suroeste, asomaban nubes blancas de niebla que resbalaban por las colinas.

—Sí. Mañana va a cambiar el tiempo. Está ahí la niebla.

El *Relojero* hablaba desde la puerta y su mano agitaba un papelito verdoso. Carlos fue hacia él.

—¿Qué pasa ahora?

—Trajeron esto.

Era un telegrama. Carlos lo abrió apresuradamente.

«Lucía muerta. Estoy desconsolado. Llegaremos mañana.»

Y firmaba: «Baldomero».

La sirena del astillero sonó a las cinco y media. Cayetano se hallaba en un extremo de las gradas, bajo la popa: los obreros montaban las hélices. Al sonar la sirena siguieron trabajando. Cayetano les rogó que terminasen la tarea y pasasen luego por la oficina a cobrar un extraordinario. Le dieron las gracias. Llamó a un turno de retén y mandó que trajesen luces, y a un guarda encomendó que fuese a la cantina y encargase vino. El conserje llegó diciendo que la señora le esperaba.

—Dígale que tardaré un poco, que vayan merendando.

Esperó la llegada del vino y bebió un vaso con los trabajadores. Después pasó por la oficina y dio algunas órdenes. Martínez Couto le dijo que la señora había vuelto a preguntar por él.

Entró en su despacho y se encerró por dentro. Se sentó en un sillón, encendió un cigarrillo, que apagó apenas encendido. Tenía la boca seca y la cabeza revuelta. Se levantó, se sirvió un whisky y bebió un trago. Ardía un buen fuego en la chimenea, llamas largas y fulgurantes de un tronco hecho ascuas: lo golpeó con el hierro y se desprendieron fragmentos rojizos, casi transparentes, que caían en la ceniza y oscurecían. De un costado del tronco brotó, de pronto, una llama más blanca que las otras, como un chorro de fuego, y hacía ruido como si el tronco resoplase por aquella grieta; hasta que se agotó el palito y el chorro quedó reducido a una llamita débil, asumida inmediatamente por las otras. Cayetano, de pronto, dio una patada a los morrillos y los derribó sobre el hogar. Bebió otro trago. Del fuego alborotado ascendían vahos calientes. Apagó las luces y abrió una ventana; vio por la rendija, allá lejos, en medio de un espacio iluminado, el ajetreo de los que montaban las hélices, y sombras que iban y venían alrededor. Llegaba de la mar un aire fresco que sorbió ávidamente. Sonó el timbre del teléfono y lo dejó sonar.

A aquella hora, en aquel instante, estarían reunidas, alrededor de Germaine, las amigas de su madre. Doña Angustias la tendría sentada a su derecha, y le enviaría sonrisas y zalemas, y le recomendaría este bollo o aquel pedazo de bizcocho, los mejores. Seguramente, Germaine habría cantado ya, y su madre, y las señoras, y quizá también las criadas, estarían como bobas y se comunicarían en voz baja su admiración por la francesa. Las veía, casi las oía cuchichear, intercambiar exclamaciones de asombro por lo bonita que era y por lo bien que cantaba.

A su madre y a todas sus invitadas doña Mariana las había despreciado.

Sentía su corazón hundido, pero en calma. Podía pensar fríamente, aceptar la realidad: «La puñetera Vieja me ha vencido. Le quedaba en el mundo esta mema con voz bonita para humillar a mi madre y humillarme a mí». ¡Había dicho, había pensado tantas veces que también Germaine pasaría por su cama, como las otras...! Y aunque después había dejado de decirlo y de pensarlo, aunque incluso había dejado de desearlo, ahora, al ver cómo su madre olvidaba las ofensas y agasajaba a Germaine y reconocía con su conducta la superioridad de aquella muchachuela, el viejo pensamiento renacía y urgía como un deber: urgía, apremiaba en vano, porque la francesa apenas se había fijado en él, porque nada en la conducta de Germaine hacía presumir que pudiera conquistarla y obtener de la conquista el triunfo que lo pacificaría para siempre, que le haría olvidar. ¡Y la había tenido por segura, había llegado a imaginar con qué palabras contaría en el casino los detalles de su victoria!

Cerró de golpe la vidriera. En los paneles brillantes de las paredes bailaba el reflejo de las llamas, y una luz difusa, agradable, llenaba el despacho. Lo atravesó hacia una puertecilla lateral y salió por ella a una escalera. Empezó a subirla, se detuvo, siguió subiendo. Al llegar al pasillo oyó, tras la puerta de la salita de estar, rumor de voces, algunas risas. En puntillas se acercó a su cuarto, abrió con sigilo, entró y cerró. Sin encender las luces empezó a cambiarse de ropa. Cuando estuvo vestido recordó que había traído consigo el vaso de whisky y lo apuró. Buscó a tientas, en el armario, una gabardina y se la echó al brazo. Alguien caminaba por el pasillo, quizá la criada. Se quedó quieto, hasta que los pasos se alejaron. Entonces salió. Al fondo, detrás de la puerta iluminada, le esperaban. Se sintió tentado de entrar, de sumarse al cortejo de Germaine y hasta de preguntar a su madre si verdaderamente quería que hipotecase los astilleros para comprar los bienes de la Vieja. «Sí, mamá: tenemos que hipotecar nuestro negocio y, además, dejar que la gente pase hambre.» Doña Angustias no lo comprendería nunca y tampoco podría comprender que su hijo, en aquel momento, huyese sin hacer ruido sólo por no estar otra vez delante de la francesa callado como un buen chico.

En el garaje, el chófer charlaba con un guarda-almacenes. Se levantaron al llegar Cayetano.

–¿Qué haces aquí?

El chófer aplastó la colilla del cigarro contra la pared de cemento.

–La señora me mandó esperar. Tengo que llevar a alguien a su casa.

—Cuando te llame, le dices que el coche me lo he llevado yo.

—Sí, señor.

Se metió en el automóvil y abrió el conmutador: el garaje se iluminó. El guarda-almacenes y el chófer abrían la puerta. Cayetano iba a poner el motor en marcha, pero se detuvo. El guarda-almacenes y el chófer, uno a cada lado de la puerta, esperaban su salida. Cayetano apagó los faros y descendió.

—He cambiado de opinión. Cuando hayas terminado, traes el coche al garaje y llenas el depósito. Echa un vistazo al motor, de paso, y luego puedes marcharte.

—¿Saldrá el señor de viaje?

—Quizá.

Olvidaba la gabardina en el automóvil y la recuperó. El guarda-almacenes le ayudó a ponérsela.

—Si alguien pregunta por mí, no me habéis visto.

—¿Aunque sea la señora?

—Aunque sea la señora.

La misma orden dio al vigilante de la puerta.

Había caído sobre Pueblanueva una niebla opaca y fría. Los grandes focos que alumbraban allá arriba la entrada del astillero parecían distantes, perdidos en las nubes. Cayetano se subió el cuello de la gabardina, bajó el ala del sombrero y echó a andar pegado a la tapia de la factoría, hacia arriba, hacia el pueblo. Entró por una calleja de casuchas bajas y blancas apenas alumbrada. Tropezó con una mujer que salía de casa. Se apartó.

—¡Bien podía mirar por dónde camina! ¿En qué irá pensando...?

Todavía dijo la mujer algunos denuestos más y explicó a una vecina que ya no se podía salir de noche a la calle, y que los hombres de ahora no tenían educación.

En el ámbito oscuro de la plaza la niebla había espesado. Las torres, los soportales, la balconada del Ayuntamiento, perdían sus perfiles y se fundían en una masa negruzca y húmeda, uniforme, sin relieve. Al entrar Cayetano en la plaza se encendieron las luces y la niebla se animó de resplandores impotentes. Parecía vacía. Las suelas de goma resbalaban en las losas del empedrado.

Se detuvo a encender la pipa y avanzó bajo los soportales. A la puerta de la estación de autobuses un montón de fardos estorbaba el camino. Salió a la plaza y volvió a meterse por el soportal siguiente. La tienda de Clara lanzaba al suelo un rectángulo alargado de luz, un poco alterado en los bordes por la sombra de los géneros colgados en el quicio. Se detuvo ante la puerta, con las manos en los bolsillos y la cabeza levantada. No se veía a nadie. Entró. Clara, más allá del mostrador, cosía. Levantó la cabeza, vio a Cayetano y saltó del asiento.

—¡Satanás en persona!

Cayetano se acercó al mostrador y se apoyó en los codos. Sostenía la pipa entre los dientes, un poco ladeada hacia la izquierda.

—Buenas tardes.

Clara, con brazo enérgico, señaló la salida.

—¡Ya estás largándote a la calle!

—Es una tienda, ¿no? Puedo venir a comprar... o a ver qué tienes.

Clara, erguida, seria, le hacía frente con mirada dura. Dejó caer el brazo y adelantó un paso.

—Pues compra lo que quieras, pero pronto.

—No tengo prisa.

—Entonces, quítate el sombrero. Mis visitas suelen ser bien educadas.

Cayetano dejó el sombrero encima del mostrador.

—Ya está. ¿Y ahora?

—Tú dirás.

—¿No me ofreces asiento?

—No.

Cayetano cruzó los brazos, sonriendo.

—No vengo a comerte.

—No me dejaría.
—Quería ver esto, ¿sabes? Curiosidad por saber qué habías hecho con mi dinero.

Ella se encogió de hombros.

—Con el mismo derecho puedo preguntarte qué has hecho de mi casa.
—No me sirve para nada.
—Ni te obligué a comprarla ni te pedí que la comprases. Más bien fuiste tú quien me obligó a venderla.
—Eso no la hace más útil.
—Pues si esperas un poco, cualquier día te la vuelvo a comprar.
—¿Tanto ganas?
—Me defiendo.

Cayetano golpeó la pipa en la arista del mostrador. Cayeron al suelo cenizas y briznas de tabaco encendidas.

—Pasaba por aquí y se me ocurrió hacerte una visita. Recordaba que la última vez que nos vimos no estuviste muy amable y entré con precauciones.

Clara levantó hasta la cara la mano derecha y miró a Cayetano a través de los dedos abiertos; luego la cerró con fuerza.

—No sé qué tiene que le gustan las bofetadas.

Cayetano quiso agarrársela y Clara la retiró. «¡Quieto!» La mano de Cayetano, sin presa, se movió interrogante.

—Para las caricias, ¿es tan diligente?
—En eso le falta práctica.
—No lo dice la fama.
—¡Si fuéramos a hacer caso de lo que se dice de ti y de mí!
—Luego, ¿no crees en mi reputación?
—Alguna exageración habrá. Como en la mía.
—Somos dos incomprendidos.
—Puede...

Cayetano volvió a acodarse al mostrador y ella se retiró un poco. Metió las manos en los bolsillos del mandil y se apoyó en el anaquel. Cayetano la señalaba.

Capítulo 6

–Estás muy bien vestida. ¡Quién te lo diría hace un año! Daba pena verte. Parecías...
–Lo que parecía, te lo callas, y no me lo recuerdes.
–Perdona.
–Y dime a qué has venido.
–Ya te lo dije.
–No te creo. Y no quiero que te vean de palique conmigo.

Cayetano se enderezó y buscó tabaco en los bolsillos. Mientras encendía un cigarrillo, dijo a Clara, un poco inclinado el rostro:

–¿Quieres de verdad saberlo?
–Si no te vas en seguida, sí.

Cayetano arrojó la cerilla a la calle.

–¿Conoces a tu prima?
–No es mi prima.
–Bueno. Sois de la misma camada. La conoces, ¿verdad? Una superferolítica remilgada que dicen que canta bien. Pues le vengo escapando. Y se me ocurrió pasar a verte.
–¿Para qué?

Cayetano cruzó los brazos y recogió el cigarrillo con la mano derecha.

–¿Quieres venir conmigo a La Coruña? Te convido a cenar y a bailar.

Clara, sin moverse, silabeó la respuesta.

–Estás equivocado.

Él sonrió y echó una bocanada larga; el humo se disolvió en el aire antes de alcanzar a Clara. Cayetano se apretó contra el mostrador.

–No hay nada malo en que aceptes la invitación de un amigo. Y si lo haces por tu reputación –hizo una pausa levísima–, nos citamos a la salida del pueblo y nadie se entera.
–Es que yo no soy tu amiga.
–Bien, pero todo tiene arreglo. ¿Te ofendí una vez? Te pido perdón. Y como tú no me guardas rencor...

Clara le interrumpió.

—Eso es cierto. No te guardo rencor.
—¿Ves? Sin rencor, sin mala voluntad, dos personas como nosotros pueden llegar a mucho.
—¿Llegar a qué?
—A ser buenos amigos.

Clara, de pronto, se echó a reír.

—¿Es así como engañas a tus víctimas? ¡Buenos amigos! —se acercó al mostrador, mirando de frente a Cayetano, y golpeó la madera pulida con las palmas de la mano—. Las cosas claras. Vienes a proponerme que me acueste contigo y te digo que no.

Cayetano aguantó la mirada, el cigarrillo entre los dientes y una sonrisa leve, un poco cínica, en las comisuras de los labios.

—¿Soy acaso peor que otros?
—Tendrías que ser mejor que todos.
—No veo razón para que me exijas más.
—Soy la que puede hacerlo, ¿no?
—Es que suelo dar mucho.
—Nunca bastante para mí.

Cayetano, de un movimiento rápido, la sujetó por las muñecas.

—Has dicho que las cosas claras.

Ella no hizo fuerza. Le miró a los ojos y dijo tranquilamente:

—Suéltame.
—¿Gritarás?
—No, porque vas a soltarme.
—¿Y si no lo hago?
—Me darás asco.

Cayetano aflojó la presión de los dedos.

—Estoy acostumbrado a que me tengan miedo; pero eso no me lo había dicho nadie todavía.
—Tampoco te lo diré yo, si me sueltas —Cayetano retiró las manos con parsimonia—. Así es mejor. Y sin insultos.

Las manos de Clara no se apartaron del mostrador. Las juntó, una encima de otra, con seguridad.

–Bien. Ahora, si has terminado ya, márchate. Tengo que cerrar.

–No he empezado todavía –arrojó violentamente al suelo la colilla y la pisoteó–. No he empezado...

–¿Por qué no te atreves? Muy bien. Si quieres, lo hago yo por ti. A ti te pasó algo con la francesa y vienes a que yo pague los platos rotos.

–¿Por qué supones eso?

–Hace ocho meses que he puesto la tienda y no se te ha ocurrido venir a ella hasta hoy. Me has visto mil veces sola por ahí y no te acercaste. ¡Qué casualidad! Lo haces la tarde del día en que mi prima, como tú dices, ha comido en tu casa; el día en que todas las comadres de Pueblanueva están haciendo cábalas acerca de lo que pasará y de si pasará... ¡Está bien claro, hijo mío! Debieron de salirte mal las cosas cuando vienes a batir la luna conmigo.

Dio un golpecito a Cayetano en el hombro.

–¿Qué? ¿Te ha dicho que no? ¿O es que tu madre no te permitió insinuarte?

Rió brevemente y golpeó de nuevo el hombro de Cayetano.

–Hazme caso. Ahí pierdes el tiempo. No sé si es una santa o una zorra, pero nosotros no existimos para ella.

–Tú no la quieres bien, ¿verdad?

–Ni mal tampoco. Pero deseo que se vaya cuanto antes.

–¿Te estorba?

Clara se encogió de hombros.

–No me gusta.

–¿Es por Carlos?

–Es por ella, que se me ha atragantado. Y Carlos, también. Y tú, si no pones otra cara y me miras con otros ojos –golpeó el mostrador con el puño cerrado–. No soy una puta, y en este mostrador se vende otra clase de mercancía. Si la francesa te ha soliviantado, a otra puerta, que ésta se cierra a las ocho y no se abre de tapadillo.

Cayetano miró su reloj tranquilamente.

—No son más que las siete y cuarto. Y acabo de descubrir que me gusta hablar contigo.

—Para hablar hay que contar con el gusto de dos.

—¿Y para más cosas que hablar?

—Esas, ni mentarlas.

Cayetano recogió el sombrero.

—Me parece que he perdido el tiempo.

—Menos mal, si lo reconoces.

—No me refiero a éste. Por el contrario, me alegro de haber venido, porque volveré.

—No pasarás de esa puerta.

Cayetano se encasquetó el sombrero y sonrió.

—¿Quién iba a sospechar que Clara Aldán fuese la única mujer digna de doña Mariana? Me encontraba sin pareja desde su muerte. Pero ahora ya sé dónde estás. Volveré mañana. Y no a pelear contigo.

Tendió la mano encima del mostrador.

—Vamos a ser amigos.

Clara cruzó los brazos.

—Entonces, espera a que lo seamos para darme la mano. De momento...

—Está bien. Hasta mañana, Clara.

—Adiós.

Capítulo 7

El notario les hizo esperar lo indispensable para darse importancia, pero el plumífero que les atendió les había tratado con deferencia, casi con adulación. Les dejó solos en un saloncito cuyas paredes se adornaban de títulos universitarios en marcos de caoba. Germaine se sentó en una butaca tapizada de grandes flores azules sobre gris; el padre Eugenio prefirió llegarse a la ventana y curiosear la calle. Para entretener la espera, encendió un pitillo; pero el notario no le dejó terminarlo: apareció por una puertecita y les invitó a pasar. Tenía las gafas alzadas, sujetas en la frente, y les sonreía con ojos vivos. Hasta que los hubo sentado en un gran tresillo de cuero –Germaine, en el sofá; el padre Eugenio, en un sillón– no dejó de reiterar saludos, plácemes. Mandó al padre Eugenio que tirase el pitillo, que él le daría tabaco habano, y preguntó a Germaine si fumaba, porque también tenía, para esos casos, cigarrillos ingleses. Germaine le respondió que no, sin darle explicaciones. Durante la espera, se había inhalado la garganta un par de veces.

–Pues le aseguro, señorita, que ya me tardaba su visita. Aún ayer, a la hora de cenar, se lo decía a mi mujer. «¿Cómo no habrá aparecido por aquí la sobrina de doña Mariana?

¿Será que le parece bien el testamento?» Y mi mujer apostó que cualquier día la veríamos llegar. ¡Y no se equivocó, caray! Las mujeres no sé qué tienen que adivinan allí donde nosotros nos equivocamos. Porque bien llegué a creer que usted se conformaba.

Hablaba con voz gruesa, apresurada, y al hablar le temblaba la sotabarba color de rosa, apuntada de pelillos plateados. Alzó las manos ante una posible objeción.

—Y no crean ustedes que hablo de esas cosas con mi mujer faltando al secreto profesional. ¡Nada de eso! Soy una tumba, pero el testamento de doña Mariana lo conoce todo el mundo. Ha dado mucho que hablar. ¿Viene usted dispuesta a rechazarlo?

Germaine, antes de responder, miró al padre Eugenio.

—Sí. Es decir, lo que yo quiero es que se abra el codicilo.

—Naturalmente. Pero antes hay que cumplir ciertas formalidades que se deducen del propio texto del testamento. Usted firma un acta en que lo rechaza. Inmediatamente procederemos a la apertura de ese pliego misterioso. Ante testigos, claro. ¿Conforme?

—Usted sabe mejor que yo lo que hay que hacer.

El notario se levantó.

—Permítame, entonces, que encargue al pasante la redacción del acta. De dos actas, mejor dicho: ésta, y otra en que conste la apertura del sobre y su contenido. Cosa de dos minutos.

Abrió una puerta y habló en voz baja con el plumífero. Volvió a cerrar. Germaine tendía hacia él la mano.

—Es que yo, antes de decidirme, quisiera un consejo.

—¿Un consejo? Particularmente puedo dárselo, aunque eso corresponde más bien a un abogado. Sin embargo, he aconsejado tantas veces a la tía, que me honra la confianza que la sobrina deposita en mí.

Se inclinó en el asiento, hacia adelante. Las gafas le habían resbalado de la frente y ahora caían sobre el pecho, sujetas por un cordón negro.

—¿Qué es lo que se le ofrece?
—¿Cree usted que hay algún riesgo en mi determinación?
—¿Un riesgo?

El notario se levantó y empezó a pasear. Llevaba en la mano una estilográfica y golpeaba con ella la palma de la otra mano. Fue y vino, del sillón a la esquina más lejana, dos o tres veces.

—Supongo lógicamente que su determinación obedece a falta de inteligencia con don Carlos Deza. ¿Me equivoco? Pues no me extraña. Doña Mariana Sarmiento fue una mujer extravagante, pero don Carlos Deza es un chiflado. ¿Le han contado a usted el gran negocio que hizo con la venta de las acciones? ¿No? Pues yo se lo diré en pocas palabras. Las ha vendido a Cayetano Salgado cuando una firma de Vigo le ofrecía por ellas justamente doble cantidad. ¿Se hace usted idea?

Dejó de mirar a Germaine y encaró al fraile.

—Un verdadero disparate. ¿Y por qué? ¿Qué razones tuvo para hacerlo? *Chi lo sa?* Aunque no quiera pensar mal, es evidente que ese trato de favor a un sujeto como Cayetano Salgado hace altamente sospechoso al señor Deza, dicho sea con todas las salvedades.

Germaine miró también al padre Eugenio: con asombro, con irritación.

—Yo no sabía esto.

El notario arrastró una silla y se sentó enfrente de ella.

—Es del dominio público: no levanto ninguna calumnia. Así que no me extraña su disconformidad. La daba por descontada. Ahora bien: yo no puedo engañarla. Existe un riesgo.

Su mirada fue de Germaine al fraile; la cara gorda, brillante, seguía a la mirada.

—Tengo sesenta años, y desde hace treinta conozco a doña Mariana Sarmiento. He sido depositario de sus secretos... —sonrió pícaramente; esta vez miró sólo al fraile–, y creo haberla conocido a la perfección. Gran mujer, sí, señor. Inteligente, decidida, valiente. No tuvo miedo a nadie en este mundo. Y buena en el fondo. Pero ¿cómo les diría...? Extravagante, sí, ya lo dije antes.

Empezó a palparse los bolsillos. La estilográfica rodó al suelo. Se levantó, cogió de encima de la mesa una pitillera de plata, sacó un cigarrillo y ofreció otro al fraile.

–Le pido mil perdones, pero no había vuelto a acordarme de mi ofrecimiento. Están liados ya, y el tabaco es habano: me lo envía un hermano que es allí propietario de un ingenio. ¡Tipo inteligente! ¡Con decirle que aguantó el *crack* sin vender y que ha rehecho su fortuna...!

En un retrato colgado en la pared aparecía un sujeto de buena planta, a caballo, con un guajiro que le llevaba de las riendas.

–Ese es. ¡Gran tipo! Soltero, sultán y dueño de un fortunón –guiñó un ojo–. No tiene más herederos legales que mis hijos.

Fray Eugenio esperaba con el cigarrillo apagado. El notario le pasó las cerillas.

–Pues, como le decía... Doña Mariana era una mujer de voluntad. Una mañana llegó, se sentó en ese sofá, ahí mismo, en el lugar que usted ocupa, y me dijo: «Federico, rompe mi testamento y hazme otro conforme a esas instrucciones (las traía en un papel); pero de tal modo que no pueda deshacerlo nadie más que yo». «Pero, señora –le pregunté–, ¿cómo va a deshacerlo después de muerta?» Entonces sacó del bolso un sobre y lo echó encima de la mesa. «Lo que va en este sobre puede deshacer el testamento.» «¡Ah! –le respondí–, la existencia de un sobre secreto obliga a una redacción especialísima.» «Muy bien. Tú sabrás lo que hay que hacer. El sobre, que lo lacren aquí mismo, delante de mí, y métalo en caja fuerte, también delante de mí. No quiero que nadie sepa su contenido ni pueda saberlo.» Bueno. Lacraron el sobre y ella misma lo selló con su sello, una sortija que no se ponía nunca, pero que siempre llevaba en el bolso, con las armas de los Sarmiento y de los Moscoso. Por cierto que...

Se levantó de un salto, abrió una puerta de madera que ocultaba la de una caja fuerte. Hurgó en el interior y regresó con un sobre grande, lacrado. Mientras, el padre Eugenio preguntó a Germaine si se aburría, y Germaine contestó que sí.

–Éste es. Si se fija usted, señorita, en ese cuartel, ese que yo señalo con la estilográfica, verá una especie de águila con las alas cortadas. Son las armas de los Aguiar. Pues bien: mi abuela materna se llamaba Aguiar de segundo apellido, Rodríguez y Aguiar. Una vez dije a su señora tía que éramos parientes. ¿Y sabe usted qué me respondió? «Vete a paseo, Federico. Mis parientes los escojo yo.»

Germaine se había apoderado del sobre, lo apretaba contra el pecho, sus dedos acariciaban los goterones de lacre rojo, aplastados.

–¿Lo abrimos?

–Espere. Falta el acta, y falta también el consejo. El acta la traerán en seguida. Lo malo es el consejo.

El notario, al hablar de pie, tenía una especie de tic: alzaba la mano izquierda, con el puño cerrado y el índice extendido, la mantenía unos instantes a la altura del hombro, y la bajaba luego.

–¿Qué habrá escrito su tía en ese sobre? No puedo ocultarle mi desazón. Parece lógico que le entregue la herencia limpia de condiciones. Pero ¿y si no es así? Le doy mi palabra de honor de que no tengo la menor pista que me permita dar seguridades. Hay que entregarse a la suerte, y, en este caso, la suerte estuvo en manos de una dama un poco extravagante, sobre todo en sus afectos. ¿Quién le dice que este sobre no es una bomba de espoleta retardada?

A Germaine le temblaban las manos.

–Entonces, ¿no lo abrimos?

—¡Ah, eso, allá usted! Pero, señorita, si vino decidida a hacerlo, hágalo, aunque no bajo mi responsabilidad. No puedo aconsejarla.

La mirada de Germaine, incomprensiva, iba del notario al fraile.

—¡Dios mío!

Entonces el padre Eugenio alargó una mano y detuvo el nuevo párrafo previsto por el notario. Éste se limitó a decir:

—¿Va a hablar usted? Me parece bien. Usted también es un Churruchao, ¿verdad? Lo pensé nada más verle: «Este fraile pelirrojo no puede ser más que un Churruchao. Y así, en concepto de pariente, acompaña a esta señorita». Diga, padre.

—Quizá si usted conociera todos los detalles de la situación pudiera aconsejar. Esta señorita rechaza los términos del testamento porque no quiere quedarse en Pueblanueva cinco años, sino venderlo todo y regresar a su país. Don Carlos Deza no está conforme, pero se aviene a una transacción: él entrega ahora mismo a la señorita el dinero contante y sonante, y el resto de la herencia queda ahí, en espera de que ella cambie de idea o de que transcurra el tiempo y entre en plena posesión de sus bienes.

El notario se puso las gafas y se las quitó inmediatamente.

—¿Es mucho el dinero?

—Alrededor de medio millón.

—Pudo ser el doble si las acciones se hubieran vendido bien, pero eso no tiene remedio, ni hay manera legal de pedir cuentas a don Carlos —se plantó ante Germaine, erguido, los brazos caídos y las palmas abiertas—. Pues yo aceptaría. Medio millón. Es una bonita suma. Al tres por ciento, mil quinientas pesetas al mes, más o menos. Se le puede sacar más.

Germaine daba vueltas al sobre, lo acariciaba. El fraile dijo:

—Entonces, ¿es ese su consejo?

Capítulo 7

—¡Vale más pájaro en mano que ciento volando! Medio millón. ¿Y si se queda sin nada?

El fraile se levantó, alarmado.

—¿Lo cree usted posible?

El notario alargó la mano, cogió el sobre, lo miró a trasluz. Sonrió y se lo devolvió a Germaine.

—Quizá me equivoque. ¡Quién pudiera saber lo que hay aquí! Pero dado el carácter de doña Mariana, que en paz descanse, si puede, y lo que sé de ella, y el trabajo que me dio en los últimos tiempos haciendo y deshaciendo testamentos, hasta ese último, que no lo reformó porque la muerte no le dio tiempo, me dejo cortar la mano derecha a que en este sobre se constituye a don Carlos Deza heredero universal.

Germaine casi gritó:

—¿Será posible?

—Si le interesa saberlo, ahí está el sobre. Ábralo. Pero bajo su responsabilidad. Insisto en esto, ¿eh? Y conste que, después de abierto, la cosa no tiene remedio.

—Y Carlos, ¿puede también abrirlo?

—¿Quién lo duda? Expresamente se le atribuye ese derecho, como a usted.

—Carlos no lo abrirá —intervino el fraile—. De eso estoy seguro.

Germaine se levantó. Quedaba el sobre encima de la mesilla, con sus cinco manchones rojos. No apartaba los ojos de él. Cuando el notario lo recogió, los ojos de Germaine lo siguieron.

—Entonces, lo guardamos, ¿verdad?

—¿No puede usted destruirlo?

—No. Pero no pase cuidado. Si el señor Deza se vuelve atrás algún día, nada podrá reclamarle. Lo hecho, hecho está. Como, en caso contrario, tampoco podría usted pedirle cuentas de los barcos ni de ningún otro disparate. Así lo quiso doña Mariana.

Germaine tenía los ojos húmedos, a punto de sollozar. El notario se acercó a ella, se empinó un poco sobre los pies e intentó rodearle los hombros con su brazo.

–Tenga paciencia y espere. Medio millón, de momento, es mucho dinero. Y cuando pasen cinco años...

Germaine le devolvió el abrazo y se echó a llorar. El padre Eugenio, un poco aparte, parecía examinar con atención las escayolas del techo.

Don Baldomero llegó a mediodía, en un automóvil grande y negro. La criada venía sentada junto al chófer, y él, detrás, con el cadáver de doña Lucía envuelto en mantas. El mozo de la botica salió a recibirlo. Se juntó un corrillo de mujeres condolidas y algún que otro chaval curioso. En seguida se ofrecieron dos para bajar a la finada y meterla en casa. Don Baldomero dejó el asunto en manos de la criada y de las más oficiosas: entró en la botica, pintó un cartel, lo colgó en la puerta y cerró. El cartel decía:

> CERRADO POR DEFUNCIÓN.
> LAS RECETAS URGENTES,
> POR LA PUERTA INTERIOR.

Cuando subió al piso, doña Lucía, estirada en el lecho nupcial, estaba casi amortajada con una sábana. La criada andaba en busca de un rosario para ponerle en las manos, y las mujeres que habían ayudado apartaban los muebles de la sala para instalar la capilla ardiente. Don Baldomero dio dos o tres órdenes y se equivocó. «¡Váyase de ahí, no estorbe!», le gritó la criada, y lo metió en el comedor. De allí le sacaron los de la funeraria, que venían a tomar medidas. «¿Estará pronto?» «Son medidas corrientes –le respondieron–; seguramente tendremos alguno hecho y lo traeremos antes de media hora.» Apareció el mancebo a preguntar si podía servir de algo, y don Baldomero lo despachó con recado para Carlos de que viniera cuando pudiese. Al comedor llegaban voces quedas, cautelosas, de las mujeres que andaban por la casa, ruidos apagados, pasos de las que subían y se juntaban alrededor de la muerta. Por la ventana se veía la niebla, enredada en los árboles de los huertos. Don Baldomero buscó el anís en el aparador y se sirvió una copa. Casi en seguida llegó don Julián: le dio el pésame, trató del entierro. «¡Nada de lujos, don Julián! Un entierro muy modesto, así fue su voluntad.» «Pero, hombre, una persona de posibles como usted, ¿va a enterrar a su señora como la mujer de un pobre?» Don Julián había aceptado una copa: al terminarla, se despidió, concertada ya la hora, al caer de la tarde. Habían quedado en que tres curas. Carlos llegó poco después: traía puesta la gabardina y una boina en la mano. Don Baldomero se le abrazó llorando. Mientras Carlos se quitaba la gabardina, le preguntó si prefería anís o aguardiente.

–Del de hierbas –respondió Carlos, y se sentó.

Don Baldomero le tendió la copa: las lágrimas le resbalaban por el rostro sin afeitar.

–¡Llegué a las últimas, don Carlos; llegué para recoger su postrer suspiro! ¡A tiempo de que no muriese sola, como una repudiada! Todavía le quedaba en el fuelle aire para unas palabras. Me confesó que no me había faltado nunca, y que aquello había sido un desahogo de esposa ofendida. ¿Verdad que debo de creerla? Porque nadie miente cuando va a comparecer ante el tribunal divino. A no ser que...

–¡Hágame el favor, don Baldomero, de no dar más vueltas al asunto! Le aseguré muchas veces que doña Lucía le había sido fiel.

–Sí, don Carlos, y siempre se lo he creído, y su confianza me hizo mucho bien. Pero pienso si esa declaración de la pobre Lucía no habrá sido una mentira piadosa para tranquilizarme.

—¿No dice usted mismo que nadie miente cuando va a comparecer ante el tribunal de Dios?

—Sí, don Carlos, pero hay mentiras que no lo son propiamente, sino verdaderas obras de caridad. Los casuistas...

La criada le cortó la palabra. Venía a decir que los de la funeraria acababan de traer el ataúd, y que si quería él estar presente.

—No, no. Arregladlo vosotras. En la sala, y que pongan el Cristo grande, el de mi despacho, y las velas de Jueves Santo. Están en el cajón de la cómoda.

Arrojó a la criada un manojo de llaves. La criada cerró la puerta sin ruido.

Un acceso de llanto repentino tuvo en silencio a don Baldomero. Hasta que apuró el anís y se limpió las lágrimas.

—Ya ve usted. Tanto tiempo esperando este trance, dándolo por seguro, y al verse ante la muerte la pena le ahoga a uno como en una muerte por sorpresa. Y uno se da cuenta de la propia responsabilidad y le vienen ganas de matarse como castigo —se santiguó rápidamente—. El Señor no lo permita, pero ese momento de desesperación no me faltó, y quizá haya sido una prueba que Dios envía a mi paciencia. Pero ¡Él sabe de qué buena gana hubiera acompañado a la pobre Lucía!

Agarró, de pronto, a Carlos por la muñeca y le miró con espanto.

—Sobre todo, por eludir un penoso, un desagradable e inevitable deber.

A Carlos le dio miedo el mirar del boticario.

—¿Qué está maquinando, don Baldomero?

Don Baldomero se levantó. Los pocos cabellos grises de su cabeza se habían alborotado y formaban copete encima de la calva. Acercó al pecho las manos crispadas y se golpeó.

—Le juro por todos mis muertos, don Carlos, que en mi corazón no queda una sombra de duda, y que recordaré a Lucía como ejemplo de esposas castas y sacrificadas, como víctima resignada de mi incontinencia y mi destemplanza. Y sé, además, que en la otra vida ella pedirá por mí, y quizá sus oraciones me aparten de mis yerros. Amén. Pero ¿y los demás? ¿Los que han creído alguna vez que Lucía me engañó? ¿Los que lo han sospechado? ¿Los que lo dan por seguro? ¡Porque de todos esos hay en el pueblo, don Carlos, de todos ellos estoy rodeado, y todos ellos me tratan de amigo y me dan palmadas en el hombro! Pronto empezarán a llegar, y usted los verá dolerse de mi dolor, mientras piensan lo que piensan... Pero ¿qué es lo que piensan? ¡Contra lo que piensan hay que tomar precauciones!

–Usted está loco, don Baldomero.

–¡Loco, sí! Reconozco la intención de las palmadas, como reconozco el lenguaje de las miradas. Cuando un cabrón de esos me mira y me dice «Hola», sé que me tiene por otro como él. Y a ésos no puedo reunirlos en el salón del casino y referirles la muerte de mi santa esposa, y contarles sus últimas palabras, porque se reirían de mí y no me creerían.

Dejó caer los brazos inertes.

–A ésos se refiere mi deber, y sobre él quería consultarle, don Carlos. Perdóneme que lo haga, perdóneme que le moleste una vez más, pero usted es el depositario de mis secretos y uno más no puede estorbarle.

Cruzó las manos implorantes.

–No me diga que no, don Carlos. Lo necesito para mi tranquilidad.

Carlos temió que fuera a arrodillarse.

–Cuente lo que quiera.

Bajo las lágrimas de don Baldomero se transparentó la alegría.

–¿Quiere más anís? Usted es un verdadero amigo. Siéntese y beba. ¡Ah, no era anís, era aguardiente! Pues verá...

Se sentó también.

–Voy a insinuar que he envenenado a Lucía. ¡No me diga que no es verosímil! Soy boticario, dispongo de arsénico, conozco las dosis convenientes, y mi criada pudo habérselo administrado sin saberlo, una de tantas medicinas que ha tomado; claro que no voy a dar a nadie esta explicación, pero es por si alguien lo piensa.

—¿Y la autopsia? El arsénico, como usted sabe, deja rastro hasta en los pelos.

—También lo he tenido en cuenta. No se la harán. Tendría que mediar una denuncia, y a eso, aquí no se atreven. Porque, además, yo no voy a decirlo francamente, sino a insinuarlo, hoy una alusión, mañana otra... Hay maneras de hacerlo, y yo he pasado esta noche meditando el plan. Toda la noche, mientras velaba a la pobre Lucía. Y no hace falta que lleguen a la certeza, sino sólo a la sospecha. Porque tampoco tienen la certeza de que me haya engañado. ¿Me entiende? Decir que la había envenenado sería como tacharla de adúltera. No, no. Sospecha por sospecha. Ni más ni menos. Que aten cabos, que interpreten palabras sueltas, que cada cual piense para sí sin atreverse a decirlo a nadie.

Se levantó, cruzó las manos detrás de la espalda y dio unos paseos cortos. Se detuvo, luego, ante Carlos.

—Tengo que empezar a ser justo con la pobre Lucía. Y, en este caso, la justicia consiste en la inseguridad de los demás. ¿Me engañó? ¿No me engañó? ¿La envenené? ¿No la envenené? Mi conciencia queda tranquila. Además, le he pedido perdón, y me perdonó con su último aliento. Emocionante, se lo aseguro. No he cesado de llorar, y cada vez que se me representa, no puedo contener las lágrimas.

Le dio un hipo fuerte. Se sentó junto a Carlos y escondió la cabeza entre las manos. Estuvo largo rato llorando. Después, empezó a llegar gente.

Hicieron alto en Santiago para almorzar. Germaine apenas hablaba: se limitaba a escuchar al padre Eugenio, quien, por su parte, procuraba distraerla y referirse a cosas ajenas a la herencia y a sus problemas. Terminaron de comer y le propuso dar una vuelta por la ciudad y enseñarle lo que había de notable en ella. Germaine accedió. Mandaron esperar al chófer, y como no llovía, sino que persistía la niebla –más clara, sin embargo, que en la costa–, empezaron a recorrer la ciudad a pie. Estaba la tarde gris, húmeda, sin frío. Apenas se metieron en las callejas, el padre Eugenio le señalaba rincones, le mostraba perspectivas, la invitaba a fijarse en tal o cual efecto de luz, y Germaine respondía: «Sí, sí», y nada más. Tampoco pareció interesarle demasiado la catedral, de modo que el padre Eugenio renunció a hablar y a sugerirle contemplaciones: la llevó tras sí, muda y, al parecer, insensible. Y no pasaron de la catedral: sin detenerse más, regresaron adonde el automóvil esperaba. Germaine quedó pronto dormida, y el padre Eugenio, silencioso, fumó pitillo tras pitillo en la hora larga que duró el viaje. Al llegar a la costa, la niebla se hizo más densa. Bajaron con precauciones las cuestas hacia Pueblanueva. Al detenerse frente a casa de doña Mariana apenas se veía. El padre Eugenio dijo que se volvía al convento, pero Germaine le pidió que la acompañase, que tenía que hablarle.

Le dejó solo en la salita, después de encargar a la *Rucha* hija que sirviera café. Germaine fue a enterarse de cómo estaba su padre y de qué tal había pasado el día. A don Gonzalo la niebla no le sentaba tan bien como el viento norte y se quejaba de dolores en todas partes, y la tos había vuelto a la violencia. Germaine parecía preocupada.

–Tenemos que marchar cuanto antes.

–Pero el clima de París no es mejor que éste –dijo el padre Eugenio.

–Estaremos en París muy poco tiempo. Aunque retrase mi debut en la Ópera, quiero que papá pase en Italia lo que queda del invierno. Se lo tengo prometido, y él lo desea más que nada.

Habían encendido las chimeneas y la casa estaba caliente. El padre Eugenio prescindió de la capa y, cerca del fuego, tomó el café y un poco de coñac. Germaine iba y venía, le decía unas palabras, desaparecía otra vez. Y lo que le decía era innecesario, parecían palabras dichas para tapar un hueco o cubrir una espera.

Llegó de pronto y dijo:

—Carlos estuvo aquí esta mañana. Se ha muerto la mujer de no sé quién y él está en el velatorio.

No dijo más, pero su mirada preguntaba y suplicaba al mismo tiempo.

—¿Quieres que enviemos a buscarle?

—Lo que usted crea mejor. Pero, se lo ruego, no me deje a solas con él.

—¿No sería eso lo discreto, precisamente?

Germaine no respondió. Despacharon a la *Rucha* con el recado, y Germaine ya no se movió del sillón.

—Ahora más que nunca necesito su ayuda, padre. Ahora es cuando me siento más desamparada. No he dejado de pensar toda la tarde en ese papel del que resulta que Carlos es el dueño de todo y yo no tengo nada, absolutamente nada. ¿Cree usted que él sabrá...?

—De ese papel no conocemos más que una hipótesis del notario.

—Pero ¿y Carlos? Carlos se movió siempre, obró siempre, como si fuese el dueño. ¿Y si lo que hizo, lo hizo para obligarme a rechazar el testamento y que fuese yo misma la que pusiera la herencia en sus manos?

El padre Eugenio le preguntó:

—¿Es así como te hubieras conducido en su caso?

El tono áspero de la pregunta sorprendió a Germaine. Miró al fraile con ojos alarmados, cerró los dedos bruscamente. La alarma duró lo que un relámpago: sus palabras fueron dulces, casi una queja.

—¿Hago mal en pensarlo?

El fraile le sonrió.

—Tienes que partir, en tus conjeturas, de que si Carlos hubiera querido para sí los bienes de tu tía, los hubiera tenido sólo con decírselo.

—Entonces, ¿por qué...?

Se interrumpió, y añadió inmediatamente, con la misma dulzura:

—Será que no comprendo a Carlos. Por eso quiero que esté usted presente. Tengo miedo de equivocarme otra vez.

Se levantó y se arrimó a la chimenea, de espaldas a la llama. Una guedeja cobriza le ocultaba la frente y caía sobre un ojo. El padre Eugenio la miró.

—Si tuviera ahora aquí mis trebejos te haría un apunte.

—Gracias. Es una lástima...

Había apoyado las manos en la cintura; el resplandor de las llamas precisaba su silueta. El padre Eugenio cerró los ojos y recordó la imagen. Podría, quizá, pintarla de memoria.

—¿Y le parece a usted que le digamos todo lo que pasó, o simplemente que hemos cambiado de opinión?

—Podemos ser leales o no serlo.

¿Había sido así, alguna vez, Suzanne? Más baja que Germaine, quizá un poco más ancha de caderas. Intentó recordar las primeras entrevistas, cuando aún no era la mujer de Gonzalo, cuando todavía salían de su garganta verdaderas cataratas sonoras. ¿Cómo era entonces Suzanne? Miró a Germaine: las líneas de su boca apretada no suscitaban recuerdos. Quizá también, alguna vez en su vida, Suzanne hubiera sido así; pero también había sido capaz de una pasión.

—Sí, claro.

Germaine apartó la guedeja cobriza y dejó al descubierto la frente, cruzada de una arruga, y el ceño fruncido.

—Estoy, como antes, en sus manos.

Abandonó las suyas con desmayo y suspiró.

—Bueno...

Entonces sonó la campanilla de la puerta y se sobresaltó. Un poco inclinada hacia el fraile, con las manos anhelantes, le dijo:

—Ayúdeme, se lo pido por...

Se oyó la voz de Carlos al cabo del pasillo. Entró en seguida, con la gabardina en la mano. Dijo «Hola» desde la puerta. El padre Eugenio se levantó.

—Ya estamos de vuelta, don Carlos.

—Empezaba a preocuparme. Con esta niebla...

—El viaje no fue malo.

Germaine le tendió la mano.

—¿Quieres tomar algo, Carlos? ¿Un poco de coñac?

—No, gracias. En los velatorios, por lo que he visto, no se hace más que beber y contar cuentos verdes.

Dejó la gabardina en una silla y se acercó a la chimenea.

—Allí hace frío. Por eso hay que beber.

El fraile se había sentado. Germaine quedó en mitad del cuarto, indecisa. Carlos, de espaldas, se frotaba las manos al calor de la lumbre.

—Tengo poco tiempo —dijo—. El entierro de doña Lucía será dentro de media hora.

Se volvió bruscamente.

—Bien. ¿Qué escribió doña Mariana en el codicilo? Les habrán dado una copia.

Germaine envió al fraile, con la mirada, una petición de ayuda.

—Finalmente —dijo el padre Eugenio—, hemos acordado atenernos al testamento. Germaine acepta la oferta de usted. La resolución final se aplaza hasta que cumpla los veinticinco años.

Carlos le escuchaba, pero miraba a Germaine. Ella inclinó la cabeza y distrajo las manos con algo que había encima del velador.

—¿Fue ése el consejo del notario?

—En parte. Lo que nos dijo, confirmó a Germaine en su propósito. Casi lo había decidido durante el viaje.

Carlos se sentó en el sillón, frente al fraile, y estiró las piernas en dirección al fuego.

—Ese notario es idiota. Si se hubiera portado correctamente, me hubiera librado de una carga y, sobre todo, de una situación desairada. Estoy cansado de hacer el coco.

Se dirigió a Germaine.

—No vaciles jamás en tus determinaciones. Te lo digo yo, que casi soy vacilante de profesión. Cuando se hace un propósito hay que llegar hasta el final, suceda lo que suceda. Pero, en este caso, ¿qué podía suceder?

—Pareciste asustarte cuando lo dije, y me pediste que no lo hiciera.

—Sí, es cierto. Pero no olvides que una cosa es mi punto de vista particular y otra el papel de guardador a que me obliga el testamento. Personalmente, lo repito, lo que deseo es verme libre cuanto antes. Cuando esta mañana supe que habías ido a La Coruña, dije: «¡Gracias a Dios!» Pero no contaba con que tú también cambias de opinión. Lo siento de veras.

Se levantó, buscó unas llaves en el bolsillo y abrió el escritorio de doña Mariana: un mueble alto, de caoba oscura, con cajones y alacena. Revolvió unos papeles.

—En el Banco, en La Coruña, hay un depósito de cuatrocientas veinticinco mil pesetas a tu nombre e instrucciones para que se te entreguen personalmente en la forma que lo desees —le tendió unos recibos—. Esto está hecho hace más de seis meses, como verás por la fecha. En otra cuenta, a mi nombre, hay otra cantidad. No puedo entregártela entera porque yo no dispongo de capital para sostener el de tu tía. Pero puedo, eso sí, completarte el medio millón.

Revolvió de nuevo, buscó en los cajones. Halló, por fin, el talonario de cheques. Escribió un rato, arrancó el papelito alargado, de color verde pálido.

—Ahí tienes. Setenta y cinco mil pesetas, que te pagarán sin dificultad. Va extendido al portador.

Cerró, de golpe, el escritorio.

—Ya eres rica. Hay también unas rentas, de casas y fincas rústicas, poco importantes. Te haré las cuentas anualmente, y te mandaré el dinero, si así lo deseas.

Se levantó, metió las manos en los bolsillos y se arrimó a la consola.

—En cuanto a esta casa, la cerraré cuando te vayas. La cuidaré, te lo prometo, porque la amo demasiado. Y es seguro que alguna vez venga a pasar aquí la tarde y a tocar el piano para el fantasma de tu tía. A ella le gustaba oírlo. A estas horas, precisamente, cuando caía la tarde. Siempre después de merendar. Solía cogerse de mi brazo y llegar así hasta el salón. Yo llevaba una manta para abrigarle las piernas, porque la chimenea del salón no calienta como ésta. Habíamos pensado trasladar el piano aquí, pero se murió antes de hacerlo.

Inclinaba tanto la cabeza, que no se le veía el rostro. Se había, además, encogido un poco. El padre Eugenio miraba al fuego. Germaine, con los papeles en la mano, se acercó a la chimenea, de espaldas otra vez. Se hizo un silencio; los troncos ardientes crepitaban.

—Me pedía que tocase cosas vulgares, cuplés de su juventud, valses vieneses, ¡qué sé yo! A veces, los tarareaba y se reía. Y a veces me refería historias picantes de escándalos y amoríos. De tal o cual cupletera de sus tiempos. «Eso lo cantaba la Fulana, que era guapa de verdad y estuvo un tiempo liada con tal duque o tal marqués.» Después, solía decirme: «Ahora, toca lo que te gusta a ti», y yo tocaba a mi gusto. Pero también hablábamos de ti, Germaine. Le preocupaba mucho y le daba miedo pensar que ibas a encontrarte sola en este pueblo, sola y sin defensa. Probablemente por eso, sólo por eso, se le ocurrió el disparate de que pudieras casarte conmigo. Yo procuraba tranquilizarla. Y, ya ves, ella y yo nos equivocamos. Porque sé que estuviste en la misma guarida del ogro, y que el ogro te respetó. Puedes volver a Pueblanueva cuando quieras, aunque yo me haya marchado, aunque el padre Eugenio...

Se interrumpió. El fraile irguió la cabeza:

—... se haya muerto.

—No quería decir eso. En fin: que no necesitas de nuestra protección. El pueblo entero te adora y están orgullosos de ti, como si fueran tus paisanos.

Miró el reloj.

—Tengo que marchar. ¿Quieres que nos despidamos ahora?

Germaine, sin volverse, respondió:

—No. Papá no está bueno. Tendremos que esperar un par de días.

—Entonces, mándame recado. Adiós, padre Eugenio.

El fraile se levantó.

—Me voy también. El prior creerá que me he escapado del convento, y eso no es bueno para mi reputación.

Se acercó a Germaine. Ella no se movió.

—Volveré también.

Le apretó el brazo y salieron al pasillo.

—¿Está llorando? —preguntó Carlos.

En el portal, el padre Eugenio dijo:

—Supongo que usted conoce el contenido del codicilo. O que tiene, al menos, una idea.

—Una sospecha solamente.

—Quiero ser franco con usted, don Carlos. El notario aconsejó que se aceptase el testamento porque, según él también sospecha, en el codicilo se le nombra a usted heredero. No he dicho nada delante de Germaine para no hacer la entrevista más embarazosa. Pero usted, si quiere, puede...

Carlos se detuvo en el umbral.

—No, no quiero. Pero, se lo aseguro, acabo de pasar el trago más gordo de mi vida. Temí que, en un arranque de nobleza, Germaine descubriera el pastel y me obligase a un rasgo de generosidad teatral del que me avergonzaría siempre.

—Yo no lo temí en ningún momento.

—Usted quizá la conozca ya mejor que yo. Porque también, para ver si una vez al menos se emocionaba, hice ese resumen de recuerdos que casi me conmovieron a mí mismo. Me alegra que haya llorado...

Se acercó al fraile y añadió en voz baja:

—Muera el cuento. Muere con la derrota final de doña Mariana.

—¿Y no será eso lo justo?

—Es posible. Pero yo la quería, y me he sentido dispuesto a perdonar sus injusticias y a sostenerlas.

Miró el reloj.

—Perdóneme, padre. El entierro de doña Lucía debe de estar a punto de salir.

Marchó corriendo. El fraile se metió en el automóvil y marchó también.

El último gorigori se apagaba en la niebla espesa, y las luces de los cirios apenas alumbraban. Don Julián, revestido de capa, alzó el hisopo y bendijo la sepultura. *In nomine Patris, et Filii, et Spiritus Sancti*. Los otros curas, los monaguillos y don Baldomero respondieron: «Amén». Se retiró la cruz alzada, y los curas detrás, y los sepultureros cargaron el féretro y lo metieron en el nicho. Los asistentes se habían abierto en semicírculo y esperaban. El juez sacó tabaco y ofreció. Surgió el fuego de las cerillas, y el humo de las bocanadas se mezcló a la niebla.

—Menuda pejiguera de nublado.

—Al menos, no viene fría.

Colocaban una fila de ladrillos, sujetos con argamasa. La losa yacía en el suelo, arrimada a la pared.

Cubeiro se acercó a Carreira, el dueño del cine.

—Fíjese en la cara del boticario. Como si le diera pena.

—¡Vaya usted a saber! En esto de las muertes hay sorpresas.

—Ya me lo dirá mañana. El buey suelto bien se lame. ¡Y éste tenía unas ganas de cortarse la soga...!

El juez metió las narices.

—¿De qué murmuran?

—Aquí, Carreira, decía que las lágrimas de don Baldomero son lágrimas de cocodrilo.

—Quien lo dijo fue usted.

—Lo que yo dije fue que, después de todo, no tiene por qué llorarla. Lleva más de un año deseándole la muerte.

—Nadie sabe lo que sienten los demás —dijo el juez.

—Pues yo, por un saco de huesos, no lloraría así. Porque doña Lucía era un saco de huesos.

—Tendría su aquél.

—Sí, las tetas. Ya sabe usted el cantar que le sacaron un Carnaval.

—No lo recuerdo.

Cubeiro cantó por lo bajo, al oído del juez:

> La mujer del boticario
> tiene las tetas de goma.
> Aé, aé aé la chamelona.

—¿Y quién se las tocó para saberlo?

—¡Ay, eso...! Hay misterios impenetrables, pero que alguien se las tocó es un hecho.

A Carreira se le había apagado el pitillo. El juez le prestó el suyo.

—A lo mejor se sabe por el marido.

Los sepultureros levantaron la losa y la aplicaron a tapar el nicho. Don Baldomero contemplaba la operación y, de vez en cuando, se secaba las lágrimas con un pañuelo. Detrás de él, hipaba la criada. La losa quedó en su sitio, tomada con cemento. Un par de golpes garantizó su seguridad.

—Ya pasaréis a cobrar por la botica.

—Un día de estos.

—Y ahora, a dormir, don Baldomero —le dijo Carlos—. Está usted muerto de sueño.

—¡Y de pena, don Carlos, de pena!

Los jugadores de tresillo se acercaron, de uno en fondo.

—Lo siento mucho, don Baldomero. ¡No se sabe lo que vale una mujer hasta que se la pierde! —Cubeiro le miraba entristecido.

—Gracias, gracias.

—¡Era una santa y estará en la Gloria! —dijo el juez.

—¡Y usted que lo diga!

Carreira le dio un abrazo.

—Ya pasó todo. Ahora, a descansar.

Don Lino se había mantenido aparte, de espaldas a la pared de nichos. Se acercó, con el sombrero en la mano.

—Mis principios, don Baldomero, no me permitieron presenciar la ceremonia religiosa, pero ya sabe usted que la amistad está por encima de nuestras diferencias ideológicas. Considere que le acompaño de verdad en el sentimiento.

—Dios se lo pague.

Iban marchando, con precauciones, para no pisar las sepulturas. De los cipreses chorreaban gotas menudas y el suelo de las veredas estaba fangoso. Se oían las pisadas, chas, chas, y el ruido de un tropezón y alguien que decía:

—¡Cuidado, que resbala!

Don Baldomero se acogió a la compañía de Carlos. Acortó el paso, hasta distanciarse del grupo. Al salir del cementerio, los amigos, las mujeres, se habían alejado, carretera abajo.

—¿Los ha escuchado usted? Y, sobre todo, ¿los ha visto? ¿Se ha fijado en su sonrisa? ¡Ya que no puedo librar a Lucía de sospechas, quedará al menos mi honor sin una mancha!

El reloj de Santa María empezó a dar las seis. Inmediatamente, el gemido de la sirena ahogó las campanadas y llenó el ámbito, rodó por el valle, se escapó por encima de las aguas. Era un sonido ronco, apagado, casi fúnebre.

A las seis menos diez en punto había entrado en la tienda una labradora con su cesto. Pidió a Clara que le ayudase a dejarlo en el suelo y después suplicó una silla para sentarse, que venía muy cansada. «Debía tener un banco aquí, señorita, que sitio para él tiene, arrimado a la pared, y así podría una cobrar huelgos sin molestarla.» Sacó de la faltriquera un pedazo de pan y empezó a comer. Clara había repasado el mostrador y esperaba. La labradora habló de la niebla, que venía muy mal al campo, y de que se le había puesto enferma una vaca y ya llevaba gastado más de un duro en botica. Después, sin transición, saltó a la carestía de todo y al poco dinero que ganaban los labradores y a lo mucho que gastaban los de la villa. Acabó por confesar que necesitaba unas varas de tela para unas enaguas de su hija, pero que no estaba decidida a comprarlas, aunque si a enterarse de los precios. Clara sacó del anaquel varias piezas y las echó en el mostrador. La labradora, con la punta de dos dedos, tomaba la tela, la cataba y la rechazaba. Así todo el repertorio.

–Pues esto es lo que tengo.

Entonces la aldeana se dolió de que ahora los tejidos fuesen malos y se rompiesen en seguida, y que años atrás, antes de la guerra, eran mucho mejores y duraban, y con lo que sobraba a las madres se hacía el ajuar de las hijas. Y que eso debía de ser porque antes había rey y ahora al rey lo habían echado y gobernaban unos señores que no se sabía quiénes eran y que sólo pensaban en medrar y en robar a los pobres. Clara decía que sí a todo y empezó a recoger las piezas, pero la labradora le dijo que no tuviera prisa, que, a lo mejor, se decidía por alguna. En esto, sonó la sirena del astillero y Clara se puso nerviosa.

—Ande, si lo va a llevar, decídase ya y le haré una rebaja.

A la mujer se le alegraron los ojos. Preguntó cuánto. Clara dijo una cifra. Ella la encontró cara. Clara rebajó otro poco. La labradora no se movía.

—Dígame lo que quiere pagar y llévesela, porque voy a cerrar la tienda.

—¡Ay, señorita, con lo cansada que estoy, y me va a echar de aquí!

Eran las seis y diez cuando la labradora se marchó, con cuatro varas de tela blanca rebajadas en un veinte por ciento. Rezongaba letanías sobre el trabajo que costaba a los pobres ganar una peseta.

Cayetano surgió de la niebla repentinamente. Traía puesto el traje de faena, una boina y la pipa en la boca. Clara quedó de pie, en medio del umbral.

—Voy a cerrar la tienda.
—No son más que las seis y veinte.
—A esta hora, y con niebla, ya no hay quien compre.
—Pues, por mí, cierra.

Hizo ademán de entrar. Ella se interpuso.

—Contigo dentro, no.
—Pues, entonces, no cierres.

Se miraron de frente, ella en lo alto de los escalones, él en la calle.

—De mí no vas a sacar nada, te lo aseguro.
—Ayer hemos quedado en que vendría.
—Pensé que te volverías atrás.
—Ya ves que no.
—¿Por qué insistes?

Cayetano la apartó suavemente y entró. Se había quitado la boina y la llevaba en la mano.

—Cierra o deja abierto, me es igual; pero hazte a la idea de que todos los días, a esta hora, me tendrás de visita.

—¿Y si no quiero?

Él se encogió de hombros.

—Tengo que reparar una injusticia. ¿Cuánto tiempo llevas en Pueblanueva? ¿Tres años? Soy lo bastante imbécil para no haberme dado cuenta hasta ayer de que eres la única mujer digna de mí. Ya ves si tengo que correr para cobrarme de tres años perdidos.

—¿Para cobrarte... en especie?

—Deja eso a un lado, Clara.

—No me dirás que vienes para casarte conmigo.

—Todo pudiera suceder. Claro que eso depende de ciertas circunstancias. Pero si a mi madre le gustaría que me casase con la francesa, no creo que te pudiera poner reparos. Eres tan Churruchao como ella y bastante más guapa, al menos para mi gusto.

Clara había empezado a reír. Riendo, pasó al interior de la tienda y se quedó junto al mostrador. Cayetano se acercó.

—Vamos a hablar en serio, Cayetano. A mí no es nada fácil engañarme.

—No intento hacerlo.

—Has hablado de casarte.

—Sí. Y también de que eso dependía de ciertas circunstancias.

—¿Cuáles son?

—Te lo diré a su debido tiempo.

—Nunca me casaría contigo.

—Si no lo quieres, no pienso obligarte.

—Y, sin casarme, no hay nada de lo que pretendes.

—De eso, también llegaremos a hablar.

—Puedes darlo por resuelto.

—Hablas así porque no me conoces. ¿Te costaría mucho trabajo prescindir de lo que has oído por ahí y atenerte a lo que veas?

—¿Y a lo que ya he visto, no?

—No sé a qué te refieres.

—No nos conocemos de anteayer, Cayetano. Incluso hay por el medio una bofetada...

Cayetano se llevó la mano a la mejilla y se la acarició.

—Aquel día tenía que estar ciego. Y lo estaba. Me pasaba lo que te está pasando a ti: que había hecho caso de cuentos.

—Cuando el río suena...

A Cayetano se le oscureció la mirada.

—¿Quieres decirme con eso que no estaba equivocado?

Clara volvió a reír.

—Quise saber la cara que ponías. Y no me gusta. Tú eres de los que, para casarte, pondrías como condición acostarse primero, para cerciorarte de eso que tú llamas circunstancias.

Cayetano se enderezó y la miró a los ojos.

—¿No estás llevando las cosas muy de prisa?

—Me es igual, porque yo no la tengo.

—De todas maneras, ¿por qué las pones difíciles?

—Será porque yo lo soy también.

Cayetano se desabrochó la chaqueta de cuero y empezó a quitársela.

—¿Puedo colgar esto?

—Allí hay un clavo.

Por la abertura del mono azul asomaban las puntas de una camisa de seda y el nudo de una corbata escocesa. Cayetano se alisó el cabello.

—¿Me quieres escuchar un momento?

—Habla.

—Concédeme que entiendo un poco de mujeres. ¡No te rías! Entiendo. Admito que las haya comprado a todas, pero no por eso dejan de ser muchas. Podría decirte quiénes, de las de aquí, y te llevarías muchas sorpresas, porque de algunas no se llegó a saber.

—No siento la menor curiosidad por conocer sus nombres.

—Ni yo voy a decírtelos. Algunas satisfacciones, como algunas venganzas, basta que sean secretas.

Sacó un cigarrillo, lo puso entre los labios, y siguió hablando mientras buscaba el mechero y encendía.

–Pues de todas ellas, ninguna me hubiera servido para mi mujer. Entiéndeme bien, no quiero decir para casarme, tener hijos y arreglarme por fuera con una querida. No. Me refiero a esa mujer que los hombres como yo necesitan, una mujer de categoría. Porque yo voy a llegar a mucho. Esto de ahora, mi astillero, el mando y el poder en Pueblanueva, no es más que el principio.

Hizo una pausa, chupó el cigarro y miró a Clara con cierta ternura.

–Ya ves. Ni de esto he podido hablar con ninguna. ¿Qué menos necesita un hombre que una mujer a quien contar sus proyectos, sus esperanzas, sus dificultades y sus triunfos? Yo me los he contado a mí mismo, pero yo no me respondo, ni me doy ánimos cuando hace falta animarse, ni me consuelo si es necesario. Porque también, a veces, he necesitado consolarme. Aunque te rías.

–¿Por qué voy a reírme? Serás un hombre como todos.

–Por encima de todos, pero un hombre. Y, hasta ahora, sólo encontré una mujer que estuviera a mi altura, pero la odiaba. Y aunque no la odiase, no me hubiera servido.

Volvió a callar. Clara se había cruzado de brazos y le escuchaba inmóvil, con los ojos medio entornados y un interés creciente en ellos.

–Yo no creo en Dios, pero creo en el Destino, y el mío fue que la única persona capaz de comprenderme y de escucharme fuese mi enemiga. De todas maneras, llenó mi vida de algún modo. Luché contra ella quince años. Sabía que ella estaba ahí, y que aunque también me odiase, me consideraba como enemigo a su altura. Nos hemos despreciado mutuamente, pero de labios afuera. Si yo hubiera muerto, como ella murió, estoy seguro de que encontraría el pueblo tan vacío como yo lo encuentro.

Se corrigió en seguida:

—Como lo encontraba hasta ayer. Y ayer más que nunca, porque esa tonta de Germaine, o como se llame, hace más grande el vacío que dejó la Vieja. Pero ayer nos hemos encontrado.

—Seamos francos. Ayer viniste a proponerme que me acostase contigo.

—Bien. ¿Y qué?

—Yo, a eso, no le llamo encontrarse.

—Fue mi última equivocación. Ahora ya sé a qué atenerme.

Tendió las manos abiertas encima del mostrador.

—Lo que haya de pasar, pasará. Tampoco tengo prisa. Pero no olvides que eres la mujer más mujer de Pueblanueva, y acabarás comprendiendo que soy el hombre más hombre.

Golpeó suavemente las planchas de madera pulida, brillante.

—Ahora me voy. Volveré mañana y todos los días, ya te lo dije. Y no intentes cerrar la tienda.

Descolgó la chaqueta y se la puso. Luego, recogió la boina.

—Hasta mañana, Clara.

Desde el umbral se volvió y repitió:

—Hasta mañana.

Don Baldomero, de regreso del cementerio, halló en el anís la colaboración adecuada a su pena. Cuanto más bebía, más lloraba y más elocuentes palabras dedicaba a la difunta. La criada le dijo que comiese algo, y él rechazó la invitación por ofensiva.

—¡Pues váyase a la cama a dormir la mona, que buena falta le hace!

Don Baldomero consideró entonces la manera vulgar que el pueblo tenía de entender las penas y, con medias palabras y lengua gorda, describió su tristeza y la nostalgia de Lucía, aquella santa, aquella víctima inocente, y el miedo que tenía de acostarse en el lecho desierto. ¡En la peor ocasión se la llevaba Dios, cuando el sosiego de la madurez podía haberles traído unos años de felicidad tranquila! Razonaba tumbado en el sofá, e interrumpía los razonamientos para llorar o beber: hasta que volvió la criada y, sin respeto a su congoja, lo cogió de los hombros, lo sacudió y se lo llevó, casi a rastras, a la cama. Carlos le preguntó si le necesitaba para ayudarla, y ella le respondió, desde la puerta, que lo había desnudado muchas veces, y que ¡las que quedaban! Añadió que si le apetecía cenar algo que esperase. Carlos dijo que no, y se marchó.

La niebla llenaba el portal y ascendía por la escalera. Carlos se ató la bufanda al cuello y caló la boina. El aire estaba húmedo y acre. En la calle miró hacia arriba y hacia abajo: del muelle llegaban voces, y se veían las señales que alguien hacía a un barco con un farol potente. Se encaminó a la plaza. A la puerta del Ayuntamiento hablaban unas mujeres, y sus voces se apagaban en la niebla. Se metió bajo los soportales, hacia la tienda de Clara. Iba sin prisa, y, antes de entrar, se detuvo a mirar las torres de la iglesia, dos manchas negras y alargadas, sin contornos, en las que se reflejaba el resplandor apagado de los faroles. Estuvo unos minutos apoyado a una columna, y ya no miraba las torres, ni la plaza, ni nada. Los rumores, las voces, los pasos, parecían remotos o cercanos, como si entre la niebla hubiera vericuetos por donde el mismo sonido se perdiese, se alejase y volviese a aproximarse. Sintió frío en los pies, golpeó las losas y se acercó a la tienda de Clara. Iba a entrar, cuando vio a Cayetano, arrimado al mostrador. Movía las manos tranquilamente, y Clara le escuchaba, erguida, con los brazos cruzados sobre el pecho. Retrocedió hasta hallar apoyo para la espalda, los ojos muy abiertos, la mano quieta en el aire y el cigarrillo en ella. Y miró, desde un rincón hurtado a las luces. Cayetano seguía hablando: no llegaban sus palabras, ni siquiera el eco.

–Este ya descubrió a Clara –dijo.

Dio una chupada al cigarrillo y lo arrojó al suelo bruscamente. Entornó los ojos, sonrió y volvió a meterse en la niebla.

El mundo anda revuelto, el pueblo anda revuelto, y cada uno de nosotros lleva la procesión por dentro. ¿Quién había de decirnos que unas simples elecciones cambiarían tanto las cosas? Porque antes, ganasen unos, ganasen otros, siempre había los que mandaban, los que esperaban mandar y los que no mandaban nunca, ganase quien ganase. Así estaba establecido y no había que quebrarse la cabeza para entenderlo. Pero ahora no se sabe quién manda y los que nunca han mandado se levantan, chillan, reclaman y, mientras no les dan lo que piden, echan los pies por alto. Bonito está el cotarro. Esto, por lo que al país se refiere, que a Pueblanueva aún no ha llegado más que la resaca. Aquí todo continúa, aparentemente, como antes, si no que cambió el Ayuntamiento; pero la gente empieza a enterarse de lo que hay fuera; la gente, es decir, todo el mundo, no sólo la cuadrilla de chiflados que se reúnen en la taberna del Cubano. Los que nunca tuvieron nada empiezan a mirar a los que tienen algo, como diciéndoles: «Aprovéchalo, que por poco tiempo lo vas a disfrutar». Y los que algo tenemos, aun que haya sido ganado con el sudor de nuestras frentes (y esto de las frentes va sin segunda intención), andamos preocupados, silenciosos y con la mosca tras la oreja, como se dice vul-

garmente. Sobre todo, porque no entendemos muy bien lo que sucede. En Pueblanueva, concretamente, no pasó nada. Y si en Pueblanueva no pasó nada, ¿por qué hemos de sufrir las consecuencias de lo que pasa fuera? Si en otras partes los pobres no se resignan a serlo, ¿forzosamente los nuestros tampoco han de resignarse? La culpa la tienen los periódicos. Ahora todo el mundo los lee, y se entera, y comenta, y muchos se preguntarán: «¿Por qué no hemos de hacer nosotros lo que hacen en Madrid y Barcelona?» Porque esa gente que nada posee, como no tiene en qué pensar, da en imitar a la de otras partes. Los de aquí ya hubieran hecho alguna gorda si no los contuviera Cayetano, que es el único tranquilo, y que con eso de que «lo mío no es mío, sino de mis trabajadores», se sacude los problemas y mantiene a la gente quieta. Es un buen truco, que los demás no podemos repetir. Si, pongamos por caso, dijese Carreira que su cine no es suyo, sino del pueblo, la gente entraría gratis, y a ver quién pagaba luego el alquiler de las películas. No, no. Han ido demasiado lejos. Todo está bien mientras no se metan con la propiedad privada. Y eso es justamente lo que ahora está en peligro. ¡Se lleva uno cada susto!

Quien la entendió fue la francesa. Cogió sus cuartos y se largó al París de la Francia, donde nunca llega el agua al río. Llevó consigo a la Rucha hija, en calidad de doncella particular. Don Carlos despidió a la Rucha madre, y le dio un bajo en una casa de doña Mariana sin pago de alquiler. Con la manda de la Vieja, la Rucha puso un baratillo donde vende de todo, alpargatas, escobas y mazorcas de maíz, y va tirando. La hija le escribe desde París: cuenta y no acaba, y dice que ahora marcharán a Italia, donde la señorita va a cantar en los teatros. La Rucha hija dice que ya empieza a hablar francés. Mandó un retrato con la Torre de Eiffel al fondo.

Don Carlos cerró la casa de la Vieja, después de enfundar los muebles y de guardarlo todo, y se llevó a la suya unos cuantos cachivaches y el retrato de doña Mariana y el sillón donde ella se sentaba. Vive en su torre, de donde no baja casi nunca, si no es alguna tarde que va a la taberna del Cubano, o alguna mañana que abre las ventanas de la casa de la Vieja para ventilarla. El cochecito también se lo llevó, con el caballo, y paga la contribución como si fuese propio. De lo que hace en la torre poco se sabe. Paquito, el Relojero, no cuenta mucho. «¡Libros, libros, siempre con libros!», suele decir. Y de ahí no sale. De una manera o de otra, don Carlos Deza ya no da qué pensar. Otras cosas hay más importantes.

La principal, las relaciones de Cayetano y Clara Aldán. Se empezó descubriendo que todas las tardes iba a verla y se pasaba en la tienda cosa de una hora y después marchaba a su casa. «¡Bueno! –se comentó–, ¡ahora le tocó a ésta!» Y no es que no chocase, por lo que el propio Cayetano había hablado de ella y por su enemistad declarada con Aldán; pero, en el fondo, no dejaba de ser tranquilizante que volviera a las andadas y precisamente con una chica de mala reputación. Se pensó que vendría de noche a dormir con ella, pero un día se averiguó por la criada de doña Angustias que en los últimos tiempos Cayetano no había faltado una sola noche a casa y que se acostaba más bien temprano, o después de cenar, o cuando regresaba del casino. Fue entonces cuando la gente empezó a sorprenderse y a poner los medios naturales para enterarse de lo que pasaba: se organizó una vigilancia tan perfecta como espontánea, se les siguieron los pasos a uno y a otro y se pudo comprobar que Cayetano, salvo si algún negocio lo requería fuera, iba directamente del trabajo a la tienda de Clara, se sentaba bien a la vista de todos, estaba de palique como una hora, y más adelante como dos, y después se marchaba y no volvía hasta el día siguiente. Y en este tiempo, nada que no pudiera ser visto, como si contaran con que los estaban vigilando y quisieran hacerlo todo a la luz del día. Cayetano faltó unos días, antes de las elecciones, y después volvió como si nada, sin otra novedad que llevarla algunas veces a cenar a una taberna, o a comer un domingo al mediodía, y algunas tardes al cine, como antes solía hacer, con don Car-

los, Clara Aldán. En la taberna no faltaban ojos que los mirasen; en el cine, siempre había detrás alguien que no perdía ripio, y si la llevaba a casa, o los seguían, o los esperaban, y nada. Costó trabajo creerlo, pero acabamos rendidos a la evidencia y, lo que es peor, asombrados. A los hombres nos daba risa, pero las mujeres se indignaron. No hubo casa de Pueblanueva ni hora de comer en que esposas o hijas no pusieran verde a Clara y no dijeran de Cayetano que, después de haberse hartado de poner cuernos, andaba ahora a la procura de los suyos, que iban a ser lucidos y floreados como una primavera. De las que más alboroto armó fue Julita Mariño: como Clara, desde que vino la francesa, oye misa los domingos sentada en el banco de doña Mariana, Julita capitaneó una comisión de muchachas que fue a pedir al cura que la echase de la iglesia o ellas no volvían más. «¿Qué más quisiera? –les respondió don Julián–, pero no es pecadora pública ni hereje excomulgada para que pueda hacerlo, y en cuanto al banco, la tengo que aguantar como aguanté a la Vieja, porque tiene derecho.» Entonces a Julita se le ocurrió que podían buscarse los hombres que se habían acostado con Clara y llevárselos al cura de testigos; pero ninguno apareció que lo hubiera hecho, o que se atreviera a confesarlo, a pesar de las seguridades que se dieron a los sospechosos, a pesar de los vasos de vino a que se les convidó. Julia Mariño, hecha un basilisco, empezó a gritar que los hombres de Pueblanueva eran todos maricones y que callaban por miedo que tenían de Cayetano, y el que estaba delante, un barbero que había cortejado a Clara cosa de un año atrás, le respondió: «¿Qué más quisiera yo, señorita, que haberlo hecho y decirlo? Pero una vez que quise meterle mano me largó tal patada en cierto sitio que aún me duele.»

La cosa llegó también a doña Angustias, y si se apenaba cuando le venían con el cuento de que su hijo se acostaba con tal Fulana, mucho más se apenó al saber que andaba con ésta y que no se acostaba. No había tarde en que tres o cuatro beatas no fuesen a condolerse y a llevarle las últimas noticias, a consolarla en su llanto y a levantarla de su tribulación. «Pero, señora, ¿y su autoridad de madre, y el amor que su hijo le tenía, ya no valen nada?» «¡No me hable, no me hable! ¡A mi hijo le dieron algo, porque ya no es el mismo!» «Pero, señora, ¿y él qué dice?» «¡No dice nada, ni deja que del caso le hable!» «¡Pues por ahí se asegura que se van a casar, y no por la Iglesia, sino por lo civil, como los republicanos!» «¡Entrar ella en mi casa como señora y salir yo por la puerta de las criadas todo sería uno!» «Pero, señora, ¿y usted va a permitir que las cosas lleguen a tal extremo?» «¡Dios no lo quiera, pero de un hombre endemoniado cualquier disparate puede esperarse!» «¿Aun faltar a su madre?» «¡La experiencia nos dice que cuando se mete por medio una mala mujer, ya no hay madres ni esposas! ¡Si lo sabré yo, que tanto tengo sufrido...!» Salían de su lado compungidas las beatas y aseguraban que no hay dicha completa y que las riquezas no dan la felicidad. Y no parecían muy tristes al decirlo, pese a la compunción.

Doña Angustias mandó decir misas, que se supo, y rezar novenas y rosarios. Y no hay seguridades, pero sí sospechas, de que también pidió a don Julián que echase a Clara de la iglesia, y de que el cura se disculpó como pudo, y prometió hacer algo, sólo por no ver a doña Angustias disgustada y avergonzada en el primer asiento del primer banco, al lado del Evangelio, que es el suyo. Pero no hizo nada, o lo que hizo no dio resultado. Es el caso que el párroco de la iglesia de la playa dio en decir que si el asunto se hubiera planteado en su jurisdicción, ya lo hubiera resuelto echando a Clara. Se enteró doña Angustias, apremió a don Julián, éste visitó a Clara, Clara lo mandó a paseo, y el primer domingo se presentó en la iglesia como siempre, y ocupó en el banco de doña Mariana el sitio que ya parecía suyo. Doña Angustias se levantó, mandó a su criada: «¡Vámonos!», y salió de la iglesia pisando fuerte y con la cabeza levantada; Julita Mariño, que estaba con su madre, dijo en voz alta, que todos la pudieron oír: «¡También nosotras, mamá!» Diciéndolo o sin decirlo, varias señoras más, *y varias muchachas, salieron de la iglesia y se fueron a oír misa a la parroquia de la playa. Cuando don Julián salió revestido, había grandes claros en los bancos delanteros, que son los que ocupó siempre la gente de más viso. Pero lo bueno del caso es que Clara Aldán no pareció enterarse, y allí seguía, arrodillada, con el velo muy echado sobre la cara, metida en sí como si meditase en los problemas del mundo. Aquella tarde, don Julián anduvo de casa en casa y acabó por visitar a su colega, con el que dicen que tuvo una agarrada fuerte porque le había arrebatado la clientela asegurando que hubiera hecho lo que no estaba facultado para hacer por ningún canon de este mundo ni del otro. Pero no se arregló el cisma: Clara va a su iglesia, y las otras a la parroquia. Con lo que se empieza a murmurar que don Julián se ha pasado al Frente Popular porque quiere ser obispo, y espera que Cayetano, que ahora es un personaje político, lo recomiende.*

Motivos hay para pensarlo, no sólo por el asunto de la de Aldán. La conducta de don Julián durante las elecciones no está muy clara. Con el señor Mariño, con la mujer de Carreira, cristera donde las haya, y con dos o tres más, formaba el comité de las derechas. Pidieron cuartos, hicieron viajes, pagaron votos y repartieron propaganda como en otras ocasiones. Aunque parezca exagerado, también en Pueblanueva había un gran cartel, que cubría todo el frente de una casa, con el retrato de Gil Robles y un letrero que decía: «A por los trescientos», como dicen que había en Madrid, si no es que el de Pueblanueva, con tanta lluvia como vino por aquellos días, se deslució en seguida y hubo que quitarlo. Un sábado de febrero, al mediodía, llegó un camión cargado de muchachos con banderas españolas, se pararon en la plaza, juntaron gente y echaron seis o siete discursos: que si la Religión, que si la Patria, que si la Propiedad y que si la Familia. Se les escuchó como a todos, pero Julita Mariño, capitana de chicos y de chicas, unos veinte en total, gritaba al frente de sus tropas: «¡Viva España y viva Cristo Rey!» Muy bien. Aquella misma tarde, después de comer, llegó otro camión, cargado con muchachos y muchachas con banderas republicanas, si no es que algunos vestían una especie de uniforme y saludaban con el puño en alto. Hablaron tres o cuatro y, al final, cerró el acto don Lino, con un discurso que traía preparado, en el que se preocupó, sobre todo, de dar seguridades al capital. Estaban allí los trabajadores del astillero y los pescadores con el Cubano al frente. Todos aplaudieron, y los del camión se fueron muy satisfechos de su éxito. Por cierto que entonces Paquito, el Relojero, que había asistido muy serio a los dos mítines, se subió a una ventana del Ayuntamiento, dijo que también él quería hablar, y, por oírle, se juntaron unas docenas de personas. Con el bastón al hombro y la pajilla en el bastón, empezó diciendo: «Vosotros sois idiotas, y los que hablaron hay, tan cabrones son unos como otros. Gane Gil Robles o gane Azaña, vosotros no habéis de mandar, y menos en Pueblanueva, donde no hay más amo que uno, con monarquía, con república o con el comunismo que viniera. De modo que iros a dormir y mañana cogeros una buena borrachera, y dejar que ellos se peleen. Os lo digo yo, que soy más listo que todos y he recibido bofetadas de unos y de otros por mi maría de andar diciendo las verdades. Pero esta vez os pronostico que veremos correr la sangre, porque cuestión de tanto mando es contra la ley de Dios, y los ambiciosos de este mundo mueren a hierro y a fuego. Esto lo tengo leído en libros verídicos, y es la pura verdad». Por si la había dicho o por si no, lo bajaron de la ventana y le dieron una buena tanda de palos, y allí quedó tirado, hasta que alguien le tuvo compasión y lo llevó a una taberna, donde lo reanimaron con aguardiente.

Aquella noche, cuando estaba reunido el comité de las derechas en casa de Mariño, se presentó Cayetano. Nada hay secreto, y lo que pasó se supo a la media hora. El cura, al verle entrar, se levantó muy digno y le preguntó: «Usted, ¿a qué viene aquí?» Y entonces Cayetano, sin perder la serenidad, le contestó: «Si mañana pierde las elecciones el Frente Popular, tendré que cerrar el astillero y despedir a la gente. Y a ver entonces qué comen ustedes y de dónde va a sacar mi madre dinero para sus donativos a la iglesia. De modo que arréglense como puedan para que yo disponga mañana por la noche de actas de todo el distrito con el triunfo de mis candidatos». Y se marchó. «¿Habrá insolente?», dicen que dijo el cura. Y Mariño respondió: «Es la soberbia que da el dinero». Pero la señora de Carreira se levantó, cerró la puerta y preguntó que si era cierto aquello de que iba a cerrarse el astillero. Mariño dijo que sí. «Me consta que estos días atrás, cuando Cayetano estuvo de viaje y todos creímos que era por algo de elecciones, fue a negociar una hipoteca de medio millón. Me lo han asegurado en Santiago.» «Pero ¿qué hizo, entonces, de su dinero?» «Se lo ha gastado todo en jornales y materiales desde que no le dan créditos.» «Y si ganan las izquierdas, ¿se los darán?» «Si ganan ellos, le darán lo que quiera.» «Pues la cosa es para pensarla», dijo la de Carreira. Nadie habló más, pero don Julián estaba preocupado. Al final se quedó sólo con Mariño.

Al día siguiente, domingo, no se vio jubileo semejante. Desde las siete de la mañana había colas delante de los colegios. Todos estaban allí, mujeres y hombres, curas y hasta los frailes del monasterio, de uno en fondo, con el prior delante. Algunos mozalbetes de un bando y de otro anduvieron a palos, y por la tarde, con el vino, se repitieron las peleas. Pero las urnas fueron respetadas y, lo que se dice dentro de los colegios, se guardó orden. Como siempre hay un chivato que lo dice, se fue sabiendo la marcha del escrutinio. Ganaban unos u otros, según el colegio, y andaban equilibrados. Las actas se extendieron honradamente, pero alguien les dio el cambiazo, y las que salieron para ser examinadas por el Gobierno Civil daban el triunfo a las izquierdas. ¿Por qué la gente se empeña en atribuir el gatuperio a don Julián y al señor Mariño? Sus razones habrá.

Cuando se enteró la gente de que habían triunfado las izquierdas en toda España, abandonaron el trabajo y se fueron juntando en la plaza del Ayuntamiento. La puerta de la iglesia estaba cerrada, y también la verja de hierro, por si las moscas. Dieron en cantar mientras esperaban, y la cosa fue pacífica. Por fin, llegó don Lino, elegido diputado, y Cayetano con él. Don Lino se dirigió a las masas y les echó un largo discurso lleno de promesas: fue muy aplaudido, pero la gente se aburrió, porque nadie le entendía. Al final, Cayetano dijo solamente: «Trabajadores, nuestro triunfo nos asegura el trabajo y la prosperidad del pueblo. ¡Viva la República!» Le contestaron «¡Viva!», y mucha gente lloraba. El mismo Cayetano empezó entonces a cantar:

¡Arriba los pobres del mundo!
¡En pie los esclavos sin pan!

Le siguieron como un solo hombre, y en lo que quedó de día no se oyó en Pueblanueva más que «La Internacional», mejor o peor cantada. Habían cerrado muchos comercios, por miedo a que los asaltasen; pero cuando se supo que Cayetano había ordenado el respeto a personas y propiedades, los volvieron a abrir, y salvo los sopapos que suele haber los domingos en la plaza entre mozalbetes de un lado y de otro, en Pueblanueva del Conde no ha pasado nada. Pero todos nos preguntamos: ¿por cuánto tiempo? Y las miradas de los trabajadores nos ponen miedo.

Pero no todo es paz en la viña del Señor. Don Lino le dijo a Cayetano, delante de todo el mundo: «Bueno. Ahora que hemos ganado le haremos a usted alcalde». Y Cayetano se le quedó mirando y le respondió: «Nombraremos alcalde a quien me dé la gana, como lo hice a usted diputado». «A mí me eligió el sufragio popular y represento la voluntad del pueblo.» Entonces Cayetano se echó a reír: «¿No se ha dado cuenta todavía de que la voluntad del pueblo coincide con la mía?» «¡A eso se llama fascismo, y contra eso venimos a luchar!» «Llámele como quiera y luche contra quien le dé la *gana, pero no olvide que en Pueblanueva mando yo.» Desde entonces, don Lino cabildea con los que tomaron en serio las elecciones y pretende quitar el mando a Cayetano. Y en esto están las cosas.*

Capítulo 8

Llovía a Dios dar agua. Batía la lluvia contra los cristales del autobús, y alguna chispa menuda se colaba en el interior y se quedaba, brillante, en la manga de la gabardina: un instante nada más. La tela la absorbía y, en su lugar, una manchita oscura daba su testimonio. Los viajeros cabeceaban. De rato en rato paraba el autobús, y alguno descendía y quedaba al amparo de un caserío o, sin amparo, en un cruce de caminos. El autobús arrancaba, chorreante, renqueaba cuesta arriba y aprovechaba con cautela las pendientes. Cerca de Pueblanueva paró el motor. El chófer se apeó, maldiciendo. Alguien le echó, desde arriba, un saco para cubrirse. Hurgó en el mecanismo, arregló la avería y continuó la marcha. «¡Menos mal que estamos llegando!», comentó alguien. Un poco más adelante, el chófer corrió el cristal de separación y gritó a Juan: «¿Se queda aquí o sigue al pueblo?» Estaban frente a la carretera que llevaba al pazo de Carlos. Juan miró el valle lluvioso, la larga carretera de guijarros desnudos y grandes charcos. «Mejor será seguir.»

Halló las piedras de Pueblanueva ennegrecidas, sucia la cal de las fachadas, verdeante el recebo de los aleros y el rojo de los tejados. No había un alma en las calles. El autobús dio un viraje brusco y se metió en la plaza. Los puestos del mercado aparecían cubiertos con lonas y hules envejecidos y nadie en ellos. Unas mujeres y unos niños, acurrucados, tapados con sacos y mantones, aguardaban bajo los soportales.

Juan esperó a que salieran los demás viajeros. Habían empezado a descargar los equipajes, y las mujeres y los niños reclamaban a gritos su transporte. Juan se sintió agarrado, sacudido: «Señorito, la maleta, ¿le llevo la maleta?» De un salto se acogió a los soportales. Le había tocado el turno a su equipaje, y una maleta tras otra se deslizaban por la escalerilla: tres maletas y tres cajones. «¡Cuidado, que no se mojen!», gritó; y después dio instrucciones al mozo del autobús para que lo guardasen todo hasta que él pasara a recogerlo.

–Su hermana vive aquí al lado –le dijo el mozo.

–Es que seguramente no iré a su casa.

En una de aquellas casas –¿en cuál? –tenía su tienda Clara. Con ir mirando, daría con ella. Sacudió el agua del sombrero y se lo encasquetó con cuidado, un poco hacia delante, un poco ladeado. Los zapatos, apenas humedecidos, brillaban todavía, y las rayas del pantalón se conservaban impecables. En cuanto se echase a la calle, los zapatos perderían brillo; el sombrero, apresto, y tiesura los pantalones. También era mala suerte.

–¿Le parece bien este rincón? –le preguntó el mozo del autobús: había amontonado maletas y cajones, y ahora los cubría con un papel grueso y roto.

–Sí, está bien. Ya mandaré a buscarlos.

–Que pregunten por mí. Usted ya me conoce.

Dio una peseta al mozo y se apartó. Los viajeros se habían marchado y los soportales quedaban desiertos. Se arrimó a una columna.

–Lo que es llover, lloverá todo el día –comentó el mozo al pasar–. Si quiere le busco un paraguas.

–No, no, no vale la pena.

–La casa de su hermana está ahí al lado. Puede esperar allí.

En último término iría. Prefería, sin embargo, esperar. Quizá un claro que venía por poniente, encima del monte, trajera la escampada. Buscó el tabaco y encendió un pitillo. El mozo volvió a acercarse. Sonreía, con la punta de un cigarrillo pegado a la esquina del labio. Era un tipo maduro, colorado. Llevaba boina y un abrigo viejo.

–Novedades, como verá, pocas. Pero la iglesia la han arreglado.

Siguió adelante, arrastrando un carretilla. Juan, entonces, se fijó en que las tejas de la iglesia eran nuevas y que las piedras estaban limpias de verbenas y musgo. También habían pintado la verja del pórtico.

–La Vieja, con esto, habrá salvado su alma.

Le embarazaba el guante para fumar y se lo descalzó. Al cabo de los soportales apareció una figura cubierta con un gran paraguas, en seguida cerrado. Juan disimuló la mirada curiosa; luego, la mirada alegre. El sujeto del paraguas parecía el boticario, aunque enlutado. Se ladeó y alternó las miradas entre la iglesia y don Baldomero, que se acercaba, arrastrando el paraguas. Cuando descubrió a Juan, cuando le reconoció, alzó los brazos y aligeró el paso.

–¡Si es Aldán!

Aldán se había vuelto enteramente hacia la plaza, y, al oírle, dio un giro brusco, casi militar.

–¡Don Baldomero!

Fue hacia él y se dejó abrazar. Resonaron las palmadas en las espaldas y los saludos dichos al mismo tiempo.

–Acabo de llegar. ¿Y ese luto?

–La pobre Lucía. ¿No sabía usted nada?

Juan movió la cabeza y se quitó el sombrero. Quedó al aire la cabeza bien peinada, ligeramente olorosa.

–Nadie me lo escribió. Aunque lo cierto es que tampoco yo he escrito a nadie desde hace varios meses.

–Pues ya ve usted: una muerte inesperada y un poco extraña.

—Pero ella estaba enferma hace tiempo...
—Sí, ¿quién lo duda? Tuberculosa, pero no en tal grado que la muerte fuese a venir tan pronto. Además, la había enviado a la montaña y llevaba allí varios meses, muy mejorada. Cuando, de pronto, ¡zas!, me avisan que está peor, y llego por los pelos para verla morir. Una cosa muy rara.

Levantó un poco la vista y examinó el rostro de Aldán.

Juan no parecía haber recogido la sospecha. Mantenía en el rostro una tristeza convencional, y ahora se desabrochaba la trinchera, muy lentamente, hasta dejar al descubierto la chaqueta gris y la corbata azul.

Sacó del bolsillo un pañuelo doblado y se secó la frente.

—Pues lo siento de verdad, don Baldomero. ¿Quién había de decirlo? Unos vienen y otros van, y así es la vida.

—Yo, todas las mañanas, voy un rato a la iglesia a rezarle. Era una verdadera santa. Prefiero esta hora del mediodía porque no hay nadie. ¿Por qué no viene conmigo?

Juan rió.

—¿A la iglesia? Usted sabe que yo...

—Puede venir como curioso. La han arreglado por dentro y por fuera y vale la pena verla. El día de la inauguración asistieron todos los ateos del pueblo.

—Es que yo no soy propiamente ateo, usted lo sabe.

—Pues mejor. Así entenderá algo de Dios, y eso es justamente lo que necesito.

Le cogió del brazo y le empujó.

—Anímese. Abriré el paraguas y le taparé. Tengo ganas de hablar, y ahora, desde que don Carlos apenas aparece por el casino, no hay con quien cruzar una palabra que no sean barbaridades.

—Es que... llevo zapatos finos y no querría mojarme.

—¡A buen lugar viene con zapatos finos! Vamos.

Metió a Juan debajo del paraguas enorme. La lluvia tecleaba en la tela tensa y se escurría a chorros delgados por las puntas de las varillas. Juan sorteó los charcos y sus zapatos alcanzaron el pórtico sin pérdidas importantes para el brillo; pero en los pies sentía la humedad.

—Voy a dejar aquí el paraguas. No lo llevará nadie. ¡La gente ya no viene a la iglesia, querido Aldán! Y no le falta razón, como va a ver en seguida.

Dejó el paraguas escurriendo en un rincón.

—Entre, y le explicaré cómo los hombres son instrumentos de Dios, aunque no se lo propongan. O, ¿quién sabe?, del demonio. Porque detrás de la Cruz está el demonio muchas veces, y uno no sabe distinguir...

Sólo estaba encendida la lámpara del santuario, y en la nave de la Epístola, frente al Crucificado, unas docenas de velas en candelabros de hierro negro. Un resplandor suave lanzaba contra la oscuridad las sombras más oscuras de las columnas. Juan quedó sobrecogido.

—Es bonito esto.

Don Baldomero se había santiguado, pero no se arrodilló.

—Ya lo creo. Sobre todo sin luz. Pero la luz trae sorpresas. Acérquese, ya verá.

Echó a correr por el pasillo central y subió al presbiterio. Juan le siguió con calma: vio cómo se escondía, oyó un chasquido y el presbiterio quedó iluminado.

—Y ahora, ¿sigue pareciéndole bonito?

La luz súbita había ofuscado a Juan. Se restregó los ojos y parpadeó hasta acomodarse a la fuerza de la luz.

—No veo bien.

—Aléjese, tome perspectiva. Ahí es el lugar. ¡Lo tengo tan estudiado...!

Juan se había detenido en la tumba de doña Mariana y no paró mientes en ella. Con la cabeza semialzada contemplaba el Cristo. Hizo visera de las manos y se estuvo así un rato. Don Baldomero llegó hasta él con pasitos menudos, quedó a su lado y no dijo nada.

—No entiendo mucho de pintura, pero debe ser bueno. Lo pintó el fraile, ¿no?

—Eso cree la gente; pero, entre nosotros, estoy convencido de que lo pintó el demonio.

Juan se volvió hacia él.

—¿Es que no le gusta?

—¡No se trata de eso, Aldán! ¡No podemos plantarnos ante una imagen de Cristo y decir que es bonita o fea! El problema es de si eso puede ser Cristo o de si es todo lo contrario. Porque yo tengo mis dudas.

Daba la espalda al presbiterio, y la cara le quedaba en penumbra.

—Yo no me planteo ese problema —insinuó Juan—; ya sabe que yo...

—Usted, dígame la verdad: si mira esa cara, ¿no se siente acusado?

—¿Acusado? ¿De qué?

—De sus pecados; porque usted tendrá pecados. Acusado en última instancia, acusado en el Juicio Final, cuando la cosa no tiene remedio y de aquí sale uno con pasaporte para el infierno.

Juan daba vueltas al sombrero.

—Pues, no.

—¿No le da al menos inquietud? ¿No se siente molesto de mirar?

—¿Por qué? Aunque fuera lo que usted dice, tengo la conciencia tranquila.

—¡La conciencia tranquila! ¡Ni los santos la tienen! La conciencia tranquila es el mayor engaño del demonio; pero lo de ese cuadro es otro engaño. Dice que no hay perdón, ¿me comprende?, y el que no cree en el perdón acaba perdiendo todo interés en ser perdonado. Mi querido Aldán, cuando vi por primera vez esa pintura, me prometí no entrar jamás en esta iglesia. Pero ya ve, he vuelto. Me siento atraído. Me paso aquí todos los días una hora escuchando... ¡Sí, no se ría! Porque, para mí, habla. Yo soy un pecador y tengo mucho de qué arrepentirme... ¡Quién sabe si hasta de crímenes! Pues vengo aquí y escucho la voz que me dice: «La suerte está echada y tú estás condenado». Y siento una gran paz interior. ¡Con decirle que bebo menos...!

Cogió a Juan del brazo y lo arrastró hacia la nave de la Epístola.

—Las drogas deben de ser algo así. Porque, cuando me marcho, empieza el miedo, y de noche, ya no es miedo, es terror. Se me aparece mi difunta y me dice que no volveremos a vernos, y, a veces, doña Mariana me grita desde el infierno que ya tengo sitio a su lado. ¡Espantoso! Y todo por el puñetero cuadro.

Se había arrimado a una pilastra, fuera de la luz.

—Por ahí, la gente quema iglesias. Dios me perdone, pero agradecería que quemasen ésta. Si no, caeré del todo en la trampa del demonio. ¡No sabe usted, querido Aldán, qué dulce es! Llego, me siento, y nada me importa ya. Un hombre como yo debería ahora estar bramando contra esos bárbaros que nos gobiernan. Mi obligación hubiera sido echarme al monte y levantar la santa bandera de la Tradición. A veces lo pienso... Tengo en casa una carabina, y hay media docena de amigos en toda Galicia que me seguirían. Pero, después, vengo aquí, y los bárbaros me importan un pito, y otro tanto la Santa Tradición.

Echó las manos a los brazos de Juan y lo sacudió.

—Usted, que es anarquista, podía quemar la iglesia, o, por lo menos, esas pinturas.

—Yo no quemo iglesias, don Baldomero.

—¡Ya lo sé! Aquí no hay nadie que queme iglesias. El amo lo ha prohibido. No hay más esperanza que vengan de fuera...

—Y, a propósito, usted, ¿a qué ha venido? ¿Es por lo de su hermana?

Juan le miró sorprendido.

—¿Qué es lo de mi hermana?

—¡Ah! ¿No lo sabe? ¡Como es novia de Cayetano...!

Permanecía en la oscuridad, pero las luces del presbiterio iluminaban a Juan: brillaba la corbata de seda, brillaba la punta de los zapatos. Y la trinchera, abierta, dejaba ver el forro de tela escocesa.

—¡La novia de...!

Don Baldomero advirtió el gesto de sorpresa, la estupefacción de la mirada.

—He dicho novia, ¿eh?, y nada más que novia. ¡Buena es la gente del pueblo si fuera otra cosa! Y eso es lo que choca, dadas las costumbres de Cayetano.

—No lo puedo creer.

—Pues va para dos meses, y quizá más. ¡Con decirle que la gente ya no habla de eso...! Pero como usted y Cayetano siempre se llevaron mal, pensé que se habría usted enterado y que vendría a arreglarlo.

—No. No he venido por eso...

Le salió la respuesta ronca y un poco dramática.

—A juzgar por el traje, no parece que las cosas le hayan salido mal. Viene usted hecho un señorito... ¡Lo es, claro!

Un poco tarde, quizá. Juan agradeció el piropo con una sonrisa.

—Sí, no me han ido mal las cosas —echó hacia atrás la trinchera y recogió las manos a la espalda, sin soltar el sombrero—. Claro que podrían ir mejor. Pero estos socialistas...

—¿Es que no se lleva bien con ellos?

—¡Estamos a matar!

Don Baldomero rió.

—¡Pues anímese, hombre, que si yo me libro de ésta y me echo al monte le invitaré a la partida! El enemigo común une mucho.

Se apartó de la pilastra y quedó iluminado.

—Espere. Voy a apagar las luces, que si me descubre don Julián dirá que se consume mucho fluido...

Marchó hacia el presbiterio. Juan, con la cabeza agachada, caminó por la nave. Quedó la iglesia a oscuras y se oyeron los pasos de don Baldomero, que iba hacia la puerta.

—¡Con cuidado, no vaya a tropezar!
Seguía lloviendo. Don Baldomero recogió el paraguas de su rincón.
—¿Quiere que le lleve a alguna parte?
—No. Tengo que ver a Carlos, pero el pazo está muy lejos. Cogeré un automóvil.
Don Baldomero rió y le palmoteó la espalda.
—¡Un automóvil! Se ve que estamos en fondos, ¿eh? Pues ande, venga conmigo. Le dejaré en el garaje.
—¿Quiere un pitillo?
—¡Bueno! Vamos fumando. Siempre entretiene...

A Carlos le extrañó el ruido del motor en su jardín: creyó reconocerlo en medio del rumor de la lluvia y se asomó. El automóvil se había detenido y alguien se apeaba. Abrió la ventana y preguntó quién era. Juan levantó la cabeza.
—Soy yo, Carlos.
—¡Juan!
Carlos corrió por el pasillo. Retumbaron los pisos, se estremecieron las escaleras. Cuando llegó al zaguán, Paquito hacía reverencias y barría el suelo con la pajilla.
—¡Señor ministro, bienvenido! ¡Quítese el sombrero, señor ministro, que lo trae mojado! ¡Don Carlos, tenemos aquí al señor ministro!
Se abrazaron. El *Relojero* quedó un poco al margen, con la pajilla en la mano. Estuvo en silencio y sonriente, mientras ellos hablaban. Pero cuando Juan y Carlos empezaron a subir las escaleras, gritó:
—¿Compro más huevos, don Carlos? Porque supongo que al señor ministro lo convidaremos a comer.
—¡Pues claro, hombre! ¡Y hasta puedes hacer en su honor cualquier extraordinario!
En el pasillo ya, Juan preguntó:
—¿Lo tienes ahora de cocinero?

—Hemos llegado a un *modus vivendi*. Él prepara la comida y yo la cena. Así podemos mantener la independencia. Claro está que mis cenas no pueden compararse con sus comidas: es un buen cocinero.

—¿Y quién lo paga? ¿Tú?

—Él pone los postres.

Al llegar al cuarto de la torre, Juan se quitó la trinchera y la dejó sobre una silla, con el sombrero. Dramático, con los ojos puestos en los de Carlos y las manos extendidas, apenas dijo:

—Ya estoy aquí otra vez.

—¿Con el escudo?

—¿Para qué voy a engañarte, Carlos? ¡Con el rabo entre piernas! Y más hundido aún por lo que acabo de saber. ¡Mi hermana es novia de Cayetano!

Carlos sonrió melancólicamente.

—Sí. Eso parece —le indicó un sillón—. ¿Por qué no te sientas? Acuérdate de Napoleón. Sentados, las cosas pierden dramatismo y podemos verlas con más claridad. Yo me paso la vida sentado, cuando no tumbado, y evito el drama. Ya conoces mi vieja teoría: no hay nada que, analizado, no pierda virulencia.

—Pero eso, ¿no será un modo de escapar a la realidad?

—Quizá, pero siempre para entrar en una realidad distinta. No se puede vivir en dos realidades a la vez, pero afortunadamente disponemos de varias para elegir, y a algunos privilegiados del Destino les es dado pasar de una a otra. Yo me cuento entre ellos.

Se había sentado. Juan se plantó delante, un poco abiertas las piernas —los zapatos habían dejado de brillar— y los largos dedos angustiosamente crispados.

—Pero ¿no te das cuenta de mi situación? ¡Ni casa tengo donde meterme! Porque, en esas condiciones, no voy a pedirle a Clara...

—Has venido aquí, Juan, y aquí tienes tu casa. Salvo si los blasones y la torre ofenden tu dignidad anarquista. Pero también eso puede analizarse. ¿Qué son, al fin y al cabo, los blasones y las torres, sino restos de un mundo muerto y enterrado? Con los hombres que labraron estas piedras, ni tú ni yo tenemos nada que ver. Yo vivo aquí porque carezco de otro lugar más a mi medida, pero no habito mi casa, bien lo sabes. Este cuarto no es el de un señor feudal, sino el de un intelectual moderno. Ya ves: libros, papeles y un poco de fuego, porque tener calefacción central está fuera de mis alcances. Aquí se puede hablar de todo, se puede demoler todo. Desde esa mesa he destruido las almas, y desde esa ventana destruyo, cuando puedo, los hombres y las cosas. No dejo títere con cabeza, palabra. Mi potente cerebro tritura la realidad, y la realidad, así desmenuzada, no me daña. Soy tan anarquista como tú, y me encanta la idea de que colaboremos en la pulverización del universo. Paquito el *Relojero* nos hará la comida.

Las manos de Juan se habían aflojado, los brazos caían a lo largo del cuerpo. Se sentó en el sofá y apoyó la cabeza en las palmas de las manos. Carlos le dijo:

–¿Qué te ha pasado en Madrid?

–He cometido un error político, Carlos. Serví de intermediario en unas conversaciones frustradas entre anarquistas y fascistas, e incluso abogué por un entendimiento. Ahora, el sambenito de fascista no me lo quita nadie.

–¿Y lo eres?

–No. Se trata de una combinación estratégica que no se me ocurrió a mí, pero que aprobé con entusiasmo. Al salir mal, me acusaron de agente del fascismo. Y tuve miedo...

Cerró las manos y se echó atrás en el asiento.

–Además, el dinero se iba acabando. No he ganado ni un solo real. Inés se marchó, y yo...

Metió la mano en el bolsillo y sacó unos billetes.

–Escasamente cien duros. Es todo lo que me queda para el resto de mi vida.

Abrió las manos y los brazos y los tendió a Carlos.

—¿Qué iba a hacer? Continuar en Madrid era arriesgado: allí la gente se mata. Y yo no tengo amigos ni pertenezco a un partido que me defienda. Ni una pistola poseo. Pensé que en Pueblanueva...

—¿Adónde se fue Inés? —preguntó Carlos.

—Al extranjero, con Gay. Se han casado ya, o, al menos, eso me han escrito. Supongo que sí, porque mi hermana no es tonta. Tuve que hacerles un regalo. Compréndelo, hay que quedar bien. Esa, al menos, ya está segura. Gay es un muchacho espabilado, y tengo la impresión de que se marcha huyendo de la quema. Porque aquí se va a armar...

—La última vez que hablamos a solas dijiste no sé qué de matar a un general rebelde.

Juan sonrió.

—No es fácil llegar a ellos ni averiguar quiénes son. ¡Qué más quisiera el Gobierno!

El fuego de la chimenea amortecía. Carlos se levantó y echó unos leños. Incorporado sobre el hogar, esquivando la mirada de Juan, preguntó:

—¿Viste a Germaine en Madrid?

—No.

—Ella llevaba tu dirección.

—Era una dirección falsa.

Carlos se incorporó con violencia.

—¿Por qué?

—Le mentí bastante, y no quería que descubriese la verdad.

—¿Cómo habrá hecho, la pobre, para sacar de contrabando su medio millón de pesetas? Porque contaba con tu ayuda.

Juan se encogió de hombros.

—No hubiera podido hacer nada por ella.

—¡Pues sí que llevará un buen recuerdo de los Churruchaos!

—¿No te has portado bien?

—Le di el medio millón; no había más.
—¿Y la casa?
—Cerrada, hasta que su excelencia pierda la voz y tenga que refugiarse en Pueblanueva.
—¿Tú crees?
—Heredó la voz de su madre, y, con la voz, la enfermedad; estoy seguro. Un día, el jilguero se habrá callado para siempre, y ese día, Dios quiera que se retrase, la Princesa Durmiente despertará y quizá recuerde que en un lugar del planeta hay una casa por la que no tiene que pagar alquiler. Quizá ese día se digna enamorarse de ti.

Juan levantó la cabeza bruscamente. Carlos continuó:
—De todos nosotros, eres el único que le había caído simpático. Claro que si le diste una dirección falsa...
—No hemos sido con ella unos caballeros.
—Quizá...

Carlos se acercó a la ventana. Una inmensa masa gris llenaba el valle y lo enturbiaba. Juan se levantó y se aproximó a Carlos. Hizo con la cabeza un movimiento que quería señalar al pueblo borroso.
—Nuestra prisión.

Carlos tamborileó en los cristales. El agua los batía; los goterones se estrellaban contra la superficie lisa y resbalaban rápidos. En el antepecho de la ventana había crecido el musgo.
—Y lo de mi hermana, ¿qué es?
—¿Quién lo sabe? Yo, desde luego, no. Hace tres meses que no la veo.
—Eso hace mi situación más difícil. Porque yo no puedo ser más que enemigo de Cayetano. Es casi una cuestión de honor.

Carlos se volvió hacia él, miró a sus ojos, puso sus manos en los hombros impecables del traje.
—Cayetano es un buen muchacho. Ha cambiado mucho, ¿sabes? En el pueblo no se mueve una rata porque él lo orde-

na; pero, a cambio, nadie discute ya su mando. Hasta los pescadores... El astillero estuvo en peligro..., es una historia que ya te contaré. Hubo un momento de pánico. Entonces surgió una hermosa solidaridad entre los afiliados a la C.N.T. y los miembros de la U.G.T. ¡Los mismos que hace un año se apaleaban en nombre de Cayetano y de la Vieja! Es cierto que Cayetano no ha hecho nada por los pescadores, pero tampoco hizo nada en contra.

–¿Cómo va lo de los barcos?

–Cada día peor. Se pesca, se vende bien y no da para gastos. Ahora nos damos cuenta de que la Vieja hubiera sido capaz de arruinarse por sostener un negocio nada rentable. Cayetano tenía razón. ¡Si vieras, si escucharas a tus amigos! Están alicaídos, decepcionados, y empiezo a creer que rencorosos. Viven tan mal como antes, pero con la amenaza de que se lleven los barcos los acreedores. Yo voy a veces por la taberna del *Cubano*, y, mientras he podido, les he ayudado. Pero ya no dispongo de dinero y la situación, dentro de un mes, será gravísima. Dos pesqueros hipotecados, sin dinero para pagar las rentas de la hipoteca, y las letras de redes nuevas, y de otras cosas que se compraron, y que ya hemos renovado un par de veces, vencerán. Tu hermoso sueño fue también un fracaso.

–¿Sin remedio?

–¡Si el Estado ayudase...! Pero ¿quién se ocupará en Madrid de unas docenas de pescadores? Alguna vez, el *Cubano* mentó tu nombre: «Don Carlos, ¿no cree usted que Aldán podría...?» Le disuadí: «Aldán es un anarquista, y un Gobierno socialista no puede ver con simpatía a un tipo como Aldán.» «Pero ¡aunque no fuese más que escribir sobre nosotros, que contar al pueblo lo que hemos hecho, lo que podríamos hacer, y las razones por las que nos vamos a morir de hambre! Porque Aldán escribe en los periódicos...»

Miró a Juan y dejó caer la mano.

–Bueno. Yo no sabía si tú podías hacer algo o no. Preferí...

Aldán desvió la vista hacia la lluvia. Carlos sacó tabaco y le puso un pitillo en la mano.

—Acaso ahora que estás aquí...

—¿Crees de veras que se podrá hacer algo? ¿Que podré hacerlo yo?

—Hay dos personas en cuyas manos está el posible remedio de la situación de esa gente: una, Cayetano, si se presta a admitirlos en el astillero. Va viento en popa, y cuando bote el barco que tiene en construcción pondrá dos quillas para buques de mayor tonelaje. Necesitará gente. La otra es don Lino, el maestro. Ha salido diputado. Quizá él pueda conseguir del Estado un socorro, cualquier clase de ayuda. Cierto que ninguno de los dos siente la menor simpatía por los pescadores. ¿Serías tú capaz de hacérselos simpáticos?

Juan abandonó la ventana y se llegó hasta el sofá. Dejó el cigarrillo en el borde de la mesa, pareció que iba a sentarse, pero se acercó de nuevo a Carlos.

—A Cayetano, desde luego, no. Y menos ahora. Antes, cuando éramos enemigos declarados, quizá.

—Lo de don Lino es menos seguro. Pero ¿quién sabe? Yo, en tu caso, aprovecharía su vanidad.

Juan arrimó la frente a un cristal de la ventana y miró a la mar lejana. Carlos se apartó. Los leños hacinados en el hogar se desmoronaron y uno de ellos, apenas quemado, humeaba fuera de la chimenea. Lo agarró con las tenazas y lo arrojó encima del montón.

—¿No traes equipaje?

—Lo dejé en la estación de los autobuses. El mozo me lo guarda —respondió Juan sin volverse.

—Hay que bajar al pueblo y traer un colchón y ropas para tu cama. Si quieres, puedo subirlo.

Juan, entonces, se volvió.

—¿Tienes que comprar todo eso?

—No te apures. En casa de la Vieja hay para elegir. ¿Lo prefieres de plumas o te contentas con uno de vulgar lana? Personalmente, te recomiendo el de lana: en esta casa hace un frío que pela. En cuanto a tu equipaje, el mismo mozo me ayudará a cargarlo.

—Son maletas y cajones...

—El coche podrá con todo.

Habían quedado frente a frente. Se miraban: Carlos, con una sonrisa triste; Juan, sin sonrisa.

El mozo de los autobuses dijo que iba a marcharse a comer, pero que, si quería, por la tarde podría subir el equipaje al pazo.

—Si escampa, claro. Porque con esta lluvia...

—Será mejor, entonces, que los deje ahora en casa de la señorita Clara, y yo mismo los cargaré luego.

—De aquí ahí...

—Voy a advertirla.

Arrimó el coche a un rincón, de modo que el caballo quedase al resguardo del agua. Un niño desharrapado le ofreció cuidarlo. «Sí, que no se mueva.» Le dio unas perras, y los ojos del crío resplandecieron.

—Verá qué bien se lo cuido. ¡Y si me dejase subir al pescante...!

Carlos le dio un cachete.

—Anda, súbete; pero no juegues con las riendas.

El mozo de los autobuses había empezado ya el transporte. Cuando Carlos entró en la tienda, Clara, con los brazos en jarras, contemplaba dos maletas nuevecitas. Levantó la cabeza y agitó una mano.

—¿Y esto? ¿Es de Juan?

Carlos sacudió la boina y la dejó encima de una silla.

—No te preocupes. Vivirá conmigo. ¿Cómo estás?

—Hecha una reina. ¿No me ves? Y, para ti, seguramente muy cambiada. Debe hacer unos tres meses que no pisas esta casa.

—Quizá no me hayas echado de menos.

—Seguro. Por eso no me recuerdo bien si son tres meses o tres meses y un día.

Entraba el mozo con dos cajones y los dejó arrimados a la pared.

—Faltan dos bultos más. Los traeré en seguida.

Clara zarandeó uno de ellos.

—Me gustaría saber qué guarda mi hermano aquí. Porque cuando marchó llevaba un maletín con dos camisas y un par de calcetines remendados.

—Verás qué elegante viene.

—¿Y de dinero? ¿Se ha hecho rico?

Acompañó la pregunta de un gesto. Carlos rió.

—Millonario. Unos cien duros escasos.

—¡Vaya por Dios! ¿Y mi hermana?

—Se casó ya.

—¡Menos mal!

Le dio la risa.

—Me cuesta imaginarla dándole un beso a un hombre.

—Alguna vez te conté que había cambiado mucho.

El mozo trajo los bultos que faltaban; Carlos le dio unas monedas.

—Gracias, señor. Si algo necesita de mí, ya sabe...

Se había quitado la boina, movía la cabezota y doblaba la espalda. Al salir empezó a contar el dinero. Clara miró otra vez la fila de maletas y cajones.

—Bueno, voy a cerrar.

—¿Me echas?

—¡A no ser que quieras comer conmigo...!

—No es cosa de que deje a tu hermano solo el primer día.

Clara cerró media puerta.

—¿Por qué no vino a verme? No creo que tenga queja de mí —cerró la puerta del todo, con violencia—. ¡Vamos, digo yo!

La mitad exterior de la tienda quedaba oscurecida; la luz grisácea de la ventana apenas iluminaba la otra mitad.

—Alguien le dijo que tienes novio y no se atrevió.

—¿Que tengo novio?
—O cosa así...
Clara le agarró del brazo. En la penumbra, le brillaron los ojos.
—¿Qué quieres decir con eso?
—Nada más que eso, Clara; lo que dijeron a tu hermano, lo que también me han dicho hace ya tiempo: que eres novia de Cayetano, o que, al menos, lo parece. Que viene a verte todos los días; que, a veces, salís juntos.

Los dedos de Clara se aflojaron. Se apartó de Carlos y pasó a la parte alumbrada de la tienda: encima del mostrador había cajas amontonadas.

—¿Y qué os parece? Quiero decir qué te parece a ti, porque Juan aún no habrá tenido tiempo de pensarlo.

Carlos se acercó al mostrador.
—Yo no puedo opinar, Clara. Si eres feliz, me alegro.
—Quiere casarse conmigo. ¿No piensas que es estupendo?
—¡Ya lo creo! Sobre todo para ti. Hace poco más de un año pensabas venderte a él por mil pesetas. Es un cambio importante.

Clara se acercó también al mostrador y derribó de un manotazo el rimero de cajas vacías. Carlos dio un paso atrás.

—¡No te apartes, hombre! Lo que quiero es verte los ojos y conocer tus intenciones, porque la gente como tú, en la oscuridad, engaña. Acércate.

Carlos salió de la sombra. Sonreían los ojos y la boca, y hasta las manos, tendidas sobre el mostrador, parecían sonreír. Clara preguntó:

—¿Por qué has dicho eso?
—Quizá un recuerdo inoportuno, pero inevitable. Reconócelo.
—Yo, cuando recuerdo cosas así, las borro del alma.
—A mí, en cambio, el recuerdo se me vuelve palabras.
—Pues te las tragas.
—A ti es difícil mentirte, Clara. Toda tú eres una invitación

a la verdad. ¿Cómo iba a callarme? ¿Y por qué había de hacerlo? No hay ofensa en el recuerdo. Las cosas fueron así, y ahora son de otra manera, bastante menos penosa. Pero las situaciones felices lo son todavía más si se recuerdan las desdichadas. El contraste les da realce.

Clara golpeó el mostrador con el puño.

–¡Cállate! No soy feliz.

–¡Ah! Entonces, no digo nada. Pero tú me has hecho creerlo. ¡Y hubiera sido tan lógico! ¡A Cenicienta, por fin, le llega el Príncipe Azul!

–¡No seas cursi, Carlos! Y no intentes envolverme con palabras, como siempre. Sé sincero, si puedes: te molesta que Cayetano me pretenda, como le molesta a Juan. Ni uno ni otro sale de sus propios sentimientos para considerar los míos. Sólo pensáis que me he pasado al enemigo, que os he traicionado, como si alguna vez hubiera tenido la obligación de seros fiel, o como si vosotros lo merecieseis.

Apuntó a Carlos con el dedo extendido.

–Concretamente tú, ¿qué has hecho para evitarlo? Porque nadie habrá tenido a una mujer en sus manos como me has tenido tú, ni mujer alguna habrá perdido su dignidad por un hombre como yo la he perdido por ti. Empezaste por sacarme del secreto lo que tenía escondido, y acabaste por hacerme esperar toda una noche tu llegada, mientras dormías tranquilamente con una zorra.

Se apartó del mostrador. Caminando hacia atrás, la luz gris la envolvía. Carlos vio sus ojos húmedos, sus manos temblorosas.

–Me has dejado sola. Podías, al menos, haber sido mi amigo –levantó la cabeza y sacudió el cabello que le caía–. ¡Porque yo también necesito quien me escuche! ¡Estoy harta de hablar al cuerpo muerto de mi madre, de insultarla cuando necesito insultar y de llorarle cuando tengo ganas de hacerlo! Desde hace un año, ¿cuántas veces has venido a verme? ¡Se cuentan con los dedos de la mano!

—Vine una tarde —dijo Carlos desde la oscuridad—. Quizá porque estuviese triste y necesitase contarte mi tristeza. Pero vi a Cayetano hablar contigo tan amigablemente, y a ti escucharle tan contenta, que tuve miedo de estorbar. Y no volví, claro. Desde entonces, también estuve solo.

Clara volvió la espalda.

—Porque eres cobarde —giró sobre sí misma, encogida, y tendió los brazos—. ¿Por qué no entraste, dime? ¿Por qué no me disputaste aquí mismo? ¿Por qué no echaste a Cayetano de mi lado? ¡Te hubiera sido fácil, sin pelear, únicamente con tu labia, y más sabiendo que yo estaría de tu parte desde el primer momento!

Quedó en medio de la tienda: erguida, con una acusación en cada mano.

—Te lo voy a decir: por miedo a comprometerte; porque es más fácil acusarme y dolerse, sobre todo cuando se hace, como tú, con palabras elegantes, que quedarse a solas con la mujer que se acaba de ganar y portarse con ella como un hombre.

Bajó la cabeza y cruzó las manos sobre el vientre. El cabello le oscureció la frente y le cubrió los ojos.

—Después de todo, mejor ha sido así. Por lo menos no has quedado mal del todo. Pero sé honrado, reconoce tu culpa y no me acuses. Y ahora escucha.

Hizo una pausa. En la oscuridad se encendió una cerilla y vio el rostro de Carlos a su luz breve. No la miraba.

—Vas a saber la verdad de mis relaciones con Cayetano. Llegó aquí un buen día con intención de acostarse conmigo. No me lo dijo claramente, pero me lo dio a entender. Me creía una puta, y se encontró, de momento, con que al menos no era una puta fácil. Volvió al día siguiente, y al otro. Cambió de procedimiento, y no consiguió nada. Al principio no se explicaba por qué. Se le veía en los ojos, que me miraban como a una cosa rara. Un día me preguntó así, de repente: «Clara, ¿tú eres honrada?» Y yo le dije: «Sí». Quedó más sorprendido que nunca y hasta me pidió perdón por haberse equivocado. Poco a poco me fue teniendo respeto, y a mí me gustaba ver cómo ese respeto lo iba haciendo yo con mi conducta. Empecé a desear su llegada para ponerlo a prueba y no sé si también para probarme a mí, porque estaba desesperada y él era una tentación. Entonces, ya no me bastó que me respetase. Necesité que me quisiera de una manera honrada y no paré hasta conseguirlo. ¡Y conseguí muchas cosas más, todo lo que vosotros, con vuestras arrogancias, no habéis logrado! No te digo que haya hecho de él un santo, pero, al menos, ha olvidado sus odios. Cuando ganó las elecciones le vinieron deseos de venganza contra no sé quiénes que le habían perjudicado en su negocio, y le convencí de que no hiciera nada contra ellos; al contrario, de que les perdonase. ¿Te das cuenta? Cayetano no es peor que los demás, sino como todo el mundo, bueno y malo al mismo tiempo. Su madre, y la gente del pueblo, y quizá nosotros mismos, lo habían hecho cruel.

Se acercó un poco más. La brasa del cigarrillo iluminaba un poco el rostro de Carlos: un rostro atento, unos ojos como puntas de luz.

—Ahora, estos días, anda metido en líos con don Lino, que, desde que salió diputado, se las trae tiesas con él. No olvida que hace tiempo le puso los cuernos y quiere vengarse a su manera. A don Lino se le subió a la cabeza lo de diputado. Pretende ser el que mande. Y yo le digo a Cayetano: «A ti, ¿qué más te da?» Claro que no le da igual, pero algún día le convenceré de que don Lino no es enemigo para él y de que lo envíe a paseo. Estoy segura de lograrlo.

Carlos, entonces, salió de la sombra. Su mano, tajante, empezó a moverse.

—Estás equivocada. Cayetano es el mismo y lo será siempre. Nadie cambia de esa manera sino en apariencia. Todo lo que le sucede es resultado de tu fascinación. Lo reconozco, desde luego, como obra tuya y te felicito. Y no me extraña:

tienes un cuerpo atractivo, un cuerpo que él desea y no consigue, un cuerpo que desea con más fuerza cuanto más se lo esquivas, y tienes además una personalidad poderosa a la que no está acostumbrado. Superior a la suya, avasalladora si quieres. Y él te ha dado ocasión para mostrarte fuerte y honrada. Es la primera vez que se tropieza en su vida con una mujer así: eres lo nuevo, lo desconocido, lo que atrae a un luchador como él, lo que necesita vencer, aunque sea casándose contigo. Pero ¿qué puede más en él, la atracción de tu cuerpo o la de tu personalidad? Por lo que sabemos de Cayetano, el secreto de su docilidad es la esperanza de tu cuerpo. Ahora bien, ¿qué sucederá cuando se canse de él, cuando al año de matrimonio haya descubierto todos sus secretos y empiece a fatigarse? Verás entonces cómo el Cayetano que todos hemos conocido no estaba muerto, sino sólo dormido; verás cómo despertará con más bríos que antes, y quizá entonces seas tú la primera víctima.

Clara movía la cabeza. Alzó la mano, y Carlos dejó de hablar.

–Las cosas del mundo no son como tú piensas, Carlos. En primer lugar, ¿quién te dice que voy a casarme con Cayetano?

–Cuando una mujer hace lo que tú, la cosa acaba en boda.

–Eso espera él, y eso es lo que me hace tener mala conciencia.

Se agarró, de repente, al borde del mostrador.

–Me casaría, quizá, si no hubieras venido hoy aquí. Pero has venido y mi cuerpo tembló al verte, y en esas condiciones no puedo casarme con nadie. Pero si un día puedo mirarte tranquila, ese día, tenlo por seguro, me casaré.

La mano de Carlos hizo en el aire un garabato rápido.

–Eso es invitarme a que desaparezca.

–Te lo he pedido hace tiempo.

–No me deja el Destino. ¡Qué más quisiera yo! Pero puedo no volver más por tu casa. Es como estar ausente.

Clara rió.

—Y, sobre todo, es más cómodo. Piensas que me haces un favor y no te metes en líos. ¡El ideal, Carlos, lo que llevas haciendo toda tu vida!

Le miró con tristeza y se encogió de hombros.

—Es tarde y tengo que guisar. Llévate esas cosas de mi hermano y dale recuerdos de mi parte.

Se coló por debajo del mostrador y abrió media puerta.

—Es mucho equipaje —dijo Carlos—. Tengo que meter otras cosas en el coche y no cabrá. Llevaré ahora las maletas y después...

Clara le interrumpió:

—Después, nada. Yo me encargaré de mandar los cajones, y hasta pagaré a quien los lleve para que mi hermano no gaste sus millones. ¿Dónde tienes el coche?

—Cerca, aquí fuera.

—Te ayudaré.

Cogió la maleta más grande y salió a la calle. Carlos la siguió con las otras dos. El cuerpo de Clara era como una montaña recia y armoniosa en medio de la niebla.

El *Relojero* había preparado un guiso de sardinas con mucho pimentón y, para empezar, un arroz con garbanzos. La mesa estaba puesta en un rincón de la cocina, cerca del llar ardiente. Rebuscando en los vasares, Carlos había logrado hallar piezas de las mismas vajillas, y en cada puesto de la mesa había, al menos, platos iguales entre sí. Con los cubiertos cupiera peor suerte: ninguno emparejaba, y otro tanto sucedía con los vasos. El tinto lo habían echado en una jarra antigua y lo mantenían junto al fuego.

Paquito, con un mandil encima de la chaqueta, servía a la mesa. En honor a Juan permanecía sin la pajilla. Comía poco. Carlos le tasaba la bebida.

Al servir el arroz empezó a hablar de Cayetano:

–Lo que yo digo de esta cuestión es que el que manda debe llevar sobre sí todas las culpas. Porque para eso manda. Cuando una persona muere, decimos que lo quiso Dios, porque creemos que Dios tiene autoridad en todas esas cuestiones. Pues yo pienso que el que manda se pone en el lugar de Dios y entonces no podemos decir que uno se muere porque Dios lo quiso, sino porque lo quiere el que manda. Si no, que no se ponga en el lugar de Dios.

Movía la mano armada del tenedor; con él pinchaba el aire enérgicamente.

–Por eso no me gustaría estar en el pellejo de Cayetano. Antes mandaba mucho. Ahora, es ya como Dios: nadie manda más que él. ¿Qué pasa cuando la tía Rosa malpare? Que lo quiere Cayetano. Yo le digo a la tía Rosa cuando está preñada: «No le ponga velas a San Cipriano, póngaselas a Cayetano». Ella me dice que soy hereje; pero ¿no tengo razón? ¿Que llueve mucho? Cayetano tiene la culpa. ¿Que suben las subsistencias? A Cayetano con el cuento. ¿Que el Gobierno de la República es una calamidad? ¡A Cayetano con las responsabilidades! Yo vi con mis ojos cómo Cayetano traía la República, y vi también cómo fue cuestión de sacar diputado a don Lino.

Se ensombreció su mirada y, en vez del tenedor, blandió el cuchillo.

–Yo leí en los Libros Santos: «No se mueve una hoja sin la voluntad del Señor». Hay que dejar al mundo que marche solo, porque es Dios el que lo mueve. Si las cosas van mal, no podemos quejarnos, porque el Señor las ordena: lluvias, calores, malos partos, muertes repentinas y, a lo mejor, también los granos que le salen a uno, aunque eso de los granos yo tengo mis dudas, porque Dios no puede fijarse en pequeñeces. La cuestión de los granos, a mi ver, es más bien cosa del cuerpo, es decir, del demonio. Porque Dios dijo al demonio en cierta ocasión: «Vamos a repartirnos lo del mundo: las chinches, las culebras y los hijos de puta, para ti. Sobre los cuerpos te doy también cierto poder, en lo respectivo a enfermedades no mortales. Porque, eso sí, a la gente la mato yo». Pero como Dios es justo y tiene piedad de los hombres, llamó también a los santos y les dijo: «A ti, Blas, te entrego las gargantas y te doy facultad para que combatas al demonio que se mete en ellas; y a ti, Amedio, te encomiendo los dolores de barriga y te concedo la misma facultad», y así sucesivamente. Por eso se recomienda encomendarse a los santos en cuestión de enfermedades, porque, aunque tengan menos poder que el demonio, como él es uno y ellos son muchos, el demonio tiene que repartir las fuerzas y siempre acaba perdiendo.

Carlos le sugirió que dejase de hablar, al menos mientras comía el arroz.

–No se preocupe, don Carlos, no me muero de hambre. Pero déjeme, porque pocas veces encuentro un público tan pacífico. Sobre todo, sé que al final no me molerán a palos. Yo soy monárquico por eso, porque entonces no pegaban. Si no, recuerden lo que pasaba en las Cortes cuando estaba el rey: llegaba un señor, decía unas cuantas tonterías y, en vez de aporrearle, le aplaudían; ahora, en cambio, ni en las Cortes dejan hablar. ¡Si pudiera llegar allí!, me digo a veces. Pero pienso luego: ¿para qué? Don Lino lleva dos meses de diputado y aún no dijo ni pío, y eso que pertenece al Frente Popular. Claro que no había porque Cayetano no lo permite. Por eso le tiene rabia.

Se levantó del asiento y se echó el mandil al hombro. Vaciló unos instantes, como si le faltase algo. Carlos le preguntó si quería beber agua. El *Relojero*, sin contestarle, requirió la pajilla, se la puso y sonrió.

–Conviene ayudar a don Lino, ¿saben?, conviene que se reparta el poder para que las cosas vuelvan a como estaban. Dos que mandan tiene muchas ventajas. No se sabe a cuál de los dos echar las culpas, y, así, la gente vacila al llegar la hora de la justicia. Pero ¿qué sucederá si Cayetano sigue solo? Le crecerá el poder, mandará en el país, en Europa, en el mundo. Querrá llegar a los cielos y a los infiernos, y, entonces, los cielos y el infierno se pondrán de acuerdo para aniquilarlo. Porque tengo oído decir que, a veces, los cielos y el infierno hacen las paces, y que cuando Dios quiere castigar a los tiranos de este mundo, no les manda a San Miguel para que los fulmine, sino a Satanás. Estos casos son las excepciones. Uno que se llamaba César Borgia, de quien ustedes tendrán oído hablar, fue cuestión de morir así, a manos de un demonio, y otro que se llamó Arrio, a quien mató el demonio de las letrinas; y a aquella gran prostituta que fue reina de Inglaterra, Ana Bolena, por quien llamamos anabolenas a todas las casquivanas, que a ésa la mató el verdugo, que no lo era, sino un verdadero demonio disfrazado. Pero donde la cosa está más clara fue en la muerte de otro tirano, también rey de Inglaterra, que a éste nadie se atrevía a matarlo, ni los verdugos de oficio, y entonces salió de entre la gente un demonio vestido todo de negro y le cortó la cabeza. Hay muchos casos más.

Bajó la voz, la hizo confidencial, sibilina.

—Tenemos que ayudar a don Lino. Que haya bandos. Cuando son dos los que mandan, hay gente que no obedece. El que no obedece, no tiene a quién culpar. Pero si Cayetano se apodera de mi voluntad y me duelen las muelas, me cago en Cayetano; y si a una madre se le muere el hijo en la mar, cogerá un cuchillo y matará el corazón del culpable, y ya es sabido que, muerto el corazón, muerta está la persona. Lo dice la experiencia. Yo lo he visto.

Carlos y Juan habían acabado el arroz y escuchaban al *Relojero*, los platos rebañados. Junto al fogón reposaban las sardinas, y su olor amable se extendía por el ámbito enorme de la cocina. Paquito no había tocado su arroz. Cogió el plato, lo olisqueó.

—La cuestión es que el arroz no me cae bien. Con marisco, sí. Ahora me callaré la boca y comeré sardinas. Lo de callar es bueno después de haber hablado, porque leí que los profetas, luego de profetizar, se marchaban al desierto, si es que escapaban con vida al furor del que entonces mandaba, que era una reina llamada Jezabel, puta ella, en quien los Santos Padres han visto prefigurada a la Gran Prostituta de Babilonia, la reina del Apocalipsis, cuya menstruación será tan pútrida que de ella saldrán pestes bubónicas y otras catástrofes sanitarias. También eso está escrito, aunque es posible que los adelantos de la higiene consigan evitarlo.

Retiró los platos usados, dejó en el medio de la mesa la cazuela de barro con las sardinas y esperó a que los otros se sirviesen. Lo hizo en silencio, cuando le llegó el turno, y entró en un mutismo sordo y preocupado.

Carlos preparó el café; buscó él mismo las tazas y lo sirvió. El *Relojero*, entonces, volvió a hablar.

—A los reyes antiguos, para que se salvasen, les aconsejó un apóstol que, al menos una vez al año y en memoria del Señor Crucificado, hicieran un acto de humildad, y de ahí viene que lavasen los pies a los pobres el día de Viernes Santo. Usted, don Carlos, también acabará salvándose, porque hace la cena todas las noches para este pobre mecánico y porque ahora me ha servido el café. Su santa madre reza por usted en la gloria, y no hay como las oraciones de las madres para mover el corazón del Señor. Así consiguió Santa Mónica, viuda, madre de San Agustín, la conversión de su hijo, que era un truhán de los que encendían una vela a Dios y otra al diablo y estaba metido en amores con una cortesana. Se lo he oído contar a un abad de gran sabiduría. En cambio, no le valdrán a Cayetano los rezos de su madre, porque su madre es orgullosa y se mudó de iglesia por no cruzarse con la mujer más noble de Pueblanueva, con la Gran Calumniada.

Encaró a Juan, le miró con ojos encendidos y le apuntó con el dedo.

—Mateo Morral también era anarquista, ¿verdad? Pero se equivocó. Quería hacer justicia y no se le ocurrió más que matar al rey. «A rey muerto, rey puesto», dice el refrán. Pero si usted se atreve a hacer justicia, ya sabe a quién matar —se levantó, alzó los ojos al cielo y recitó–: *Un hombre llamado Juan fue enviado por Dios...*

Quedó en pie, como en éxtasis, los ojos más desviados que nunca. Carlos lo agarró de un brazo y lo sentó.

–Te meterán en la cárcel, Paquito, por incitación al atentado político, y yo tendré que declarar que es cierto.

El *Relojero* escondió la cara.

–Usted no dirá nada, porque usted ya ha dicho bastante. Ahora tiene la palabra el ejecutor de la sentencia –besó los dedos en cruz–. Por éstas. Voy a fregar la loza.

La fuerza de la lluvia cesó con el atardecer. Roló el viento, y las rachas trajeron gotas gordas y espaciadas. Las nubes caminaban de prisa y, a veces, dejaban un espacio claro por donde asomaba la luna. Corrió la voz de que los barcos saldrían de madrugada, si amainaba. En la caleta de los pescadores se movieron chalanas y gamelas: embarcaban las redes y las barricas de cebo, y cargaban el combustible. No quedó nadie en la taberna del *Cubano*. Carmiña preguntó a su padre si podían cerrar.

–Espero una visita –dijo el *Cubano*.

–¿No será Aldán?

–¿Quién te lo dijo?

–Todo se sabe. Hay quien le vio llegar y marchar en un coche al pazo de don Carlos, pero no bajó al pueblo. A lo mejor, si trae dinero, no se acuerda de nosotros. O puede que esté cansado.

–Él es de ley.

–Antes no lo decía.

–Ahora lo digo.

Carmiña abandonó el mostrador y se acercó a la mesa de su padre.

–¿Quiere que le tenga preparadas unas sardinas? Son lo que más le gusta.

—Haz lo que quieras.
—En todo caso, si no viene, las puede comer usted.

Salió Carmiña. El *Cubano* desplegó un periódico y se puso a leer. Se oían voces fuera, voces de marineros ajetreados, algunas lejanas. Entró una mujer a buscar aguardiente y otra a buscar pan. Lo llevaron fiado.

Cada vez que se abría la puerta, el *Cubano* levantaba la vista y la volvía después al periódico. En la segunda plana venían los discursos del Parlamento; en la tercera, noticias de la agitación social. Barcelona, Madrid, Sevilla, Valencia, Zaragoza. El *Cubano* leía en voz baja, e intercalaba comentarios a la lectura. «¡Y aquí sin hacer nada!» «¡Y nosotros, quietos!» Sacaba de la lectura la impresión de que un movimiento gigantesco preparaba la libertad de los trabajadores sin que los de Pueblanueva participasen en el esfuerzo común.

Carlos y Juan llegaron hacia las ocho. El *Cubano* se levantó y fue hacia ellos con los brazos extendidos. «¡Vaya, hombre, por fin!», dijo a Juan, mientras lo abrazaba; y Juan le respondió: «¡Por fin!» Los hizo sentar. Carmiña llegó con las sardinas calientes y, al ver a Juan, se ruborizó, y antes de darle la mano se la limpió en el mandil. El *Cubano* mandó abrir una botella de blanco.

—Bien vale la pena, ¿no? Porque yo digo: los amigos son los amigos y no hay muchas cosas como ellos.

Juan venía sin corbata y con un traje usado. El *Cubano* lo encontró más gordo y de muy buen aspecto.

—Lo que me extraña es que vengas ahora, cuando tanto hay que hacer por ahí. A juzgar por lo que dice la prensa, digo yo. Parece que la revolución es un hecho.

Cogió el periódico y mostró los titulares.

—Esto no había sucedido nunca en España. Se ve que el proletariado tiene conciencia de su fuerza, ¿no es así?

Miraba a Juan anhelante. Carlos, un poco al margen, comía en silencio.

—Pero existen más fuerzas que el proletariado, no lo olvides.

—¡No vas a decirme que podrán hacer algo contra los trabajadores unidos!

—Es que esa unión no existe. Cada grupo va por su lado, y aunque todos hagan lo mismo, en el fondo hay grandes diferencias. Antes se pondrán de acuerdo los burgueses que nosotros.

—En el Parlamento los hemos barrido.

—¿Y si ellos nos barren fuera?

El *Cubano* dobló el periódico cuidadosamente.

—Después terminaré de leerlo. Y tú parece que no vienes muy animado.

—Vengo bastante defraudado.

—¿Vas a quedarte?

—No sé...

Carlos bebió un vaso de vino y apartó un poco la lámpara.

—Soy de opinión de que debe quedarse y ver de arreglar lo de los barcos.

—Pero ¿usted cree, don Carlos, que hay esperanzas de arreglo?

La voz del *Cubano* perdiera el entusiasmo, y, ahora, se le puso súbitamente triste.

—Pienso que sí. Tenemos ahí a don Lino. ¿Por qué no valerse de él para que consiga apoyo del Gobierno? Usted mismo me ha dicho que sólo una ayuda del Estado puede sacarles adelante.

—Pero don Lino... No me parece hombre de fiar.

—A Juan corresponde hablarle y convencerle. Él puede hacerlo mejor que nadie. Es diputado a Cortes y tiene ganas de lucirse.

—Si vosotros estáis conformes —interrumpió Juan.

El *Cubano* inclinó la cabeza.

—Nosotros nos agarramos a cualquier solución. Si no aparece, el veinte de abril nos embargan —empezó a jugar con el cuchillo—. Esta madrugada la gente sale a la mar. Vamos a suponer que haya buena calada y que se venda bien. ¿Podemos dejar de pagar los sueldos para pagar las deudas? Pues aunque lo hiciéramos no nos alcanzaría.

—El Gobierno del Frente Popular no puede permitir que una empresa de proletarios sea embargada.

—¡Ahí le duele! Pero ¿lo hará el Gobierno? ¿Sabe siquiera que existimos?

Hincó en el suelo terrero la contera de su pata de palo y se incorporó. Las manos gruesas, crispadas, subrayaban la angustia de su voz.

—Tuvimos mala suerte. Aquí no puede decir nadie que se haya tirado una peseta. ¿Por qué vamos de cabeza? Porque no pudo hacerse nada de lo que tú pensabas. El material está viejo, y los cuatro patrones pescan como saben, a la buena de Dios. Quisimos traer uno de los que pescan a la moderna, y nos pedía un dineral y garantías, y, además, otros barcos. Sin embargo, con una pequeña ayuda podríamos, al menos, ir viviendo. Ya nadie piensa en otra cosa.

Señaló el mostrador y los anaqueles.

—A mí me deben más que nunca, y no espero cobrar. Tuve que vender unas tierras de mi mujer para pagar a los almacenistas. No me importa, lo doy por bien perdido. Pero ¡si al menos saliéramos adelante!

Se dejó caer en el banco. Juan le escuchaba sin mirarle. Carlos había vuelto a las sardinas. Fuera de la taberna, al rumor del trabajo se mezclaban pitidos de sirena.

—Y hemos tirado hasta aquí porque don Carlos nos adelantó dinero, más de cincuenta mil pesetas, que no podremos devolverle... ¡Cualquiera que lo diga, cincuenta mil pesetas, y todo lo que se debe, y dos barcos hipotecados, y la gente no ha ganado para comprarse ropa de invierno...!

Se levantó bruscamente y dio unos pasos hacia el fondo de la habitación.

—Hubiera sido mejor agachar la cabeza y pedir trabajo en el astillero. Al menos, después de muerta doña Mariana...

Porque en el astillero hay peón que gana nueve pesetas, con médico gratis, y medicinas, y quince días de vacaciones en el verano. Está visto que la pesca no es negocio...

Juan apartó el plato vacío y se limpió la boca con la servilleta.

—En fin, que estábamos equivocados.

El *Cubano* se acercó a la mesa y se sirvió vino. Lo bebió de un trago.

—Equivocados, no. Antes de creerlo, me muero. Pero tuvimos mala suerte...

Carlos le ofrecía un pitillo. Lo cogió y lo puso en los labios. Juan acercó un mechero encendido. Se oía ahora la maquinilla de un barco y órdenes gritadas desde la orilla. El *Cubano* encendió.

—¡Si el Gobierno nos ayudase...!

—Ahora cuéntame algo de tu hermano.

Estaban en el café del *Pirigallo*. Por las tardes, la cupletista, más comedida en gestos y vestidos, cantaba para las familias, y aunque las muchachas todavía no se atrevieran a ir, algunas señoras entradas en años o en carnes llevaban al café la calceta y, por dos pesetas, escuchaban canciones de moda. En los intermedios, hacían hipótesis acerca de las desvergüenzas que la cupletista cantaba y hacía por las noches.

—Me dijeron que ayer, una de las veces, salió completamente en cueros.

—¡Qué escándalo! Y luego dicen que la República...

—Saldrá de noche como salga, pero no me negaréis que, por las tardes, no puede estar más decente.

Las manos gordas, ágiles, tejían medias de lana para los niños, jerseys para los maridos, chaquetitas de punto para las hijas. La señora de Cubeiro ponía cátedra: «Dos del derecho, dos del revés, y a la vuelta se alterna». La discípula no lo entendía bien. Entonces la señora de Cubeiro cogía las agujas y lo hacía. Una tarde, la cupletista, al terminar, se había acercado al grupo, también con sus agujas y su ovillo de lana rosa, y había pedido, de favor, que le enseñasen a hacer punto de arroz. «Es que quiero hacer una chaquetita para mi niño.» «¡Ah! ¿Es que tiene un niño?» «Está con mi madre en Madrid y quería llevarle un regalo.» Los buenos sentimientos maternales de la cupletista habían sido favorablemente comentados. Desde aquella tarde, todos los días, después de la función, enseñaba la labor a la señora de Cubeiro.

–Pues parece una buena chica.

–¡A saber si todo lo que cuentan de las noches es invención de los hombres!

Cayetano y Clara ocupaban una mesa alejada del escenario. Al mencionar Cayetano a Juan, Clara se sobresaltó.

–¿Quién te dijo que está aquí?

–Lo sabe todo el mundo, aunque quizá no con tanto detalle como yo. Llegó en el autobús de la mañana, dejó en tu casa parte del equipaje, que le mandaste por la tarde; la otra, la llevó Carlos en su carricoche. Vive en casa de Carlos. Y viene muy bien trajeado.

En el piano sonaron unos compases. La luz del café se apagó. En el silencio se oyó el ruido metálico de unas cortinas al correrse. «Catalina de Easo», morena, esbelta, menuda, con traje flamenco y grandes aretes verdes, aseguraba, con voz caliente y falso acento andaluz, que, además de la luna y el sol, sus padres sólo le habían dejado en herencia lo puesto.

Cayetano se volvió de espaldas al escenario. La luz difusa que venía de la calle descubría las sombras de tres cabezas menudas, pegadas a los cristales pintados.

–¿Viene para quedarse?

–Creo que sí.

–¿Y por qué no vive contigo?

–No tengo dónde meterlo. Mi casa es muy pequeña. Además...

–¿Estáis peleados?

—No, pero con Carlos tendrá más libertad que conmigo. Juan se acuesta tarde y se levanta a las mil, y en una casa donde se trabaja hay que espabilarse.

Apartó la mirada de los ojos de Cayetano y la dejó perderse en el remolino de volantes con lunares que recorría el escenario.

—Me ofreció dinero y estuvo amable conmigo. ¿Sabes que se casó Inés? Con aquel novio que te dije, un catedrático. Se casaron y están en Alemania.

—Juan no debía haber venido. Los tipos como él en un pueblo como éste no hacen más que estorbar.

—Es como un niño. Mientras vivió con Inés todo fue bien. Pero al quedarse solo se acordó de nosotros.

—¿Y de qué va a vivir?

—Escribe en los periódicos...

«Catalina de Easo», terminada la enumeración de sus excelentes cualidades, y después de haber afirmado dos o tres veces que en la palma de las manos llevaba sangre de una clase especial, se inclinó para saludar. El corro de cotorras abandonaba las agujas para aplaudir. Clara aplaudió también. Cayetano le agarró un brazo y lo retuvo.

—Escúchame, Clara. Las cosas en Pueblanueva no van mal y espero que vayan mejor. A don Lino pronto conseguiré que le den una escuela de superior categoría, una escuela en La Coruña, y, aunque no tenga que dar clases mientras sea diputado, se llevará a su familia y no volverá por aquí. En cuanto a los pescadores, no aguantarán dos meses. Basta dejarlos solos. Cuando se hayan arruinado les daré empleo en el astillero sin hacerles ningún favor, porque para entonces necesitaré gente.

Su mano resbaló por el brazo de Clara hasta la muñeca desnuda. Ella no se movió.

—Todo esto puede enredarlo Juan. Concedo incluso que es natural: nunca hizo otra cosa. ¡Lo que se les ocurrirá a él y a Carlos cuando empiecen a hablar y a arreglar el mundo desde aquella torre! Y Paquito el *Relojero* con ellos para completar el trío. Un loco basta para un pueblo. Tres son ya peligrosos. Y la situación no está para jugar. Tengo interés en que aquí no pase nada, ¿me entiendes? Forma parte de mi política.

–No querrás que diga a Juan que se marche.

–No, porque llegado el caso se lo diría yo. Pero puedes sugerirle...

Clara volvió a mirar al escenario. La cupletista, vestida de cubana, con meneo de pechos y caderas, había empezado a cantar:

> En Cuba hay un sereno
> atento y muy servicial
> que cuando le baten palmas
> acude muy puntual.
> Hay una recién casada
> que cuando solita está
> a voces llama al sereno
> para su tranquilidad.

–... Podías sugerirle que aceptase un empleo fuera de Pueblanueva.

Un grupo de mozalbetes coreaba a la cupletista:

> ¡Sereno! Venga usted a mi casa,
> que siento ruido...
> ¡Sereno! Tengo mucho miedo
> y no está mi marido.

–Juan es orgulloso.

Cayetano se removió en el asiento. La cupletista, vuelta de espaldas, movía los omóplatos medio ocultos por el pañuelo que sostenían sus manos. Los mozalbetes gritaron: «¡Que la enseñe!», y del corro de señoras salió una voz reclamando respeto.

—Hay maneras y maneras de ofrecerle trabajo. Para la gente como tu hermano lo importante es guardar las formas, y las formas pueden guardarse.

—Veré.

—Lo que no quiero, lo que no puedo permitir, es que vuelva a armar cisma entre los trabajadores. Por quedar bien es capaz de convencerlos de que el asunto de los barcos todavía tiene remedio.

—¿Por qué odias a esa gente? No son malos —Clara retiró su mano.

—No los odio. Pero constituyen dentro del pueblo un grupo condenado a la pobreza. Sus ingresos son irregulares. Cuando hay pescado y tienen dinero, lo derrochan alegremente; cuando no hay pesca, mueren de hambre. Necesito que todo el pueblo perciba ingresos regulares, porque sólo así puede organizarse una economía razonable. Y ya lo sabes, pretendo que Pueblanueva sea un ejemplo.

La cupletista se retiró y los mozalbetes la reclamaron.

Ella asomó la cabeza entre las cortinas y anunció un número de propina. Se repitieron los aplausos de los muchachos.

—Si Carlos Deza no fuese un imbécil, ese asunto ya estaría arreglado. Tuvo en sus manos casi un millón de pesetas y le sugerí que se asociase conmigo para explotar el bacalao. No quiso ni oír hablar del negocio. Y ya ves, eso hubiera resuelto el problema de los pescadores y ahora no me preocuparía la presencia de Juan. Donde la gente come, los agitadores no tienen nada que hacer. Pero Carlos prefirió que ese millón de pesetas se repartiese entre una niña tonta y un señor que todavía no ha retirado del Banco su parte porque no puede retirarla. ¡Y tú no sabes lo que ha significado en la economía de Pueblanueva ese millón de menos!

Repentinamente quedó en silencio y dejó de mirar a Clara. La cupletista cantaba el número de propina y el camarero empezaba a cobrar las consumiciones. Dos señoras pasaron entre las mesas y salieron sin mirar. De pronto, Cayetano dijo:

–¿Qué piensas de Carlos?

Clara acusó la sorpresa con un estremecimiento. Sacudió la cabeza bruscamente y cerró las manos.

–¿Por qué lo preguntas?

–Fuisteis amigos. Durante un tiempo salíais juntos.

–Sí, hace un año. Es un muchacho un poco raro. Una no sabe nunca a qué atenerse.

–¿Te hizo la corte?

–No.

–¿Y tú?

–Yo, ¿qué?

Cayetano acercó el asiento, apoyó los codos en la mesa y sujetó las muñecas de Clara.

–Hace más de dos meses que quería hacerte esta pregunta y nunca me atreví hasta hoy. Ya ves que soy capaz de una delicadeza. Pero hoy vino rodada.

–Estuve enamorada de él. Si no fuera por eso ya me hubiera casado contigo.

Cayetano la soltó. Las manos de Clara permanecieron en el aire unos instantes. Luego, las recogió sobre el pecho. Cayetano había metido las suyas en los bolsillos.

–Ese tipo es como las averías de un motor viejo. Aparece en todas partes y en todas partes algo se estropea por su culpa. Debí de haberlo matado.

Se iba a levantar, pero la mano de Clara le agarró rápidamente el brazo. Cayetano la miró: había en sus ojos una luz dura que Clara desconocía.

–Espera

–¿Es que vas a defenderlo?

–No, pero hay algo que debo explicarte. Como no has intentado engañarme nunca, tampoco quiero dejarte ir engañado.

—¿Qué más da? Eso no evitará que, cuando lo creía todo resuelto entre nosotros, aparezca el doctor Deza a reventarlo —alzó las manos, abiertas en abanico, y las agitó en el aire—: ¡Carlos Deza! El último Churruchao, el señorito que lo sabe todo y que te embarulla con palabras que no quieren decir nada...

Sacó un cigarrillo y lo encendió. No miraba a Clara.

—Di lo que quieras.

Ella cruzó los brazos encima del mármol de la mesa. Los mozalbetes, las señoras de la calceta, se habían levantado y salían en grupos.

—Tú no puedes ni siquiera imaginar lo que es la miseria, ni a qué bajezas puede llegar una mujer acosada por la suciedad y el hambre. Cuando Carlos llegó a Pueblanueva, cuando le conocí, estaba desesperada. Pensaba huir de casa y prostituirme. Pensaba... —hizo una pausa; Cayetano la miró y ya no dejó de mirarla— venderme a ti por mil pesetas y un equipo de ropa.

Cayetano se sobresaltó. La luz mala de sus ojos se concentró en dos puntos acerados, penetrantes. Clara parpadeó; luego intentó aguantar la mirada.

—¿Vas a contarme ahora que te vendiste a él? —preguntó Cayetano con voz brutal.

—Calla. No me he vendido a nadie gracias a Carlos. Se portó conmigo noblemente, me ayudó a recobrar la esperanza. Era natural, entonces, que me enamorase, y lo fue que él no se enamorase de mí. Tenía que parecerle despreciable. Pero tardé en comprenderlo, y eso me permitió mantener una ilusión y hacer lo que hice para ser la que soy.

—¿Quieres decir que te rechazó?

—¡No! Es demasiado decente para hacerlo —le temblaba la voz, hizo un esfuerzo—. Las cosas no llegaron a plantearse así. Sucedió lo que sucede tantas veces: que yo le quería y que él no me quería a mí. No podía quererme. Me conoció en el peor momento, supo de mí lo peor. Y aunque fue testigo de cómo salía de aquel trance, era natural que no olvidase... Eso es lo que pienso que pasó.

Cayetano dejó caer la cabeza y los hombros. Apoyado en la mano miraba los azulejos del pavimento.

—¡Tenía que haberle matado aquella noche!

—Eso no hubiera arreglado nada.

En el fondo del café, la cupletista, con un abrigo por encima de los hombros y un pañuelo colorado a la cabeza, dijo adiós al camarero. Se iba a cenar y volvería en seguida. Taconeando fuerte atravesó el salón y salió.

—Me hubiera importado menos de cualquier otro. Pero ¡Carlos, siempre Carlos...! ¡Treinta años de señorito Carlos convertido en mi sombra! —agarró con fuerza la mano de Clara y la apretó—. ¿Por qué me lo has contado? ¿No pudiste callarlo?

—Para que todo estuviera claro entre nosotros tenía que decirlo. Además...

—¿Es que hay un además?

—Sí. Un día me dijiste que eras el hombre más hombre de Pueblanueva. Esta es la prueba.

—Hay cosas que un hombre no tolera. Y no sé qué es peor para la dignidad de uno. Si fueses lo que yo creí al principio te hubiese hecho mi querida. Pero la que Carlos Deza ha despreciado no puede ser mi mujer.

Golpeó la mesa con los puños cerrados.

—¡Carlos, precisamente Carlos! ¡Pues no iba a reírse poco!

Clara volvió a cruzar los brazos y se apoyó en ellos. Miraba a Cayetano con melancolía.

—No eres el hombre más hombre de Pueblanueva.

Se levantó calmosamente, recogió el abrigo del respaldo de la silla y se lo puso. Cayetano continuaba sentado.

—Acompáñame. No vayan a decir después que te he plantado...

Se dirigió a la puerta. Oyó el ruido de una silla y el tintineo de un duro arrojado sobre el mármol. En la calle el aire estaba frío. La puerta se cerró tras ella: esperó en el borde de la acera hasta que sintió las pisadas de Cayetano. Empezó a subir la cuesta: Cayetano marchaba a su lado, un poco rezagado. Oía su respiración fuerte, agitada. Aflojó el paso hasta que Cayetano quedó a su altura y le miró. Le vio ceñudo, endurecido el rostro y un pliegue enérgico, resuelto, en la boca.

Entraron en los soportales. Parejas de novios se refugiaban en las esquinas oscuras, y en el rincón de la plaza, a la luz de la farola, unas niñas jugaban a la comba. Había cesado de llover y el viento secaba las losas del empedrado. Junto a la verja de la iglesia, un coro de muchachos cantaba la rumba del sereno. Clara subió el escalón de piedra de su puerta, apoyó la espalda en el quicio frío y esperó. Cayetano no la miró siquiera: se encogió de hombros, siguió adelante y se perdió en la esquina.

Clara buscó la llave en el bolso, la metió en la cerradura y abrió. Habían echado por debajo de la puerta unos sobres con facturas. Los dejó encima del mostrador, cerró y encendió la luz. Aquí y allá, cajas destapadas y géneros fuera de sus cajas: lo ordenó todo, lo devolvió a sus lugares. Después marchó a la habitación de su madre, encendió la luz, echó un vistazo a la borracha: olía mal, y entreabrió la ventana.

El viento sacudía la caldera del pozo contra el brocal y sacaba gemidos al gancho de la roldana. Salió al patio, aferró el cubo y comprobó el cierre de la tapa. Los habitantes del primer piso tenían abierto un mainel de la galería, y salía por él la voz agria, destemplada, de un gramófono. Clara escuchó unos instantes; luego cerró las puertas y se metió en la cocina. Hacía frío, la piedra del llar estaba helada y por la chimenea llegaba el silbido del viento. Cogió unas astillas, las juntó para hacer fuego, pero se volvió atrás y las arrojó al cajón. No le apetecía poner la cena ni calentar el agua para lavar a su madre. Pasó por el cuarto de la borracha, comprobó que quedaba bien tapada, cerró la ventana y salió. En la plaza, los mozalbetes seguían cantando, y un grupo de mocitas paseaba bajo los soportales cuchicheando. Clara marchó de prisa por la calle abajo; entró en una taberna y pidió un bocadillo. Se lo dieron envuelto en papel de estraza.

–Para que no le pringue.
–Gracias.

En la calle empezó a comerlo. Iba despacio, arrimada al pretil, hacia la salida del pueblo. La mar continuaba agitada y batía fuerte contra la escollera; pero el cielo estaba limpio de nubes.

Dejó atrás las casas y se metió en la oscuridad. Recordó que una mañana, un año antes, o quizá más, había ido al monasterio de madrugada, y entonces tenía miedo. Le había tentado la idea de subir al pazo de Carlos y no se había atrevido. ¿Habrían cambiado las cosas de haberlo hecho? Posiblemente, no. Con Carlos no había que contar ni entonces ni ahora. Ni con nadie. Se sentía profundamente sola.

Llegó al pie de la escalera de piedra, la escalera larga y estrecha que se pegaba al contorno de la roca, que ascendía hasta la cima. El cancel estaba cerrado: trepó a las jambas y saltó. Hacia arriba, las escaleras se perdían entre las sombras de los zarzales. Comenzó la subida: con cuidado, con calma, con seguridad. A media altura se detuvo y contempló un instante las luces del pueblo, su reflejo en el aire, y allá al fondo, los focos del astillero, altos, dominándolo todo.

Cuando entró en el jardín, el viento, violento, le levantó las faldas y la empujó contra la muralla. Dejó pasar la racha, acurrucada; atravesó de una carrera la vereda y caminó pegada a la pared del pazo. Un nueva racha hizo silbar las copas de los árboles y arrancó briznas menudas de las ramas. Todo estaba oscuro. Tanteando, pisando el barro, llegó al portón y golpeó el postigo. Oyó pasos en el zaguán y la voz del *Relojero* preguntar quién llamaba.

–Soy yo, Clara.

El postigo se abrió rápidamente.

—¡Clara, criatura!
—¿Están?
—Sí. Acaban de llegar, como quien dice, y no cenaron.

Echó a correr hacia la escalera, y desde ella dijo a Clara que le siguiese. Ella cerró el postigo. Una luz de carburo medio alumbraba, desde el chiscón de Paquito, el zaguán enorme. Subió las escaleras, llegó al pasillo y vio abrirse al fondo la puerta del cuarto de la torre. Paquito gritaba:

—¡Es Clara, la señorita Clara!

Recorrió el pasillo sin apresurarse. Paquito esperaba, le sonrió y cerró la puerta tras ella. Carlos y Juan, en medio de la habitación, parecían sorprendidos.

—Bueno, soy yo, no asustaros. ¿Cómo te va, Juan? ¡No pongáis esas caras de pasmados!

Juan se acercó, indeciso. Clara le echó los brazos y le dio un beso.

—Me alegro de verte, Juan. Me alegro de veras.
—Yo también, Clara. Te encuentro muy bien.

Carlos, un poco alejado, la sonreía.

—¿Queréis que os deje solos?
—Vengo a veros a los dos —tendió la mano a Carlos—. No me esperabas tan pronto, ¿verdad?
—No, lo confieso.

Las manos de Clara estaban frías. Toda ella temblaba. Se quitó el abrigo y se arrimó a la chimenea.

—Vengo helada.

En cuclillas tendió las manos hacia la llama mortecina. Carlos buscó una copa limpia, la llenó de coñac y se la llevó.

—Toma esto.
—Dios te lo pague.

Bebió la mitad de un trago, tosió y se le llenaron los ojos de lágrimas.

—¡Qué fuerte! ¿No tienes café? Lo prefería. A esto no estoy acostumbrada.

Carlos retiró la copa.

—También tengo café, pero tienes que esperar.

Abrió la puerta y dio una voz. Juan se había sentado y Clara permanecía junto al fuego. El *Relojero* apareció corriendo.

—¿Quieres hacer un poco de café? Es para la señorita.

El *Relojero* hizo un gesto de superioridad.

—Ya lo puse al fuego.

—Gracias, Paco. Estás en todo.

—Se le ocurre a cualquiera. ¡Con el frío que hace...!

Se retiró. Carlos acercó un sillón a la chimenea y se sentó en el sofá. Juan levantó la cabeza y le miró, inquieto. Clara se frotaba las manos, vuelta hacia el hogar.

—¿Sucede algo, Clara? —le preguntó Carlos.

—En cierto modo, sí.

Se irguió. Levantó un poco la falda y acercó las rodillas a las llamas. Sin volverse, añadió:

—Acabo de romper con Cayetano.

Soltó las faldas, dio media vuelta. Ahora se calentaba las pantorrillas. Ellos la miraban, expectantes. Con un movimiento de la mano, Carlos la invitó a que contase.

—Tenía que suceder, ¿no? Me lo profetizaste esta mañana, Carlos. Pues ya está. Más pronto de lo que esperabas.

Juan dejó de mirarla.

—No habrá sido por mí —dijo.

—Tenía que suceder, y hubiera sucedido aunque tú no vinieses. Cayetano se guardaba una pregunta y yo sabía que la respuesta no había de satisfacerle o, al menos, lo temía. Bien. Hoy me hizo la pregunta y le respondí la verdad.

Miró, de pronto, a Carlos, y Carlos bajó la cabeza. Juan no se había movido. Alzó la mano, la movió en el aire.

—A veces no hay más remedio que mentir, cuando se quiere algo.

—Quizá.

Clara arrastró el sillón y lo dejó frente a Carlos. Se sentó en él y fijó la mirada en la pared.

—El problema consiste en poder hacerlo. O quizá no sea eso. Hoy mentí un poco... –les miró: primero, a Carlos; después, a Juan– acerca de vosotros. Sin importancia, una mentirilla más bien. No podía decir que habías llegado y que no habías venido a verme. Fue por dejarte con color. También le dije que tenías dinero y que escribes en los periódicos.

Le dio la risa. Abrió los brazos y los alzó por encima de la cabeza.

—Es lo que debía ser, ¿verdad?

Juan se movió hacia ella.

—No habrá sido por eso la pelea.

—No, no pases cuidado. Fue por otras razones. Fue... –miró otra vez la pared por encima del cabello rizoso, alborotado, de Carlos– porque los hombres fallan. Todos. Tenéis algo de mujeres, no estáis hechos para aguantar la verdad. Sois vanidosos.

Se abrió la puerta y entró Paquito con el café. Puso una taza delante de Clara y lo sirvió.

—Tómalo en seguida. Si le echas un poco de aguardiente te quitará el frío.

Sin mirar a Carlos ni a Juan, añadió:

—Hay para todos, ahí les queda.

Salió. Carlos había destapado el coñac y se lo ofrecía a Clara.

—No, gracias. Lo prefiero así.

—¿Quieres café, Juan?

Juan asintió. Carlos se levantó a coger las tazas.

—Está helado esto.

En el hogar se había desmoronado el castillo de brasas sobre el lecho de ceniza. Clara se acercó a la chimenea.

—Deja. Yo lo arreglaré.

Echó unos leños y sopló con el fuelle. Se levantaron otra vez las llamas.

—Podemos acercarnos –sugirió Juan–. Yo también tengo frío.

Bebían el café en silencio. Clara, arrodillada, recogió la ceniza.

–Necesitas una criada, Carlos. Alguien, al menos, que te barra.

Se sacudió la falda. Juan arrastraba los sillones: se sentó y alargó las piernas hasta dejar los zapatos encima de la llama.

Carlos empujó a Clara hacia el sillón vacío.

–Siéntate.

–¿Y tú?

–Estoy bien de pie.

–¡Las bobadas que decimos por no atrevernos a oír la verdad! –Clara se sentó de golpe y quedó con la cabeza erguida, mirando a Carlos–. Y quizá sea mejor así...

–Cuando Cristo dijo a Pilatos: «Yo soy la Verdad», Pilatos le respondió con una pregunta: «¿Y qué es la verdad?» Estoy con él.

–Pilatos tampoco era un hombre.

Juan se removió, inquieto, en el asiento. Retiró un poco los pies.

–No os entiendo. Si os referís a algo que desconozco, explicadlo, o hablad de otra manera.

Clara bajó la cabeza.

–¿Qué más da? Pero debo deciros, eso sí, que si Cayetano no me hubiera fallado esta tarde, me casaría con él. Si estoy aquí ahora, junto a vosotros, es porque tampoco él es un hombre, y cobarde por cobarde, a vosotros os quiero más. Pero a ti, Juan, tengo que añadirte algo: he decidido marchar de Pueblanueva. Voy a vender el negocio por lo que me den. Buenos Aires es un buen sitio para mí. ¡Si lo hubiera hecho antes...! Pero no es tarde todavía. Queda el problema de mamá...

–No pretenderás que la tome a mi cargo –replicó vivamente Juan.

–Hace más de cuatro años que nadie se cuida de ella más que yo. Pienso que me ha llegado la hora del relevo.

Juan se levantó y derribó las tenazas de la chimenea.

—¡Eso no es cosa de hombres! Además... yo soy un revolucionario. ¿Quién te dice que un día no voy a la cárcel? Y entonces...

Se inclinó hacia Clara con las manos abiertas.

—Compréndelo. Precisamente por eso, porque no puedo atarme a nadie, tu hermana, que se dio cuenta, se casó. No lo hubiera hecho jamás de no haber comprendido que podía resultarme un estorbo.

—Yo también tengo derecho a la libertad. Acabo de cumplir veintisiete años y todavía espero que la raza de los hombres no se haya agotado del todo. Pero si ya no los hay, podré al menos hacer la vida que se me antoje.

Juan la miró con desprecio.

—Siempre los hombres te han importado más que tu obligación. Llevas una prostituta dentro.

Clara se levantó de un salto y le hizo frente.

—¡Eso no te lo aguanto, Juan!

Carlos se interpuso y la apartó suavemente.

—No debes decir eso, Juan. No conoces a tu hermana.

—¡Mejor que tú! Y sé de qué pie cojea.

Marchó hasta el fondo de la habitación y quedó de espaldas, con las manos en los bolsillos.

Clara cogió a Carlos del brazo.

—Me lo ha dicho mil veces. Si me pilló ahora de sorpresa fue por creer que lo había olvidado. O porque lo había olvidado yo. ¡Llevaba tanto tiempo sin oírle...!

Soltó a Carlos y se acercó a Juan.

—No te preocupes. Pagaré la pensión de mamá en un asilo con lo que me den por la tienda. Ya no puede vivir mucho. Me arreglaré con lo que sobre.

Juan continuaba de cara a la pared y su pie golpeaba el suelo. Clara se encogió de hombros y volvió al centro de la habitación.

—Me voy —dijo.

Cogió el abrigo y Carlos se acercó a ayudarla.
—Te llevaré en el coche.
—No, te lo ruego. No quiero quedar a solas contigo. Marcharé como vine.
—Entonces, te llevará el *Relojero*.

Salieron al pasillo. Clara iba detrás, en la oscuridad, guiada por los pasos de Carlos. Al llegar a la escalera se detuvo.

—Me gustaría que Juan no pensase mal de mí. Pero quizá tenga razón. Quizá la tengáis todos y sea yo la equivocada.

Empezó a bajar las escaleras. Carlos llamó al *Relojero* y le pidió que preparase el coche.

Capítulo 9

Una golondrina había entrado en el zaguán por la tronera y alborotaba en la oscuridad. El *Relojero* se despertó con los gritos, se incorporó violentamente y escuchó. Se oía el vuelo espantado del pájaro, se oían sus golpes contra las paredes y el techo. El *Relojero* rió con su risa rota y se estiró en la yacija. Sacó un brazo fuera de la manta, recogió el chaleco y la chaqueta y, sin levantarse, se los puso. Entonces se sentó en el borde del catre, arriesgó los pies en las tinieblas y buscó a tientas las botas. La golondrina volvía a chillar.

–¡Ahora te abro, golondrinita! Deja que me vista, al menos.

Rascó una cerilla y encendió un cabo de vela. Con ella en la mano salió del chiscón. Por las rendijas de la puerta entraba una luz viva. La golondrina volaba a ras del suelo y su sombra, agigantada, recorría las paredes.

–No serás tú de las que arrancaron a Cristo la corona de espinas cuando estaba en la Cruz, ¿verdad?, pero a lo mejor eres su descendiente. Fue una buena acción aquélla, ya lo creo. El Señor no merecía tanta crueldad, pero en tales tiempos..., ¡y en éstos, qué caray! Es cuestión de decir que estamos civilizados, pero en todas partes cuecen habas. Claro que hoy no le pondríamos espinas, pero ya se inventaría otro tormento. ¡Espera, no tropieces!

Descorrió los cerrojos del postigo y lo abrió. La golondrina salió volando, atravesó el aire limpio y se perdió entre los árboles.

Aparecía la mañana luminosa y dulce. Un verde nuevo apuntaba en los árboles y el sol dorado pegaba en las piedras verdinegras y arrancaba colores a las gotas de rocío. El *Relojero*, en mitad del umbral, estiró los brazos y bostezó.

—¡La primavera!

Salió a la plazoleta. El barro se había secado y endurecido, y entre la hierba del jardín apuntaban flores amarillas. Se inclinó, recogió unas cuantas y las olió.

—Este año San José os ha enviado tarde. ¡Y pocas todavía! No sé si habrá para un ramo.

Siguió recogiendo flores y, con ellas, briznas de hierba, tréboles recién nacidos, ramitas de hinojo. Consiguió hacer un ramo que apenas abarcaban sus dedos. En medio de la plazoleta miró al cielo, riendo; arrojó al aire las flores y las hierbas y las recibió en la cabeza desnuda.

—¡Jujujuy!

Súbitamente echó a correr. Saltaba setos, troncos derribados, muretes y bancadas. Recorrió el jardín saltando en el aire y repitiendo el grito de alegría.

—¡Jujujuy!

Hacía calor y empezó a sudar. Allá abajo, aún en sombra, Pueblanueva se envolvía en una niebla azul. Junto al muelle humeaba un vaporcito, y una barca, lenta, atravesaba la dársena de los pescadores. El *Relojero* había llegado a la glorieta. Agarrado a la verja oxidada miró al fondo del precipicio.

—¡Jujujuy!

Los ojillos bizcos se le metían en los lagrimales y un mechón de pelo gris le caía encima de la oreja. Estornudó. Al otro lado del valle, como un estampido, la sirena del astillero lanzó un grito ronco, prolongado. De un costado de la chimenea salía un chorro de vapor.

–Las ocho.

Volvió a correr. Entró corriendo en el zaguán, subió las escaleras, se metió en la cocina. Tanteó en la oscuridad hasta llegar a la ventana y la abrió de par en par. El sol inundó el ámbito enorme, grisáceo, y sacó brillos dorados a los cobres de las herradas. Le dio el relumbre en la cara.

–¡Jujujuy!

Encendió el fuego y colocó la cafetera sobre las trébedes: también relucía el níquel en la penumbra del llar. Colgada de un clavo, en un rincón, una toalla sucia: la mojó en agua y se la pasó por la cara, por los ojos. Después se miró en un pedazo de espejo. Tenía barba de una semana.

–Estás hermoso, Paco. Estás hecho un mancebo.

Hizo una mueca, arregló el nudo de la corbata y se abrochó el chaleco y la chaqueta.

–Un mancebo como Dios manda. Cincuenta años de aguantar palizas y cabronadas, pero llega la primavera y te olvidas. ¡Jujujuy!

Llevó la mano diestra al corazón, estiró el brazo izquierdo y se puso a bailar un vals con pasos anticuados. Inclinaba la cabeza junto al oído de la pareja invisible, entornaba los ojos y pronunciaba palabras a media voz. Hasta que silbó el pitorro de la cafetera. Entonces se inclinó y señaló un banco.

–Hazme el favor de descansar durante esta tocata. Vuelvo en seguida.

Siguió con la mirada a su pareja, volvió a saludarla; pero arrugó la frente y tendió los brazos, imperativos.

–¡Hacer sitio, rapaces, y tenerle respeto! La señorita es mi novia. Ya os daré unos caramelos si no os metéis con ella.

Dio media vuelta. En el aparador había dos bandejas. Las colocó sobre la mesa, una al lado de otra. Puso en ellas las tazas, el pan, las cucharas, las servilletas. Mezcló en las tazas la leche y el café. Cogió la más pequeña, la más destartalada, y la llevó al cuarto de Aldán. Entró sin llamar, dejó la bandeja sobre la mesa de noche y abrió la ventana.

—El café. Son las ocho. Y mañana no podré servírselo.

Juan se revolvió en la cama, abrió los ojos.

—¿Qué sucede?

—El café.

Salió. Llamó a la puerta de Carlos, esperó a oír respuesta. Por las rendijas salía claridad. Entreabrió la puerta y miró. Carlos, incorporado, leía.

—¿Pasa algo, Paquito?

—El café. Ahora se lo traigo.

Marchó corriendo a la cocina y regresó con la bandeja. Carlos había cerrado el libro.

—Te oí pegar gritos en el jardín. ¿Te pasa algo?

—La primavera, don Carlos. Estoy cachondo.

—Enhorabuena. Es una noticia excelente.

El *Relojero* se había arrimado a la cama y le miraba con ojillos inquietos.

—Es que mañana me voy.

Carlos abrió las manos desoladas.

—¡Qué le vamos a hacer!

—Comprendo que es una mala faena, don Carlos. ¿Cómo van a arreglarse con Aldán en casa? Pero no puedo dejar a mi novia con un palmo de narices. El deber es el deber.

—De acuerdo, Paco. Que seáis felices.

El *Relojero* se había agarrado a los barrotes de la cama y sacudía la cabeza.

—Si fuera cuestión de quedarse, me quedaría; pero, don Carlos, no iba a servir de nada. Cuando llega la primavera no puedo trabajar. Usted lo sabe. Y no me aguanto. Mañana violaría a una muchacha y me meterían en la cárcel. Ya pasó otras veces. Y yo no quiero. El trato fue de que al llegar la primavera yo marcharía.

Carlos echó las piernas fuera de la cama y buscó las zapatillas. El *Relojero* señaló un jirón del pijama.

—A ese traje que se pone usted para dormir hay que echarle un remiendo.

—Cuando estés de regreso. Mientras, me arreglaré.

Carlos se acercó a la ventana y respiró el aire fresco.

—Tienes mucha razón, Paco. Ahí está la primavera.

El sol había remontado las colinas y envolvía a Pueblanueva de una luz dorada. Azuleaba la mar, y en las laderas, sobre el verde oscuro de los pinos, nacían verdes suaves.

—¿Y usted se queda tan tranquilo, don Carlos?

—Yo no soy como tú. Entre mi cuerpo y la primavera se interpone mi cerebro, y lo que tengo en él es capaz de estropearlo todo, hasta la primavera.

—Es una lástima. Porque, como se dice en los Libros Santos, al cuerpo lo que es del cuerpo, y al alma lo suyo. Aunque no sé por qué en los Libros Santos al cuerpo le llaman César. ¿No se había fijado?

—Y al alma le llaman Dios.

—Sí, pero eso está más claro.

Carlos se volvió hacia él, lo cogió por los hombros y le miró a los ojos.

—¿Qué harías tú en mi caso?

—Casarme con Clara Aldán. Se lo vengo diciendo hace más de un año. No hay mujer como ella. ¡Y tiene un cuerpo...! ¡Rediós! Ya se lo dije también. A mí la francesa no me gustaba.

—Tuvo poca fortuna con nosotros.

—Si usted me hubiera hecho caso habría mandado a la mierda a esa zorra de Rosario. Porque es una buena zorra, usted lo sabe mejor que yo. Total, ya ve: todo el invierno sin venir...

—Le dije que no lo hiciera.

—¿Y qué? La obligación es la obligación.

—Ahora tiene a su marido.

—¡Su marido! ¡Buena vida que se dan a cuenta de usted!

Una golondrina cruzó el aire y se metió en el alero de la torre. Se oyó el ladrido de un perro y el zumbido lejano de un motor.

—¿Se sabe algo de los barcos?

—No oí nada. Aún es pronto. Y el tiempo no estuvo malo. Frío, sí; pero en esos mares siempre lo hace.

Carlos abandonó la ventana, se acercó a la mesilla de noche y cogió la taza del desayuno.

—Bébalo ya, que se le va a enfriar.

Carlos tomó un sorbo.

—¿Cuándo te vas?

—Mañana, que es domingo. Tengo que arreglar la flauta y comprar los regalos.

—Que seas feliz y que vuelvas pronto.

El *Relojero* se asomó a la ventana. Carlos vertió agua en la palangana y empezó a lavarse. Tenía el pijama roto por los sobacos y los dedos de los pies le asomaban por los agujeros de las zapatillas.

Don Lino llegaba a Pueblanueva los sábados, en el autobús de la tarde, y regresaba el lunes por la mañana. Le esperaban en el casino, donde contaba las últimas novedades de la política nacional, y le esperaban en su casa, donde explicaba a su mujer las cosas de Madrid: el precio de las patatas, la renta de los pisos y cómo debía vestirse la mujer de un diputado. Se había hecho en Madrid un par de trajes y usaba cinturón con los colores de la bandera republicana. Llevaba siempre consigo una gran cartera negra, abultada, que nunca abría. Los periódicos los guardaba en el bolsillo de la chaqueta, con los folletos, proclamas y manifiestos. Adornaba el ojal con una miniatura en metal de gorro frigio.

Carlos y Juan le esperaron a la llegada del autobús. En el cielo malva alborotaban los vencejos, y en la plaza, entre los puestos vacíos, una banda de niños jugaba a indios y vaqueros. Carlos fumaba su pipa con la mirada perdida y Juan daba paseos cortos, impaciente. El autobús llegó con retraso. Venía casi vacío, y don Lino ocupaba un lugar al lado del conductor. Le esperaba también un hijo suyo, al que entregó la maleta. Se despedía del revisor, cuando se le acercó Carlos. Juan, rezagado, le saludó quitándose el sombrero. Don Lino pareció sorprenderse.

—¿Que quieren hablarme? ¿Ahora mismo? ¿Aquí?
—Donde usted quiera, don Lino, y cuando quiera. Pero es muy importante.

Juan se había adelantado y tendía la mano.
—Y nos gustaría que fuese en secreto.

Don Lino se volvió a su hijo.
—Llévate eso a casa y que no lo abran hasta que llegue. Iré en seguida.
—Podemos, si le parece, dar un paseo —sugirió Carlos—. Hace muy buena tarde.
—Pero no lejos, ¿eh? Traigo la natural impaciencia por ver a mi señora y, además, van a venir a buscarme en automóvil para asistir a una reunión en Negreira.

Bajó la voz y miró alrededor, desconfiando.
—Estamos preparando las elecciones de presidente. Saldrá Azaña...

Carlos señaló el pórtico de la iglesia.
—¿Le parece bien allí?
—¿En la iglesia?
—Nada más que a su sombra, no se inquiete. Podemos pasear por el pórtico. Es un lugar discreto y los ateos del pueblo suelen meterse en él, al menos cuando llueve.

Don Lino hizo un gesto de resolución, casi grandioso.
—Vamos allá.

Echó a andar decidido. Carlos y Juan le siguieron en silencio. A la mitad del camino, rebasadas las trincheras donde un grupo reducido de vaqueros se defendían de los sioux, don Lino se volvió.

—Y los que nos vean, ¿no pensarán...?

—Si lo prefiere, podemos llegar hasta su casa. Allí, en la sala...

—No, no. Mi casa no está preparada para reuniones políticas. Es la casa de un modesto maestro de escuela. Lo de salir diputado, como ustedes saben, fue una sorpresa.

Habían llegado ante la iglesia. Aldán abrió la verja del pórtico. Don Lino alzó la mano.

—No entremos. Mejor aquí, en la acera. Estamos recibiendo los últimos rayos del sol.

—Como usted quiera —Juan carraspeó y se colocó al lado de don Lino—. Se trata de los pescadores.

—¿Los pescadores? Pero ahora que recuerdo, ¿usted no andaba por Madrid, Aldán?

—Sí. Pero he venido llamado por ellos.

—Y aquella hermana suya, ¿no se había marchado también?

—Acaba de casarse con un profesor de Literatura, socialista.

Don Lino arrugó la frente.

—¿Socialista? ¡Quién había de decirlo! Porque ella era muy religiosa, ¿verdad?

—Como todas las mujeres.

—Es verdad. La mía también cojea de ese pie, y por más que hago... Pero dígame, dígame, ¿qué les pasa a los pescadores?

—Están en una situación desesperada, de la que sólo el Estado puede sacarles.

—¿El Estado? ¿Y ustedes piensan que yo...?

—Usted es su diputado, don Lino. Todos ellos le han votado, y sus mujeres. Le consta.

—Sí, es cierto.

Paseaba con las manos atrás y el pecho adelantado. Por la abertura de la chaqueta se le veía el cinturón patriótico. Carlos le agarró del brazo.

–Usted conoce mi intervención en este asunto. He ayudado hasta donde he podido, pero ya no puedo más. Y ya no quedan más que dos caminos: ponerse en manos de Cayetano Salgado, es decir, amarrar los barcos, o que el Gobierno arbitre una fórmula de socorro.

–El Gobierno –atajó Juan– no puede ver con malos ojos un ensayo de explotación sindical que, si fracasa, será por las condiciones económicas del país, no porque la experiencia en sí sea disparatada.

Don Lino se detuvo. Miró a Juan severamente.

–El país va viento en popa, amigo mío. Las huelgas y todo eso son crisis de crecimiento, meros accidentes. Pero la peseta es fuerte, y el crédito de la República en el exterior...

Carlos le tiró de la manga, y don Lino, sin volverse del todo, inclinó la cabeza.

–Aldán se expresó mal –dijo Carlos–. Quería dar a entender que el capitalismo español está atrasado en relación con el resto del mundo capitalista. Porque en un país adelantado, pongamos los Estados Unidos, no habría dificultades para una explotación sindical, a condición de que se presentase como una sociedad anónima. Pero aquí, ni con ésas.

Don Lino alzó una mano solemne y la dejó caer en el hombro izquierdo de Carlos.

–¿Es que también entiende usted de economía, doctor?

–¡Oh, no, no se asuste! El que entiende es Aldán. Eso que acabo de decir se lo oí a él muchas veces.

Don Lino recobró la calma y sonrió, jovial.

–La cosa está bien vista, ya ve. Le felicito. Yo no soy marxista del todo, usted lo sabe; menos aún sindicalista. Pero comprendo que nuestro capitalismo está en mantillas. ¡Ya lo creo! Un capitalismo que, en el campo, es casi feudalismo. Nuestros problemas se derivan de ahí. Un capitalismo avanzado no excluye la participación de los obreros en las ganancias, ni, como ustedes sugieren, una forma de propiedad colectiva enmascarada en el anonimato de una sociedad de este nombre. Porque eso sí, la ley es la ley, y hay que someterse a ella. Existe una ley de sociedades anónimas, pero no una ley de propiedad sindical colectiva.

–Le insinué que los pescadores constituyen ya una sociedad anónima. Fue la fórmula que me ofreció el mejor abogado de Vigo.

–En ese caso...

Levantaba un brazo, y la mano abierta prometió una larga perorata. Juan alargó la suya, tajante.

–Espere. El problema político local no está todavía aclarado. Nosotros creemos en la necesidad de conservar un núcleo independiente, un núcleo libre de votantes. Los pescadores lo serán mientras vivan de la pesca, y dejarán de serlo cuando se vean en la necesidad de solicitar su admisión en el astillero. Fíjese bien lo que le digo: un núcleo libre, sesenta familias que no dependen económicamente de Cayetano y que, por tanto, y dado que llegue el caso, no se verán en la necesidad de obedecerle. Más aún: que pueden oponerse a él si las circunstancias políticas lo exigen.

El brazo de don Lino había permanecido en el aire, y detrás, la perorata agazapada, presta a saltar. Al concluir Juan la suya, la mano de don Lino volvió a abrirse.

–En ese caso...

Carlos sacó tabaco y ofreció. La mano del diputado se cerró bruscamente.

–No, gracias. En Madrid me aficioné a los canarios. Es por no liarlos, ¿sabe?

–Insisto –Aldán aprovechó el silencio– en que el asunto le interesa a usted y sólo a usted. Porque los pescadores no tienen otro representante en las Cortes, y porque usted no puede dejar que se pierda esta ocasión de hacer bien al pueblo.

–Y de ganarse su afecto –añadió Carlos–. Porque son buena gente, una gente estupenda. ¡Ya lo verá cuando conviva con ellos, cuando los vea de cerca!

Carlos encendió una cerilla y la acercó al cigarrillo de don Lino. Juan esperó turno con el suyo en la boca. Encendió también, y Carlos iba a hacerlo, cuando el diputado sopló sobre la cerilla y la apagó. «Perdone. Es una de mis manías.»

–No le ofrecemos una fórmula, pero le sugerimos algunos procedimientos de ayuda, desde el donativo inmediato a la desgravación fiscal.

Juan sacó del bolsillo un sobre abultado y se lo tendió a don Lino.

–Ahí tiene usted la situación de los pescadores reducida a cifras. Estúdiela.

Don Lino fumaba con la derecha. Su gesticulación oratoria se apoyaba en la mano abierta y el cigarrillo le embarazaba. Lo arrojó al suelo.

–¿Ahora mismo? ¿No les parece que la ocasión...?

–Ni siquiera esta tarde, ni esta noche. Tenemos un margen de quince a veinte días. Llévese esos papeles a Madrid, asesórese en la medida en que lo necesite y el sábado que viene...

Don Lino se guardó el sobre.

–Sí. Será lo mejor. Un asesoramiento previo es indispensable. Y después ya veremos. Porque pueden seguirse dos caminos: uno, el tradicional, el cabildeo o caciqueo por los despachos ministeriales: pedir a éste, engañar a aquél y comprometer al de más allá. Pero hay otro camino más honrado y también más directo: llevar el caso a las Cortes, presentarlo ante los representantes del país, ante los padres conscriptos, y decirles...

Se interrumpió. Su mano diestra, por fin, había rebasado el nivel de su sombrero y hacia movimientos de bailarín flamenco.

–Pero lo que diremos habrá que pensarlo más adelante, ¿no les parece? Un discurso bien estudiado, bien amarrado y, al mismo tiempo, directo, acuciante, conmovedor. Porque mi corta experiencia parlamentaria me ha hecho comprender que a los medios de persuasión tradicionales hay que añadir una lógica aplastante. Conmover, sí, pero también convencer. La oratoria de Azaña, por ejemplo, aunque para mi gusto resulte un tanto fría. El ideal sería una mezcla de Azaña y Castelar. Eso. Verdades como puños dichas con palabras ardientes. Iluminar los cerebros y arrebatar los corazones.

Se arrimó a la verja de la iglesia. La tarde empalidecía, los vencejos armaban su alboroto y los niños, de repente, habían emigrado de Texas a Arizona. Parejas de muchachitas esperaban, en las esquinas de la plaza, a que se encendieran las farolas. Don Lino recogió los brazos.

–Azaña tiene otro defecto: habla con una mano en el bolsillo de la chaqueta, y eso hace feo. Claro que él no tiene figura...

–¿Y de Gil Robles? ¿Qué me dice de Gil Robles?

–Ese es un ave fría.

Clara cortaba un mandil en el mostrador: había colocado sobre la tela roja un patrón de papel, sujeto con alfileres, y las tijeras seguían su contorno, ras, ras, ras: la vista fija, el pulso firme. Llevaba el pelo suelto y una chaquetilla colorada sobre la blusa blanca.

El reloj de Santa María acababa de dar las ocho menos cuarto. A aquella hora no solían venir clientes. Y si a alguno, rezagado, se le ocurría comprar unas agujas, llamaría.

Dejó las tijeras y levantó la mirada. Sus ojos tropezaron con unas botas fuertes, con unos pantalones azules. Pisaban el umbral y estaban quietas. No siguió mirando. Cogió las tijeras y las empuñó.

–Vete.

–¿Vas a matarme?

Cayetano adelantó unos pasos. Clara veía ahora un trozo de chaqueta que el mostrador cortaba por abajo en línea un poco sesgada. Vio también la mano velluda de Cayetano salir de la sombra, levantarse y quedar apoyada en la madera. Agarraba con fuerza los guantes y la boina.

—Vengo a pedirte perdón.

Hablaba con voz recia, con voz segura, sin emoción, sin titubeos. Clara levantó la cabeza y le miró de frente.

—Bien. Ya está. Perdonado.

Cayetano avanzó un poco, hasta quedar arrimado al mostrador.

—¿Nada más?

—¿Qué más quieres?

—Te he pedido perdón, me has perdonado. Pues bien: aquí no ha pasado nada. Como antes, ¿no? Como hace una semana. Tú, ahí detrás, y yo, aquí. Y cuando cierres, tú a mi lado. ¿A dónde vamos esta tarde?

Ella movió la cabeza.

—No saldré contigo. No volveré a salir contigo. Tan amigos; eso, sí.

Cayetano no se inmutó. Buscó la silla donde solía sentarse, la acercó y se sentó. La boina había quedado encima del mostrador, junto a los guantes.

—Una mujer no es como un hombre, lo comprendo. No razonáis lo suficiente, ni siquiera tú. Y si yo he tardado casi una semana en decidirme, no tengo derecho a exigir que te me hayas adelantado. Además, no podías hacer otra cosa que esperar, y estoy seguro de que me habrás esperado todos estos días, y que cada tarde, al cerrar la tienda, estarías un poco más irritada que la tarde anterior porque yo no venía a pedirte perdón y tú deseabas perdonarme. Todo esto es natural y lo comprendo. Pero ya estoy aquí.

Clara hacía un rollo con la tela y el patrón del mandil. Lo ató con un bramante y lo arrojó a un rincón de la tienda.

—No te he esperado un solo día, ni deseé que volvieras.

Cayetano, de perfil, no la miraba. Parecía que sus manos, al moverse, se dirigieran a espectadores que le escuchasen desde el silencio de la plaza.

—Tú, ¿qué vas a decir? Incluso me complace que lo digas. El orgullo es una gran cualidad, piensen lo que piensen los orgullosos. Me gustas porque lo eres, y lo eres como un hombre. Pero yo también lo soy y, sin embargo, he venido a pedirte perdón. Y para decidirme he tenido que convencerme de que tu orgullo no te llevaría a humillarme, ni siquiera a hacer los dengues acostumbrados. Como, además, eres inteligente, te habrás dado cuenta de lo que vale mi nobleza —se volvió rápidamente y le cogió la mano—. En una palabra, quiero abreviar los trámites. Pido perdón: quiero ser perdonado. Doy lo pasado por pasado: haz tú otro tanto.

Clara no se movió.

—Suéltame.

Él, sin soltarla, se levantó.

—¿Lo encuentras demasiado brusco? ¿Quieres que medien lágrimas y palabras tiernas? Muy bien. Por mí no hay inconveniente. Cierra la tienda y vámonos. O cierra y déjame dentro. Podrás llorar mejor, sin miedo a que te vean.

La soltó, fue hacia la entrada y empujó la media puerta.

—Quieto. No cierres.

Fue entonces, quizá, cuando llegaron a la plaza el juez y Cubeiro. Venían hablando de impuestos municipales. Cubeiro se quejaba de que el Ayuntamiento del Frente Popular hubiera cargado la mano sobre los contribuyentes. Vociferaba y manoteaba. El juez le escuchaba distraído, y de vez en cuando decía: «Sí». Al llegar al centro de la plaza dio un codazo a Cubeiro:

—Fíjese.

Señalaba con la cabeza la tienda de Clara.

—Es Cayetano.

—Sí. Y está hablando con su novia sin la menor precaución.

Cubeiro bajó la voz y empujó al juez hacia los soportales.

Cayetano regresó al mostrador. Se le había endurecido el rostro, pero en los labios le quedaba una sonrisa. Clara le miró decidida, con el rostro adelantado y las manos cerradas. Respiraba fuerte y se le habían encendido las mejillas.

—Estás muy bonita, Clara, y yo te quiero. ¿No lo comprendes? Si no te quisiera no hubiera vuelto. Te quiero y estoy dispuesto a arreglar lo nuestro. Lo he pensado mucho, ¿sabes? He querido traerte una solución.

Se inclinó un poco y abrió las manos.

—Si no estuviéramos en Pueblanueva nuestras relaciones hubieran sido distintas. Imagina que nos hubiéramos encontrado en otra parte; tú con tu vida y yo con la mía; tú con tu historia y yo con la mía. ¿Piensas que me habría preocupado tu enamoramiento de Carlos? ¡Me traería sin cuidado y me importaría un pito que te hubiera despreciado o no! Incluso llego a más. Soy un hombre moderno y reconozco a las mujeres el derecho a la vida y al amor. Aceptaría tranquilamente que hubierais sido amantes. ¿Qué más da? Dos que se quieren es una historia que empieza; se quieren por lo que son, y lo son por lo que han sido. El prejuicio de los españoles por la virginidad de las mujeres está anticuado y es inhumano. Cosa de los moros.

Cubeiro se arrimó a una pilastra y dio un tironcito a la manga del juez para que se quedase a su lado.

—Si hablase un poco más alto se oiría lo que dice.

—Pues yo algo oigo.

—¡Ah! ¿Sí? ¿Y qué dice?

—Espere.

El juez alcanzó el borde mismo de la pilastra, la oreja pegada a la última arista y escuchó.

Cayetano sacó la pipa y la llevó a la boca sin cargarla. Hablaba con animación en el rostro, con movimiento de manos, con voz suave. Buscó en los bolsillos el tabaco y empezó a cargar la pipa.

—Pero Pueblanueva nos ha envenenado. Mi manera de portarme no está de acuerdo con lo que pienso, sino con lo que piensan los demás. ¿Crees que no me doy cuenta? Lo comprendo y me duele en el alma, porque lo que piensan los demás es lo que piensa mi madre. Podría llegar a despreciar al pueblo, pero es difícil que mi madre sea de otra manera, y, siendo como es, no puedo despreciarla.

La pipa estaba cargada. La volvió a la boca, sacó el mechero y lo dejó en el mostrador.

—Tú no eres el ideal de mi madre, eso no hace falta decirlo. Sabe que vengo a verte y no como a las otras. Lo sabe porque se lo han dicho o porque lo ha adivinado. ¡El olfato que tienen las madres para estas cosas! Al principio no me decía nada; luego empezaron las alusiones, las quejas solapadas; después vino la tristeza. No se atrevió hasta ahora a preguntarme de cara qué voy a hacer contigo, ni sé si se atreverá. Me gustaría que no lo hiciese, pero temo que lo haga. Será difícil. Tú sabes cómo la quiero...

Su mano buscó a tientas el mechero y lo encendió. Mientras prendía la pipa, espiaba los parpadeos de Clara, el temblor de sus ojos, los movimientos de su cara. Guardó el encendedor, dio un paseo hasta la pared y allí se volvió.

—Salir de Pueblanueva es como recobrar la libertad. Vivir donde nadie nos conoce es desintoxicarse de prejuicios. ¡Hay tantas cosas que tú misma harías fuera de aquí! La gente, por ejemplo, se casa pensando en los demás; pero donde todos son desconocidos los que se quieren no piensan en casarse. Cuando un hombre como yo llega al convencimiento de que necesita a determinada mujer, desprecia los trámites y las condiciones que pone la sociedad. ¿Con qué derecho un juez o un cura, o los dos juntos, nos autorizan a acostarnos? ¿Quiénes son ellos para disponer de algo tan nuestro como nuestros cuerpos? Por otra parte...

Suavemente, Clara le interrumpió.

—¿A dónde vas a parar?

Cayetano se cruzó de brazos y dejó de sonreír.

—Quiero que te vayas inmediatamente de Pueblanueva. De momento, a La Coruña. Tendrás todo lo que necesites, y yo iré a verte cada sábado. Esto, mientras no llegue el momento del arreglo definitivo. Entonces yo también marcharé. Pueblanueva me viene estrecha. Necesito más aire, más luz y más tierras que conquistar, y aquí no los hay. Un hombre como yo tiene cabida en cualquier parte que no sea España. ¡Hasta en Rusia he pensado! Stalin no me rechazaría.

Hablaba con entusiasmo, le resplandecían los ojos y movía las manos con calor. Clara escuchaba inmóvil.

El juez susurró al oído de Cubeiro:

—No se oye bien. Palabras sueltas nada más.

—Quédese aquí. Voy a arrimarme a la puerta.

—¿Se atreve?

—Con un poco de suerte...

Dio la vuelta a la pilastra, se metió bajo los soportales, se aproximó cautelosamente a la tienda de Clara. El juez no se movió, pero, de rato en rato, arriesgaba un ojo más allá del límite permitido. No veía a Clara: sólo el ir y venir, el manoteo de Cayetano.

Clara preguntó:

—¿Y a tu madre? ¿También la llevarás a Rusia? ¿O eso que llamas el momento del arreglo definitivo empezará cuando ella muera?

—Mi madre no ha sido nunca un estorbo.

—Esa no es una respuesta.

—Lo que haga de mi madre no debe interesarte. El que te quiere a ti y el que quiere a mi madre son dos hombres distintos.

—Yo no veo más que uno. ¿Con cuál de los dos pretendes que me case?

Cayetano apretó los dientes.

—Lo que yo te propongo no es un matrimonio, pero vale más —Clara intentó hablar; él la detuvo—. Y estoy dispuesto a darte las seguridades que apetezcas, más de las que tendrías siendo mi mujer. Por lo pronto, hacerte propietaria de una casa y de un dinero. Más tarde, cuando mis padres mueran, compartir legalmente contigo, en pie de igualdad, todos mis bienes. No soy un romántico; sé que puedo morir y por nada del mundo te dejaría en la pobreza.

—Es una hermosa proposición —dijo Clara.

Se apartó del mostrador con los brazos cruzados y la cabeza gacha. Quedó en medio, parada, unos instantes. Cayetano esperaba: la pipa entre los dedos, la pipa entre los dientes, la pipa otra vez en la mano.

—¿Aceptas?

Ella alzó los brazos por encima de la cabeza, con las manos hacia fuera; le había caído el pelo sobre los ojos y sacudió la cabeza antes de hablar.

—¿Quién iba a decirme hace un año, cuando pensaba venderme a ti por mil pesetas, que acabarías por ofrecerme la mitad de tu fortuna? No sé cuántos millones tienes, pero, por pocos que sean, hay una gran diferencia con lo que yo entonces te pensaba pedir.

Cayetano golpeó el mostrador con el cuenco de la pipa.

—¿Por qué recuerdas eso?

—Porque lo tengo presente y me alegro. Me da medida exacta de lo que valgo.

La pipa de Cayetano seguía repicando: unas briznas de ceniza mancharon la tabla pulida.

—No he pretendido evaluarte en dinero.

—Soy yo la que lo hace. Y saber que valgo tanto me llena de orgullo. ¡La mitad de tu fortuna!

Cayetano dio un manotazo a la pipa y la arrojó al suelo. Cayó cerca de los pies de Clara.

—Estás llevando las cosas a un terreno falso, Clara.

—Por el contrario, quiero quitarles el disfraz.

—He hablado con el corazón en la mano.

—Tu corazón te miente.

Cayetano golpeó el mostrador con los dos puños.

—¡Te quiero, Clara! ¡Lo sabes demasiado!

Clara se agachó a recoger la pipa y quedó con ella en las manos.

—No lo dudo. Es la única verdad que has dicho. Lo demás...

—¿Es que no te basta?

Clara se acercó y le tendió la pipa.

—Toma tu cachimba. Mientras hablabas me recordabas a Carlos. ¡Muchas palabras para ocultar la verdad! Sólo que a ti es más fácil adivinártela.

—Me ofende que me compares con él. Yo soy un hombre y él es un charlatán.

—No eres tan retorcido, lo reconozco, pero también intentas engañarte.

Palmoteó el mostrador, manchó la mano en la ceniza caída.

—¿No comprendes, alma de cántaro, que tanta palabrería y tanto barullo no son más que disculpas que te pones a ti mismo para no casarte conmigo? ¿A qué viene hablar ahora de tu madre, cuando tu madre nunca salió a relucir entre nosotros? Lo que te pasa es que das a la opinión de la gente más importancia de lo que tú mismo querrías. Tienes miedo a que se rían de ti si te casas con una mujer que ha estado enamorada de Carlos Deza, tienes miedo a que Carlos lo diga y cuente lo que pasó y lo que no pasó: ¡qué sé yo a lo que tienes miedo! Y como me quieres, que eso no te lo niego, armas todo ese lío para quedar tranquilo y matar dos pájaros de un tiro. Claro está que si yo estuviera enamorada de ti pasaría por todo y aceptaría ser tu querida o lo que fuese. Pero no estoy enamorada de ti ni lo podré estar ya nunca. Tendrías que llegar a lo que yo he llegado, y eso, por lo que veo, es imposible.

Cayetano había llevado la cachimba a la boca y la apretaba fuertemente con los dientes. La cachimba temblaba y los puños de Cayetano se pegaban contra los muslos, los golpeaban. Le aparecía en los ojos un resplandor de ira y en las esquinas de la boca una sonrisa desagradable. Clara le echó la mano a un brazo y lo sacudió.

–No te irrites y aprende a escuchar la verdad como un hombre. Acabas de proponerme ser tu querida y no me he ofendido. Tampoco te guardo rencor, pero siento que seas como eres; en el fondo, un pobre hombre. Porque la única persona a quien de veras importa un pito la opinión de los demás soy yo. Yo sería capaz de irme contigo y de tener un hijo tuyo si lo considerase honrado, si algo razonable me impidiera ser tu mujer. Pero tus razones no me convencen. Sería un pretexto hoy, otro mañana, y siempre mentiras y dilaciones. Y yo no soporto la mentira. ¿Qué quieres? Me pasa como con la suciedad.

La mano de Clara había descendido a lo largo del brazo hasta hallar la muñeca. Se la apretó afectuosamente.

–Tienes que quererme, Clara; no puede ser de otra manera.

–No eres malo, en el fondo. Pero estás envenenado, en eso tienes razón, y te será difícil librarte del veneno, porque tú, como los otros, tampoco te irás de Pueblanueva. Ya ves, mi hermano, que no iba a volver nunca. Os tiene cogidos el pueblo y no os suelta.

–También a ti...

–No. Yo acabaré marchando. Y más pronto de lo que piensas.

–No te lo permitiré –Clara apartó la mano; él la persiguió con las suyas, hasta retenerla–. Esto tiene que arreglarse. ¡Sería la primera vez que...!

Clara movió la cabeza.

–*Nosotros* no seremos felices, y tú tampoco lo serás, quizá por nuestra culpa. Y lo siento de veras, porque nadie es tan malo que no merezca un poco de paz.

Soltó la mano de un tirón brusco. La pipa cayó sobre el mostrador.

–Vete, anda.

–Volveré.

—No vuelvas. Piensa en la opinión del pueblo...
Cayetano se mordió el labio.
—La opinión de mis esclavos... —jadeó—. Tienes razón. Estoy cogido...
Sacudió la cabeza violentamente. Quedó con ella en alto, la barbilla hacia adelante, decidida.
—Ahora que lo reconozco me siento obligado... Soy capaz de hacerlo. Lo haré. Y, entonces, volveré.
Apretó la mano de Clara, se puso la boina y salió. Clara le siguió con la mirada. Cayetano se perdió en el fondo de la plaza y la mirada de Clara se quedó en el vacío unos instantes.
Cerró la puerta, buscó un cartón de mediano tamaño, lo recortó, y, con un pincel mojado en tinta, escribió:

SE VENDE ESTA TIENDA

Después se metió en el cuarto de su madre.

Cubeiro se pegó al vano de una puerta cerrada; el juez dio la vuelta a la pilastra y se acogió a la sombra. Cuando se borró la silueta de Cayetano se juntaron. Cubeiro llevó los dedos a la garganta.
—Se me pusieron aquí. ¡Si nos pilla...!
—La calle es libre, ¿no?
—¡Sí! Usted mucho habla, pero bien que se escondió.
—Una prevención elemental, pero no por miedo.
Echaron a andar. Al salir de la plaza Cubeiro dijo:
—Y ahora, ¿qué?
—¿Qué de qué?
—De lo que oímos.
—Yo, casi nada.
—Yo, poco más, pero lo suficiente.
—Usted, ¿qué piensa?
—Que ella le dio calabazas.

—¿Y ahora va a contarlo en el casino?

—¿Quién? ¿Yo? ¡No será el hijo de mi madre quien vaya con la historia! Dígalo usted.

El juez se paró al borde de la acera.

—Mire, Cubeiro, yo tengo un cargo público, soy una autoridad, y no me parece bien andar metido en comadreos. Porque una cosa es comentar lo que se dice y otra andar trayendo y llevando líos.

Cubeiro se puso un dedo en los labios.

—Entonces con callarnos...

—¿Usted se cree capaz?

—Por la cuenta que me tiene.

—¿Ni a su señora?

—¿Y usted se lo dirá a la suya?

—Aún no lo tengo pensado.

—Pues piénselo pronto, y así quedaremos de acuerdo. Haré lo que usted haga.

El juez le cogió del brazo y empezaron a descender la calle.

—Bien pensado, la cosa más parece de mujeres que de hombres. Se trata de un noviazgo, eso es evidente, sólo un noviazgo. A ellas les gusta conocer lo que pasa entre las parejas; viven de eso. Porque a usted le sucederá lo que a mí, que se entera de lo que hace la gente por su mujer.

—A veces. Otras, porque se lo oigo a usted.

—En ese caso, yo lo sé por mi mujer.

—¡Pues sí que está enterada!

—Y entiendo que no es lo mismo llegar al casino y decir: «Mi señora me contó esto», que confesar que hemos estado escuchando lo que hablaba Cayetano con la de Aldán.

—Ya.

—¿Por qué dice ya?

—Porque empiezo a entenderle. Usted lo que propone es que se lo cuente a mi señora y usted a la suya. Ellas, entonces, perderán el culo para ir a encasquetárselo a sus amigas; éstas se lo contarán a sus maridos, y no seremos nosotros, sino

Carreira y don Lino, los que lleven la noticia. Nosotros, con hacernos de nuevas...

—Está muy bien pensado eso.

—Pues le felicito, porque la idea fue suya.

—¿Yo? ¿Se atreve usted a decirme...?

Intentó detenerse a discutir, pero Cubeiro seguía calle abajo.

—No se sulfure, hombre. ¿Qué más da quien lo haya pensado? ¡Si al fin estamos de acuerdo!

Don Baldomero escuchaba entre sueños la música de una flauta: una música extraña en cuanto a su situación, pues lo mismo parecía remota, casi celeste, que cercana y chillona. No le llegaba sola, sino acompañada de algarabía desacordada, también extraña a su modo, pues si la música iba y venía, como un columpio sonoro, la algarabía no pendulaba, sino que figuraba más bien el punto fijo con relación al cual la música viajaba por el aire. Don Baldomero intentaba incorporar la música a sus sueños, y apenas lo lograba cuando la algarabía tiraba de ella y la dejaba fuera, en su vaivén, y el sueño se cortaba. La mente de don Baldomero, por encima del sueño y de la música, intentaba entender sin conseguirlo. Esto le desasosegaba, le hacía dar vueltas en la cama y taparse con las mantas para excluir de su conciencia vacilante los sones de la flauta: tan agudos, sin embargo, que lo atravesaban todo y excitaban, pertinaces, los oídos ansiosos de silencio. Hasta que don Baldomero se despertó. Entonces la música dejó de fluctuar y quedó amarrada para siempre a la algarabía, envuelta en ella o más bien embarullada, en un lugar cercano y conocido, al pie mismo de la casa. Se levantó y fue derecho al mirador. Por la rendija de una cortina vio, delante de la botica, en medio de la calle, a Paquito el *Relojero*, adornado según costumbre cuando emprendía sus escapadas eróticas, que tocaba la flauta en medio de un corro de niños. Los niños le chillaban, le insultaban, le tiraban de la chaqueta y de las mangas, y él respondía con escalas audaces, tan pronto por la zona de los agudos como sumidas en el abismo de los graves. Don Baldomero se echó a reír, y rió ruidosamente hasta que recordó su luto y su tristeza. Se le compungió entonces el rostro, cruzó las manos, dirigió la mirada a los cielos e imploró el perdón de «aquella santa». «He olvidado el respeto debido a tu memoria, pero no fue con intención. Aunque el loco me hizo reír, mi alma permanece triste.»

Dejó caer la cortina y regresó al dormitorio. Encima de la mesa de noche, enmarcada en simil-plata, doña Lucía recogía sus ojos grandes y sonreía con pudor. Era una fotografía antigua, con dedicatoria: «A mi novio querido, de su Lucía». Don Baldomero la cogió y la llevó a los labios. Después, la apartó un poco y le habló en voz alta: «El loco me ha conmovido, santa mía. Como yo a tu lado a la hora de la muerte, corre Paquito al lado de su amada, y la gente se ríe de él como quizá se hayan reído de nosotros». Volvió a besarla y la restituyó a su sitio. Entraba la criada con el desayuno. Don Baldomero se metió en la cama de un salto.

—Buenos días. ¿Ya está otra vez hablando solo?

—¿Me has oído?

—Se le oye desde la cocina.

—Pues no hablo solo. Hablo con ella, ¿sabes?, y ella me escucha desde el paraíso.

La criada dejó sobre el embozo la bandeja con el café humeante.

—Sí. Ahora mucho amor; pero en vida de la finada bien que le puso los cuernos.

Don Baldomero juntó las manos.

—Pido a Dios y a aquella santa el perdón de mis pecados, y de ella estoy seguro que me perdona, porque lo hizo en vida. Pero en cambio el Señor...

—¡Calle, calle, y no diga herejías! El Señor también le perdonará si se arrepiente de veras y no vuelve a las andadas.

—¿Qué sabrás tú de los misterios divinos?
—Sé lo que dice el catecismo, y a eso me atengo.

Don Baldomero revolvía el azúcar perezosamente, perdida la vista en el vacío.

—El catecismo no está escrito para los grandes pecadores. Para éstos, el Señor tiene sus leyes especiales, que hasta la Iglesia desconoce. ¡El misterio insondable de la predestinación! El pecador que persigue la Gracia y la Gracia que huye... La Gracia es el Perdón.

Movía la cabeza, su mirada vagaba por el aire como si el pecador y la gracia fuesen dos moscas que se persiguiesen en sus vuelos, allá por los rincones más altos y más oscuros del dormitorio.

—Si usted lo dice, será porque es así, que para algo estudió en el seminario. Pero, en tal caso, el catecismo no valdrá para casi nadie, porque los pecadores que conozco son, más o menos, como usted. Pendones, borrachuzos, malos maridos. Como el mío, que también el Señor habrá perdonado, aunque no lo merecía mucho.

Don Baldomero repitió, con entonación dramática:

—¿Qué sabrás tú?
—Sé lo que me hace falta, y basta. Lo que ahora le digo es que no se vaya a dormir otra vez, si quiere coger la misa del mediodía.

Dio un portazo al salir. Don Baldomero bebía su café. Miraba de reojo el retrato de Lucía.

«La voz del pueblo es la voz de Dios, y si esa mujer simple dice que puedo alcanzar el perdón, ¿por qué me empeño en no creerlo? ¿No será pecado de soberbia? Aunque, si es así, es evidente que estoy poseído del diablo. Porque a los demás pecadores el diablo los engaña, pero a los soberbios los posee. Este es un axioma de las Escuelas.»

Alargó el brazo y cogió el retrato de Lucía. Con el movimiento se tambaleó la bandeja: hubo de echarle mano para evitar que cayese y dejarla luego en el suelo. Quedó el retrato encima de la cama. Don Baldomero volvió a incorporarse, dobló el cuerpo, y sus manos buscaron una botella escondida en la mesa de noche. Echó un trago de aguardiente, se limpió la boca y guardó otra vez la botella.

«A ti te consta que ya no soy borracho. Tú, que conoces ya la verdad de los corazones, sabes que mi propósito es firme, y que si tomo unos sorbos es porque un hábito no puede quitarse de momento. Los médicos dicen que es peligroso. Sigo bebiendo, pero menos, y un día no beberé. Recuérdalo: antes, a estas horas, ya había embaulado medio cuartillo. Ahora, éste es el primer trago, y ni una gota más hasta la hora de comer. Ni una gota. Por éstas.»

Besó los dedos cruzados ante el retrato. Se había estirado en la cama. Recogió las rodillas y apoyó en ellas el marco.

«Necesito claridad mental, santa mía. Sin ella, ¿cómo entendería tus mensajes? Porque a ti te es fácil escucharme; pero a mi tu voz me llega bastante embarullada. Ahora mismo pienso si el haberme despertado la flauta del *Relojero* querrá decir algo. Supongamos que no, pero es el caso que, gracias a él, me he planteado el problema de la soberbia, de si me poseerá el demonio. Aquí de la claridad mental. No puede ser posesión definitiva, sino transitoria. El demonio no puede aniquilar mi libre albedrío. Permanece aposentado en mi corazón mientras no me doy cuenta; pero tú, que vigilas desde el cielo, rezas por mí, y el efecto de tu oración es un relámpago súbito, una iluminación inesperada. Acabo de tenerla. Todo está claro y en orden. El demonio está aquí, y hay que librarse de él. Pero el demonio es inteligente, mucho más que yo. Pretende engañarme, el muy zorrito. ¿Pues no se me ocurre ahora que no es el de la soberbia, sino el de la borrachera, el que me posee? ¡Ah, Lucía, amor mío, cómo voy viendo claro gracias a tu socorro! Este raposo viejo me está diciendo: "Todo consiste en que dejes de beber". ¿Y sabes para qué? Para que me debilite peleando contra el vicio y emplee en una lucha inútil las fuerzas que necesito para librarme de la soberbia. ¡Nos conocemos, viejo lagarto! Lo que tú quieres es meterme en un laberinto, hacerme creer que no seré perdonado mientras siga bebiendo. ¡Y una cosa nada tiene que ver con la otra, dejemos esto bien sentado! Yo bien sé cuáles son mis verdaderos pecados, y de cuáles tengo miedo que el Señor no me perdone.»

Echó las piernas fuera de la cama y se calzó las zapatillas. Había colgado los pantalones de una silla. Se los puso. El camisón de dormir le quedaba mitad dentro, mitad fuera; de esta guisa se vio en el espejo del armario: los escasos cabellos revueltos, los ojos pitañosos, las mejillas caídas.

«¡Pues sí que tienes una buena facha tú!»

Pegó una voz. La criada le respondió desde la cocina. Don Baldomero se asomó al pasillo y le encargó camisa limpia y una muda interior. Después, empezó a lavarse.

Salió a la calle a las doce menos cuarto. Pegaba fuerte el sol, y sintió que le sobraba el chaleco. Se metió en la rebotica, lo dejó encima de una silla y volvió a salir. Las puertas y las ventanas del casino estaban abiertas. Pasó de largo, pero le llamaron.

–Voy a misa; luego vendré por aquí.
–¡Ande, tómese una copa!
–Después, después.
–¡Le aseguro que no tiene arsénico!
–¡Déjese de bromas!

La mención del veneno le hizo sonreír. Continuó calle arriba, hasta la plaza, con el paso tranquilo y la cabeza inclinada. Faltaban unos minutos. Se detuvo en el pórtico y encendió un cigarrillo. Entraba poca gente en la iglesia, gente del pueblo. «He aquí una injusticia de la que nadie es responsable. Los ricos, que entienden un poco más de estos misterios, se han marchado a la iglesia de la playa. Los pobres siguen viniendo aquí. ¿Y si, como me temo, la influencia de esta pintura es diabólicamente maléfica? Lo que yo siento con tanta claridad, ¿no lo experimentarán ellos sin darse cuenta? ¡Parece mentira que se cuiden tan poco de la grey más humilde del Señor! El cura ya debiera haber encalado ese Cristo. Mantenerlo ahí es como haber entronizado al Enemigo. ¡Y cómo se reirá el demonio del engaño! Pero a mí no me las da...» Vio a Clara atravesar la plaza; pasó delante de él, dijo «Buenos días» y entró. Don Baldomero la siguió con la vista: «¡Qué buena está, caray! Pero también acabará mal si no me decido a prevenirla.» Daba el toque de entrada: arrojó la colilla, se quitó el sombrero y empujó la puerta. No habían encendido aún las luces: en el presbiterio brillaban unos cirios. Se acomodó en el último banco, cerró los ojos y esperó. Hasta que un resplandor súbito se los hizo abrir. Miró al fondo, buscó los ojos implacables del Cristo y en su lugar halló una mancha morada, enorme. De pronto, no lo entendió.

«¡Claro! Pero ¡si hoy es domingo de Pasión...!»

Los cortinajes cubrían los ábsides y absorbían el resplandor. Parecía la iglesia menos brillante, la luz no le ofuscaba. Pero sobre todo la mirada podía lanzarse y descansar; descansar, y con ella el corazón y la mente. Sintió un enorme sosiego. Se arrodilló y ocultó la cara entre las manos.

«Entiendo lo que quieres decir, Lucía; lo entiendo sin lugar a dudas. Pero ¿quién pondrá el cascabel al gato?»

Se le metió de repente una imagen en el cerebro, que le hizo estremecerse: vio las cortinas ardiendo, grandes llamas que ascendían y lamían las paredes, llamas que despedían una oscura, espesa humareda. El presbiterio se había llenado de humo; el humo lo colmaba todo, lo ennegrecía todo, apagaba el brillo de las llamas, se revolvía en remolinos interiores. Y del centro de aquella nube salían ruidos como carcajadas estridentes, carcajadas feroces y sobrehumanas. Cerró otra vez los ojos: la imagen persistía; el humo era cada vez más espeso y amenazaba envolverle. Se santiguó, rezó una jaculatoria, se golpeó el pecho tres veces: «¡Santo, Santo,

Santo!» El humo y las llamas seguían allí, cada vez mayores, en el fondo de su cerebro, independientes de su voluntad. «¡Si resiste a la Cruz, no es imagen del diablo!» Empezó a temblar. «¿Es ése tu mensaje, santa mía?» Ocultó la cabeza entre las manos y se entregó al fluir del tiempo...

Las llamas iban menguando; el humo se clarificaba. Cuando se despejó vio el ábside ennegrecido. Había caído la argamasa de las paredes, y en el lugar del Cristo había un hueco inmenso, insondable, por el que huían las llamas rezagadas, por el que escapaba el humo como por el tiro de una chimenea. Don Baldomero se sintió atraído por aquel abismo; su mente se atrevió a asomarse al agujero. Vio entonces algo como un trono gigantesco levantado sobre los restos humeantes de un Caos. De aquel resplandor remoto salió una voz que don Baldomero reconoció en seguida: «Bien que me has jodido, Baldomero.» Abrió los ojos. Delante de las cortinas moradas el oficiante rezaba el Evangelio. Se levantó, hizo la cruz...

«Es una comisión bien pesada, Lucía. No sé si me atreveré...»

Don Lino llegó hacia el mediodía, con traje nuevo y corbata colorada. Los del casino le hicieron corro con espacio para moverse cuando al diputado le apetecía y una mecedora para sentarse. Don Lino consumió el turno de noticias mientras comía una ración de lubrigante en salpicón a que le habían convidado: alabó la calidad del marisco y aseguró que en Madrid estaba por las nubes y que no sería mal negocio organizar un sistema de transporte que lo situase en el mercado en menos tiempo y a precio más reducido. Con el marisco bebía un albariño que también mereció sus elogios. El turno de noticias, pues, le salió entreverado de piropos a la cocina regional. Hubo en el corro unanimidad absoluta.

El turno propiamente teórico fue precedido de carraspeos y acompañado de un cigarrillo canario cuyo humo azul escoltaba la mano del perorante. Se dividió en dos partes. La primera, más bien sarcástica, se consumió en una diatriba a las derechas clericales, cuyas maniobras contra la República denunció valientemente; en cuanto a la segunda, más bien dramática, fue un alegato lleno de quejas contra la conducta escasamente democrática de una fracción del Partido Socialista, olvidada al parecer de sus compromisos con los republicanos y a punto, a punto de dejarse seducir por los arrullos de la sirena soviética. No citaba nombres, pero bastaban las alusiones para que los del corro supieran a qué atenerse. «En el seno del Partido Socialista, que es por definición parlamentario, se alimenta la hidra de la autocracia, y ahora, con espanto de los verdaderos republicanos, se alzan las siete cabezas de la tiranía. En el seno del Partido Socialista la doctrina bolchevique de la dictadura del proletariado se abre camino y seduce a las juventudes. Uniformados, militarmente disciplinados, se les ve desfilar por las calles de Madrid. Ellos dicen que contra el fascismo. Pero ¡ah!, ¿lo que oponen al fascismo, no es también un fascismo de izquierdas? ¡Y esto, señores, es peligroso! Nosotros hemos dado al capital seguridades, y ahora el capital se llama a engaño y vacila. No todo, claro está, porque también entre los negociantes y los banqueros hay republicanos conscientes. Pero ya es mucho que una parte de la riqueza nacional se sienta inquieta, sobre todo cuando nos consta que en la derecha se conspira, que la derecha se vale de los exaltados y de los agitadores a sueldo para alterar el orden público, en busca de un pretexto legal para acabar con la legalidad.»

–En fin –le interrumpió Cubeiro–, que la cosa está que arde.

Don Lino, en un paso de baile dificilísimo, se volvió hacia él.

–No, señor; nada de eso. Porque si bien es cierto que el barco de la República navega en medio de temporales, lo es también que lleva a bordo los mejores pilotos y capitanes, que sabrán sortear los peligros, reducir a los díscolos de un lado y de otro y arribar al puerto de la tranquilidad, de la justicia y de la paz.

—Dios le oiga —comentó Carreira—. Y no es que aquí nos quejemos, porque desórdenes, lo que se dice desórdenes, no los ha habido. Pero lo que está pasando fuera nos preocupa.

Don Lino, con un punto de furor en la mirada, hizo frente al propietario del cine.

—¡Ahí le duele, amigo mío, ahí le duele! ¡Lo que es la ignorancia política! Piensa usted como un hombre de derechas, que sólo estima el orden, venga de donde venga. Pero respóndame: ¿por qué hay orden en Pueblanueva? ¿Será porque la educación cívica de sus habitantes les ha llevado al mutuo respeto? ¿Será porque en esta sociedad local han desaparecido los motivos de desorden? ¡No, señores! ¡En Pueblanueva del Conde no se mueve una rata porque hay quien no le permite moverse! ¡En Pueblanueva, donde antes mandaron los condes, cuya orgullosa fortaleza ordenó derruir la tiranía monárquica, manda hoy un feudalismo de nuevo cuño, un feudalismo industrial que tiene la llave de los estómagos y que dice a los ciudadanos: o estáis quietos, o quedáis sin comer! Pero esto, señores, no es lo que pretende la República. El orden público no puede ser el resultado de una constricción, de una opresión, sino de un pacto libre, libremente concluido. Esta es la verdadera doctrina republicana, que desgraciadamente estamos muy lejos de practicar aquí.

Carreira, amenazado por el corpachón de don Lino, se había ido echando atrás. La última frase del diputado fuera singularmente enérgica: tres manotazos la habían rubricado, y los tres habían rozado las narices de Carreira. «¡Cuidado con la mano!», gritó, y el diputado la metió tranquilamente en el bolsillo.

—¿Y usted qué piensa, don Lino? ¿Que Cayetano es de los socialistas democráticos o de los otros? —la pregunta la había hecho un indiano recién llegado «de allá», al que los matices de la política local se le escapaban todavía. Se llamaba don Rosendo.

–Según se mire.

Echó un vistazo rápido a la puerta de entrada. Cubeiro le tranquilizó. «No se preocupe, que el señorito salió de viaje esta mañana.» Don Lino llenó de aire el fuelle y resopló.

–Según se mire. Porque, aunque sus procedimientos son claramente dictatoriales, el sesgo comunista de la fracción de izquierdas no creo que le haga tilín. Porque, mírese como se mire, y a este respecto no nos hagamos ilusiones, Cayetano Salgado es prácticamente un capitalista, aunque concedo, eso sí, que es capitalista avanzado.

–Pues a mí me parece que en estos últimos tiempos la política le preocupa poco –el juez miró de reojo a Cubeiro y cambió con él una sonrisa–. Porque ya sabrán ustedes lo de Clara Aldán.

–¿Qué? ¿Que se acuesta con ella, por fin? –preguntó el indiano.

Cubeiro empezó a reír. El juez se contagió de la risa.

–¡Que lo cuente don Lino! ¡Don Lino está informado como nadie!

El diputado se sentó en la mecedora y se dirigió al indiano:

–Caballero, usted no pensará que pierdo el tiempo en esas menudencias. Si, en efecto, me hallo bien informado es porque la cuestión puede tener un aspecto político que a las comadres de la villa se les escapa. Cayetano no se acuesta con esa señorita. Cayetano, por el contrario, pretende casarse con ella, y ella lo ha rechazado. Y yo me digo: ¿cómo es posible que un hombre de cuyo éxito con las mujeres no hay que hacerse lenguas aquí, porque es de todos bien conocido, y de muchas gentes honorables lamentado, se acerque con buenas intenciones a una persona cuyo crédito moral deja mucho que desear? A primera vista parece una paradoja. Las comadres de la villa así lo estiman y no lo entienden. Pero si ustedes me acompañan en el enfoque político de la cuestión, la verán más clara que la luz. Porque, vamos a ver: ¿quién es esa señorita mal reputada? La única hija legítima del difunto conde de Bañobre, un fantasmón que ustedes han conocido y padecido más que yo, porque yo en aquellos tiempos no ejercía mi magisterio en Pueblanueva. Hija legítima ¡y heredera!, fíjense bien, ¡heredera…!

—¿De las deudas? —interrumpió Cubeiro.

Don Lino intentó fulminarlo con una mirada de especial clarividencia.

—¡Del título nobiliario, hombre! ¿Es que no se han dado cuenta todavía? ¡Cayetano Salgado es uno de esos tipos que empiezan siendo socialistas y que, a su debido tiempo y por sus pasos contados, evolucionan hacia la derecha o, al menos, se mantienen a caballo de ambas situaciones, dando al público la cara democrática y usando la otra en privado! El ejemplo lo tenemos cerca. Ahí está el republicano Valladares, casado con una vizcondesa y vizconde consorte él mismo… Lleva el título escrito en la badana del sombrero: me consta.

Golpeó repetidas veces el mármol de la mesa más próxima.

—¡Usen ustedes el raciocinio! ¿Para qué, si no, iba a poner los puntos a una muchacha a la que podía hacer su amante, si sólo le llevase a ella lo que le llevó a otras muchas? ¡No, caballeros! ¡Estamos ante un caso de evolución política que yo había previsto y en el cual quién sabe si no habrá influido ese temor de ciertos capitales a que antes me refería! —se puso en pie y de un empujón arrojó lejos la mecedora—. Esta es la causa por la que yo pretendo asumir en este pueblo la representación de la pureza democrática. Porque si un día no lejano se planteara otra vez la vieja lucha entre la libertad y la tiranía, ¿quién iba a ponerse a la cabeza de los nuevos «Hermandiños»? ¡Las apariencias pueden haber cambiado, pero las realidades ocultas son las mismas! ¡Hoy no existen castillos, pero existen factorías industriales! ¿Quién les dice a ustedes que una de ellas, al menos, no acabará por convertirse en el reducto del peor caciquismo?

Derecho, solemne, inspirado, su frente resplandecía. El indiano parecía sobrecogido y comentó en voz baja con su vecino que «un hombre como éste en las Américas hubiera llegado a presidente». Poco a poco don Lino dimitió de la majestad: fue como si su cuerpo absorbiera la grandeza, como si por los poros de su carne la sublimidad exudada reingresase a los depósitos secretos. El juez exclamó a media voz:

—¡El día que hable en el Parlamento...!

Un timbrazo fuerte interrumpió el comentario. Se abrió la puerta y entró don Baldomero. Fue derecho hacia el corro, con el sombrero en la mano y una sonrisa melancólica en los labios.

—¡Buenos días, señores!

—¡A ver, muchacho! —gritó Cubeiro al mozo del bar—. ¡Sirve aquí a don Baldomero una copa de veneno!

Capítulo 10

El telegrama del gobernador civil prohibiendo las procesiones de Semana Santa llegó al Ayuntamiento el viernes de Pasión, a última hora. Los párrocos y capellanes de las iglesias de Pueblanueva recibieron su traslado y copia literal el sábado por la mañana. Doña Angustias había hecho un donativo importante para la adquisición de palmas, y las palmas, en un rincón de la sacristía, esperaban las manos que habían de pasearlas por las calles próximas al puerto. Las había grandes, robustas, arbóreas, para el clero y personas mayores, y otras más finas y gráciles para las presidentas y directivas de las diversas cofradías femeninas. Unas pocas más, tejidas y adornadas con lazos de colores, se destinaban a niños y niñas paniaguados. El resto llevaría ramos de olivo y de laurel.

El párroco miraba alternativamente el oficio del Concejo y las palmas amontonadas.

–Pues es lástima, porque prometía resultar muy lucida la procesión.

El coadjutor, de espaldas, se desvestía los ornamentos.

–Yo que usted, no me resignaba.

–¿Qué quiere? ¿Que vaya al alcalde con el alegato? Me echará con cajas destempladas.

—El alcalde, sí.
—Entonces, ¿quién? ¿El gobernador? Peor todavía. Es un masón rabioso.

El coadjutor, con la estola en la mano, le miró con sonrisa pícara.

—¿Ha pensado en doña Angustias?
—¡Doña Angustias no manda en el Gobierno Civil!
—Pero su hijo manda en el pueblo.

El párroco releía el oficio. Alzó los ojos del papel y miró al vacío.

—En todo caso, es una idea. El no ya lo tenemos.
—Todo consiste en que usted sepa pedirlo —el párroco descolgó el teléfono; el coadjutor, con el alba a medio quitar, corrió a la mesa y retuvo la mano del párroco—. ¡Nada de teléfono! Personalmente.
—Pues tiene usted razón.
—Y ahora mismo, sin dejarlo para luego. Yo quedaré al cargo de esto.
—Pero ¿no está en ayunas?
—Puedo aguantar.

El párroco se encasquetaba la teja. Acudió el coadjutor a sostener la dulleta.

—Lleve también una bufanda. Las mañanas están frías.

Salió el párroco. El sol peleaba bravamente con la neblina pertinaz, y en el cielo, sobre la mar, aparecían ya jirones azules. Caminó junto al pretil, atravesó el barrio de los pescadores. Algunas mujeres, algunos niños, le saludaban; algunos hombres le miraban duramente. A la puerta del astillero abordó al guarda-jurado.

—Vengo a ver a la señora.

Esperó. Le mandaron pasar. Doña Angustias desayunaba y le hizo compartir el café. El párroco expuso su proyecto. Doña Angustias comentaba: «¿Adónde vamos a parar?» Y también: «¡El mundo está cayendo en manos de los herejes!» El párroco le representaba el abandono de las hermosas palmas y la ofensa que se quería inferir a la festividad del día y a la libertad de la Iglesia. «¡No tiene que convencerme! ¡Ahora mismo hablaré a mi hijo!» Bajaron juntos. Doña Angustias se había quedado con el papel. El párroco se despidió en la puerta, y doña Angustias atravesó las oficinas. Todo el mundo se levantó, y Martínez Couto, en nombre de la colectividad, le dio los buenos días. «¿Quiere la señora que la acompañe?» «No, no, muchas gracias, bien sé el camino.»

Cayetano, inclinado sobre unos planos, levantó la cabeza al oír el ruido de la puerta. Vio a su madre y acudió rápidamente.

—¿Qué te trae por aquí?

Doña Angustias se sentó, hizo que Cayetano se sentase a su lado y le entregó el oficio del Ayuntamiento.

—Mira. Lee.

Cayetano lo leyó por encima.

—Bien. ¿Y qué?

—Que esto no puede ser, hijo mío. Los cristianos tenemos derecho a nuestras ceremonias, y no hay alcalde ni gobernador que pueda prohibírnoslas. Además, la procesión de mañana la he costeado yo. Y pensaba acompañarla...

—¿Y qué quieres que haga yo?

—¡Hablar al gobernador!

—No somos amigos.

—Entonces, al alcalde. ¿O es que vas a decirme que el alcalde no te obedece?

—¡No he dicho eso, madre!

—Pues no lo digas, porque no te creeré. En el pueblo se ha hecho siempre tu voluntad, con izquierdas y con derechas. Mucho más con esa gente de ahora, que la has nombrado tú...

Cayetano echó mano al teléfono. Ella le detuvo.

—Por teléfono, no. Las cosas importantes tiene que hacerlas uno.

—Pero ¿tanto te interesa?

Doña Angustias se puso en pie.

–Si no me interesase, no hubiera venido a molestarte.

Él le cogió una mano.

–Tú nunca me molestas, madre.

–Pues de un tiempo a esta parte no lo parece. ¡Todo el mundo dice que eres otro, y lo eres hasta conmigo!

Le asomaba una lágrima. Cayetano se levantó y la empujó dulcemente hacia la puerta.

–No pienses eso y ve tranquila. Ahora mismo hablaré al alcalde.

La acompañó hasta la salida. Al atravesar las oficinas dijo que estaría de vuelta dentro de media hora. Montó en el automóvil, subió a la plaza, se detuvo ante el Ayuntamiento. El guardia municipal a su paso se quitó la gorra. Cayetano subió las escaleras de dos en dos, recorrió un par de pasillos, entró en el despacho del alcalde sin pedir permiso. El alcalde despachaba con el secretario. Le vieron entrar, se miraron y se levantaron.

–Buenos días, don Cayetano.

El alcalde señaló su sillón presidente.

–Aquí. Siéntese aquí. ¿Qué le trae por esta su casa?

Cayetano echó la boina encima de la mesa y ofreció pitillos.

–¿Me deja ver el telegrama ese del gobernador referente a las procesiones?

El alcalde quedó sorprendido y quieto. La mano del secretario diligente hurgaba en un montón de papeles. Sacó uno azulado.

–Aquí lo tiene.

Cayetano lo leyó rápidamente y lo dejó en las manos temblorosas del alcalde.

–Está muy bien, pero esto no reza con Pueblanueva.

–¡Don Cayetano!

–Es una acertada medida de orden público en las grandes ciudades, donde es difícil tener a raya a los de un lado y a los de otro. Pero Pueblanueva es una villa civilizada. Aquí no sucederá nada.

El secretario, inhibido, ordenaba expedientes. El alcalde apenas levantaba la vista.

—¿Cómo lo sabe usted?

—Porque yo lo mando.

—¡Hay elementos...!

—Si los hay, se les mantiene quietos, y si se mueven, a la trena con ellos.

El alcalde le miró con ojos implorantes.

—¡Don Cayetano, que me juego el cargo!

—Te garantizo que no pasará nada.

El alcalde, resignado, inclinó la cabeza.

—¡Si usted me lo asegura...!

Se rascó detrás de la oreja y volvió los ojos al secretario; pero el secretario se había inclinado sobre un cartapacio y no parecía oír.

—Sin embargo, sería mejor que hablase al señor gobernador. Como la orden viene de él...

La voz de Cayetano se endureció.

—¿Desde cuándo los gobernadores han mandado en Pueblanueva?

—Antes ya sé... Pero yo creí que ahora...

Cayetano le agarró un brazo y lo atrajo hacia sí.

—Entre el ahora y el antes no hay más diferencia que de alcalde. Antes era otro, y ahora eres tú.

—Sí, señor.

—De modo que escribes un oficio autorizando las procesiones. Puedes poner en él, naturalmente, que esperas de los señores sacerdotes el respeto de los fieles por las leyes de orden público, etcétera, etcétera, y que se hacen responsables...

El secretario saltó del asiento y se acomodó ante la máquina de escribir.

—Con dos copias, ¿verdad, don Cayetano?

El hijo de don Lino caminaba delante, con la maleta. Don Lino llevaba la gabardina al brazo y un paquetito en la mano. El hijo volvía a veces la cabeza y miraba el paquete, pero no decía nada. Don Lino iba metido en sí, sin parar mientes en los que pasaban por su lado, en los que le saludaban.

Llegaron. El hijo depositó la maleta en el suelo y empujó la puerta. «Somos nosotros, mamá», gritó; y dejó que su padre pasase delante. María apareció al cabo del pasillo; inclinada, con las manos recogidas debajo de la toquilla. Inclinó la frente y don Lino le dio un beso. Aurorita asomó por la puerta de la cocina. «¡Papá!», gritó. Se acercó y le ofreció la mejilla. El hijo, con las manos atrás, esperaba.

–¿Qué tal el viaje?
–Bien, bien. Todo va bien.

Aurorita recogió la gabardina y observó el paquete que don Lino sostenía en la mano. El hijo, entonces, se atrevió a preguntarle:

–¿Y el lápiz, papá? ¿Me lo has traído?

Don Lino le acarició la barbilla.

–Sí, hijo mío; he traído tu lápiz y el carmín que me encargó tu hermana. Tengo noticias por vuestra madre de que uno y otro os habéis portado correctamente durante la semana. Me congratulo, especialmente de que Aurorita no imite en su noviazgo a las desvergonzadas muchachas de este pueblo.

La hija enrojeció, y don Lino le tiró suavemente de la oreja.

–¡Me has hecho pasar una vergüenza...! Porque comprar un lápiz para los labios no es cosa de hombres, y si un hombre lo hace, hay derecho a sospechar...

Pasaron al comedor. La maleta quedó encima de la mesa. Fue pronto abierta. Un lápiz amarillo, brillante, pasó a manos del chico, y un paquetito menudo, envuelto en papel de seda, a las de Aurorita. Lo deshizo rápidamente.

—Gracias, papá.

Le dio un beso y salió corriendo. El chico abrió el cajón del aparador, cogió un cuchillo y empezó a sacar punta al lápiz. María no decía palabra.

—Van a venir unos caballeros, ya te escribí. ¿Tienes algo en casa para convidarles?

María mostró las palmas de las manos.

—¡Como no sea pan...!

Don Lino meneó la cabeza.

—Bien está ser pobre, pero la pobreza debe ocultarse por decoro: te lo he dicho muchas veces. La exhibición de la pobreza es tan repugnante como la pobreza misma. Hay que traer galletas y algún licor.

María, asustada, le miró.

—¿Dices licor?

—Puede ser un vino dulce: es más barato.

María hundió la mano en el bolsillo del mandil y sacó un montón de calderilla. Don Lino le cerró la mano con la suya.

—Guárdate eso. ¿Llegará con dos pesetas?

María sonrió dulcemente.

—¡Que después no tendrás para tus gastos...!

—Voy a estar con vosotros hasta el Lunes de Pascua, y aquí se gasta menos. En cuanto al tresillo, ya sabes que suelo ganar —agarró al chico por los cabellos—. Tú, toma esto, coge una botella, lávala bien, y traes de la tienda un paquete de galletas...; no, dos paquetes, y una peseta de cariñena.

—Sí, papá.

El chico dejó el cuchillo y el lápiz, dijo algo referente a que nadie los tocase. Don Lino cerró la puerta tras él.

—¿Dónde está Aurorita?

—Habrá ido a su cuarto a pintarse. Por cierto que tengo que hablarte.

—Y yo a ti. Ahora mismo, antes de que regrese el muchacho.

Escuchó. En los ojos de María tembló la alarma.

—¿Sucede algo?

—No sé...

Don Lino metió la mano en el bolsillo interior de la chaqueta, sacó un sobre azul y se lo tendió a María.

Coge esto. A mí me abrasa.

Ella respiraba fuerte y había empalidecido.

—Lee la dirección: pone mi nombre. Ábrelo: contiene doscientas pesetas.

—¿Para nosotros? —la cara de María se encendió de júbilo, y sus manos abrieron torpemente el sobre. Sacó dos billetes gastados, sucios—. ¡Doscientas pesetas...! ¿Dónde las ganaste?

—No me preguntes dónde, sino cómo. Y entonces no podré responderte sin enrojecer...

María le agarró la muñeca. Don Lino continuó:

—Eso es lo que me pregunto. ¿Qué has hecho, Lino? ¡Me lo vengo preguntando desde ayer, no he podido dormir en el tren porque la pregunta me martilleaba en la cabeza y no sabía responderle! Porque esta es la verdad, María: no sé por qué tengo esas pesetas, ni quién me las dio. Aunque barrunte...

Le sudaba la frente. Se limpió con el pañuelo y, penosamente, se acercó a una silla y se sentó.

—María, tienes que ser una tumba para lo que voy a contarte. Claro que podía callarlo, pero, en ese caso, tendría que haber destruido ese dinero, porque no puedo entregártelo sin que conozcas su procedencia. En la medida de lo posible, claro está.

Recogió la cabeza entre las manos y habló con voz acongojada. Se interrumpía a cada instante, miraba a la puerta, escuchaba. En una habitación lejana, Aurorita había empezado a cantar.

—La cosa sucedió hace unos quince días. Vino a verme un compañero, maestro en una escuela remota. Me pidió que interpusiera mi influencia para que él y otros compañeros en su misma situación obtuviesen ciertas mejoras a las que tienen derecho, pero de las que no disfrutaban todavía por olvido o desidia burocrática. «¡No faltaba más! –le dije–. Lo haré con mil amores, porque es justo, y por tratarse de unos compañeros.» Y así lo hice. Fui un par de veces al Ministerio, hablé con dos o tres personas, le escribí una carta al subsecretario, y a los ocho días se despachaba el oficio correspondiente. Te juro por mi conciencia, María, que en todas esas gestiones habré gastado una peseta, o quizá menos. Tres o cuatro billetes de tranvía, y unos pitillos que ofrecí. Nada más. Ni a un solo café me vi obligado a convidar, ni muchos menos he dado a nadie la menor propina. Pues bien: el jueves último, anteayer, estuvo a verme mi compañero. Quería darme las gracias, y me las dio. Pero no se detuvo ahí. «Usted habrá tenido gastos», me dijo. Y yo le respondí: «Ni cinco céntimos». «Querido compañero, eso lo dice usted por generosidad, pero en este país nada se consigue gratis.» «¡Le aseguro que ha bastado mi influencia personal y la autoridad de mi cargo para que todas las puertas se me abrieran y todo el mundo me escuchase!» «Pero algunos gastos habrá tenido, y nosotros no podemos permitir...» «¡De ninguna manera! ¡Le aseguro que no he gastado un céntimo y que no tienen nada de que resarcirme!» Pareció quedar conforme. Se marchó después de haberme dado otra vez las gracias, y yo quedé satisfecho de haber cumplido, una vez más, con mi deber.

Se interrumpió. Aurorita seguía cantando. Don Lino dejó caer las manos en la mesa, angustiosamente crispadas. Le salía la voz a golpes, tartajeante, y respiraba con fatiga.

–El sábado por la mañana la patrona me trajo ese sobre a la cama. Todavía no me había levantado. «Esto, que acaba de dejar para usted un señor.» «¿No dijo quién era?» «No, don Lino, ni lo conozco.» Abrí el sobre en la seguridad de que se trataba de algún papel político, de algún anónimo insultante, de alguna denuncia. Y me encontré con tres billetes de cien pesetas, sin más papel, sin más tarjeta...

Se levantó de un salto. María se echó atrás. Apretaba el sobre azul contra el pecho, lo protegía con sus manos.

–«¿Quién es el miserable que pretende comprarme?», me pregunté. «Lino Valcárcel es intachable como ciudadano particular y como diputado a Cortes», me dije. «¡Quien pretenda comprar tu conciencia por treinta dineros es un miserable!», añadí. Los billetes estaban encima de la cama y llegué a creer que podrían incendiarse y plantar fuego a las ropas. «¡Ahora mismo los arrojaré a la calle en mil pedazos!» Y me levanté para hacerlo. Pero entonces comprendí que estaba solo, y que no había testigos de mi honradez, y que el osado que se atreviera a enviármelos ignoraría mi determinación. Además, ¿qué pensaría la gente de un hombre que se asoma a la ventana en camiseta y arroja sobre los transeúntes el «confetti» hediondo de unos billetes rotos? Vivo en un primer piso, y mi figura, de tal guisa y en tal acción, resultaría indecorosa. Y no podía, por el mismo decoro, llamar a la patrona y ordenarla que los quemase, porque acabaría por sospechar, porque creería que dentro de cada sobre que recibo se ocultan billetes de cien pesetas. ¡María, mi patrona es de derechas, y piensa por principio que todos los diputados son un hatajo de ladrones!

Se le hundían los hombros, las arrugas de su cara parecían haberse multiplicado. María le preguntó si quería un poco de agua, y él la aceptó.

–Gracias.

Apuró el vaso entero.

–María, es cierto que pude hacer una pelota con los billetes y tirarlos al retrete. Pero entonces, precisamente entonces, cuando lo había decidido, recordé nuestra situación. Mi traje nuevo impagado, los hijos sin zapatos decentes, y tantos agujeros que hay que tapar. En mi conciencia empezó a luchar la obligación de destruir ese dinero contra el deseo, más aún, contra la necesidad, de guardarlo. ¡Eran trescientas pesetas, María, que quizá hayan salido a escote de unos cuantos compañeros tan pobres como yo, pero que ya no podían volver a sus bolsillos, entre otras cosas, porque no estoy convencido de que hayan sido ellos...!

Agarró violentamente a su mujer y la obligó a mirarle a los ojos.

–María, claudiqué. Pagué al sastre quince duros y traje conmigo esas doscientas de las que te harás cargo, porque no puedo retenerlas un minuto más. Pero considérame desde ahora como un concusionario, y no te avergüences jamás delante de mí. Porque si has tenido una debilidad y cometiste una falta, tu marido la cometió peor. Tú has engañado a tu marido. Yo he vendido a la República...

Quedó arrimado a la mesa, con los hombros hundidos, la cabeza baja, los brazos colgantes. Dos lágrimas asomaron a los rincones de sus ojos. Echó mano del paquete que había traído, desató el lazo, retiró el papel, quedó al descubierto una cajita de cartón. María había seguido la operación electrizada.

–María, tu conducta ejemplar después de aquello te ha restituido a mi estimación. Ahora yo tengo que recobrar la tuya, porque eres la única en conocer un delito del que te hago único testigo y juez. Te juro por mi conciencia que pondré todo mi esfuerzo al servicio de la justicia. Sin embargo, no he podido olvidarte. Los cinco duros que faltan los he gastado en esto.

Abrió la caja y quedaron colgando de sus dedos dos pares de medias finas.

María le dio un abrazo.

María puso tres copas en un plato de cristal, y las galletas en un galletero colorado, ya sin tapa y con el níquel del asa oxidado. El cariñena de la botella fue trasladado a una licorera amarilla previamente lavada y enjugada. Dejó todo sobre la mesa a la llegada de Juan y Carlos, y se retiró. En el secreto de la alcoba, sacó del pecho el sobre azul, y de la caja, las medias.

—Tres duros para zapatos del muchacho, y seis para los de Aurorita. También habrá que comprarle medias, o puedo darle un par de éstas.

Don Lino señaló las sillas del comedor.

—Les ruego que se sienten y háganse la idea de que están en su casa, aunque lo que puede ofrecerles un maestro de escuela es poco y pobre. Siéntense, háganme el favor...

Juan se arrimó al aparador y cogió la copa que don Lino le tendía.

—Perdóneme, pero estoy impaciente. ¿Trae usted alguna noticia referente a lo nuestro?

Carlos se había sentado y mordía una galleta. Don Lino se situó frente a Juan, las manos en la sisa del chaleco y el pitillo en los labios. Miraba al aire.

—Naturalmente. Las gestiones preliminares están hechas, y me atrevería a asegurar que con éxito. El Ministerio no niega la posibilidad de algún socorro, aunque tiene que preceder una solicitud en regla, elevada por el Sindicato a la superior autoridad del ministro, solicitud que ustedes redactarán mañana mismo y que cursaremos inmediatamente. Ahora bien: como yo me temía, eso no basta. ¿Qué significan unos miles de pesetas, que llegarán tarde, porque las dilaciones burocráticas son inevitables? Ustedes me dirán que por qué la República las tolera, y yo les responderé que la República, en su benevolencia, en su amplitud de criterio, en su magnanimidad, ha mantenido en sus puestos a multitud de funcionarios que ahora la boicotean, y que esos ciudadanos, llamémosles así, pero con interrogaciones, trabajan en el anónimo y en la sombra. Por eso, precisamente por eso, es indispensable la interpelación parlamentaria, para la cual ya he pedido turno. La interpelación airea, publica, saca a luz lo que está oculto, y queda registrada por los taquígrafos. El asunto, pues, se planteará en las Cortes con todos los honores, y el país sabrá que, en un rincón de Galicia, un puñado de proletarios pacíficos se esfuerza para alcanzar la libertad económica y política a que tiene derecho. Y como durante esta semana las Cortes están cerradas y nosotros disponemos de vacaciones, aprovecharé el tiempo para, con el concurso de ustedes dos, y debidamente asesorado, preparar el discurso. Así es que, señores...

–Ya me dirá para qué quiere a estas horas una tortilla de patatas –preguntó la criada al entrar en la rebotica: traía en una mano un plato humeante, y en la otra, una barra de pan.

–Puedo comer lo que quiera, ¿no?, y a la hora que se me antoje.

–Desde luego –dejó la carga en la mesilla y se volvió hacia la puerta–. Por mí, atráquese y que le dé un patatús. Lo mismo da que se muera de un empacho que de una borrachera.

–De lo que he de morir sólo lo sabe Dios, y no tengo curiosidad por averiguarlo antes de tiempo –don Baldomero la miraba por encima de las gafas–. Esta noche no ceno en casa.

–¿Se va de juerga?

–Voy a donde me parece.

–¡Vaya, vaya, que yo no he de impedirlo! Pero después no venga con lamentaciones de viudo inconsolable. Son lágrimas de cocodrilo, ya lo dice todo el mundo. La difunta le importa un rábano, como le importaba en vida. Dios la tenga en la Gloria.

–Amén.

Desde la puerta, la criada le envió una mirada burlona y furiosa. Salió y cerró con fuerza. Temblaron los frascos de los anaqueles y un calendario se desprendió de su clavo.

–¡Bestia...!

Olisqueó la tortilla. Era grande, robusta, un poco doradito el huevo por el centro, amarilla y tierna por los bordes. Partió en dos el pan, abrió las mitades y metió en cada una de ellas media tortilla. Tenía apercibidas dos hojas de papel parafinado, con las que envolvió, por separado, cada trozo de pan con su carga grasienta. El todo lo introdujo en una caja de cartón, con dos botellas. Tapó la caja y la ató con un bramante. Alguien entró en la botica y llamó. Don Baldomero ocultó la caja bajo las faldas de la camilla. Despachó un específico, guardó los cuartos en el bolsillo y se asomó a la puerta de la calle. Caía la tarde, y en el aire alborotaban las golondrinas.

—Adiós, don Baldomero.

—Buenas.

Por el cabo de la calle apareció el mancebo, corriendo. Le entregó un envoltorio pequeño.

—Ahí tiene. Dice que funciona perfectamente. Por la pila me cobró tres pesetas.

—Si yo cobrara así el bicarbonato pronto me haría rico...

Regresó a la rebotica. El envoltorio contenía una linterna eléctrica de mediano tamaño, achatada. La metió en el bolsillo trasero del pantalón. Se puso un abrigo grueso y recogió de su escondrijo la caja con la comida. El mancebo, acodado al mostrador, esperaba clientes.

—A las ocho cierras.

—Le va a sobrar el abrigo, don Baldomero.

—Ahora, sí; pero después, con la noche, viene la fresca.

—También tiene razón.

—Ahora voy al rosario. Si viniera aquí don Carlos le dices que tenía pensado ir a visitarle al pazo.

—Sí, señor.

—A las ocho cierras.

Estaba la tarde cálida y el abrigo le estorbaba. Al llegar a la plaza sudaba. Tocaron al ángelus: se santiguó y atravesó la plaza. En el pórtico jugaban unos niños. Se quitó el sombrero y entró en la iglesia. Se veían unas sombras femeninas, arrodilladas, inclinadas. No habían encendido las luces. Pegado a las paredes llegó a la capilla de los Churruchaos. Tanteó en las tinieblas, pero recordó la linterna y la encendió: un haz de luz intensa cayó sobre los enterramientos. La movió en varias direcciones, alumbró el suelo, el techo, los rincones. Don Payo Suárez de Deza sonreía en su sepultura, con las manos bien apretadas sobre el puño del mandoble. A su lado, con la nariz rota, dormía doña Rolendis, su mujer.

La linterna se detuvo entre los dos enterramientos, y allí dejó don Baldomero su caja bien escondida. Enfocó la salida, apagó la linterna, pero volvió a encenderla y la colocó en un saliente de la pared. Se quitó el abrigo, lo dobló y lo dejó en un rincón lejano.

En la iglesia había media docena de mujeres más, y en el presbiterio, el monago encendía los cirios. Entró en la sacristía. Don Julián fumaba un cigarrillo y leía la prensa. Se acercó a él y se sentó enfrente.

—¿Qué dice la prensa?

—¿Qué va a decir? Huelgas, atentados, quema de iglesias. Lo de siempre.

Don Baldomero había sacado un pitillo y el cura le pasó el suyo para encender.

—Esto va mal.

—Que lo diga.

—Y no se acabará hasta que nos echemos al monte.

El cura recobró su cigarrillo y sonrió.

—¿Quién? ¿Usted?

—Yo y otros hombres bragados. Hay que declarar la Guerra Santa a la República.

—¡Pues están arreglados los que se echen al monte! Morirán como chinches.

—Como héroes, querrá decir.

El cura dobló el periódico y lo dejó en la mesa.

—Dije como chinches, y mis razones tengo. La época de los héroes se acabó. Ahora estos asuntos no se arreglan con guerras, sino con elecciones. Si los ricos hubieran soltado la mosca no nos veríamos como nos vemos. Pero los ricos, ya se sabe, quieren nadar y guardar la ropa. Pues ya verán cuando venga el comunismo...

Don Baldomero le miró de reojo.

—Yo no hablo de echarme al monte para defender a los ricos, sino a la Santa Iglesia del Señor.

—Todo va junto...

Entraba el monaguillo. Don Julián se levantó.

—¿Va a quedarse al rosario?

—A eso vine.

—Pues váyase a la iglesia y haga bulto, que como esto siga así, nos quedaremos pronto sin clientela.

Don Julián había cogido el sobrepelliz y se lo metía por la cabeza. Don Baldomero se levantó y arrojó la colilla. Alzó una mano convulsa.

—*Ierusalem, Ierusalem, convertere ad Dominum, Deum tuum!*

—Déjese de citas. Lo que hace falta es acción. Ya lo dice Gil Robles.

Recorrió la iglesia por la nave de la Epístola y se sentó en el último banco. Don Julián salió de la sacristía, atravesó el presbiterio, hizo una genuflexión y subió al púlpito. «Misterios gozosos...» Arrastraba la voz cansada. Dos docenas de beatas le respondían con un murmullo casi imperceptible.

Arrodillado, don Baldomero esperó. No podía seguir el rezo. Le golpeaba el corazón y en su cabeza hervía un barullo de imágenes. Pero no había, entre ellas, ninguna que, rectamente interpretada, pudiera considerarse como mensaje o, al menos, como señal de aprobación divina. «¡Me abandonas a mis fuerzas, Señor, y tú, santa mía, te callas en los momentos en que tu voz me sería más benéfica!» Se sentía solo, reducido a sí mismo, con el corazón decidido y la mente dudosa, sin más que su coraje para seguir adelante. El espíritu seco, como el de los grandes santos en las grandes ocasiones. «¡Quizá el consuelo venga después, pero en este momento necesitaba alientos!»

Don Julián terminaba las letanías. Las beatas bisbiseaban las respuestas. El monaguillo, sentado en un escalón del presbiterio, se había dormido. «¡Ahora!», dijo una voz interior, y don Baldomero se levantó de un salto. «¡Ha sido una orden!», pensó, y esperó unos instantes a que se repitiera; pero las voces interiores habían enmudecido. Cautelosamente se escondió detrás de una columna, atravesó la nave, entró otra vez en la capilla de los Churruchaos... Buscó a tientas el abrigo y se lo puso. Se sentó en el rincón, encogió las piernas, escondió la cabeza, escuchó.

Los rumores llegaban como desde muy lejos: pasos, quejidos de las puertas al abrirse y al cerrarse. Los fue siguiendo, analizando, situando. «Este es el monago que baja por el pasillo central... Ahora cierra el pórtico... Ahora regresa... ¿Por qué tarda tanto?» Faltaba, para su tranquilidad, el chirrido de unos cerrojos. Aunque bien pudiera ser que los hubieran engrasado.

Pasó mucho tiempo. Don Baldomero se levantó y se acercó a la puerta de la capilla. No quedaba en la iglesia más luz que la lámpara del Santísimo, en la nave del Evangelio. Todo estaba en silencio, pero escuchando bien se podían oír ruidos menudos agrandados por el eco y el vacío: la carrera de un ratón, el crujido de una madera, los chillidos de los pájaros que volaban alrededor del campanario. Respiró fuerte y regresó a su rincón. Iluminó la esfera del reloj: las ocho y media. Recogido, acurrucado, pensó que faltaba mucho tiempo y que podía dormir...

Don Lino les acompañó hasta la puerta, y en ella repitió cortesías y ofertas.

—Pasaré más tarde por el casino, porque ahora deseo quedar unos minutos en familia. ¡Esta necesidad en que me veo de estar ausente de mi casa me da muchos quebraderos de cabeza! Porque la educación de los hijos requiere la presencia del padre, y yo lo soy, además de maestro y diputado. ¡Grave carga la paternidad, créanme ustedes! Una hija de dieciocho años, un hijo de once. Cada cual a su manera, los dos requieren mi consejo... Voy a charlar con ellos unos minutos y después bajaré a la tertulia. Quizá mejor de noche, después de cenar. Porque también es necesario el esparcimiento, y, además, mi condición de hombre político exige el contacto directo con los electores. Vuelvo a decirles que han tomado posesión de su casa, donde la humildad se alía con la más amplia filantropía. Filantropía quiere decir amistad con los hombres. Tienen en mí un amigo...

Calle abajo, Juan preguntó:

—¿Tú crees que con este tipo conseguiremos algo?

Carlos hizo un gesto de duda.

—Ignoro hasta qué punto la retórica puede alcanzar efectos prácticos. Pero si la cuestión se plantea en el Congreso...

—¿No has asistido nunca a una sesión de Cortes?

—Jamás.

—Un chiste oportuno puede dar al traste con el propósito más noble, y don Lino se presta al chiste.

—Esto ya lo sabías antes, ¿no?

—Pero lo recordé esta tarde, al oír a nuestro valedor. Llegaron a la plaza. Se habían encendido las farolas y en el aire flotaba una neblina tenue, azulada.

—¿Y si fuéramos a ver a Clara? —propuso Carlos.

—Ve tú, si quieres. Yo estoy citado con el *Cubano* y los otros. Estarán impacientes. Cenaré allí.

Quedaron en que se encontrarían a la puerta del casino después de las doce. Juan siguió calle abajo, con el sombrero en la mano y los mechones rojos movidos de la brisa. Carlos atravesó la plaza y llegó a la tienda de Clara. Le llamó la atención el cartel, colgado en el quicio de la puerta: «Se vende...» Entró en la tienda vacía. Curioseó en el interior. La silla de Clara estaba en un rincón, y, junto a ella, un cestillo de paja con ropa blanca. La aguja permanecía clavada en el bordillo de una pieza, a la que Clara cosía un encaje.

Se sentó. Se oían dentro ruidos de alguien que ajetreaba, y por la rendija de una puerta llegaron aromas de cocina. Carlos golpeó las maderas del mostrador suavemente. Clara respondió desde dentro:

—¡Va!

Tardó en venir unos minutos.

—Me daba el corazón que eras tú.

—¿Por qué?

—Quizá por la manera de llamar.

Carlos se levantó.

—Pasábamos Juan y yo y se me ocurrió venir.

—Gracias.

—Ya he visto el cartel. ¿Va de veras?

—Tan de veras. Tengo ya dos compradores. Dos raposos que me quieren engañar. ¿Tú crees que hay derecho? Como si se hubieran puesto de acuerdo: treinta mil pesetas, pero a plazos. Y es lo que yo me digo: ¿para qué quiero el dinero a plazos? Lo que yo necesito son pesetas contantes y sonantes para disponer mi vida.

—¿Y no será para estropearla?

—Quizá.

Carlos miró la hora.

—¿Por qué no cierras la tienda y damos una vuelta? Me gustaría hablar contigo... de eso.

—Tengo la comida al fuego y mi madre está despierta. Si no acudo de vez en cuando se pondrá a chillar. Está estos días insufrible.

—De todas maneras cierra.

—¿Temes que venga alguien?

—No, pero no me gusta ser visto y escuchado. ¿Sabes que tu última conversación con Cayetano es del dominio público?

—No me importa.

Clara pasó el mostrador y cerró la puerta.

—¿Así?
—Estoy más tranquilo.
Clara cerró también las maderas de la ventana.
—Entra aquí y siéntate. Espera, que traeré algo donde eches las colillas. No me llenes el suelo de ceniza...
Trajo un platillo y lo dejó en el borde de una mesa cargada de mercancías. Carlos se sentó. Mientras preparaba un cigarrillo no dijo palabra. Clara había cogido la labor y cosía, con la cabeza inclinada y en sombra.
—¿Tienes algo determinado?
—Irme a Buenos Aires. Ya te lo dije.
—¿Por qué tan lejos?
—Porque no hay más lejos a donde pueda ir.
—¿Y allí?
—Lo que salga. Si vendo la tienda, como pretendo, pueden quedarme unas veinte mil pesetas, pagada la pensión de mamá en un asilo y descontados los gastos de viaje. Veinte mil pesetas dan para aguantar una racha de mala suerte.
—¿Y si la racha sigue?
—Entonces, dejarse llevar por ella. ¿Qué más da? Irse tan lejos es como morir, y lo que le suceda a un muerto ni a él mismo le importa.
Carlos adelantó la silla y cogió a Clara por el mentón. Clara alzó la cabeza y aguantó la mirada inquisitiva de Carlos.
—Dime, Clara, ¿a ti te atrae el mal?
—Supongo que como a todo el mundo. Tiene sus compensaciones.
—Pero ¿te atrae de una manera particular? ¿Te atrae como única opción cuando el bien falta? ¿No piensas que exista un término medio, ese en que se mantiene todo el mundo?
—No lo he pensado.
—Pero lo sientes.
—Es posible.
Soltó la barbilla. Clara recogió la costura y cruzó los brazos.

—Porque —continuó Carlos— al menos una vez has podido tú más que el mal. Recuérdalo. Entonces era la miseria.
—Bien. ¿Y qué?
—Puedes seguir venciendo.
—¿Para qué?
Carlos se echó a reír.
—Parece como si se hubieran invertido los papeles. Hace algún tiempo tuvimos esta misma conversación, sólo que al revés. Entonces era yo el que preguntaba: ¿Para qué?
—Y ahora, ¿has cambiado de opinión?
—No. Ni por lo que a mí se refiere, ni por lo que respecta a ti. Tú tenías entonces respuesta a los para qués.
—Ahora no la veo clara. ¿Qué quieres que te diga? Entonces, esperaba; ahora, ya no. Entonces, aún luchaba contra mí; ahora, estoy vencida. Y, créeme, no es mala cosa abandonarse. Es un modo de vivir en paz como otro cualquiera: todo consiste en que lo aceptes de antemano. Y también en el abandono nace una esperanza. En eso que tú llamas el mal tiene que haber también alguna manera de ser feliz; quizá sólo en el mal se encuentre la felicidad. Yo buscaba otra cosa, bien lo sabes, que me parecía mejor, e incluso me irritaba la felicidad como una engañifa; es posible que, en el fondo, siga creyéndola mentira, pero, al menos, es agradable.

Se levantó, fue hacia el mostrador y se reclinó en él.
—Tienes que pensar que, el día que me embarque, habrán muerto, o habré matado, todos mis buenos deseos. Se me figura que ese día embarcará conmigo todo lo malo que hay en mí, y nada más. Entonces seré otra mujer y tendré ideas distintas. Lo que ahora me da dolor o me causa vergüenza, lo aceptaré como natural. También me atreveré a hacer lo que aquí me es imposible. Incluso daño, si se tercia.

Hablaba con tranquilidad, con calma. Movía las manos pausadamente, y su voz salía limpia, sin un temblor. Carlos inclinó la cabeza unos instantes, miró la ceniza del cigarrillo, la sacudió sobre el plato que Clara le había traído.

—O César, o nada –dijo.
—No te entiendo.
—Hay un demonio en los extremos que parece creado exclusivamente para nosotros. Lo conozco muy bien, y hasta somos amigos desde hace tiempo. Pero no tengo buena opinión de él. Creí que el que a ti te rondaba era otra clase de demonio, mucho más llevadero, y que un día te librarías de él sin esfuerzo: un día, claro está, en que milagrosamente dejases de estar rodeada de estúpidos. Al otro, al mío, que quizá es también el de Juan, y el de tu hermana, y el que persigue al padre Eugenio, lo tenía bien entretenido con mi tira y afloja, con mis largos diálogos, en los que creí enredarle, con los que creí retenerle. Tuve la vanidad de pensar que, mientras no me venciera del todo, me consideraría víctima exclusiva.

Clara sonrió dulcemente.

—Carlos, todo eso son palabras.

—Sí. Palabras que ocultan una verdad.

—A mí no me resuelven nada.

—Ni a mí tampoco. Pero al decirlas y al saber que la verdad se enmascara en ellas me dan ganas de desenmascararlas y averiguar la verdad.

—Hazlo.

Carlos alzó la mirada lentamente. Trazó con los dedos de la mano un garabato en el aire, un garabato a medias, porque la mano se detuvo.

—No puedo –remató el garabato–. No puedo todavía. No basta la inteligencia. Hace falta coraje. Pero ¿quién duda que algún día seré capaz de hacerlo? Y ese día...

—No lo harás nunca.

—Es fatal que lo haga, Clara. Estoy metido en mí mismo como un huevo en su cáscara; pero algún día la romperé.

—¿Cuando ya estés podrido?

Carlos bajó la cabeza.

—Es un proceso interior en el que estoy envuelto y que yo mismo no sé en qué consiste; pero esas cosas terminan...

Clara se acercó a él y le puso las manos en los hombros. Carlos se estremeció y buscó los ojos de Clara.

—Las cosas entre hombres y mujeres —dijo ella— suelen ser más sencillas. Dos que se gustan, que se juntan y, quizá, que se casan. No piden más, y por eso encuentran lo que apetecen. Pero lo mío nunca fue tan fácil. Yo pido que me salven. Tengo la impresión de llevar tiempo colgada de una maroma, y la mar debajo. Entonces tú apareces y me explicas por qué no puedes echarme una mano; y llega luego Cayetano y me propone que nos dejemos caer juntos a la mar. Pero ninguno de los dos advierte que se me cansan los brazos, que se me desgarran. A ninguno se le ocurre que pueda ser un placer abrir las manos y dejarse ir. ¿Por qué me sucede esto? Soy un pingajo que necesita ser lavado, remendado y planchado. Algo que ni tú ni él os sentís dispuestos a hacer.

—¿Por qué tienes de ti esa idea falsa, Clara?

—Y tú, ¿por qué te empeñas en que es falsa?

—Tengo un cierto saber que me permite darte seguridades.

—Lo que a mí me sucede lo sé mejor que nadie. Si fuera sólo lo que tú piensas, lo hubiera arreglado hace tiempo acostándome con cualquiera. Pero no es eso sólo, ni siquiera es eso en primer lugar. Hay otras cosas, que no sé si son nuevas o sólo recién descubiertas.

Soltó los hombros de Carlos y se cruzó de brazos. Miraba de frente, y Carlos no pudo esquivar aquella mirada.

—He vuelto a mi vicio, ya lo sabes. Pero de una manera distinta. Ahora lo que mayor placer me causa, y al mismo tiempo lo que me da más terror, es saber que no necesito de nadie. Lo siento como un verdadero triunfo, y al mismo tiempo me da un miedo inmenso, porque, por otra parte, sé que estoy necesitada de los demás, de alguien... —se detuvo, y añadió débilmente—: de ti. Pero si me marcho, como pienso, como deseo, habré renunciado a todos y quedaré sola.

Carlos movió la cabeza.

—Sola, nunca, Clara. Con el diablo y dentro de un huevo, como yo dentro del mío.

Le dolía la espalda, apoyada contra la pared, y las piernas se le habían enfriado, pero seguía aferrado al sueño, y sólo despertó cuando el reloj de la torre dio las once. Intentó contar las campanadas, perdió la cuenta, se sobresaltó, miró la hora en su reloj: sólo pasaba un minuto, y respiró tranquilo. Era el momento elegido. Estiró las piernas y los brazos, se levantó, golpeó los pies contra las losas y se frotó las manos ateridas. A tientas, buscó el paquete escondido entre los dos enterramientos, hurgó en él, sacó una botella y echó un trago.

—¡Aaaj! ¡La puñetera gasolina!

Escupió, rascó la garganta, volvió a escupir. Sabía a demonios aquello. Se enjuagó la boca con aguardiente y, cuando el sabor a gasolina y su hedor hubieron desaparecido, bebió: un ardor grato descendió por el esófago, un calor como un fuego que le sacudió el cuerpo y le dejó erguido y potente en mitad de las tinieblas. Sentía como si toda la fuerza del mundo le hubiese entrado por las venas, como si el coraje de los grandes paladines le hubiera sido transmitido. Se golpeó el pecho con las manos y gritó: «¡Que me echen republicanos...!» Su voz tropezaba en las paredes, los ecos se cruzaban y mezclaban. Comió un bocadillo; después, el otro. «¡Lástima no haber traído también un pollo!» Rehízo el paquete con los restos y lo dejó en el rincón. Un largo eructo le salió del estómago: requirió el aguardiente y bebió otra vez, trago tras trago, hasta vaciarla. «¡Ahora, a trabajar, Baldomero!» Pero sudaba y le pesaba el abrigo: tuvo que quitárselo y dejarlo junto al paquete y la botella vacía. «¡Qué bien me vendría ahora un pitillo!» Sacó la cajetilla del bolsillo, pero la guardó. «¡Estoy en lugar sagrado!» Las fauces resecas reclamaban, sin embargo, el humo, y se puso a pensar dónde podría echar un cigarrillo sin mengua del respeto debido a la

Iglesia del Señor. La sacristía estaría cerrada... ¡La escalerilla del campanario!... Allí fumaban los sacristanes. Encendió la linterna, subió al coro, entró en la escalera de la torre: le espantó el vuelo súbito de aves nocturnas, le hizo retroceder y entrar de nuevo con precauciones. Llevaba ya el cigarrillo en la boca: lo encendió, se sentó en un escalón. El aguardiente le recorría el cuerpo, oleadas de fuego subían a la cabeza.

–A ver cómo te gobiernas en medio de la curda, Baldomero. Un error sería tu perdición.

Fumó hasta que la colilla se le escapó de los dedos. La pisoteó y descendió a tientas. Recogió el abrigo y el paquete, comprobó que la botella de la gasolina estaba en un bolsillo y avanzó por el pasillo central. Se guiaba por la lámpara rojiza del Santísimo. Al llegar a su altura se arrodilló y rezó una jaculatoria:

–¡Señor mío, y Dios mío!

Le costó trabajo levantarse. Empezaban a flaquearle las piernas y a dolerle las rodillas.

–Tenía que haber traído también un poco de agua.

Encendió otra vez la linterna y lanzó su luz contra las bóvedas, contra las naves oscurecidas; finalmente, contra las cortinas del presbiterio. Dejó en el suelo su impedimenta, y la luz buscó la pared lateral donde el Santo Cristo Crucificado se ocultaba tras un rombo de tela morada. Se dirigió hacia Él, dejó la linterna en el suelo y se arrodilló. Abrió los brazos.

–Señor, Tú que conoces la verdad de los corazones, sabes que en el mío no existe ánimo de ofensa, sino de justicia. Perdóname, por los Santos Dolores de tu Pasión. Te lo pido humildemente, con la cara hundida en el polvo y el corazón puesto a tus pies.

Hablaba en voz medianamente alta y firme. Se dejó caer hacia adelante, besó las piedras frías y quedó inmóvil. Después recogió los brazos y se apoyó en ellos para levantarse. Lo consiguió difícilmente, porque se le doblaban las muñecas.

—¡Carajo! Debí de beber demasiado.

Vaciló, dio un traspiés y fue a parar a una columna, en la que halló amparo. Había dejado la linterna en el suelo y tuvo que inclinarse a recogerla. Volvió a caer y no pudo levantarse. Se arrastró hasta el banco más próximo, se agarró fuertemente.

—Un poco de agua me vendría de perilla.

Hizo un esfuerzo y se puso en pie.

—¡Cualquiera llega hasta la sacristía...!

Empezó a reunir reclinatorios y a llevarlos hasta el presbiterio. Tropezaba, caía, volvía a levantarse. Si metía ruido se quedaba quieto hasta que el ruido se extinguía. Consiguió transportar cerca de treinta: le corría el sudor por las mejillas y jadeaba.

—Soy un bestia. Tenía que haber dejado aguardiente para ahora...

Los reclinatorios estaban allí, delante del altar. Uno a uno los colocó detrás de la cortina, los amontonó como pudo. Tuvo que descansar, tuvo que sentarse en el banco del privilegio. Sus manos recorrían el asiento.

—Si no pesara tanto también lo quemaría.

La luz de la linterna empalidecía. Le entró miedo de que la pila se agotase, de quedar a oscuras. Se levantó de un salto, se acercó a la puerta lateral de la iglesia y, con cuidado, descorrió los cerrojos. La puerta se entreabrió, y por la rendija entró un aire frío. Don Baldomero apoyó la frente y recibió el fresco en el rostro.

—Esto quiere decir que Dios está conforme conmigo y no me desampara.

Volvió al presbiterio, limpio de sillas. Se arrodilló ante el altar, inclinó el torso. Se santiguó.

—*Pater noster, qui es in coelis...*

Terminó el rezo, se inclinó hasta tocar el suelo con la frente, cayó de bruces en la alfombra. Cuando pudo levantarse, se acercó a la mesa del altar y retiró el Crucifijo velado. Vaciló, con él en las manos; miró a diestro y siniestro, y se decidió por el altar del Evangelio. Allí quedó el Crucifijo. Al regresar al presbiterio recogió el paquete y el abrigo y los dejó junto a la puerta entreabierta. La linterna oscilaba.

—Sea ya lo que Dios quiera...

Vertió un poco de gasolina en un extremo del cortinaje y el resto lo derramó por el suelo y encima de las sillas amontonadas. Metió la mano en un bolsillo, en el otro, en los del pantalón... Sintió frío y espanto. «¡Si yo he fumado...!» Tuvo que correr, a oscuras, hasta la capilla de los Churruchaos; allí, con los restos vacilantes de la pila eléctrica, buscar las cerillas olvidadas. Las encontró, las apretó. Otra vez, a tientas, hasta el presbiterio; tanteando, halló la tela empapada. Encendió una cerilla, la aplicó, saltó la llama.

Se retiró caminando hacia atrás. La llama había crecido y alumbraba la nave de una luz roja, temblorosa. Don Baldomero hizo una higa, clavó el puño en el aire y exclamó:

—¡Bien que te he jodido, Satanás!

Abrió la puerta, salió, cerró sin ruido. La calle estaba vacía. Corrió hacia el fondo y, por una calle lateral, llegó a la puerta trasera de su casa. La empujó y entró en el patio. En puntillas, se acercó al pozo, metió la mano en el cubo y la sacó mojada.

—¡Gracias a Dios!

Hundió la cabeza en el agua y aguantó el frío.

Fuera empezaban a oírse voces.

La perorata nocturna de don Lino tomó como punto de partida la noticia, traída por alguien, de que el alcalde, obligado por Cayetano, había autorizado las procesiones, contra el mandato expreso del gobernador civil. Don Lino, que estaba de pie, lanzó una carcajada larga, ampulosa, intencionadamente dramática; una carcajada como un toque de atención que suspendió las conversaciones, borró las sonrisas e interrumpió la partida de tresillo. Hasta Carlos Deza, perplejo, miró a don Lino con sobresalto. Alzada la barbilla, esperó que a la carcajada siguiesen altas imprecaciones, manos levantadas, braceos violentos. Pero don Lino, después de la risa, quedó un momento callado y, en seguida, recordó, con palabra sencilla y en baja voz, el número de votos que en Pueblanueva había obtenido la coalición republicana llamada Frente Popular: 3.175 sufragios contra 76 de las derechas. «Evidentemente, Pueblanueva del Conde es una villa republicana. ¿No es cierto, caballeros?» Todos estuvieron conformes en que sí, salvo Carreira, que se refirió, veladamente, al pucherazo cometido con la complicidad de ciertos elementos... Pero la observación de Carreira apenas fue oída, porque entonces don Lino franqueó las compuertas, y el esperado torrente inundó el casino y atronó sus salas con voces tremendas. Los socios rodearon al orador: de pie, sentados o arrimados a las paredes, se dejaban envolver por el vendaval sonoro, se dejaban sacudir el corazón y convencer la mente. Porque, sin lugar a dudas, aquel rasgo de Cayetano contra la voluntad expresa de la autoridad republicana le confería indiscutible carácter de tirano. Y cuando esto quedó bien demostrado, don Lino bebió un sorbo de agua y comenzó la segunda parte de su discurso, encaminada a lograr la indispensable unidad de acción si los presentes querían conservar su libertad ante las coacciones del cacique. Fue en este momento cuando Cubeiro dijo al juez, por lo bajo:

—¡Qué pena que Cayetano se haya largado! Porque era cosa de telefonearle y que viniera, y a ver qué hacía éste...

El juez estuvo de acuerdo y gratificó a Cubeiro con un pitillo. Don Lino seguía hablando. Había pasado del tono mayor al medio, y, ahora, más que el volumen de la voz, convencía la dialéctica de las manos, que trazaban dobles circunferencias completas, con sus radios, secantes y tangentes. De todas maneras, chillaba lo bastante para que en la sala del casino no se oyeran las voces y los gritos de la calle. Hasta que, en un silencio de don Lino, se percibieron con toda claridad carreras, llamadas y toque de campanas. Carlos atravesó corriendo el salón y se asomó a la puerta. Un muchacho bajaba a todo meter. Le preguntó qué sucedía. «¡Está ardiendo la iglesia!», y siguió corriendo. La noticia fue oída desde el interior, y el corro se deshizo. Todos se precipitaron a la salida. El propio don Lino se acercó a la puerta y salió a la calle. Desde la acera, reflejado en los cristales de las galerías altas, se veía un resplandor de fuego. Carlos se volvió a los socios del casino, los miró uno a uno, se dirigió a Carreira:

—Usted, que conoce a los frailes, coja un automóvil por mi cuenta y traiga al padre Eugenio Quiroga. Se lo ruego.

Echó a correr calle arriba. Al pasar frente a la botica, don Baldomero, asomado al mirador, medio vestido, le preguntó:

—¿Qué sucede, don Carlos?

Carlos no le hizo caso, y llegó a la plaza. En los balcones, en las ventanas, mujeres y mocitas hablaban a gritos. Grupos de hombres corrían hacia la puerta lateral de la iglesia. Entró. Tuvo que abrirse paso entre una treintena de personas agrupadas bajo el primer arco de la nave. Ardía la cortina con grandes llamas, y, detrás, aparecía una montaña de ascuas crepitantes. La gente estaba muda, y la luz del incendio alumbraba rostros estupefactos, ojos de asombro. Alguien retuvo a Carlos de un brazo.

—No se puede hacer nada. Quédese aquí.

—¿Vamos a dejar que arda la iglesia?

Se soltó de una sacudida. Había empezado a arder la alfombra del presbiterio: la retiró como pudo y quedaron limpias las gradas. Haces de chispas saltaban, atravesaban el aire, pegaban contra las bóvedas y contra las paredes. Luego, caían. Y las voces de los que iban llegando se mezclaban al rumor de las llamas. Carlos, como una sombra en medio del fulgor, miró al fondo de la iglesia: caían las pavesas sobre la doble fila de bancos. Se acercó al más próximo y empezó a arrastrarlo hacia la puerta principal; surgió del grupo un mozo que cogió el banco del otro cabo y le ayudó. Otras parejas le siguieron. Alguien abrió las puertas, y los bancos quedaban en el pórtico, unos encima de otros. Chiquillos asustados contemplaban el incendio pegados a las rejas: chiquillos a quienes sus padres llamaban a gritos desde las ventanas:

—¡Ramoniño, ven! ¡Ten cuidado, Pepiño!

Los niños gateaban, querían ver más, indiferentes a las llamadas. La plaza se iba llenando de gente; habían aparecido ya los primeros cubos de agua. Don Julián, de paisano, abierto el cuello de la camisa, dirigía, sin entusiasmo, las operaciones: aquí, unos hachazos; allí, un poco de agua. La torre de ascuas se desmoronó y llovieron chispas sobre los más cercanos. El grupo de mirones reculó. El maestro de obras que había reparado la iglesia explicaba que, retirados los bancos, no había miedo a que el fuego se propagase, y que lo que había que evitar era el incendio de la techumbre.

Don Baldomero, con el abrigo por encima de la camiseta, acompañaba al cura y repetía que aquello era un castigo de Dios.

Los socios del casino, reunidos bajo el coro, escuchaban a don Lino, para quien el incendio era el acto irresponsable de un republicano exasperado. «¡No lo apruebo, pero lo explico! ¡Es peligroso ejercer la tiranía, porque el tiranizado manifiesta como puede, o como sabe, su disconformidad! ¡Si la prohibición de las procesiones se hubiera mantenido, no estaríamos ahora contemplando está catástrofe para la cultura y el renombre de esta villa civilizada, paladinamente republicana!» No había nombrado a Cayetano, pero en las conciencias de todos había imbuido la idea de su responsabilidad.

El padre Eugenio llegó acompañado del prior. Una larga fila de sombras pasaba de mano en mano cubos de agua. Junto a la iglesia, hombres y mujeres comentaban el incendio. Los frailes atravesaron el grupo, entraron en la iglesia.

Los últimos jirones de la cortina, retenidas por las anillas, ardían todavía, y de las brasas salía una humareda oscura. Habían caído grandes pedazos de pared, y lo que quedaba del Cristo estaba renegrido. El padre Eugenio se detuvo y contempló la pared oscura, el humo que ascendía y flotaba debajo de las bóvedas. El prior quedó a su lado, sin quitarle los ojos de encima. Se acercó, corriendo, don Julián: traía en el rostro una sonrisa triunfal.

–¿Lo ve usted, padre prior? ¡Esto no podía acabar de otra manera!

El padre Eugenio pestañeó, sin responder. El prior dijo:

–De todas formas es muy lamentable.

–¡Dinero más tirado!

Don Julián dio unas palmadas al padre Eugenio.

–Tiempo perdido, ¿eh?, y trabajo. ¡Cuando yo le decía...!

–¡Cállese!

El prior lo apartó y se lo llevó lejos. Carlos subía por la nave de la Epístola; el prior le salió al paso.

–No hable al padre Eugenio.

–¿Por qué?

–Se lo suplico: no quiero perderlo. Y si habla con usted...

Abrió los brazos. Carlos se había parado en un rincón de sombra.

–No quiero ofenderle, don Carlos; pero conservo sobre el padre Eugenio un resto de autoridad que él acata y que probablemente le impedirá hacer un disparate; pero si queda con usted, si habla con usted... ¿No lo comprende? Caerán sobre él sin freno los malos pensamientos.

–¿Y usted cree que es mejor que le obedezca?

–Estoy convencido. Sobre todo, es mejor para él mismo.

–No puedo, honradamente, dejar de hablar con él.

–Hágalo mañana, o dentro de un par de días. Pero esta noche, no. Vaya usted al convento cuando quiera, y hasta es posible que le mande al padre Eugenio de visita. Déjele ahora conmigo. Yo le disculparé.

Cerró los brazos sobre los hombros de Carlos.
-Hágalo.
-Como usted quiera...
-Dios se lo pagará.

Le dio un par de manotazos y sonrió.

-Es usted un hombre inteligente, don Carlos. Ya nos veremos.

Volvió al presbiterio. Carlos vio cómo se acercaba al padre Eugenio y hablaba con él. Después de unas palabras salieron juntos. Carlos descendió hasta el pórtico, donde sólo quedaba una sombra pegada a las rejas. Reconoció la silueta de Clara. Se acercó a ella. Venía de la plaza un resplandor de farolas gastadas. Estuvieron un instante callados, mirándose.

-Es mala suerte -dijo Clara.
-Sí. Pero también eso son palabras.
-Quizá. Sin embargo, es mala suerte.

Volvieron a callar. Al cabo de un rato, Clara soltó las manos de los hierros.

-Juan está en mi casa.
-¿Se ha decidido a entrar?
-Nos encontramos entre la gente: Me dijo que habíais quedado citados, y le invité a esperarte en la tienda. Supuse que, al verla abierta y encendida la luz, entrarías.
-No te muevas de aquí. Salgo ahora mismo.

Se volvió. En el fondo de la iglesia, un resplandor mortecino alumbraba las paredes negras del ábside.

Los faros del automóvil iluminaron la puerta del monasterio. El postigo permanecía entreabierto, y se veía el hábito del lego que esperaba. El prior dio las gracias al chófer y descendió. El padre Eugenio le siguió en silencio, y el lego cerró la puerta.

-Puede retirarse, hermano.
-¡Paz!

El lego salió al claustro. Quedaron solos el prior y el padre Eugenio.

—¿Está cansado, padre?

El padre Eugenio le miró sobresaltado.

—¿Por qué?

—Me gustaría acompañarle un rato —miró el reloj—. No falta mucho para *prima,* y hasta entonces... Le invito a una copa, que buena falta le hace, y queda dispensado de rezo y misa.

Lo empujó suavemente hacia la puerta.

—Ande, venga.

El padre Eugenio se dejó conducir a través de los claustros. Al llegar a la celda, el prior le hizo pasar delante y le dejó en la oscuridad mientras encendía el carburo.

—¡La falta que nos hacía un tendido eléctrico! Pero ¡sí, sí! ¿Sabe usted lo que pide la Compañía por ponerlo?

Rascó una cerilla y prendió el gas. Encima de la mesa se amontonaban los papeles: los apartó a un lado y dejó un espacio libre.

—Intento hacerme una idea de lo que le sucede, padre, pero no sé si podré. Yo no soy un artista. Pero comprendo que a todo el mundo le fastidia la destrucción de su obra. ¿Cómo le diré? Tiene que ser como si a mí me destruyesen la comunidad, como si tuviésemos que disolvernos...

Hablaba de espaldas, mientras buscaba en la alacena la botella y las copas. *Liqueur bénédictine* para invitar a las visitas si las visitas eran clérigos o seglares varones que pudieran penetrar en la clausura. Benedictino amarillo. Tenía también *Licor del Padre Kermann,* una botella mediada de un líquido verde, que no usaba jamás, a pesar del marchamo eclesiástico y de aquel fraile con gafas que ostentaba en el marbete.

—¿Y qué va a hacer ahora?

Puso las copas sobre el tapete, en el lugar despejado, y las llenó; pero, de repente, devolvió el contenido de una a la botella.

Capítulo 10

—Yo no puedo beber, lo había olvidado. Tengo que decir misa.

—¿Por qué me pregunta qué voy a hacer?

—Porque supongo que se le ocurrirán mil cosas. Me lo explico. Una de ellas, marcharse del convento.

Le ofreció la copa, mirándole de frente.

—¿Me equivoco?

El padre Eugenio esquivó la mirada. Sorbió el licor y devolvió la copa a la mesa.

—Gracias. No se equivoca. Hace más de una hora que lo pienso.

—Tiene usted que estar furioso, y la furia le lleva lejos. ¡Ese imbécil de don Julián! En el fondo estaba alegre.

—Sí.

—Pero tiene la obligación de ser discreto. ¿Quiere sentarse, padre? También puede fumar. Ahí encontrará tabaco, en el cajón de la mesilla de noche. Le regalo un paquete entero. Hay dos, ¿verdad? El otro es para repartir entre el padre Manuel y el padre Eulogio.

Había acercado dos sillas a la mesa, una frente a otra, y el tablero por medio. El padre Eugenio hurgaba en el cajón. Sacó una cajetilla y la abrió.

—Siéntese, padre. Aquí hay cerillas...

La encendió él mismo y pasó el brazo por encima de la mesa, y lo mantuvo quieto hasta que el padre Eugenio prendió el cigarrillo.

—No es lo mismo ser un fraile que ser un artista: empiezo a comprenderlo. Porque si usted fuera sólo un fraile, apelaría a su resignación y a su humildad y le recomendaría que aceptase la Voluntad Divina. Porque mi voluntad puede ser discutible, y lo es; pero la del Señor, no. Un verdadero fraile no puede siquiera analizarla, no puede siquiera dudar en su corazón de que toda desventura, todo sufrimiento, están ordenados por el Señor para su salvación. Ya ve usted: es lo que estoy pensando mientras le hablo. Porque si usted se va, mi comunidad tendrá que dispersarse, y yo, probablemente, acabaré de obispo en cualquier parte. No lo deseo, le consta. Lo que me gusta de veras es gobernar el monasterio y sacarlo adelante. ¡Y cómo está la política! Pero si usted se va y tengo que cerrar el monasterio, habré de acatarlo como la voluntad del Señor, encaminada al bien de todos.

Levantó rápidamente la cabeza.

—Incluso de usted. Tampoco en esto quiero que pese mi opinión. Es evidente que el Señor dispuso la destrucción de sus pinturas para probarle, o, quizá, para ponerle en el trance de elegir entre quedarse y marchar, entre el fraile y el artista.

Se levantó solemnemente.

—Piénselo bien y no se equivoque. Pero, créame, lo que no se puede es tener media vida dentro del monasterio y la otra media vida fuera. Mate usted al fraile, o al artista. Ya que, al parecer, no es fácil que convivan...

Se apoyó en las palmas de las manos y sonrió.

—¡Y yo que había pensado que usted, con su trabajo, salvaría al convento! Lo pensé con esperanza, se lo aseguro, y con satisfacción. Me gustaban de veras sus pinturas. Pero hay que contar con la gente, que es muy bruta...

Empujó la copa hacia el padre Eugenio.

—Termínela y acuéstese. Y tenga confianza. Lo que decida, me lo dice francamente. No voy a abandonarlo. Y cuente conmigo como un amigo.

El padre Eugenio apuró la copa.

—Gracias, padre prior.

—Vaya en paz.

Levantó la mano y trazó una cruz en el aire.

Los guardias municipales —seis en total—, uniformados de azul y con sable al cinto, no formaban parte de la procesión, como en otros tiempos, pero se habían distribuido a lo largo de las filas. También la Guardia Civil, sin tercerolas, andaba por allí, simuladamente curiosa. Menos visibles, pero atentos, los directivos de la U.G.T. local vigilaban. La procesión había salido con retraso a causa de ciertas alarmas de última hora. Los curas miraban recelosos a un lado y otro, inquietos al menor grito, al más natural movimiento de la gente. Habían invitado a doña Angustias a presidir la ceremonia, y doña Angustias actuaba de pararrayos. Sola, respetable, caminaba con pasos lentos por el centro de la calle, con una palma en la mano, metida en sí, quizá rezando. «¡Pues sí que es valiente!», pensaban los curas, y se sentían protegidos por su valentía; pero seis hombres armados se cuidaban de ella con instrucciones precisas: ampararla con los cuerpos y defenderla disparando. Iban disimulados entre el público, tres en las filas, tres fuera de ellas; a cada minuto, cambiaban miradas; a cada temor, se juntaban de a dos.

La procesión recorrió su itinerario normal sin incidentes; los niños cantaron sus canciones y los curas sus latines. La procesión se recogió en la iglesia parroquial; los fieles, primero, con sus palmas y sus ramos; después, el paso de Nuestro Señor, jinete de una burra gris de rostro casi humano; por fin, el clero. Los notables entraron en la sacristía y comentaron. El cura dio las gracias a doña Angustias, y ella le respondió que había que dárselas a su hijo Cayetano y al Señor, que le había inspirado. El cura estuvo de acuerdo y prometió escribir una esquela de gratitud. Preguntó también si podrían salir las demás procesiones, y doña Angustias no supo qué contestar. Se armó una discusión cortés entre el señor Mariño y la señora de Carreira: el señor Mariño opinaba que ya estaba bien, y que no convenía provocar a elementos que podrían desmandarse, y que habiendo ardido Santa María de la Plata la noche anterior, era un verdadero milagro que hubiesen respetado la procesión; a lo que arguyó la señora de Carreira que Dios y su Santa Madre estaban con los verdaderos cristianos, y que desconfiar de su ayuda era pecado mortal. «Pues como en este caso el verdadero intermediario entre nosotros y la voluntad de Dios ha sido Cayetano, yo no sacaría la procesión del Santo Entierro sin contar antes con él.» La señora de Carreira, entonces, le miró de una manera especial y le dijo: «¿Sabe, Mariño, que me está usted resultando un poco volteriano?» «¿Un poco qué?» «¡Volteriano!» «Y eso, ¿qué es?» «Pues eso quiere decir...» La llegada de Julita, con su palma, con su esbelta cintura, dejó al señor Mariño sin explicación. Julita venía a contar que en la plaza se estaban formando grupos y que quizá los muchachos de derechas se pegasen con los de izquierdas. Entonces, la señora de Carreira recordó que su hijo mayor andaba suelto aquella mañana y salió pitando: al cruzar la puerta de la sacristía se metió el Cristo que llevaba al cuello por dentro del escote.

Los muchachos de izquierdas se habían guarecido bajo los soportales de la plaza. Los de derechas formaban corros delante de Santa María. Los de izquierdas permanecían mudos; los de derechas vociferaban. Los de izquierdas pateaban las losas como caballos frenados; los de derechas manoteaban, daban carreritas, llegaban hasta el medio de la plaza en sus expediciones provocantes. Uno de izquierdas dijo: «¡A ese tío le como los hígados!», y pretendió salir al ruedo; pero una mano le detuvo, y una voz le advirtió: «Si te mueves, te parto un hueso.» «¡Es que se están metiendo con nosotros!» «Pues aguantar y dar muestras de que somos buenos ciudadanos.» El mozo se mordió la lengua, pero cuando se vio libre dijo a uno de al lado: «¡Y todo porque a la madre del jefe se le ocurrió ser beata!» Desde el Ayuntamiento, disimulado tras la vidriera del balcón principal, el alcalde contemplaba los grupos, y su mirada iba de uno a otro temblorosa. Cada vez que sonaba el teléfono se volvía y preguntaba: «¿Es el gobernador?»

El primer alarido se escuchó a la una menos cuarto. Un poco lejano todavía, pero preciso. Los que lo oyeron se preguntaban a quién habrían apuñalado, pero nadie se movió. El segundo alarido sonó un minuto después y algo más cerca: el alcalde se volvió al secretario y dijo: «¿Ha oído usted?», y el secretario le respondió que no. «Pues alguien grita como si lo matasen.» Entreabrió la cristalera y escuchó. Del grupo de derechas y del de izquierdas se habían destacado observadores, que miraban hacia la parte alta de la calle. Se oyó el tercer alarido; el alcalde abrió de un golpe y se asomó; los observadores de derechas –tres– hablaron entre sí y señalaron algo, pero sin inquietarse; de los de izquierdas, uno, de pronto, se echó a reír. Individuos de uno y otro bando se unieron a las avanzadillas, y el secretario salió al balcón, requerido del alcalde.

–¡Mire quién es!

Paquito el *Relojero* venía por el medio de la calle: empuñaba el bastón por la contera, como una maza, y su mano izquierda se crispaba sobre el pecho. Traía la pajilla desfondada y hundida hasta el cogote, y la flauta le arrastraba al cabo de una guita ornada aún con restos marchitos de flores. Le caía el cabello gris encima de las orejas, le salía la corbata por la abertura del chaleco, y la chaqueta y los pantalones parecían haber recogido todo el fango del camino.

Le llamaron los de un grupo; después, los del otro. Le preguntaron por la novia, le ofrecieron aguardiente. Paquito no les miraba. Al llegar frente al Ayuntamiento, se detuvo y gritó otra vez: un grito agudo, lúgubre, largo. Siguió la calle abajo. Mozos de las derechas y mozos de las izquierdas fueron tras él: primero, distanciados; después, a la misma altura; por último, en mescolanza ruidosa. Unos y otros decían, gritaban, ofrecían lo mismo. El *Relojero* volvió a quejarse frente al casino: un quejido modulado, desde las notas más bajas a las más agudas, con gorgoritos intermedios y calderón final. Se asomaron a la ventana Cubeiro y Carreira, con tacos de billar en las manos. «¿Te pusieron los cuernos, Paquito?» El loco atravesó la calle, se acercó a la ventana y miró al interior. Cubeiro y Carreira recularon y adelantaron los tacos contra el loco a guisa de garrochas. Pero Paquito buscaba algo o alguien en el fondo del salón; lo buscó con mirada terriblemente fija. Luego les volvió la espalda y siguió adelante. Al llegar a la playa, unos chiquillos le apedrearon. Repitió el alarido. Los mozos de derechas y los de izquierdas hablaban entre sí y reían juntos. Las últimas pedradas fueron lanzadas al mismo tiempo por los simpatizantes del Frente Popular y por los afiliados al Frente Nacional. En la primera taberna donde entraron se había concertado tácitamente una tregua, que sólo se rompió momentos antes de marcharse a comer, cuando unos y otros ya estaban borrachos. Entonces hubo bofetadas, aunque apolíticas.

Paquito salió del pueblo, subió la carretera empinada y sólo gritó al encontrarse con gente. La flauta daba saltitos sobre las guijas del suelo y producía un grato sonido de madera. Una brisa suave le movía la corbata y los cabellos. Se metió por la carretera del pazo, entró en el jardín y llegó al postigo. Allí se detuvo y gritó: el más largo, el más complejo, el más tremendo de todos sus alaridos. Permaneció quieto, con la diestra un poco retrasada y el bastón trémulo. Carlos le oyó y bajó corriendo. Le vio contra la luz, se le acercó, le sacudió los hombros.

—¿Qué te sucede?

—Metieron a mi novia en el manicomio. ¡Aaaaaaay...!

De pronto, se aflojó, se arrugó, se dejó caer al suelo y empezó a llorar: hipidos menudos, agudos, rápidos, que a veces parecían carcajadas; y le temblaba todo el cuerpo.

Carlos le ayudó a levantarse, le llevó al chiscón, le sentó en el camastro: la flauta había quedado delante de la puerta, pero Paquito empuñaba aún el bastón. Lo alzó al aire, por encima de la cabeza, y lo tremoló.

—Voy a matar a Cayetano.

—No digas disparates. Cayetano no tiene nada que ver con eso. ¡Pues buenas están aquí las cosas!

–Cayetano es el culpable de todo, y yo voy a matarlo. Es lo justo.

–Te prohíbo que te muevas de aquí.

–Habíamos quedado en que soy libre, ¿no?

Carlos se sentó a su lado.

–Me he expresado mal. No te lo prohíbo, te lo ruego. La culpa de Cayetano ya la discutiremos.

–No va a convencerme.

–No, si tienes razón. Pero si no la tienes, espero que me escuches.

–Cayetano es culpable.

–¿Sabes que anoche quemaron la iglesia de Santa María?

–Razón de más para matarlo.

–De eso, al menos, te puedo asegurar que no tiene la culpa. Y si de eso no la tiene, no deja de ser posible que en lo de tu novia no haya tenido arte ni parte.

–Yo sé lo que sé.

–En nombre de nuestra amistad te pido una tregua.

–Se la concedo.

–Cuando estés más tranquilo hablaremos.

–Y le convenceré, ya lo verá.

–Sosiégate ahora y dame tu palabra...

El *Relojero* tendió la mano.

–Esto, don Carlos, sólo usted puede hacerlo conmigo. Váyase tranquilo. Pero hágase a la idea de que, tarde o temprano, el culpable ha de pagar su culpa. Así lo manda la Ley de Dios.

Cuando quedó solo se despojó de la pajilla, la contempló y lloriqueó un poco; luego la arrojó lejos. El bastón había caído a sus pies: lo recogió y empezó a desatornillar sus partes, a vaciar sus depósitos. Colocó encima de la cama los pedazos, uno junto a otro, y abrió los cajones de su mesa de trabajo. En el último había trozos de metal, tornillos, tuercas, restos de bisagras, espirales de acero –grandes y pequeñas–, clavos... Con los ojos muy abiertos lo contempló todo. Se inclinó y sus dedos ágiles hurgaron, escogieron...

Capítulo 11

Las campanas sonaron a las diez en punto y despertaron a Carlos. Entraba el sol por la ventana y el polvo brillaba en el aire. Sacó los brazos, los estiró. El roto del sobaco le llegaba hasta el codo, y en la abertura del pijama faltaban dos botones. Sacó las piernas, se sentó en el borde de la cama, restregó los ojos deslumbrados. También los pantalones habían roto por las rodillas, de puro gastados. Se calzó las zapatillas, se levantó, bebió un vaso de agua, volvió a estirar los brazos. En el aire, allá abajo, las campanas repicaban, se pisaban, se perseguían, se mezclaban, se apartaban: las gordas y las finas, como en una competencia: ahora de acuerdo, tan pronto desacordadas. Carlos se asomó a la ventana y el campaneo se le metió por los oídos. Sonrió.

–Cristo ha resucitado.

También parecía haber resucitado la mañana, de luminosa, de gloriosa. Abrió la boca y sorbió el aire. El sol le calentaba el rostro y el pecho abierto; las manos se refrescaban en el rocío del antepecho. En las hojas de los árboles, el sol se quebraba en mil soles.

–Cristo ha resucitado, y lo celebran las campanas, con permiso de don Lino, a quien habrán despertado como a mí.

Se asomó y quiso alcanzar con la mano una rama temblona. Agarró la punta de una hoja, tiró hacia sí y retuvo la rama.

–Veremos lo que dura.

Rompió la hoja; la rama quedó cimbreándose y el rocío saltó a la cara de Carlos. Del fondo de la ría llegó el pitido de una sirena, seguido de otro más largo. Carlos miró y contó cuatro pesqueros, cuatro penachos de humo negro. Se apartó de la ventana y salió de la habitación. Entró en la de Juan.

–¡Eh, tú, despierta!

Juan se incorporó sobresaltado. Las guedejas cobrizas le ocultaban la frente y parte de la cara, y la nariz emergía de la pelambrera como un promontorio.

–¿Sucede algo?

–Los barcos.

Juan se dejó caer en la almohada.

–¡Ah, los barcos! Bueno.

–Pienso que podríamos aprovechar la ocasión de que estén aquí los pescadores. Hoy es el día de llevar a don Lino a la taberna.

–Mejor mañana, domingo.

–Mañana el diputado regresará a Madrid. El día señalado es hoy.

Juan volvió a incorporarse.

–¿Piensas que servirá de algo?

–Si les habla y le aplauden, marchará contento.

Juan hundió los dedos en el cabello y descubrió la cara y la frente.

–Estoy convencido de que ese tipo es un memo.

–Puede resultarnos un memo útil. En cualquier caso, es nuestro clavo ardiente. ¿O te sientes dispuesto a cantar la palinodia? –Carlos buscó una silla y se sentó–. Por mí, no hay inconveniente. Que se quede Cayetano con los barcos, que pague las deudas y dé trabajo a la gente. Después, congregaremos al pueblo en la plaza, proclamamos la derrota final de los últimos Churruchaos y nos vamos de viaje. Australia es un buen sitio. ¿No has pensado nunca en la cría del cordero? Mis aptitudes para ese oficio son excelentes, y espero que las tuyas también. Podemos llevar a Clara con nosotros, para que haga las cuentas.

Alzó los brazos, abrió las manos.

—Venderé esta casa. Poco darán por ella, pero quizá saquemos para el viaje. Hay en el pueblo un indiano recién llegado, un tal don Rosendo, que la alabó varias veces; quizá la pague bien.

—Cállate y dame un pitillo.

Carlos salió y regresó en seguida con tabaco.

—¿Has decidido algo?

—Hablaré al *Cubano* para que junte esta tarde a los pescadores. Tú encárgate del diputado.

—Eres inteligente, Juan.

Le palmoteó la espalda; después le acercó una cerilla encendida.

—El secreto de vivir es no perder la esperanza; pero como las esperanzas suelen morir de la muerte que llevan dentro, hay que inventar otras, y otras, y otras, hasta el final. Los pescadores están desesperados, pero esta noche podrán soñar, si la oratoria de don Lino acierta a crearles una nueva ilusión.

—¿Y después?

Carlos se encogió de hombros.

—Cuando yo era niño y estudiaba latín, traduje una fábula en que las ranas clamaban a los dioses.

—Ahora ese clamor se llama revolución. Es la única salida de los desesperados.

—Hay otra peor todavía: la resignación. Cuando no podamos engañar más a nuestros amigos, cuando todo haya fallado, entonces, resignados, dejarán de clamar y los dioses les enviarán una estaca para que se pongan de rodillas a adorarla.

—Si la estaca les da de comer...

—Más bien les servirá para hacerse mondadientes. El mondadientes, recuérdalo, es un símbolo de resignación, pero digna. Es la resignación que se engaña a sí misma.

Juan se estiró en la cama. Asomaron unos pies largos, huesudos; unas piernas rojizas cubiertas de vello, unas rodillas descarnadas.

—Échame esos pantalones.

Carlos se levantó.

—Mientras te vistes, iré a ponerte el desayuno.

—¿Seguimos sin servidumbre?

—El Relojero continúa melancólico.

Se detuvo en la puerta de la habitación y miró a Juan.

—Me da miedo. Lleva una semana sin decir palabra, escondiéndose de mí.

—Está como la bestia a la que han quitado la hembra.

—Por eso me da miedo.

Carlos salió. En la cocina, el fuego estaba apagado y los pucheros, vacíos. Prendió fuego a unas astillas. Se hizo la lumbre.

—¿Dónde habrá puesto la leche este majadero?

Vertió agua en un cazo y lo dejó en las trébedes. Luego descendió al zaguán. Paquito, de espaldas a la escalera, contemplaba el jardín: derecho sobre el umbral, sus manos meneaban el bastón. Al sentir los pasos de Carlos volvió la cabeza.

—Si busca la leche, ahí está la cazuela.

—¿Qué haces?

—Miraba la mañana.

—Y eso, ¿te divierte?

—Además, pienso.

Carlos, con la cacerola de la leche en las manos, se acercó a la puerta.

—Buenos días, Paco.

—Buenos, sin mentira. Un verdadero sábado de Gloria.

Con aire indiferente, Carlos le respondió:

—Un día de perdón. Es buena cosa ésta de que al menos una vez al año los hombres se perdonen unos a otros.

—¿Usted cree?

—Eso, al menos, exige la Resurrección. Tú, que eres tan leído, lo sabes mejor que yo.

—Hay veces en que es cuestión de hacer justicia, ¿sabe? Si usted perdona a una víbora y la deja suelta, muerde.

—Quizá el Señor perdone también a las víboras.

—A mí no se me alcanzan las razones del Señor. Porque también creó las víboras y uno no deja de preguntarse para qué.

—Quizá para que sean instrumentos de su justicia.

Paquito le echó rápidamente la mano a un brazo: el puchero de la leche se tambaleó.

—¿Lo ve? Ya salió la justicia. Sin ella no hacemos nada.

—Prefiero la verdad, Paco. Cuando se conozca, muchas justicias resultarán injustas.

El loco soltó el brazo de Carlos, alzó la mano y señaló al cielo.

—Por si acaso, yo dejo la justicia en manos de Dios, que todo lo ve, y ya se valdrá para hacerla de las víboras o de los hombres, según le pete. Usted continúe con sus verdades.

Se volvió hacia el sol. Carlos contempló su perfil accidentado, los mostachos caídos, la boca apretada.

—¿No quieres desayunar? Te convido.

Paquito no contestó. Carlos regresó a la cocina. Cuando el ruido de sus pasos se perdió, Paquito enarboló el bastón, amenazante. Luego apuntó con él a una plancha claveteada de la puerta. Se oyó un ruido metálico, como de un muelle potente, y el bastón quedó clavado en la madera. Paquito empezó a reír. Dio un tirón fuerte y arrancó el bastón: de su extremo salía una punta larga, gruesa, afilada.

Habían añadido a las habituales lámparas otras dos, de tamaño mayor y bien cargadas de carburo, traídas del barco por el patrón del «Mariana II». Daban bastante más luz que las propias de la casa, y la calva del *Cubano* relucía más que nunca, un poco tostada la piel por la parte que separa la frente del cuero cabelludo. Conforme iban entrando, los pescadores se colocaban en bancos, apretados unos contra otros y con las boinas en la mano. Orden de fumar lo menos posible, y una ventana abierta para la ventilación. Podía cada cual tomar un vaso por cuenta de don Carlos Deza, uno solo, y alguna cosa de comer, «y no porque el señor Deza sea agarrado, sino para evitar borracheras y voces destempladas», había explicado Carmiña; y rechazó las monedas particulares de alguno que pretendió doblar la dosis por cuenta propia. La mesa de la presidencia constaba exactamente de tres mesas pequeñas, puestas una junto a otra, y las habían tapado con un mantel de hule que todavía estaba húmedo. Sobre el mantel, siete vasos y tres botellas: de blanco, de tinto y de aguardiente, a elegir. La lámpara de luz más fuerte, precisamente encima, colgaba de una viga por una piola embreada a la que habían hecho un nudo marinero.

El *Cubano* mantenía el orden, sosegaba las conversaciones, templaba a los destemplados. Iba y venía, se colaba entre los bancos, acudía a éste y prometía a aquél atenderle en seguida. Toc, toc, toc. «Carmiña, vino tinto para dos y unas sardinas.» En un rincón, tripulantes del «Sarmiento I» discutían con tripulantes del «Sarmiento II» la oportunidad de cierto viraje ordenado con el copo en la mar.

–Te digo que fue como ahuyentar el banco. Si no, a la vista está lo pescado.

–Ya están ahí –dijo uno desde la puerta.

El *Cubano* alzó los brazos y todo el mundo quedó en silencio. Por la cristalera abierta llegaban rumores de la calle, el llanto de un niño, el aire oloroso a yodo y sal. Aldán entró el primero y quedó junto al quicio hasta que apareció don Lino. Carlos Deza, detrás, no se dio muchas prisas en entrar. Don Lino se había detenido, se había quitado el sombrero, lo había levantado por encima de la cabeza, lo había agitado antes de saludar:

—Salud, ciudadanos; salud y República.

Los pescadores, de pie, le miraban con curiosidad, con desconfianza, con ironía. El *Cubano* le saludó en nombre de todos y le pidió que les hiciese el favor de sentarse entre ellos. Le fue presentada la Directiva del Sindicato y ocupó en la mesa el lugar de honor.

—¿Tinto o blanco?

—Gaseosa, nada más que gaseosa. El vino, con las comidas y en poca cantidad, salvo un día extraordinario. Pero, amigos, los días extraordinarios de un hombre modesto se cuentan por los dedos de la mano y sobran dedos.

Juan aceptó un puesto a su derecha; Carlos prefirió un extremo, el más cercano a la pared, el peor iluminado.

—Señor diputado, aunque no sea más que por acompañarnos, debía de tomar un tinto. Está entre marineros.

Don Lino se incorporó ligeramente.

—¡Marineros, dice usted bien! Una clase excepcional de ciudadanos, dotada de todos los derechos y capaz de todos los deberes, teóricamente al menos, y constitucionalmente, desde luego; pero por encima de otras clases y de otros grupos sociales y políticos, una clase a un tiempo heroica y sacrificada. Me congratulo, marineros, de encontrarme ante vosotros mano a mano, cara a cara, y para celebrar este encuentro renuncio a la higiénica gaseosa y alzo mi copa por la común prosperidad. ¡A la salud de todos!

Ingirió medio vaso de tinto y se sentó. Aldán había dejado el suyo en la mesa y permanecía en pie. Levantó una mano y acalló los murmullos. Su perfil aquilino quedaba justo bajo la lámpara, cuya sombra oscilante le borraba la nariz; en compensación, los reflejos encendían de fuego sus cabellos.

—Camaradas...

Apoyó las manos en la mesa y se echó un poco hacia adelante. Toda su cara quedó en sombra, pero sus pupilas resplandecían. Miró con atención el mantel floreado antes de dirigirse al auditorio.

—Camaradas, la presencia de nuestro diputado en este lugar donde tanto hemos hablado, donde tanto hemos esperado, puede ser en principio una fiesta, porque es para nosotros motivo de alegría que nuestro representante en las Cortes se acerque a los más humildes, a los más sacrificados de sus electores. Pero es al mismo tiempo una ocasión dramática, porque nuestro diputado viene a nosotros para crear una nueva esperanza donde las nuestras habían naufragado. Él ha tomado a su cargo la salvación de una empresa de cuya prosperidad dependen las vidas de todos vosotros y las de vuestros hijos. Los que aquí estamos, y perdonarme si me incluyo, nos hemos esforzado en sacarla adelante porque era nuestra obra y porque era una obra buena. No se puede acusar a nadie de haber regateado su colaboración, ni a ninguno de vuestros directivos de falta de honradez. Pero ésta es la triste realidad: no hemos tenido éxito. Vuestros ingresos no han mejorado, y la empresa está en situación económica difícil, y, como último recurso, recurrimos al auxilio del Estado. Pero el Estado, ¿quién es? ¿Lo conocemos? Entre el Estado y nosotros, he ahí a nuestro valedor.

Señaló a don Lino con la mano extendida y se sentó. No hubo aplausos. El dedo de Juan apuntaba todavía a la panza del diputado. Cuando éste se levantó —entonces sí que hubo aplausos—, el dedo señalaba la brageta.

—¡Háganme el favor, ciudadanos! ¡Todavía no, todavía no!

Pretendía interrumpir la ovación con las manos extendidas, y después que los marineros dejaron de aplaudir, las manos suplicaban que se callasen los ecos.

—¡Todavía no, todavía no!

Los marineros que no cabían en la taberna se habían quedado fuera. Se agolpaban en la ventana abierta, metían las cabezas en el tufo de los cigarrillos y empezaban a protestar.

—¡No se oye bien!

El *Cubano* franqueó la puerta de cristales y la otra ventana. Las vacantes fueron rápidamente cubiertas por cabezas rapadas, por caras curtidas, por ojos anhelantes.

–Una República, queridos ciudadanos, ejem, ejem, es una forma de gobierno en que los privilegios se han repartido tan equitativamente que se puede afirmar que no existen privilegiados. Pero en una República representativa como es la nuestra, un corto número de ciudadanos, los diputados, tienen el privilegio de representar a los demás. Pero ¿podemos decir que esto constituya un privilegio? Porque si bien se mira, si bien se analiza, el privilegio de la representación es más bien una carga; ya que la representación impone un deber inexorable, un deber duro, el deber de la verdad proclamada ante el país, al que los diputados no podemos sustraernos. Tenemos el privilegio de representar la voluntad del pueblo, tenemos el deber de que esa voluntad sea atendida y escuchada. Y de que se cumpla. Esto sobre todo, caiga quien caiga. Que se cumpla también inexorablemente. La voluntad del pueblo es fuente de toda ley, de toda autoridad, de todo gobierno. Y el que se oponga a ella debe ser expulsado del cuerpo social, quiero decir de la República.

Hizo una pausa. Su mano diestra atusó los bigotes, mientras la siniestra se aproximaba al depósito inferior de la lámpara de carburo.

–¿Qué es, pues, dentro de la República, la voluntad del Uno? ¿Qué aria canta en el concierto de unanimidades políticas esta voz discordante que pretende imponerse a las demás, sonar por encima de ellas, acallarlas y arrastrarlas? ¿Cómo debemos conceptuar en una sociedad rectamente gobernada la voluntad singular que aspira a sustituir al imperio colectivo? No yo, sino los tratadistas más eximios de derecho político, los filósofos más ilustres que han ocupado su pensamiento en el estudio de la Cosa pública, lo han dictaminado: enfermedad. La voluntad individual que se opone a la colectiva es una enfermedad política, un ántrax nacido en el cuerpo de la sociedad, una acumulación de materias infecciosas que causan fiebre, que trastornan la vida normal del cuerpo, y cuya extirpación prescribe la más usual terapéutica: rajar, limpiar, devolver la salud al miembro dolorido.

La mano había descendido y, a media altura, trazaba en el aire figuras circulares, como espirales, rematadas cada una de ellas, singularmente la última, en enérgicas rectas, en estocadas a fondo clavadas en el pecho impalpable del aire. Miró caer al enemigo traspasado y recogió las manos. La voz al mismo tiempo se hizo más suave.

–Podríamos creer que el más grave peligro de la República estriba en la pululación de voluntades individuales contra la voluntad general; en los deseos de quienes se proponen medrar a nuestra cuenta; en los trapaceros, en los francotiradores, incluso en los que pretenden realizar en su persona la sublime frase del gran républico francés: «Las águilas van solas; los carneros van en rebaños.» Pero no. Existe un peligro todavía mayor, un peligro incomparablemente más temible, un peligro que es al de los individualistas lo que el cáncer al ántrax en el cuerpo humano. El verdadero cáncer de las sociedades. Me refiero, como todos habréis comprendido, al tirano. ¿Y qué es un tirano, señores? ¿Qué es un tirano?

Acompañó la pregunta de un engarabitamiento de dedos, de una extensión y contracción de brazos, de una distensión final, con los puños cerrados, que de pronto se abrieron y mostraron al auditorio silencioso las palmas limpias de las manos.

–No os lo voy a explicar, porque lo sabéis. Incluso mejor que yo. Porque yo he visto al tirano, lo he conocido, he llegado a entenderlo; pero vosotros habéis experimentado su tiranía, la habéis sufrido en vuestra carne, os oprime, estorba el libre ejercicio de vuestra voluntad. Y no me refiero a tiranías de antaño, afortunadamente enterradas, sino a la actual; no al pasado, sino al presente; no a los muertos, sino a los vivos; no al ayer, sino al hoy mismo. Porque respondedme: ¿fue deseo vuestro que las calles de esta villa ilustre, que las miradas de los tranquilos transeúntes, fuesen ofendidas por el desfile de mascaradas anacrónicas, restos ridículos de un pasado remoto que contra toda razón y todo derecho –ya os dije antes que la fuente del derecho es la voluntad del pueblo– algunos pretenden perpetuar? ¿No fueron las repetidas precauciones, el lujo de fuerzas represivas, las armas disimuladas, otros tantos bofetones a vuestra dignidad de hombres libres y conscientes? ¡Se tomó al orden público como pretexto! Pero ¿qué debe ser el orden público sino la expresión de un orden más profundo, del orden de la Justicia? ¿Y puede existir justicia cuando se coacciona la libertad de cada uno y de todos reunidos? ¡Durante una semana, día tras día, se nos ha insultado y no se nos ha permitido responder a los insultos! Una pesada losa de tiranía nos aplastó. Se han mofado de nosotros, nos han escarnecido, y ya no falta más que inferirnos la última de las ofensas: que los esbirros del poderoso nos arrojen a la mar y sepulten en ella nuestros cuerpos.

Ras, ras, ras. La mano zigzagueante dibujó en el aire la silueta de un rayo y descargó un puñetazo en la mesa. Se oyeron «¡Bravos!» Don Lino se limpió el sudor de la frente, mientras la gente aplaudía.

–Vuestro líder Aldán ha visto claramente la cuestión. La única manera posible de liberarse de la tiranía es alcanzar la independencia económica. Por eso habéis luchado, para crear este reducto autónomo, este negocio colectivo que obtiene sus ingresos de fuentes no controladas, de fuentes libres, porque nada hay más libre que la mar e incluso podemos conceptuarla como el paradigma de la libertad. ¡Generoso, glorioso esfuerzo! Pero no venturoso. Son muchas y muy potentes las fuerzas contra las que lucháis, y no es extraño que en las primeras escaramuzas hayáis quedado vencidos ni lo es tampoco que para seguir luchando necesitéis el socorro de la ayuda pública. Y aquí, ciudadanos, es donde empieza a intervenir este modesto diputado, este representante elegido por vuestros votos, es decir, por la voluntad de todos, y que está aquí sumiso a vuestro mandato, para convertirse en algo tan impersonal como debe ser un representante. Porque el representante no es nada por sí mismo, no es más que el portavoz de la voluntad representada. La vuestra es el deseo de vivir, la lucha por la vida, que es la suprema ley. Pues bien, os aseguro, os prometo, os garantizo, os juraría si hubiese algo bastante sublime por quien jurar, que llevaré vuestra voz ante el supremo tribunal de la Patria y que la Patria no permanecerá sorda ante vuestras necesidades. Porque vosotros sois su carne y su sangre, sus fundamentos y sus defensores, los que trabajan para sostenerla y le aseguran la existencia de futuros ciudadanos. Proletarios quiere decir ante todo padres de prole, como explicaba cierta vez el gran república Unamuno. Proletarios, padres de las proles patrias, patria vosotros mismos. Y si sois Patria, si sois la Patria, ¿cómo no van a atenderos los que la representan? Esta humilde voz que ahora escucháis resonará dentro de pocos días en los ámbitos augustos del Parlamento, y estoy seguro de que como un solo hombre todos los diputados republicanos votarán esa ayuda suplicada. Estoy seguro, y por eso, porque conozco la limpieza de sus conciencias y la honradez de su gestión, me constituyo en garantía de que esta misión que me habéis encomendado será coronada por el éxito.

Bebió un sorbo de vino y se pasó la lengua por los labios. Le caía el sudor por las mejillas, y los hombros se le habían hundido. Aldán le susurró: «¡Déjelo ya!» Pero don Lino se irguió de nuevo y respiró profundamente.

–Porque, ciudadanos, en caso contrario no me atrevería a presentarme delante de vosotros y tendríais derecho a insultarme en la calle y a llevarme ante vuestros hijos como traidor a la más sagrada obligación. Os emplazo, pues, para dentro de ocho días, en que os daré cuenta aquí mismo de mis gestiones. A cambio de eso sólo os pido que me asistáis con vuestra presencia, con vuestro aliento y, si hace falta, con vuestra acción legal en mi lucha contra la tiranía. El día que la hayamos destruido será fiesta en Pueblanueva. Esperemos ese día confiados. Hasta entonces gritar todos conmigo: «¡Viva la República española! ¡Viva la libertad!»

Se dejó caer en el asiento. El *Cubano* acudió con una gaseosa. Los marineros dentro y fuera de la taberna vitoreaban a la libertad y a la República. Apoyado en Aldán, don Lino se levantó a dar las gracias. Los aplausos se prolongaban. Su estruendo salía de la taberna y volaba por encima de las aguas tranquilas.

—Le acompañaremos hasta su casa.

El público había salido, y don Lino se abanicaba con un periódico doblado.

—Gracias, gracias; pero esa gente... ¿No se les ocurrirá venir detrás? Mi modestia no me permite presidir mi propia apoteosis...

—Basta que usted lo desee...

—No es que me guste contrariar las naturales expansiones populares, pero me daría reparo llegar a mi casa en compañía de la multitud.

—No son más que cincuenta o sesenta.

—La multitud no la hace el número, sino la unidad de voluntades.

Miraba alternativamente a Juan y a Carlos.

—En fin, ustedes dirán.

—Lo que usted quiera, don Lino.

—¡Lo que yo quiera...! Yo no puedo oponerme al deseo del pueblo. Pero, repito, las glorificaciones me abruman.

Salieron. Juan advirtió al *Cubano* que él y Carlos volverían probablemente a cenar allí y que la Directiva esperase. Los marineros habían abierto calle y saludaban. Uno gritó:

—¡Viva nuestro diputado!

Se repitieron los aplausos. Un grupo empezó a cantar *El himno de Riego* y todos lo corearon. Don Lino, subido al carricoche de Carlos, con el sombrero en la mano, saludaba. Carlos maniobró con las riendas, y el coche arrancó lentamente, al paso tranquilo del caballo. Los marineros los rodearon. Seguían cantando, y al canto se mezclaban «vivas» y «mueras». La gente se paraba, y algunos se sumaban al cortejo. Una caterva de chiquillos lo precedía. Al pasar frente al casino varias cabezas se asomaron: miraban sin comprender y al comprender rieron. Sólo Cayetano permaneció serio y pronunció un «¡Mamarrachos!» que oyeron todos. La mujer de don Lino salió a la puerta llorando: le había llevado aviso el novio de su hija. Don Lino la abrazó, y enlazados entraron en la casa.

–¡Es el pueblo que me aplaude, María! ¡Es el pueblo que me ama! ¡Y yo tengo que hacer algo por el pueblo...! ¡Tengo que corresponder a su fe y a su esperanza!

Cubeiro llegó al casino antes que nadie: permanecía el salón a media luz, y el chico del bar dormitaba. Cubeiro encendió la lámpara central y los apliques de las paredes como las noches de baile, puso un disco en la gramola y se acercó al mostrador. El chico, sobresaltado, se restregaba los ojos.

–Ponme café.
–Sí, señor.
–¿No ha venido nadie?
–No, señor.
–Pues hoy vendrá mucha gente.
–¡Como es sábado...!
–No por eso, pero vendrán. Lo extraño es que no hayan llegado.
–Acaban de dar las diez y media.

Manipulaba el chico en la cafetera. Un chorrito de vapor negruzco salió por el pitorro, y colocó debajo una tacita.

—¿Muy concentrado?
—Más bien sí.
—¿Y copa?
—Bueno. Un día es un día.
—Lo apunto todo, ¿no?
—Como siempre.

Cubeiro sacó del bolsillo una moneda de dos pesetas y la hizo bailar encima del mostrador.

—Esto es para ti.
—¿Para mí? —se le abrieron los ojos.
—Pero tienes que hacerme un favor.

El chico alargó la mano, pero Cubeiro retenía la moneda.

—Después, cuando me lo hagas.
—Bueno.

El chico retiró la mano decepcionado y colocó la tacita en su plato, con el paquete de azúcar y una cucharilla amarillenta. Cubeiro deshizo el paquete, disolvió el azúcar con meneo fuerte.

—Más tarde vendrá don Lino.
—Sí.
—Cuando venga, y lleve un ratito aquí, y veas que habla con todos, coges el teléfono y pides que te pongan con don Cayetano.

El chico puso cara de asombro.

—¿Yo?
—Sí, tú. Sin preguntarme nada y sin que nadie se dé cuenta. Pides que te pongan con don Cayetano y le dices: «Ya puede usted venir».
—¿Nada más?
—Ni una palabra más.
—Pero ¿no pregunto por él?
—No hace falta. Él estará al cuidado.

El chico cerró los ojos y repitió:

—Ya puede usted venir.
—Eso. Después te daré las dos pesetas, si lo haces bien.

—Sí, señor.

Cubeiro cogió la taza de café y pasó al salón. El disco había terminado. Le dio la vuelta y se sentó. De la gramola salió la música de un *blue*. Cubeiro se echó atrás en la mecedora.

—¿Tienes tabaco, chico?

—Sí, señor.

—Tráeme un paquete.

Se puso a fumar con los ojos entornados. Balanceaba un pie lentamente, al compás de la música. Cuando se abrió la puerta de la calle, se enderezó, miró al que llegaba y siguió balanceándose.

—Buenas noches.

—Buenas.

—¿No vino nadie aún?

—¿Yo no soy nadie?

—Quería decir...

En la gramola disminuía el estrépito del *jazz*, y la voz dulce de un negro cantó:

> *Just Molly and me*
> *and Baby makes three.*
> *My blue heaven!*
> *Tarararararararararará,*
> *tararararararararararará.*
> *Just Molly and me...*

—Bonito, ¿eh?

—¡Bah! Yo no entiendo estas músicas de ahora.

—¡Cómo se ve que no estuvo usted en La Habana! Se abrió otra vez la puerta, y entró el juez. Casi en seguida llegó Carreira, con tres o cuatro más. Venían discutiendo a voces.

—¡Pues yo le digo que lo sacaron en hombros!

—¡Pues le aseguro que no, porque yo estaba a la puerta del cine y los vi pasar con mis propios ojos!

—¡Pues el que me lo contó no tenía por qué mentirme!

—Pues habrá hablado por referencias.

Cubeiro echó las piernas por alto y las interpuso entre los recién llegados. Luego se levantó.

—Se acabó la disputa. Iba en carroza abierta.

—¿Lo ve usted? En el carricoche que fue de la Vieja y que ahora usa don Carlos Deza.

Dos más, uno más, otros dos: silenciosos o disputantes. El señor Mariño y el señor Couto, que no venían nunca; don Rosendo, el indiano, que ya acostumbraba a venir, pero que se retiraba temprano; dos concejales, que se habían hecho socios del Casino después de ser nombrados.

—Pero ¿qué sucede esta noche? ¿Es que hay Junta general extraordinaria?

Cubeiro paseaba con la chaqueta desabrochada, las manos en las sisas del chaleco y el pitillo en la boca. Sonreía cazurramente, daba palmaditas en los hombros.

—¡Quién había de decirlo cuando aquí no éramos más que cuatro gatos! Los grandes «kulaks», decía yo. Pero está visto que todo cambia. Ahora todo el mundo es socio del Casino.

—¿Usted cree que vendrá don Lino? —preguntaba Carreira.

—Si no viene, faltará a su obligación. Pero no creo que se largue a la francesa: mañana es domingo, y parte para los Madriles, como buen diputado.

—Habría que aplaudirle.

—Por mí, echen ustedes cohetes.

—Lo digo como broma.

—Pues excusa gastarle bromas, porque las tomará en serio.

La peña de chamelistas se había instalado en su rincón. Hacían castillos con las fichas del dominó, hablaban en voz baja, tomaban sus cafés. Dos candidatos a mirones completaban el grupo.

Cubeiro rebuscó en un montón de discos de gramófono.

—Mire, Carreira: me ha dado usted una idea. Cuando entre don Lino le tocamos *El himno de Riego;* con eso irán mejor los aplausos.

—Pues es una buena idea. ¡*El himno de Riego*! ¿Y por qué no *La marcha real*? Eso sería más broma todavía.

—No sea imbécil, Carreira. Tocar *La marcha real* sería como insultarle. Mejor *El himno de Riego*.

—Mirándolo bien, señores —intervino el juez—, es el himno nacional y no debe tomarse a chacota. Aquí todos somos republicanos.

Cubeiro, con el disco entre los dedos, miró al juez con sorna.

—Nunca más propiamente tocado que en esta ocasión.

—Allá ustedes. Yo me lavo las manos.

—Siéntese y espere, y si la cosa sale bien ya se reirá.

Se habían agrupado por afinidades políticas, pero cerca unos de otros. Cubeiro recorría los grupos y prometía risa y grandes sorpresas. «Pero ¿vendrá?» «¡Claro, hombre! ¿Cómo no va a venir, si es el día más grande de su vida? Un día así no se pasa en familia.»

Don Lino bajaba por la calle con las manos a la espalda, el sombrero encasquetado y el recuerdo obsesivo de los aplausos sonándole en los oídos. Abrió la puerta del casino y entró. La gramola empezó a tocar; los presentes aplaudieron. Don Lino quedó junto a la puerta parpadeando. Por un instante, sólo por un instante, se creyó en el hemiciclo. Pero Cubeiro, que se acercaba batiendo palmas, no le recordaba a ningún diputado, menos todavía a algún ministro. Don Lino se quitó el sombrero.

—¡Caballeros, caballeros! ¡Es excesivo! ¡Gracias, gracias, mil gracias!

Le rodeaban. Las manos palmoteantes formaban corona alrededor de sus orejas. Avanzó como pudo, hasta que el corro se deshizo y cesaron los aplausos y sólo se oía en la gramola *El himno de Riego*:

> Tatachí, tatachín, tatachinta
> tatachí, tatachín, tatachíiin...

—Retiren ese disco, se lo suplico. Sólo debe tocarse en las grandes ocasiones.

—¿Es que le parece poco la de hoy?

—Están exagerando. No ha sucedido nada extraordinario. Pero el pueblo, ya se sabe, exterioriza ruidosamente sus afectos. ¿Qué otra cosa pueden hacer los pobres? Aplaudir no les cuesta dinero.

Se había sentado y procuraba esconder a las miradas traviesas dos lágrimas que le salían.

—Pues nosotros, además de aplaudir, le convidamos. ¡Hay que celebrarlo, don Lino! ¡Chico, café para el señor diputado y lo que quiera!

—Nada más que café, y cuando nos hayamos tranquilizado, un ratito de tresillo.

De las dos lágrimas, una le resbaló por la mejilla, se enredó en el bigote y allí quedó, temblorosa y brillante como una estrella.

—Pero, ¡hombre!, ¿quién piensa en el tresillo en este día de gloria?

—¿Lo dice usted por la festividad de hoy? —preguntó insidioso el juez.

Cubeiro dio media vuelta y le hizo frente. Su mano advirtió al chico del bar, que le miraba. El chico cogió el teléfono y se escondió con él en la trastienda.

—Aquí ya no hay más gloria que la de nuestro diputado. Las demás están muertas y enterradas. Sin embargo... —pasó la mirada alrededor—, no hay dicha sin amargura, ni rosas sin espinas. Echo de menos entre los presentes a ciertas personas que debieran estar aquí. En primer lugar, al boticario, pero de éste se explica, porque el berrenchín le habrá dado dolor de tripas y lo estará curando con aguardiente. Don Carlos Deza, en cambio, no tiene disculpa. Don Carlos Deza tenía que estar aquí y ser él, precisamente él, quien hiciera el discurso de saludo a nuestro diputado. Los demás no sabemos hablar. En cuanto a Cayetano...

Don Lino alzó bruscamente la cabeza, y la lágrima perdió el asidero del bigote y se hundió en la oscuridad de la chaqueta.

—¿Don Cayetano?

—Sí, también don Cayetano. El triunfo de usted es su propio triunfo. ¿No es él quien le ha sacado diputado? ¡Pues tiene que alegrarse, como se alegra un padre del éxito del hijo!

La mano abierta de don Lino describió un tranquilo semicírculo. Los demás se habían acomodado y formaban corro; sentados los más; de pie Cubeiro y el juez; todos con sus cafés o anises en la mano.

—Vamos por partes. Sería ingrato que negase la intervención del señor Salgado en el origen de mi carrera política. Soy un sacerdote de la Verdad, y la verdad es ésta: propuso mi candidatura a la coalición republicano-socialista y fue aceptada. Pero yo salí diputado por los votos del pueblo. Los de aquí y los de fuera de aquí, los de mis amigos y los de millares de desconocidos. El pueblo me hizo, y al pueblo me debo. Y si algún día el señor Salgado, cosa que no deseo, llegara a convertirse en enemigo del pueblo, me encontraría enfrente, dispuesto a combatir y a morir si fuese necesario. Inútil advertirles, caballeros, que lo que entiendo por pueblo no coincide precisamente con sus capas inferiores, con lo que injustamente llaman algunos populacho. Para mí, pueblo es el conjunto de ciudadanos de la nación, sin excluir de ese cuerpo sagrado más que a aquellos que voluntariamente o por su conducta indigna han dado motivos de exclusión.

—Entonces, los que le aplaudieron esta mañana y le llevaron en hombros, ¿eran pueblo o populacho?

—Llamado también plebe —corrigió el juez.

Don Lino se levantó.

—En primer lugar, no fui llevado en hombros, como un vulgar torero, sino acompañado hasta mi domicilio por un grupo de trabajadores a los que había dirigido la palabra. En segundo lugar, no eran plebe ni populacho, sino legítima representación de aquella parte del pueblo que labora y sufre, esa que algunos pretenden apartar de nosotros y convertir en enemigos nuestros. Me refiero, como es obvio, al proletariado. Pero ¿quién tiene la culpa de que tan terrible escisión esté a punto de producirse? ¿Quién es el responsable de que el proletariado sea de hecho enemigo de nuestra sociedad?

—Cayetano —dijo Cubeiro tranquilamente.

Don Lino se sobresaltó.

—¡Yo no he dicho eso, caballero, o al menos no lo he dicho todavía!

—Tampoco yo quería decirlo. Fue una coincidencia. Es que acabo de oír su coche y me parece que está a punto de llegar.

El dedo de Cubeiro señaló la puerta de la calle. Todos miraron; don Lino, con altivez, con resolución. Hubo un instante de silencio, de temblor. Cubeiro y el juez cambiaron miradas. Se abrió la puerta, y entró Cayetano.

—Buenas noches, señores.

Avanzó con calma, en diagonal, hacia el rincón donde el corro se había formado y ahora se ensanchaba, hacia don Lino, constituido en su centro. Quince rostros se habían petrificado; quince corazones latían anhelantes, como en expectación de una gran faena.

—¿Qué? ¿Se discurseaba? Siento haberles interrumpido.

Buscó un asiento con la mirada. Varias manos le ofrecieron sillas. Agarró una, dio las gracias y se sentó. Don Lino permanecía inmóvil, hinchado el pecho y las manos en los bolsillos del pantalón, arrogante.

—Continúe, don Lino. Si he venido esta noche ha sido exclusivamente por escucharle. Supuse que tendríamos sesión extraordinaria —echó hacia atrás la silla, hasta apoyarla en la pared, y cruzó las piernas—. Por cierto que no le he felicitado todavía. Ya le he visto esta tarde recorrer en triunfo las calles de la villa. Enhorabuena.

—Gracias.

–No puedo menos de enorgullecerme de sus éxitos. Políticamente es usted hijo mío.

Don Lino irguió tanto el busto que resultaba combado por la espalda.

–Soy hijo de la voluntad popular. Cabalmente lo explicaba a estos señores.

Cayetano se echó a reír.

–¿La voluntad popular? Pero ¿qué es eso?

Don Lino adelantó una pierna ligeramente flexionada y un brazo recto, cuya mano apuntó con vigor a las narices de Cayetano: como el espada que busca el morrillo para matar a volapié.

–Así hablan los fascistas.

–No sé qué es eso, don Lino.

–Pues se lo voy a explicar –rectificó la postura; el toro no estaba cuadrado–. Fascista es todo aquel que se opone a la voluntad del pueblo y quiere sustituirla por la suya propia. Fascista es el que ejerce un mando personal apoyado en su fuerza o en su riqueza –se detuvo, vaciló, venció al temor–. Fascista es usted.

Se paró en seco y miró alrededor: rostros estupefactos y rostros que le animaban. Cubeiro le guiñó un ojo y susurró: «Adelante». El propio Cayetano no parecía ofendido, seguía sonriendo. «Evidentemente, no comprende la gravedad de la acusación.» Volvió a extender la mano. El toro había aquietado los remos, pero balanceaba la cabeza.

–¿Usted cree que mando tanto? –preguntó Cayetano con voz tranquila.

–¿Y aún lo pregunta? –don Lino se atrevió a sonreír también un poco desde arriba, y su barbilla señaló a los tendidos–. Interrogue a estos ciudadanos. Salga a la calle, detenga a los transeúntes, lleve usted la interrogación a la sagrada intimidad de los hogares. ¡Oh, no le dirán que sí, no lo ignoro! Le responderán con miedo y evasivas. Pero el miedo patente, la respuesta escurridiza, serán la mejor prueba. Usted manda en esta villa porque le temen, y le temen porque es usted el amo del pan. Por eso puede permitirse el lujo de pisotear las leyes de la República y obligar a ciudadanos conscientes a que toleren, a que soporten sin chistar, el espectáculo retrógrado, degradante, supersticioso y anticuado de unas procesiones. ¡Usted, que no cree en Dios ni ha creído nunca! ¡Usted, para quien no existe ley moral, ni respetabilidad, ni dignidad, si no es para pisotearlas! Como en los tiempos ominosos del feudalismo...

Cubeiro se había acercado al bar y pedía una gaseosa. La ofreció en un vaso a don Lino, y el diputado refrescó el gaznate, que empezaba a resecarse. Cayetano seguía balanceando la cabeza y fumaba un cigarrillo. Los socios del casino se juntaban, se hablaban en voz baja, miraban a hurtadillas al matador.

–¿Por qué los viejos señores pudieron ejercer la tiranía? Porque eran dueños de la tierra. Tenían en sus manos el pan y lo otorgaban al que les obedecía ciegamente, *Perinde ac cadaver,* vivos y muertos. ¡Duro pan, triste pan, el que se obtiene renunciando a la propia dignidad, sacrificando la libertad personal! Pan que sabe a ceniza, pan de dolor y de miseria. El que lo otorga es dueño de la vida y del honor. Tiene derecho sobre mi cuerpo y el cuerpo de los míos. Está en sus manos esclavizarme y deshonrarme. Y me coloca ante el dilema de someterme o rebelarme.

Cayetano suspendió el balanceo. Alzó una mano. Don Lino se interrumpió y escuchó la objeción.

–¿Es lo que está haciendo ahora, don Lino? ¿Rebelarse? ¿O es que la rebelión existía ya, y usted pretende convertirse en cabecilla?

–¡Yo no necesito rebelarme, señor mío, porque no soy un oprimido! Yo acuso.

–¿A mí?

–A usted. En nombre de los explotados, de los pisoteados, de los deshonrados.

Cayetano se levantó de un salto. La silla en que se sentaba cayó al suelo. Carreira y el señor Mariño corrieron a levantarla.

–Un momento, don Lino. Por lo que a los deshonrados se refiere, puede usted hablar tranquilamente en nombre propio. No pienso oponerme y hasta le doy la razón. Tiene perfecto derecho a acusarme. Como todos estos señores saben, y por eso lo digo en público, yo le he puesto los cuernos.

Dio un paso atrás. Don Lino había empalidecido. Nadie sonreía. Cubeiro y el juez se miraron con inquietud. Cayetano se acercaba a la pared. Don Lino se encogió, miró a un lado y a otro, retrocedió también. Quedó entre Carreira y don Rosendo, constituidos en peones sobresalientes.

–Es usted un miserable, señor Salgado. Es usted, además de tirano, inmoral. Se goza usted en la vergüenza ajena, se alimenta usted del cieno, como los cerdos.

Miró al suelo. El corro vacío le tentaba, le atraía. Sentía en los brazos una fuerza que le impulsa a moverlos, en el corazón un vigor que le empujaba las palabras. Salió a los medios, se inclinó hacia Cayetano, le encañonó con el dedo terrible.

–Pero ¿hasta cuándo va a durar todo eso, señor Salgado? ¿Piensa que su reino es eterno? Por lo pronto, y sépalo de una vez, en este casino ya nos reímos de usted, del burlador burlado. Nos reímos los que recordamos sus bravatas en este mismo lugar, cuando decía que por su cama no pasaban más que virgos –se volvió rápido a los presentes y encontró caras de asombro, miradas de terror–. ¿Lo recuerdan, señores? ¡Hablábamos de cierta señorita de la localidad, y el señor Salgado textualmente dijo que no aceptaba material averiado! Pues bien: el señor Salgado, ante la sorpresa y la risa de todos, lleva casi un año corriendo tras el material averiado y tolera que le den calabazas –rió con risa falsa, ampulosa–. ¡Quiere casarse con la mujer más desacreditada de Pueblanueva porque es la hija de un conde!

Cayetano había dejado de sonreír. El corro de mirones vio con espanto cómo su cara se transformaba, se oscurecía; cómo sus ojos se empequeñecían y afilaban; cómo sus dedos se crispaban y se clavaban en el aire. «Lo va a matar», dijo el juez por lo bajo, y cerró los ojos cuando saltó Cayetano.

Cayó sobre don Lino, le agarró las solapas, lo apretó contra sí. El orador chilló:

—¡Quieto! ¡Soy un diputado de la República! ¡No puede usted tocarme!

Cayetano lo sacudió con violencia, lo despidió contra la barrera. El corpachón de don Lino, su cabezota solemne, rebotaron. Quedó como un pelele: flojo, asustado, trémulo.

—¡No tiene usted derecho...!

Las manos de Cayetano ya le agarraban otra vez y le zarandeaban.

—Le voy a hacer comer el camisón de esa muchacha.

Lo empujó. Don Lino cayó encima de don Rosendo. Cayetano le hizo rodar de un puntapié. Don Lino empezó a gritar. Don Rosendo se levantaba y se limpiaba el polvo de la ropa. Don Lino permanecía en la arena, espatarrado.

—Ustedes me responden de que ese imbécil me espere hasta que vuelva.

Cayetano salió corriendo. El portazo estremeció las botellas del bar. Quince rostros se dirigían a la puerta. Don Lino se levantó con dificultad. Cubeiro acudió a ayudarle.

—¡Ha ido usted demasiado lejos!

—Deme algo de beber, haga el favor.

Se dejó caer en una silla. El cabello revuelto y escaso le cubría la cara. Se lo apartó y miró tristemente al vacío. Cubeiro acudía con una copa de coñac: la acercó a los labios de don Lino y esperó a que bebiera.

—¿Usted cree?

—Está a la vista.

—Pero ¿qué dijo al salir?

—Una bravata.

Don Lino intentó incorporarse.

—Me marcho.

—Eso no, don Lino. Tiene usted que esperar.

—¿Pretende que me muela a palos?

—Nos ha hecho responsables de que no se moverá de aquí.

La mirada vacilante del diputado iba de una cara en otra.

—Pero... ustedes... ¡Me protegerán! ¡Soy el diputado de este pueblo! ¡Ustedes me han elegido! ¡No pueden entregarme indefenso en las manos del tirano!

Nadie sonreía. El juez se acercó a Cubeiro, le dio unos golpecitos en el hombro. Cubeiro se apartó de don Lino.

—Hay que arreglar esto.

—Pero ¿piensa que la de Aldán tiene el virgo?

—Supongamos que sí.

—Es que si la de Aldán tiene el virgo, ya no entiendo el mundo.

—La vida da muchas sorpresas.

—¡Es increíble!

—Cayetano hará alguna burrada. ¿No vio usted cómo iba? Y al fin y al cabo quienes armamos la danza fuimos nosotros.

—En eso lleva razón, ya ve; pero no contábamos con que don Lino fuese un imbécil.

—Se me ocurre que busquemos a Aldán.

—¿Para qué?

—Que esté aquí cuando Cayetano regrese...

Cubeiro le golpeó el hombro con fuerza.

—¡Lo que a usted no se le ocurra...! —contempló al juez con admiración—. Bien mirado, es cosa de Churruchaos. Allá se las entiendan con el amo. La cuestión ahora está en encontrar a Aldán.

—Yo telefonearía a la taberna del *Cubano*. Si no está allí...

—Pues hágalo.

Cubeiro le empujó hacia el teléfono. Los presentes hablaban en voz baja. En el diálogo de los brazos y de las manos se expresaba el terror. Don Lino, abandonado, prisionero, meditaba en una mecedora. Cubeiro dio dos palmadas. Todos se volvieron hacia él.

–Un momento, señores. El juez y yo hemos pensado...

Cayetano entró en una calleja que corría entre tapias de patios traseros y setos de huertos familiares. La luz de una bombilla gastada quedó a su espalda; la luz de otra bombilla distaba lo bastante como para no alumbrar su cara. Caminó por el centro, y sus pies tropezaron en un envase de conservas, se enredaron en unas ramas caídas, resbalaron en el barro fétido de un charco. Iba de prisa, frenético, ensimismado en su frenesí, inclinado hacia el suelo, la mirada perdida en el fango oscuro. Se detuvo a la mitad de la calleja, alzó los ojos, intentó reconocer las galerías que asomaban por encima de las tapias, todas iguales, todas protegidas de la lluvia por planchas de cinc gris. Continuó hasta el final y regresó. Ahora contaba las casas: «Una, dos, tres... En ésta». La tapia, recién encalada, no ofrecía asidero. Un poco más allá asomaban las ramas de un árbol: intentó alcanzarlas, saltó una, dos veces: sólo rozaba las últimas hojas con las puntas de los dedos. Más allá todavía halló desconchados, hendiduras capaces para manos y pies; pero la luz lejana arrancaba destellos a los vidrios que coronaban el caballete del muro. Desalentado, sus manos tantearon en la pared más sombría. Pudo trepar, agarrarse, llegar arriba. A gatas, recorrió la cresta húmeda, resbaladiza de musgo. Le sudaba la frente y le saltaba el corazón. Se sentó a horcajadas, se limpió el sudor. Las luces de las casas estaban apagadas, menos una, y no se oía bicho viviente. Encendió el mechero y examinó los vidrios del muro inmediato: pedazos de botella verdosos y blancos, en punta y con filos hirientes. Pasó la mano y se estremeció. Descalzó un zapato, golpeó con el tacón los vidrios más cercanos: se mellaban las puntas, y algunas aristas perdían el filo, pero el muro era largo y tan agudo el caballete que no había esperanzas de recorrerlo en equilibrio. Se oyeron pasos al final de la calle, y entró una sombra bajo la luz remota: Cayetano se dejó resbalar hacia la parte interior del muro y esperó colgado, con los pies en el aire. Quien fuera, pasó de largo y dejaron de oírse sus pisadas y la canción que tarareaba. Cayetano tuvo que izarse a pulso una, dos veces, hasta ganar de nuevo el caballete. Se acostó todo a lo largo, sobre el vientre, bien agarrado, y descansó. Sus ojos quedaban encima de los vidrios; si adelantaba un poco la barbilla podía rozarlos.

Pasaron unos minutos; se incorporó y quedó sujeto con las rodillas. Se quitó la chaqueta, la volvió del revés, la dobló y palpó su espesor. Así doblada, la colocó encima de los cristales. Apoyó las manos con fuerza, apretó, cargó el peso de su cuerpo, después la echó más lejos y repitió la prueba. Los pies pisaban los vidrios, los rompían, pero hallaban en ellos sostén. A gatas, con la espalda combada, avanzó: primero, una mano; después, otra. Primero, un pie; después, otro. Muy poco trecho cada vez, una cuarta, dos todo lo más. Lo que su vista abarcaba en la oscuridad era muro coronado de cristales.

Se paraba a respirar, aflojaba la tensión del torso, aproximaba el vientre a los cristales, recobraba la postura, y otra vez una mano y otra, y un pie y otro. Las manos, bien protegidas por la chaqueta; los pies, afincados entre los vidrios, comprobaban su resistencia; temía que le resbalasen y quedar a caballo del muro; temía despedazarse el sexo en los pedazos de cristal. En un huerto cercano ladró un perro. En el patio, a su izquierda, algo se movía. Se oyeron voces de gente que bajaba por la calle principal, voces y pasos. Luego dejaron de oírse. En el puerto gemía una sirena, y algo más lejos funcionaba un motor. «Es mi bomba de achique.»

Le resbalaba el sudor, y el corazón le latía con fuerza. Las piernas empezaban a cansarse, y en el juego de los brazos sentía un dolor agudo. Un poco más, quizá sólo un metro o metro y medio... Las puntas perforaban ya la chaqueta, las sentía cada vez más próximas a las manos. Probó a agarrarla por lugares aún intactos y perdió en la operación unos minutos. Por fin, vio el final de la muralla, los últimos cristales. Con un esfuerzo violento recorrió aquella distancia. Cuando todo su cuerpo se halló sobre el muro vecino, se tendió en él, aflojó brazos y piernas, descansó. Habían pasado quizá veinte minutos. Pensarían los del casino que Clara no le habría dejado entrar.

Tenía la boca seca y los cabellos mojados; le ardían la cara y las manos. Buscó el frescor de la piedra, la acarició, aplicó los labios a su humedad. Poco a poco recobraba la fuerza. Volvió a contar: había recorrido dos tapias, y la de Clara era la próxima. Recordó haber oído que en el patio había pozo: el ansia del agua le impulsó. Esta vez recorrió de pie, en equilibrio, los pocos metros que faltaban. Se dejó caer, buscó el cubo del pozo y lo atrajo hasta sus labios con cuidado infinito. Había un fondo de agua, y la bebió. Después se acostó en el suelo, encendió un cigarrillo y fumó durante unos minutos, hasta que sintió de nuevo vigorosos sus brazos y sus piernas. En el cielo lucían claras las estrellas; el humo del pitillo las borraba y al disiparse volvían a aparecer. Nunca le habían preocupado, e ignoraba sus nombres; pero estaban hermosas así, en la medianoche.

En la pared encalada de la casa había una puerta y dos ventanas. Se arrastró y tanteó la puerta: la halló cerrada. ¿Tendría que romper un cristal? Se movió hacia la derecha: la ventana estaba entreabierta. Metió las narices por la rendija y le llegó un olor de orines y aguardiente. Sonrió en la sombra, se incorporó y apartó una hoja hasta que cupo su cuerpo: reptando, doblándose sobre el antepecho, con las manos adelantadas en busca de obstáculos: hallaron el suelo, se apoyaron, el cuerpo resbaló y quedó dentro. Alguien respiraba cerca, una respiración mezclada de ronquido y queja. Encendió el mechero y se puso de pie: los vidrios clavados en los zapatos crujieron contra las planchas del piso. Abrió una puerta y apagó el encendedor. Quedó arrimado a la pared, pegado a ella. El silencio se llenaba de pequeños rumores. Avanzó poco a poco, hasta que su mano halló el marco de otra puerta. Buscó el picaporte, abrió, escuchó. Clara dormía cerca, y hasta él llegó un olor fragante, de cuerpo limpio, de ropa limpia, de suelo bien fregado. Le temblaron las piernas, le saltaba la sangre en las sienes y en la garganta. Esperó. Sin apartarse del marco fue introduciendo el cuerpo en la habitación. Su cabeza tropezó en la llave de la luz. La encendió sin miedo ya al ruido. Clara dio un grito y se sentó. Cayetano se había agarrado a los hierros de la cama y la miraba. Parpadearon, se veían confusamente. La luz alumbraba desde el techo, y la sombra de Cayetano atravesaba la colcha blanca. Clara cruzó los brazos sobre el escote: sus ojos agitados espiaban la cara, el cuerpo, los brazos de Cayetano. Él se movió; ella saltó de la cama. Él se acercó; ella tendió los brazos con los dedos curvados como garras. Él se inclinó y dio un salto; ella le rechazó contra la pared. Corrió hacia la puerta, pero se sintió cogida, atenazada. Se debatió, logró soltarse y rechazar a Cayetano. Quedaba ahora contra el rincón, y él, bajo la lámpara, la miraba con ansia, con ojos encendidos. A Clara se le había soltado el pelo y le caía sobre la frente. Se lo echó atrás. Miraba las piernas de Cayetano, esperaba su movimiento. Cuando las vio cerca lanzó una patada al vientre; pero el cuerpo de Cayetano cayó sobre el suyo, la aprisionó. Rodaron al suelo, jadeantes, abrazados. Las piernas tropezaban en los muebles, derribaron un jarro lleno de agua. Clara sintió en la espalda su frior, y con el frío más fuerza. Clavaba uñas y dientes donde podía. El aliento de Cayetano calentaba su piel, la humedecía; su cuerpo la oprimía; sus rodillas la sujetaban al suelo. Pudo soltar un brazo y clavarle los dedos en la garganta. Cayetano tosió y abrió la boca. Pero su mano agarró la muñeca de Clara y la retorció hasta que los dedos aflojaron.

Ahora los labios abiertos de Cayetano buscaban su boca. Se dejó besar y sintió que una mano intentaba acariciarla. Con las últimas fuerzas lo empujó lejos, saltó, huyó, se refugió tras la cama. Cayetano se levantó rápidamente, y otra vez su cuerpo se encorvaba como el de un animal dispuesto al salto. Tenía la camisa desgarrada, el cabello revuelto, sangre en la cara y en las manos; pero estaba magnífico, como un gallo victorioso. Clara retrocedió. Más que el dolor, más que el cansancio, empezó a temer al deseo que le nacía en las entrañas, un deseo que, contra su voluntad, respondía a la incitación del macho poderoso, a los músculos férreos, al pecho ancho y levantado. Cerró los ojos y respiró fuerte. Buscó con qué defenderse. Cayetano había escondido los brazos y otra vez se acercaba. Se arrodilló en la cama, sonriente. Clara vio las gotas de sudor mezcladas a la sangre, vio el pecho que se agitaba y su pelambrera oscura asomar por los jirones de la camisa. Le oyó decir:

–Lo siento, Clara.

Luego recibió un golpe, le dolió horriblemente el encaje de las mandíbulas y cayó sin sentido.

Cayetano empezó a besarla enfurecido, mientras sus manos desgarraban el camisón de arriba abajo.

–No se habrá vuelto atrás el diputado.
–Te llamará para los últimos detalles.
–Pero ¿por qué en el casino?
–No olvides que empieza a emborracharse de multitud. Ya necesita público para todo.

El caballejo caminaba al trote. Carlos se inclinaba sobre las riendas, y Juan, un poco recostado, fumaba un cigarrillo. Se oyó la voz de una sirena y el ruido de un motor. En la mar verdosa bailaba el reflejo de las luces.

–Vendrás conmigo, ¿no?
–Realmente sólo tú fuiste el llamado.

–Pero no vas a dejarme solo en el casino. Es un antro que no he pisado nunca.

–¿Te dan miedo los viejos raposos?

–Me molestan.

–Yo estoy acostumbrado a ellos y te aseguro que me divierten. Son buenos tipos para un estudio.

–Unos malvados, eso es lo que son.

–No más que otros y acaso menos. Me atrevería a decir que en el fondo no son malas personas. Pero sus condiciones morales de momento no me importan. Lo interesante sería estudiarlos y perseguir en cada uno de ellos el proceso de deformación operado por el ambiente.

–Aquí el ambiente se llama Cayetano.

–¿Qué más da? Admito que todas las retorceduras de estas almas, todos sus recovecos, y hasta me atrevería a decir que sus misterios, sean creación de Cayetano. Pero eso no los hace menos interesantes. Ahí tienes a don Baldomero, que es el que conozco más de cerca. No creo que sea el que haya sufrido menos a causa de Cayetano, pero es el que le odia más ostensiblemente.

–No más que don Lino.

–Pero de otra manera. Don Lino no acepta la realidad como es, sino que la convierte en un sistema de abstracciones. Transfigura a Salgado en el «tirano» y lo combate con retórica igualmente abstracta. Todos los tiranos del mundo se resumen en Cayetano, y todos los discursos de oposición, en las soflamas de don Lino. Y quizá él mismo se sienta resumen de todos los libertadores. Pero un resumen que perora resúmenes no puede hacer nada práctico contra otro resumen. A don Lino se le va la fuerza por la boca y no aspira a otra cosa. Su mayor gloria sería pronunciar una catilinaria ante el senado estupefacto de los socios del casino. «¿Hasta cuándo, Cayetano, abusarás de la paciencia nuestra?» Don Baldomero, en cambio, si las circunstancias le favoreciesen, lo mataría. Pero como las circunstancias no le ayudan (para él la única circunstancia favorable sería una guerra carlista), se contenta con soñar en el asesinato, un asesinato diferido a fecha incierta y puesto quizá en las manos de Dios.

–No hay nadie en Pueblanueva que no quiera matar a Cayetano, que no haya imaginado alguna vez matarlo.

–Yo me contentaría con manejarlo a mi antojo. ¡Ah, eso me permitiría hacer experiencias con él y con don Baldomero!

–Tampoco lo harías, Carlos. Porque sería jugar con hombres, y tú no eres capaz de convertir a nadie en pieza de un juego intelectual.

Arrojó la colilla y echó el brazo por el hombro de Carlos. El coche enfilaba el Arco de Santa María.

–En el fondo, y aunque te pese, todos somos humanos para ti y no objetos de estudio. Hombres a los que tienes afecto, a los que compadeces, a los que ayudas si puedes. Te he calado hace tiempo. La ciencia te importa un pito. Si sigues hablando de ella es para defenderte de tu buen corazón. No sabes odiar y hasta por Cayetano sientes amistad. Todos hemos pensado alguna vez en matarlo, menos tú. Y no soy yo solo el que lo sabe. El otro día me hablaba de ti el *Cubano* en términos parecidos. Eres un hombre blando o eres al menos incapaz de maldad. Has ayudado a los pescadores más de lo que podías. No habrá sido por hacer una experiencia.

–¿Cómo que no? Una experiencia colectiva que me dio buen resultado, aunque al fin haya acabado complicándose.

Tiró de las riendas, y el coche se detuvo.

–Lo dejaremos aquí. Y procura ser breve con el diputado. Me estoy cayendo de sueño.

Carlos abrió la puerta, entró el primero, dejó pasar a Juan y cerró. Quince rostros se volvieron hacia ellos; quince rostros asustados de pronto, en seguida sonrientes. Cubeiro corrió al encuentro de Carlos con los brazos tendidos. Don Lino llamaba a Juan.

—¡Señor Aldán, por fin llega usted! Siéntese aquí, conmigo. ¡Chico, al señor Aldán lo que quiera! ¿Quiere tomar una copita?

El tono de la voz del diputado tenía resonancias de ansiedad, si bien disimuladas, y se movía nerviosamente. Sentó a Juan a su lado y empezó a hablarle. Cubeiro se había llevado a Carlos a la barra del bar. Don Lino se interrumpía, se dirigía a cualquiera de los presentes, reanudaba con Juan una conversación incoherente, hecha de exclamaciones. Cubeiro contaba a Carlos comidillas locales referentes a las procesiones y a la destitución del alcalde por el gobernador civil.

—¡Ah! Y se dice por ahí que don Baldomero fue el que puso fuego a la iglesia. Hay quien le vio salir pegando tumbos de borracho que estaba y con un paquete bajo el brazo. Momentos después se vieron llamas.

—¡No me diga!

—Pues a mí no me costaría gran trabajo creerlo. Las pinturas no le gustaban, y con el aguardiente... ¿No le parece que tiene gracia la cosa?

Don Lino manoteaba, braceaba. Carlos veía sus movimientos por encima del hombro de Cubeiro. Veía también los cuchicheos, las miradas furtivas a la puerta, los paseos nerviosos. Y todo le parecía extraño, forzado.

—Oiga, Cubeiro: ¿qué pasa aquí?

—¿Pasar? Nada que yo sepa. Que hay más gente que otras veces. Y como don Lino estuvo discurseando, no hubo manera de arreglar una partida. ¿Ha visto usted a don Lino? ¡Está que no le cabe una paja por el culo! Pero, claro, le ha visto y le ha traído en su coche. Usted está bien enterado.

También don Lino miraba a la puerta de vez en cuando y consultaba el reloj. Alguien dijo a su lado: «¡Ya van tres cuartos de hora!», y al que lo dijo lo arrastraron hasta un rincón. «¡Pues le habrá dado mucho trabajo!» El chico del bar aprovechó un silencio de Cubeiro para recordarle la promesa de dos pesetas, y Cubeiro con mirada asesina las arrojó encima del mostrador.

–Lo que me ha dicho usted del boticario no deja de ser interesante. ¿Quiénes lo han visto?

–Unas mujeres que volvían del velatorio de un pariente. Salió por la puerta de la iglesia, por la pequeña, y se marchó a su casa dando un rodeo. A ellas les extrañó que a aquellas horas estuviera la iglesia abierta.

–¿Y lo sabe esa gente?

–Como se dicen esas cosas. Que si Fulana oyó decir a Zutana que Perengana había visto... Pero lo taparán, ya verá usted cómo lo tapan. Al cura de Santa María después de todo le dio el trabajo hecho.

Se abrió la puerta con estrépito, y entró Cayetano. Todos se volvieron hacia él y recularon suspendidos, paralizados los movimientos y los gestos. Juan estaba de espaldas, y desde la barra del bar la puerta no se veía. Carlos preguntó:

–¿Qué sucede?

Y Cubeiro intentó sujetarlo.

–Calle. No va con usted.

Cayetano atravesó el salón pisando fuerte. Roto, arañado, despeinado. Se detuvo delante de don Lino, levantó el brazo con calma y echó sobre la mesa de mármol un camisón destrozado, con manchas. Juan entonces volvió la cabeza. Cayetano le vio. Dio un paso atrás. Juan se puso de pie, le miró, se volvió a medias hacia la mesa, cogió el camisón.

–¿Quién te ha traído aquí? –le gritó Cayetano–. ¡No te metas en esto!

Juan dio una patada a la silla, se quitó la chaqueta rápidamente. El juez corrió a sujetarle; Cubeiro abandonó a Carlos y se acercó a Cayetano de un brinco.

–¡Señores, nada de peleas en el casino! ¡Las cuestiones, a la calle!

Cayetano lo apartó de un manotazo. Todos chillaban:

–¡A la calle, a la calle! ¡Peleas, a la calle!

Juan pugnaba por desasirse del juez. Y el juez gritaba cerca del oído de Juan:

—¡A la calle! ¡Soy el juez y les prohíbo que peleen aquí dentro!

Recibió una sacudida y salió despedido contra el suelo. Juan corrió a la puerta.

—¡Ven a la calle a que te mate!

Esperaba en la acera, con los brazos contraídos, con los puños cerrados. Cayetano se acercó calmosamente, y unos pasos detrás, los socios del casino. Al poner Cayetano los pies en la acera, Juan saltó encima, y cayeron al suelo.

Carlos había quedado solo en la barra del bar. Se acercó a la mesa donde Juan y don Lino habían estado sentados, recogió el camisón, lo examinó y lo guardó. Luego se dirigió a la puerta. Habían abierto la ventana, y desde ella los socios del casino contemplaban la pelea. Carlos quedó en el umbral con las manos en los bolsillos. Ensangrentados, contraídos, Cayetano y Juan se golpeaban en medio de la calle. Se rechazaban y se volvían a juntar, caían y se levantaban. Al ruido de los golpes se mezclaban los gritos sordos, los insultos en voz baja. Cubeiro se acercó a la puerta y preguntó a Carlos:

—Usted, ¿por quién apuesta?

—Y usted, ¿quién prefiere que gane?

Salía gente a las ventanas. Chillaron unas mujeres, y una voz de hombre clamó desde un mirador:

—¡Sepárenlos! ¿Qué hacen que no los separan?

Juan cayó y tardó en levantarse. Cayetano retrocedió unos pasos, respiró fuerte. Juan estaba de rodillas y se apoyaba en el suelo vacilante. Cayetano se aproximó, levantó el brazo, dio impulso a la mano y descargó un puñetazo en las narices de Juan. Inclinado y en guardia, vio cómo Juan caía, cómo se retorcía, cómo quedaba quieto. Le dio una patada, y el cuerpo de Juan saltó, se estremeció y no volvió a moverse. Entonces Carlos se quitó la chaqueta, atravesó la calle, agarró a Cayetano de un hombro y lo zarandeó.

—Ahora, conmigo.

Cayetano se pasó la mano por los ojos, miró a Carlos y se echó a reír.

—¿Contigo? ¡No tengo ni para empezar!

Carlos le descargó un revés y dejó el pecho al descubierto. Recibió un puñetazo en el estómago, se inclinó, y esta vez fueron las narices las golpeadas. Perdió el equilibrio, dio un tropezón y quedó en el suelo, atravesado. Se retorció, intentó levantarse, recibió un puntapié en el trasero y dio con la cara en las losas del pavimento.

Cayetano en mitad de la calle alzó los brazos.

—¡Se acabaron los Churruchaos!

Cubeiro acudía con un vaso de agua. Cayetano bebió la mitad de un trago y la otra mitad la arrojó a la cara de Cubeiro. Se dirigió a la puerta del casino. Los que habían contemplado la pelea saltaron rápidamente por la ventana. De unos balcones a otros hablaban las mujeres, preguntaban quiénes se habían peleado, reflexionaban que no hay cosa peor para los hombres que el vino. Los socios del casino se separaron calladamente, mientras Cayetano bebía a morro el coñac de una botella ante la mirada del muchacho del bar.

—Vete al patio, sácame un cubo de agua y échamelo por encima.

Se sentó en una silla y esperó. El muchacho, sin dejar de mirarlo, salió al patio.

—Pero ¿nadie recoge a esos hombres?

—Déjelos, que muertos no estarán.

—Es un pecado dejarlos ahí tirados.

—Dicen que son los Churruchaos...

—Pues si son los Churruchaos que se arreglen...

Las ventanas empezaban a cerrarse. Una colilla encendida vino volando y cayó junto a la cara de Juan. Carlos se incorporó y miró alrededor: le dolían la cara y el pecho; la sangre le resbalaba por la barba y el cuello. Se acercó como pudo a la puerta del casino, recogió su chaqueta y buscó el pañuelo. Con él arrimado a las narices llegó hasta Juan, lo cargó a hombros y lo condujo al carricoche. Asió las riendas y tiró calle arriba. Llamó a la puerta de don Baldomero, la golpeó con los dos puños, gritó el nombre del boticario. Se oyó el ruido de un mainel al abrirse.

—¿Quién es? ¿Qué sucede?

—Ábrame. Soy Carlos Deza.

Tardó en bajar don Baldomero, vestido de cualquier modo, con cara de susto.

—¡Don Carlos! ¿Qué le ha pasado?

—Acérquese y ayúdeme.

Entró en el carricoche y echó en brazos del boticario el cuerpo inerte de Juan.

—Pero ¿quién es? ¿Está muerto?

—Es Aldán. Métalo en la botica y hágale la cura. A mí deme agua para lavar esta sangre.

—Mejor aguardiente. Un buen trago primero y después agua. Coja a Aldán por los pies. La puerta la abriré yo.

Juan se quejaba débilmente, y su cuerpo pesaba como el de un muerto. Lo dejaron en el suelo mientras encendían las luces. Don Baldomero cerró la puerta. La atrancó y fue en busca del aguardiente. Pasó la botella a Carlos, destapada.

—Beba lo que apetezca. Luego vaya al patio y lávese. Yo me encargo de Aldán. La luz del patio está encendida.

Carlos se sintió reanimado. Don Baldomero arrastraba a Juan hacia la rebotica. Le ayudó a sentarlo y le aguantó, mientras don Baldomero con algodones empapados en agua oxigenada le lavaba las heridas.

—Vaya a mojarse, don Carlos. Yo me basto.

Carlos salió al patio. Metió la cabeza en el cubo y la mantuvo sumergida unos instantes. Escurrió el agua de los cabellos, y así, mojado, entró.

—¿Tiene una toalla para secarme?

—Sí, tome. Y venga aquí, que le taponaré las narices. Hay que cortar esa hemorragia.

Se sentó y esperó. Juan estaba herido en la frente, en los labios, en una mejilla, y tenía hematomas en todas partes. Don Baldomero le aplicaba ungüentos, gasas y esparadrapos.

—Cómo lo han dejado, ¿eh? Parece un Ecce-Homo. Y usted tampoco está mal.

—Lo mío es menos importante.

—¿Quién ha sido?

—Cayetano.

Don Baldomero suspendió un instante la cura. Miró a Juan y a Carlos e hizo un gesto indefinido.

—A ver. Ahora, usted.

La cabeza de Juan reposaba encima de sus brazos, sobre la mesa camilla. Respiraba fuerte y gemía.

—Debe tener el cuerpo magullado. Le daré un mejunje para que lo friccione.

Carlos inclinaba la cabeza hacia atrás, mientras el boticario le manoseaba en las narices. La sangre contenida afluyó a la garganta. Tosió.

—Cosa de un minuto. Luego se echa boca arriba.

—No puedo. Hay otra víctima.

—¿Otra...?

Carlos se levantó.

—Dé a Juan un poco de aguardiente y espere aquí con él, hágame el favor.

Don Baldomero le preguntó asustado:

—¿Adónde va?

—No pase cuidado y espere. Vendré en seguida.

Salió y montó en el carricoche. El dolor del labio le resultaba especialmente agudo, y sentía hincharse la carne. Escupió sangre y comprobó con la lengua que un diente se movía.

«Pues me ha dejado hecho unos zorros.»

Dirigió el coche a la plaza y lo paró ante la casa de Clara. Saltó y corrió a los soportales. Ante la puerta vaciló. La empujó con mano temblorosa, y la puerta cedió. Sintió una gran alegría. La tienda estaba a oscuras. Arrimó otra vez la puerta y corrió un cerrojo. Escuchó. Por debajo de la puerta interior salía una raya de luz débil. Entró en el pasillo. La luz venía de una habitación con montante de cristal. Se acercó, llamó con los nudillos y abrió. Clara estaba encima de la cama, debruzada, el cuerpo desnudo cubierto por la sábana hasta más arriba de la cintura. Sillas caídas, la almohada en el suelo, ropas aquí y allá. El cuerpo de Clara, inmóvil. Puso la mano sobre la espalda caliente, temblorosa.

–Clara.

Ella levantó la cabeza y le miró entre la maraña de cabellos, con mirada quieta, de animal asustado. Tardó un rato en moverse, en sonreír. Entonces le temblaron las pupilas y dejó caer los párpados. Extendió un brazo y gimió.

–Espera. No te muevas. Te traeré ropa.

Abrió el armario y cogió un abrigo negro. Clara se había tapado con la sábana y escondía la cara entre los brazos. Dejó el abrigo a su lado.

–Dame agua, ¿quieres? En la cocina.

–Sí.

Salió, buscó un vaso, lo llenó. Clara se había puesto el abrigo y estaba sentada en el borde de la cama. Bebió el agua ávidamente. Devolvió el vaso a Carlos y le miró el rostro. Alargó la mano y le acarició el labio tumefacto.

–¿También a ti?

–No importa.

Carlos le apartó los cabellos y le examinó el rostro. Tenía el labio inferior hinchado y amoratado, la cara manchada de sudor y sangre.

–Espera. ¿Dónde tienes una toalla?

–Por ahí.

Las buscó en el aguamanil; fue a la cocina y llenó de agua la palangana.

–A ver. Inclina la cabeza.

La lavó y la secó.

–Ahora, vámonos.

—¿Adónde?
—A mi casa.
—Mis zapatos...
Carlos se arrodilló, buscó los zapatos debajo de la cama y se los calzó. Clara respiraba con fuerza. Cruzó el abrigo y lo sujetó con la mano.
—Bueno. Como quieras.
Apagaron la luz y salieron. Carlos descolgó la enorme llave de hierro y cerró con ella la puerta de la calle. Ayudó a Clara a subir al coche.
—Aquí, a mi lado.
—¿Y Juan?
—Ahora lo recogeremos.
Se detuvieron ante la casa del boticario. La mandó esperar. Don Baldomero abrió la puerta.
—Ya está mejor. Ya habla. ¿Quién queda en el coche?
—Clara.
—Pero ¿qué ha sucedido?
—Es penoso explicarlo. Ya lo sabrá usted.
—A ese tío había que matarlo...
Juan apareció en la puerta de la rebotica, deformado el rostro por la hinchazón y los apósitos; arrastraba una pierna.
—Le he dado alcohol alcanforado para las fricciones y unas pastillas para dormir. Mañana subiré a hacerles las curas. Porque irán al pazo, supongo...
Juan se agarró al brazo de Carlos.
—¿Y Clara?
—Está ahí. Vendrá con nosotros.
Don Baldomero les acompañó y esperó a que el coche arrancase. La calle estaba vacía, y se oía, lejana, una canción cantada a coro.
—Mañana subiré al mediodía...
Juan iba tumbado en el fondo del coche. Carlos abrazó a Clara con la mano libre, la sujetó durante todo el trayecto.

Fueron silenciosos. Juan, de vez en cuando, resoplaba y se quejaba. Al descender del coche, le flaqueó la pierna y cayó. Clara le ayudó a levantarse. Carlos había entrado en el zaguán y llamaba al *Relojero*. Paquito apareció en la puerta del chiscón con la luz en la mano. Miraba a Carlos con ojos saltones. Señaló el labio hinchado, las manchas de sangre...

–Alúmbranos el camino, Paco. Después, hazme el favor de guardar el coche y el caballo.

–¿Hubo guerra?

–Y derrota.

Juan apareció en el umbral, apoyado en Clara. El *Relojero* se volvió hacia ellos, atravesó el zaguán y levantó la luz por encima de su cabeza.

–¡Carajo!

–Ve delante, Paco.

Ayudaron a Juan a subir las escaleras. El *Relojero*, cada dos pasos, se detenía y miraba. Entró en la habitación de Juan y prendió las luces.

–¿Y ahora?

–Haz lo mismo en mi cuarto y en la torre.

Paquito señaló la pierna renqueante de Juan.

–Esa pierna hay que verla. Yo entiendo de composturas.

–Alumbra las habitaciones y vuelve.

–Yo haré lo que sea, ¿eh?

–Vete, y vuelve.

Echaron a Juan en la cama y empezaron a desnudarlo. Le dolían los movimientos, le lastimaba hasta el colchón. Quedó en ropas menores; Clara se apartó, hasta que Carlos lo hubo tapado. Quedaban fuera los pies, calzados de zapatos relumbrantes con largas rozaduras. Clara se arrodilló y empezó a descalzarlo.

–Puedo darle unas fricciones –dijo–. De vinagre.

–Trae ahí con qué darlas, pero el *Relojero* lo hará mejor.

Entregó a Paquito el frasco de alcohol.

–Te lo encomiendo, Paco.

El *Relojero* rió.
—A mí me han dado tundas mayores, y ya me ve.
—Ven, Clara.

La llevó a su habitación. Paco había encendido velas y quinqués. Clara se dejó caer en la cama, y Carlos se sentó a su lado y le acarició el pelo. Ella había cerrado los ojos. Su mano buscó la de Carlos y se la apretó.

—No me compadezcas, Carlos. Me defendí como pude, pero hubo un momento en que deseé entregarme a él. Si se hubiera dado cuenta, si hubiera sabido esperar un poco más, no habría tenido necesidad de golpearme.

Se incorporó y quedó apoyada en el codo.

—Siempre hay algo dentro de mí que lo estropea todo.
—Eso no eres tú, sino lo que llamas tu demonio.
—Quizá; pero lleva tanto tiempo dentro, que es como si fuera mío.
—¿Y no habrá muerto hoy?
—No lo sé...

Alzó la mano y acarició de nuevo el labio de Carlos.

—¿Te duele mucho?
—Una especie de hormigueo...

Clara sonrió.

—¡Estás tan feo, Carlos! ¡Y me da tanta pena pensar que te han pegado por mi culpa...!
—Hace bastante más de un año que este golpe me amenazaba. Por fin, ha descargado. No fuiste más que el pretexto.

Clara dejó caer la cabeza y extendió los brazos.

—¿No estaría de Dios que hubiera de ser Cayetano...? —se interrumpió; agarró el brazo de Carlos—. De una manera o de otra, buena, mala o peor. No se puede escapar a lo que está escrito.
—Nada hay escrito, Clara. No hay más que nuestra voluntad y la voluntad de los demás. A veces, la de ellos puede más que la nuestra, y nos hacen daño; a veces, la nuestra se equivoca y hacemos daño a los demás y a nosotros mismos.

Quedaron en silencio. Se oyeron los pasos del *Relojero* en el corredor y el golpe de sus dedos en la puerta.

—Pasa.

El *Relojero* abrió una rendija y asomó la cara.

—Ya está. Dice que había unas pastillas para dormir.

—En el bolsillo de su chaqueta.

—¿Cuántas le doy?

—Él sabrá.

El *Relojero* cerró la puerta. Clara dijo:

—También me gustaría dormir.

—Te traeré una pastilla.

Salió y fue a la habitación de Juan. Paquito le daba a beber un vaso de agua.

—Majaron en él como en el trigo.

—¿Dónde están las pastillas?

El *Relojero* señaló un tubo encima de la mesa de noche.

—Golpes en todas partes, muchos con sangre, y un hueso de la pierna desconcertado. Ya lo encajé y le puse unos paños, pero, a lo mejor, está roto.

—Ahora, acuéstate.

—No tengo sueño.

Clara se había acostado. Al incorporarla para darle el agua y la pastilla, Carlos vio que estaba desnuda.

—Ponte, si quieres, mi pijama, pero está destrozado, y no tengo otro.

—Ya me arreglaré.

—Mañana te traeré ropa. Ahora, duerme.

—Adiós, Carlos.

Apagó las velas y salió. El *Relojero* estaba en el pasillo, ante la puerta de Juan.

—¿Sucede algo?

—Nada. Pero ¿adónde va a dormir esta noche?

—No te preocupes. Hasta mañana.

Se metió en la habitación de la torre y cerró la puerta. La sangre latía en el labio golpeado, en las sienes, en los pulsos.

Echó un trago de coñac, se sentó en un sillón y cerró los ojos.

Amaneció un día resplandeciente. El sol se asomó al cielo limpio y lo inundó todo de luz. Carlos, desde el sillón, contempló el disco rojizo, le vio ascender por encima de los montes. Se estiró y se contrajo rápidamente: le dolían los músculos, las articulaciones, quizá los huesos y el alma. El labio se le había hinchado mucho más: lo podía ver, oscuro, sólo con bajar los ojos.

Se levantó y sintió un pinchazo en la pierna derecha. «¡Ay!» También la parte alta de las nalgas recordaba el puntapié de Cayetano. Renqueando, se acercó a la mesa y bebió coñac. Se sintió con más bríos. Abrió la ventana y dejó entrar el aire fresco. Pueblanueva dormía. Miró el valle oscuro, la mar que clareaba, los montes remotos. Era hermoso.

Marchó a la cocina, se lavó en el fregadero, destaponó las narices y limpió las manchas de sangre. Después se miró en el espejo del *Relojero* y se rió. Oyó pasos quedos en el corredor, se abrió la puerta y entró Paquito.

–¿Le pasa algo, don Carlos?
–Nada.
–¿Va a salir?
–Sí.
–¿Quiere que le prepare el coche?
–Bueno.
–También puedo acompañarle.
–No.

El *Relojero* dio una vuelta por la cocina.

–Es muy temprano para hacer el café.
–Lo haremos luego.
–¿Va a venir pronto?
–En seguida.
–Sería bueno traer vendas para Aldán.

–Más tarde vendrá el boticario a hacerle las curas.
–¡Ah!

Cuando Carlos bajó al zaguán, el coche le esperaba. No halló a nadie en el camino, ni en la plaza; pero, a su paso, se movieron algunas cortinas. Entró en casa de Clara, fue derecho al armario, recogió toda la ropa, la empaquetó en una sábana y llevó al coche el atadijo. Volvió adentro, buscó en la tienda lo que Clara hubiera podido olvidar, recogió sus avíos de coser, cerró y guardó la llave. Al salir de la plaza, el autobús matutino asomaba a la puerta del garaje. Había gente a la espera, y por la esquina de la iglesia asomó don Lino, la maleta al hombro y su mujer al lado. Carlos entró en el coche y esperó. Don Lino venía desalado, miraba a todas partes; entró el primero en el autobús y se escondió en un rincón; María esperaba, inquieta.

«Este pone tierra por medio», pensó Carlos.

Marchó a casa de doña Mariana, metió el coche en el jardín y subió. Olía a humedad y el polvo apagaba los brillos de la cera. Recorrió los pasillos, abrió alguna ventana, vació la ropa de un armario y la fue colocando en un cajón. Después, desarmó la cama que había usado Germaine, llevó sus piezas al coche y arrastró, como pudo, el cajón de la ropa. Sudaba y sentía en las fauces sabor a sangre.

Paquito le esperaba a la puerta del zaguán, con el bastón en las manos y la mirada perdida.

–Ayúdame, Paco. Vamos a armar esa cama en el cuarto que fue de mi madre. El cajón lo subiremos entre los dos.

–¿No tiene hambre?

Trabajaron durante una hora. La cama quedó armada en un rincón, y hacía bonito, con la colcha de seda y los damascos del dosel.

–Ahora puedes hacer el desayuno.

Ordenó en el armario la ropa de Clara, barrió un poco el suelo, limpió el polvo de los cristales y de los muebles. El *Relojero* vino a decirle que ya estaba el café.

—Acaba de llegar la panadera. ¿Cuánto cojo?
—Tú verás. Para cuatro.
Le dio dinero y marchó a la cocina. La cafetera humeaba encima de la mesa. Preparó la bandeja con dos tazas. Paquito subió con el pan, moreno, crujiente.
—Tú, lleva el café al señor Aldán.
—Sí, don Carlos.
El *Relojero* no se movió.
—¿Esperas algo?
—¿Quién les pegó?
—¿No lo adivinas?
—Era cuestión de suponerlo.
Colgó el bastón de un clavo y empezó a preparar la bandeja de Juan. Carlos llevó la suya al cuarto de la torre y entró después en la habitación de Clara.
—¿Estás despierta?
—Sí.
Clara miraba al techo, y Carlos advirtió en las pupilas la misma quietud, el mismo terror que unas horas antes, al entrar en su cuarto, al hallarla desnuda. Carlos se estremeció; la mirada de Clara le recordaba otras miradas vistas en Viena y en Berlín, entre los clientes de los sanatorios.
Se acercó, le cogió la mano.
—¿Te encuentras bien?
—No lo sé.
—Ya he traído tus ropas, y algunas cosas más. Están en otra habitación.
Cogió el abrigo de Clara y lo dejó encima de la cama. Ella no se había movido, pero ya no miraba al techo.
—Ahora, ponte esto y ven a desayunar.
Se acercó a la ventana mientras Clara se vestía.
—Ya puedes volverte —dijo ella.
Los pantalones rotos del pijama le salían por debajo del abrigo. Se había recogido el pelo y buscaba algo con que atarse la cintura. Carlos le trajo un trozo de cuerda.

—Es que, al andar —explicó Clara—, se abre y se me ve la carne.

La llevó a la torre. Clara se empeñó en servir las tazas y en preparar el pan. Se movía en silencio, sin mirar a Carlos. A veces pasaba la lengua por el labio amoratado, o retiraba bruscamente las manos y las escondía. Al echar el café, el chorro oscuro vertió fuera de la taza. Se disculpó, enrojecida. Cortó, temblando, las rebanadas de pan.

—Me preocupa Juan —decía Carlos—. Es difícil que un hombre como él encaje con serenidad el golpe. ¡No sabes con qué alegría interior, con qué furia, esperaba a Cayetano! Se le notaba en los ojos brillantes, en la voz segura. Era la ocasión de su gran victoria, pero lo fue de su derrota, una derrota pública, evidente, sin paliativos y que no hay manera de disimular. Porque lo mío fue otra cosa. Fue, como si dijéramos, un lujo. Me metí en la pelea a sabiendas de que perdería, sólo por solidaridad con Juan en la derrota, sólo pensando que le gustaría no ser el único vencido. Yo estaba sereno y sabía lo que iba a suceder. Sopapo más, sopapo menos, Juan estaba vencido antes de empezar. A fuerzas iguales hubiera ganado Cayetano, porque su furia era todavía mayor. Sin embargo, me alegré de que Juan pelease, me sentí lleno de orgullo cuando le vi, hecho un gallo, y no por él, sino porque salía en tu defensa. Llegué alguna vez a dudar que te quisiera, pero lo de ayer lo hizo sólo porque te quiere.

Clara alzó la cabeza y preguntó con dulzura:

—¿Por qué me engañas? Sabes perfectamente que Juan no me quiere, y que ayer no peleó por vengarme, sino por quedar bien, por su honor de hombre. Se lo agradezco igual, y lo siento, pero no me hago ilusiones.

—Estás equivocada, Clara. Juan...

Clara le interrumpió:

—No sigas. Di de Juan lo que quieras, pero sin meterme a mí. Lo mío es mío sólo.

Hablaba con voz intranquila, miraba con turbación.

A pesar del cíngulo improvisado, se le abría el abrigo y se le veía la carne por el escote del pijama. Lo cerró con mano torpe.

—Es tan mío, que siento como si, al pelearos, me lo quisierais robar. Pero es igual. Hubierais matado a Cayetano y me sentiría lo mismo. Ni Cayetano ni nadie importa. Lo que está hecho, está hecho sin remedio.

—Queda alguno, Clara. Por lo pronto, obligar a Cayetano a que se case contigo.

Ella sonrió forzadamente. Jugaba con el cuchillo, lo había introducido en una ranura de la mesa, lo empujaba, lo soltaba, lo dejaba vibrar.

—¿Para qué?

—Puedes tener un hijo.

—¿Y qué? —agarró el cuchillo con violencia excesiva, como si fuera un puñal—. ¿Piensas que me importa que nazca sin padre? No lo sería Cayetano, aunque me casara con él. Y tampoco sé si llegaré a sentirme madre suya. Yo no lo hice. Puede que nazca dentro de mí y a costa mía, pero me preocupan más otras cosas que también pueden nacer o que quizá ya estén naciendo. Las siento aquí.

Se echó hacia atrás en el sofá y llevó la mano al corazón. Quedaba su cabeza debajo del retrato de doña Mariana. Carlos las miró alternativamente y tembló al advertir un común gesto, una común mirada.

—Hoy me desperté al amanecer. Me dolía el labio, daba vueltas en la cama, medio despierta, y sentía sed. Me levanté, fui a la cocina a beber, entré después en el cuarto de Juan y estuve un rato a su lado, sin que él lo supiera. Intentaba sentir compasión, algo común, aunque sólo fuera gratitud. Pensaba que debía sentirla, pero no la sentía. Me parecía un extraño, un desconocido.

Había adelantado el cuerpo y movía las manos de una manera desacostumbrada en ella, sin compás, sin que el gesto corroborase las palabras. El escote había vuelto a abrírsele. Carlos la escuchaba con inquietud: las manos de Clara le parecían ahora de otra persona.

—Entonces decidí venir junto a ti. Te hubiera contado mejor que ahora lo que me sucedía, pero llegué hasta esa puerta y no me atreví a entrar.

Enderezó el cuerpo, miró a Carlos francamente; las manos palmoteaban los muslos.

—¿Sabes qué me pasó anoche? Cuando recobré el sentido me pareció que este cuerpo no era el mío, que también me lo habían robado. Y esta madrugada, al despertarme, me sucedió igual. No me atrevía a tocarme. Por eso antes no quise que me vieras la carne. Si el cuerpo fuera el mío, no me hubiese importado.

Empezó a morder una corteza de pan. Carlos, sin dejar de espiar su rostro, encendió un pitillo. Ella parecía sosegarse. Sonrió.

—Comprendo que todo esto son tonterías. Mi cuerpo es el mío, claro, lo reconozco, aunque algo haya cambiado en él. Pero... —cerró los ojos y apretó las manos—. Quizá me hayan hecho un hijo, pero han sembrado también cosas malas. No sé cuáles. Estoy confusa, ¿comprendes?, y yo misma me causo extrañeza. No siento disgusto ni irritación, sino calma, y la calma me da miedo. ¿Qué es lo que va a crecer en mí ahora? Carlos, tú entiendes de eso. Dímelo.

—No entiendo de nada. No soy capaz de adivinar lo que te pasa. Me he equivocado siempre, y ahora sería terrible hacerlo una vez más.

Se levantó y se sentó al lado de Clara.

—Soy un bestia. Perdóname.

Ella continuó:

—Esta madrugada, después de haber llegado aquí, volví a acostarme, pero no podía dormir. Me dolía el labio y me andaba por el corazón un deseo extraño. Sentía necesidad de buscar a Cayetano, de entregarle este cuerpo y que me devolviera el mío. Esto es otra tontería, ¿verdad?

—Quizá no.
—Y también pensaba que después sería capaz de matarlo, y que si no lo mataba, ya no podría vivir, porque se había apoderado de mí.

Se levantó asustada. Carlos la retuvo.

—Eso me da más miedo que nada. Más que tener un hijo. Porque yo he perdonado siempre a todos, menos a los que matan. Nunca hallé bastante justificación para una muerte, pero ahora comprendo que haya quien pueda matar.

Volvió a sentarse, recogió las manos. Le temblaban los hombros y los brazos, y parecían habérsele achicado los ojos, habérsele ensombrecido. La voz se le hizo ronca, entrecortada. Carlos le echó un brazo; ella se lo apartó.

—Quizá lo que me está naciendo dentro sea un bicho malo, peor que el que tenía. Porque aquello de antes era asunto mío, no hacía daño a nadie...

Se volvió bruscamente a Carlos, le cogió las manos.

—Aún te quiero, Carlos, pero llegaré a no quererte. Y entonces, nada me importará nada —se le ahiló la voz, le tembló—. ¡Y tú no puedes ayudarme!

Carlos gritó:

—¡Puedo casarme contigo! ¡Mañana mismo!

—¡No, Carlos, ahora no! ¡Ahora menos que nunca! ¡Podrías ser padre de un hijo, si lo tengo, pero nunca de toda esta maldad que siento dentro! ¡Esto es mío solo, ya te lo dije! ¡No puedo compartirlo con nadie, ni aun contigo! ¡Es como el placer que me daba mi vicio!

Soltó a Carlos y se llevó las manos a la cara, se levantó de un salto.

—¡Estoy endemoniada!

Carlos vio otra vez el terror en sus ojos. Le sujetó los brazos, la obligó a sentarse.

—¡Quieta! ¡No digas disparates!

Le agarró las manos con una de las suyas y con la otra cogió la botella de coñac. Clara se debatía, intentaba soltarse.

—Déjame.

Le acercó la botella a la boca. Clara gimió y bebió un trago.

—Escúchame. Si no soy capaz de remediarte, no merezco que los hombres honrados me miren a la cara.

Clara apartó la botella de la boca.

—No podrás hacer nada. ¡Si yo lograse sentir contigo lo que sentía sola...! Pero ya no te deseo... Esta madrugada, cuando vine a buscarte, quería que fueses tú quien me devolviese mi cuerpo. ¡Te había deseado tanto! Pero me horrorizó la idea. Sentía repulsión, como si fuera a entregarte un cuerpo ajeno. Escapé. ¡No tengo cuerpo para quererte, Carlos! ¡Este cuerpo no es mío! ¡Nada me queda mío más que la maldad!

Había hablado entre sollozos. Le dio un hipo violento, profundo, se echó de bruces en el sofá. Carlos la agarró por las muñecas.

—¡Clara, Clara!

Abrió la puerta. Allá lejos, en medio del pasillo, se había plantado el *Relojero* con el bastón bien asido con las manos. Lo llamó.

—Trae las pastillas de anoche y un vaso de agua. Corriendo.

—¿Sucede algo?

Volvió al lado de Clara. La congoja le sacudía el cuerpo, la levantaba sobre el pecho. La cogió en brazos y salió al pasillo. Paquito llegaba con el agua y las pastillas.

—Ven conmigo.

La echó encima de la cama, le hizo tomar los comprimidos y beber el agua.

—Cierra las ventanas y vete. No hagas ruido.

El *Relojero* dejó la habitación en penumbra y salió en puntillas. Clara gemía y se contorsionaba. Carlos se sentó en el borde de la cama y le sujetó los brazos. Poco a poco se calmó la angustia. Dejó de llorar y de retorcerse, empezó a respirar normalmente. Después se quedó dormida.

Le tomó el pulso y le escuchó el corazón. Volvió a hacerlo unos minutos más tarde.

Le quitó el abrigo y la tapó. Salió al pasillo. Paquito esperaba en el arranque de la escalera.

—Acércate. Deja la puerta abierta y no te muevas de aquí. Si la oyes, ven a avisarme.

—¿Quién tiene la culpa de todo esto, don Carlos?

—Yo.

Paquito sonrió y meneó la cabeza.

—Usted sabe que no, don Carlos. El que quiere mandar más que Dios, ése tiene la culpa.

Juan se había sentado en la cama. Le dolía la pierna. Tenía un ojo tapado por la hinchazón, la nariz deformada y esparadrapos en todas partes. No podía mover un brazo y había hecho cabestrillo del escote de la camiseta. Con la otra mano fumaba.

—¿Qué le pasa a Clara?

—Aguantó mecha con demasiada serenidad, y ahora se le soltaron los nervios y acabó desmoronándose. Lo natural.

Arrastró una silla y se sentó cerca de la cama.

—A ver. Saca esa pierna.

—Debo tenerla rota.

Estaba hinchada y oscura. Carlos palpó la hinchazón, y Juan dio un grito. Se le cayó el cigarrillo, y Carlos se agachó a recogerlo.

—No sé. Habrá que esperar a don Baldomero. Quizá él entienda de eso más que yo.

—Me duele. Me duele todo el cuerpo.

Dejó el pitillo en la mesa de noche y con la mano libre agarró a Carlos.

—Estamos hundidos. Nunca podremos ser ya nada en Pueblanueva.

Carlos le miró con dureza.

—¿Y qué?

—En esas condiciones todo me da igual.

—Yo no pienso en nosotros, Juan. No quiero hacerlo, no puedo hacerlo, porque tendría que reconocerme culpable, y eso quizá no me resultase cómodo y sobre todo me obligaría a hacer algo que no deseo.

—Desconozco tus relaciones con mi hermana; pero en lo que a ella se refiere no me siento sin culpa. En cuanto a Cayetano..., ¡en fin! Es el culpable universal. A este respecto, tiene razón el loco.

—Estoy dispuesto a atribuirle menos culpa que a nosotros.

—¿Por qué le pegaste entonces?

—Ese es otro cantar.

Juan hizo una mueca de dolor y cambió de postura.

—No entiendo.

—¡Si yo lograse entenderme! Pero es una cuestión que de momento ha dejado de interesarme. Está el problema de tu hermana.

—¿Qué pretendes? ¿Que coja una pistola y obligue a Cayetano a casarse con ella? No lo haré jamás, porque sería la paz entre nosotros, y yo no la deseo. Mataré a Cayetano, ¿sabes? No sé cuándo ni cómo, pero lo mataré, aunque para hacerlo necesite revolucionar al pueblo. ¡Es una buena idea, ya ves!

—Sobre todo, una idea nueva. ¿Te has fijado en lo poco que cambiaron las cosas desde mi llegada? Entonces esperabas que Clara te sirviera de pretexto para matar a Cayetano. Ahora ya lo tienes, pero tampoco lo matarás.

—¡Qué poco me conoces!

—Quizá. En todo caso, no me importa. Cayetano Salgado ha dejado de existir. Debo decirte que Clara no pretende que le obligues a casarse con ella.

—Lo celebro. Así las cosas quedarán más claras. Cayetano y yo. Si quieres, incluso sin pretexto. Por otra parte...

Había resbalado una almohada. Carlos acudió a arreglársela.

—Por otra parte, no puede parecerme mal que te desligues de nosotros, porque tú, lo que se dice una cuestión personal con Cayetano, no la has tenido nunca. Ni le has odiado, ni él te odió a ti. Llegaste, caíste a nuestro lado a causa de tu amistad con la Vieja: eso fue todo. Pero tanto a ti como a él os hubiera gustado ser amigos. Esto lo sé hace mucho tiempo. Y me parece natural, no creas. En cuanto a Clara, me abstengo de juzgarla. Ese capítulo lo dejo enteramente en tus manos, ya que tanto te interesas por ella.

Carlos buscaba algo en los bolsillos.

—Me gustaría recordar ahora, punto por punto, lo que dijiste en Madrid una de las veces que comimos juntos.

—En Madrid me vi obligado a contar muchas mentiras.

Carlos, por fin, encontró un paquete de tabaco con un solo cigarrillo. Lo ofreció a Juan con un gesto; Juan lo rechazó y señaló su cajetilla.

—Coge de ahí. Casi no tienes.

Carlos, mientras encendía, continuó:

—Fue una vez en que uno y otro nos sentíamos especialmente sinceros.

—Nunca se miente más que en esas ocasiones. Debías de haberte dado cuenta.

—Es que yo aquella tarde no mentía.

Se levantó con el pitillo entre los labios y se acercó a los barrotes de la cama.

—Me desentiendo de todo lo que concierne a Cayetano, porque, a mi juicio, lo verdaderamente grave no es nuestra situación, sino la de tu hermana. Nunca he compartido tu opinión acerca de ella, y en este caso la creo libre de culpa. Por otra parte, no me parece probable que puedas resolverle nada.

Salió. El *Relojero* se había desviado de la puerta de Clara. Carlos pasó a su lado sin hablarle, pero volvió atrás.

—Paco, nos estamos quedando sin cigarrillos. Y yo no puedo bajar al pueblo.

—¿Es que no piensa matar al culpable?

—Esa es otra cuestión, Paco. De momento, los cigarrillos son más necesarios.

—Matar, en este caso, es una obligación.
—Posiblemente, pero no tengo prisa. Quizá a ese respecto te entiendas mejor con Aldán.
—Ese es un voceras.
—Lo siento, pero también lo creo. ¿Qué te parece si cogieras el coche y me trajeras tabaco? Podías, de paso, traer a don Baldomero. Le haríamos un favor, ya ves. Está demasiado gordo para subir sin cansarse.
—Hoy hace una semana que no estuve en el pueblo. Les va a chocar.
—Más les chocará verme a mí, con esta cara y con lo que se habrá contado de lo de anoche.
—Si le ven, pensarán que va a matar a Cayetano.
—Mala cosa, ¿verdad? Porque no me dejarían.
—Eso, según...
—No es cuestión de arriesgarse. Porque a Cayetano hay que matarlo a traición. Mejor aún, sin que se entere nadie.
—Va a ser difícil, pero lo de la traición es una buena idea. Estoy de acuerdo. Hay que engañarlo, ¿sabes? Hacerle creer que se le va a hacer un favor. Si no, se defenderá.
—Claro.
—Y hasta es posible que fuese él el matador. Y no le sucedería nada, por matar en legítima defensa.
—Por eso hay que tener la cosa bien estudiada y no darle tiempo a que sospeche.
—Y del tabaco, ¿qué?
—Iré.

Carlos le dio dinero y entró en la habitación de Clara. Dormía, y el pulso era bueno. Se sentó cerca de ella, pero se encontró incómodo. Le dolían los golpes, el labio le daba pinchazos. Tampoco halló sosiego de pie. Tenía, además, sueño. Con mucho cuidado, se acostó atravesado, a los pies de Clara, y se quedó dormido.

La estanquera comentaba con dos comadres la victoria de Cayetano sobre los Churruchaos y se manifestaba especialmente ávida de precisiones, aunque la insistencia de su curiosidad apuntase al hecho controvertido de si el camisón de Clara estaba manchado de sangre o no. En principio, y por principio, la estanquera lo negaba. La comadre llamada Paula había oído el cuento de boca de un testigo, y la sangre figuraba entre los ingredientes más dramáticos del relato: sangre roja, sangre fresca, sangre a chorretones. Mas para la estanquera la mención resultaba demasiado imprecisa, demasiado insuficiente para establecer una verdad creíble, ya que la sangre podía proceder de una hemorragia de nariz o de otra hemorragia más sólita. La comadre llamada Ignacia, toda oídos, asentía y reforzaba con gestos el escepticismo de la estanquera, y entre las dos aniquilaban, previamente analizada y discutida en todas sus partes, la narración de Paula. «Si se dijera de otra, pase. ¡Pero de Clara...! ¡Habían de contar lo que vieron los maíces y las arenas de la playa!» Entró Paquito el *Relojero* a comprar tres cajetillas y tres cajas de cerillas. La estanquera le preguntó: «¿Para quién son?», y el loco le respondió: «¿Y a usted qué le importa?» Paula entonces acudió al método indirecto. «Me han dicho que los Aldán durmieron esta noche en el pazo del Penedo.» «Yo no llevo la cuenta de los huéspedes.» Ignacia de repente renunció a su mutismo: «¿Cómo se encuentra don Carlos?» «Bien. ¿Y usted?» Lo mandaron con cajas destempladas. «A éste para sacarle una palabra hay que darle aguardiente.»

Paquito fue a buscar al boticario. La criada le dijo que había ido a misa y que le esperase. Paquito situó el coche delante de la iglesia parroquial, jugó con el bastón y piropeó a las chicas que pasaban. A las doce y media empezó a salir la gente. Vio a don Baldomero, lo llamó y le dio el recado. «Espérame a la puerta de la botica. Voy en un santiamén.» Don Baldomero acompañaba al señor Mariño, y el señor Mariño, aquella mañana de Resurrección, compartía con otros catorce privilegiados la atracción popular. La compartía de mala gana, porque le hubiera gustado ser testigo único, exclusivo juglar de los hechos; y no por ansias que hubiera de monopolio épico, sino por respeto a la pura verdad, que los otros catorce deformaban sin escrúpulos de conciencia. Había narrado veinte veces la misma historia, en síntesis y en todos sus detalles; en versión literal y escabrosa para varones, metafórica e insinuante para mujeres. Don Baldomero había interrogado antes a Cubeiro y ahora cotejaba los relatos: coincidían las líneas generales, variaban los detalles y el enfoque del conjunto. Cubeiro no sólo había visto las manchas del camisón, sino que las había contado, las había palpado, y estaban frescas; Mariño podía dar fe, sí, de que la tela aparecía oscurecida en algunos lugares, pero nada más; lo mismo podían ser manchas que roturas, y en cualquier caso no aseguraba que fuese sangre. En cuanto al número de golpes dados y recibidos, por ahí se andaban las cuentas de uno y otro: muchos, de todas maneras.

—¿Y don Carlos? ¿Por qué se metió don Carlos?

—¡Vaya usted a saber! No iba nada contra él. Y me cogió de sorpresa, se lo aseguro. Yo creo que pensó que Cayetano estaría cansado y que podría zumbarle a gusto y quedar bien. De otra manera no se explica.

—Claro, claro. Fue por quedar bien. Pero, volviendo al camisón, ¿usted vio las manchas?

El señor Mariño se detuvo y acercó los labios al oído del boticario.

—De usted para mí: lo del camisón y todo lo demás es un puro paripé. A mí no hay quien me quite de la cabeza que aquí hay amaño.

—Un amaño con sopapos como galernas. Me río yo del paripé.

—Mire, don Baldomero: la cosa fue bien pensada por esa zorrupia de Clara con la complicidad de Cayetano, que andaba muy mosca porque la gente hablaba de ella, y que va detrás de ella como un corderito, él sabrá por qué. Se aprovecharon de ese imbécil de don Lino como pudieron haber aprovechado cualquier otra ocasión. En ésta, Cubeiro actuó de mamporrero: él llevaba anoche la batuta. Y como Juanito Aldán no se hablaba con su hermana desde que era novia de Cayetano, lo atrajeron al casino para zurrarle fuerte y sacárselo de en medio: eso lo vimos todos. Personalmente estoy convencido de que esta es la pura verdad y de que todo el belén lo movió Clara para convencer al pueblo de su honradez. Si no, ya verá cómo dentro de poco anda otra vez con Cayetano, como si nada.

–Pero él pegó a Clara.

–¿Usted lo ha visto? Nadie lo vio. Sangrando venía él, ¿y quién nos dice que no se limpió las narices con el camisón? Demasiado fácil, don Baldomero, créame. Pero inútil. Ninguna de las personas con quienes he hablado se tragó lo de que Clara Aldán fuese virgen ni que Cayetano la haya violado. Porque ¿cómo entró en la casa si ella no abrió la puerta? Es otro punto que nadie se explica.

Palmoteó la espalda del boticario.

–Un paripé, don Baldomero, desengáñese; ganas de tomarnos el pelo a las personas decentes y hacernos comulgar con ruedas de molino. ¡Clara Aldán virgo! ¿No le da risa?

–¿Cómo no va a dármela? –río forzadamente–. ¡Clara Aldán virgo!

Don Baldomero abrió la puerta de la botica y mandó pasar al *Relojero*. Sin decir palabra, lo empujó a la trastienda, le puso delante el aguardiente y una copa.

–Echa un trago mientras preparo el botiquín. ¿Cómo están allá arriba?

–Cuestión de ir tirando. El anarquista, mal.

El *Relojero* tomaba el aguardiente a sorbitos y se relamía los labios. Don Baldomero entró y salió dos o tres veces. «En seguida estoy. Echa otra copa.» El *Relojero* tomó tres y pidió tabaco. «Llevo ahí tres cajetillas, pero son para ellos.» «¿Hay tres que fuman?» «Una me la darán a mí por el recado, pero no quiero adelantarme.» «Eso está bien, ya ves. Es de gente bien criada.» «Es que le tengo respeto a don Carlos.» El boticario apareció con el botiquín. «¿Nos vamos ya?», preguntó el *Relojero*. «Me gustaría echar un trago, que allá arriba no tendrán.» «Don Carlos usa coñac.» «Pues yo prefiero caña. ¿Y tú?» «Yo también, pero a falta de caña...» Don Baldomero se sentó y se sirvió una copita. Antes de probarla la acarició, la remiró. «Desde que se murió aquella santa bebo menos, pero los domingos y las fiestas de guardar hago una excepción.» Al *Relojero* le dio la risa.

—Y tú, ¿qué opinas de lo de anoche?
—Si me dice qué pasó le daré mi opinión.
—¿Es que no lo sabes?
—Que hubo palos nada más.
—¿Y lo de Clara?
—Me gustaría saber qué fue lo de Clara.
—Pues dicen que Cayetano...

El *Relojero* escuchó. Se le juntaban los ojos, sus manos se cerraban sobre el bastón, lo agarraba con fuerza, decía que sí o que no con la cabeza.

—Y ahora, ¿qué?
—Vámonos al coche, que es tarde. Como el camino es cuesta arriba, hay tiempo de hablar.

Sin embargo, no dijeron palabra hasta salir del pueblo. El *Relojero* tan pronto ponía el caballo al trote como al paso. Al llegar a la cuesta lo dejó a su aire.

—Usted estudió para cura, ¿verdad?
—Allá en mi juventud, gracias a Dios.
—¿Y piensa que hay que matar a Cayetano?
—Claro.
—Pero ¿de quién es la obligación? ¿De Aldán, de don Carlos o de Clara?
—Examinándolo bien, es Clara la ofendida, pero por ser hembra puede delegar en un varón. Parece a primera vista

que el obligado es Aldán, por hermano y por más ofendido. Aldán reúne razones propias, que en este caso serían suficientes, y las que reciba por delegación. En otros tiempos sería él quien retase públicamente a Cayetano.

—Aldán tiene una pierna rota, me juego la cabeza.

—En ese caso, no está en condiciones de vengarse. El enfermo, el impedido, el inútil y los menores de edad no tienen obligación.

—Queda don Carlos.

—Don Carlos no es hermano ni pariente próximo de la ofendida, aunque él también tenga particulares ofensas que vengar; pero las suyas no son de muerte. Sin embargo, se han dado casos en que un varón honrado toma a su cargo la causa de una mujer indefensa. Aquí los autores no están de acuerdo. Pero me inclino a creer que para que la acción sea legítima tiene antes don Carlos que perdonar ofensas recibidas en su honor y persona o darlas por zanjadas de alguna otra manera. Porque la muerte como respuesta a una paliza es a todas luces desproporcionada.

—A mí no se me alcanzan esos galimatías.

—A mí a veces tampoco.

—Pero usted, en el caso de don Carlos, ¿qué haría?

—Matar, desde luego.

—¿A traición o cara a cara?

—Eso depende. Pero yo no diría a traición, sino con precauciones. Antes esas cosas se arreglaban con un duelo, pero lo prohibió la Iglesia.

—Lo del duelo era bonito.

El caballo arrastraba cansadamente el cochecillo, se detenía, tomaba aliento, continuaba.

—Lo honrado es matar, estoy de acuerdo —continuó el *Relojero*—. Si no matan a Cayetano, ¿adónde vamos a parar?

—Eso digo yo: ¿adónde vamos a parar?

—Porque Cayetano es culpable.

—Eso no lo discute nadie.

—Y esa clase de culpas no las castiga la justicia.

—¡La justicia! ¿Hay quién se atreva con Cayetano? ¡Si hubiera justicia en el mundo, ya estaría ahorcado hace años!

—Y si hubiera pelotas, también. Pero la gente ya no tiene pelotas.

—¿Tú piensas que don Carlos se atreverá?

—En esa cuestión no pienso.

—Pues quedaría como un hombre.

—Así es. Pero ¿y si no lo mata?

—En ese caso, Cayetano seguirá haciendo de las suyas, y don Carlos quedará mal.

—Pero Cayetano es culpable.

—En eso ya estábamos de acuerdo.

—Y Dios no deja que los culpables campen por sus respetos mucho tiempo.

—Claro... Lo que sucede es que a veces Dios se retrasa.

—¡Ahí le duele! Se retrasa porque no encuentra el tío con agallas que le sirva; pero cuando lo encuentra...

—¡Ah! Cuando lo encuentra, entonces...

Habían llegado al camino del pazo. El caballo por su cuenta se puso al trote.

—Suponga usted, don Baldomero, que hiciéramos con todo el pueblo un jurado. ¿Qué votarían? ¿Inocente o culpable?

—¡Pues vaya usted a saber! Porque seguramente Cayetano compraría los votos uno a uno. No hay que fiarse del pueblo.

—No hay que fiarse de nadie.

—Ni de uno mismo. Paquito, desengáñate. Porque uno mismo a veces...

—Yo de mí sí me fío.

Lo dijo con voz redonda, solemne, definitiva. Don Baldomero le miró de reojo e hizo una mueca de incompresión. Habían llegado a la plazoleta.

Carlos esperaba en la puerta del zaguán.

—De prisa, don Baldomero. Aldán está febril.

—Pues tendrá que aguantarse o tomar aspirina, que otro remedio no hay.

Paquito traía el botiquín, don Baldomero se lo arrebató de la mano y salió corriendo. A Juan le había subido la fiebre, y el dolor de la pierna le hacía retorcerse. Don Baldomero examinó la hinchazón.

—Yo no soy médico, pero, a lo que se me alcanza, aquí hay fractura.

El *Relojero*, arrimado a los pies de la cama, echó su cuarto a espadas:

—Nunca vi que una patada en la espinilla rompiera el hueso.

—Eso según la patada —susurró Juan entre gemidos.

Don Baldomero se volvía hacia Carlos.

—Mi opinión es que hay que ver esto por rayos y escayolar. Pero que venga el médico.

Juan interrumpió las quejas.

—¿Escayolar? ¿Cuarenta días en el hospital? No tengo dinero para eso.

Jadeaba. Intentó cambiar de postura. Don Baldomero le ayudó.

—Yo en su caso me iría hoy mismo a Santiago. Primero, porque aquí no hay rayos X y nuestro médico no ha compuesto en su vida una fractura sin que le saliera al revés; segundo, porque, en el peor de los casos, en el Hospital de Santiago hay camas gratuitas.

—En mi estado no puedo viajar en autobús.

Don Baldomero alzó la vista y miró a Carlos.

—Hay coches de alquiler.

—Baje usted al pueblo, don Baldomero —dijo Carlos—, arregle por teléfono lo del hospital y venga con un automóvil. Tengo mis razones para no salir del pazo, pero usted me hará el favor de acompañar a Aldán a Santiago.

—¡Hombre! Si usted me lo pide...

Le llevó el *Relojero*. Cuesta abajo, con el caballo al trote, resucitó la cuestión de matar a Cayetano. El *Relojero* no veía las cosas claras, y el boticario, tampoco. Estaban conformes en lo esencial; el resto quedaba muy entre niebla. En la botica, mientras esperaban la conferencia telefónica, acabaron el aguardiente.

–Pues yo le digo a usted que matar, en este caso, es lo justo y lo necesario.

–Sí, pero no hace falta chillar para decirlo; sobre todo si consideras que estoy de acuerdo.

Carlos vistió a Juan, le renovó los apósitos de algunas heridas y metió en dos maletas la ropa y los objetos que Juan le fue diciendo. Sentado en la cama, con dos almohadones para apoyar la espalda, indicaba: «Esto sí; esto no».

–Son lo menos cuarenta días, y en tanto tiempo uno no sabe... Los libros me harán falta para entretenerme.

Carlos salió y volvió con unos billetes.

–Toma. No tengo en casa más ni quizá en otra parte. Pero ya procuraré más adelante...

–¡Yo no puedo admitirlo! Ya está bien que me pagues el coche.

–No te preocupes: arreglaré cuentas con Clara. Ella tendrá seguramente dinero.

Juan sonrió con amargura.

–Más que yo, desde luego, y también más que tú. Y en cierto modo es justo que pague los desperfectos.

Hizo una mueca y estiró la pierna.

–Porque todo esto me sucede por su culpa. Si no fuera por ella, no me hubiera peleado con Cayetano.

–Estoy seguro de que Clara te pagará los gastos con la mejor voluntad.

–Pero hazle comprender que no es una limosna, ¿eh?, sino una obligación. Además del dinero de la casa, ella se quedó con la parte de mi madre, de sus ganancias, la mitad es de mi madre. Y mi madre me hubiera ayudado, estoy seguro.

–Le haré ver que no hace más que devolverte lo tuyo.

¿Hablaba en serio? Juan le miró con disgusto. Carlos se inclinó a cerrar las maletas.

–¿Dónde está Clara? Me gustaría...
–Duerme y dormirá algún tiempo aún. Le he dado dos comprimidos.

Carlos se levantó. Llevaba en la mano una cajetilla. La dejó encima de la cama, cerca de la mano libre de Juan.

–No te acompaño a Santiago porque ella no debe quedar sola, ¿me entiendes? Atraviesa una crisis de la que puede resultar cualquier cosa, y me siento responsable.

Se sentó al lado de Juan.

–Lo tuyo se arregla con dinero y paciencia; lo de ella, con tacto y cariño.

–Y sobre todo conmigo lejos, ¿verdad?
–Probablemente tu presencia no le sería favorable, porque te falta justamente lo que ella necesita.

Juan alargó la mano y cogió un cigarrillo.

–Tú en el fondo me desprecias.
–No, Juan. Te estimo dolorosamente.
–Pero siempre has querido más a Clara.
–No todo lo que ella se merece.
–Enciéndeme una cerilla. Yo no puedo con una mano sola.

Carlos encendió, y Juan se volvió hacia él con el pitillo en los labios. Se miraron. Juan, agarrado a los hierros de la cama, hizo un esfuerzo y se levantó.

–Me hubiera gustado que te casaras con Inés. No es que Gay sea mal chico, pero tengo el presentimiento de que no volveré a verlos. Casado con Inés, estarías más cerca de mí y me hubieras conocido mejor. Y todo habría sido distinto. Yo necesitaba que alguien tuviese fe en mí, alguien precisamente a quien yo admirase...

Dio una chupada al cigarrillo, después otra. Seguía mirando a Carlos. El ojo izquierdo, lacrimoso, la pupila verde sobre la esclerótica sanguinolenta, apenas se veía; y abría el derecho desmesuradamente.

—Pero tú nunca me has tomado en serio. Sin embargo, te equivocaste. No soy lo que parezco ni lo que tú crees adivinar. Atravieso una crisis demasiado larga, lo reconozco, pero no estoy vencido.

—Esta mañana decías lo contrario.

—Esta mañana estaba deprimido, pero después he pensado en mi situación. Voy recobrando la moral. No lo he perdido todo y algún día ganaré.

Apoyó las nalgas en la mesa de noche y se mantuvo de pie, un poco inclinado, con la pierna rota en el aire.

—Mataré a Cayetano. Recuérdalo por si proyectas resolver la crisis de mi hermana casándola con él. Lo mataré aunque sea mi cuñado, aunque Clara haya parido un hermoso niño, pecoso y narigudo, y aunque me cueste morir, naturalmente. Con eso ya cuento.

Se llevó la mano a la cara, se palpó las heridas, recorrió el brazo inútil, trató de alcanzar la pierna rota...

—Esto no puede quedar así, y el mundo da muchas vueltas, Carlos.

—Una cada veinticuatro horas alrededor de su eje, y aproximadamente cada trescientos sesenta y cinco días otra alrededor del sol. Pero da más vueltas todavía. Ahora dicen también que el sistema solar se mueve lentamente hacia la constelación Libra, y es posible que un sistema inabarcable, del que formamos parte, gire alrededor de otra estrella más distante y, ¿por qué no admitirlo?, de una estrella muerta ya y desaparecida. La Tierra, en ese cortejo inmenso, da vueltas, y vueltas, y vueltas...

Juan se había inclinado hacia adelante, con mirada furiosa y labios apretados. Interrumpió a Carlos de un manotazo en el aire.

—Palabras, Carlos; no sigas. ¿Es ése tu sentido del humor? Palabras huecas que hacen daño. Pretendes burlarte y sólo consigues lastimar. Porque te burlas siempre del que está por debajo, del que tienes en tus manos..., como a mí ahora. Y quizá como tuviste a la pobre Germaine, a la que no sé el daño que habrás hecho.

Miraba desde arriba, y el ojo brillante se movía, terrible. Carlos aguantó la mirada sin parpadear, después se levantó.

–Os pido perdón a ti y a ella.

Echó mano a las maletas. «Llevaré esto al zaguán», y salió. Juan murmuró entre dientes: «¡Cobarde!» Luego, con la ayuda de una silla, se acercó al armario, lo abrió, rebuscó en un rincón y sacó unos billetes, que unió a los que le había dado Carlos. Miró a la puerta, los contó y los guardó en un bolsillo interior. Se oían voces en la escalera; entró Carlos seguido del loco.

–¿Dónde tienes tu abrigo?

–Ahí, en el armario; es una gabardina.

–Te hará falta.

Se la echó por encima de los hombros.

–Tú, por ese lado, Paco. A ver, el brazo sano por encima de mi hombro. No tengas miedo. ¿Y el sombrero?

–También en el armario.

–Luego subiré a buscarlo. ¡Con cuidado, Paco!

Casi en volandas lo bajaron al zaguán. Las maletas estaban en la baca del automóvil, y don Baldomero, con un abrigo anticuado, esperaba. Acomodaron a Juan en los asientos traseros, la pierna rota bien estirada y el tabaco al alcance de la mano. Carlos había subido a buscar el sombrero y se lo dio por la ventanilla.

–Suerte.

–Gracias.

–Ya te despediré de Clara...

Juan cerró los ojos. Don Baldomero sacaba una mano.

–Mañana vendré a verle, don Carlos; porque yo regreso esta noche. A no ser que encuentre por allá a algún viejo amigo. Porque, lo que yo digo, para una vez que sale uno de casa...

—Buen viaje. Y déjeme a Juan bien instalado.
—Descuide. El director del hospital fue condiscípulo mío.
—¿En el Seminario?
—¡Vaya a paseo, don Carlos! ¡Íbamos juntos de putas todos los sábados!

Ronroneó el motor, y el coche dio marcha atrás. Carlos se arrimó a la pared. El *Relojero,* en medio de la plazoleta, daba al chófer vía libre.

—¡Adiós!

El coche se perdió en una vuelta de la vereda. Carlos sacó tabaco y ofreció un pitillo al *Relojero.*

—¿Podemos hablar, don Carlos? Sin testigos quiero decir.
—Estamos solos, Paco: nosotros y una mujer dormida. A no ser que te den miedo los árboles...
—Ya. ¿Podía ser aquí?
—Como quieras.

El *Relojero* sacó un atadijo de mecha amarilla, la encendió, la sopló y se la pasó a Carlos.

—¿Usted piensa matar a Cayetano?

Carlos esperó a devolverle la mecha.

—¿Por qué lo preguntas?
—Porque si usted no lo mata, lo mataré yo. Ya se lo dije el otro día, pero usted me pidió que esperase. Ahora las cosas cambiaron. Usted tiene más derecho, y yo le cedo el puesto. Porque usted tiene más derecho, eso no hay que ponerlo en cuestión. Pero si usted no lo mata...
—Tú crees que es mi obligación, ¿verdad?
—Ya se lo dije esta mañana.
—No me dijiste eso, sino algo parecido. Pero contéstame, ¿es mi obligación matarlo?

El *Relojero* enrollaba la mecha y la guardaba. Hacía muecas y lanzaba los ojos uno por cada lado.

—Como obligación, y bien mirado, lo es de todo el mundo. Pero usted y yo tenemos motivos personales y más obligación que los demás.

—¿Obligación ineludible?
—¿Qué quiere decir eso?
—Que se debe cumplir caiga quien caiga.
—Eso. Caiga quien caiga.
—Tú, en mi lugar, ¿qué harías?
—Matar.
—Y si no lo mato, ¿qué pensarás de mí?

Las pupilas del *Relojero* se hundieron violentamente en los lagrimales.

—No pensaré nada bien, don Carlos; perdóneme si se lo digo con franqueza, pero entre nosotros nunca fue cuestión de hipocresía. Porque un hombre es hombre cuando cumple sus obligaciones.

—¿Y si yo tuviera otra más importante? ¿Y si ésta me impidiera cumplir la primera?

—Entonces sería cosa de estudiarlo.

—Pero no es así, Paco. No quiero engañarte. No mataré a Cayetano porque no lo considero necesario ni justo, no porque me lo impida otro deber.

—Entonces, ¿no lo tiene por culpable? —le examinó de arriba abajo, con frialdad, con disgusto, como a un desconocido.

—No.

El *Relojero* empezó a reír; pero cortó la risa, se encogió, agitó el brazo armado del bastón y silbó por lo bajo.

—Don Carlos, a usted no le parecerá mal que me mude de casa.

—No, Paco. El trato fue de que eres libre.

—Entonces, con su permiso, voy a arreglar las cosas.

—¿Tan de prisa?

—En seguida, con su permiso.

Hizo ademán de entrar; Carlos se interpuso.

—Espera un momento. Tengo curiosidad por saber cómo matarás a Cayetano.

El loco le miró con desconfianza.

—¿Por qué quiere saberlo?
—Ya te lo dije: por curiosidad.
—No me fío.

Escondió rápidamente el bastón. Carlos se apartó y le dejó pasar.

—Supongo que habrás hallado un procedimiento verdaderamente ingenioso. Porque la única persona del pueblo capaz de matar a Cayetano sin que él pueda evitarlo eres tú.

Desde el medio del zaguán Paquito se volvió. Agarraba el bastón con las dos manos, lo apretaba contra la espalda. A la sonrisa amable de Carlos respondió con un gesto hostil. En sus palabras de respuesta se matizaban la decepción y el desprecio.

—Eso que no le quepa duda. Morirá, como hay Dios, porque yo soy valiente.

Se metió en el chiscón y empezó a remover sus cacharros. Carlos se acercó y contempló el ajetreo a través del cristal polvoriento. El loco no le hacía caso. Había sacado un cajón y guardaba en él sus herramientas. El bastón colgaba de un clavo en la pared, sobre la cama.

—Bueno, Paco. Ya que te vas...

Alargó el brazo y tocó el hombro del *Relojero*. Dejó la mano en el aire, tendida. El loco la miró, miró a Carlos en los ojos y le volvió la espalda sin decir nada. Carlos dejó caer la mano pausadamente, la metió en el bolsillo y subió las escaleras. El loco abajo arrastraba el equipaje: una punta a medio clavar arañaba las losas gastadas. Carlos entró en el salón: no había estado allí desde aquella mañana en que Germaine viniera a verle. Pasó los dedos por el teclado del piano. «¡Ya no habrá quien te afine!» Por la puerta abierta llegaban los últimos ruidos de la mudanza. Abrió la cristalera del balcón y se asomó. Paquito tardó en salir: había atado una cuerda al cajón y con ella al hombro, bien agarrada con las dos manos, lo arrastraba. Sin volver la cabeza, recorrió la vereda inclinado hacia el suelo, casi doblado. Se detuvo un par de veces a descansar, continuó tirando hasta perderse en el verdor oscuro: el cajón había dejado un rastro profundo en el camino. Carlos dio impulso al dedo y arrojó la colilla: la punta encendida trazó un círculo en el aire y se estrelló contra la arena de la plazoleta. Regresó al salón, cerró la cristalera. De los rincones huía la luz, y los muebles perdían sus reflejos. Se arrimó a la pared con los brazos cruzados y la cabeza gacha y estuvo así hasta que el salón quedó en penumbra. Se sentía como la primera vez, solo en la casa inmensa, solo ya para siempre. Todavía cerca de él Clara dormía, y quizá Clara no se fuese. Quizá. Si sabía retenerla. Pero ya se sentía solo, como si también la hubiera perdido.

El reloj del piano dio las seis. Le respondió el reloj de la consola, que tenía carillón. Otros relojes de voz delgada, de voz potente, dieron las seis, alejados o próximos. El último de ellos, el reloj inglés del pasillo, ante el que Paquito había fracasado, porque atrasaba un minuto cada veinticuatro horas. «¡Es el mejor de todos, don Carlos, y ya ve!» Paquito había gastado en los relojes las horas apacibles, las horas blancas de los amaneceres. A veces se rodeaba de todos ellos y armaba una algarabía de campanas que despertaba a Carlos antes de salir el sol. «¡Da gloria oírlos, don Carlos, todos juntos!»

Ahora Paquito se había marchado con el corazón colmado de desprecio. ¡Con qué asco había mirado la mano extendida! ¡Y con qué dolor! ¿Llegaría también Clara a despreciarle así, a despreciarle porque no se atrevía a matar, porque no aceptaba la necesidad de hacerlo? «¡Y, sin embargo, es mi primer acto justo, es la primera vez que me siento de acuerdo con mi corazón, y lo apruebo!»

Estaba rodeado de sombra. Fuera, a través de los vidrios sucios de la cristalera, se adivinaban las siluetas de los árboles contra el cielo malva. Corrió al dormitorio de Clara, se acercó a la cama, escuchó la respiración. Clara se movió, sacó un brazo y dio una vuelta. Carlos encendió las velas y dejó una de ellas en la mesilla de noche, otra en la consola, bajo el espejo oscuro, al lado del reloj que también había sonado. Se sentó en la esquina de la cama, recostado contra la columna del dosel, y esperó. El cabello de Clara se arremolinaba junto a su cuello, encima de la almohada: parecía de bronce oscuro. Hundió en él los dedos, y Clara volvió a moverse. Su brazo levantado dejaba al descubierto la rotura del pijama, una rotura ancha y larga, por la que se veía en el arranque del hombro la huella de un golpe o de un mordisco. Bajo la colcha se marcaba el bulto armonioso del cuerpo, las rodillas dobladas, la pierna larga.

Cuando Clara despertase o un poco después se decidiría la partida en su favor o en contra: ganarla o perderla definitivamente. Esperaba que el largo sueño la hubiese devuelto a ella misma, que hubiese borrado de sus nervios las huellas demasiado inmediatas del *shock*. Tendría ya, seguramente, la conciencia clara y sentiría su cuerpo como suyo. Pero ¿habrían crecido entre tanto, en su cuerpo y en su alma, las «cosas malas», las huellas profundas y duraderas? No podía adivinar por la respiración hacia qué lado se inclinaría el alma de Clara despierta, ni si el demonio instalado en su cuerpo abrazaría también el espíritu y lo ganaría para siempre. Quizá la solución dependiese de las primeras palabras dichas después del sueño o de las inmediatas. Palabras imprevisibles o que al menos él no podía prever, tener dispuestas y preparadas, seguro de su efecto. No se atrevía a imaginar una escena, a inventar preguntas y respuestas, a llegar a un desenlace. Todo iba a resultar azaroso, y en todo caso se sentía inseguro, pesaba en su ánimo el recuerdo de sus torpezas, le dolía en la conciencia el saberse responsable de aquello y de mucho más. «Hubiera sido mejor que Cayetano me matase aquella noche.»

—Tengo en mis manos la vida de Cayetano —dijo inesperadamente, en voz alta; y Clara se despertó.

—¿Estás ahí? ¿Qué hora es?

Carlos se acercó a ella y le cogió la mano.

—Casi de noche. Has dormido muchas horas y estás mejor.

—No sé...
—¿No sientes hambre? Te traeré algo. Espera.

Cogió una vela y marchó a la cocina. Buscó sin saber qué: en el fondo de un vasar halló un tarro de mermelada casi vacío. Untó con ella una rebanada de pan, le añadió mantequilla, echó leche en un vaso y lo llevó a Clara. Ella comió con ganas, en silencio. De vez en cuando miraba a Carlos y sonreía.

—Después haré la cena para los dos —dijo él.
—¿Tú? ¿Vas a cocinar tú?
—Estoy acostumbrado.
—¿Y los otros?
—Se ha marchado todo el mundo. Juan tiene una pierna rota, y el boticario lo llevó al hospital. Como dormías, no pudo decirte adiós.

Añadió en seguida:
—No se lo permití. Él quiso despedirse, naturalmente.

Clara estiró los brazos.
—¿Y el loco?
—Se ha marchado también. Una de sus veleidades.
—Me gustaría levantarme.
—Bueno. Te espero en la torre.

Carlos cogió la bandeja y la devolvió a la cocina. Recorrió luego el pasillo, con la vela en la mano. Al pasar frente a la habitación de Clara, ella gritó:
—Voy en seguida.

La oyó lavarse y siguió adelante. Encendió los quinqués de la chimenea y abrió la ventana. Pueblanueva se había iluminado, y en algún lugar tocaba una charanga: el pueblo bailaba un tango en honor de la Resurrección. En el aire limpio, el faro del muelle lanzaba sus destellos: uno, dos. Oscuro. Uno, dos. Más allá, en medio de las aguas, un farol rojo y un farol verde, balanceándose a compás.

Oyó los pasos de Clara en el corredor. Se arrimó a la chimenea y cargó la pipa. Ella entró sin decir nada y se sentó en el sofá. Había recogido el pelo en una trenza y estaba vestida y con medias. Traía el abrigo al brazo y lo dejó a su lado.

—Tengo que irme, Carlos. Has sido muy bueno conmigo.
—Todavía, no.
—¿Hay algo aún?
—Quizá lo más importante.

Ella le miró alarmada. Él continuó:

—Han cambiado las cosas. Sucedió algo con lo que no contaba...

Clara se levantó y fue hacia él.

—Dime lo que sea...
—No te asustes. Es una novedad extraña, una extraña situación. No la entiendo del todo. No sé qué hacer.

La condujo al sillón, la empujó con dulzura hasta sentarla. Quedó de rodillas delante de ella, intentó dar a sus palabras un tono indiferente.

—Hay alguien que piensa matar a Cayetano, y sólo yo puedo evitarlo.

Clara apretó los puños, cerró la boca con fuerza.

—¿Por qué me lo dices?
—Debes saberlo. Estoy como si tuviera en mis manos algo que no me pertenece y que debo restituir. La vida de Cayetano es tuya. Y no puedo ocultarte que el *Relojero* lo matará inexorablemente, mañana, un día cualquiera, si tú o yo no lo evitamos.

Clara había inclinado la cabeza y la ocultaba con las manos. Carlos se incorporó, la cogió por las muñecas y las apartó suavemente.

—Yo puedo decidir por ti, si me lo mandas, nunca por mí. En todo caso, tu ofensa es mayor que la mía. Y es tuya propia, te pertenece, lo has dicho esta mañana. ¿No crees, Clara, que hubiera hecho mal reservándome la decisión?
—¡Es horrible!
—¡Es sobre todo tan fácil! No hay más que cruzarse de brazos y esperar. Y un día llegará don Baldomero, sudoroso, pe-

dirá un poco de agua y contará que el *Relojero* ha atravesado las tripas de Cayetano con un arma de fabricación casera. «¡Ah! ¿Sí? ¿Y cómo fue?»

—¡No sigas, por Dios!

—Quedaríamos impunes. Porque aunque alguien pudiese suponer que yo hubiera incitado al *Relojero* al crimen, él lo reivindicaría enteramente para sí, lo reivindicaría con orgullo y se reiría de quien me atribuyese cualquier clase de responsabilidad. «¿Quién? ¿Don Carlos Deza, ese cobarde?» El *Relojero* va a matar a Cayetano porque yo no quiero matarlo, y me desprecia por eso, y hace una hora se mudó de domicilio porque, a su juicio, un cobarde como yo no merece su compañía. Nadie me ha mirado jamás como él...

Se levantó y recogió la pipa, que había dejado en la repisa de la chimenea. Apretó el tabaco, desatornilló la boquilla y empezó a limpiarla: un poco de espaldas, sin mirar a Clara.

—También tu hermano, esta tarde, se marchó despreciándome. ¿Sabes por qué? Porque no creo que él mate nunca a Cayetano, ni siquiera ahora, que estás tú por medio y cuenta, al menos, con un pretexto dramático, con una justificación aceptable. No lo he creído nunca y me reí un poco de él. Bueno, no estuvo bien hacerlo, pero él no me desprecia por haberme reído. Ni sé tampoco si de verdad me desprecia o si necesita creérselo. Juan es muy complicado. Para creer en sí mismo necesita que antes crean los demás. Quizá si yo le dijera que sí, que es capaz de matar a Cayetano y que lo admiro por eso, llegase a matarlo realmente. Pero le he dicho todo lo contrario o se lo di a entender, y le pareció mal...

Se apoyó en la repisa y siguió limpiando la boquilla, miraba el agujero, soplaba.

—Sólo tú, Clara, eres sencilla, sólo tú no te engañas a ti misma, sólo tú estimas o desdeñas a las personas por lo que son y no por lo que simulan ser. Y sobre todo sólo tú tienes sentido de lo justo y de lo injusto. Por eso te he dicho lo que acabo de decirte y he puesto en tus manos la decisión. Yo no sabría jamás si había obrado justamente, lamentaría que Cayetano siguiese vivo o me arrepentiría toda la vida de haberlo dejado morir.

La boquilla de la pipa quedó satisfactoriamente limpia. La atornilló y encendió una cerilla. Clara había cambiado de postura y movía nerviosamente las manos.

—Además, tus razones son más serias, más respetables que las de cualquiera de nosotros. Da risa pensar en los motivos que tiene Juan para desear la muerte de Cayetano; y los míos... Bueno, los míos casi no existen y no vale la pena mencionarlos. Pero por ofensas como la que tú has recibido han muerto muchos hombres desde que existe el mundo y desde que los hombres han inventado razones para matarse. Es repugnante lo que hizo Cayetano; es repugnante pensar que alguien se atreve a pisotear de esa manera la libertad de otro. Y lo es más todavía imaginar a qué estado llega un hombre cuando lo hace. Sin embargo...

Clara continuaba con la cabeza agachada. Sus dedos arañaban los brazos del sillón, se clavaban en el tapiz.

—... sin embargo, Cayetano no es enteramente responsable. Recibió una provocación inmediata, a la que respondió con brutalidad excesiva, desproporcionada. Pero no debemos olvidar, o al menos no debo olvidarlo yo, que desde hace año y medio ha soportado la provocación constante de mi presencia, la ha soportado hasta la exasperación. Desde que estoy en Pueblanueva he sido para Cayetano como el clavo del zapato que se hunde en el talón, que molesta, que irrita, que desespera. Y todo lo que ha pasado en este tiempo...

La cerilla se había consumido sin usarla. Carlos sintió la llama en la piel, sacudió la mano y se chupó el dedo.

—Bueno. ¿Para qué voy a recordarlo? Sería penoso para los dos y para mí vergonzoso. Es algo que necesito olvidar si quiero seguir viviendo. Pero eso no me exime de las consecuencias; ante todo, de que no pueda soportarme a mí mismo sin antes perdonarme. ¿Y cómo voy a perdonarme si no he perdonado a los demás?

Golpeó con la pipa la palma de la mano y sonrió.

–Todo esto te lo digo para justificarme, porque quizá tú creas también que debo matar a Cayetano. Pero te aseguro que no impediré que lo hagas... No lo impediré. Esta mañana decías que han sembrado en ti algo malo. Cayetano ha sido, y ni a él mismo podría extrañarle que el primer fruto de su siembra fuera su propia muerte.

Clara saltó violentamente del asiento.

–¡Calla, Carlos! ¡Yo no valgo la vida de un hombre!

Quedó en pie, erguida, agresiva. Carlos la cogió por los brazos y le miró a los ojos.

–Vales mucho más, Clara.

Ella aguantó la mirada unos instantes, bajó luego la cabeza, intentó esconderla, empezó a sollozar. Carlos fue a la mesa y escribió algo. Clara se limpió las lágrimas, hizo un esfuerzo para no llorar más. La pluma de Carlos rozaba el papel, ras, ras; trazaba signos, palabras. Clara se sintió atraída. Pero, ya junto a la mesa, no miró a la carta, sino a Carlos: a su cabeza inclinada sobre la escritura, a sus manos. Carlos dijo:

–Escucha –alzó el papel escrito y leyó–: «No puedo evitar que el loco vaya a matarte, pero sí advertírtelo. No sé con qué arma querrá hacerlo, pero yo desconfiaría de su bastón. Y no me agradezcas el aviso, sino a Clara.» –Le tendió el papel; ella no se movió.– Esto lo llevaré esta noche, por si el loco tiene prisa.

–Suprime lo de Clara.

–¿Por qué?

–No olvides que me quiere. Es cruel decirle que le perdono la vida.

–Precisamente por eso...

Dobló el papel, lo metió en un sobre y escribió el nombre de Cayetano.

—Supongo que también a él... —sonrió— le gustará saber que está perdonado. Y hasta es posible que si en el daño que te hizo se resumen todos sus daños, el perdón que le das valga por los demás perdones —movió los brazos; la luz le daba de lleno, y Clara vio en sus ojos por primera vez un resplandor de alegría—. El pecado es inaguantable: hay que librarse de él como sea, lo sabes bien, porque, si no, destruye. Y no creo a Cayetano capaz de enmascarar el suyo ni de olvidarlo; tengo también la esperanza de que no sea tan perverso que lo dé por bien hecho. Los hombres perversos son raros...

Guardó el sobre en el bolsillo, sonrió y escondió la mirada.

—Después de cenar bajaré a llevarlo.

Clara permanecía de pie, frente a él, como esperando. Cuando Carlos dejó de hablar y de mirarla, adelantó una mano y la retiró. Pareció que iba a añadir algo. Luego encogió los hombros.

—Yo me voy —dijo Clara—. Mi madre está sola desde ayer, sin su comida y sin su anís. ¡Cómo habrá gritado la pobre! No encontraré ni un cacharro sano en la cocina.

—Te llevaré. Cuanto antes llegue la carta...

Le temblaban las manos, y su voz era opaca. Había desaparecido la alegría de su mirada, y la hinchazón del labio, su color morado, hacían ridícula su sonrisa. Sus manos revolvían los papeles de la mesa, como buscando algo. Se volvió de espaldas, buscó entre los libros del anaquel. Luego dijo resuelto:

—Vamos.

Salió el primero al corredor, como si huyera. Clara lo siguió con la mirada hasta que su sombra se perdió en la oscuridad, con los brazos tendidos, anhelantes y en los labios una palabra que no dijo. Hizo un gesto de desaliento, de resignación, recogió su abrigo del sofá, se lo puso y salió también. Cuando llegó al zaguán aparecía en la plazoleta el carricoche. Un cuarto de luna alumbraba las piedras grises, y en el jardín el canto de un alacrán jugaba a las distancias ilusorias. El caballo al moverse agitaba los cascabeles. Clara atravesó la plazoleta y subió en silencio; Carlos tiró de las riendas, dijo un «¡Arre!» apenas perceptible, y el caballejo se metió en la vereda oscura. Clara cruzó los brazos y se recostó: estaba al lado de Carlos, sus cuerpos no se rozaban, y Carlos, con la pipa atrapada en la boca, sólo miraba adelante, atento a las riendas, al cascabeleo, a la negrura del camino. Llegaron a la verja, dejaron atrás los árboles. Ahora la carretera blanqueaba entre los setos y en el aire brillaban las luces de Pueblanueva. Las contempló Clara, precisas; las fue identificando: aquéllas, de la plaza; aquellas otras, del muelle; las más lejanas, del astillero. La carretera blanca, lunada, la llevaba hacia ellas; el coche la dejaría allí. Y se dirían: «¡Adiós, Carlos!», «¡Adiós, Clara!» Sintió un escalofrío, ahogó un grito. Carlos miraba a la carretera, o quizá a la oscuridad, y acaso pensaba lo mismo. Clara movió el brazo, dejó caer su mano sobre la de Carlos. Él soltó las riendas y sacó la pipa de la boca.

—Tenemos que volver atrás —dijo—. Ahora recuerdo que ayer traje toda tu ropa, la que había en el armario, y te hará falta.

—¿Para qué la has traído?

—Pensé que te quedarías. No me había acordado de tu madre.

Clara retiró la mano.

—Pero, si quieres —continuó Carlos sin mirarla—, podemos ir a buscarla y traerla con nosotros. La pobre no nos estorbará, y así no te marcharías.

Se volvió hacia ella lentamente.

—Y en el caso, claro está, de que hayas recobrado ya tu cuerpo.

Clara bajó la cabeza y la acercó hasta hallar el pecho de Carlos.

—Sí, Carlos.

¡Peste de Churruchaos, casta de locos! Por fin Pueblanueva del Conde se ha visto libre de ellos. Fueron muchos siglos de soportarlos –siete, según se dice–, sin esperanza. El mundo daba vueltas, las cosas iban cambiando, costumbres y gobiernos, y ellos seguían ahí, en sus pazos, con sus narices y sus pecas, como si no hubiera más en la tierra que sus líos, y sus caprichos, y sus disparates, y Pueblanueva para aguantarlos. Un año y otro, un siglo y otro, el tiempo eterno. La muerte no prevalecía contra ellos. Cuando nacía uno de nosotros, se le podía profetizar: «Tendrás el sarampión, vivirás del sudor de tu frente, y un día u otro tropezarás con algún Churruchao, que están ahí, esperando, y el tropiezo te hará la puñeta para el resto de tu vida.» Nadie creyó jamás que pudiéramos perderlos de vista: eran nuestra enfermedad incurable, nuestra verruga en la nariz, nuestras piernas torcidas, nuestra joroba de nacimiento. O bien, si se considera desde el punto de vista de los beatos, el castigo de nuestros pecados. Que los tenemos, quién lo duda; pero, ¡caray!, no tan distintos de los pecados corrientes como para merecer un castigo especial. Dicen que los pueblos tienen el gobierno que merecen; pero de los castigos el refrán no dice nada. Por eso no se ha inventado todavía el modo de remediarlos, si no es aguantar el incordio y esperar a que cambie la suerte. Para nosotros cambió. Tal día hará un año, y es de esperar que un alcalde inteligente considere el aniversario como fiesta local. Aunque la fecha exacta sea bastante dudosa. Porque si es cierto que el doctor Deza se marchó con Clara Aldán y con la borracha de su madre, como nadie los vio ni fue a despedirlos –salvo, quizá, el boticario, que se calla la boca–, el día y la hora resultan imprecisos. Fue después de la Pascua, eso sí; la primera semana o quizá la segunda. Pero en esto último, ¿qué más da? La pelea con Cayetano aconteció el sábado de Gloria. A partir de ahí cualquier día es bueno para conmemorarlo.

Al doctor Deza nadie volvió a verle el pelo después de la pelea. Bajó al pueblo varias veces, solo o en compañía de Clara, pero siempre en el carricoche y a tales horas que en las calles no había un alma; y si se supo fue porque algún trasnochador vio el vehículo parado en la plaza o frente a la casa de doña Mariana. También vino de Santiago o de La Coruña un camión de mudanzas, que de madrugada cargó los muebles en el pazo y se los llevó con rumbo desconocido. El pazo apareció cerrado, y en el tablón de anuncios del Ayuntamiento, un papel por el que se comunicaba a los interesados que don Baldomero Piñeiro cobraría las rentas de doña Mariana Sarmiento, para lo que tenía poder. Como tal apoderado, el boticario vendió las tierras del doctor Deza, las que tenía desperdigadas por las aldeas vecinas, y no sacó por ellas arriba de tres mil duros, aunque valían más. Depositó los cuartos en un banco de Vigo, que lo dijo, y aprovechó el viaje para correrse una juerga que le tuvo tres días con sus tres noches fuera del pueblo y, según dicen, borracho.

Nadie sabía adónde se habían marchado, y el boticario callaba como un muerto. Pero empezó a recibir cartas de Portugal, las cartas fueron abiertas y leídas, y así se averiguó que el doctor Deza vivía en Oporto. Un poco más adelante se descubrió que trabajaba en un hospital por el membrete que la carta traía. Que por cierto ese día fue de gran juerga en el casino, porque Cubeiro no quería creer que el doctor Deza trabajase. «¡Si no dio golpe en su vida ni sirve para nada!» «¿Y de los cuernos? ¿Dónde me deja usted los cuernos? Bien administrados son buena fuente de ingresos.» «¿Pero usted cree que habrá puesto de puta a Clara?» «No hace falta llegar a eso. Oporto, según tengo entendido, es una ciudad de puentes, porque está sobre colinas y el río la parte en dos. Pues con haber tendido los cuernos de un lado a otro y que pase la gente, cobrando un regular peaje pueden llegar a ricos.» Todos imaginamos a don Carlos acostado a la orilla, y la gente colgada de las astas saltando de un brote en otro, mientras en la orilla de enfrente Clara cobraba; y hubo risas hasta la medianoche, y todos estábamos contentos, como si los cuernos del doctor Deza fueran la condición de nuestra felicidad, y la deshonra de Clara viniese a sustituir a la de doña Mariana, ya olvidada. Porque ahora, cuando alguien llega al pueblo, no se le cuenta la historia de la Vieja, sino que se le muestran las torres del Penedo, allá arriba, entre los árboles, y se le dice: «Pues la mujer del propietario fue visitada por Cayetano Salgado», y todo lo demás. Decimos «la mujer», pero lo que no hemos llegado a averiguar es si se casó con ella o si viven amancebados, porque si bien es cierto que el doctor Deza sacó partidas de nacimiento y de bautismo, también lo es que las necesitaba para el pasaporte; y en cuanto a Clara, como no es nacida aquí, nada pudo saberse. Considerado el asunto razonablemente, las conjeturas verosímiles son de que están arrimados; pero, tratándose de Churruchaos, ¿valen acaso las razones? El doctor Deza es capaz de haberse casado. Allá él.

Del otro Churruchao, de Aldán, también se supo. El Cubano fue un día a Santiago, a verle en el hospital, y regresó preocupado, porque Juan, al parecer, se había hecho fascista. Es lo que le faltaba, pero va con él: al fin y al cabo, su papel de redentor de los trabajadores le resultaba postizo. Y aunque aquí nadie sabe exactamente lo que son los fascistas, como la palabreja suena a insulto, nos gusta mucho decir «... Juan Aldán, que, como usted sabe, se hizo fascista...»; y en denigrarle por eso estamos de acuerdo todos, izquierdas y derechas. El señor Mariño lo decía una vez a propósito de no recuerdo qué: «¿Cómo vamos a aliarnos con un partido que cuenta a Aldán entre sus socios?» El desgraciado ya salió del hospital, pero no ha vuelto a Pueblanueva, ni nadie lo espera, ni se sabe dónde anda. Fascista o anarquista, mejor estará donde no le conozcan, donde no puedan avergonzarle de sus muchas vergüenzas. Una de ellas, el haber embarcado a los pescadores en el famoso negocio de los barcos, que acabó como el rosario de la aurora, pero no sin festín de despedida. Porque don Lino consiguió del Gobierno unas pesetas que sirvieron para pagar algunas deudas y de pretexto para un homenaje monstruo que se hizo al diputado. Vino, cohetes, discursos...; pero nada de mencionar al tirano. Esto fue un sábado. Al día siguiente, domingo, se botó en el astillero el barco que estaba en gradas. A la semana se pusieron las quillas de otros dos, y Cayetano mandó llamar a la directiva del Sindicato: «Necesito emplear a unos cien trabajadores. Ustedes dirán si los traigo de fuera o si se deciden a dejar de una vez esa miseria de la pesca y venirse conmigo». Se reunieron los pescadores, hubo disputa, bronca y pelea. Por fin se impuso la sensatez, y la Junta fue a ver a Cayetano. «¿Y qué haremos de los barcos?» «Amarrarlos.» «¿Y de las deudas?» «Las pago yo.» Volvieron a reunirse, a discutir y a pelear. El Cubano salió con un ojo hinchado. Pero el lunes siguiente los tripulantes de los pesqueros, como un solo hombre, aguardaban a la puerta del astillero a que tocase la sirena. Y ahí están los barcos, en la dársena, amarrados y pudriéndose, quietecitos cuando hay calma y con su balanceo si sopla el viento. R. I. P. Aquella noche Cayetano fue al casino. Viene muy raras veces, para poco y no gasta bromas a nadie. Pero aquella noche parecía más tratable, y todos le dimos la enhorabuena: por la botadura, y por las quillas nuevas, y porque los pescadores hubieran venido a razones. Hasta ahí* las cosas fueron bien. Pero Cubeiro no parecía satisfecho, como si faltase algo. Andaba dando vueltas con su sonrisa de adulón, que lo es, hasta que dijo: «¡Ya ve usted, quién había de decirlo cuando llegó el doctor Deza y parecía que iba a comerse el pueblo!» A la mención del doctor Deza, Cayetano dejó de sonreír. Cubeiro siguió adelante: «¡Y cómo nos engañó a todos, el muy cabrón! Total, para acabar casándose con una puta.» Cayetano entonces se levantó y dio a Cubeiro un sopapo que lo zapateó contra la pared. Sin decir nada, sin mirarnos, salió, y no ha vuelto al casino. Cubeiro se rascaba la cara. «¡Ya me dirán ustedes si hay quien entienda a este tío!» Sí. Pero a los pocos días llegó un oficio de Madrid en que le dejaban sin el surtidor de gasolina. Tuvo que ir al astillero, arrastrarse (según dicen), llorar, pedir perdón y dar explicaciones para que la cosa quedase en nada. Hay que decir, en honor de la verdad, que en semejante ocasión todo el mundo se puso de su parte, porque no era para tanto.

Entonces ya se había marchado don Lino, a quien duró poco la gloria local. Un día apareció en «La Gaceta» su traslado a La Coruña. El diputado lo atribuyó a méritos personales y andaba muy orondo. Se le dio un vino, durante el cual aseguró que no olvidaría a Pueblanueva en los días de su vida. Al siguiente se llevaban los muebles y él tenía que coger el autobús con su familia, cuando en esto Aurorita que se pone a llorar y a decir que ella no marchaba, y patatús viene y patatús va, y el autobús que da bocinazos, y la gente que se junta, y el diputado que no sabe qué hacer. Total, que la chica estaba preñada de dos meses. Don Lino retrasó el viaje, la boda se arregló, y murió el cuento. La chica se casó por lo civil, en el Juzgado. Pero después que se marchó su padre, una mañana fue a la iglesia con marido, padrinos y testigos, y don Julián les echó la bendición. Por cierto que se aprovechó la boda para encender la nueva iluminación, no en honor de los cónyuges, sino de doña Angustias, que iba de madrina y gracias a la cual la hija de don Lino se casaba por la Iglesia. Porque doña

Angustias se había metido en el asunto y prometió un buen regalo.

Esto de la iluminación es otro cuento. Con la iglesia quemada, con el doctor Deza en paradero ignoto, con el padre Quiroga sepultado en el monasterio, de donde no ha vuelto a salir, don Julián se presentó un día en casa de doña Angustias a cantar la palinodia: «¡Si usted no arregla la iglesia, quemada y vacía quedará per saecula saeculorum!» Doña Angustias se conmovió, se echó a llorar; llegaron a un acuerdo, y al día siguiente, los albañiles otra vez en la iglesia. En poco tiempo se levantó en el altar mayor, donde antes estaba la pintura quemada, una hermosísima gruta de cemento, con flores, hierbas y arbustos, agua corriente imitando una cascada, la Virgen de Lourdes coronada de bombillas y una Santa Bernardita con su vela eléctrica en la mano; y luces escondidas aquí y allá, que parecía cosa de teatro. El día de la inauguración fue de fiesta. Se cantó misa de tres curas y se trajo de Santiago a un famoso canónigo para el sermón. El canónigo no hizo más que alabar a doña Angustias y garantizarle que, con aquel regalo, se había ganado el cielo. Alguien se percató de que había desaparecido del presbiterio el banco del privilegio. Y preguntado don Julián, se limitó a responder: «¿Yo qué sé? Lo habrán tirado los albañiles». También estaba allí el prior del monasterio, con su sonrisa de cazurro. «Y el padre Eugenio, ¿qué hace?» «Trabaja. ¿Qué va a hacer? Trabaja y casi sostiene él solo el monasterio.» «Pero ¿en qué trabaja?» «En sus pinturas.» Siguió el interrogatorio, pero el prior no dijo más.

Y así continuamos en paz, gracias a Dios y a Cayetano Salgado. Fuera de Pueblanueva la cosa está que arde. En Pueblanueva no se mueve una rata, ni tampoco hay por qué. Se trabaja y se da gusto al amo, y el gusto del amo es que la gente trabaje y no se metan unos con otros. Los beatos, en la iglesia; los socialistas, en su local; los borrachos, en sus tabernas. Como mandan las izquierdas, las derechas no pían, pero tampoco les preocupa gran cosa, porque van tirando. Cuando el señor Mariño regresa de Santiago y dice que se va a armar la gorda, todos sabemos que en Pueblanueva, no. Es el estado ideal. Cada cual a lo suyo, y los locos, fuera. Y, a propósito de locos, con el nuestro pasó una cosa muy chusca. Se presentó un día en el astillero con la pretensión de ver a Cayetano. «Espera –le dijeron–, que ahora viene.» «Es que quiero verlo solo.» Pasaron el recado; Cayetano dijo que sí; pero, al entrar Paquito en la oficina, Martínez Couto le arrebató el bastón. «¡Dame el bastón, hijo de la gran puta!» «O lo dejas aquí o no entras.» El Relojero se tiró como una fiera a recobrarlo y, en esto, llegó Cayetano. «Pero ¿qué pasa? ¿Quién trata de esa manera a mi amigo el Relojero?» La gente de la oficina se había juntado alrededor y jaleaban. «Este cabrito, que me quitó el bastón.» «A ver, démelo, Martínez.» «¡No! –gritaba el Relojero–, ese bastón es mío», y quería recobrarlo como fuera; pero Martínez Couto se lo echaba a Cayetano y Cayetano a Martínez Couto, y así estuvieron divirtiéndose hasta que, a una señal del amo, dos o tres de los presentes sujetaron al loco mientras Cayetano examinaba el bastón. Resultó que escondía un mecanismo que, con un gatillo, disparaba un pincho de acero de un palmo de largo y afilado como un bisturí, y tan recio, que allí mismo, al probarlo, atravesó una puerta. «¡Ah, miserable!, ¿conque querías matarme?» «¿Quién se lo dijo?» «¡No hay más que verlo! Me querías atravesar la barriga.» «¡Ese bastón es para defenderme!» Pataleaba el loco, se retorcía y decía demonios por aquella boca; contra don Carlos Deza principalmente, a quien llamaba traidor, sin que nadie pueda explicarse las razones. No le valió de nada. Fue detenido y está en el manicomio de Conjo, donde dicen que no habla con nadie y se muere poco a poco de tristeza.

También anda triste Cayetano. ¿Por qué? Tiene lo que apeteció durante toda su vida, y nadie se lo disputa. Pero es el caso que anda triste. Al principio, nos chocó. Ahora, estamos acostumbrados y ya no se comenta. Apenas se habla de él; y ese poco, bien. Dicen por ahí fuera que no tenemos libertad. ¡Qué *tontería! La gente sigue bebiendo; se murmura del Gobierno cuando sale a cuento, y en las noches de calor la juventud fornica en los sembrados que es una gloria. ¿Habrá libertad mayor? El que no esté contento, que se vaya. Pero Pueblanueva del Conde es un paraíso, si se compara con lo de antes. Y lo será para siempre.*

Madrid, Ferrol, Villagarcía de Arosa, Madrid.
Marzo de 1961-Enero de 1962.

Índice

Capítulo 1	15
Capítulo 2	53
Capítulo 3	98
Capítulo 4	136
Capítulo 5	169
Capítulo 6	207
Capítulo 7	253
Capítulo 8	293
Capítulo 9	340
Capítulo 10	374
Capítulo 11	414